博雅文淵閣

早期北大文學史講義三種

林傳甲 朱希祖 吳梅 /著 陳平原 /輯

北京大學出版社
PEKING UNIVERSITY PRESS

圖書在版編目(CIP)數據

早期北大文學史講義三種/林傳甲,朱希祖,吴梅著;陳平原輯.—北京:北京大學出版社,2020.10

(博雅文淵閣)

ISBN 978-7-301-31718-1

Ⅰ.①早… Ⅱ.①林…②朱…③吴…④陳… Ⅲ.①文學史—中國—高等學校—教材 Ⅳ.①I209

中國版本圖書館CIP數據核字(2020)第187676號

書　　名	早期北大文學史講義三種 ZAOQI BEIDA WENXUESHI JIANGYI SAN ZHONG
著作責任者	林傳甲　朱希祖　吴　梅　著　陳平原　輯
責任編輯	張鳳珠　徐丹麗
標準書號	ISBN 978-7-301-31718-1
出版發行	北京大學出版社
地　　址	北京市海淀區成府路205號　100871
網　　址	http://cbs.pku.edu.cn　新浪微博:@北京大學出版社
電子信箱	pkuwsz@126.com
電　　話	郵購部010-62752015　發行部010-62750672　編輯部010-62752022
印 刷 者	三河市北燕印裝有限公司
經 銷 者	新華書店
	965毫米×1300毫米　16開本　39.75印張　278千字
	2020年10月第1版　2020年10月第1次印刷
定　　價	120.00元

目録

序

陳平原

1903年頒布的《奏定大學堂章程》，在『文學科大學』裏專設『中國文學門』，主要課程包括『文學研究法』『《説文》學』『音韵學』『歷代文章流别』『古人論文要言』『周秦至今文章名家』『四庫集部提要』『西國文學史』等十六種。其中最值得注意的是，要求講授『西國文學史』，以及提醒教員『歷代文章流别』一課的講授應以日本的《中國文學史》爲摹本。此後，『文學史』作爲一種必修課程、一種著述體例以及一種知識體系，便在中國學界落地生根了。此舉不僅改變了中國人傳習『文學』的方式，甚至影響到日後的文學革新進程。

幾年前，我曾撰寫《新教育與新文學——從京師大學堂到北京大學》一文[一]，從新式學堂的科目、課程、教材的變化，探討新一代讀書人的『文學常識』。從一代人『文學常識』的改變，到一次『文學革命』的誕生，其間有許多值得大書特書的曲折與艱難；但推倒第一塊多米諾骨牌的，我以爲是後人眼中平淡無奇的課程設計與課堂講授。具體論述時，除了林傳甲的《中國文學史》，我還討論了民初代表桐城、選學兩大文派的《春覺齋論文》（林紓）、《文學研究法》（姚永樸）、《中國中古文學史》（劉師培）、《文心雕龍札記》（黄侃），以及『五四』新文化時期的四種重要著述，即《歐洲文學史》（周作人）、《中國小説史略》（魯迅）、《詞餘講義》（吴梅）、《五十年來中國之文學》（胡適）。最後一種，雖非北大講義，也與作者在北大的工作息息相關。

因吴梅《中國文學史》講義的發現，促使我反省另一個問題：上述九書，之所以體例迥异，是否跟大學裏的課程設置有關？回頭看1918年北大發布的《文科國文學門文學教授案》，其中明確規定：『文科國文學門設有文學史及文學兩科，其目的本截然不同，故教授方法不能不有所區别。』前者的目的是『使學者知各代文學之變遷及其派别』，後者的功用則爲『使學者研尋作文之妙用，有以窺見作者之用心，俾增進其文學之技術』。[二] 一年半後，國文教授會再次討論教材及教授法之改良，到會十五人，包括錢玄同、劉半農、吴梅、馬幼漁、沈兼士、朱希祖等。爲便於交流磋商，此次教授會甚至決定『教員會分五種』：文學史教員會、文學教員會、文字學教員會、文法教員會、預科國文教員會。[三] 新文化運動以前，雖無明確分工，可林傳甲與姚永樸二人著作的巨大差异，同樣蘊含着『史的傳授』與『文的練習』兩種截然不同的課程設想。如果進一步劃分，所謂的『文學史』講義，其實包括通史、斷代史、專題史以及專題研究四類，很難一言以蔽之。

隨着學術史研究的興起，作爲中國人撰寫並刊行的第一部文學史，林傳甲在京師大學堂的國文講義受到廣泛的關注。可盛名之下，其實難副，於是，很多人轉而指責該書見識迂腐、學問淺陋。《奏定大學堂章程》的提醒，以及林氏的自述，使得世人較多關注此書與其時已有中譯本的《歷朝文學史》（笹川種郎作）的關係。這自然没錯，衹是林著對於笹川『文學史』的借鑒，尤其是將其改造成爲『一部中國古代散文史』，並非一時心血來潮，而是大有來頭。[四]

林著共十六篇，對照《奏定大學堂章程》，不難發現，此十六篇篇目，與『研究文學之要義』前十六款完全吻合。至於後二十五款，牽涉古今名家論文的异同、文學與地理的關係、有學之文與無學之文的分别、泰西各國文法的特點等，與『文學史』確實有點疏遠，不説也罷。對此寫作策略，林著《中國文學史》的開篇部分有相當明晰的交代。

正因此，談論林著之得失，與其從對於笹川著述的改造入手，不如更多關注它是如何適應《奏定大學堂章程》的。比如，常見論者批評林著排斥小説、戲曲，可那正是『大學堂章程』的特點，林君衹是太循規蹈矩罷了。就在林書撰寫的那年，京師大學堂發生了一件今天看來匪夷所思的事：學生班長瞿士勛『携《野叟曝言》一書，於自習室談笑縱覽，既經監學查出，猶自謂考社會之現象，爲取學之方』。結果怎麼樣？總監督的告示稱：『似此飾詞文過，應照章斥退；姑念初次犯規，從寬記大過一次，並將班長撤去。』[五]

朱希祖的《中國文學史要略》講文，講詩，講詞，講南北曲，同樣不涉及小説。那是因爲，該講義雖刊行於1920年，實際上早在1916年便已成稿，因此作者必須在《中國文學史要略叙》中鄭重聲明：此書『與余今日之主張，已大不相同』；『講演時當别授新義也』。至於1917年秋天進入北大任教的吴梅，其編寫文學史講義，不能不受同事鼓吹新文化的影響，小説於是成了《中國文學史》上必不可少的重要文類。所有這些都説明，作爲講義的文學史不可能閉門造車，而是與政府决策及當代思潮緊密相聯。

林、朱、吴三位學者各有其業績，我關注的衹是其在北大講授的文學史課程。林傳甲（1877—1922），字歸雲，號奎騰，福建閩侯人，任教北大時間最短，1904年被聘爲國文教習，1906年已奉調黑龍江，做官去了。吴梅（1884—1939），字瞿安，號霜厓，江蘇吴縣（今屬蘇州）人，1917年9月應北京大學聘，講授文學史及詞曲，1922年秋後應東南大學聘，舉家南遷。朱希祖（1878—1944），字逷先，一作逖先，浙江海鹽人，在北大工作時間最長，1913年受聘於北京大學，先後擔任過預科教授、文科教授、國文研究所主任、中國文學系主任、史學系主任，直到1932年方才離開。

林傳甲撰寫並印行於1904年的《中國文學史》歷來備受關注，比如，鄭振鐸《插圖本中國文學史》、容肇祖《中國文學史大綱》等，都將此書作爲最早由中國人撰寫的文學史來表彰。近年夏曉虹《作爲教科書的文學史——讀林傳甲〈中國文學史〉》、戴燕《文學·文學史·中國文學史——論本世紀初『中國文學史』學的發軔》和陳國球《文學史書寫形態與文化政治》，更對此書有專門的評述。[六]學界之談論朱希祖，更多肯定其史學方面的貢獻，因而其文學興趣及《中國文學史要略》極少被史家提及。至於吴梅，世人對其任教北大，講授詞曲之

學，多有褒獎之詞，缺的衹是剛剛發現的《中國文學史》。[七]

一般人心目中，朱希祖是著名史學家；這自然没錯，其對北大歷史系的貢獻，至今仍被稱道。可人們很少注意到，朱希祖初到北大那幾年，教的是中國文學史。查看1917年11月29日《北京大學日刊》上的《文科本科現行課程》，不難發現，朱希祖給中國文學門一年級學生開『中國古代文學史（上古迄建安）』，給二年級學生開『中國古代文學史』，給英國文學門一、二年級學生開『中國文學史要略』，就是没在歷史系開課。在1919至1920年度《國立北京大學學科課程一覽》中，朱希祖所開的課程包括：『中國文學史要略』，二學時；『中國文學史（一）』（欲專習中國文學者習之），二學時；『中國詩文名著選』，四學時；『史學史』，一學時。[八]衹是在1920年出任史學系主任後，朱希祖所開課程，方才逐漸轉移到史學方面。

新文化運動時期，早年曾留學日本早稻田大學的朱希祖，對文學革新表現出濃厚的興趣，甚至參與發起了文學研究會。鄭振鐸編選的《中國新文學大系》中的《文學論争集》，還專門選録了朱希祖刊發於《新青年》第六卷第四號的《非『折中派的文學』》和《白話文的價值》二文。前者稱：『要曉得舊思想不破壞，新事業斷斷不能發生的；兩種相反對的主義，一時斷不能並行的。』後者除再三辨正白話文的價值，更着重强調輸入新詞語的意義：『若打破古例，輸入外來的新語，則文學的思想界，正如闢了數國的新疆土，又添了數國文學上的新朋友，豈不有趣？』[九]這話由留日學生，且又是章太炎高徒、北大教授的朱希祖説出來，自然很有分量。

雖同屬新文化人，比起胡適或同門的周作人、錢玄同來，朱希祖的文學觀念受章太炎影響很深，顯得比較傳統。他在1917年11月5日的日記中寫道：

> 近來北京大學文科教授主持文學者，大略分爲三派：黄君季剛與儀徵劉君申叔主駢文，而劉與黄不同者，劉好以古文飭今文，古訓代今義，其文雖駢，佶屈聱牙，頗難誦讀；黄則以音節爲主，間飭古字，

不若劉之甚，此一派也。桐城姚君仲實，閩侯陳君石遺主散文，世所謂桐城派者也。今姚、陳二君已辭職矣。余則主駢散不分，與汪先生中、李先生兆洛、譚先生獻，及章先生（太炎）議論相同。此又一派也。〔一〇〕

可見新文化運動剛開始時，朱希祖仍在駢散之争那裏打轉。而到了1919年初發表《文學論》，則是另一種境界：

吾國之論文學者，往往以文字爲準，駢散有争，文辭有争，皆不離乎此域；而文學之所以與他學科並立，具有獨立之資格，極深之基礎，與其巨大之作用，美妙之精神，則置而不論。故文學之觀念，往往渾而不析，偏而不全。〔一一〕

這也才能理解，1920年刊行《中國文學史要略》時，朱希祖必須澄清自己已經變化了的立場：『蓋此編所講，乃廣義之文學。今則主張狹義之文學矣，以爲文學必須獨立，與哲學、史學及其他科學，可以並立，所謂純文學也。』〔一二〕

很少採納通用教材，而喜歡臨時印發講義，這是老北大的一個傳統。這麽做，成本較高，而且随意性强，校方曾試圖糾正。1917年12月11日的《北京大學日刊》上，刊發了《評議會致本校全體教員公函》，希望教員們向書店定購公開發行的教科書，或將自家講義修訂出版。當然，話没説絶：『專門科學及他高等學術，無適宜之教科書或參考書時，可由教員随時酌定印發講義。』〔一三〕文科學長陳獨秀的態度則更爲强硬，要求自下學期起，預科採用教科書，本科則一律改用口授筆述：

鄙意大學印發講義實非正當辦法，文本科業已有數種學科，由教員口授，學生筆述，未發講義，亦無十分困苦難行之處。〔一四〕

但這個規定没能真正實行，1920年魯迅到北大講中國小説史，照樣是每周提前寄送講義，以便工友繕寫石印，上課前發給聽講的學生。1928—1930年在北大旁聽的兩位日本留學生、日後成爲著名漢學家的倉石武四郎（1897—1975）和吉川幸次郎（1904—1980），都曾在回憶録中饒有興趣地介紹北大這一課前發講義的制度。[一五]

大學之所以需要印發教員編撰的講義，有學術上的考量（如坊間没有合適的教科書，或學科發展很快，必須隨時跟進），但還有一個很實際的原因，那就是教員方音嚴重，師生之間的交流頗多障礙。倉石武四郎和吉川幸次郎當年曾結伴在北大旁聽，日後回想起朱希祖之講授中國文學史和中國史學史，不約而同地都談及其濃重的方音。在《在北京學漢語》中，倉石武四郎是這樣回憶的：

> 那時北京大學的老師，大多是江浙一帶的人，如要學習浙江的方言，再没有比這更好的機會了，因爲每天都有許多浙江方言充斥你的耳膜。不過，要想明白它的意思，可就不那麽容易了。其中有一位名叫朱希祖的老師，聽説他後來在戰争中去世了，他的下巴上留着濃密的胡鬚，被人叫做朱大胡子。聊起這位老師時，我們就把手横着貼在胸前，表示胡子已經長到那裏了。他教授文學史方面的課，但他説的話實在是太難聽明白了。……不過我又想，中國的學生們怎麽樣呢？就問了問旁邊的同學，他回答説完全聽不懂。……幾乎所有的老師都使用課堂資料，但這位朱希祖老師却不用，上來就講，所以學生們都聽不太懂。不過，『完全聽不懂』却還如此鎮定自若，我真是十分地驚訝。[一六]

而在《我的留學記》中，吉川幸次郎也專門提到浙江海鹽這地方語言之難懂：『當我對旁邊的同學説，我衹聽懂了1/3，旁邊的同學説：朱大胡子所説的，我也聽不懂！』接下來，吉川還繪聲繪色地講述了北大的『排朱運動』，起因正是『朱希祖先生馬虎了事地經常拖延交出講義，而其講話又難於聽懂』。[一七]早年的《中國文學史要略》，因『與余今日之主張，已大不相同』，不好意思再拿出來；而預告中的《新編文學史》，又一直没有完成。學術興趣早已轉向史學的朱希祖，對『中國文學史』這門課大概有些敷衍，這才會引起學生的不滿。用今天的眼光來看，林著固然蜻蜓點水，朱著也没多少獨創性可言，至於吴著，連他自己都有意無意地遺忘了。説到底，這些都是普及知識的『講義』，不是立一家之言的『著述』。之所以重刊這三種『過時』的講義，不外是借此呈現早年北大的課堂，並凸顯文學史作爲一個學科的成長歷程。對於一般讀者來説，没必要細數這些陳穀子爛芝麻；對於專攻文學史或學術史的學者，此類藏本很少，搜尋不易，還是值得翻閲的。

此次影印刊行，林傳甲《中國文學史》選擇的是1910年武林謀新室的校正本（1914年第六版）；朱希祖《中國文學史要略》採用了北京大學一年級講義本（鉛印）；吴梅《中國文學史》用的則是爲北大文科國文門三年級準備的石印講義。需要説明的是，吴著原藏巴黎法蘭西學院漢學研究所圖書館，書題《中國文學史（自唐迄清）》，實際上衹寫到了明代，而且三册中有一半是資料及作品選。這回影印的，衹是其中的文學史論述部分。很可惜，石印講義本就效果不好，加上年代久遠，有些字迹模糊不清。開始還想代爲描摹，後來發現『越描越黑』，還不如乾脆保持原狀。這樣一來，不太清晰之處，也就衹能鼓勵讀者充分發揮辨析與想象力了。

2005年8月20日於京西圓明園花園

注釋

［一］王守常，汪暉，陳平原．學人：第14輯［M］．南京：江蘇文藝出版社，1998：13－40．
陳平原．北大精神及其他［M］．上海：上海文藝出版社，2000：246－277．
陳平原．中國大學十講［M］．上海：復旦大學出版社，2002：101－134．

［二］國文教授會．文科國文學門文學教授案［N］．北京大學日刊，1918－05－02(2)．

［三］國文教授會．國文教授會開會紀事［N］．北京大學日刊，1919－10－17(2)．

［四］ 黄霖.近代文學批評史[M].上海:上海古籍出版社,1993:783－785.

［五］ 大學堂總監督爲學生瞿士勛購閲稗官小説記大過示懲事告示[M]//北京大學,中國第一歷史檔案館.京師大學堂檔案選編.北京:北京大學出版社,2001:252.

［六］ 夏曉虹.作爲教科書的文學史——讀林傳甲《中國文學史》[M]//陳平原,陳國球.文學史:第2輯.北京:北京大學出版社,1995:329－333.

戴燕.文學・文學史・中國文學史——論本世紀初『中國文學史』學的發軔[J].文學遺産,1996(6):4－15.

陳國球.文學史書寫形態與文化政治[M].北京:北京大學出版社,2004:45－66.

［七］ 參見本書附録《不該被遺忘的『文學史』——關於法蘭西學院漢學研究所藏吴梅〈中國文學史〉》。

［八］ 王學珍,郭建榮.北京大學史料:第2卷[M].北京:北京大學出版社,2000:1081－1087.

［九］ 鄭振鐸.文學論争集[M]//趙家璧.中國新文學大系:第2集.上海:良友圖書公司,1935:86－96.

［一〇］ 朱偰.五四運動前後的北京大學[M]//中國人民政治協商會議全國委員會,文史資料研究委員會.文化史料(叢刊):第5輯.北京:文史資料出版社,1983:162.

［一一］ 朱希祖.文學論[J].北京大學月刊,1919,1(1):45－57.

［一二］ 朱希祖:《中國文學史要略》叙[M]//中國文學史要略.刊本.北京:北京大學,1920.

［一三］ 北京大學評議會.評議會致本校全體教員公函[N].北京大學日刊,1917－12－11(2).

［一四］ 陳獨秀.致文科全體教員諸君公函[N].北京大學日刊,1917－12－22(2).

［一五］ 〔日〕倉石武四郎.倉石武四郎中國留學記[M].北京:中華書局,2002:210－212,233－236.

〔日〕吉川幸次郎.我的留學記[M].錢婉約,譯.北京:光明日報出版社,1999:48－51.

［一六］ 〔日〕倉石武四郎.倉石武四郎中國留學記[M].北京:中華書局,2002:233－234.

［一七］ 〔日〕吉川幸次郎.我的留學記[M].錢婉約,譯.北京:光明日報出版社,1999:49－50.

中國文學史

林傳甲 編著

中國文學史序

吾友林子歸雲著書才也年二十著書已等身聲譽半天下甲辰夏五月來京師主大學國文席與余同舍居每見其奮筆疾書日率千數百字不四閱月中國文學史十六篇已殺青矣吁亦偉哉或曰古之著書者瘁畢生精力所得常不能累寸而勒成書以問世尤致兢兢焉或且夷然不自屑也今林子乃於忽忽百日間出中國空前之鉅作不已易乎余謂是不然天下惟視事甚難而事乃卒無一就故善治牛者目無全牛惟其易也夫著書至難事也而林子猶易之天下更何足以難我林子者異日出其身以任天下事猶之是書也任事則成事之始也其亦又何譏況林子所爲非專家書而教科書固將詔之後進頒之學官以備海內言敎育者討論焉其不可以過自珍秘者體裁則然也雖爲學問者無窮之事業人類者進化之動機他日者國民程度益以高林子學識益以大乃徐取其少作而芟夷刊定之使底於至精且粹或復屬不敏爲之操觚揚榷之則天下躊躇滿志者寧有過是歟故余非第序林子今日之書也余且爲學界之前途企也光緒甲辰季冬之望

弋揚江紹銓序

中國文學史　序

中國文學史目次

第一篇　古文籀文小篆八分草書隸書北朝書唐以後正書之變遷

第二篇　古今音韻之變遷……一三

第三篇

古今名義訓詁之變遷

第四篇　古以治化爲文今以詞章爲文關於世運之升降

第六篇

第七篇

第八篇　周秦傳記雜史文體……九一

第九篇

第十篇

第十一篇

第十二篇

第十三篇

第十四篇

第十五篇　駢散古合今分之漸……一八四

第十六篇　駢文又分漢魏六朝唐宋四體之別

右目次凡十六篇．每篇十八章．總二百八十八章．每篇自具首尾．用紀事本末之體也每章必列題目用通鑑綱目之體也大學堂章程曰日本有中國文學史可仿其意自行編撰講授按日本早稻田大學講義倘有中國文學史一帙我中國文學爲國民教育之根本昔京師大學堂未列文學於教科今公共科亦缺此課傳甲於優級師範生分類後始講歷代文章源流實爲公共科之補習課也然公共科文學每星期三小時分類科文學每星期六小時此半年之程度實足與公共科全年程度相符大學堂研究文學要義原係四十一欵茲已撰定十六欵其餘二十五欵所舉綱要已略見於各篇故不再贅傳甲更欲編輯中國初等小學文典中國高等小學文典中國中等大文典中國高等大文典皆教科必需之課本否則仍依大學堂章程編輯歷代名家論文要言亦鉅製也或曰中國文學史義取簡約古今一律然國朝文學昌明尤宜詳備甄採當別撰國朝文學史以資攷證傳甲不才今置身著述之林任事半年所成止此昔初編講義時曾弁短言爲授業豫定書今已届一學期爰輯期內所授課爲報告書由教務提調呈總監督察核焉光緒三十年十二月朔侯官林傳甲記

中國文學史

傳甲學問淺陋。猥登大學講席。與諸君子以中國文學相切磋。今優級師範館及大學堂預備科章程。於公共課則講歷代源流義法。於分類科則練習各體文字。惟教員之教授法。均未詳言。查大學堂章程中國文學專門科目所列研究文學衆義。大端畢備。即取以爲講義目次。又采諸科關係文學者爲子目。總爲四十有一篇。每篇析之爲十數章。每篇三千餘言。甄擇往訓。附以鄙意。以資講習。夫籀篆音義之變遷。經史子集之文體。漢魏唐宋之家法。書如烟海。以一人智力所窺。終恐挂一漏萬。諸君於中國文字。皆研究有素。庶勗其不逮。俾成完善之帙。則傳甲斯編。將仿日本笹川種郎中國文學史之意以成書焉。或課餘合諸君子之力。撰中國文典。爲練習文法之用。亦教員之義務師範必需之課本也。

第一篇

古文籀文小篆八分草書隸書北朝書唐以後正書之變遷此篇但言變遷源流

至於文字浩繁。未能逐字講釋。應俟大學堂說文專科詳說之。

一 論未有書契以前之世界

乾坤肇奠。萬彙渾噩。人羣與木石居。與鹿豕遊。故有屯盈之象。而蒙昧者未闢。需用者亦弗備也。讀易繫辭傳。遊心皇古。凡後世民生日用之器。皆古人艱難締造以成之。方其初飲食衣裳網罟耒耜宮室舟車。皆未之備。以今日文明之民。置身其間。不能一日安處。不但書契一端。尤爲闕典也。惟人爲萬物之靈。有聖人首出。制器尙象。始由草昧進於文明。數千年來。仍日進而不已焉。野人可進而爲君子。夷狄可進而爲中國。皆書契以後之世宙也。

二 論書契創造之艱難

伏羲氏仰以觀象於天。俯以觀法於地。觀鳥獸之文與地之宜。近取諸身。遠取諸物。於是始作八卦。以通神明之德。以類萬物之情。今觀八卦。有衡畫而無縱畫。制作簡質。欲象形而未能。乾天坤地艮山兌澤震雷巽風坎水離火。僅舉天地萬物之著者而畫之而已。象數之理。後人愈推而愈密。聖人制作之初。未能精備也。易之爲道。變化無方。非一成而不可易也。結繩書契之制。不可盡考。孫星衍周易集疏引。鄭康成曰。結繩者。事大大結其繩，事小小結其繩。又引鄭氏曰。以書書木邊。言其事。刻其木。謂之書契。蓋結繩記事。猶不足昭符信。書契則刻於木邊。各持其一。可分可合。後世券約執照之類。皆有騎縫號印。以備存根。內而政府。外而商務。皆遵用之。則古制之盡善者。雖數萬里外必相同。雖數萬年後必不廢也。甲嘗入苗疆猺峒諸地得見彼中木雙合之券於交縫處以鐵箸烙成文字持爲符信特紛紜如亂絲恐不能成字體耳

三　論書契開物成務之益

書契以前。無徵不信。故太史公史記。託始於黃帝。許叔重曰。黃帝之史倉頡。見鳥獸蹏迒之迹。知分理之可相別異也。初造書契。百官以乂。萬民以察。蓋取諸夬。夬揚於王庭。言文者宣明教化於王者朝廷。君子所以施祿及下。居德則忌也。倉頡爲左史。沮誦爲右史。書契既成。中國專門科學。遂發明於黃帝之世。如羲和占日。常儀占月。臾區占星氣。伶倫造律呂。大撓作甲子。隸首作算數。容成綜斯六術而著調歷。風后制握奇陳法。榮爰鑄鐘。大容作雲門大卷之樂。甯封爲陶正。赤將爲木正。揮作弓。夷牟作矢。共鼓化狐爲舟楫。邑夷作車。岐伯作內經。俞跗雷公察明堂究息脉。巫彭桐君處方餌。其元妃西陵氏女嫘祖教民蠶。凡今日有用科學。無不備於是時。陶姚以上。當以是爲極盛之會矣。又按遼金元三朝太祖皆創國書以致勃興英法德俄因拉丁以爲國書且以識字人數逐年比較以徵民智之開塞科學之盛衰吾願黃帝神明之冑宜於文學科學加勉矣

四　論五帝三王之世古文之變遷

許叔重曰倉頡之初作書蓋依類象形故謂之文其後形聲相益即謂之字文者物象之本字者言孳乳而寖多也著於竹帛謂之書書者如也以迄五帝三王之世改易殊體封於泰山者七十有二代靡有同焉由此觀之古文不盡由倉頡作也晉衛恆四體書勢云自黃帝至三代其文不改與許說異韋續字源言包犧氏獲景龍之瑞作龍書少昊金天氏以鳥紀官作鸞鳳書神農因上黨生嘉禾八穗作穗書黃帝因卿雲見作雲書堯因靈龜負圖作龜書夏后作鐘鼎書皆隨所見而製者也墨池編言務光辯湯禪爲薤葉文古今篆隸云周文王因赤雁啣書武王因丹鳥入室作鳥書又因白魚之慶作魚書日人中國文學史即據此以爲中國文字之起源考孝經援神契言三皇無書字源所言多未可信今考宋薛尚功之鐘鼎款識其商鼎二類多與周鼎之文異則謂五帝三王之世其文不變亦不足信矣特其變遷之跡世遠年湮而無古籍可考耳叔重言字如孳乳而寖多則其上下數千年間古文亦由漸而增矣英和字典每年皆有新增之字即孳乳寖多也西域字母之說即本諸此

五　古文籀許書而存

說文言古文者謂倉頡所作古文也先小篆而後古籀者尊漢制也以小篆爲質兼錄古

文籀文所謂今敘篆文合以古籀也。小篆之於古籀或仍之或省改之仍者十之八九。省改者十之一二而已。仍則小篆皆古籀也。故不更出古籀省改則古籀非小篆也。故更出一二三之本古文明矣。何以更出弌弍弎也。蓋所謂古文而異者當謂之古文奇字此金壇段氏之說。愚按古文而異者當爲倉頡造字以後之變遷也。

六　六書之名義區別（子目本經學門之說文學之第三條下條本第三條）

周禮保氏敎國子以六藝。故曰六書許叔重曰。一曰指事指事者視而可識。察而可見意言是也。二曰象形象形者畫成其物隨體詰屈。日月是也。三曰形聲形聲者以事爲名。取譬相成。江河是也。四曰會意會意者比類合誼以見指撝。武信是也。五曰轉注轉注者建類一首同意相受。考老是也。六曰假借假借者本無其字依聲記事。令長是也。段氏謂六書者文字聲音義理之總匯也。有指事象形形聲會意而字形盡於此矣。字各有音而聲音盡乎此矣。有轉注假借而字義盡乎此矣。異字同義曰轉注。異義同字曰假借。有轉注而百字可一義也。有假借而一字可數義也。鄭衆注六書象形本意轉注處事假借諧聲。其次第未可考。是以舍鄭而從許焉。（先儒釋轉注言人人殊不能備錄此篇以字形變遷爲主轉注俟說文專科詳說之）

七　六書之次第

漢書藝文志小學家。謂象形象事象意象聲轉注假借爲造字之本也。其次第與許書小異。象事即指事也。象意即會意也。象聲即形聲也。鄭樵通志曰。六書以象形爲本。形不可象。則屬諸事。事不可指。則屬諸意。意不可會。則屬諸聲。聲則無不諧矣。五不足而後假借生焉。此數語言次第最明晰。疑周禮保氏鄭注。或係後人所倒亂。見王筠說文釋例。通志曰。獨體爲文。合體爲字。象形指事。皆獨體也。會意形聲。皆合體也。四者爲經。造字之本也。轉注假借二者爲緯。用字之法也。漢志以六書爲造字之本。來合。惟叙六書之次第。較之許氏爲便也。西洋以埃及爲最古其古文皆象形字有蟲魚馬牛之象其國之金塔石柱至今猶存美洲墨西哥亦有象形文字張南皮以爲華人所立蓋象形爲造字之權與固中外之所同也

八　古文籀文之變遷

子目本古籀篆之變析爲三節

周宣王大史籀著大篆十五篇。其文與古文或異。漢書藝文志云。史籀十五篇。自注周宣王太史公作大篆十五篇。又云史籀篇者。周時史官教學童之書。然則其姓不詳紀傳中。蓋史官不言姓。猶孔子之稱史魚。後人之稱史遷。皆不言姓也。史籀大篆。其文與古文異者。詳於許氏十四篇之中。其已改者。許氏別之曰籀文。其未改者。仍曰古文。其古籀之無異於古籀者。雖不言古文籀文。實古文籀文也。王莽傳。徵天下史篇文字。孟康云。史籀所

作。蓋史篇以官名。猶籀文以人名耳。許書引史篇者三。奭下云此燕召公名。史篇名醜。匋下云史篇讀與缶同。姚下云史篇以爲姚易。知則大篆之下。兼有解說。自漢以後。亡佚幾盡。許氏所謂籀文九千字者。其遺文只此數語耳。

九　籀文以後之變遷

孔子書六經。左邱明述春秋傳。皆以古文。孔子歿而微言絕。七十子終而大義乖。周政不綱。諸侯皆去其籍。不至秦始皇而始焚書也。中庸孔子曰。今天下車同軌。書同文。行同倫。列國皆以大篆爲通行之字。未嘗變也。七國時。秦孝公。趙武靈王。皆變亂先王之法制。許氏所謂田疇異畝。車涂異軌。律令異法。衣冠異制。言語異聲。文字異形。今攷六國異聲異形之字。不傳於後世者。國滅而文字隨之也。（古之渤海西夏皆創字不傳今波蘭字亦滅）漢興。言論語者。有齊魯之異。春秋傳左氏楚人。其書皆楚人之辭。公羊氏齊人。其書皆齊人之辭。鄭樵所謂一家之言也。後世六經諸子中。往往有字形音讀與說文異。且說文所謂收者。大抵皆六國遺文。楊雄因攷輶軒之方言。多識奇字。蓋六國之書。就大篆而損益之。非離六書而自造一體也。

十　大篆小篆之變遷

秦始皇幷六國。大一統。凡六國法制異於秦者皆更之。則六國文字異於秦者亦罷之矣。丞相李斯作倉頡篇。中書府令趙高作爰歷篇。大史令胡毋敬作博學篇。皆取古文大篆。或頗省改。所謂小篆者也。秦人得天下以秦文同天下之文。其損益舊制。亦猶殷因於夏。周因於殷也。今以大篆小篆比而觀之。籀文繁而小篆簡。人情孰不憚繁重而趨簡易乎。史籀較古文已簡易。小篆則更簡易矣。治六經者皆究大小篆而已。未有上溯蝌蚪鐘鼎者。蓋好古者學之。非必人人學之也。（西人字母亦分大楷小楷兩種東文字母亦分片假名平假名二種其字形大同小異亦與大篆小篆略同中文用大篆少小篆多西文亦用大楷少而小楷多也）

十一　傳說文之統系（子目本章程原文在六書名義區別之前今移之於此因時代爲先後而各家說文之學皆附此款）

說文秦上以後。鄭康成注三禮。各引一事。建初中曹喜邯鄲淳韋誕。皆以篆法授受。吳嚴畯字曼才。好說文。晉惤令呂忱上字林六卷。附託許慎說文。見法書要錄。後魏江式之論書表。梁黃門侍郎顧野王撰玉篇。陳書稱蟲篆奇字無所不通。亦有得於許氏也。唐之李陽冰善小篆。上與李斯齊名。謂之筆虎。蓋唐以說文立博士。習之者多也。林罕謂文中之古籀。爲呂忱所增。其說未是。宋則有郭忠恕之汗簡。佩觿。夏竦之古文四聲韻。張有之復古編。鄭樵之六書畧。戴侗之六書。故其大旨皆不違於許氏。其間傳述之功。則以南唐二徐爲最。楚金之繫傳。鼎臣之校理。世所謂大徐小徐也。元明以來。訓詁之學漸微。則語錄性理間之也。元之楊恒。劉泰。戴侗。周伯琦。舒天民。明之趙古則。楊愼。陸深。朱謀瑋。張位。所說轉注。言人人殊。不可毛舉。近人臧氏禮堂著說文引經攷。嚴氏可均說文天算攷。說文聲類。皆有專門獨到之功。孫氏星衍攷三體石經。校倉頡篇。皆以許書爲根據。段氏玉裁注說文解字。竭數十年之力爲之。精實通博。非前之傳說文者可及。雖紐氏樹玉。訂其誼例。鄒氏伯奇。作札記糾其牴牾。而段氏之書。終爲治說文者所重也。桂氏馥說文義證。徵引羣言。不加斷制。致後人有類書之譏。王氏筠說文釋例。條舉許氏原書所稱引而部分之。便於學者。及朱氏說文通訓定聲出。幾欲畢智竭精。使後不可加矣。憶乾嘉諸老。如錢氏坫病廢後。猶左手作篆。江氏聲生平筆札。皆用篆書。其篤好非常人所及。夫古人小學之一。今人皓首或未能窮焉。則時代限之也。茲篇述變遷大意。其各家要旨。俟經學說文學專科詳之。此節以說文爲限元吾邱衍學古篇及近世篆印之譜錄無關宏指不錄專意美術者自求之

十二　篆隸之變遷

秦始皇禁挾書。不禁識字。勢不可也。既用小篆。而用於奏事。及刻石告功。復作隸書。以施之徒隸者。豈欲開通黔首之智慧哉。亦勢不能不變也。古者天子治畿內。環四方所至皆

五百里文告易通字雖繁重猶可用也秦并天下賦役獄訟文牘繁興則不得不以隸人佐書隸人但求記事不得不日趨簡易下杜人程邈爲衙獄吏得罪幽繫雲陽增減大篆體去其繁複始皇善之出爲御史名曰隸書爲秦書八體之一焉漢人碑刻石經所用之字謂之漢隸婁機撰漢隸字源王念孫撰漢隸拾遺所以別於秦隸也鍾王變體謂之今隸遂合秦漢而稱古隸焉今隸即今日楷書之元胎也庾元威創散隸謂以散筆作隸書也後世徒隸益務簡易公牘文字俗體日滋如準作准驗作騐之類吾不知其變遷所極也

十三　篆隸與八分之別區

秦之八體曰大篆曰小篆曰刻符曰蟲書曰摹印曰署書曰殳書曰隸書獨未言八分歐陽修遂以八分當隸書紀曉嵐據梁肩吾之書品辨云謂庾氏云隸書即今時正書梁之正書即今之楷書也唐六典及張懷瓘書斷上卷列八分於籀篆之後隸書之前則八分豈遂爲篆隸變遷之樞紐乎何許慎說文略而不言也書斷言秦始皇見王次仲文簡略應急甚善遣使召之於時代未合唐唐元度論十體事謂後漢帝時上谷王次仲作八分楷法則與程邈隸書有別而晉書衛恆四體書勢則言王次仲始作楷法至靈帝好書時多能者又言梁鵠謂邯鄲淳謂得次仲法然鵠之用筆盡其勢矣鵠弟子毛宏教於秘書

今八分皆宏法也。此說出於晉書。且在書斷之前。宜其可信。則八分之法。更在漢隸之後。古籀之法變遷已盡。詎可駕於秦隸之上乎。如謂隸書卽正書。則八分卽可謂楷法乎。是以仍從說文序目爲次。退八分附隸書之後。庶幾篆隸變遷之迹可攷焉。

十四 隸草之變遷

許書言秦初有隸書。又言漢興有草書。草書者。又隸書之變也。漢趙壹曰。蓋秦之末。刑峻網密。官書煩冗。戰攻並作。軍書交馳。羽檄紛飛。故爲隸草。趣急速耳。示簡易之旨。非聖人之業也。晉衛恆四體書勢亦云。不知作者姓名。章帝時。齊相杜度號善作篇。後有崔瑗崔寔。亦皆稱工。杜氏結字甚安。而書體微瘦。崔氏甚得筆勢。而結字小疏。宏農張伯英者。因而轉精甚巧。又言弟文舒者。次伯英。又有姜孟穎梁孔達田彥和及韋仲將之徒。皆伯英弟子。有名於世。然殊不及文舒也。羅叔景趙元嗣者。與伯英並時見稱於西州。而矜巧自與。衆頗惑之。故英自稱上比崔杜不足。下方羅趙有餘。河間張超亦有名。雖與崔氏同州。不如伯英得其法也。

十五 北朝南朝文字之變遷 章程但言北朝不言南朝蓋謂北朝猶近古耶

魏鍾繇晉衛瓘。乘古篆之衰歇。漢隸之式微。由草書行書。變而近於正書。當典午統壹。吳蜀時文敎固儼然定於一也。永嘉一亂。南北隔閡。南朝王羲之獻之僧虔等以及智永虞世南衍爲南派。北朝則索靖崔悅盧諶高遵沈馥姚元標趙文深丁道護葛衍爲北派。唐初歐陽詢褚遂良其源亦出於北派。南派幾不顯。及太宗善王羲之書法。南派顯而北又微矣。趙宋閣帖盛行。北派愈微。惟集古錄論南北書言南朝士氣卑弱。書法以淸媚爲佳。北朝碑誌之文辭淺鄙。又多言浮屠。其字畫往往工妙。惟後魏北齊差劣耳。蓋篆隸遺法。東晉已多改變。無論宋齊也。牋牘繁而減筆多。復古愈難。北朝拘謹拙陋。而古味盎然。近人書法。競尚北魏。亦風氣爲之也。

十六　唐以後正書之變遷

東坡論唐六家書。永禪師骨氣深穩。體兼衆妙。精能之至。反造疏淡。歐陽率更妍緊拔羣。尤工於小楷。褚河南書淸遠蕭灑。微雜隸體。張長史草書頹然天放。略有點畫處而意態自足。號爲神逸。顏魯公書雄秀獨出。一變古法。後之作者殆難復措手。柳少師書本出於顏。而能自出新意。其言心正則筆正者。非獨諷諫。理固然也。東坡於唐代書法變遷之跡。論之最精。而武曌劉㬻等私意造作之字。則置而不論也。北宋書家。東坡及黃山谷米襄陽大抵高視闊步。氣韻軒昂。或詆其稜角怒張。則失之過。蔡襄李時雍亦有聲於世。宣和時徽宗留意書法。得杜唐稽一人。書法不傳。高宗南渡。不力圖恢復。乃作評書之文。爲翰墨志。玩物而已。大旨所宗。惟在羲獻。彼何不援羲之之言曰。區區江左。固以寒心乎。其後裔趙孟頫。遂靦面仕元。所書御服諸碑。頌揚大元盛德。不自知其數典忘祖矣。攷文字之變遷。亦興亾之大鑑戒乎。附注正書以後變遷最異者爲洪武體或謂之宋字橫細縱粗字體方正施之刻書良有裨益惟文人習之者少碑版亦無用之者僅爲手民專家之學也

第二篇

古今音韻之變遷 本篇子目皆用大學堂文學科之音韻學文從簡質專述變遷大要

一 羣經音韻

生民之初。必先有聲音而後有語言。有語言而後有文字。詩歌之作。應在書契以前。但求其音之叶。不求其文之工也。尙書非有韻之文也。夔之典樂。依永和聲。其音韻之始乎。皐陶賡歌。明良康喜起熙之詞。皆韻文也。商周風雅頌。存於今者。蓋三百篇。作詩者雖未必如今人之檢韻以求叶。然今人之攷古音者。惟據古詩及有韻之文足以互證。易彖辭如初筮告再三瀆之類。蓋屋沃古通也。爻辭如需于血出自穴。皆在屑韻。長子帥師弟子輿

尸皆在支韻則古今所同也文言同聲相應同氣相求水流濕火就燥求燥同韻與箕子麥秀歌相同則古今迥異也曲禮首章毋不敬儼若思安定辭安民哉思辭哉同韻其餘韻文散見于禮經之中者則不可枚舉矣儀禮士冠禮士婚禮之醮詞考工記之梓人祭侯辭栗氏量銘皆有韻之文也春秋左傳中之筮辭童謠輿誦諺語亦有韻之文也故近世考古韻者取羣經有韻之文折衷於毛詩而後諦煌以上之元音乃復顯於世蓋經專門之業也不以古音讀古書猶不以和音讀和文於古義究多扞格處也有志者俟入大學音韻專科研究之

二 周秦諸子音韻

楊升菴古音略例取易詩禮楚辭老莊荀管諸子有韻之文標爲略例頗得古韻要領至於老子朝甚除日甚蕪倉甚虛服文彩帶利劍厭飲食貲財有餘是謂盜夸愼據韓非解老篇改夸爲竽謂竽字方與餘字叶柳子厚詩仍押盜夸均誤今考說文夸從亏大聲則夸之本音不作枯瓜切明矣莊子竊鉤者誅竊國者爲諸侯愼讀誅爲之由切不知侯之古音胡正與誅爲韻也荀子第二十六篇曰賦有禮賦知賦雲賦蠶賦箴賦鼎立於風騷之囿爲有韻文之大宗管子四維不張國乃滅亡之語最傳誦於人口者亦因有韻而便

記憶也。嗚呼。升菴遠謫滇南。籍搜剔古書自娛。近代音韻鉅子繼起。楊氏之書式微矣。創始之功。蓋不可沒。今人厭薄舊學。於音韻之繁難者。尤不暇究心。然攷古音變遷之大略。固治高等文學者所當務也。

三 漢魏音韻

漢高皇大風之歌。漢武帝秋風之辭。以及魏武帝橫槊賦詩。所用之韻。皆與今韻爲近。非若三代以上之音佶屈聱牙也。漢文選古文苑之詩賦。及箴銘頌讚之屬。其有韻之文多於羣經諸子。而焦氏易林之數。全書用韻尤多。故考證漢韻。較考證經韻尤易。惜唐人自撰唐韻。漢人未嘗自撰漢韻也。周秦以前之古音。惟漢儒能解。而漢人之古音。惟近代經師能解。因漢魏以考周秦。如重譯然。如郵路然。漢魏音韻既古。故漢魏之文。音節亦古。六朝八家之所能及也。凡將急就。漢人小學書。皆韻文。今日古意猶未盡失也。

四 六朝音韻

魏晉間李登作聲類。雖以聲分類。凡萬一千五百二十字。未嘗謂之韻也。陸機文賦曰。采千載之遺韻。蓋韻由晉人采集而成。東晉呂忱之弟呂靜。始爲韻書。集宮商角徵羽各一卷。至宋周彥倫始著四聲切韻。行於時。齊梁之際。吳興沈約陳郡謝朓瑯琊王融以氣類相推。爲文善用宮商。以平上去入爲四聲。世呼爲永明體。蓋約與王謝。詞華高贍。足以提倡一世。然合於當時之聲調。及江左之方言。未嘗通諸古訓。作賦彌巧。研綜彌拙。使古今語言之歧異。若華裔之不相通曉。此其弊也。然沈約以後。四聲之學。歷陳宋元明至今不能變。且燕粵齊秦四方暌隔。俗諺絕不相同者。音韻無不同焉。未必非周沈諸家之力也。

福建俗語歌謠以漢字書之學者必疑其無音韻也

五　經典釋文音韻

陸德明生於江左。其纂輯前人之音。以釋經典之文。則不盡吳音也。乃毛居正著六經正誤一書。譏陸氏偏於土音。因輒取他字以易之。後人信其說。遽以改本書矣。大凡切音有音和。亦有類隔。陸氏在當時。或用類隔。未嘗不可以得聲。而後人疑其不諧。亦私爲改易。疏本多有之。幸本書無恙耳。陸氏所見經典之本。與賈孔諸人不同。強此就彼。實有未安。夫古無舌頭舌上之分。知徹澄三字母。以今音讀之。與照穿牀無異。求之古音。則與端透定無異。說文沖讀若動。書惟予沖人。釋文直忠切。古讀直如特。沖子之音。猶董子也。字母之學。明者明。闇者闇。明者引千言而解一音。闇者憚其煩苦而弗習焉。此音韻之學。終不大顯於世歟。

六　廣韻

韻書存於今者廣韻最古。然廣韻之原本今亦不存。惟後世累有修改。皆以廣韻爲鼻祖。故見重於世耳。初隋陸法言以呂靜夏侯該楊休之周思言李季節杜臺卿等六家韻書。各有乖互。因與劉臻顏之推魏淵盧思道李茗臍辛德源薛道衡八人撰爲切韻五卷。書成於仁壽元年。唐儀鳳二年長孫訥言爲之注。後郭知元關亮薛峋王仁煦祝尙邱遞有增加。天寶十載。陳州司徒孫愐重爲刊定。改名唐韻。後嚴寶文裴務齊陳道固又各有添字。宋景德四年以舊本偏旁差訛。傳寫漏落。又注解未備。乃命陳彭年邱雍等重修。大中祥符四年書成。賜名大宋重修廣韻。今日與麻沙刻本並存於世。則廣韻一書自隋迄宋。屢有修改。不辨孰爲原本也。

七　唐韻

唐人以陸法言切韻試進士。孫愐又重定爲唐韻。及宋人重修廣韻。而唐韻亡矣。然徐鼎臣校許氏說文在重修廣韻以前。所用翻切。一從唐韻。河間紀遲叟作唐韻考以爲翻切之法。其上字必同母。下字必同部。謂爲之音和。間有用類隔之法者。亦僅假借其上字而不假借其下字。因其翻切下一字。參互鉤稽。輾轉相證。猶可得其部分。乃取說文所載唐韻。翻切排比。析歸各類。乃知唐韻部分與唐韻同。但收字多寡不等耳。有此書而隋唐宋音韻變遷之跡。猶可考也。

八 集韻

宋景祐四年。太常博士直史館宋祁。太常丞直史館鄭戩等。建言陳彭年邱雍所定廣韻。多用舊文。繁略失當。因詔祁戩與國子監直講賈昌朝王洙。同加修定。刑部郎中知制誥丁度禮部員外郎知制誥李淑為之典領。此集韻之例言也。司馬光切韻指掌圖序。則稱仁宗詔翰林學士丁公度李公淑增崇韻學。自許叔重而降。凡數十家。總為集韻。而以賈公昌朝王公洙為之屬。治平四年。余得旨繼纂其職。書成上之。有詔頒焉。是集韻成於溫公之手也。其書平聲四卷。上去入各二卷。共五萬三千五百二十五字。視廣韻增二萬七千三百三十二字。蓋字如孳乳寖多。音韻亦寖多矣。後世韻府之屬。蔚為類書。韻編之例。用於圖史。一則廣博而人不厭其繁。一則精實而人皆樂其易。皆便於檢察。有裨考證也。

英人習中國語言文字亦有漢音韻府卷幅浩繁

九 宋禮部韻

宋禮部韻有二本。附釋文互註禮部韻略五卷。附貢舉條式一卷。增修互註禮部韻略五卷。則毛晃父子所增也。宋初程式用韻。漫無限制。故閩士有以天道如何仰之彌高爲叶音者。景祐以後。撰此書著爲令式。迄南宋不改。然收字頗狹。頗爲俞文豹吹劍錄所譏。孫諤黃積厚黃啓宗張貴謨吳杜皆屢請增收。而伯邑亦作九經補韻。以拾其遺。然每有陳奏。必下國子監看詳。再三審定。而後附刋韻末。或有未允者。如黃啓宗所增躋一作齊鰥一作矜之類。趙彥衞雲麓漫鈔。尙駁詰之。蓋既經廷評。又經公論。故較他韻書特謹嚴。毛晃蒐采典籍。依韻增附。又韻畧之例。凡經有別體別音者。皆以墨闌圈其四圍。亦往往舛漏。併釐訂音義字畫之誤。凡增二千六百五十五字。增圈一千六百九十一字。訂正四百八十五字。其子居正復續所遺。增一千四百二字。父子相繼。用力頗勤。但不知古今文字音韻之殊。往往以古音入律詩。借聲爲本讀。所謂引漢律斷唐獄者耶。

十　平水韻

今日通行之韻。上下平各十五。上聲二十九。去聲三十。入聲十七。大抵因平水韻之舊耳。古韻分二百六部。唐宋相承。雖次第先後不同。而部分未改。平水韻併四聲爲一百七韻。陰時夫又併上聲拯韻入迴韻。遂成今日通行之韻焉。後人往往以平水爲劉淵考元槧本平水韻略。卷首有河間許古序。乃知平水書籍王文郁所撰。後題正大六年己丑。則文郁書成於金哀宗時。非宋人也。劉淵刊王水平水韻略而去其序。故黃公紹以爲劉淵所撰也。元明以來承用已久。雖洪武正韻以帝王之力不能奪焉。康乾時之佩文詩韻爲官韻。沿習不改。而音韻名家專以討論古韻爲功。不復以今韻爲學。惟詞章家資以爲用也。大成集成鏤銅板於前。合璧全璧縮石印於後。層疊堆積。有類高頭講章。專供獺祭。新章既改。塲屋夾帶不復用此。將舍聲偶之徵。究音均之實。中西科學咸基於此矣。世俗以王劉黃陰之均爲沈約韻蓋未致變遷之故也

十一　翻切

左傳之丁甯爲証。國語之勃鞮爲披。國策之勃蘇爲胥。實爲翻切之始。漢之許鄭釋音。究形聲之原。從偏旁之正音或轉音。不過曰讀如讀若從某聲而已。及曹魏之初。孫炎始爲翻切。王弼注易亦有翻切二處。蓋古人但以一音釋一音。孫王乃合兩音以釋一音也。譬之鐘爲鐘聲。鼓爲鼓聲。鐘鼓並作。則自成一種音節。又譬如黃色藍色並著於素質。則成綠色。同一顯而易見之理也。但孫氏創翻切。僅見於爾雅音義。而未明其原。故魏之末。翻切盛行。而高貴鄉公猶不能解。反以爲怪也。孫炎之學未精。宜乎西域字母之學。乘其敝而入中國也。

十二 字母

孫炎言翻切不言字母。至六朝僧神珙始作三十字母。珙有反紐圖。出於唐元和以後。或云唐初僧舍利作三十字母。後有僧守溫者。益以六字。今所謂見溪郡疑是牙音。端透定泥舌頭音。知徹澄娘舌上音。幫滂並明重唇音。非敷奉微輕唇音。精清從心邪齒頭。照穿狀審禪正齒。影曉喻匣是喉音。來日半唇半齒音是也。中國字母仿西法。猶日本字母借中文也。悉曇梵僞儒者不言。然字母之學。於彼教無與也。神珙五音聲論。及四聲五音九弄反紐圖。附於玉篇。傳於後世。然隋書經籍志。已稱婆羅門書十四音貫一切字。漢明帝時與佛書同入中國。釋藏譯經。字母自晉僧伽婆羅以下可攷者。尚十二家。則字母亦不始於神珙矣。近日中國新字母惟蔡氏沈氏兩家較著

十三 雙聲

中國以雙聲取反切。西域以字母統雙聲。其理一也。反切之音同母者。謂之雙聲。同部者謂之疊韻。疊韻之字易知。如堂皇雍容之類是也。雙聲之字。古人多用爲形容詞。如丁冬芬芳之類是也。詞章善用疊韻雙聲。取其音節之諧也。古人不但疊韻之字可爲韻。雙韻之字亦可爲韻焉。經韻之離合者。皆雙聲也。試取三百篇之不合於疊韻者。以雙聲通之。

自無不合者。又何必增立轉音合韻種種名目乎。終南之詩。裘與梅哉爲韻。羔裘之詩。侇與濡渝爲韻。皆雙聲也。七月之陰與冲韻。雲漢之臨與躬韻。蕩之諶與終韻。小戎之驂與中韻。皆雙聲也。養新錄以爲轉音。不若謂之雙聲尤合。疊韻諧和。必同韻。雙聲之諧和。則自此韻歧入彼韻。願學者必熟察焉。

十四 六朝反語

等韻盛於齊梁。陸法言之切韻。即反語也。兩文字互相切謂之反。取反覆之義。亦謂之翻。如同泰之反爲大。桑落之反爲索。即是也。兩字切一字。磨切而出聲。謂之切。德紅之切東。徒紅之切同是也。亦謂之紐。有正紐。有倒紐。有旁紐。不越一反也。名異而實同耳。以三十六字母貫穿天下無窮之字。切韻以同母出切。以同韻定聲。而本音生焉。千載後音讀差訛。可藉反切而考其元音。且向無同音之字。亦可以反切取其音。然後世用反切者。或所用上下兩字不合。則所切之音亦不合。此其未盡善者矣。蓋兩音併一音。猶西人兩字母併一語。故其用猶狹而不廣也。

十五 三合音

鄭夾漈六書略謂華有二合之音。無三合之音。梵有二合三合四合之音。亦有其字。因舉箋縛之二合。曪馱曩之三合。悉底哩野之四合爲證。沈括夢溪筆談。亦謂梵語薩嚩訶三字合言之。即楚詞之些字。本朝乾隆時御定清文鑑。左爲國書。右爲漢語。國書之左。譯以漢音。用漢字三合切韻。漢書之右。譯以國書。爲取對音。國書之聲。多漢字所無。故以三合取之。又推及蒙古西域。而同文韻統。并天竺西番之字。咸考合焉。宜當時聲教之遠矣。傳甲夙以不習清書爲大恥。（見舊刻圖史通義）且吉黑邊務。知俄語不知滿蒙語。不能任也。新疆邊務。知英俄語不知準回語。不能任也。西藏邊務。知英語不知衞藏語。不能任也。中國文字。應習者凡五種文字。中原志士。僅知其一。不知其二焉。大學堂章程中國文學門。未嘗及此。今因論三合音類及之。他日大學成。增設滿蒙回藏文字。造成邊帥之材。傳甲固願爲建議之人焉。（又按合音即西文之併法無他巧也）

十六　東西各國字母

今日東西各國。皆以字母爲文。第一字母。東人作ア。西人作A。則東西之音皆同。讀之如阿。中國清文十二字頭。第一字亦作阿。疇昔阿字。爲陵阿之義。收入歌韻。今則欽定音韻述微。收入麻韻矣。古音麻韻之字。皆與魚虞相從。字母出而中國始有麻韻也。阿字其天然之元音乎。日本落合直文著言海。凡外來語言。皆表而異之。中國地大人繁。梵詞蠻語。

古時流傳至今者。文人學士且習焉而不察也。今日東西新名詞侵入中國。不但文字變。言語亦變。上海有洋涇濱語。不中不西。卽西人學華語而未成。華人學西語而未成者所組織也。此亦文字大同之始基也。日本字母。出於中華。泰西字母。皆源於羅馬。中國一字。日本併合數字母而始成。英法德俄用羅馬字母而併法各異。且英美同文而言語微歧。法比同文。而言語微歧。德意志各聯邦文字同而言語微歧。他日世界大同。歐洲列邦必同用羅馬古文。亞洲列邦。必同用中國漢文。或名詞皆定爲漢字。而以字母綰合其間。東西人皆可讀。而交通之機。庶無阻滯也。東西字母未及臚列諸君習東西文已久自能會通深理茲僅述音韻變遷梗概耳

十七 宋元明諸家音韻之學

宋吳棫字才老。作韻補五卷。爲學者發明古韻之始。別有詩補音楚辭釋音。據其本文。以推古讀。故朱子有取焉。韻補則引書五十種。下逮歐蘇諸作。與張商英之僞三略。旁及黃庭經道藏諸歌。故參錯冗雜。漫無體例。惟棫書雖牴牾百端。後之言古音者。皆由此推闡加密。故仍居功首焉。元人熊忠撰古今韻會舉要。拾李涪餘論。力排江左吳音。今韻古韻。茫然無據。東韻收窗字。先韻收西字。雖舊典有徵。而未免有心駭俗。不便施行。明洪武正韻。樂宋諸臣。私臆竄改。非復古也。楊愼撰古音叢目五卷。古音獵要五卷。古音餘五卷。古

音附錄一卷。古音略例一卷。轉注古音略五卷。愼在明人中。博洽多聞。故蒐輯秦漢古書。頗爲賅備。惜才大而心未細。往往爲後人訾議耳。陳第撰毛詩古音考四卷。屈宋古音義三卷。言必有徵。典必探本。焦竑以外。無人能通其說者。雖卷帙無多。其精實殆過於楊愼也。

十八　國朝顧炎武江永戴震段玉裁王引之諸家音韻之學

顧寧人音學五書。爲當代治古音者之圭臬。音論三卷。詩本音十卷。易音三卷。皆精核。唐韻正二十卷。則不免是古非今。古音表二十卷。頗變亂舊部。韻補正一卷。絕無叫囂之氣。正其失。不攻其短也。亭林謂欲復三代之制。必自復古音始。此則可言不可行也。顧氏但分古韻爲十部。江永古韻標準。凡平上去各十三部。入聲八部。以詩三百篇爲詩韻。周秦以下音之近古者爲補韻。視諸家界限較明。其弟子戴震受音韻算數之學於江氏。而復古之志益銳。所著聲韻考。力辨反切始於孫炎。不始於神珙。亦猶所著勾股割圜記。謂弧角不始於西人也。段玉裁著六書音韻表。分古韻爲十七部。大端畢備。王引之更分之爲二十一部。則分析之條理愈密也。顧江戴段王五家。音韻專科。統系所在也。毛西河古今通韻。易韻之類。雖博涉羣書。有裨考證。而穿鑿附會。蓋亦多矣。好學師先正之長。而救其失可也。今日學有根柢之士。於音韻罔不涉獵。其未習古音者。又力疲於歐羅巴之音。而不暇及此。故講義從略焉。先正專書具在。入大學堂經學文學專科者。庶能深究其旨焉。

第三篇

古今名義訓詁之變遷

一 虞夏商周名義訓詁之變遷

堯典禹貢湯誓武成。同爲史臣紀事之作。王者御製之文。孔子以四代合爲一編。文之繁簡各不同。蓋二千年中名義訓詁之變遷者已多矣。堯舜以後。帝號遂去。王者取一貫三才之義。天下所往也。意者后啓於謳歌訟獄之來歸。遂上尊號爲王。而商周因之也。都俞吁咈嚋咨之辭。三代之書所罕見。蓋言語亦隨時代而變矣。星鳥星火星虛星昴之文。徵之夏小正。節候猶同。及合月令觀之。而歲差大著矣。禹貢九州之制。至於殷則稱九有焉。至於周禮職方亦稱九州。而規畫迥異焉。由孟子觀之。貢助徹之名。屢變於井田。膠庠序之名。屢變於學校。鄒魯學者。當時已屢勞考辨矣。天時地理人事無不變。則訓詁之變遷亦宜也。書曰無或侜張。爾雅釋訓侜張誑也。蓋訓者道也。道物之貌以示人也。古訓變則當以今訓釋之。今人以欺誑之誑字入於俗語。無有以侜張二字入俗語者。古訓已失也。

初字見於虞書。哉字用於周書。爾雅釋詁。皆謂之始也。春秋元命包謂孔子以爾雅爲周公所作。後人以爲孔子子夏所增益。或言叔孫通所補。或言沛郡梁文所考也。今日攷四代訓詁之異。爾雅其爲大宗乎。而四代之名義不同者。或雜見於禮記。周監於二代。其與二代相同者。則禮記仍之而弗言焉。

二 列國風詩名義訓詁之變遷

周南河洲。二水中分中陸地可居者也。召南之江沱。水別出而復合。其間之陸地。亦大洲耳。洲與沱各異。而實同也。綢繆之三星。心宿也。七月之流火。亦心宿也。三星與流火。名異實同也。關關之訓。惟周南有之。其餘國風。無此語也。權輿之詁。惟秦風有之。其餘國風。無此語也。其訓之通行於今者。亦不無變遷。如萋萋者葉也。離離者黍也。後人借以形容草色焉。桃之夭夭。瓜瓞緜緜。有不識字而能言之者。近於俗語。爲吉祥之祝詞。故耳維葉莫莫。其葉湑湑之類。惟經生解之。詞人所弗用也。遂荒之荒。淫威之淫。釋詁皆謂之大。三代以下。荒淫二字。惟施於桀紂幽厲之君。何大之有。讀古書不明古訓不可也。泥古訓而施之於今亦不可也。

三 春秋戰國名義訓詁之變遷

春秋至戰國。曾幾何時。而王道陵夷。世運遂因以大變耶。姬者周室之國姓也。春秋時。鄭莊晉文。先後稱雄。姬姓猶有生色。句踐滅吳。子噲亡燕。姬姓不綱。姬字且降爲妾御之名矣。君者統皇王后辟公侯伯子男而言也。戰國時商君孟嘗君之類。且用爲陪臣之專名矣。東周君西周君。且爲亾國之稱也。左傳稱楚人謂乳爲穀。謂虎爲於菟。公羊傳稱吳人謂善爲伊。謂道爲緩。與中國名義訓詁迥異。當日應有專書攷證也。今吳楚土音。無此語久矣。吳地入楚。楚地入秦。疆域統合而名義亦合也。古人用字貴合時。不尙高古。尙書用茲字。論語用斯字。皆時代之異也。孔子猶隨時。此其所以爲聖之時者歟。

四　爾雅兼收周秦諸子之名義訓詁

爾雅非附於羣經也。萃周秦諸子傳記之名義訓詁。以辨異同而廣見聞者也。如釋天云暴雨謂之涷。釋草云卷施拔心不死。此取楚詞之文也。（洪北江以卷施閣名集。誌更生也）釋天云扶搖謂之猋。釋蟲云蒺蔾蝍蛆。此取莊子之文也。釋詁云嫁往也。釋水瀵大出尾下。此取列子之文也。釋地云西至西王母。釋獸云小領盜驪。此取穆天子傳之文也。釋地云東方有比目魚焉。不比不行。其名謂之鰈。（日本作カレコ頭小口尖鱗細尾無歧。有黑白數種又有名鰈。星鰈）南方有比翼鳥焉。不比不飛。其名謂之鶼。此取管子之文也。又云邛邛岠虛負而走。其名謂之蟨。此取呂氏春秋之文也。又云北方有比肩民焉。迭食而迭望。釋地云河出崑崙墟。此取山海經之文也。釋詁云天帝皇王后辟公侯。又云洪廓公溥介純夏憮。釋天云春爲青陽至謂之醴泉。此取尸子之文也。釋鳥爰居雜縣。此取國語之文也。如此之類。不可毛舉。郭氏注爾雅。兼注方言山海經。故學博而通。邢昺之疏亦詳而實。今人讀周秦諸子而不解。必据說文爾雅以明古義焉。本朝邵編修晉涵之爾雅正義邢戶部懿行之爾雅義疏遠出邢上而郝氏尤勝蓋明於聲音文字之本原也。

五　秦始統壹名義訓詁之變遷

天子有議禮制度考文之權。秦政有其位無其德。然自儗甚高。功烈威望。又足以懾一世。遂采三皇五帝之尊號爲皇帝。漢唐以下。皆襲其爵。始皇帝之名義。誠足以副其實矣。制天子之稱曰朕。人臣稱天子曰陛下。漢唐以下。莫不以爲通稱矣。廢封建之制。設郡守縣令以治之。法一變而不可復名義一變而後世尊用之。其黔首之稱。後世不復仍之者。不如民字之簡便也。至於皇帝之名。既由兼併而成。丞相之名。則亦出於兼併。古制有疑丞有相。無所謂丞相也。後王莽自號宰衡。即師此意。賢如蕭何諸葛亮。皆沿李斯之職守焉。三十六郡之名。如九江會稽太原漢中長沙。以及增置之桂林南海。今日猶爲府治。世屢變。地屢變。而郡名猶未變。秦始之雄才大略。洵三代後之創制之主也。

六　方言之訓詁名義變遷最繁

方言舊本相傳爲楊雄撰郭璞解今有東原戴氏疏證攷漢書楊雄傳及藝文志皆無可據學者疑之然漢末應劭以來稱述無異辭亦無庸致疑也周秦常以歲八月遣輶軒之使求異代方言還奏籍之及嬴氏亡遺文無見之者蜀嚴君平有千餘言林閭翁才有梗概之法楊雄好之今卷首曰黨曉哲知也楚人謂之黨或曰曉齊宋之間謂之哲又曰虔儇慧也秦謂之謾晉謂之𢠸宋楚之間謂之倢楚或謂之𪫩自關而東趙魏之間謂之黠或謂之鬼由此觀之其方言有通行至今者如以曉爲知今楚語作曉得以鬼爲儇今俗以黠爲弄鬼是也黨朗虔儇詞人用爲駢偶之材料𢠸字𪫩字不檢字書者不能一見而知其音義焉今俗語有音無字者意者或方言之難字久而失傳也今閩語謂眼曰眸子三尺之童即知之吾見吳楚之瀆孟子者於眸子處必口授曰卽眼也歸閩見塾師敎周易爲多白眼句必口授曰此眸子也夫六經之文皆當時之俗語今日六經之古語或分存於各省俗語中習用之字音人以爲俗罕見之文字人以爲古吾不知孰爲古孰爲俗也。方言之三卷𢜶字㪷字采及朝鮮今雖同文已自立而見屈於强鄰矣然中國留屬琉球越南讀漢文而生異義造新字者尙無專書可攷也

七　釋名攷經籍名義可據

漢去古未遠。劉熙釋名。雖未必盡得古人名物之實。致傷於穿鑿。然以同聲相諧。推論稱名辨論之意。兼可知器物之古音焉。如楚辭九歌薜荔拍兮蕙綢。王逸註拍搏辟也。搏辟二字。今莫知何物。觀是書釋牀帳篇。乃知席搏著壁上謂之搏辟。孔穎達禮記正義以深衣十二幅。皆交裁謂之衽。是書釋衣篇云。衽襜也。在旁襜襜然也。則與玉藻言衽當旁者。可以互證。釋兵篇云。刀室曰削。室口之飾曰琫。下末之飾曰琕。又足證毛詩詁訓傳之訛。其所資於考證不一而足也。後漢書劉珍傳稱珍撰釋名五十篇。以辨萬物之稱號。其書名相同。姓又相同。鄭明選作秕言。頗以爲疑。然歷代相傳。無引劉珍釋名者。則珍書久佚。不得以此當之也。今江氏聲爲釋名疏證及續釋名。並典核。

八　廣雅萃集漢儒箋註名義訓詁

漢儒箋釋羣經。古義大顯。各守家法而不相通。魏張揖官博士。綜兩京之羣言。依爾雅之舊目。倉頡滂喜訓纂說文方言之類。皆括於玆編。如釋詁卷首。古昔先創方作造朔萌芽本根蘖鼃萃昌孟鼻業始也。所臚列較爾雅尤博。隋秘書學士曹憲爲之音釋。避煬帝改博雅。故有二名。揖別著埤倉古今字詁。皆不傳。漢魏訓詁名義。獨賴此書之存。近世漢學者寶之。高郵王氏念孫爲之疏證。原原本本。功倍於邵郝之治爾雅。然有廣雅所見之書。

而今已佚者。有廣雅之佚文。而王氏自他書搜摘者。釋親有爹字媽字。媽字已佚王氏采集韻補之足見漢魏之際。即有此名稱。相沿至今而名不變也。至於以姐爲母。則本說文蜀人謂母曰姐之視。今人以姐爲姊之專名。則正今日變遷之大異者也。廣雅疏證卷十爲念孫子引之所著。鳥獸草木之名。爲專門之學。王氏父子各有專長。蓋動植名物。非但通訓詁者所能詳攷也。文學今歸第一類動植則歸第四類人有能有不能不相強也

九 唐顏師古匡謬正俗

唐人辨別字體者。莫精於顏元孫干祿字書。而辨別字義者。莫備於顏師古匡謬正俗。師古名籀。以字行。其書前四卷凡五十五條。皆論諸經訓詁音釋。後四卷凡一百二十七條。皆論諸書字義字音。及俗語相承之異。攷據極爲精密。惟拘於習俗。不能知音有古今也。顏氏生平精力所萃。在漢書註。條理通貫。徵引詳實。洵班氏之功臣。而匡謬正俗。則群經之總類。其用尤廣焉。毛西河引書序俘厥寶玉。解春秋衛俘。詫爲特見。不知此書所已引。後人以一人智力。數十載之歲月。置身於數千年數千萬卷之中。必欲爲古人所不能。則勿以攷古爲功。而以知新爲要也。唐人之書可資考證訓詁者尚有釋元應之一切經音義釋慧苑華嚴音義與佛教無涉治經者多用之所引古書多今日未見者

十 南唐徐鉉說文新附字

此節本應第一篇然新附者既非出古籀篆不過隸草通行之時所增也但新起之名物日多文字因以日多而訓詁生焉故錄入此篇以見變遷之跡

新附字祆本蕃書俗所奉之天神。僧字爲梵刹之教徒。漢以前所未有。不宜羼入倉籀篇中。璀璨琲瓃等字日增。可知世人風俗之侈。蔬字茗字餻字糖字糉字。皆後世日用之食品。劉夢得作詩。字必求合於六敎。猶見古人之矜愼焉。其新附爲文賦所常用者。如喚字嘲字迢字蹉跎二字訣字韻字翻字翎字腔字映字曙字昂字穩字倒字低字停字掠字。亦不勝枚舉。而商人所常用之售字價字港字。皆不能不增入也。賭字增入。賭風日滋。吳韋昭所謂賭及衣物者。古今如出一轍焉。鼇或作龜。列子六鼇。殷敬順釋文曰。卽巨龜也。唐人命名。猶有龜年。宋人猶號龜山。而鼇字所引用者。不過楚辭之鼇戴而已。今人以龜爲俗忌。又以鼇爲吉祥語。是亦不曉名義之故也。

十一 陸佃埤雅之名義

埤雅爲爾雅之輔。然訓詁闕焉。惟名義獨詳。其說諸物。大抵畧於形狀而詳於名義。尋究偏旁。比附形聲。務求得名之所以然。昔吳陸璣撰毛詩草木蟲魚疏。去古未遠。攷證猶易。佃之爲書。更有難於璣者也。今埤雅之目。爲釋魚釋獸釋鳥釋蟲釋木釋草釋天。次第不倫。疑非完本。神宗時佃召對言及物性。進說魚說木二篇。後乃益加筆削。初名物性門類。後注爾雅畢。更修此書。易名埤雅。其說旁稽典證。通貫諸經。務求博洽。不免於泛濫。後羅願所著爾雅翼亦然。故近人譏其不可盡据也。

十二　朱子究心名義訓詁之據

朱子論語訓蒙口義序云。本之注疏以通其訓詁。參之釋文以正其音讀。然後會之於諸老先生之說。以發之精微。論語要義序云。其文義名物之詳。當求之註疏。有不可略者。諸類云。祖宗以來。學者但守註疏。其後便論道。如二蘇直是要論道。但註疏如何棄得。此朱子自讀注疏之證。具深譏不讀注疏者也。語類又云。某尋常解經只要依訓詁說字。答黃直卿書。近日看得後生。且是教他依本字認得訓詁文義分明爲急。答王晉輔書云。禮書縮訓爲直者非一。乃先儒之舊。不可易也。朱子重訓詁之學如此。大學中庸之章句。亦漢儒之名家法也。薛艮齋且以此詆朱子矣。集注侃侃誾誾。亦引說文爲證焉。又觀陳澧東塾讀書記。知朱子於天算地輿禮樂兵刑無不通。今撮其論名義訓詁者錄之。以杜治漢學詬朱子者之口。傳甲最服膺朱子者福州州學經史閣一記也。記云。常君濬孫又爲之飭廚饌。葺齋舍。以寧其居。然後謹其出入之防。嚴其課試之法。朝夕其間。訓誘不倦。於是學者競勸。此數語包括學校一切教授管理之法

十三 宋儒名義訓詁之疏密

古人定名義通訓詁。原取便通曉。不更求其深晦。三代之名義訓詁。漢儒以爲古。而重煩箋釋。漢儒之名義訓詁。宋儒又以爲古。而不得其解也。觀宋人語錄之詞。如這箇那裡恁樣却說模樣到底一般甚好什麼怎的正是擡着誰箇儘力老實仔細還是之類皆近於俗語。蓋今日距宋時代較近也。再閱二三十載。讀宋人語錄者。亦將若楚辭漢賦之待注釋矣。北宋初邢昺孫奭專力名義訓詁。邢氏之疏爾雅。孫氏之疏孟子。皆列在學官。郝蘭皐起而奪邢氏之席。焦里堂起而議孫氏之書。宋人之於訓詁。自不逮近人之密。亦風氣爲之也。陸九淵讀宇宙解曰。四方上下曰宇。往古來今曰宙。忽大省曰。宇宙內事。乃已分內事。已分內事。乃宇宙事。又曰。學苟知道。六經皆我注脚。此其天資絕倫。躬行實踐。不可以名義訓詁之疏。而譏其短也。人有能有不能。故孔門因材而敎。分四科焉。治漢學宋學者。交相誹諷。必使天下之學同出一途而後快。亦昧於德行文學分科之旨矣。

十四 駢雅之潤色詞章

明人之文。嘗建言復古矣。欲復古文。不得不搜剔古字。於是奇詞奧句。皆捃摭而爲類書。以便勦襲。陳言摹秦仿漢。鉤章棘句。而蕪雜煩冗之弊滋矣。朱謀瑋之書。固淹貫羣籍。由訓詁以至蟲魚鳥獸皆依爾雅目次然爾雅部居不雜已爲類書權輿駢雅則竟降爲類書矣學問之事後人便於前人者有類書可檢也故古人鴻篇鉅製必積年累月而始成有類書則儉腹者亦可俯拾即是唐宋類書如北堂書鈔藝文類聚太平御覽册府元龜山堂考索玉海之屬皆引據原書不易一字後人可据此以校古書輯佚文明人乃取材於一字一句用亦狹矣嘗見貌爲漢魏文者取駢雅置案頭署其檢曰代字術作文舉則以古字代入之一舉筆而文字改觀矣噫古字當據古書否則援哉生明之例初一初二易其詞曰哉一哉二豈可通乎務雕飾而不顯其詞者其流弊不至此不已也

十五　天算家名義訓詁之變遷

說文祘字下曰明視以算之也梅定九徵君以爲象古人從横布算之形是也傳甲讀孫子算經一縱十橫百立千僵之例及觀數書九章測圓海鏡之細草皆梅氏所未見而梅氏立言獨能暗合於古焉說文筭字下曰言弄竹也合二者觀之可以悟籌算之古法焉故筭爲算失古人制字之深意遂使孟子持籌之法不傳於後也（西人羅雅谷之籌非古也今人有古籌算攷甚詳）積年積智算術之名義日變閏月王立於門中之制既變章蔀統會之名亦廢而不用古率粗疏者後人由漸加密焉三統之附會黃鐘大衍之附會蓍策名義非不美然驗諸

懸象而不合。誠不如郭守敬授時之實測矣。瞿曇悉達來有九執之名。回回歷來有土盤之名。利瑪竇來有小輪之名。戴德來有橢圓之名。蔣友仁來有地動日靜之名。偉烈亞力來有天王海王之名。此天文名義之變遷也。九章分部。數學家牢不可破。數理精蘊改爲線面體分部。學者便之矣。演元之法之大顯。而太極天元正負如積之名義最雅。開方超步玲瓏連枝之名義甚巧。及代數微積之學。譯入中土。而等號公式習題函數級數之名出矣。專門之學有專門之名。茲特舉其大要而已。

十六　地輿家名義訓詁變遷

冀州之名。存於南宮。兗州之名。存於滋陽。青州之名。存於益都。荊州之名。存於江陵。揚州之名。存於甘泉。徐州之名。存於銅山。名則禹貢之舊也。地則渺乎小矣。雍梁豫三州。幷其名而亦變焉。秦地宜禾。厥田上上。今陝右薦飢。不爲忝矣。地名沿革。今古懸殊。有專書攷證。即今日地名。亦非名實相副。南京已撤。民間猶稱之。久則難變也。河南兼有河北彰衛懷。則宜稱兩河。江南兼有淮南北之淮揚通徐海。則宜稱江淮。若福建僅舉福州建寧。安徽僅舉安慶徽州。甘肅僅舉甘州肅州。亦覺其偏而不全。江西爲江南西道之省文。魏叔子且譏俗士以大江之西屬文矣。名從主人。公羊之例。中國地名。有滿蒙回藏等字。異於漢詁。不究其原。視同異域。邊地日蹙。輔車相失。誰之過歟。泰西譯語。地名歧異。在彼各國異其文。在我各省異其音。故環球地名。不能以國名義論之。玁狁匈奴。舊被惡稱。按之公理。亦未平允。域外象譯。叶其音不必拘其義也。遼金元地名。乾隆時又改易之。惡譯人被以惡稱也。

十七　製造家名義訓詁之變遷

古昔製器尚象。弓刄戈矛等字。篆文皆象形也。戕賊之器既利。則防衛之器亦堅。如甲字。草初萌芽而戴孚甲也。既有甲冑。不能不假借以爲名矣。鎗者古之酒器也。礮者古之飛石也。今製造日新。名義已定。確乎不可易矣。鏡者古以銅爲鑑。今易之以玻璃。非金類也。然鏡字不改而爲境字。鏡字者。字通行而用之已久也。古人創車輪。用之於陸。不意其用之於水也。今用之以爲常矣。邇日涉俗之文。江輪海輪兵輪商輪之說。亦已通行。不言船舶而意在其中矣。圖說繙繹日多。皆以呷吃呐叮代西人之大字母矣。化學原質。錊鎴鈣鉑之類。皆加金旁。深得形聲之意焉。非臆造也。字典之中。亦當增新字。至於不習製造。而貪用漲力壓力阻力之新名詞。是則有商標而無居積也。

十八　古人名義訓詁不可拘執

訓詁家每以說文以外爲俗體。故拘而多礙。音韻必作音均。衣裳且作衣常。由此推之。諸葛亮當作諸葛諒。韓愈當作韓瘉耶。俗人誤以古爲雅。凡今之地名官名。無不改古稱。後世讀其書者。竟不知其爲何時人也。孔子居魯。不稱古奄國。適衞不稱古朝歌。此其所以爲聖之時歟。堯舜之世。海內惟十二牧。漢之季。刺史之權在太守上。今日之知州。豈足以當之。太史公天官也。司文史星歷之事。今用爲詞臣稱號。而欽天監司測者不與史職焉。泥古者。迂託於古者。愚古者。陳迹也。上古中古近古名義訓詁之變遷。如此其繇也。名義訓詁。適於文字之用而已。爲學期於應當世之事業。復古之議。非今日所能行也。能文者但斥鄙俚杜撰之字。而不爲怪僻難行之論。斯亦不駭俗不戾古矣。

第四篇

古以治化爲文今以詞章爲文關於世運之升降 前三篇多攷据 本篇出以議論

一　皇古治化無徵不信

易傳僅溯自伏羲。春秋傳僅溯至黃帝。三墳五典八索九邱。然燬於祖龍之一炬。後人無由復睹。彼此必緯之言。別史所記。惝恍支離。有同小說。君子無取焉。羲皇以上之人。非後世文士所堪。即經傳所載皇古之事。謂其締造艱難則可。謂其治化明備則不可。佃漁之風。尚今存於烏拉打牲之民族。此就中國言也美洲格林蘭亦復如是畜牧之生計。今存於蒙古游徙之部落。諸侯執玉帛者萬國。豈夸張其多數乎。抑酋長時代。如今之滇粵土司。臺灣番社回疆阿奇木乎。文字既作。萬事維新。故造字以十口爲古字。在彼時父老相傳之事。早已言人人殊矣。惟士人則推十而合一焉。求其近於理而可信者。著以爲經。以傳於後世。是以草從古則苦。木從古則枯。水從古則涸。古制之在今日。幾若朽材。不可任棟梁。廢渠不可爲灌溉也。竹書路史。列在乙庫。玆弗暇講習焉。西人教會創世記亦大爲哲學家格致家所駁詰矣地質學以外無致古之眞實學術也

二 虞唐治化之文

尙書之古文僞也。詳羣經文躰篇中今文則傳述家法。信而有徵。孔子删書。斷自帝典。後儒因以觀陶姚之治迹焉。夫堯舜之道。孝弟而已矣。徵之帝典。則克明峻德。以親九族。九族既睦。平章百姓。百姓昭明。協和萬邦。黎民於變時雍。宋儒眞西山大學衍義。以此著爲君人者之法律。然堯舜之治化。豈一端而已乎。欽若授時。則以閏月定四時焉。在璇璣玉衡以齊七政焉。此測天之文也。嵎夷南交昧谷幽都。皆察其民情物候。以便控制。此志地之文也。

命官惟百。四岳羣牧。各有職守。禹平水土。后稷播百穀。契敷五敎。臯陶明五刑。垂作共工。益烈山澤。伯夷典三禮。夔典樂。敎胄子。龍作納言。命九官而天下治。此知人之文也。宋儒務爲持源握要之論。漢學家好爲典章器數之學。皆各得其偏也。讀經師其意。惡可舉一而廢百耶。

三　夏后氏治化之文

禹之治化。東漸於海。西被於流沙。朔南暨聲敎訖於四海。漢唐之盛。其版圖不過如是也。雍州球琳琅玕之產。實出于闐。（汪氏士鐸之說如是）故貢道浮於積石焉。（今青海地）合黎弱水。今爲居延。南海黑水。今爲瀾滄。（鄒氏伯奇之說如是）蒙古青海西域衛藏緬越諸地。皆禹跡所至也。李文貞按天度以計里。以蒲坂爲樞。則禹貢荒服。東起遼東朝鮮。南至閩粵。西訖瀾滄。北至克魯倫河。爲鄒徵君禹貢五服地圖所本。紀曉嵐譏文貞爲閩人。不欲自外於禹域。則好爲苛論。而不曉度數也。嗚呼。槃槃大陸。禹甸如此。其廓也。沿江海。達淮泗。禹不但以治河爲事。且發明航海之學焉。三苗之伐。爲漢族拓殖民地也。惟作僞者未能言其功烈之偉。徒以兩階舞羽爲文德也。明季流賊滿中原。插漢爲邊患。庸臣猶以文德徠遠爲言。嗚呼。是誤讀古文。不明治化之本者也。

四 殷商治化之文

湯之盤銘曰。苟日新。日日新。又日新。遲任有言曰。人惟求舊。器非求舊。惟新。夏邑不綱。治化不行。湯之弔伐。既異於堯舜讓善。亦異於禹啓傳家。爲王者受命之創例。殷商新政。必有可觀。商人尙質。記載多畧。孔子殷人也。感故國淪胥。述商頌焉。命歷序引孔子之言曰。吾作春秋。故退修殷歷。當孔子時。殷商治化之文。存於世者較多。商書者孔子錄之以存其實者也。更何忍刪之乎。讀盤庚三篇。知殷之英主皆求新。而習俗之守舊者。實爲難治而梗化。於是乎文告始緐矣。受辛失德。作朝歌北鄙之音。靡靡之樂。爲溺於詞章之始。餘風所扇。流爲鄭衛之淫聲。宋人都此而宣和昏濁。金人都此而海陵荒暴。紂之不善。後世之惡皆歸焉。嗚呼古之人。古之人而行如紂者。又何治化之足言乎。殷歷詳見顧觀光六歷通考然周髀出於商高則周歷亦可謂之殷歷矣蓋三代制復多相因也

五 豳岐治化之文

周自不窋竄于戎狄。后稷之德遂衰。施及公劉。復由夷狄而進於中國。大雅曰。篤公劉。既溥且長。既景迺岡。相其陰陽。觀其流泉。其軍三單。度其隰原。徹田爲糧。度其夕陽。豳居允荒。於戲公劉。能知天時地利焉。其治化洵可法於後世也。歷傳慶節皇僕差弗毀隃公非

高陰亞圉公叔祖類。至於古公亶父。乃去邠踰梁山。邑於岐山之下焉。避狄患也。魯頌曰，后稷之孫。實惟太王居岐之陽。實始翦商。則其治化之成績可觀也。成周思先王盛德。幽風之後。雅頌作焉。先王之治化。後世述之以爲文。雍容揄揚。著於盛世。郁郁乎周人之尚文也。北魏亦託始黃帝之裔淳維傳世於朔漠至毛立始有治化遂統國三十六遼史太祖贊亦云遼之先出自炎帝世爲審吉國其可知者蓋自奇首始立制度僭官屬凡此可見退化之國亦可進化也

六 文武治化之文

孔子曰。文武之政。布在方策。其人存則其政舉。其人亡則其政息。夫政者治化也。布在方策者文也。周易述象數之理。周禮綜官司之職。周書記命誥之文。周頌奏詩歌之韻。皆當日布在方策者也。遺文尙在。治化已衰。不能力行之咎也。文武之法。因於殷而隨時損益者也。成康以後。時勢有變遷。治法亦當變通以求合。徒泥守前規。未有不差毫釐而謬千里也。東周之衰。其政已不行於諸侯。孔子爲邦。於虞韶夏時殷輅。皆取而折衷之。亦不能墨守周制也。周末擁七城。苟延旦夕於七雄之際。比之丹淵。降爲諸侯。杞宋之號爲舊國，曾何異乎。世儒泥周制變法者。若新莽。若宇文周。若宋神宗。其治化安在哉。

七 闕里治化之文

六經皆孔之所述也。其論治要旨則備於論語。道千乘之國。道之以政諸章。其大端也。漢唐以後至聖已垂爲定論。萬世師表古今無異辭焉。邇來議論頗謬於聖人。而民可使由之不可使知之一語。且爲外教所排擊。嗚呼此未明古訓之故也。何晏集解曰。由用也。可使用而不可使知者百姓日用而不能知也。斯語也孔子殆傷民智之難開。並非若秦政之愚黔首矣。朱子集註於是有千慮之一失焉。且與大學明德新民之旨相背馳矣。今人有以民可爲一讀不可爲一讀者其義亦新

八　鄒孟治化之文

孟子之功。不在闢楊墨也。亦不在言性善也。其切實者。惟嚴於義利之辨而已。王曰何以利吾國。大夫曰何以利吾家。士庶人曰何以利吾身。上下交征利而國危矣。此豈僅言戰國人心之壞乎。亦灼知後世亡國喪家失身者。恒由此危道也。孟子非不知利國利民者也。特惡其自私自利而害國病民也。孟子論弔伐則曰救民。論王法則曰保民。至於民貴君輕大義炳如日月矣。于忠肅輩僅知社稷爲重耳。下此則知有君不知有國。更不知有民矣。國者民相聚而成也。後人以爲一姓之私。遂使億兆民之苦樂。視乎一姓之興亡焉。彼所謂士者官者。竟弗屑與齊民齒。民氣久鬱。則揭竿起阡陌。爲陳涉爲張角爲黃巢爲

闔獻。而民又重因於鋒鏑。嗚呼孟子之道不行。民生終不遂矣。

九　荀子治化之文

荀子首列勸學篇。其言曰學不可以已。青出之藍而青於藍。冰水爲之而寒於水。蓋進學之深。恒欲求勝於前人。故其論治則以後王爲法焉。後世人臣之諫其君。往往有德軼堯舜功邁禹湯之語。亦何嘗不可鼓勵中主。孟子言堯舜與人同耳。其視古人未嘗過高。俗儒尊堯舜若天之不可階而升。故世逾降而治化亦愈降。其去堯舜愈遠矣。荀子法後王。不過如孔子之從周。漢儒尊荀學。經師授受之所祖。故西京多仍秦制。孟子言堯舜。陳義過高。雖禹湯文武亦不能用。荀子則隨時補救而已。求勝於前人而已。今之勸學者奈何以古之治化爲不可及耶。西文各科學每以突過前人爲功中國算學亦宋人有勝於漢人之處今日算學更勝於宋元諸鉅子矣孔子曰當仁不讓於師敢望之學者

十　秦始皇治化之文

秦始皇幷天下。天下思亂。待時而動。然泰山刻石。猶自稱不懈於治化。及無窮。則始皇之心。豈不欲使民不弗率者。同享太平之福乎。瑯琊刻石。有器械一量同書文字之文焉。之罘刻石。有亨滅彊暴振救黔首之文焉。東觀刻石。有黔首改化遠邇同度之文焉。碣石刻

石。有男樂其疇女修其業之文焉。會稽刻石。有防隔內外禁止淫佚之文焉。嗚呼六國無道久矣。秦之德猶愈於六國也。李斯學於荀卿者也。刻石之文純粹雍容有儒者氣象。秦世繇長將繼商頌周頌而爲秦頌焉。秦始皇開創之威實過於湯武。惜二世不能爲太甲成王耳。俗儒以爲三代皆治世而忘其有羿奡桀紂幽厲之虐也。以秦始皇之英雄。而視之若亡國昏庸無道之主。不亦誣乎。眞西山文章正宗。不錄李斯諫逐客書。雖爲已甚。然其實已近於詞章矣。

十一　漢以後治化詞章之分

漢初蕭曹知治化者也。隨陸知詞章者也。自作史者以名臣循吏列傳於前。儒林文苑列傳於後。於是治化詞章遂判而爲二。漢武帝銳意求治其文化所及。東起元菟樂浪西訖烏孫疎勒。北拓陰山南及滇筰昆明夜郎。罔不同我冠裳之俗。武帝之治化。亦前古所未有也。是時司馬相如枚皋東方朔之流。皆以詞章潤色鴻業焉。僞新居攝若揚雄若劉歆。皆詞章之學也。後漢列文苑有二十有二人。皆詞章之學也。其去雲臺勳貴以治化爲德業者何遠乎。漢去古未遠。所爲詞章。亦渾厚樸茂。不傷雕飾。雖詞章亦古然。而以詞章爲文者。固不自今日始矣。

十二　六朝詞章之濫

魏晉以篡弑爲堯舜之道。人心死矣。士氣靡矣。陳思王植以浮薄之才。弋時譽。使其涉帝位。則爲陳後主耳。宋徽宗耳。其詞章亦不若魏武之深沈。魏文之典重。其求自試求通親親兩表。稍有豪爽之氣。晉宋以後。此等文亦不多見矣。典午統壹南北。羊杜皆明治化之本。其後山濤王戎和嶠之流。已自居清品。及阮籍嵇康劉伶畢卓出。而舉國若狂焉。郭欽江統但言戎狄之當徙。不知中國士民不流爲文弱。何戎狄之足畏乎。國之弱也。自弱也。國之亾也。自亾也。不自强而歸罪於外侮何耶。東晉偏安。清談自誤。王謝庾殷罔知國恥焉。宋高祖起炎漢餘裔。其厭薄俗儒。同符漢高。然不學無術。不足挽頽風以勵末世。顏延之謝靈運乃以其文煽一世。齊之王融謝脁周彥倫。梁之江淹任昉劉孝綽。皆咀嚼聲偶。以爲文也。及陳之庾信徐陵江總。則媲青妃白。儷體益工。其在文品中。如儒者之小慧。佛法之下乘。人類之俳優也。雖然。六朝至今日亦已古矣。今之尚詞章。尚不若六朝之甚。然國民文弱。亦甚自奮於競存之世乎。

十三　唐人以詞章爲治化

學人尊兩漢。文人詩人則尊盛唐。文之偶儷。初唐四傑莫之能違。韓退之柳子厚起而文法一變。上紹孟荀以及司馬相如揚雄之作。其專力文辭。蓋駸駸乎抗跡古昔矣。詩之柔靡亦六代之風氣使然。李太白杜少陵起而詩律一變。青蓮盡其奇。工部大其體。萬方多難。不有以鼓吹之。則民心將不知有國矣。韓柳李杜。豈僅自悲其身世哉。所遇者奇而詩文所流露者益奇。然潮州柳州之粵俗化爲今日兩廣之名區。夜郞巴僰之絕邊。亦化爲今日川黔之郡縣。功德在民。祀典有禮。謂詩文皆治化之文可也。嗚呼。陸宣公之文。駢文也。其奏議委曲詳盡。古文家或不能及焉。杜牧罪言。爲屈賈以後之巨擘。選八家十家者若之何置而不錄也。文體不同。各肖其人。安見詞章之士。不可以言治化乎。

十四　五代之治化所在

宋人修五代史。未列儒林文苑諸傳。流俗遂疑爲五季之衰。不但無治化之文。且並詞章之士亦少。此何足以知五代乎。五代時周王朴之平邊策。南唐歐陽廣論邊鎬必敗書。皆質實無華。有裨治化。詞人才士。如羅隱梁震韓偓之流。苟全性命於亂世。亦嚼然不滓也。蜀生孟氏偏安之主也。刻石戒百官曰。爾俸爾祿。民膏民脂。下民易虐。上天難欺。今刻石偏海內。不能易其一字焉。此非治化之文歟。五代士人最無恥者莫如馮道。雖然馮道於治化有偉大之功焉。唐長興三年始刻九經板。馮道請之也。近人讀古書。視宋本如拱璧。

五代本則罕聞焉。馮道請國子監鏤板大啓學界之文明焉。後世聚珍縮影。日漸發明。圖籍風行。學者便之。治化益臻明備。君子不以馮道爲人而廢其法也。西人以印字器與機輪火藥爲文明利器三大事其重如此

十五　遼金治化之文不同

遼太祖本紀。神冊五年。始製契丹大字。天贊三年。詔礱闢遏可汗故碑。以契丹漢字紀其功。金史章宗本紀。載明昌五年。以葉魯谷神始製國字。詔依倉頡立廟例。祀於上京。又選舉志稱進士科以策論試國人。用國字爲程文。陶宗儀書史會要。則稱金太祖命完顏希尹撰國字。其後熙宗亦制字。以希尹字爲大字。熙宗字爲小字。嗚呼。遼金治化之文未可輕加詆斥也。中國文敎不修。遼金取其地而代治之。不亦宜乎。幸遼金之文不便通行於內地。且遼金有文字無學術。無書可讀。而文字用之不廣也。否則倉頡之文將見奪矣。

十六　宋元治化之廣狹詞章之工拙

宋人繼五代之纂統。合十國之版圖。其治化東南盡海。東北不踰白溝。西北不踰環慶。西南不踰大渡河。元人治化所及。北抵欽察阿羅思。西拓回回祖國。渡海收富浪。南通爪哇海及馬八兒諸國。規模遠大。爲曠古所未有。宋儒言治化莫若程朱。元之許衡吳澄。亦慨

然以聖賢自許。明人痛元人列儒爲第七等。謂元時儒教幾亾。不知元之盛時。耶律楚材以契丹人業儒。賽典赤贍思丁以回回人業儒。宇文公諒以塞北人業儒。贍思以大食人業儒。儒教不惟不亾而且推行益遠焉。元史列女傳中若也先忽都若觀音奴妻卜顏的斤。咸知大義。蓋儒道治化所及者深矣。宋代古文歐蘇曾王諸子爲元代所無。元人詞曲。雖小技。然其工巧亦空前絕後矣。詞曲用韻。平仄通押。亦復古韻之一端也。歐洲知中國爲東方文明大國亦自意大秒波羅入仕元室始波羅西歸著有日記今英法皆傳誦之

十七　明人之治化詞章誤於帖括

明人治化。不逮漢唐。比之於宋。則有進也。北宋棄燕雲於化外。南宋棄兩河於化外。明太祖以匹夫攘蒙古。明成祖以天子守絕邊。其治道載在正史。有足觀者。至於大漠以北流沙以西。明人所以終不得志者。蓋帖木兒崛起。爲蒙古中興主。統回部印度而括之。明人闇於外交而不曉敵情也。明初劉基宋濂。皆灼知閭閻疾苦。留心治道。非專意詞章也。帖括程式既頒。驅天下讀書士子。咸就其範圍。兩漢六朝三唐之儷語。既不能用之於制藝。惟取鎔經義。自鑄偉詞而已。無如制藝之弊。泥古而不通今。故知我魯我周而不知我爲何代人也。井田封建。治化最古。而大明一統志大明會典大明六部則例。皆不曾寓目焉。

一旦服官。用何術以爲治化乎。詞章家七子之流。亦染帖括泥古之習氣。官名地名。咸用古稱。晦盲否塞。幾欲句句加注。嗚呼。帖括興而詞章亦拙。其小焉者也。帖括之士。不明治化爲當時之務。乃尊之爲古。豈忍睹荆天棘地之中。蕪穢不治。自甘爲退化之野蠻乎。法人在越南俄人在遼東皆以帖括牢籠俗士庚子聯軍入京以制藝試帖開課有應之者悲夫

十八 論治化詞章並行不悖

國朝政治修明。以何時爲極盛乎。無智愚皆曰康乾。國朝博學鴻詞。以何時爲極盛乎。無智愚皆曰康乾。讀當日硃批諭旨。知善治化必善用人。善將將。讀當日御製詩文集。知詞章亦未嘗無用也。明季之君。多不識字。諭旨皆出於閹豎之手。天子幷詞章而不知。況治化乎。竊謂治化出於禮。詞章出於詩。孔子之教子也。以學詩學禮並重焉。詩歌之作。傳爲文學。禮官之守。發爲政事。學而後入政。固古今之通義。中外之公理也。中國雜職武弁。多不識字者。外人恆見而非笑之。良由詞章之士。務艱深而不務平實也。日本明治維新。說者謂其黜漢學而醉歐化。今讀其戰爭文學。見彼陸海師團。走卒下士。所爲詩歌。或奇崛如李。或雄健如杜。中國詞章之士。苟讀之而愧奮。中國庶幾中興乎。傳甲此編。近法笹川古田中根之例。然其源亦出歐美。日本帝國叢書。尚有英獨佛各國文學史。皆彼中詞章

之學也。傳甲欲譯而未能。願俟之來哲。俾言治化者。知詞章之不可廢也。（姚姬傳言攷据義理詞章缺一不可傳甲言學術則謂天算地輿人事物理缺一不可攷据義理詞章則四者之佐助也曾文正公所謂經濟亦非明於此四者不可也）

第五篇

修辭立誠辭達而已二語爲文章之本

（日本文學士武島又次郎所著修辭學較文典更有進者）

（今畧用文典意但以修詞達意之字法句法著於此篇又以章法篇法著於下篇其詳則別見文典）

一 孔門敎小子應對之法

（此篇多本家慈劉安人之家庭敎育法故首章託始幼稚園敎名詞法謹質之留心敎育者）

孔門以言語文學分科。然敎育之法。未有不先之以言語者。孩提之童。不識不知。爲之保傳者。引其手而指天曰。圓者日也。（通作太陽）缺者月也。（通作月亮）燦爛者星也。卷舒者雲也。聞其聲則曰此雷也。見其光則曰此電也。忽有沛然而下者曰此雨也。他日又見飄然而下者曰此雪也。凡此皆天文之名詞也。（近以風雲雷雨爲地文另有說）孩提不樂鬱居而樂於外觀。爲之保傅者。或拾級而升高則曰此山也。或臨流而照景則曰此水也。及階則曰階也。將入井則曰井不可入也。訓蒙之道。固與相師無異也。凡此皆地理之名詞也。至於鳥獸草木之名。小子尤宜多識。今日識一馬。他日見馬。則問其名詞。使小子應對焉。今日識一鹿。他日見鹿。則問其名詞。使小子應對焉。苟保傅不稱職。見鹿而指爲馬。則小子他日見鹿。皆以爲馬也。曲禮曰。幼子常視毋誑。鄭注視今示字即修辭立其誠之根本也。今日孩提之童。一誤於保母以謬妄之名詞。爲先入之主。再誤於塾師但課讀書。不教識字。循誦其文。不曉其義。學識之翳障。遂層層疊疊而不可破。苟識一物。即識一字。則名詞無不知矣。正本清源。宜端母教。欲端母教。宜興女學。否則學界終無進步也。近日滬上新編國文教科書名詞皆有圖

二　六年教以數與方名之法 此章爲蒙學教授法以數詞及方向名詞爲主

數名者。天算之始基也。方名者。地輿之始基也。孩提至六歲以上。名詞已識。漸有計較之心。金匱華先生曰計較之心算之端也洵探原之論。宜教之以數與方名。夫數以十進者。屈指可計也。中西人皆十指故皆以十進位焉方名之上下四旁。則伸指可辨也。天算地輿專門之學。有初級之淺理焉。邇日滬上出版心算教科書。心算啓蒙。用數極簡。立法極詳。措語極顯。於加減乘除之用。解釋頗爲合法。便於初學。而地球韻言中國地名韻語新讀本之類。以四字句爲文。亦使於記誦。啟蒙者或製小地球儀。畧具五洲各國大勢。用以爲小子玩物。新譯作恩物庶幾童而習之。勵其弧矢四方之壯气。不致閉處三家村。不知百里以外之地名也。中國蒙塾舊法。督以讀

四書五經以背誦純熟爲主蓋彼時之塾師非眞有效法三代之識也場屋取士搜檢尙嚴不能夾帶則題目所出不能不熟讀以便記誦也苟有志復古當六年而教以數與方名則一生受用不盡矣易曰蒙養以正彼棄實學而弗習壹志於科舉題目烏可謂之正乎孔孟復起亦取以內則之法而力行之矣（此章原於內則今西人蒙師多以婦人充之中國乃以爲老儒娛老之事故不能體察孩提性情諸多窒碍）

三 聞一知二之捷法

數詞生於計較之心對待之義亦由此而生焉卽物窮理徵之於尺度則有長有短徵之於權衡則有輕有重徵之於量法則有大有小萬物同理莫不互相對待其於人也則有聖狂賢佞之分善惡邪正之辨一誤其趨終身貽悔可不愼歟凡對待字如君臣父子夫婦之類屬之名詞彼此爾我吾汝之類屬之代名詞曲直厚薄明暗新舊之類屬之形容詞好惡愛憎往來離合之類屬之動詞始終早晚等字屬之副詞蓋對待之字必非虛字（舊以此爲半虛半實字未協）初學多識對待字則能反覆以究其義他日能屬文則知反正（此教作文舊法然新法亦不能廢此）能習算則知正負（天元代數最要關鍵在此尋常算法但以正數入算）對待字之用亦庶矣哉訓蒙者試取對待二字書於方寸厚紙之兩面約計字之可爲對待者不過一千可書五百幅熟識對

待字一千。心思自然開拓。可以聞一知二矣。傳甲兒時所識對待方字久已散亂零失嗣後借仲季搜集之

四 舉一反三之捷法

孔子舉一隅而反三隅。誠循循然善誘人矣。學者苟能以三隅反。必能舉一而例百也。必如是而後修辭可以達意。故敎初學以一字記事物之名。謂其爲一字成文可也。至於作兩字文。則不能不依於文法。依於文法。不能不舉古文爲例。譬如敎初學以名詞數詞合用。人名詞也。一二三四十百千萬皆數詞也。初學苟知以人字置於下。數詞冠於上。若一人二人千人萬人之類。隨舉兩字。無不通矣。又以形容詞名詞敎初學合用。如學大人爲例。初學苟知以小人細人高人爲對。即合格也。又以名詞動詞敎初學合用。如舉人行爲例。初學苟以人來人往人歸爲對。卽合格也。中國文字無專書。且文境過高。文理過深。且訓蒙不由一字兩字爲始。而一言對二言。三言對三言。又拘於聲偶。至五言七言。僅可入於詩。而不可入於文矣。然舊時童蒙審酌虛實。猶賴有對偶之法也。今特編定文典爲之程式。力求淺顯。庶幾嘉惠初學焉。西人亦有作對聯法見辨學啓蒙四章第二十節

五 反言以達意之法

仁智禮義美稱也。不仁不智無禮無義則惡稱矣。大凡不字無字非字罔字匪字靡字。皆

有此種相反之性情。未字莫字勿字亦含有此意。日本文典所謂否定詞是也。日本人撰漢文典謂之打消動詞名稱不雅馴孔子稱回也不愚。則其智可知矣。又稱季孫之婦不淫。則其賢可知矣。又如可字宜字足字當字皆助動詞之決定語也。不可不足不當之類。則大相反也。不字之類。如代數之負數。凡負數所乘式號皆變也。然文理算理更有奇妙之處。如無字反言也。不字反言也。無不二字合用。則正言也。豈字反言也。非字反言也。豈非二字合用。則正言也。此理非已習天元代數。確知兩負相乘得數為正者。不得其眞解也。傳甲十五時悟此理大為龍溪蔡毅若先生所稱賞願徧商之能算能文之士

六　虛字聯絡實字達意法

馬氏文通曰。凡文中實字。孰先孰後。原有一定之理。以識其互相維繫之情。而維繫之情。有非先後之序所能畢達者。因假虛字以明之。所謂介字也。介字也者。凡實字有維繫相關之情。介於其間以聯之也。漢文教授法。謂之後詞。本日本漢文典之後置詞。言置於名詞代名詞之後也。中國童蒙涉塾。必誦王伯厚先生三字經。首句人之初。三字。人字名詞也。之字後置詞也。初字副詞也。初學用虛字。當自之字始。以人之初為例。初學能以物之始為對者。卽合格也。又用之於名詞動詞之間。列鳶飛魚躍雞鳴犬吠於黑板。別書鳶之

飛於他處。初學能以魚之躍雞之鳴犬之吠爲對者。即合格也。又用之於名詞形容詞之間。列山高水清桃紅柳綠於黑板。別書山之高於他處。初學能以水之清桃之紅柳之綠爲對。即合格也。與字既字及字爲接續詞。亦位於名詞之下。可類推也。日本人續漢文典分別主題語說明語如人之初人爲主題語之初則說明語也說明即達意也

七　虛字承轉實字達意法

馬氏文通所謂承接連字。日本漢文典所謂接續副詞也。徵之經籍。惟用而字則字之處多。經生家謂而則兩字之別。惟在文氣之緩急。氣緩用而字。氣急用則字。殊不盡然。初學習此等句法。宜取法於論語。云關雎樂而不淫。哀而不傷。又云君子和而不同。小人同而不和。則而可以承轉於對待二字之間。成一反一正。而詞意顯然。此語示初學。初學能以君子矜而不爭。羣而不黨爲對。即合格也。或臆造之句如君子仁而不懦。智而不愚。亦可也。至於則字。則如論語云入則孝。出則弟爲例。初學能以三字經之兄則友弟則恭爲對。亦可也。而字則字合用。如論語云學而不思則罔。思而不學則殆。舉以爲例。初學苟能以仕而優則學。學而優則仕爲對。即合格也。大抵對待之句。整齊有法。初學易於步趨。漢魏之文多能法古。六朝流爲駢偶。已失古意。八家喜用長短句。力矯駢偶之弊。亦失古意矣。

文必整齊而後有法散亂則無法也以論語爲法初學便焉彼以古文自高者亦不敢非薄孔子也幾何原本言有法之形不言無法之形無法者亦借有法者通之

八 虛字分別句讀以達意法

句法積字而成法也然句法中有二讀三讀四讀以成句者初學練習不逕以長句耗其力先就短句分別句讀庶知其用意所在也句中有用而字則字者其上文必句中之讀也如入則孝出則弟雖三字句然入字自爲一讀至則孝二字始成一句也分別句讀既明然後可以造句又句中有也字者字則也字者字必爲一讀如論語云柴也愚參也魯師也僻由也諺知者動仁者靜知者樂仁者壽讀者也字必小作停頓文氣自然之理也造句之法柴也參也知者仁者皆題之主語愚魯動靜則達意之語也尋常古文讀本以點爲讀以圈爲句苟刻四書讀本卽依此圈點初學無不通曉句讀矣或曰蘇批孟子已爲大雅所譏袒蘇氏者且謂眉山必不爲此後人所僞託也今敎授初學文法竟欲取論語批點之不亦僭乎林傳甲曰論語章法多一句二句成章者周秦諸子不如此之簡一便也文理平易近人無奇字難解二便也今塾師已能講解童子已能熟誦三便也變論語爲初學文法書亦隨時通變之一端也願學孔子而持苛論者乃以爲罪耶西人以句中之讀爲

九　虛字以爲發語詞達意法

爾雅郭璞序篇首用夫字邢氏疏曰夫發語詞也日本文典謂之冠詞名義亦叶馬氏文通統於連字之類然蓋聞且夫之類前無所承者不得謂之連也又有溯源而起者如昔字古字其用法均與夫字略同論語中用夫字如季氏將伐顓臾章云夫顓臾者昔者先王以爲東蒙主初學稍知地理者乃能依此造句如云夫吳國者昔者泰伯嘗爲荆蠻主或云夫朝鮮者昔者箕子嘗爲東海主此類雖尋常典實亦恐初學難憶惟臨時以口授意令初學以筆述之可也至於今夫嘗思之冠詞濫於制蓺在昔伏以之冠詞濫於駢文初學當謹避之作文以名詞直起爲超論語多名詞直起者敎初學者熟察焉

十　虛字爲語助詞達意法

初學習結尾法必用語助詞馬氏文通謂之助字日本漢文典謂之終詞皆有未妥初學先習也字如論語云鄉原德之賊也依此造句如權臣民之賊也循吏民之母也皆可合格次習之字如論語云學而時習之依此造句則老者安之民可使由之皆可例推次習矣字如論語云愼終追遠民德歸厚矣則困而不學民斯爲下矣皆可例推次習矣也疊

用。如論語云。盡美矣。未盡善也。則苟志於仁矣。無惡也。皆可例推。次習焉字。如論語云。有民人焉。有社稷焉。則宗族稱孝焉。鄉黨稱弟焉。皆可例推。至於者也二字合用也者二字合用。也已二字合用。皆宜隨字舉例。爲初學導。大抵語助之詞。宜先用以正意爲主。正意明則文法通順矣。疑句虛字屬下節。

十一　虛字語助詞用爲疑問法

凡語助詞。用以明正意者。則句首不必冠以虛字。如學而時習之。是也。惟反言以達意者。則句首用反語。句尾用疑問語助辭。如不亦說乎。是也。不字反語也。乎字疑辭也。反之使正。則可信而不疑也。故講疑問語助詞。須用句首虛字互證。或句中疑辭互證。日本漢文典以何盍胡豈奚焉等字爲疑問副辭。未及與終詞互證。則用爲敎法。亦未盡善也。至於必也射乎。必也狂狷乎。其乎又用爲決詞。則必也二字助之也。故論文法。惟歟字專爲疑問之語詞也。乎哉二字疊用。如仁遠乎哉。賜也賢乎哉。吾有知乎哉。皆設疑以起下文者也。故疑問語助之用。不外疑問及設疑兩端而已。

十二　虛字用於形容詞法

虛字用於形容詞之尾者。馬氏文通歸之狀字一類。日本漢文典則歸之於副詞一類。爾字成語。論語則有率爾鏗爾莞爾卓爾。然字成語。論語則有喟然儼然憮然。如字成語。論語則有翕如勃如襜如申申如夭夭如誾誾如侃侃如。乎字成語。論語則有巍巍乎蕩蕩乎郁郁乎硜硜乎洋洋乎。其不用虛字而用疊字者。如蕩蕩戚戚彬彬穆穆之類。論語亦多。大抵形容詞冠於句首者。必用虛字。形容詞附於句尾者。不用虛字。亦有不盡然者。則臨文斟酌用之。爾雅釋訓。疊字最多。廣雅續之。搜羅亦富。固古人小學所從事也。

十三　虛字用爲贊歎詞法

詩書之篇首。每有贊歎之詞。以鳴其哀樂之聲。有意而無義。於戲二字。用之則爲贊美詞。嗚呼二字。用之則爲歎息辭。顏淵死。子曰噫。噫爲哀辭也。詩之噫嘻成王。則頌辭也。唐虞之盛。有都俞。亦有吁咈。後人頌揚之辭多。吁咈之聲少矣。嗚呼哀哉。沈痛之極也。而尋常祭文用之。如陳套。作時務論說者。文不足動人。每以嗚呼二字。冠於篇首。是無病而呻也。論語中賢哉回也。大哉堯之爲君。富哉言乎。且以哉字爲贊美詞。至甚矣吾衰也久矣。已矣乎吾未見好德如好色者也。其甚矣及已矣乎。皆與嗚呼同意。初學姑以論語句法爲法。毛詩韻辭。尚書古奧。初學未易步趨也。

十四　修辭分別雅俗異同法

文必以高古典贍爲期。是教稚子舉烏獲之鼎也。若必求文言一致。使白話演說。如宋元以後之語錄。則言之不文。行之不遠。搢紳之士或不屑爲。故今日文學必斟酌古今。以辨雅俗。合於初學之程度。又可以推行於各省而後可也。譬如我自稱也。朕字最古。限於例不敢用。吾字予字余字經籍習見。而言語中用之者少。初學自稱。不如用我字之明顯也。儂字俺字咱字。爲一地之方言。不便通行各省也。由此推之。用這字不如用此字也。斯字是字茲字。雖同意而文較深矣。用那字不如用誰字也。疇字孰字。雖同意而文字較深矣。凡異字同意者。如自從由同意。如若猶同意。不弗同意。莫勿毋同意。奚何焉惡同意。可宜當須同意。結尾之字。爾耳已而已同意。乎耶同意。夫哉伺意。其同字異用者。如之字三種用法。與字五種用法。爲字二種用法。以字四種用法。有字五種用法。者字二種用法。俟文典詳其用焉。

十五 修辭必求明密法

文忌晦則求其明。忌疏則求其密。今有人曰。我亞洲人也。文詞已明。而意未密者何也。蓋未言何國也。乃從而更其辭曰。我亞洲中國人也。然猶未密者。未言何省也。又從而更其辭曰。我亞洲中國福建省人也。然猶未密者。未言府縣也。其必曰。我亞洲中國福建省福州府侯官縣人也而後句法明密焉更求其密則當舉某鄉某市某村而後詳焉又有人曰今年甲辰文意頗疎蓋前六十年後六十年皆有甲辰其必曰光緒甲辰而後可更求其密則必繫以某月某日某時而後詳焉蓋名詞有公名如天之星宿地之山川皆渾言之而無所指有專名如天之日月地之泰華皆獨一無二之名也公名又爲總名其於文意頗疎專名則確乎不可易其用意較密焉文法亦有當疎處初學則宜求其密勿使之疎而貽誤也

十六　修辭當知顚倒成文法

論語中顚倒成文而意相反者如有德者必有言有言者不必有德二語最爲初學所宜學西人之辨學曰合肥相國姓李而李姓者不盡如合肥相國也東文之論理學曰凡英雄皆善飲酒然善飲酒者未必爲英雄也初學欲作論必自茲始與其習西人辨學東人論理學何若取論語二十篇實力研究之以折衷萬國之公理乎又有顚倒成文而意不變者如我不欲人之加諸我也吾亦欲無加諸人推之大學之致知在格物物格而後知至皆顚倒而意不變也初學此意宜仿之云文學者開通民智者也又顚倒其辭云開通民智者文學也如此解法初學當有無數觸發矣此類論辨東西人皆作圈留心辨學者自能會通

十七　修辭引用古人成語法

論語中引詩云書云皆據原文不易隻字或與經文不同者則後世傳寫偶歧耳初學不能論深理則宜引古書爲斷庶幾孔子述而不作之意何必詞之必出於已乎句法用古人成語亦可惟不可句句搜采沿集句之陋習徒勞無功即工巧亦近於游戲非文體也至引用經文以資印證不過數句若勦襲陳文餖飣成篇一無心得則雖多亦奚以爲初學先作句法一句二句或出自心裁或采於成語均無不可作文先立意即用成語亦當以意貫之庶乎意無不誠亦無不達也誠其意則勿欺達其意則勿窒修辭之能事畢矣

十八　修辭勿用古字古句法

古之文字訓詁今日變遷已多論語爲孔門語錄其旨視六經爲淺顯然不亦說乎之說字在今日作文必當從悅字道之以政之道字在今日作文必當從導字以其子妻之之子字在今日作文必當從女字仁智之智古或作知孝悌之悌今通於弟今日之文必不能拘牽古義也論語中句法多純熟唯巧言令色鮮矣仁句法最奇後世文人學此句法者甚少初學則不可習也又文莫吾猶人也一句學之者亦少論語爲人人共讀之書古字古句猶不適用況其他乎修辭期於有用學古而不出於至誠又不能達意又何貴乎

古字古句耶。縱漢文典以鳶飛戾天魚躍于淵爲達意之詞鳶戾飛天魚于躍淵爲不達意之詞又以魚飛戾天鳶躍于淵爲不合理之詞舉此戒初學亦有趣味

第六篇

古經言有物言有序言有章爲作文之法。此承上篇言章法篇法之大要亦明教育之公理文典之條例也

一　高宗純皇帝之聖訓。前篇首章始於家庭教育法親親也此篇首章恭錄聖訓尊君也

御選唐宋文醇序云。不朽有三立言其一。言之無文。行而不遠。若是乎言之文者。乃能立於後世也。文之體不一矣。語文者說亦多矣。羣言淆亂。衷諸聖。當必以周孔之語爲歸。周公曰。言有序。孔子曰。辭達而已矣。無序固不可以達。欲達其辭而失其序。則其爲言。奚能雲蒸波折而與天地之文相似也。然其義則戔戔而言有枝葉。妃青媲白雕琢曼辭。則所謂八代之衰。已其咎同歸於無序而不達。抑又有進焉。文所以足言。而言固以足志。其志已荒。文將焉附。是以孔子又曰。言有物。夫序而達。達而有物。斯固天下之至文也。已昌黎韓愈生周漢之後。幾五百年。遠紹古人立言之軌。其文可謂有序而能達者。然必其言之又能有物。如布帛之可以煖人。菽粟之可以飽人。則李瀚所編七百篇中。猶且十未三四。

況昌黎而下乎。傳甲謹案周孔爲儒敎之元聖至聖萬世師表不但漢唐宋之賢君皆尊周孔卽遼金元入中國後無不尊周孔焉日本自王仁獻論語後千餘年傳習弗衰明治詔書亦嘗徵引周孔蓋聖澤之及人深矣

二 言有物之大義

世俗治文學者。往往誦習總集別集。依其格律。審其聲調。有求文者。貿然應之。累牘盈箱。積成卷帙。遂自命爲文。且自尊爲古。究其所言。空疎鮮實。是無物也。物者廣大悉備。譬如言天。則日躔月離。星次宿度。皆物也。摹擬風雲。詠歌日露。體物雖工。猶爲大雅所譏矣。譬如言地。則都市山川。關隘農礦。皆物也。流連風景。徘徊陳蹟。感物雖深。猶非利病所在矣。大學首格物。懼後人之爲空言也。推之說經者不證以注疏訓詁。是無物也。讀史者不證以圖表傳志。是無物也。究心諸子者。讀周髀而不能算。讀孫吳而不知兵。是無物也。傳甲言文之成章者。可分三類。皆屬之以事物。一曰治事之文。二曰紀事之文。三曰論事之文。治事者治萬物也。紀事者紀萬物也。論事者論萬物也。其不切於事物者。則空談也。詞人賦物。博士賣驢。雖有佳章。不切實用。故弗取焉。

三 總論篇章之次序

凡作文之篇法章法。如作圖畫然。不有成竹在心。漫然著筆。塡湊拉雜。則圖中物色。各不

相顧。苟先審其虛實疏密。然後灑然落墨。則彼此相應。虛實相生。濃淡掩映。情景偪肖。分之則各物皆完全無缺。誤合之則通體貫串委曲層折無不到矣。日本人續漢文典言章法。有虛實。有反正。有賓主。有抑揚。有擒縱。有起伏。有開合。有詳略。有雙扇。有緩急。有層疊。其餘則宋元以後所立名目。有未盡大雅者。如空中樓閣空中一擧鏡花水月單刀直入死中求活百尺竿頭進一步之類頗類塾師常談其言篇法。有冒頭。有比喩。有虛實。有提承。有問答。有首尾照應。有立柱分應。有一意反覆。有一氣呵成。有畫龍點睛之類。雖未盡合法。然較勝於無法者也。中國舊以起承轉合。爲篇章之定法。日本齋藤拙堂言漢文。以起承鋪敘過結爲篇章之定法。然初學不可無法。能文者不必泥其法也。篇章之分古今不同古之章今之篇也今以短者爲章長者爲篇

四　初學章法宜分別綱領條目

初學紀事之文。宜取論語之周有八士伯達伯适仲突仲忽叔夜叔夏季隨季騧。先提一句爲綱。然後分列各條目如下。苟依此成章。如殷有三仁微子箕子比干。即爲合格。初學論事之文。宜取論語君子有九思。視思明。聽思聰。色思溫。貌思恭。言思忠。事思敬。疑思問。忿思難。見得思義。亦先提一句爲綱。然後分列各條目如下。苟依此成章。如君子有五倫。事君忠。事親孝。兄弟和。夫婦順。朋友信。即爲合格。然初學入手。尤宜切於今日新學者。如

天有八星。地有五洲之類。皆先舉其綱。令初學錄其條目。既啟其穎悟。又資以記憶。一舉而兩得焉。此類章法。在史部為表為譜。質實條貫。無所用其雕飾。袁子才乃以記事如寫帳簿為古文之弊。不知帳簿為治事必需之文體。而摹唐仿漢之古文。轉不如帳簿之有實用也。

五　初學章法宜先明全章之意

初學既知綱領條目。不患章法頭緒不明。所患者務求整齊。至於拘執也。欲去此弊。漸誘之作短章。令第一句總全章大意。如子曰道千乘之國。敬事而信。節用而愛人。使民以時。道千乘之國一句。雖綱領亦不明言其數。以下三句。雖條目亦不平勻排列。初學觀此。可悟長短句法。推而言之。則顏淵季路侍一章。首句已知同在其地三人。子路曾晳冉有公西華侍坐一章。首句已知同在坐之及門四人。皆著筆處。即揭出全章大旨也。四科十哲。人數較多。先以從我於陳蔡者一句提出。蓋聖賢之文。大抵以其昭昭使人昭昭。不似後之古文家。務為含蓄。匿其端緒也。更有一種冒頭體。每頭首段。必以浮泛語隨意填湊。於題無涉。於全篇旨趣無涉。初學一蹈此習。必流為空疏淺陋。為之師範者。宜繩之以正焉。

六　初學章法宜立柱分應

孔子曰益者三友。損者三友。此分立損益二柱以起下文也。友直友諒友多聞益矣。則分應益者三友也。友便僻友善柔友便佞損矣。則分應損者三友也。初學依此求之。立柱分應之法明矣。亦有分應三次者。如子曰知者樂水。仁者樂山。知者動。仁者靜。知者樂。仁者壽。此以仁知爲柱也。更有分應三次而先明柱意者。如子曰古者民有三疾。今也或是之亾也。古之狂也肆。今之狂也蕩。古之矜也廉。今之矜也忿戾。古之愚也直。今之愚也詐而已矣。此以古今爲柱也。凡此皆互相比較。而短長自見。且間架自然。一望而知。初學最便學習。作史學二人合論。最宜用此筆法。世俗因帖括體裁。多用排比。古文家遂引以爲忌。此大誤也。觀西人每兩年海關比較表附論。知此等文體裨益政治最多。如之何可不學也。西人李佳白論英法異同與意異同皆句句比較無處空疏論事者可法之

七　初學章法宜因自然次第

子曰。吾十有五而志於學。三十而立。四十而不惑。五十而知天命。六十而耳順。七十而從心所欲不踰矩。此自然之次第也。後世之年譜。即用此體。傳甲十歲。嘗應母命仿此文曰。吾三歲能言。四歲能識字。五歲能誦毛詩。六歲失怙。能誦論孟。七歲能誦尚書。八歲能誦周易。九歲能誦曲禮。十歲能誦春秋。皆紀實也。初出應山。作日記云。吾初一日至廣水。初

二日至小河。初三日至楊店。初四日至雙廟。初五日至灄口。初六日至漢口。亦紀實也。初學作文。只能如是。後閱李習之來南錄。乃知古文大家。亦不過因自然次第以成文也。孔子告顏淵。行夏之時。乘殷之輅。服周之冕。宰我對哀公。夏后氏以松。殷人以柏。周人以栗。亦因朝代次第。初學便於步趨。彼世俗談古文者。奈何以抑揚頓挫爲工。遂以平鋪直敘爲大戒耶。文者如象形之字。繪畫之圖而已。如鑑之照影。表之測景而已。當直者直。當曲者曲。各肖其物。不可執一而論也。

八　初學章法宜知層疊進退

子曰。齊一變至於魯。魯一變至於道。此句法皆三字句。實層疊而進也。推而言之。殷因於夏禮。周因於殷禮。皆同此章法也。子曰。苗而不秀者有以夫。秀而不實者有以夫。亦同此章法也。亦有層疊而退者。如孔子曰。生而知之者上也。學而知之者次也。困而學之。又其次也。困而不學。民斯爲下矣。初學仿此爲層進之章。如士而學。可希賢。賢而學。可希聖。即爲合格。又仿其意爲層退之章。如安而行之上也。利而行之次也。勉強而行之。又其次也。勉強而不行。斯爲下矣。即爲合格。大抵初學讀書未多。能依據人人共讀之書。已不誤矣。古人料敵。往往設三策。曰某某上策也。某某中策也。某某下策也。皆層進層退之間架。如拾級而升降焉。如剝筍殼。層疊而深入焉。雖曲折亦有自然之次第可循也。

九　初學章法宜知承接收束

子曰。弟子入則孝。出則弟。謹而信。汎愛衆而親仁。行有餘力。則以學文。此章自弟子二字以下。皆平列數條。惟行有餘力一句之行字。承接上文弟子所行。而有餘力三字。有提起下文之勢。則以學文一句。爲全章收束。位置於不輕不重之間。又子夏曰。賢賢易色。事父母能竭其力。事君能致其身。與朋友交。言而有信。雖曰未學。吾必謂之學矣。亦平列數條。以一二語作承接收束。近日文人分紀事論理爲兩體。於此等處頗難分別。其平列數條似紀事體。其總結處又似論理文也。文章之佳者。往往夾敘夾論。中國正史舊例。以紀傳列於前。論贊附於後。然太史公伯夷列傳。已夾敘夾論。今歷史新裁。皆敘事後加以斷句制語焉。章實齋教初學作文法。未見傳本。蓋仿左傳君子曰之例。作收束之短篇也。

十　初學章法宜知首尾照應

子曰。賢哉回也。一簞食。一瓢飲。在陋巷。人不堪其憂。回也不改其樂。賢哉回也。首句提筆。與末句結筆相同。皆以賢字爲主。後世古文恒用此法。又君子無所爭一章。以其爭也君子爲結筆。則意相反而首尾互應也。又吾與回言終日不違如愚一章。以回也不愚爲結筆亦意相反而首尾互應也蓋文法如兵法須軍陣嚴明如常山蛇勢然後無懈可擊初學仿賢哉回也章可作大哉堯也命四岳宅四遠在土階人不堪其勞堯則不敢自逸大哉堯也文苟如此即可合格初學隨舉史事如君哉沛公一戎衣三尺劍爭中原人皆劣而敗沛公獨優而勝君哉沛公凡此之類或初學不明史事即用近事近人如曾文正李文忠亦可或並此不能即就其所親見之鄉里耆人亦可爲學期其切於身心不必泛言希古也

十一 初學章法宜知引用譬喻

子曰爲政以德譬如北辰居其所而衆星共之善哉孔子之取譬於天象也今仿其文曰爲君治民譬如日曜居其中而以星環繞之初學能如此即合格也又如子曰人而無信不知其可也大車無輗小車無軏其何以行之哉則孔子取譬於物理也今仿其文曰國而無賢不知其可也汽車無釜汽船無輪其何以行之哉蓋引用譬語亦增長學識之一端周秦諸子之文皆能罕譬曲喻是以持之有故言之成理各名一家初學豈易臻此然不可不取法乎上也此以物理明事理質實而有用非撏撦事類以爲藻繪也六朝人所謂縟旨星稠藻思綺合者則與天象物理無關也蓋惡其文勝質耳

十二　初學章法宜知調和音節

論語卷首學而章。以三平字調和音節。曾子曰吾日三省吾身章。亦以三平字調和音節。楚辭屈原卜居。用乎字最多。音節亦哀感。今反論語首章之意以勗初學曰。學不達時務。不亦愚乎。獨學而無益友。不亦陋乎。沒世而名不稱。不亦小人乎。初學苟能如是。即可合格矣。其以也字調和音節者。子語魯太師樂曰。樂其可知也。始作翕如也。從之純如也。皦如也。繹如也。以成。爾雅之釋訓詁。周易之釋爻象。皆用也字調和音節。文气自有紆徐之致。邇日文字。於域外地名人名。有名無義者。苟連接用之。則不知何處斷句。若俱用也字隔斷。則既便於句解。又能調和音節。試造一章法曰。歐洲諸大國。英吉利也。法蘭西也。俄羅斯也。奧地利阿也。意大利也。此章盡刪去也字。則佶屈不便上口矣。嘗聞古文家有一字秘訣曰刪。不知文有當增者。有當刪者。孔子於詩書。不刪堯典舜典周南召南。蓋不可刪也。宋祁撰唐書。任意刪削。未幾而他人之糾謬作矣。可不戒歟。（韻文如詞賦箴銘之類專重音節今且從緩故不詳及）

十三　初學擴充篇幅第一捷法

初學篇幅。不能暢所欲言者有二故焉。其一則讀書太少而言無物也。其一則條理太繁而言無序也塾師迫之以古文析義東萊博議爲法程語習未熟而步趨弗便也傳甲十歲時已能作短章家慈勗傳甲作長篇以續孟子好辨章命題言三代後一治一亂之事傳甲是時已誦讀史論略史鑑節要（此書四字語又兼閱楊慎之廿二史彈詞則用世俗七字句亦簡要）粗知治亂陳迹敷衍成篇由戰國至明季約千餘言皆因其自然之材料自然之次第然文勢渾成一反一正亦不落平庸直欲規隨鄒嶧焉昔唐之林慎思續孟子或以爲僭傳甲少孤承家庭之教育則與孟子略同也初學之文久以置之敝簍然十年來教初學每以此命題恒有佳文傳甲之文可不存也此題存爲初學篇法之第一習題則誠有益於教育也故述論語章法之後以孟子繼之

十四　初學篇法宜一意貫注

孟子見梁惠王第一章王意在利字孟子所以以何必曰利爲結中幅所言皆利與不利第二章王意在樂字孟子折以豈能獨樂爲結中幅所言皆樂與不樂也細審各章無不一意貫注反覆詳明初學作長篇須立定大意切實敷陳處處不與本旨相違庶不致先後矛盾首尾兩不相顧也孟子之文所以一意貫注者實由筆意矯健無著墨痕迹作者不熟悉人情則不足以言情不熟悉國政則不足以言政不能用意安望其能達意乎有

意猶患不能達。無意又焉得而達之乎。苟意既貫注。氣亦聯屬。則詞旨暢達。篇幅雖長亦不冗不雜矣。孔子曰吾道一以貫之。論文之旨亦一貫而已矣。

十五　初學篇章宜分別文之品致（文之疵病亦附見於此）

文之品可分六類。一曰莊重。如尚書典雅春秋謹嚴。孟子由堯舜至於湯全章似之。二曰優美。如國風比興左國高華。孟子齊人有一妻一妾全章似之。三曰輕快。孟子生之謂性與豈不誠廉士哉兩章似之。漢之東方朔司馬相如近滑稽者皆祖此也。四曰遒勁。孟子齊人伐燕兩章。鄒與魯鬨一章似之。漢之司馬遷揚雄唐之韓愈柳宗元其雄健處多祖此也。五曰明晰。孟子篇中略似論語者。子路人告之以有過則喜全章是也。六曰精緻。孟子篇中盡委曲縝密之致者。如牽牛過堂下全章是也。大抵文之品致。有隨時代而異者。有同時齊名而性情面目各異者。有一人論著而先後學問智識各異者。初學辨其大端。須知不莊重則佻。不優美則俗。不輕快則滯。不遒勁則弱。不明晰則晦。不精緻則疎。凡此皆文之疵病。初學所宜切戒也。

十六　治事文之篇法

治事文自上而下者。曰詔令體。自下而上者。曰奏議體。上下兼用者。曰書說體。今詔令體爲硃批。爲上諭。爲批牘。奏議體爲摺片。爲題。爲疏。書說爲咨移。爲札飭。爲禀呈。爲尺牘。爲狀詞。皆有用文也。不入內閣軍機。則硃批諭旨。非臣下所當擬。古人雖有以草詔著名者。今人文集不敢列入此體。懼僭逆也。然批牘爲服官者所當知。不習此體。則南面爲民父母。適爲幕友吏胥之傀儡耳。奏議更爲切要。然言必有物。如籌邊治劇水利農桑之學。非有實獲。亦空言也。此體最難。曾文正鳴原堂論文。專論此體。左文襄未顯時。亦嘗爲人作奏。蓋典謨以後。名作如林。有大志者。當具此大手筆。發攄大議論。建立大事業也。書說一體。尋常日用。必不能少。然應酬四六。味如嚼蠟。惟公移照會之類。關係政治者。不可不急講也。非法律兼通。實未易操筆。中國商工應用尺牘。尙無適用之本。故不能交通智識。然滙兌信件。雖如刻板。亦較書啟之四六。有實用矣。（賀耦庚經世文編治事較多今人用於場屋夾帶亦惑之甚者也）

十七　紀事文之篇法

紀事之體。古爲典謨。後爲紀傳表志。凡正史別史雜史方輿政治之屬。皆紀事也。唐宋以下之小說。元明以下之邸抄。以及近日報章之屬。皆紀事也。著述家之序跋。古文家之碑誌。以及後世贈序壽序。大抵皆紀事文也。古人紀功德。必鑄金琢石。始足以不朽。三代時束竹爲册。筆削以刀。猶緐重不便紀載。一變而爲卷帛。再變而爲紙張。於是乎紀載日益緐矣才士侈浩博竭畢生之力無不以數百卷著述爲功雖緐瑣未盡精當然紀事特詳惟一事數說不知孰爲可信也今約舉紀事文之總法以尙書家爲最善每篇必具其首尾如紀事本末之例章實齋所謂文省於紀傳事豁於編年今萬國歷史以是爲公例紀者紀一帝之本末也傳者傳一人之本末也志者紀一事之本末也後世一邱一壑一亭一榭皆有記其著者借之以寓意而已鄭猫生子事雖實不足記也

十八　論事文之篇法

姚惜抱曰論辨類者蓋原於古之諸子各以所學著書詔後世孔孟之道與文至矣自老莊以降道有是非文有工拙今按後世之論事體漢唐以後名稱不一一曰論反覆以盡事情而已二曰說明白不煩注解而已三曰辨剖析以明條理而已四曰義引申以達意義而已五曰原探討以溯其本而已或證以攷据之學或澈其義理之要又必文章爾雅而後可傳漢之賈鼂唐之韓柳宋之歐蘇皆長於論理者也論事之文於科學爲近東人於奏疏亦歸之此類不歸之治事類爲協也日本拙堂之言曰叙事如造明堂辟雍門階戸席一楹一牖不可妄爲移易議論則如空中樓閣自出新意但拙齋謂宜先學論事文爲便鄙意則以爲習紀事爲便而治事文尤爲切用敢質之海內外教育家以爲何如

第七篇

羣經文體 爾雅已見第三篇論孟已見第四篇第五篇故不復列惟取七經詳言之

一 經籍爲經國經世之治體

羣經皆治事之文也當其時用爲經國經世之法既卓著其效遂以爲可常行而無弊也爰著之以爲經然聖人通經達權未嘗分經義治事爲二則經術即爲治術後世卑陋者徒以明經拾靑紫爲榮高尙者徒以鍵門不出皓首窮經爲事於是經籍幾於無用而激切者且欲付之烈燄矣嗚呼天造草昧有經籍始有文物庖犧作卦畫俯仰天地未能密測夏有連山殷有歸藏策數無徵周易作而古易廢猶時憲作而大統廢乎書兼四代歷史必述古今治績也後之漢書唐書視此矣書則上下二千年詩則縱橫十五國商人有頌商之列國豈少風詩然周人僅錄本朝者詳於近世文明各國耳禮經惟周禮爲國政大端儀禮爲家政大端禮記則多屬修身之事也春秋挈其綱三傳著其目皆孔子所見所聞所傳聞也虞書夏書商書商頌而外無一不從周制也周人一代之制豈可持以爲萬世之法哉師其意不泥其迹則善說經矣

二 周易言象數之體

象數者．實指事物而言．非空言也．八卦皆實象也．策數皆實數也．三百有六十．當期之日．則古率之粗疏也．堯典尚知三百有六旬有六日．則當期之日．必堯以前之歷數．比羲和所得更疏也．漢人說經者．知歲實爲三百六十五日又四分日之一．然漢人但知漢以前之策數．聖如孔子．亦但知周以前之策數也．晉虞喜宋何承天祖沖之損歲餘以益天周．元郭守敬推求歲實爲三百六十五日二千四百二十五分．此命周日二十四小時爲一萬分之率也．比之四分日之一．減七十五分矣．國朝康熙時憲書．以三百六十五日五時三刻三分四十五秒爲歲實．雍正所定時憲新法．其小餘爲五時三刻三分五十七秒．今秒數又有微差矣．夫算率之方五斜五徑．一周三．自遠不逮後人之密．易數其變動不居之數乎．澤火革．君子以治歷明時．所以示民發政施令之期耳．一部廿四史歷法七十餘家．康雍之盛．歷法修明．善於改革也．今日昧澤火之義．而西域之太陽年星曜日．棄我正朔焉．天算不列於教科．術數秘傳於陬澨．吾悲民智之日濁矣．傳甲本天道言文法以行健自强爲主義其文則以大气斡旋包羅萬象爲極則六經之文此類居多數

三 周易文言之體

文王演周易。周公作象。仲尼繫之以辭。又於乾坤二卦作文言焉。阮文達曰。此千古文章之祖也。為文章者不務協聲以成韻。修詞以達遠。使人易誦易記。而惟以單行之語縱橫恣肆。動輒千言萬字。不知此乃古人所謂直言之言。論難之語。非言之有文者也。非孔子之所謂文也。文言數百字。幾於句句用韻。（中幅節去）抑且多用偶。即如樂行憂違。偶也。庸言庸行。偶也。水濕火燥。偶也。雲龍風虎。偶也。學聚問辨。偶也。先天後天。偶也。（文達所舉最詳今節其大略）於物兩色相偶而交錯之。乃得名曰文。文即象其形也。然則千古之文。莫大於孔子之言易。孔子以用韻比偶之法。綜其言而自名曰文。何後人必欲反孔子之道。而自命為文。且尊之曰古也。（傳甲幼時讀對偶字仿論語作文多與文達暗合於文多言天算地輿又竊附孔子作乾坤文言之旨焉蓋十二時讀疇人傳已心折儀徵矣）

四 周易支流之別體

易之為道以陰陽也。太史公論六家要指。冠陰陽於儒墨之上。聖人以神道設教。故推天道以明人事焉。左氏浮夸。於卜筮已好為奇說。漢宋分歧。京房焦贛之入於災異。陳摶邵雍之附會河洛。其支流大派也。晉王弼之說以老莊。程朱之說以儒理。則幾於正流矣。其後支派愈多。言天算必曰河圖為加減之原。洛書備乘除之法也。言地理者必曰八卦以定八方也。而俗所謂堪輿家。又用之以配羅經焉。再下則奇門壬遁之邪說。白蓮大乘無爲聞香。義利拳之妖術。亦假八卦以爲秘訣焉。舉世皆趨於大過之棟橈矣。鄒特夫曰。京房以六日七分爲一卦。一年周六十卦。餘坎離震兌四卦爲方伯卦不值日。已屬不通。然十二卦之消息。猶以陰陽與寒暑相比附。邵子元會運世更迂闊矣。黃石齋三易洞璣。以六十七年配一卦。四千餘年而一周。則天地開闢六十七年而後有生物。又六十七年而後有飲食耶。況羲農以後四千年。斷無佃漁之聖人。距今四千年以前。又何曾有鴉片烟世界也。此外太元潛虛仿周易文體者亦不詳及易緯見第八篇

五　尚書今古文辨體

尚書辭義最古。漢拾秦燼之餘。今文出於伏生之口。古文出於孔氏之壁。篆隸各殊。傳寫譌誤。異文歧讀而不相通。然孔壁遺經。猶非今日蔡傳所謂古文也。至西晉梅賾古文晚出。六朝江左漸多傳習。唐人作正義。用孔傳專行。舉世莫知其僞。宋人推求。疑其不類。見朱子全書。元之吳澄竟欲舉而刪之。明梅鷟詳考古文之來歷最詳。國朝閻百詩惠定宇復詳證之。譚經者皆信其爲僞矣。毛西河乃作古文尚書冤詞以立異說。何耶。程緜莊作冤冤詞以攻毛氏。而爭端因以大鬨。攷据家之中。又各立門戶焉。姚姬傳復條舉其大背理者。謂顯絀之不爲過。陳蘭甫痛心時局。借題發揮。謂不寶遠物。則遠人不格。是乃中國

之福也。後世徒以格遠人爲美談。乃大惑也。諸先正之言。既明且清。不容復贅。傳甲以文體觀之。今文艱深奇奧。而古文平易淺近。今文多載天算地輿實學。古文則半屬空文。其出於後人僞託無疑矣。傳經源流。經學王教習講義已詳。此節以文體爲主。

六　尙書家爲古史正體

劉知幾史通曰。尙書家者。其先出於太古。至孔子觀書於周室。得虞夏商周四代之典。乃删其善者。定爲尙書百篇。孔安國曰。以其上古之書。謂之尙書。尙書璇璣鈐曰。尙者上也。上天垂文。象布節度。如天行也。王肅曰。上所言。下爲史所書。故曰尙書也。推此三說。其義不同。蓋書之所主。本於號令。所以宣王道之正義。發話言於臣下。故其所載。皆典謨訓誥誓命之文。其後又有漢尙書。魏尙書。今不傳。然知幾以帝王無紀。公卿缺傳。年月失序。爵里難詳。爲尙書家所短。不知尙書紀大政者也。猶春秋常事不書也。今歷史新裁。亦不詳帝王之年號。公卿之爵里。蓋非大義所在也。堯典以下。每篇必紀一事之本末。宋之袁樞。因通鑑以復古史之體。且合西人歷史公例焉。建安史學。駕乎龍門涑水而上矣。陸桴亭謂紀事本末不可不讀。廿四史備查可也。其推重建安。更在章實齋之前進人

七　禹貢爲地志之體

禹貢爲地志鼻祖。其所紀已爲陳迹。惟其文體則可爲萬世法焉。分列九州者。猶今日世界地理。必以五州大陸分卷也。名山大川。舉其著者。猶今日世界地理。必以高山巨流列表也。厥田之饒瘠。厥貢之同異。猶今日世界地理。必以居民物產爲要也。導山之文。可徵山脈。導水之文。可徵水系。其餘礦產道途。亦言其略。五服遠近不同。要荒之族。或類羈縻。詳於中原而畧於四裔者。貢獻所不及者不載也。漢書地理志以郡縣分部。倣禹貢九州之法也。桑欽水經。以水之原流分部。倣禹貢導水之文也。至於文義簡括。則由當時簡册繁重耳。後世一縣之志。輒數十卷。一府之志。輒數百卷。一省之志。且數千卷。詳則詳矣。專紀人事。不切於地理。亦博而寡要也。先君子曾刪瀛寰誌略爲一篇。某氏又增刪之。爲括地畧。誠簡要矣。今時局又變。擬作新括地略。便記誦焉。

八　洪範爲經史之別體

尙書文體。洪範一篇。最爲奇古奧博。崔東壁既深信之。陳東塾復致疑焉。竊以爲天不錫鯀九疇。而錫禹。大抵古人神道設教之言。如元鳥生商。履帝武敏歆之意。漢儒董仲舒治公羊春秋。始及陰陽。劉向治穀梁春秋。傳以洪範。於是經術遂降爲術數。史臣無識。竟以五行列傳。妄推災異。嗚呼。春秋日食三十六。弒君三十六。今實測密算。每年恒有日食。不間日食一次即有弑君一次也左傳言伊川被髮不及百年而陷爲戎境宋書五行志晉武帝泰始後中國相尙用胡牀貊盤及羌煮貊炙太康中天下又以氈爲絈頭百姓已知中國必爲胡所破矣今日大餐小服與舊俗殊天下前途非所敢言然人事不修亦不得歸罪於天也

九 詩序之體

尙書之序出於依託且近於複詩序則誠不可少無序則詩意不明矣第詩序之說紛如聚訟以爲大序子夏作小序子夏毛公合作者鄭康成詩譜也以爲子夏所序詩即今毛詩者後漢書儒林傳也以爲子夏所剏毛公及衛宏又加潤益者隋書經籍志也其後韓愈王安石程明道各據其揣度之辭爲古人定評鄭夾漈復昌言排擊而朱子和之黃震篤信朱氏所著日抄亦申序說元明以來迄無定議然子夏五傳至孫卿孫卿授毛亨毛亨授毛萇其源甚明觀唐書藝文志知韓詩亦有卜商序然韓詩遺說傳於今者與毛迥異何耶四庫書目提要參考諸說定序首二句爲毛萇以前經師所傳以下續申之詞爲毛萇以下弟子所附仍錄冠詩部之首明淵源之有自矣

十 三百篇兼備後世古體近體

詩三百篇。一變而爲楚騷荀賦。再變而爲五言七言。後世名作如林。莫不胚胎風雅。吾讀薄伐玁狁。與子同仇諸什。如聞羌笛胡笳。拔劍欲起焉。此塞上之體也。吾讀彼黍離離。施邱之葛諸什。如臨廢壘蕪城。植髮如戟焉。此弔古之體也。吾讀檜楫松舟。皎皎白駒諸什。如將乘桴攬轡。遠遊廣覽焉。此紀行之體也。又讀盡瘁以仕。表忠愛之熱誠。又讀夙夜在公。知職分所當務。皆直廬之體也。又讀爲鬼爲蜮。憂讒人之高張。又讀投畀豺虎。傷疾惡之已甚。又讀自有肺腸。悲朋黨之分門。又讀赫赫宗周。痛君權之旁落。漢唐宋之亾。其詩每多此體。然衡門泌水。有招隱之樂焉。築場納稼。有田家之樂焉。我思古人。有讀書之樂焉。此亦不虧大體矣。苟得其時。出于清廟明堂之上。則濟濟多士。可以黼黻盛世。赳赳武夫。可爲公侯干城。將見在泮獻囚之典。禮庶幾再舉。（乾隆間武功十全。嘗舉在泮献囚献馘之盛典）而普天之下。莫非王土。率土之濱。莫非王臣矣。（關雎葛覃爲宮詞體。婦歎於室爲閨怨體。皆非今日切近之要義。故不入正文）

十一　淫詩辨正

宋人王柏作疑詩疑。據列女傳爲說。删行露章。又删召南之死麕。邶風之靜女。鄘風之桑中。衛風之氓有狐。王風之大車。有麻。鄭風之將仲子。遵大路。有女同車。山有扶蘇。籜兮狡童。褰裳。東門之墠。丰。風雨。子衿。野有蔓草。溱洧。秦風之晨風。齊風之東方之日。唐風之綢繆葛生陳風東門之池東門之枌東門之楊防有鵲巢月出株林澤陂凡三十二篇固哉迂哉王柏之惑也自有六籍以後第一怪變之事也柏知奮筆於宣聖刪訂之後爲公議所不容乃歸罪漢人之竄入果何據耶甚至謂碩人第二章形容莊姜之色太褻不知溱洧笑謔樂而至於淫澤陂滂沱哀而至於傷雖不得比於關雎然考風問俗者必不能諱其惡也王柏刪淫詩飾惡之尤者也治以宋朝法律當與縣吏隱匿聲妓同罪雖然淫詩皆託詩耳子不我思豈無他人幾於人盡夫也然女爲悅己者容猶士爲知己者用王猛張元韓延徽郭侃之才不用於中國誰之過歟孔子去魯而之楚衛孟子居鄒而適齊梁亦鄒魯之君相不能用聖賢耳王風魯頌文體各殊說春秋者且謂聖人黜周王魯焉其然豈其然哉

十二　周官爲會典之古體

周官者大周會典也古之六官或類今之六部六官之長冢宰司徒宗伯司馬司寇司空今以尙書侍郎當之其餘則司員而已會典詳列官人數及其職守與周禮同吾觀歷代職官表今內務府官爲周禮天官之屬者居多顧亭林曰閽人寺人屬於冢宰則內廷無亂政之人九嬪世婦屬於冢宰則後宮無盛色之事自漢以來惟諸葛孔明知此義所謂

宮中府中俱爲一體是也。嗚呼。周公定此制。是以致太平歟。閹寺爲中國三代弊政。與其治其標。不如拔其本。黃梨洲待訪錄。直斥嬪御人多。則閹豎不能不多。則周禮乃誨淫之書也。漢文帝除肉刑。獨不除此。蓋未盡善也。冬官已闕。漢人以考工記補之。句法奇變。字法古雅。明人郭正域批點攷工記。蓋論文而不詁經也。然其文非秦以後可僞託矣。今算術漸明。圖說之體漸密。戴東原攷工記圖。阮文達車制圖考。皆有專書。以攷工藝。今工部之於禮器兵器。一仍會典之舊制而弗變。則自安於固陋矣。蔡牽之役粵督不改海船之式洪楊之亂督師大臣賽尚阿以永明舊銃畀川軍今更以重價購西人舊器可歎

十三　儀禮爲家禮之古體

今所謂家政學者。宋以前謂之家禮。周人則統於儀禮。或名士禮。蓋冠禮之篇。或稱士冠禮。昏禮。相見禮。皆士所宜從事也。鄉飲酒之禮。鄉射之禮。尤見古人地方自治之有法焉。既飲酒以聯其歡。又習射以爲守望之助。士之在鄉里。顧不重歟。聘禮。覲禮。附其後。則由家修而進於廷獻也。喪服之制。古今不同。儀禮則周室一代之制耳。然儀禮在羣經中。文體最爲奇奧。古人讀禮之法。略有三端。一曰分節。張爾岐儀禮鄭注句讀。吳廷華儀禮章句是也。二曰繪圖。張惠言儀禮圖。遠勝於宋人楊復之圖也。三曰釋例。江永儀禮釋例。任

大椿弁服釋例是也。然朱子儀禮經傳通解。士冠禮第一節後題曰右筮日第二節後題曰右戒賓此雖與宋元人評古文法畧同然讀書之條理必如是不可廢也。日本漢文典所謂解剖觀察法如是

十四 禮記叢書之體 孝經附見

漢志有中庸說一篇。在戴記之後。是中庸固有單行本久矣。戴氏所記。出於漢初河間獻王所得。故各爲一篇。體例不一。意者所得必非一時。或不出於一人之手。不但大學中庸一篇可爲一書。即如曲禮專爲修身之敎法。檀弓文簡而晰。又近於古史之體。宋末謝枋得當批點之。蓋論文體不論經術也。月令之體。似夏小正。或因其同於呂覽。疑爲不韋所作。且大尉亦爲秦之官名也。蔡邕月令章句之名。爲朱子學庸章句所本。此外深衣一篇。解說紛紜。單行本亦多。禮運儒行哀公問仲尼燕居孔子閒居等篇。皆敷演潤色。駢偶用韻。其文體特異。文心雕龍徵聖篇曰。儒行縟說以繁辭。此博文以該情也。吾觀燕居閒居二篇。尤與孝經文體相似。如出一手。孝經者特戴氏叢書所未收之一種也。後人以三禮合刻。四書合刻。五經合刻。皆叢書之體。戴記則發其端而已。

十五 春秋編年之體

孔子自言述而不作。孟子獨言孔子作春秋。蓋詩書易禮。皆孔子述先王之法也。春秋者。孔子所見之事。先王所未見也。孔子不作。則後人無所考證矣。故作春秋者。孔子之苦心也。其編年亦孔子之𠜂體也。劉知幾論春秋。雖有夏殷春秋之目。大抵晏子春秋呂氏春秋之類。未必如孔子之編年也。孔子敍其生平。自十五至七十。皆編年體也。以事繫日。以日繫月。因事之自然秩序焉。至有不書日者。則義從蓋闕。知之爲知之。不知爲不知。紀事之體也。陳蘭甫謂穀梁日月之例。多不可通。是也。孔沖遠曰。春秋諸事。皆不以日月爲例。其以日月爲例者。卿卒日食二事而已。今按左氏以公不與小斂。故不書日。則九月甲申公孫敖卒於齊。公豈得與小斂乎。日食而官失之。孔子舉而書於册。猶告朔餼羊之意也乎。袞鉞褒貶。各騰異說。俟經學大義詳之。玆但論其文體耳。

十六　三傳辨體

公穀說經者也。左傳紀事者也。公穀長於論理。斷制有法度。而紀事稍遜焉。漢博士謂左氏不傳春秋。（漢書楚元王傳後劉歆傳）然伏生尚書大傳。不隸解經也。左氏依經而述其事。何不可謂之傳乎。左氏之文。其氣雄渾。其才博贍。尤善論戰事。顧震滄春秋大事表。其都邑疆域山川諸表。以硃墨合印沿革之圖。如視諸掌。讀左氏春秋。習兵家言者。必不可少矣。朔閏一表。視杜預春秋長歷爲密。近日鄒特夫學計一得所推步則尤密矣。古文家出於左氏者多。出於公穀者少。故左繡之類。專論文而不論事焉。公穀之文。不過林西仲古文析義畧舉數篇批點。以時文之法。亦未盡公穀文體之要矣。公羊家以漢儒董仲舒。號爲純粹。然王魯之言。遂啓何休之偏說。穿鑿附會。失孔子作春秋之本旨矣。然新夷狄之偉論。固足以警我中國矣。

十七　經學隨時而變體

經籍文字。皆當時語耳。歷世數百年。則視爲高古而不可盡解。故古人作傳以緯經。易之文言傳。繫辭傳。說卦傳。春秋之左傳。公羊傳。穀梁傳。皆由傳而進於經者也。書之孔安國傳。詩之毛亨傳。皆附於經以行也。東漢去古稍遠。於傳文不可盡解。乃爲箋注以明其訓詁。歷魏及晉。注者漸多。唐去漢漸遠。讀傳注猶嫌其不備。或文深而不可猝解。又爲之正義以發明之。宋去古益遠。憚訓詁之繁。乃研究大義。以述聖賢立言之旨。初學便焉。安石經義出。而舊說如芻狗。朱子集傳集注出。而舊說束高閣矣。明人大全摭宋元注釋。不能上求古訓。亦時代限之耳。近日去宋亦遠。而宋人所注。講師且爲高頭講章以演說之。此亦文言一致之端矣。

十八　皇朝經學之昌明

聖祖高宗兩朝欽定八經尙矣皇淸經解刋於學海續於南菁誠一代鉅製然易以象數爲用必以御製數理精蘊歷象攷成爲主書敘歷代興衰必以欽定廿四史列朝聖訓爲主詩寓國風必以大淸一統志皇輿西域圖志爲主禮兼政敎必以皇朝三通大淸會典大淸律例爲主春秋褒貶必以御批通鑑輯覽爲主樂經久亡謹以御製律呂正義補之孔子從周傳甲竊比於從淸焉師六經之意以徵諸實用則觀皇淸制度粲然備矣

第八篇

周秦傳記雜史文體

古傳記及漢人起周秦以前事者亦入此篇皆紀事之文也論理之文則屬諸子類別見下篇

一　逸周書爲別史叙體

史者別於經者也別史又別於正史也陳振孫以書之上不列於正史下不至於雜史者謂之別史周書列於經部則周之正史也逸周書之爲別史亦猶漢記晉記之別於漢書晉書也隋唐藝文志皆謂晉之太康二年得於魏安釐王冢中則汲冢之號其來已久雖眞僞不可決言然尙書之僞古文既號爲孔壁遺經而汲冢之書獨不進於經部同出於

晉代。而有幸有不幸焉。劉知幾史通。謂其與尚書相類。即孔氏刊約百篇之外。凡七十一章。上自文武。下終靈景。甚有明允篤誠典雅高義。時亦有淺末恒說滓穢相參。殆似後人好事者所增益也。攷知幾所云篇數與漢書藝文志同。今本比班固所記。惟缺一篇。史記武王克商與此暗合。許愼說文。馬融注論語。皆稱引之。則漢時久已通行。汲冢之號。乃後人所增耳。河間提要。仍列於別史。南皮書目。列之於古史焉。觀李燾所跋。知宋本已脫爛不易讀。今人必依盧文弨抱經堂校本。並折衷陳逢衡補注。朱右曾集訓校釋。丁宗洛管箋。便誦習焉。

二　大戴禮爲傳記文體

禮記不稱禮經。漢儒之矜愼也。大戴禮之別於禮記。猶逸周書別於周書也。然目錄家猶繫於經部禮記之後者。亦以其文體略相似也。其篇目最著者。莫如夏小正。漢人取月令而刪夏小正者。夏時遠。秦法近耳。夏小正。農書之祖也。古人因中星以驗農時。夏以上有堯典。夏以後有豳風。漢襲秦正朔。不用夏時。亦以歲差懸遠也。然夏小正終不可廢者。測歲差必多據古書也。（泰西各測候書多稱引中國印度埃及之古傳記。）孫淵如校戴德傳刊之。畢秋帆爲之考注。洪震煊爲之疏義。行夏之時之道。又大著矣。曾子介孔孟之間。獨無專書。然天圓地方。則四角之不揜二語可爲地球明證阮文達撰曾子注釋四卷即大戴禮之十篇也天文者文之博大艱深號爲難讀國朝經師皆善讀之其餘戴記之平易可解者不詳及焉

三　周髀創天文志歷志之體

周書無天文志律歷志也有之其周髀算經乎其言句股測量也簡括精深舉西人平弧三角莫能外焉其言天地形體詳實明遠舉西人冰洋熱帶莫能外焉絕學如綫經宣城梅定九徵君表而章之聖祖仁皇帝分命梅瑴成申命何國宗攷測天行步算精密御製律書淵源垂爲一代時憲以周髀經解爲之冠從其朔也算經十書周髀最古其義其文在數理精蘊僅詳解其卷首周公商高問答之辭傳甲少時嘗撰周髀新解後節其闡明橢圓者刊入微積集證至北極之下夏有不釋之冰中衡之下冬有不死之草亦以今地釋之北極之冰爲俄北境中衡即赤道今新嘉坡冬草不死猶可證也周髀之文詳實如此而前人以爲誕幾等於十洲記神異經焉嗚呼天算爲絕學固古今所同慨也（趙君卿周髀注亦精深阮文達疇人傳盛稱之）

四　國語創戴記之體

左傳附於春秋之經文者也國語則與左氏俱迄於智伯之亡周魯齊晉鄭楚吳越凡八

國事說者以爲春秋外傳焉左傳編年國語分國文體各不同國語分部似出於國風然國風爲有韻之文國語則無韻之文也國語之體裁實爲晉書載記之所祖然陳壽三國志亦同此意明末譯職方外記以及近日魏默深撰海國圖志日本岡本監輔撰萬國史記皆以國分部者也邇日史學家輿地家著述益多大致界限世界史用左氏例編年及紀事本末之體不以國分部世界地理用國語例分國仍用紀事本末之體也古人國語但述海內各國今日國語必括海外各國蓋晉書載紀已有匈奴羌羯諸種人也後世史家傳外國等於臣僕不如例爲載紀如列强角立之可畏也國語創載記之體所以明統馭宙合之難也

五　國策兼兵家縱橫家輿地家諸體

戰國之士善用奇故其發於文者亦奇劉知幾曰秦兼天下而著戰國策其篇有東西二周秦齊燕楚三晉宋衛中山合十二國然觀劉向所校序稱中書本號或曰國策或曰國事或曰短長或曰事語或曰長書或曰修書則向本裒合諸國之記删併排比以成此書其文則戰國之士所爲也戰國文體本近於矜才使氣但處其時無尙武之精神則國不能自强士不能自立矣或縱或橫苟非曉暢兵機熟諳地勢必不能傾動諸侯王而睥睨

萬乘也。漢之賈太傅。唐之杜牧之。宋之陳龍川。明之唐順之。國初之顧景范。近日之魏默深。皆祖戰國策士之文也。蘇眉山有言曰。少年文字須令氣象峥嵘。傳甲少賤時。文頗穉弱。既而斜纒算數。筆亦枯澁。及觀覽輿圖。讀顧魏之文。始有生色。詩亦能爲塞上曲焉。故不習地輿者。吾可决其詩文必無氣魄也。游歷遠者雖不習地圖詩文亦奇實驗之效也

六　世本創族譜之體

班固稱司馬遷作史記。據左氏國語。采世本戰國策。今世本已亾佚。惟有孫馮翼所輯世本一卷。雷學淇校輯世本二卷。秦嘉謨世本輯補十卷。雖未必盡復舊觀。然大端可見矣。封建時代。貴族專制。階級最嚴。明德之後。或延祀數百世。世次歷歷可考。故臚列記之。如近日官署之點名册。史記據世本抄錄。夏殷周秦世次。皆可攷見。厥後史家之宗室世系表。宰相世系表。旁行斜上。便於觀覽。亦族譜之體。實仿世本而爲之也。宋人譜學最詳。歐蘇之法。後世沿之。鄭樵通志有氏族畧。皆詳其得姓之始焉。續通志之氏族略。則遼金元之世本。戰勝我族者也。川黔土司之傳邊錄。見辰州府志則苗猺之世本。我族所戰勝也。論世本之體。吾悲且懼焉。願當世者知先世締造之艱難。視後世子子孫孫。引而勿替。不亦休乎。

七　竹書紀年仿春秋之體

僞古文尚書．多取材於史記．僞竹書紀年．則取法於春秋．竹書所紀之事．雖在春秋以前．然其文體則學春秋而未能也．古史惟尚書一家耳．苟有編年之書．孔子將修之．與春秋相銜接．何以尚書春秋體裁迥異乎．竹書出於汲冢．其來歷已不可信．金盤石鼓．猶爲歲月所銷磨．況竹簡埋古冢中．經千餘年卑濕之氣所蒸蝕．雖不與桐棺俱朽．亦斷爛不可收拾矣．且蝌蚪奇字．漢時惟揚雄識之．晉以後識者何所據耶．宋時僞三墳．僞晉乘楚檮杌．相繼出書．世愈晚．所託於古者愈不可信．竹書雖僞．視此已爲古矣．所記啓殺益．太甲殺伊尹．荒誕不足據．然謬論流傳．適爲繼體之君．擅殺大臣者．所藉口．春秋作而亂臣懼．竹書作而賢人死．一眞一僞．一正一邪．不能並立於天壤．文體雖同．宗旨不容不辨．

八　山海經與禹貢文體異同

山海經相傳出於禹益治水之時．今眞僞不可知．然劉歆七略所校上．其來已古矣．其文閎誕迂誇．不若禹貢之眞實簡質．其旨奇怪俶儻．不若禹貢之平易正直．蓋禹貢限於域中．山海經極於荒外．有讀之者．亦等諸無稽之小說耳．然山海經文體．有與新地理志相吻合者．如山海經首言南山經之首曰䧿山．第二節曰又東三百里曰堂庭之山．皆節節相連續．可尋其山脈．近代黃巖李誠．撰萬山綱目．（友人章一山廉常刊入續台州叢書甲亦與校讐焉）其條理與齊次風水道提綱同。山者水之源也。中庸所謂草木生之。禽獸居之。詳言物產。固地志之公例也。古有今無之物甚繁。不足異也。讀赫胥黎之天演論。知動植消耗之故矣。人首而有尾者。大抵皆猿類也。大荒以外。傳聞歧異。且滄海桑田。變遷已甚。地質家謂日本古昔毗連亞陸。英倫古昔毗連歐陸。火山裂之。海水撼之。自然地理亦有變矣。然則猿世界之際山海情狀。安知不如彼所云乎。

九　穆天子傳非本紀體

天子曰紀。卿大夫士曰傳。史臣之通例。穆天子何以稱傳乎。抑穆天子時之西域傳乎。其文惝恍如小說。然郭璞注本相傳至今。雖僞書亦漢人述周室之軼事耳。齊王儉作漢武內傳。亦可謂之漢天子傳矣。今人譯華盛頓傳。不仿堯舜本紀之名以紀之。亦內中國畛域之見未化乎。抑吾讀穆天子傳更有感者。天子統有海內。南面受諸侯之朝。未聞別有所朝也。穆天子朝西王母。意者西域之大國。當巴比倫興盛之時乎。惜尚書缺殘。春秋未作。不得信史而證之耳。堂堂天子而朝於外。則列之爲傳。以志王道之衰。亦懼西域之始也。由此推之。不但蜀後主列傳爲允。即石敬塘趙構之稱臣異族者。皆當降爲列傳。不可以入本紀也。

十　七經緯文體之大略

七緯儷七經而行猶天子五緯儷經星而行乎羣經猶經星之恒度也緯則絡繹於經之間耳其中多孔氏遺言七十子所記述其文體有簡潔如論語者太史公自序引孔子曰我欲載之空言不如見之於行事之深切著明也此春秋緯之文也戰國以後術士或以怪誕之說雜於其間秦始皇時盧生有亾秦者胡之讖秦始之焚經或惡其言之不祥歟漢儒篤信緯候者最多於是面諛者改計爲符瑞哀平之際頌莽功德者實繁有徒光武中興不免囿於習氣至隋焚讖緯幾無完書矣唐人五經正義時有稱引宋人且欲盡舉而刪之焉近日易緯存者乾坤鑿度二卷稽覽圖二卷辨終備一卷乾鑿度二卷通卦驗二卷乾元序制記一卷是類謀一卷坤靈圖一卷皆永樂大典本近日攷据家益搜集類書而緯書漸備其文之純者皆合羣經之體焉河圖括地象言崑崙者地之中東南方五千里名曰神州又合於鄒衍之說爲新地志鼻祖矣

十一　神農本草創植物教科書文體

孟子時有爲神農之言者許行漢書藝文志農家者流首列神農二十篇注曰六國時諸子疾時怠於農桑道耕農事託之神農師古曰劉向別錄云疑李悝及商君所說今觀神

農本草。僅爲醫家考求藥性所用。不知其爲農學之大宗植物學之教科書也。秦始皇禁挾書獨醫藥種樹之書傳習弗衰。後之儒者忘周公無逸之訓。孔子足食之教。士農分途而耕讀自娛者或嗤其村鄙焉。齊民要術救荒本草之類。非藏書家無得見者。博洽之士讀農家言亦只爲考据詞章之用而已。戶部號爲司農。而坐徵錢漕。不敎播種。亦異於后稷之職守矣。近農學植物學。全球人類所注目。而中國夙稱以農立國者。猶仍太古之耒耜焉。農學植物學之書。猶待譯於外國。恥孰甚焉。不及此以興農學。吾懼莽莽中原。鞠爲茂草矣。

十二　黃帝素問靈樞創生理學全體學文體

黃帝內經。見於漢書蓺文志。無所謂素問靈樞也。內經十八篇。而素問二十四卷。靈樞經十二卷。或分或合。俱與內經篇數不符。然後漢張機傷寒論。已稱引素問。則素問雖僞託。亦必出於周秦。靈樞則文義淺短。與素問之言不類。杭世駿跋尾謂靈樞似竊取素問而鋪張者。呂復亦稱善學者當與素問並觀。其旨義互相發明。蓋其書雖僞。而其言則綴合古經。具有原本。譬之梅賾古文。雜采逸書。聯成篇目。雖牴牾罅漏。然精警語頗多。何可廢也。況古昔生理學全體學未顯。獨賴此二書以存其梗概。誠傳記之有實用者也。近人撰

格致古微於此二書多稱引焉。雖經出於周秦文體亦古奧然醫書以明白通俗能求時症爲主固不取文之古奧者也

十三 司馬法創兵志之體

周書無兵志。周禮夏官其兵志之始乎。夏官詳於職官之數。職官所掌兵法則略而不及。夫用兵所恃者法也。無法則兵不可用矣。司馬法第一篇曰仁本。蓋粹然儒者之言。第二篇曰天子義。蓋湯武秉鉞以後。非眞人龍戰。未能堅草野推戴之心也。華盛頓拿破侖起自匹夫皆以武功受推戴 第三篇定爵。所以著功罪也。英國水師律例譯本猶未盡叶且中國船政局亦未之能用也 第四篇嚴位第五篇用衆。皆詳言行陣之法。嗚呼。中國兵備荒弛久矣。正史中兵志。徒鋪張其數而未得其精意之所在。司馬法在今日已成陳迹。軍情萬變。固非常情所能測。尋行數墨之士所得記也。古人文武未分途。是以官司馬者皆知兵。大將非如今日兵部尚書侍郎由他部升轉。詞臣科道循序以進也。故其言可法於後世焉。今日軍法安得知兵能文者援筆以記之乎。

十四 家語與論語文體之異同

論語爲羣經之準繩。而孔子家語僅比於儒門諸子之傳記者。非以論語眞而家語僞乎。其目雖見於漢書蓺文志。然自唐人顏師古以後。皆知爲魏人王肅所僞託。特其中排比

古事甚多。亦未可遽廢耳。故時與左國荀孟戴禮史記相出入。夫孔子論語。門人記其論難之語耳。學而述而篇名都無意義。不過若詩歌之舉首句也。鄉黨一篇。且記朝廷之事焉。家語相魯第一。所言皆相魯事也。始誅第二。惟誅少正卯及父子同狴二事焉。劉知幾史通題目篇所謂煩碎也。然則開帙解帶。便令昭然滿目者。蓋後世之文體也。論語之文簡而要。唯聖者能之。家語之文詳而暢。中人以上皆可及也。家語執轡篇。子夏曰。商聞山書曰。地東西為緯。南北為經。（今東西為經南北為緯）與今日異。然所謂堅土之人剛。弱土之人柔。墟土之人大。沙土之人細。皆深明種性與地理之關係。蓋三代以前研究民生日用者。皆切實也。

十五　孔叢子創世家之體

孔叢子舊說為孔子八世孫孔鮒撰。鮒為陳涉博士。固孔氏傳記僅延於秦燄之餘者也。漢志儒家有孔臧。意者其孔鮒藏書之意乎。隋志始有孔叢。今本所載。皆仲尼而下子上子高子順之言行。凡二十一篇。蓋仲尼之後。子思以下皆能思其家學。聖人之澤之深。所及之久遠。誠足以世家矣。豈待龍門之表異乎。彼史遷者。亦不過紀其實而已。朱子謂孔叢子文氣軟弱。不似西漢文字。陳振孫亦言其書記鮒之沒。決非鮒撰。竊謂書名孔叢必非一人之手。子思以下。子孫世世賡續之耳。周秦之際。孔氏一線之傳。猶幸有此書可證焉。家語爲王肅僞託。後人不能廢。此亦同一例也。國朝孫星衍撰孔子集語。博采諸子百家之言。分別而條理之。亦孔叢子之類也。蓋書雖成於近日。文皆本於周秦故也。

十六　晏子春秋創諫疏奏議之體

春秋列國賢卿大夫。諫草之未焚者。晏子一人而已矣。其卷一卷二。諫章凡五十篇。莊公矜勇力。不顧行義。晏子諫焉。景公飲酒。夜聽新樂。燕賞無功信用讒佞。欲廢適子。祠靈山河伯等事。晏子皆諫焉。嗚呼。晏子可謂知大體矣。漢唐論諫之名作。往往合於晏子。讀其書。知國無諍臣。則不能自立焉。晏子春秋題目最長。敘事極明。後世諫疏前一行必云爲某某事者。其體卽原於此。又有卷三卷四問六十篇。則近日召對紀言之體也。吾獨惜後世名臣。嘉謨入告。往往讓善於天子。其次則殿廷策對。循例揄揚。敷演空論。不切於事情。徒取楷法之工。以博上第。其下者則飾亂世爲昇平。爲逢君殃民之蠹賊。更無論矣。安得平仲復出。藉以勵末世之濁俗乎。

十七　呂氏春秋創官局修書之體

古有左言右史之官。以司記載。未聞有執政大臣。廣招遊士。以成一書也。秦相呂不韋著呂氏春秋.其名似私家撰述.其實已成官局修書之體也.官局修書之體如何.不過整齊排比而已.呂氏十二紀.每紀五篇.八覽每覽八篇.六論每論六篇.是特整齊排比而已.漢淮南王之成鴻烈.唐武后時張昌宗之修三教珠英.宋眞宗時王欽若之修册府元龜.皆用此術也.能文之士.不能自立.爲權門效筆墨之役.亦可恥矣.後世大臣著述.往往萃門士故吏而爲之.故有目不識丁.而政書盈帙者矣.律例於應試士子.覓代槍者有誅.而大府文字.出於幕友.獨無禁焉.官局修書.總裁總纂之大臣.且優其議敘焉.此何理耶.

十八　漢以來傳記述周秦古事之體

漢袁康之越絕書.趙曄之吳越春秋.皆斷代分國.以事記一時一地之事也.史記無列女傳.劉向乃創爲之.後漢書遂以列女入正史矣.劉向又有新序說苑二書.多記秦以前事.皆傳記之可信者也.漢之傳記已佚.而近人輯錄者.陸賈楚漢春秋.伏無忌古今注.及蜀漢譙周古史考各一卷而已.晉則有皇甫謐帝王世紀.宋則有羅泌路史.皆傳記近於可信者也.國朝馬驌之繹史.崔東壁之考信錄.皆言三代事.元元本本.殫見洽聞.宜其爲世所鄭重也.漢以後傳記.記漢以後之事者.書目充棟.不暇備徵.今日撰中國歷史者.蹊徑各別.雖周秦古事.亦注意今日政策焉.然後知修史之才.與讀史之法.皆歸於致用而已.

第九篇

周秦諸子文體

儒家孔孟已進於經荀子亦見於第四篇論治化之文均不復列此篇但舉周秦諸子之自成一家者皆不可附於經部儒家者也

一 管子創法學通論之文體

欲以時代爲次而難於攷訂惟以諸子之最有用者列於前其無大用者列於後而以佚文僞書爲殿

孔子曰。管仲相桓公。霸諸侯。一匡天下。民到於今受其賜。微管仲。吾其被髮左衽矣。此管子萬世之定論也。嗚呼。管仲攘夷狄。猶周公之兼夷狄也。東晉偏安。謝安猶號江左夷吾者。尚能保漢族之獨立耳。管子爲法律家鼻祖。今所傳管子二十四卷。凡八十六篇。首言牧民。民爲貴也。形勢篇深明控御機宜。權修篇深明主權界限。立政篇深明政務根本。乘馬篇言凡立國都。非大山之下。必於廣川之上。管仲蓋深知盤庚涉河。太王邑岐之形勢矣。今之京師西抱太行東瀕渤澥形勢亦壯闊 至霸形霸言諸章。則卓然見霸業之成效焉。地圖篇最簡。是爲短語。管子所謂凡兵主者。必先審知地圖。轘轅之險。濫車之水。名山通谷。經川陵陸丘阜之所在苴草林木蒲葦之所茂道里之遠近城郭之大小名邑廢邑困殖之地必盡知之云云誠深知戰時之法制也地員篇之言動植地數篇之言金鐵凡山林之政礦路之政管子咸得其要領焉讀管子之文知富國强兵而不流爲迂拘故舉爲周秦諸子冠焉

二　孫子擬兵家測量火攻各法文體（孫子算經附見此篇）

戰國策士談兵多浮夸孫子兵書談兵獨謹嚴始計篇第一經之以五事曰道曰天曰地曰將曰法何邃密如此乎又曰夫未戰而廟算勝者得算多也周秦傳本有孫子算經唐人列於明算科意者或孫武子所撰也多算勝少算不勝兵家之常耳普言兵者今日豈可不通行軍測繪耶是以古人五曹算經尤重兵曹四元玉鑑尤重官司招兵也（垛積之法莫精於此）孫子又言火攻有五曰火人曰火積曰火輜曰火庫曰火隊實啟近日炸藥轂彈魚雷之秘讀火器眞訣拋物線說益驚後人測算之密焉然孫子言上風下風及風起之法皆測候學之要務也孫子發明兵家各科學其用甚廣近世武科不識字默寫孫子亦倩書吏代之當軸者雖廢棄武科然武備不脩肄武者益少矣孫子之法能致吳王闔廬之美人作戰士今七尺男子猶文弱不勝一卒之用況女子乎有某省女學堂擬辦體操大干物議亦未讀孫子之文少見多怪耳（孫子十家注最通行日本人小宮山綏介著孫子講義推爲空前絕後之作焉）

三 吳子文體見儒家尚武之精神

吳起儒服。以兵機見魏文侯。爲千古儒將之冠。起爲曾子之門人。故儒服。生於戰國。故曉習兵機。吳起之書。皆與文侯武侯應對之辭。迎機利導。其答如響。文機亦奇變不可思議。孔子之門有仲由。曾子之門有吳起。皆儒家不可少之人物。蓋尚武之精神。出於天賦。所以矯賤儒庸懦之習也。其圖國篇。言昔之圖國家者。必先教百姓而親萬民。合於孟子人和之旨。蓋國者民之積也。吳子言不和於國。不可以出軍。深知後世喪國之道。必由於不和。料敵篇深知六國之性情。及其地之廣狹。民之强弱。治兵篇謂以治爲勝。又謂必死則生。幸生則死。尤爲扼要。論將篇純於正。應變篇盡其奇。勵士篇著其效。文體則蟬斷岡連。自成一體也。日本小宮山綏介謂吳子兵書爲籌策者所宜研究

四 九章算術文體之整潔

六經惟周易之爻象文體整齊。九章算術大抵周官保氏之遺法。而周秦之際。習算者以爲普通課本耳。其九章猶易之八卦也。其算題猶易之各爻也。其術曰云云。猶易之象曰云云也。文體整齊。說亦簡質。象數之理。遂覺奇奧而難通。唐之李淳風奉勑注釋。其功與孔穎達作五經正義同。明經明算。皆實學也。況方田通於農學。粟米通於商務。古昔未有錢交易以

粟米商功便於工程。勾股便於測量。民生日用無一不與算數機關。惟九章次第。未便初學。蓋古人分部之未善也。古人立六書九數於小學。後儒輒視爲皓首難窮之事。則空文誤之也。厥後借衰之理。暗合於借根方程之正負實通於代數。勾股之法。亦通於三角八線焉。雖新法日多。然古人椎輪創始之功。不可沒矣。近代算家著述高古者戴東原李尙之羅茗香焦里堂皆神與古會然不若梅氏之明曉

五　墨子發明格致新理之文體

墨子翟之經說。多明算術格致之理。其文古奥。多不可句讀。經上云平同高也。直參也。合於海島算經兩表齊高參直之術焉。又云端體之無序而最前者也。此所謂端者。卽幾何原本之點。李譯拾級作原點俗謂之起點序猶東序西序兩旁之謂也。幾何所謂點無長短廣狹是也。最前者。幾何所謂線之界是點是也。又云圜一中同長也。幾何所謂自圜界至中心作直線俱等是也。經下云臨鑑而立景倒。謂窪鏡也。又云鑒者近中則所鑒大景亦大遠中則所鑒小景亦小。謂突鏡也。鄒特夫著格術補。卽發明墨子之精意。成光學之專書也。經說下又云。挈有力也。引無力也。陳蘭甫疑爲西人起重之法。傳甲竊謂挈者與地球吸力相反。故須有力。引者重學斜面之理。力被分而減小也。昔人以此證西學爲中國所固有。傳甲

竊謂其斷爛不可讀。教科必以新法爲準也。兼愛之說。孔子所謂堯舜猶病之博施也。苟格致之理大明。無游民無廢事。固堯舜之所願而未能也。倘同可矣。節用可矣。彼西竺之慈悲。基督之贖罪。曾何損於儒者之求仁改過乎。

六　老子創哲學家衞生學家之文體

老子李耳作道德五千言。文體高潔。自成一家。固中國哲學之元祖。日本小宮山綏介講義如此　而養生論所尊爲師資者也。竊以爲老子之學。楊朱爲我所從出耳。其視一身之外。萬物百姓皆芻狗也。老子但知爲我。視五色五音五味。皆由外來而非我所固有也。吾意老子。其苟全性命於亂世者乎。故挫銳解紛。和光同塵。善於用柔。其言曰。曲則全。枉則直。窪則盈。弊則新。小則得。多則惑。其志亦足悲矣。老子旣欲以柔勝剛。弱勝強。則居心不得不陰險。彼所謂居其實者。何往而非自私自利之見存。大巧若拙。大辯若訥。老子之言不由衷。亦可見矣。雖然老子爲一身計則得計。至於治國家則無爲者必致萬幾廢弛。不爭者必致四鄰侵侮。印度希臘哲學日興。而國日衰。吾爲此懼。日本遠藤隆吉中國哲學史謂老子爲純正哲學實踐哲學推崇甚至

七　莊子文體眞僞工拙之異同

莊子之學。出於老子。而文尤奇譎。猶孟子之學。出於孔子。而文尤奇譎也。笹川文學史以莊子與孟子並

稱

戰國之文恢譎雄偉雖儒家之純實道家之清淨猶不免爲習俗所移莊周識見高妙性情滑稽騁其筆鋒神奇變化匪常情所能測荀子解蔽篇謂莊子蔽於天而不知人洵爲定論然莊子之文亦不一致閩南鄭氏井觀瑣言曰古史謂莊子讓王盜跖說劍諸篇皆後人攙入者今攷其文字體制信然如盜跖之文非惟不類先秦文字亦不類西漢文字然自太史公以前即有之則有不可曉者嘗觀馬蹄胠篋諸篇文意亦凡近視逍遙遊大宗師等篇殊不相侔聞中族人自西仲氏作莊子因仲懿氏作南華本義皆分段加評逐句加註西仲之書尤爲塾師所重然近世名臣孫文定曾文正皆嗜莊子之文文定南華通亦評其起承轉合提掇呼應使人易曉世人忌西仲之書通行海內多詆其淺陋不知蒙學課本以淺顯爲主固萬國公例也（日本大田才次郎著莊子講義多取西仲之說譯以和文博文館有刊本）

八　列子創中國佛敎之文體

列子之文雄奇不遠莊子而靈幻過之列子蓋佛敎之始也林類曰死之與生一往一反故死於是者安知不生於彼孔子許其得之而不盡者也彼西域輪迴之說未入中國以前林類已脫然超悟矣列子之文如女媧之補天也愚公之移山也非所謂神通廣大者歟蛇身人面牛首蛇鼻非所謂法象莊嚴者歟熊羆狼豹貙虎爲前驅鵰鶡鷹鳶爲旗幟

非所謂皈依馴服者歟。姑射神人。吸風飲露。似天女之散花。中山鬼物。隨煙上下。似夜叉之披髮。不獨紀周穆王之化人。以西域爲樂國也。列子之寓言。猶天竺之象教也。列子卽人心營構之象而言。以盡世情之奇變。非造作邪說以誣世也。釋典之文。如圓覺之深妙楞嚴之光博維摩之奇肆。皆可屬於列子之附庸矣。

九 文子之文體宂雜

漢志道家文子九篇。註曰。老子弟子。與孔子同時。而稱周平王問。似依託也。後人因范蠡師計然姓辛字文子。遂誤兩人爲一人。柳子厚文集有辨文子一篇。稱其旨意皆本於老子。然考其書蓋駁書也。其渾而類者少。竊取他書以合之者多。凡孟子輩數家。皆見剽竊。曉然而出其類。其意緒文詞。又互相抵而不合。不知人之增益之歟。或者衆爲聚歛以成其書歟。今刋去謬惡濫雜者。取其似是者。又頗爲發其意。藏於家。是其書不出一手。唐人固已言之也。唐人尊老子爲道德眞經。莊子爲南華眞經。列子爲沖虛眞經。文子爲通元眞經。亢倉子爲洞靈眞經。道家著述。幾與論孟並重。文子之文。亦與老莊並重矣。

十 商君書創變法條陳之文體

古今言變法者多。能犧牲一身以成事業。終致國富兵强者。商君一人而已。商君之學似孔子。不外乎足食足兵民信之矣二語。商君之墾令算地。皆足食之訓也。戰法畫策。皆足兵之訓也。商君之精言曰。聖人有必信之性。又有使天下不得不信之法。又曰。聖人爲法。必使之明白易知。此皆民信之訓也。君子信而後勞其民。商君有之。故曰人主使其民信如日月。此無敵矣。商君之文。條達而善辨。明敏透闢。鋒鋩四射。使人主不得不信。而後臣民亦不得不信。於是商君乃得行其志焉。王安石上萬言書。其明敏透闢。不讓衞鞅。惟民信未孚。故秦更法而强。宋行新法而弱耳。嗚呼。宋人變法之初。不能信賞必罰。昭天下之大信。是聚斂而已。豈足以致富强。雖能文如荆公。亦具文耳。

十一　韓非子掫刑律之文體

申韓之學。本於黃老。蓋變本而加厲也。申不害之書不傳。觀韓非子定法篇。似舉申不害公孫鞅二家之法術。合而一之。皆以爲未善也。韓非子謂舜之救敗。是堯之失。賢舜則去堯之明察。聖堯則去舜之德化。不可兩得也。此老吏斷獄深文致罪之辭。韓非子敢施之堯舜。亦奇矣哉。然可以破古人矛楯之說。亦千古之特識也。韓非子八說篇。凡仁人君子有行有俠之得民者。皆以爲匹夫之私譽。人主之大敗。實啓秦政坑儒臣殺功臣之端。而韓非子亦不能自免也。歷朝黨禁。竭天子之力。以與匹夫爭。彼執法之臣。不得不柔媚以事上。苛察以制下。而刑律因以日繁。韓非子言曰。孔墨不耕耨。則國何得焉。曾史不戰攻。則國何利焉也。韓非子欲息文學而明法度。苟得其志。將盡天下之異已者而誅鋤之矣。吾讀韓非子之文。吾幸韓非子之不用也。日本笹川種郎稱韓非子之文波浪萬重曲折頓挫百態千狀又言五十五篇中忠孝人主飾令等篇文氣稍弱異於韓非子之文

十二 公孫龍子詭辯學之文體

論語言正名。中庸言明辨。衰周諸子。鄧析尹文惠施公孫龍遂成名學一家之言。嚴子幾道。譯穆勒名學。即同此家數。同此文體。今鄧析尹文。皆非原書。惟公孫龍之書。較爲完備。其書大指疾名器乖實。乃假指物以混是非。借白馬而齊物我。冀時君有悟而正名實。淮南子謂公孫龍粲於辭而貿名。楊子法言亦稱公孫龍詭辭數萬。日本遠藤隆吉中國哲學史亦列公孫龍於思索派之詭辯家蓋其持論雄贍。實足以與莊列談空者抗。陳振孫以淺陋迂僻譏之。未允也。其堅白論曰。堅白石三可乎。曰不可。二可乎。曰可。謂目視石。但見白不見其堅。則謂之白石。手觸石。乃知其堅。而不知其白。則謂之堅石。是堅白終不可合爲一也。其明辨大抵如此。堅白之辨實通於心理學外界知覺東人謂辨學爲論理學倘無定名

十三 鬼谷子詭交涉之文體

鬼谷子之名。始見於隋志漢志縱橫家。蓋出於行人之官。有蘇秦三十一篇。張儀十篇。今皆不傳。胡應麟筆叢謂東漢人本蘇張之說會粹而爲之。託名鬼谷。然其文固周秦之文也。高似孫稱其一闔一闢。爲易之神。一翕一張。爲老子之術。出於戰國諸人之表。誠爲過當。宋濂潛溪集詆爲蛇鼠之智。其文淺近。又抑之太甚。柳宗元辨鬼谷子以爲其言益奇。其道益陿。差爲得眞。蓋其術雖不足道。其文之奇變詭緯。要非後世所能及也。鬼谷子捭闔飛箝等篇。不過時人矯詐之常態。讀其書如見其肺肝然。雖然交隣之道。惟國勢相若。乃可以公法相持。信義相孚。否則寓干戈於樽俎之間。騰騁筆墨。肆爲恫喝。叩關而至者皆鬼谷也。然我能自强。無隙可乘。則彼所挾抵巇之術亦窮矣。

十四　鶡冠子不立宗派家之文體

鶡冠子楚人。居於深山。以鶡爲冠。號曰鶡冠子。宋陸佃爲之注解。且稱其書雖本於黃老刑名。而要其宿時若散亂而無家者。然其奇辭奧旨。亦每每而有也。竊謂戰國時諸子各立宗派。鶡冠子獨不立宗派。（日本遠藤隆吉中國哲學史謂鶡冠子爲折衷派）誠有當毋固毋我之旨。未可以雜家斥之也。韓昌黎讀其文。則謂使其人遇其時。援其道而施於國家。功德豈少哉。柳子厚作辨鶡冠子。則曰得其書而讀之。盡鄙淺言也。二公所見不同如此。夫韓柳皆號爲古文鉅子。其志趣亦略相同。今使韓柳爲主司。鵰冠褎筆而應試。其去取尚未定也。歐陽文忠曰。文章自古無憑據。竊謂今日尤無憑據也。

十五 屈子離騷經文體之奇奧

國風列於經部。楚澤離騷經獨不能列於經部者何耶。未經孔子删定而後人不敢也。然則抑楚辭於集部。果何說耶。楚辭雖不足以進於經。猶足以自成一子。楚辭爲諸子中有韻之文。猶風雅爲羣經中有韻之文也。列屈子於子部。固得其所矣。（今大學堂研究文學要義中各條目無楚騷之體）否則降老子於集部曰老子文集。降莊子於集部曰莊子文集。始足以與屈子並列也。況屈賈同傳。千古定論。賈誼新書已列於子部。而屈子離騷乃儕於後人碌碌之文集耶。國風好色而不淫。小雅怨誹而不亂。屈子蓋兼之矣。蟬蛻塵埃之外。將欲與日月爭光。雖節奏悽愴。爲亾國之餘音。然有才而不用。迫而出此不平之鳴。亦楚國昬主讒臣之罪矣。

十六 諸子僞書文體之近於古者

嘗觀姚氏際恒古今僞書考。深服其甄別之嚴。然亦有不敢苟同姚氏者。則姚氏不明天算。誤以周髀爲僞書也。至於兵家之六韜。道家之關尹子。法家之鄧析子。雜家之燕丹子。

皆僞而近於古者也。張南皮書目答問之說如此今觀六韜。相傳出於太公。而精嚴不逮孫吳。然三國時蜀先主觀之。已與諸子相提並論。關尹子相傳周尹喜撰。其書中如一息得道。嬰兒蕋女。金樓絳宮。青蛟白虎。寶鼎紅爐。誦咒土偶之類。老聃時皆無此文藻。然其書爲陸德明經典釋文所引。則當出於六朝以前。鄧析之文。節次不聯屬。似掇拾之本。燕丹子則抄錄史記而爲之也。之數子者。文體猶近古。鬻子華子諸僞書。雖存於四庫。其文體不足論矣。尤僞者如尉繚子之類書雖存習之者亦少

十七　諸子佚文由近人輯錄之體

守山閣刊本愼子一卷。尹文子一卷。皆校錄其佚文爲附卷。尸子輯本。則有兩家。章氏宗源輯本則有二卷。刊入平津館叢書。任氏兆麟輯本。則有三卷。刊入心齋十種。唐馬總著意林五卷。周秦之佚文。或賴以存百分之一二。近代馬氏國翰玉函山房叢書。搜集佚書。子部尤夥。周秦以前。片言單語。珍逾拱璧焉。然零星掇取於類書注釋之中。必不能復還故觀。亦無從論其文體。惟愼子尹文子尸子。已成卷帙者。雖舊文殘缺。其崖略猶可見耳。愼到之大旨。欲因物理之當然。各定一法以守之。尹文子則謂有理而無益於治者。君子弗言。尹子之勸學處道。則幾於正矣。讀古佚書學近人輯錄體例。亦不外徵引詳實。整齊

排列耳。

十八 學周秦諸子之文須辨其學術

文學家于周秦諸子。當論其文。非宗其學術也。此張南皮之說也。（大學堂章程中學文學門）竊以為學周秦諸子者。必取其合於儒者。學之。不合於儒者。置之。則儒家之言已備。何必旁及諸子。所以習諸子者。正以補助儒家所不及也。吾讀諸子之文。必辨其學術。不問其合於儒家不合於儒家。惟求其可以致用者。讀之。果能相業如管仲。將略如孫吳。勝於俗儒自命為文人矣。次之如九章之算術。墨子之格致。亦足以制器尚象。以前民用。老莊列文四子。匪我師資。雖論其文。未嘗習其學也。商君韓非之治國。公孫鬼谷之騁言。用於搶攘之世。猶勝於道家也。鶡冠鬻均。有才不遇。讀其文輒令人悲從中來。文之動於情者真也。嗚呼。今日之中國。方以文義艱深為病。傳甲不敢拾周秦之奇字。以炫博洽。不敢馳諸子之橫說。以誤天下。疏陋之識。在所不免。惟篤實致用之士。或許我乎。

第十篇

史漢三國四史文體

（正史二十四部而史法多出於四史故論次較詳其餘二十部詳見下篇）

一　史記爲經天緯地之文

孔子作春秋。絕筆五百年。有漢司馬遷繼起。作史記。於戲。史公之特識。作史者萬世之師表也。太史公自序。托始於顓頊。命南正重司天。北正黎司地。歷唐虞夏商世序天地。周秦爲司馬氏。及漢之建元元封間。遷父談爲太史公。位丞相上。司文史星歷之事。遷生龍門。南游江淮。上會稽。探禹穴。闚九疑。浮於沅湘。北涉汶泗。講業齊魯之都。觀孔子遺風。鄉射鄒嶧。厄困鄱薛彭城。過梁楚以歸。於是遷仕爲郎中。奉使西使巴蜀以南。南略邛筰昆明。還報命。乃發石室金匱之書。上起軒轅。下終天漢。爲經天緯地之文。其於本紀年表月表。皆以天時爲之經。歷書又總合古今甲子。以紀年月焉。諸侯王之世家。皆以邦國爲之緯。河渠書又總合江河派別。以興水利焉。雖一家之言。實天地間之絕作也。後世太史所謂編修纂修協修者。不但叩以渾蓋黃赤而不辨。且有終其身未嘗撰一字入史宬者。斯則爲太史公之牛馬走而不足矣。

二　史記通六經自成一家之文體

史記五帝本紀引用帝典。夏本紀引用禹貢。殷本紀引用商頌。周本紀引用春秋。禮書樂書則比於禮記樂記。日者列傳。龜策列傳。雖近於易。然聖賢重民事而遠鬼神。故孔子五十而後學易史公之作史記亦先詩書而後卜筮也通六經之精意成一家之著述網羅羣編胥歸一貫班固乃詆其采經摭傳分散數家之事甚多疏略或有牴牾此特文人相輕之意氣耳史遷敘二帝三王之事較尙書家尤爲詳備豈可遽議疏畧乎代遠年湮不能詳考故史公之略商周而詳秦漢者猶孔子略夏商而詳周室也至於牴牾之處亦由經傳各有異義耳班固又謂史記論大道則先黃老而後六經不知史記於孔子進於世家老莊申韓則同爲列傳果孰先而孰後耶是則不待辨而自明矣

三 史記本紀世家文體之辨

劉知幾史通曰天子爲本紀諸侯爲世家斯誠讜矣但區域既定而疆理不分遂令後之學者罕詳其義案姬自后稷至於西伯嬴自伯翳至於莊襄爵乃諸侯而名隸本紀若以西伯莊襄以上別作周秦世家持殷紂以對武王拔秦始以承周赧使帝王傳授昭然有別豈不善乎傳甲案知幾所論乃編年之體非本紀之體也凡本紀必追溯其所自出若周秦本紀截去文王莊襄以前是爲無本之木無源之水也若列周世家於周本紀之前秦世家於秦本紀之前則冠履倒置名稱不順若列周秦本紀於本紀而降周秦世家儕於齊魯則顚亂彌甚而不可讀矣況周人尊后稷以配天追王太王王季上祀先公以天

子之禮。則史遷冠之本紀之前。不亦宜乎。知幾特苛責前人而已。項羽本紀呂后本紀當亦滋異議然二人皆公爲政於天下史則從其實也

四　史記世家列傳文體之辨

史遷列孔子於世家。王安石獨非之。其言曰。夫仲尼之才。帝王可也。何特公侯者。仲尼之道。世天下可也。何特世其家哉。處之世家。仲尼之道。不從而大。置之列傳。仲尼之道。不從而小。而遷也自亂其例。所謂多所牴牾者也。傳甲案荆公之說。徒爲大言而鮮實者也。由戰國以至楚漢之際。儒術不過九流之一。孔子之或與墨翟齊名。或爲莊周之徒醜詆。名稱未定於一尊。及漢武帝表章六藝。罷黜百家。司馬遷銳氣以名世自任。故列孔子於世家耳。世家贊之至聖二字。今泮宮神主。用以爲孔子之號焉。仲尼弟子。臚爲列傳。今兩廡先賢。咸得從祀焉。於戲。孔子至聖。得太史公而益彰。安石何人。敢黜孔子爲列傳乎。安石之時。西夏方尊孔子爲文宣帝。安石何不責史公不列孔子爲本紀耶。世家列傳文體畧同。但名稱不同耳。何用曉曉多辨耶。

五　史記十表槪統計學之文體

史記爲文人所傳誦久矣。其傳誦亦不過記傳之文耳。年表則可備攷證。而不便於傳誦。

彼文人之無實學者。弗能摹仿其體裁也。鄭夾漈曰。史記一書。功在十表。猶衣裳之有冠冕木水之有本源。王僧虔稱其旁行邪上。體仿周譜。蓋三代之遺法也。今歷史新裁。尤以圖表為重。實不能出史遷範圍。觀三代世表。則古今帝王統計也。十二諸侯年表。六國年表。則強大各國之統計也。秦楚之際月表。則因戰局未定而變遷較多。不能不力求詳密也。漢興以來諸侯年表。高祖功臣年表。惠景間侯者年表。建元以來侯者年表。建元以來王子侯者年表。漢興以來將相名臣年表。皆漢室之統計冊也。或年為經而人為緯。或年為經而地為緯。絲連繩貫。開卷犁然。蓋史法與歷法相通也。今四裔編年表。皆各國大事。可見崖略。竊欲作光緒紀元各國月歷各省月表。有志而不能就緒。始服史公之學。未易幾也。

六　史記列傳文體之奇特

史記列傳體裁。皆有精意。冠以伯夷列傳。誠龍門得意之筆也。其敘事皆以議論出之。為古人鳴不平之費。後之文人作史者。莫能得其彷彿焉。管晏同傳。其道同。其國同也。老莊與申韓同傳。痛黃老之流為刑名也。至於屈原賈誼。異世而同傳。則悲其遇合遷謫畧相似也。刺客傳雜於列傳之間者。尊俠士以抑霸者耳。衛霍列傳。次於匈奴。司馬相如列傳。

次於西南夷。所以著開邊之功也。後世列傳。名臣最前。外國最後。失史公之精意。亦失文章之次第矣。循吏儒林酷吏游俠佞幸滑稽皆各爲列傳。方以類聚。物以羣分。非精於判別而能若此乎。儒林之目。後世歧爲文苑。又歧爲道學。儒離爲三矣。而游俠犯禁滑稽游戲者。史臣皆不之記也。然史公精意所注。爲絕筆者則爲貨殖傳。仲尼弟子。惟子貢互見。與范蠡白圭競。即大學所謂生財有大道乎。嗚呼。商不出則三寶絕。吾三復太史公之辭而悲之。

七　褚少孫裴駰司馬貞張守節諸家增補史記文體

史遷自序。凡十二本紀。十表。八書。三十世家。七十列傳。共爲百三十篇。漢書本傳。稱其十篇缺。有錄無書。張晏注。以爲遷歿之後。亡景帝紀。武帝紀。禮書。樂書。兵書。漢興以來將相年表。月者列傳。三王世家。龜策列傳。傅靳列傳。劉知幾史通。則以爲十篇未成。有錄而已。駮張晏之說爲非。今考日者龜策二傳。並有太史公曰。又有褚先生曰。是爲補綴殘稿之明證。當以知幾爲是也。宋裴駰史記集解。唐司馬貞索隱。皆箋注體。然司馬貞補史記三皇本紀。援据詳實。欲更史記篇次。亦自有條理。張守節正義。論史例。頗涉附會。錄謚法解則頗便檢查。足補八書所未備也。

八 歸震川評點史記之文體

前明歸震川讀史記。以五色標識。各爲標識。不相混亂。若者爲全篇結構。若者爲逐段精彩。若者爲意度波瀾。若者爲精神氣魄。以例分類。以便拳服揣摩。號爲古文秘傳。此章實齋文史通義所笑罵也。章氏曰。歸氏之於制藝。則猶漢之子長。唐之退之。百世不祧之大宗也。故近代時文家之言古文者。多宗歸氏。章氏此言。似指望溪。且直斥歸氏所謂疏宕頓挫。其中無物。遂不免於浮滑。開後人以描摩淺陋之習。雖然。儒生執業。不可無實學。無實學則文理雖通。亦空文也。但初學文理。必使之有法可循。而後可以文從字順。故修辭學亦爲各國文學士所重。空疏之弊。皆不學之咎。非不文之咎也。近日史記菁華錄評本。盛行於坊間。雖揣摩家所貴重。實勝於村塾古文遠矣。

九 漢書仿史記之文體

東漢班固。繼其父班彪之業。作漢書一百二十卷。蓋史記終於漢武。自太初以下。闕而不錄。班彪因之演成後記。以續前篇。固乃斷自高祖。盡於王莽。爲十二紀。十志。八表。七十列傳。勒成一史。目爲漢書。蓋仿虞書夏書商書周書之名。其文體異於尙書。全仿龍門舊例也。但不爲世家。改書曰志而已。由漢高以至漢武。凡六世之紀傳。全錄史記原文。亦間有損益。宋人倪思撰班馬異同。明人許相卿編史漢方駕。皆兩錄原文。互相校勘也。但校勘過密。失於煩瑣耳。史記引左國時有增刪。漢書於史記亦然。且有移其先後。或自此篇移入彼篇者。合二書讀之。知遷固著述。各有精神。史記衞霍傳附錄諸將。班氏則各爲專傳。則鄭夾漈譏班氏之盡竊遷書。亦言之過激矣。

十　漢書地理志之文體

漢書十志。爲史記八書所未及者。班固創地理志藝文志也。若五行志則不足論也。（已於羣經文體中辨之）史遷周遊廣覽。非不能作地理志者。必待班氏而始創前例。則後人之法恒密於前人也。班氏漢書乃斷代之史。其地理則上溯禹貢周官者。明前人作史所未有也。秦人分海內爲四十郡。惜蕭何收圖籍後。未嘗撰秦地理志以貽後世也。漢北拓朔方。南幷嶺粵。東收樂浪。西闢燉煌。廣九州爲十三部。班固能詳攷郡縣建置之始。戶口多寡之數。凡秦政舊迹。王莽新名。皆臚列不遺。而名山大川。亦附見於注文焉。侯國領縣。亦從玆例。西漢之世。去戰國未遠。各國遺民。畛域未化。猶自成風气。故班固附論於篇末。蓋欲混同各國之舊俗。俾言郡國利病者可考也。班氏創此文體。可謂特識過人矣。吾獨惜其有地志而無地圖。獨未爲精備焉。（國朝汪遠孫之漢書地理志校本。全祖望之稽疑。錢坫之斠注。與卓信之補注。皆專門之絕學。不僅爲尋常文字之校讎）

也

十一　漢書蓺文志之文體

漢自武帝建藏書之策。成帝時頗散亡。使謁者陳農求遺書於天下。詔劉向校經傳諸子詩賦。任宏校兵書。尹咸校數術。李柱國校方技。每一書已。向輒條其篇目。撮其旨意。錄而奏之。向卒。哀帝復使其子歆繼其事。歆於是總羣書而奏其七畧。故有輯畧。有六蓺畧。有諸子畧。有詩賦畧。有兵書畧。有術數畧。有方技略。班固刪其要。爲漢書蓺文志。三代之舊籍。凡再見於秦火之後者。咸賴此編以存其目焉。王伯厚辨章學術。考鏡源流。漢書蓺文志考證十卷。折衷羣言。得失之故者。附刻玉海之後。後世七畧之目。變爲經史子集四部。目錄之體。遂一變而不可復矣。鄭樵痛詆班氏。然蓺文畧亦不能不取法於向歆。章實齋校讐通義。所以有宗劉鄭之篇也。抑吾竊有感者。今日執政之臣。凡六部所不及者。不得不增設外部商部著述之事。今日亦非昔比。吾欲於經史子集四部之外。設外部也。

十二　漢書西域傳文體

漢書西域傳最詳實。龍堆以西。葱嶺以東。凡數十國。多史記大宛傳所未及。每國各記其去陽關若干里。去長安若干里。戶口幾何。勝兵幾何。凡其國王之所治。及其道途山川風俗物產皆臚列焉。雖西域傳實西域志矣。此體與地理志同。非尋常文墨之士可操其作傳之才以作此也。班超投筆萬里外取封侯印。班氏於西域全勢無不實驗。故其爲書足以信其時傳於後。其文體之整潔。尤爲後人所不易及。顏師古注其訓詁。而畧其地名。蓋知其難也。國朝徐松以事戍新疆。著漢書西域傳補注二卷。則得諸身歷也。邇來西域圖考之類。著述日多。推求日密。魏默深龔定菴何願船諸鉅子之後。惟洪文卿攷證尤詳。蓋兼采西文地圖以資印證也。今天山南北路猶爲新疆府廳州縣所治。而浩漢愛烏罕皆見脅於强敵。東西布魯特左右哈薩克相繼畫於境外焉。讀漢書西域傳。重余悲矣。

十三 班昭續成漢書八表并天文志之文體

班固從竇憲北伐匈奴。登燕然山勒銘而回。故坐憲黨以罪誅。八表天文志皆未成。和帝詔其妹昭。就東觀藏書踵成之。賢哉昭也。不僅昌明女學。垂女誡以訓後世也。後世尊之曰曹大家。誠爲文史之大家矣。作史惟紀傳較易。書志甚難。而表譜則尤難。天文志則志之最難也。今日士人皓首窮經。有不辨經星常宿者。何況婦女失學。有終身不識一字者乎。王侯功臣百官公卿等表。雖仿法史記。然昭宣元成哀之事。史公蓋不及見。而有待於後人也。古今人物表舉書契以來之人物。區分九等。既無漢人。而附於漢書。誠不可解。劉知幾謂古今人物表。抑包億載。旁貫百家。其言甚高。其義甚愜。則譽之太過。鄭夾漈則謂其强立差等。他人無此謬也。又抑之太過。楊升菴亦謂其自亂其體。其言最允。雖然班昭一女子。能知西漢以前人物之多如此。後人讀史不熟。能舉漢以來人物而立差等乎。女學久絕。蔡中郎有志續漢書。亦陷於董卓黨禍。其女文姬才似班昭。不克隨其父匍匐渾儀。載之篇章。而女學之明天算者益尠矣。

十四　後漢書紀傳後附論贊之文體

南朝劉宋時。范蔚宗撰後漢書本紀十卷。列傳八十卷。別有後漢書論贊五卷。後人以論贊散於紀傳之後。故劉知幾曰。馬遷自序後。歷寫諸篇。各敘其意。旣而班固變爲詩體。號之曰述。蔚宗改彼述名。呼之以贊。固之總述。合在一篇。使其條貫有序。蔚宗後書。乃各附本事。書於卷末。篇目相離。斷絕失序。夫每卷立論。其煩已多。而嗣論以贊。爲黷彌甚。亦猶文士製碑。序終而續以銘曰。釋氏演法。義盡而宣以偈言。由此觀之。知幾時論贊已附紀傳之後矣。夫史記太史公曰云云。大抵補紀傳所未及。非有意重複。自蔚宗作俑。唐人史記索隱亦贊以述贊矣。蔚宗之書。擬爲后紀。與帝紀並列。而傳中又兼采風俗通抱朴子之文。以騰異說。實乖正史之體。然范氏之先。若劉珍之東觀記。謝承薛瑩華嶠謝沈袁山松之書．今並無一存者．必范氏著述博贍過於餘子乎．或范書浮薄近俗．而淺人易入乎．馬班復起．當不謂然．蔚宗蓋有文才而無史才．實爲晉宋諸史導先路矣．

十五　司馬彪續漢書志之文體

隋書經籍志載司馬彪續後漢書八十三卷．唐書亦同．宋志惟載劉昭補注後漢志三十卷．而彪書不著錄．是宋時僅存其志．故移以補後漢書之闕．今并入後漢書后紀之後．列傳之前．題曰梁剡令劉昭補并注．惟劉昭序稱司馬續書總爲八志．歷律之篇．仍乎洪邕之所構．車服之本．即依董蔡之所立．儀祀得諸往制．百官就乎故簿．並藉據前修以濟一家者也．彪書既并入後漢書．其目錄不知爲誰氏所訂．一志分爲數卷．一卷又分列細目．如律歷志上分列律準．候氣．律歷中分列賈逵論歷．永光論歷．延光論歷．漢安論歷．熹平論歷．論月蝕．律歷下分列歷法．禮儀志則分列各節各祠．郡國志則分列各州各郡．其餘諸志亦然．其近於緐瑣．爲史法家所議．然作者便於編輯．讀者易於觀覽．厥後司馬溫公通鑑目錄．即仿此體也．一部廿四史從何處說起．吾欲詳列目錄．以貽初學．則有志而未逮也．宋人熊方補後漢書年表十卷．國朝錢大昭後漢書補表八卷．侯康補後漢書藝文志四卷．皆當援司馬彪劉昭之例．增入後漢書也．

十六　三國志文體之刱例及正統所在

晉陳壽撰三國志六十五卷。凡魏志三十卷。蜀志十五卷。吳志二十卷。名則志而體則傳也。今三國志列於正史。而魏蜀正統。猶爭持而未決也。朱竹垞作陳壽論曰。王沈則有魏書。魚豢則有魏略。孔衍則有魏尙書。孫盛則有魏春秋。郭頒則魏晉世語之數子者。第知有魏而已。壽獨齊魏於吳蜀。正其名曰三國。以明魏不得爲正統。其識迥拔乎流俗之表。朱氏此論。最爲平允。陳壽生遷固以後。獨刱斯體。不可謂非良史之苦心。彼習鑿齒作漢晉春秋。特以東晉偏安。藉尊蜀以自尊耳。北宋檢點篡柴氏。則溫公之通鑑。帝魏。南宋偏安。則朱子之通鑑綱目。又帝蜀焉。嗚呼。偏安之國。不能與五胡女眞戰勝於中原。規復禹甸。其文士乃日日著書爭正統焉。與夜郎自大何異乎。彼漢光武唐靈武之中興。雖不爭正統。而正統自在也。

十七　裴松之注三國志之刱例

唐顏師古之注漢書。章懷太子賢之注後漢書。皆明原書之詁訓而已。未嘗於原書有所增益也。劉宋時。裴松之注陳壽三國志。乃博考羣編。掇三國軼事。自刱一體。其上三國志注表曰。其壽所不載。事宜存錄者。則罔不畢取。以補其闕。或同說一事。而辭有乖雜。或出事本異疑，不能判，並皆抄內，以俟異聞。若乃紕繆顯然，言不附理，則隨違矯正，以懲其妄。裴氏之例如此。其所徵引，如獻帝起居注、英雄記、曹瞞傳之類，今無存焉。讀其文，并可攷其事，卓哉裴松，非陳壽之功臣，而陳壽之益友也。晉書以後，紀載日繁，故爲史注者鮮矣。然三國志最闕漏者，莫如表志。國朝洪亮吉三國疆域志、侯康補三國藝文志、洪齮孫補三國職官表，其致力等於裴松，終當收入正史也。

十七　讀史勿爲四史所限

吾論四史文體，吾不甘爲四史所囿也。吾見溺於時文者，爲二帝三王所囿，凡戰國以後帝王，或不辨先後焉。吾見證經義、攷史法、習古文、擷駢雅者，爲兩漢三國所囿，凡兩晉五胡十六國競爭之烈，或不能詳說焉。夫史漢三國之文，信美矣，釆春華而忘秋實，雖能明古訓，識古字，執古義，以通羣書，或舉古例以繩諸史之短，曾何貴乎。故依讀史之次第而言，亦先讀四史，然卷帙繁重，皓首靡窮，況揣摩文體者，得其一篇，亦可咿唔數日，是特玩物喪志而已。昔班固贊史遷，不過曰辨而不華，質而不俚，不虛美，不隱惡，故謂之實錄。今人不求其實，而求其文，雖馬班陳范復生，亦爲責其不類。故論次四史，而極言文士之弊，願學者博攷乎圖史，以成有用之文焉。

第十一篇

諸史文體（此承前篇論四史文體而言）

一　晉書文體爲史臣奉勅纂輯之始

晉書首列唐太宗修晉書一篇。劉知幾亦謂貞觀中治前後晉史十八家。未能盡善。勅史官更加纂撰。自是言晉史者。皆棄其舊本。競從新撰。然唐人所撰類書注釋。每稱引王隱虞預朱鳳何法盛謝靈運臧榮緒沈約之書。與夫徐廣干寶鄧粲王韶曹嘉之劉謙之之紀。及孫盛習鑿齒檀道鸞之著述。則晉書雖成。固已不愜衆論也。今晉書帝紀十卷。志二十卷。列傳七十卷。載記三十卷。總一百三十卷。惟陸機王羲之兩傳論。皆稱制曰。蓋太宗親御丹鉛之文也。嗚呼。晉室之衰。皆尙文藝工書法之故耳。唐人因劉元海與高祖淵同名。不敢加貶語。則以爲符瑞焉。是以史臣曰。元海人傑。又曰。策馬鴻騫。乘機豹變。何頌颺若此之甚乎。東晉九分天下而有其二。曾不足三分之一。乃地理志依然若統壹之宇內焉。國朝洪亮吉撰東晉疆域志。十六國疆域志。晉室分崩離析之象。如觀掌上矣。可不懼乎。

二 宋書文體皆因前人之作

宋書百卷。凡帝紀十卷。志三十卷。列傳六十卷。齊永明中沈約奉勅撰。今本題曰梁沈約撰。以約仕終於梁。從隋書經籍志之舊也。當時作史者有何承天蘇寶生徐爰之徒。何承天不但明於文史。且習於星歷。惜其年不永。惟紀傳及天文律歷兩志。猶出承天之手。蘇徐以後。大端畢備。沈約不過因人以成事耳。永光以後。不免遷就。以合時君之旨。雖自謂剏立新史。取舍是非。未必皆當。又況喜造奇說。以誣前代。如王邵所譏耶。姚察稱其高才博洽。名亞遷董。要非此書定論。其地志於僑置州郡。及剏立併省之故。多不詳其年月。亦惟疏略。惟禮志合郊祀祭祀朝會輿服。總爲一門。以省支節。樂志詳述八音衆器及鼓吹鐃歌諸樂章。以存義訓。則宋書文體之詳贍者也。

三 南齊書文體多諛辭

南齊宗室蕭子顯仕梁。撰南齊書五十九卷。八紀。十一志。四十列傳。以故事多附會。辭多溢美。初江淹已爲十志。沈約又爲齊紀。而子顯自表武帝。別爲此書。劉知幾曰。子顯雖文傷蹇躓。而義爲優長。爲序例之美者。今考此書良政高逸孝義倖臣諸傳。皆有序。而文學傳獨無敘。殆亦宋以後所殘闕歟。曾鞏則譏其喜自馳騁。刻彫藻績之變尤多。而文益下。

洵非誣也。江淹知作志之難。然南齊書志天文。但記災祥。志州郡不著戶口。律歷志則闕焉而不能作。雖有志何足貴乎。況祥瑞五行。附會圖讖。幾於以操懿丕炎之行。爲放勳重華之道。魏虜列傳仿宋書索虜而衍之。肆口相譏。不能深悉其國情。以圖恢復江左。宴安者不以中原爲事。情見乎辭矣。

四　梁書陳書文體成一家之言

兩漢著作之盛。如司馬氏之談遷。班氏之彪固。皆父子相繼而成也。梁史官姚察。仕於陳。官至吏部尚書。隋高祖問以梁陳之事。因爲書。未就而卒。子思廉能世其學。唐武德貞觀間。詔思廉與魏徵同撰梁書陳書。今本惟題思廉。不及徵。意者徵但領史館而不暇撰述耳。今按梁書六本紀。五十列傳。合五十六卷。陳書六本紀。三十列傳。合三十六卷。惟未作表志。爲其缺憾。不如馬班遠甚。但其排比次第。猶具漢晉以來相傳之史法。要異乎取成衆手。編次失倫者矣。姚氏父子。歷事梁陳隋唐四代。律以今制。當傳諸貳臣。然國雖亡。史臣必不死。夏太史終古之奔商。殷太史高勢之奔周。皆因一代圖籍所在。不忍湮滅也。何可以責姚氏乎。然思廉撰陳書。列其父姚察之傳於江總之後。殆雅慕江總之文辭乎。由今日觀之。是猶自投於渾濁也。

五　魏書文體惟官氏志最要

魏書十二紀。九十二列傳。十志。凡一百一十四卷。北齊魏收撰。收恃才輕薄。有驚蛺蝶之稱。收之書爲世詬厲。號爲穢史。其不足以傳信明矣。初魏史官鄧淵崔浩高允皆作編年之書。浩則以直筆嬰大戮。其後邢巒崔鴻王遵業溫子昇之流。皆有撰述。魏收博訪百家。包舉一代。惟先列傳而後各志。次第異於馬班。失輕重之序。帝紀第一曰序紀。由成帝毛以逮昭成帝什翼犍。凡二十七世。仿史記爲之。惟塞外傳聞歧異。無徵不信耳。其官氏志言安帝統國諸部有九十九姓。其後往往易朔漠之姓爲漢族舊姓。其姓之至今未改者。一尉遲氏而已。讀魏書官氏志。令人悚然於他族偪處之懼矣。釋老一志。亦爲魏收所剏。猶史記之封禪書乎。然終不宜溷之正史也。隋魏澹後魏書。惟存太宗紀一篇。唐張太素後魏書惟存天象志二卷。魏收亡此二篇。後人乃取他書以補之也。

六　北齊書文體自成一家規模獨隘

北齊書帝紀八。列傳四十二。共五十卷。唐李百藥奉勅撰。蓋承其父德林之業。纂緝成書。猶姚思廉之繼姚察也。北齊立國本淺。文宣以後。綱紀廢壞。兵事俶擾。既不及後魏之整飭疆圉。又不及後周之修明法制。其倚任爲國者。亦鮮始終貞亮之士。均無奇功偉節賢史筆之發揮觀儒林文苑傳敘去其已見魏書及見周書者寥寥數人聊以取盈卷帙而已是其文章之萎靡節目之叢脞固由於史材史學不及古人要亦其時爲之也一代興亡當有專史典章沿革政治得失人材優劣於是乎徵焉未始非後來之鑒也

七　周書文體欲復古而未能

北周書本紀八列傳四十二合五十卷唐貞觀中令狐德棻建議修梁陳周齊隋五史而德棻專領周書與岑文本崔仁師陳叔達唐儉共修之當周隋時柳虯牛宏各有撰述德棻多因循舊說今本殘闕甚多多取北史以補之劉知幾於令狐之書多貶辭謂宇文開國之初事由蘇綽軍國詞令皆準尙書太祖勅朝廷他文悉準此而令狐不能別求他述用廣異聞惟憑本書重加潤色遂使周室一代之史多非實錄云云然知幾論史不知文質因時紀載從實周代既文章爾雅仿古製言自不能易彼古文改從儷偶知幾之文多習駢語故不以令狐爲然也吾獨譏令狐於周室一代典章及仿周禮六官府兵之制之類不能區爲志乘使後人有所稽考則令狐之失不能諱也

八　隋書文體明備十志尤稱精審

隋書帝紀五卷列傳五十卷皆署唐魏徵等奉勅撰志三十卷介於紀傳之間皆署長孫

無忌等撰。據劉知幾史通。撰紀傳者爲顏師古孔穎達。撰志者爲于志寧李淳風韋安仁李延壽令狐德棻。按貞觀三年詔修隋史。十五年又詔修梁陳周齊隋五代史志。故隋書十志。皆不以隋代爲限。梁陳周齊諸書之無志者。可藉此以爲攷證焉。其編入隋書。以隋居五代之末。非專屬隋也。上接魏晉。條理一貫。律歷志出於李淳風之手。如南齊祖冲之減閏分增歲差。其子程暅之復行之于梁代。其後宋景業李業興甄鸞馬顯張賓張胄元之術。亦附見焉。北齊張子信言日行有人气差。劉焯因以立盈縮躔衰。非淳風不能言其詳也。五行志不類淳風之筆。或云褚遂良所作。（本四庫提要）經籍志述經學源流多舛。然四庫部分。壹爲後世定法。其中所列古籍。多不見於漢書藝文志者。漢以後唐以前之著述。尤賴此備考證焉。兵志之作。又隋以來所未有也。唐書以來皆沿其例乎。

九　南北史仿史記紀傳之文體

唐顯慶中。李延壽抄撮其近代諸史。南起自宋。終於陳。北起自魏。終於隋。南史八十卷。北史一百卷。號曰南北史。初魏書謂南朝曰島夷。宋書謂北朝曰索虜。各內其國。未有折衷。今觀南史本紀中。刪其連綴。諸臣事跡。列傳中多删其詞賦。蓋意存簡要。殊勝本書。然宋齊梁陳九錫之文。符命之說。告天之詞。皆沿襲浮夸。仍芟削未盡。且累朝之書。勒成通史。

紀傳之外。不能撰爲表志亦屬闕典。其列傳以姓爲類。分卷無法。南史則王謝分支。北史則崔盧繫派。故家世族。一例連書。覽其姓名。則同爲父子。稽其朝代。則各有君臣。豈知家傳之體。未便施之國史乎。是不得援史記世家爲例也。劉昶蕭寶寅反復南北之間。二史互見。實不得不然。否則無可位置也。

十　新舊唐書文體之異同

五代石晉時劉昫奉勅撰唐書二百卷。本紀二十。志三十。列傳一百五十。卽舊唐書也。自宋嘉祐後。歐陽修宋祁等重修新書。劉昫舊書遂廢然舊本恒傳述不絕。學者表昫之長。以攻修祁之短者亦不絕。劉昫之書。多因仍吳兢韋述于休烈令狐峘之舊。故具有典型。觀順宗紀論題史臣韓愈。憲宗紀題史臣蔣係。此因仍前史之明證也。長慶以後。史失其官。故多疎舛。昫亦無所因也。新書首進表以曾公亮爲首。書中本紀十。表十五。志五十。題修名。列傳一百五十。題祁名。本以補正劉昫之舛漏。自稱事增於前。文增於舊。劉安世元城語錄。謂事增文省。正新書之失。而未明其所以然。今按新唐書文體之足以上祧史漢者。表之宰相表以年爲經。宰相三公三師爲緯。朝政得失。一覽可知矣。方鎮表以年爲經。地爲緯。藩臣叛服。一覽可知矣。宗室世系。宰相世系。稍覺緜衍。然史記以後。世家不作。歐

公復古誠爲卓識亦未可訾議矣

十一　舊五代史文體仿三國志新五代史文體仿史記

宋開寶中薛居正受詔修梁唐晉漢周書是爲舊五代史凡百五十卷目錄二卷爲紀六十一志十二傳七十七多據累朝實錄及范質五代通錄故諸臣列傳或云事見某書或云某書有傳蓋梁唐晉漢周各爲一帙而合爲一編如三國志之例是也其後歐陽修別撰五代史記上擬龍門皆刊削舊史之文意主斷制盡列本紀於前而歷朝家人歷朝不事二姓之臣自爲一類其特異者如死事一行義兒伶官宦者諸傳皆剏例也特識也非薛史所及也唐六臣傳雜傳則近日二臣傳之先聲也薛史世襲列傳僭爲列傳歐史易之曰世家名合於古而意得其平矣薛史尚有禮樂食貨選舉刑法職官諸志歐公一例芟除僅作司天職方二考則不逮薛氏之詳也金章宗廢薛史專用歐史元人因之明人析薛史於永樂大典中乾隆時復輯而出之列於正史焉

十二　宋史文體之繁舛

宋史四百九十六卷在一部廿四史中卷帙獨繁元托克托開史局既集成衆手必檢校難周故柯維騏以來多詆其舛誤其總目本紀四十七志一百六十二表三十二列傳二

百五十五。然叛臣傳後六卷皆題曰世家。而總目未之及也。本紀第一行曰。太祖啓運立極英武睿文神德聖功至明大孝皇帝諱匡允云云。已令讀者不耐讀。强記者不能記矣。大抵宋人尙虛文。元人亦因而錄之。宋之宗室。不逮唐之繁衍。而宗室世系表倍於唐書。儒林列傳之外。更表異爲道學傳。然則道學或薄儒者而不屑爲耶。呂祖謙蔡元定陸九淵。又何以不齒於道學耶。文苑傳七卷。北宋已居其六卷。南宋僅周邦彥後一卷而已。循吏傳則南宋無一人也。列傳多載其祖父之名。而無事實。則似誌銘之體。詳官階升轉。又似履歷之牘。然宋人板本風行。宋人著述存於世者較多。核以宋史。事多歧異。然卷帙太多。校勘者亦不能盡舉其失矣。

十三　遼史文體之簡要

遼史一百有六卷。亦由元托克托撰。本紀三十卷。志三十一卷。表八卷。列傳四十六卷。遼史不作天文志。而作歷象。最爲特識。而官星之關於推步者。皆可入歷志。彼前史之作天文志者。徒侈禨祥耳。遊幸屬國。雖見於本紀。仍列爲表。部族雖見於營衞志。亦列爲表。頗近於複。然表者取其類聚羣分。一覽而見。便於讀者。又何可廢耶。列傳簡明。故開國元勳耶律曷魯韓延徽之功。其傳不盈一卷。其他傳或寥寥數行耳。天祚以後。遼亡於金。而西遼耶律大石猶帝制自爲。數傳亡於乃蠻。及元滅乃蠻。乃滅夏滅金。元人兼有西域廣土衆民。而遼苞於域內。何以西遼偏安時代之記。曾不及南宋百分之一乎。托克托不旁徵於徼外故也。遼人東通日本。西控波斯西突厥。（今譯土耳其）惟僅得中原東北一隅。不讀遼史而僅閱俗本綱鑑者。不知遼之全勢盛於金也。厥後金源蒙古。有志於中原。皆造攻自遼。遼失而中原隨之矣。謂予不信。曷取遼金元三史讀之。（厲鶚遼史拾遺攷据亦詳）

十四　金史文體中交聘表最善

金史一百三十五卷。亦元托克托撰。本紀十九卷。志三十九卷。表四卷。列傳七十三卷。其文體足法於後世者。則交聘表是也。表起於太祖收國元年。以年爲經。以宋夏高麗三國爲緯。迄於金國之亡。凡三卷。當日和戰大局。一覽可知。要言不煩。多切中事理。今日交涉日多。則此體誠不可少也。（近日有錢氏蔡氏兩家所撰交涉表。良史特識。不讓遷固矣。）至於歷志則采趙知微之大明歷。而兼考渾象之存亡。禮志則掇韓企先之大金集禮。而兼考雜儀之品節。河渠志之詳於二十五埽。百官首敍建國諸官。元元本本。具有條理。食貨志可證宋金互市江浙。以茶易河南之絲。今昔物產迴異。皆足以益人智識。其紀傳之詳畧得宜。猶餘事也。雖有小疵。弗可貶矣。

十五　元史文體多疎舛

元史二百十卷。明洪武二年李善長表進。實宋濂等修之也。卷首有纂元史凡例。謂本紀準兩漢史。志準宋史。表準遼金史。列傳準歷代史。惟不作論贊。亦非毫無意例志者也。總目本紀四十七卷。志五十三卷。表六卷。列傳九十七卷。按明初得元人十三朝實錄。爲紀傳史料。又得虞集經世大典。於元之一代典章粗備。惟初開史局僅八月。重開史局僅六月。以年餘之力。欲盡得元室雄才大略而書之。不可得矣。太祖紀世系。尚不及元朝秘史蒙古源流之詳。太宗憲宗威行西北。震耀歐洲。而本紀所書。不及元史譯文證補之半。地理志西北地附錄。毫無詮釋。必待今日歐亞大通。轉藉俄羅斯文阿剌伯文考證之。洪文卿之書所以得前人未有也。諸王表但載封號印紐。不言封地大小遠近。亦失其輕重矣。若仿遼金史。尚宜作部族表屬國表交聘表。宋濂不能爲也。錢辛楣元史氏族表三卷補元史藝文志四卷。皆當收入正史也。列傳中速不台雪不台一人歧爲二傳者有之。誠前史所無之巨謬。四法薛齊名。赤老温獨無傳。不知何意。汪氏輝祖有元史本證。固宋濂諍友也。

十六　明史文體集史裁之大成

明史三百三十六卷。經國朝聖祖世宗高宗三朝勅修。雖首命試館臣彭孫遹等五十人。繼而因王鴻緒明史藁增損之。終成於張廷玉之表進。其間後先其事者。名臣大儒。蓋以百計。偉矣哉。史之至文也。至於歷志用圖。實出梅文穆公手定。刱前史所未有。且明之大統。出於元之授時。爲中法之最精者。得藉以傳諸不朽焉。某總裁無識。欲去圖存說。以復古體。不亦愚乎。見梅氏叢書赤水遺珍 藝文志斷自洪武。雖爲刱體。然劉知幾已言之矣。七卿表亦刱體也。明廢左右丞相。政歸六部。而都察院糾察百司。爲任亦重。故合而七也。列傳刱新例者三。曰閹黨。曰流賊。曰土司。明季士大夫之諂附權璫。小民之困於闖獻。皆前古所未有。土司卽古羈縻州。明史列羈縻衛所於兵志。而以土司之隸於各布政使司者。爲土司傳。與內地異。又與敵國異矣。三藩紀載。悉秉大公。死事諸臣。咸予嘉謚。朱明之裔。列爵等於賓恪。此則自有史乘以來所未有也。

十七　編年文體溫公通鑑似左氏朱子綱目似公穀

編年之詣。自荀悅漢紀袁宏後漢紀以後。惟資治通鑑二百九十四卷。爲大宗。溫公竭十九年之力。正史之外。采雜史二百二十二種。其殘稿在洛陽者盈兩屋。非掇拾刪併者所能爲也。同館劉攽劉恕范祖禹。皆通儒碩學。非空談心性者。故網羅宏富。體大思精。上起戰國，下終五代，凡名物訓詁典章制度象緯方輿，皆非夙學不能通，胡三省之注，所以珍重於世也，溫公別爲通鑑考異通鑑釋例通鑑目錄，生平精力固盡用於此矣，朱子因通鑑作綱目，如坐堂皇決功罪，秉筆褒貶，自擬春秋，元明儒者亦以春秋擬之，莽大夫晉徵士，幾爲千古之定論焉，溫公任其難，朱子因其易矣，李燾以來續通鑑者數家，畢秋帆之書出，宋元明之續通鑑者，皆可廢矣，綱目則有金履祥前編，明商輅續編，附於朱子以行焉，觀通鑑事實詳明，如左氏，綱目之例最嚴，而事實多疎，則公穀之流亞也，聖祖御批，宸謨獨斷，則麟經以後之特筆也，

十八　三通文體之異同

三通文體，皆通貫古今，爲諸史之緯，政典所在，爲從政者所宜讀，此史學家爲己之學，異於略涉紀傳者，批評文章，泛論事實也，唐杜佑作通典一百卷，長於說禮，其源出於周官，今好古者皆通其書，宋鄭樵作通志，四庫列於別史，然紀傳皆無足觀，惟二十畧最爲簡畧，元初馬端臨作文獻通考三百四十八卷，貫穿前史表志，兼綜羣書，體尤明備，力不足讀全史者，讀溫公通鑑及馬氏通考，亦足以通古今矣，乾隆三十二年，勅撰續三通，皇朝三通，雖各有體要，仍不免重規疊矩，近人多讀文獻通考，續通考，皇朝通考，大端已可槪

見樂簡易者。又爲三通考輯要以便觀覽焉。古人讀書有提要鉤元之法。則輯要又何以非薄耶。若時務通考之類。則風斯下矣。

第十二篇

漢魏文體

爲史以時代爲次詳經世之文而略於詞賦惟文學史例錄全文講義限於卷幅不能備錄

一　賈山至言爲上皇帝書之椒體

漢高帝時。元勳如蕭何張良。文學如隨何陸賈。皆未有言事之書疏著於世。施及孝文。潁川人賈山。始上書言治亂之道。借秦爲喩。名曰至言。宋儒眞西山文章正宗所以稱爲漢高以來所未有也。王伯厚曰。山之才亞於賈誼。其學粹於晁錯。明人唐荊川乃言其文去戰國未遠。有奇气而不用繩墨。今觀其閎論切喩。波瀾層出。筆力所至。自成法度。於直言極諫之中。有溫和緜密之气。西漢文繼戰國策後。一變其囂張譎辯。歸於純正。所以開一代之風氣也。其言甚長。其最要者曰。今方正之士。皆在朝廷矣。又選其賢者使爲常侍諸吏。與之馳敺射獵。一日再三出。臣恐朝廷之解弛。百官之墮於事也。諸侯聞之。又必怠於政矣。嗚呼。誠杜漸防微之名論。邦有道之危言也。

二 賈誼陳政事疏之文體爲後世宗

漢文帝時。雒陽才子賈誼爲博士。時年二十餘。超遷大中大夫。將更定制度。絳灌害其能。以爲長沙王傅。又爲梁王傅。王死。誼亦自傷死。誼之文最著者爲過秦論。司馬遷班固皆取其文爲論贊。近日桐城派之古文辭類纂。陽湖之駢體文鈔。皆錄其文。誠古今所共賞稱美者無異辭焉。然過秦論在當時亦成陳迹。惟陳政事疏。因匈奴侵邊。諸侯僭擬。欲匡建大畧。所云臣竊惟事勢可爲痛哭者一。可爲流涕者二。可爲長太息者六。何深切之至乎。誼之天姿極高。議論極偉。其大計在遏亂萌而厚風俗。文帝雖不能用。然誼之身後。漢有變故。仍賴其遺策以圖治安。五千餘言。痛切詳盡。爲古今敢言之士所宗。宋儒張栻譏其激發暴露。少年英銳之氣未除。不知賈生之所獨爲千古者。有此英銳之氣耳。南宋偏安。安得有此英銳之氣乎。賈生鵬鳥賦弔屈原文。則詞賦家所重也。誼之曾孫捐之請棄珠崖對蘇東坡謂其言施之當時則可漢末至五代中國避難之人多家於此豈可復棄故舉以爲棄地者戒

三 鼂錯言備邊諸書文體近似管子孫武子

潁川鼂錯於漢文帝時爲太子家令。號曰智囊。數上書言事。景帝時爲御史大夫。建議削諸侯地。吳楚反被誅。其上言兵事書。唐荊川推許其文最古。似孫武子。今讀其文如云戰

勝之威。民氣百倍。又云兵不完利。與空手同。甲不堅密。與袒裼同。弩不可以及遠。與短兵同。射不能中。與亡矢同。中不能入。與亡鏃同。皆深明利弊之語。錯又臚舉匈奴之長技三。中國之長技五。而兢兢於兵凶戰危之戒。非孔子所謂臨事而懼者乎。錯又有請募民實塞奏。能以秦爲鑒。又有請立邊民什伍法奏。則合於管子之制焉。鼂錯誠奇士也。能兼通法家兵家之長而致用矣。惜貴粟一奏。令入粟者得以拜爵除罪。流弊至今。而捐實官捐開復者。視官途若商市焉。不得不歸咎鼂錯之作俑矣。

四　枚乘七發與諫吳王書文體畧同

曹子建謂昔枚乘作七發。傅毅作七激。張衡作七辯。崔駰作七依。辭各美麗。今讀文選枚乘七發八首。說七事以啓發太子。猶楚辭七諫之流也。枚叔以淮陰少年。爲吳王濞郎中。善屬辭。濞謀爲逆。乘奏書諫。及吳滅。由是知者。召拜宏農大守。病免。武帝卽位。以蒲輪徵之。道卒。林希元論其諫吳王書曰。此書當吳王逆謀未露之先而諫之。故全不露出事情。而長喩遠譬。曲盡利害。文字起伏變化。意態橫生。眞古之善言者。傳甲按七發詞藻雖繁而旨歸最正。抗言讜論。窮極精微。七發之卒章曰。孔老覽觀。孟子持籌而算之。萬不失一。此亦天下之至言妙道也。由此觀之。枚乘蓋明算而學於孔孟者也。其學如此。其博其識如此其通。後人僅以文士目之。烏足以知枚叔乎。

五　董仲舒明經術文體爲策對正宗

西漢有大儒焉曰董仲舒。治公羊氏春秋。孝景時爲博士。下帷講誦。非禮不行。學者皆師尊之。武帝即位。舉賢良文學之士。仲舒以賢良對策。首對言天人相與之際。求王道於春正。蓋承天意以從事也。次對言必稱堯舜。其旨在興太學。求明師以養天下之士。數考問以盡其材。則英俊可得矣。三對言諸子不在六經之科孔子之術者。皆絕其道。勿使並進。邪辟之說滅息。然後統紀可一。而法度可明。民知所從矣。漢武表章六藝。罷黜百家。董子之力也。劉向謂仲舒有王佐之才。雖伊呂無以加。管晏之屬。伯者之佐。殆不及也。班固謂仲舒遭漢承秦滅學之後。六經離析。下帷發憤。潛心大業。令後者有所統一。爲羣儒首。朱子於漢儒少許可。惟董子所謂道之大原出於天。則引之以證中庸焉。

六　淮南子文體似呂覽

漢高帝子淮南厲王長。以反徙嚴道死。文帝感民間尺繒升粟之歌。使其子安襲封。安好書。天下方術之士。咸往歸焉。於是遂與蘇飛李尚左吳田由雷被毛技伍被晉昌等八人。及諸儒大山小山之徒。共講論道德。總統仁義。著書曰鴻烈。是爲淮南子。後以逆謀自殺。

其書之旨似老子。其書之體似呂覽。大抵取周秦舊籍。掇拾排纂。如天文訓地形訓之類。皆宋人事類賦八面鋒所師資也、非果能通達天地也。淮南之學既出於老氏。故武帝建元六年遣王恢韓安國將兵擊閩越。安上書切諫。為後世文臣不勤遠略者所藉口。然漢武卒定閩越者。不為辨言所惑也。然其文之明切雅健。則不易及。其書或出於門下遊士所捉刀。亦不可知。蓋文士之文。各有面目。而富貴中人所為文。多由於代擬。其文之本來面目。不可得見矣。

七　漢武帝時文學之盛

漢武帝時。武功耀海寓。臨安菑嚴安。主父偃。無終徐樂。俱上書言世務。嚴安一書。言武帝靡敝中國。結怨夷狄。而其後則謂郡守之權。非六卿之重。隱然有漢末割據之慮。徐樂言天下之患。在於土崩。不在瓦解。造語尤奇鑿。主父偃所言九事。其八事為律令。一事為諫伐匈奴。三書體格不同。意則吻合。史傳備錄其文。非以其切於奥乎。至於滑稽之士。亦多進讜言。若司馬相如之諫獵疏。東方朔之諫起上林苑書。謇謇諤諤。能因事幾諫。亦茂陵文德之佐助也。世人徒采其客難之文。子虛之賦。是棄秋實而采春華矣。蘇武李陵。或生還。或生降。其文辭皆蕭蕭有塞土音。至今傳誦不絕焉。枚皋吾邱壽王之流。以文采見重於時者尤不勝僂指數龍門一史。傳信千古。亦躬逢建武之盛焉。其文體已詳前篇。茲不再贅。

八 漢宣帝時書疏之文體

漢武帝晚年。託孤子於不學無術之霍光。蓋知浮華之文士。不可以任大事也。昌邑王入承大統。動作亡節。王吉諫疏切直。其旨同於伊訓說命。其辭亦可與相如並驅。宣帝時外戚許史貴寵。王吉亦上書言得失焉。是時路溫舒之上德緩刑書。魏相之諫伐匈奴書。皆經世之名言也。趙充國好學兵法。而所上屯田三奏。罷兵留屯爲經久之計。以待先零之敝。老成謀國之忠智。於此可見。其文亦彷彿孫吳。西漢文士莫能道也。及諸羌降散。振旅而還。勳業炳於青史焉。張敞治春秋者也。上霍氏封事。則援仲尼之譏世卿。劾黃霸奏。則類春秋之責賢者。敞上書入穀贖罪。則爲蕭望之之議所格。大抵漢文之純厚者。無不本之於經術。昭明文選於此多畧而不采焉。王褒聖主得賢臣頌。語多絢爛。自是斧藻潤色之文。林希元曰。此世道所由泰也。傳甲亦曰。此漢之所由衰也。文體卑矣。楊惲報孫會宗書。以誹謗棄市。文字之獄於此起焉。嗚呼。漢之德衰矣。

九 元成哀平之文體匡衡劉向劉歆揚雄爲大宗

元帝之初．聞貢禹明經潔行．徵爲諫大夫．禹因事進言．若循古節儉．奏言風俗．書皆純粹而明密．元帝好儒．行能用匡衡爲相．所上政治得失疏．治性正家疏．皆如宋人譚理之語．成帝卽位．衡上書戒妃匹．勸經學．上納其言．匡衡不旌甘延壽陳湯矯制之功．谷永杜欽耿育皆上書訟之．劉向上疏請封．識過於衡遠矣．成帝無嗣．政由王氏．劉向極論外家封事．其言激切．讀之令人酸鼻．翼奉之應直言．封事．梅福之言王氏書．哀帝由藩國嗣統．追尊定陶共王爲共皇．立廟京師．師丹之議．得禮經本旨．其言不用．故後世濮議與獻議．紛如聚訟．且興大獄也．王嘉鮑宣極論董賢之幸．哀帝亦不之省．漢之朝政如此．何異於桀紂幽厲之時耶．揚雄劉歆爲西漢之末．文章大宗．雄之太元．擬易．法言擬論語．幾欲自聖於宣聖之後．劇秦美新．千秋遺臭．或因莽謙恭下士而失身耶．劉歆爲向之哲子．漢之宗室．領校秘書．乃爲莽之國師．孔光爲闕里聖裔．亦附莽焉．可謂人心盡死矣．文學雖盛．未足道也．哀平之際．文有實用者．僅賈讓治河三策耳．其餘無足道也．

十　光武君臣長於交涉之文體是以中興

光武御製之文．勅馮異．報隗囂手書．賜竇融璽書．與公孫述書．觀其駕馭英才之略．周旋列强之際．廟算明遠．交際文牘之最優者也．讀竇融責讓隗囂書．見事勇決．措辭英敏．焉援與隗囂將楊廣書．婉語周詳．陳義懇切．朱浮與彭寵書．諭以大義．動以利害．雄快勁直．鏗然可聽．班彪乞優答北匈奴奏．則深沈有大略．不愧爲應變之才矣．光武既明於外交之道．和戰之機宜．又得諸賢以佐助之．其致中興也宜矣．其內治之整飭．如桓譚之上時政疏．杜林論增科疏．張純正昭穆疏．鄭興日食疏．大旨重本抑末．尊祖敬天．其文皆澤以經術．有淵古之色．亦見中興之气象矣．

十一　明章以後之文體

明帝因獲寶鼎．下詔禁章奏浮辭．故東漢盛時．文體皆質實純厚．章帝時．第五倫論竇氏書．防微杜漸．深切著明．其勸成風德疏．文亦簡切．韋彪置官選職疏．明於大體．不矜小慧．孔僖上章帝自訟書．則直詞不撓．學識不愧爲聖裔．何敞諫用竇氏疏．雖昌言無諱．然意在保全貴戚．非抨擊也．徐防五經章句疏．力矯諸儒私家意見．尤爲漢儒所難．和帝時．魯恭諫盛夏斷獄疏．循吏之文．仁言利溥．恭弟丕．經術疏文亦渾樸．崔駰學有偉才．與班固傅毅齊名．崔駰誡竇憲書．交淺言深．忠告懇至．其子瑗孫寔．皆能世其學焉．安帝時．樊準勸興儒學疏．陳忠論喪服書．皆典質不飾．翟酺諫外戚疏之明切．虞詡請復三郡書之精粹．左雄上順帝陳吏事疏．洞悉利弊．郎顗上災異封事．造語精核．不見其緐縟．順帝時．李固之災異策對。其切直亦似之。終見殺於梁冀。沖質之間。梁石臨朝。皇甫規對策。披瀝直陳。亦足見東漢之氣節焉。

十二　張衡天象賦兩京賦文體之鴻博

兩漢作賦之才。幾於斗量車載。求其通天緯地之文。兼制器尙象之巧者。張平子一人而已。其天象賦。識過於楊子雲。其兩京賦。才埒於班孟堅。衡多學術。安帝雅聞其名。公車徵拜郎中。再遷太史令。衡乃作渾天儀。著靈憲算罔論。復造候風地動儀。施關發機。驗隴西地震。其時不爽。世人皆服其妙。作賦乃其餘事也。崔瑗撰衡之碑文曰。數術窮天地。制作侔造化。豈溢美哉。後世盛稱平子之賦。而不究平子之學。唐初王勃之流。所賦天象。已不逮茲。下此則徵引事類。而未窺懸象。無異扣槃捫燭。以爲日曜矣。國朝阮文達公擬平子天象賦。蔚爲鉅製。公固深明疇人之術者矣。（日本多地動因祀張衡近人有謂平子地動儀即西人地動日靜之說者則附會矣地球繞日中國舊所謂地有四游是也）

十三　馬融鄭康成經學家之文體

西漢儒林。自丁寬施讎孟喜梁邱賀以至房鳳。凡二十有五人。惟韓嬰之外傳。文體自成一子。東漢儒林。自劉昆洼丹以至蔡元。凡四十有二人。其文體亦無從攷論。惟馬鄭二子。

卓然爲經生之巨擘。融才高博洽。爲世通儒。所上廣成頌。東巡頌。淵然爲清廟明堂之品。著三傳異同說。註孝經論語詩易三禮尙書列女傳老子淮南子離騷。所著賦頌碑誄書詩凡二十一篇。融善鼓琴。好吹笛。高堂絳帳。侈麗自逸。已開魏晉文士浮豔之習。失身梁冀。爲莊士所羞稱。鄭君文采。不逮其師。而質實勝之。隱居著述。號爲純儒。迄今詩禮之學。皆以鄭君爲歸。康成詩譜序論風雅之正。及懿王夷王以下變風變雅。嗟哉。鄭司農蓋太息痛恨於桓靈也。詩譜編年。鄭君有春秋之意焉。傷世亂也。

十四　漢末黨錮諸賢之文體

漢桓靈之間。主荒政謬。國命委於閹寺。士人羞與爲伍。故匹夫抗憤。處士橫議。遂乃激揚名聲。互相題拂。自甘陵周福有南北部黨人之議。宗資岑晊起自掾吏。權埒太守。是時大學諸生三萬餘人。郭林宗賈偉節爲之冠。並與李膺陳蕃王暢更相褒重。爲天下模楷。危言深論。不隱豪強。自公卿以下。莫不畏其貶議。一時文體丕變。無不勁爽峭直。發揚蹈厲。不在其位而謀其政。術士張成以風角交通宦官。乃誣李膺養大學遊士。交結諸郡生徒。更相馳驅。共爲部黨。誹謗朝廷。疑亂風俗。於是天子震怒。逮捕黨人二百餘。因竇武之請。赦歸田里。禁錮終身。然海內希風。共相標榜。三君八俊八顧八及八厨。自擬於八元八愷。

及陳蕃竇武誅宦官曹節不克而死厥後有司希宦寺意旨因張儉重興大獄其能免於死者惟郭泰一人耳郭泰聞黨人之死慟曰人之云亡邦國殄瘁嗚呼唐之清流宋之僞學明之東林何不幸於亡國之秋摧殘士類也

十五　蔡邕中郎集多碑誌爲諛墓之始

集之名始於東漢荀況存於今者蔡中郎集最著王深寧曰蔡邕文今存九十篇而墓銘居其半曰碑曰銘曰神誥曰哀讚其實一也自云爲郭有道碑獨無愧辭則其他可知矣其頌胡廣黃瓊幾於老韓同傳若繼成漢史豈有南董之筆今觀其司徒文烈侯楊公碑多引典謨成語蒼勁高潔非若晉宋以下之綦鋪藻飾也邕之立朝上靈帝封事諫伐鮮卑議並湛深經術通達時務絕似西漢之文不幸才名爲董卓所重三日之間周歷三臺及卓誅坐中一歎卽下獄論死雖欲廣東觀之十意王允已不欲佞臣執筆矣今蔡中郎集外惟獨斷自成一子宋元以來劄記之體殆仿於是歟

十六　曹魏父子兄弟及建安七子之文體

漢之將亡詞人才子如孔融禰衡陳琳應劭之流或見挫於曹操或依違於袁紹莫能自立操破袁氏一時才士荀彧賈詡等皆爲之用操有文武才把酒臨江橫槊賦詩固一世

之英雄也其卒章曰周公吐哺天下歸心魏武之權術見乎詞矣其子文帝丕著典論競競蔫賤寸璧而重寸陰其於學亦可謂勤矣丕弟陳思王植骨氣奇高詞采華茂其存問親戚疏陳審舉疏皆情辭懇切惟以雄雋之筆寫激楚之情風格遂與兩漢頓殊矣建安七子孔融陳琳王粲徐幹阮瑀應瑒劉楨並驅鄴下建安猶漢之年號也孔北海而外自陳孔璋以下六子皆入於魏矣喪亂流離音節哀變繁欽以後文體漸靡嵇康阮籍以後文體亦放恣少法度而曹社墟矣

十七　諸葛武侯出師表之文體

蜀漢昭烈帝備當漢祚已移擁梁益一隅稱尊號規模未備文物無足稱後世史臣每尊蜀漢爲正統者則因武侯出師表而重也親賢臣遠小人諮諏善道察納雅言皆儒者純粹之精語後出師表所謂漢賊不兩立王業不偏安鞠躬盡瘁死而後已成敗利害非所逆覩非社稷之臣而能若是乎武侯自知才弱敵強惟不安於坐以待亡故冒險進取光明磊落可揭以告萬世孔明將沒自表後主言臣死之日不使內有餘帛外有盈財以負陛下嗚呼此其所以爲孔明歟魏臣華歆王朗陳羣許芝諸葛璋各有書與孔明陳天命人事欲使舉國稱藩孔明不報書作正議其大義昭於天日矣彼魏之文士能不聞而汗

下乎.

十八　孫吳文體質實非晉宋以後可及

江左六朝.建國金陵.阻長江爲天塹.自孫氏始.孫堅蓋孫武之後.其子策始有江左.皆轉戰無前.驍健尚武.策始用文士張紘.爲書絕袁術.孫權襲父兄之業.稱帝號.其文筆古雅.責諸葛瑾之詔.讓孫皎之書.所見皆卓爾不羣.其子孫休繼立爲景帝.其答張布詔曰.孤之涉學.羣書略備.所見不少也.由此觀之.南朝天子好讀書.孫氏實啟之矣.虞翻諫獵書之簡要.駱統理張溫表之詳暢.諸葛恪與丞相陸遜書.上孫奮牋之明敏條達.吳人文之可傳者也.吳楚多才.如嚴畯之好說文.闞澤陸績之善歷數.薛綜滑稽.出口成文.亦西蜀秦宓之流亞也.周瑜傳中諫以荊州資劉備疏.薦魯肅疏.皆非完璧.而雄直之气.畧可見也.吳之末造.賀邵諫孫皓書.韋曜之博奕論.華覈請救蜀表.漸近偶儷.亦皆質而不俚.足以自競於漢魏之間.孰謂南朝文士柔弱乎.

第十三篇

南北朝至隋文體

此篇承上篇而言前篇終於蜀吳附於漢魏者也此篇託始西晉總攝南北者也

一 西晉統壹蜀吳之文體

蜀紹漢統。文體純正。諸葛出師表。理之至正者也。忠臣之文也。蜀既亡。司馬氏篡魏。徵蜀之遺臣李密爲太子洗馬。密作陳情表。情之至正者也。孝子之文也。吳都陸遜及其子抗。有大勳於江表。孫皓失國。抗之子機作辨亡論二篇。其文奇偉雄麗。爲六朝所祖。其弟雲才名與之並驅。號爲二陸焉。晉室統一之功。成於羊祜杜預。皆儒將也。祜之讓開府表。上平吳疏。一則見大臣之度量。一則見大臣之幹濟。預之考課略。具見其黜陟之明。春秋左氏傳序。具見其褒貶之允。故其用兵能信賞必罰。以立功業。其文亦無媿於漢魏焉。中原人士。如中牟潘岳潘尼叔姪。猶不過文賦之才耳。陳留江統。靜默有遠志。欲杜四夷亂萌。作徙戎論。昭明文選不收此論。近世選古文者亦不收此論。可謂無識。西晉文士傳元阮籍嵇康張載張協左思向秀劉伶謝鯤畢卓郭象皇甫謐摯虞束晳。其文亦見重於世。皆未若江統之文。關係民族興衰。可爲萬世炯鑒。至於郭璞之奇博。葛洪之通達。所著之書。自成一子。固足頡頏乎衰周諸子矣。

二 東晉播遷江左之文體

西晉末。母后諸王訌於朝。匈奴羌羯起於野。懷愍再辱。關洛爲墟。琅琊王睿稱制江左。劉琨令溫嶠上勸進表。辭氣慷慨。猶見中原文體。干寶晉紀總論。頗仿班固前漢書之意。未嘗不以光武期琅琊也。庾亮爲明帝椒房之親。雅負朝望。其讓中書監表。眞誠謙退。不但平日吐屬風流也。荀崧請立博士疏。深明經術。范甯罪王何論。痛斥清談。東晉文之近古者也。蔡謨止庾亮北伐議。王羲之止殷浩再舉北伐書。其言果近於老成持重乎。庾亮殷浩非將才。不可謂非有志之士矣。蔡謨王羲之則譙周仇國論之類也。羲之宴蘭亭觴詠風雅。然非其時也。桓溫北征。志吞胡虜。漢族之英雄也。欲還都洛陽。以圖中興。而北土蕭條。人情疑畏。孫綽諫移都洛陽疏。亦不過忘祖宗之根本。畏戎狄而欲遠避之耳。何足與言大計哉。光武中興而親追銅馬。肅宗中興則收復兩京。事未有不危而克濟者也。江左偏安則安矣。中原淪陷之大耻。若之何其忘之。

三　五胡仿中國之文體之關係

兩漢之盛。匈奴人未有能通漢文識漢制知漢地險夷漢民情性者。然匈奴尚漢之宗室女。其子孫遂冒姓劉氏。魏武分匈奴爲五部。而劉豹爲之長。豹之子淵。幼好學。師事上黨崔游。習毛詩京氏易馬氏尚書。尤好春秋左氏傳孫吳兵法。略皆誦之。史漢諸子。無不綜覽。嘗謂同門生朱紀范隆曰。吾每觀書傳。常鄙隨陸無武。絳灌無文。道由人宏。一物不知者。固君子之所耻也。嗚呼。淵雖異族。亦人傑哉。石勒之用張賓。慕容廆之用裴嶷。苻堅之用王猛。姚萇之用尹緯。皆以中國人制中國人也。羌羯種人。舊無文字。不得不因中國之文而用之。而中國文士。或爲之效奔走焉。彼夷人既通中國之情。而中國人又爲之用。固不難制中國之命於掌握中矣。嗚呼中國能自强。夷人雖通中國之文。不過爲藩屬耳。不自强則草澤不識字者。揭竿起。其鋒鏑之禍。亦無殊於戎狄也。

四 晉徵士陶潛文體之澹遠

東晉蘇峻之亂。陶侃有再造之功。與王導謝安。後先輝映。晉之亡也。王謝子孫。覥顔異姓。不以爲羞。其爲文亦繁縟卑靡。侃之曾孫潛。少有高趣。作五柳先生傳以自況。所謂不慕榮利者。先生蓋自得之矣。爲彭澤令。不爲五斗米折腰。先生之託辭也。猶孔子燔肉不至之意乎。作歸去來辭。息交絕游。先生不欲與篡竊之臣爲伍也。桃花源記。自擬於避秦。亦先生之寓言也。所著文章。於義熙以前。則書晉氏年號。自永初以下。唯云甲子而已。潔身不仕。壽考令終。其志則夷齊之志也。自祭文達觀世界。得老莊之旨趣。其詩賦亦閑雅澹遠。如鶴鳴於九皋之上。下視六朝纖麗之文。不啻山雞舞鏡矣。歐陽修論文。於六代少許可。獨推重靖節。朱子綱目。不錄文人。於晉徵士特褒美焉。嗚呼先生。其不媿古之逸民。

五 蘇蕙敉迴文之體

晉書列女傳載苻堅秦州刺史竇滔有罪。被徙流沙。其妻蘇氏思之。織錦爲迴文旋圖詩以贈滔。宛轉循環以讀之。詞甚悽惋。凡八百四十字。文多不錄。江淹別賦已引用其事。故古今傳爲佳話。詩序稱其錦縱廣八寸。題詩二百餘首。計八百餘言。縱橫反覆皆成章句。東觀餘論謂其圖本五色相宣。因以別三五七言之異。後人流傳不復施采。故迷於句讀。僧起宗以意推求。得三四五六七言詩三千七百五十二首。康萬民更得四千二百六首。後人但求輾轉鉤連。協韻成句。不問其義之如何。失若蘭本意矣。武功縣志首列迴文圖。大爲章實齋所譏。蓋縣志之體。最重地圖。作志者無才識。不重地輿而重人物。郎章實齋所論。亦重文章而畧於圖繪。武功以蘇蕙圖冠首。固爲失體。然關睢鵲巢。何嘗不爲周南召南冠。伯也執殳。爲王前驅。婦人具敵愾之氣者。有幾人乎。蘇蕙之文自成一體。想見五胡之亂。周南之女學未絕焉。亦奇女子矣。

六 南朝宋室顏謝鮑三家之文體

宋高祖劉裕。一武夫耳。鎮京口時。與太學博士臧燾書。所言戎車屢警。禮樂中息。浮夫近志。情與事染。可謂知本之言。文亦清越可誦。或者傳亮何尙之所捉刀耶。後人論宋之元嘉文者。彌尙藻飾。謝靈運之興會標舉。顏延年之體裁明密。遂足以騰聲一世。靈運爲謝元之孫。襲封康樂公。與族弟惠連。東海何長瑜。潁川荀雍。太山羊璿之。以文章賞會。共爲山澤之游。時人謂之四友。皆有才而輕薄者也。謝莊讀左氏春秋。分國爲圖。亦留心經世之務矣。袁淑僅見其賦。而歎以江東無我。卿當獨步。曾不思並驅中原。文士雖夸。氣已餒矣。雪賦月賦。皆不足以言天地之至文也。蓋自東晉之時。謝家已多韻事。道韞柳絮因風之句。實開宮閨近體之端。鮑明遠蕪城賦。以驅邁蒼涼之氣。寫驚心動魄之詞。鮑參軍集十卷。猶存於世。其妹令暉。亦有香茗集行世。今已不傳。明遠之才。洵足方駕顏謝矣。

七　南齊永明體之纖麗祖冲之精實

南朝王謝爲鉅室。蕭齊永明之際。王融謝朓。並以才名噪一世。王融求自試。啓上北伐疏。雖文體已成駢偶。而雄直之氣。溢於篇章。苟宮車未晏。有事邊關。融之報効。或未易限。謝朓文章淸麗。過於王融。朓辭新安王中書記室牋。敬皇后哀策文。傳誦於世。朓官至尙書吏部郎。被誅。然詩人皆以謝宣城稱之。則以其爲宣城太守時。吟詠最盛耳。孔稚圭北山移文。於聲偶之中。發揮奇思逸趣。雕章琢句。六朝文辭之眞面目。備於是矣。北朝連歲南侵。征役不息。稚圭乃上疏主和。不思自奮。其視王融何遠哉。南齊書文學傳。邱靈鞠輩。祿碌無所長。祖冲之更造新法。所上表文。則一代鉅製也。其言親量圭尺。躬察儀漏。目盡毫釐。心窮籌筴。於古歷疎舛。類不精密。羣氏糾紛。莫審其會者。咸攷測而求合焉。冲之善製器。因風水施機。不勞人力。又造千里船。試之於新亭江。世之文人慕王謝之纖麗。不務冲之精實。此中國文學所以每下愈況矣。

八　蕭梁諸帝皆能文

六朝之文。自蕭梁而極盛。梁武帝微時。博學多通。好籌畧。有文武才。時流名輩。咸推許焉。齊之竟陵王子良。開西邸。招文學。武帝與焉。武帝受齊禪後。禁祝史祈福詔。仿古人責躬之義。文亦簡古。所謂繼諸不善。以朕身當之。永使災害不及萬姓。即萬方有罪。罪在朕躬之意也。與謝朏勑。與何點詔。徵何胤手詔。尙賢之雅。勤懇之情。形於簡牘。同泰捨身。則英雄晚年之耄憒也。簡文帝工於牋銘小品。所謂詩賦纏綿流麗。未免失之輕豔。哀思之音。遂移風俗。方自擬於文景。乃屈辱如懷愍焉。元帝起自湘東王。性不好聲色。頗有高名。自號金樓子。因以名書。與裴子野劉顯爲布衣交。口誦六經。心通百氏。適足以益其驕矜。不旋踵而禍至矣。讀梁書本紀。武帝以下。著述各數百卷。文集或百卷。或五十卷。輕萬幾以事虛文。梁之亡豈亡於敬帝方智乎。武帝簡文帝元帝皆及其身而滅亡矣。

九 昭明文選掇總集之體

魏晉後主文士日盛。文集日繁。摯虞文章流別。始分體編錄。爲總集之始。其書今不傳。宋以前摯氏書未亡時。傳習亦不如文選之盛。蓋總集之體至文選而始備也。別集祇一人之著述。其成書也易。總集萃歷代之著述。其成書也難。至於采擷菁華。刪除蕪莠。非有大識力。必不足以鑒別去取。更如零章殘什。不足以自存。亦賴總集以傳諸不朽。方隋唐詞章最盛時。昭明太子蕭統之文選。幾與六經並驅。唐顯慶中。李善受曹憲文選之學。爲之作註。精實博大。無一字無來歷。開元中工部侍郎呂延祚復集呂延濟劉良張詵呂向李周翰五人共爲之註。表進於朝。詆善之短。後人備摘其竊據善註。巧爲顛倒。力辨五臣之誣。南宋五臣註與善註合刻。是爲六臣注。今是非久已論定。李善注遂通行於世。

十 劉勰文心雕龍掇論文之體

文章詔於虞夏。盛於周秦。縟於漢魏。渾渾灝灝。無法律可拘。建安黃初。體裁漸備。故論文之說出焉。典論其首也。其勒成一書。傳習至今者。斷自文心雕龍始。劉勰身歷齊梁兩朝。正文學蔚興之際。其書實成於齊代。署曰梁通事舍人劉勰撰。則後人所追題也。原道以下二十五篇。皆論文章之體製。神思以下二十四篇。則論文章之工拙。學者由此討論瑕瑜。別裁眞僞。博參廣攷。亦有裨於文章。宋史藝文志有辛處信文心雕龍註十卷。其書不傳。明梅慶生註。粗具梗概。多所未備。國朝黃叔琳輯註最善。今有通行本。至於任昉所集。秦漢以來詩賦騷詞。凡八十五題。爲文章緣起。似爲後人所僞託。故稱述者亦鮮矣。

十一　鍾嶸詩品刱詩話之文體

梁鍾嶸與兄岏弟嶼。並好學有名。嶸通周易。詞藻兼長。所品古今五言詩。自漢魏以下一百有三人。論其優劣。分上中下三品。每品之首。各冠以序。皆妙達文理。可與文心雕龍並稱。近時王漁洋極論其品第之間。多所違失。然梁代迄今。邈踰千紀。遺篇舊製。什九不存。未可以掇拾殘文。定當日全集之優劣。惟其論某人源出於某人。若一一親見其師承者。則不免於附會耳。史稱嶸求榮於沈約。約弗爲獎借。故嶸怨之。列約中品。案約之詩。不過中人。未爲排抑也。厥後唐人孟棨本事詩。旁採故實。劉攽中山詩話。歐陽修六一詩話。又體兼說部。世愈近。詩話愈緜。賦話詞話制藝叢話楹聯叢話。皆由此體而踵起焉。西國文學史之外。有科學史。（近譯西國天算源流攷化學源流攷皆是也）中國作史之才。苟充其詩話之量。作科學史。不亦善乎。章實齋論著。述極詆詩話。亦見當日袁枚放蕩。時藉詩話爲献諛弋利之具耳。

十二　蕭梁文士之盛文體之縟

周衰文盛。南朝衰而文益盛。蕭梁一代。君臣皆浮華之士也。曹景宗凱旋。以險韻競巧。韋叡臨陣。以儒服治軍。二子雖戰勝北人。不過保守疆圉而已。其不能恢復中原者。江左文弱之習所囿也。同時元勳。如范雲機警。所爲尺牘。下筆輒成。未嘗定稿。沈約該洽博通羣籍。精於四聲。竭雲約之才。締成梁武之篡謀焉。江淹任昉。辭藻壯麗。觀文選所收。知其才名已震於當世。至若彭城到溉。吳興丘遲。東海王僧孺。吳郡張率等。或入直文德。通講壽光。皆後來之秀也。何遜劉孝倬齊名。元帝則著論論之。其見重如此。周興嗣於當時未能比肩於諸也。其所撰千字文。乃爲後世童蒙所傳誦。官場商市。編號之字。恒用之以爲次第焉。蓋周興嗣之質實。猶勝於江沈之浮藻也。

十三　徐陵玉臺新詠叛詩選之體

孔子删詩。其選詩之始乎。聖人將以別貞淫。移風俗也。歷秦漢魏晉。其風詩往往合於雅頌之遺。然未有删採以爲總集者。玉臺新詠。因選錄豔歌而作。其旨與聖人背馳。方梁簡文爲太子時。好此體。境內化之。晚年欲改作。追之不及。乃令徐陵撰玉臺集以大其體。厥後徐陵入陳。爲尚書左僕射。故今人以徐陵爲陳人耳。陵與庾信齊名。徐庾二家。造六朝駢偶之極境。庾信爲梁元帝守朱雀舫。望敵先奔。歷仕諸朝。如更傳舍。其人尤不足重。哀江南賦。曾何益乎。王通中說曰。徐陵庾信古之夸人也。其文誕。嗚呼。江東危弱之秋。至陳後主益淫放無度。目侈紅紫。心隨鄭衞。江總之徒。號爲狎客。玉樹後庭之樂。春江花月夜之曲。遂傳爲亡國之音。而南朝之局終矣。

十四　北魏文體近於樸質

拓拔氏爲北部雄長。初無文字。道武帝乘後燕之衰。蠶食并冀。及大武帝燾。辟召賢良。詔辭平粹。再傳至孝文帝宏。其條禁決獄。免租求直言諸詔。皆刊華存實。語樸而摯。北魏諸臣。如元暉論御史巡行疏。淸言可誦。張普惠與任城王澄奏記。經術紛綸。韓麒麟陳時事表。及其子韓顯宗上時事書。皆切於事理。而文則超然入古。孫惠蔚請收校典籍表。言似緩而實切。崔光答宣武帝雞異表。則明切無浮響。立說亦鑿鑿動人。甄琛請弛鹽禁表。則以實心行實政者也。邢巒再上伐梁表。洞晰利害。其規度如聚米畫沙。高謙之請復縣令面陳舊制疏。足使豪貴歛手。亦爲政要務也。然北魏一代。文之有實用者。莫善於高允之言天。闞駰之志地。至於文苑傳袁躍裴敬憲之流。無足稱述。溫子昇受學於崔靈恩。乃能博覽百家。文章淸婉。然謂其凌顏轢謝。含任吐沈。則北人自夸之詞也。揚遵憲作文德論。

以古今詞人皆負才遺行。惟邢子才王元景溫子昇彬彬有德。亦可以見北人風氣之尙德也。雖然三子之德鮮也。

十五 北齊文體顏之推出入釋家

北魏分東西二國高齊受東魏之禪。邢邵以國子祭酒授特進。邵博覽墳籍。凡禮儀典故之文。援筆立成。證引賅洽。帝命朝章。取定俄頃。詞致宏遠。獨步當時。初與溫子昇齊名爲溫邢。魏收雖天才豔發。而年事在二人之後。子昇死後。方稱邢魏。此外文苑傳所列若祖鴻勳。李廣樊遜劉逖荀士遜之徒。其文章著於當時。不重於後世。沒世而名不稱也。顏之推爲文學傳之殿。其家訓二十篇。今傳於世。本傳載其觀我生賦。文致淸遠。其意則太史公自序之意也。家訓自成一子。深明世故人情。而文之以經訓。故唐宋藝文志列之儒家。然歸心等篇。深明因果。不出當時好佛之旨。而所言字畫音訓典故文藝。實開後世訓子弟之常談。其垂戒終不出釋氏也。

十六 北周蘇綽六條詔書文體之復古

周太祖宇文泰爲西魏丞相。欲革易時政。爲彊國富民之法。蘇綽贊成其事。并置屯田以資軍國。又爲詔書六條奏行之。一治心身。二敦敎化。三盡地利。四擢賢良。五恤獄訟。六均賦役。文氣疏達。絕無雕飾。實足超軼六朝。本王道立說。重農務本。矜愼刑法。整頓征稅。皆粹然有儒者氣象。蓋駢偶至南陳爲極則而復古之文。即萌芽於北朝。駢文多飾詞。而古文則率眞以達意。蓋自有晉之季。文章競爲浮華。遂成風俗。太祖欲革其弊。命蘇綽倣尚書撰大誥。自是以後。文筆皆依此體。宇文建國號後周。故遵周制。其文固不愧古人。惟力行則未至耳。蘇綽之文。雖不足上擬賈董。實足爲盛唐韓柳之先驅。庾信聘於周。不遣。因仕於周。官至開府。庾信之文。雖極浮豔。入周以後。乃歛才就範。華實相扶。故杜甫詩曰。庾信文章老更成。則一世之風氣變。一人之文體亦變矣。

十七　隋李諤論文體書之復古

隋之初葉。高帝尚質。不媚詞章。李諤以屬文之家。體尚輕薄。遞相師效。流宕忘反。乃上書論文體。所謂江左齊梁。其弊彌甚。貴賤賢愚。惟矜吟詠。遂復遺理存異。尋虛逐微。競一韻之奇。爭一字之巧。連篇累牘。不出月露之形。積案盈箱。唯是風雲之狀。世俗以此相高。朝廷據茲擢士。祿利之涂既開。愛尚之情愈篤。諤之書其言如此。不獨於文教有裨。且可挽澆風而歸之純厚。諤又云。未窺六甲。先製五言。尤後世之通弊。蓋甲子出於歷志。不明歷數。則記事前後參差。於古今大局。終屬惝恍也。卓哉李諤。蓋深知文體之要矣。詞人典故

多屬借用移步換形張冠李戴所記不過瑣瑣細事而懵於大體李謂欲盡使之鑽仰墳素棄絕華綺其識亦卓矣哉

十八 隋王通中說之文體

周隋文體競復古王通講蓺龍門乃撰中說以擬論語是爲文中子隋書及新舊唐書皆無王通傳故學者多疑其僞宋人講學則以文中子爲荀楊以後之大儒雖尊之過當然其言王道禮樂實爲二宋語錄之濫觴朱氏無邪堂答問謂其事迹散見於唐書王績王勃傳及徵之唐初王無功楊盈川陳叔達之言豈得謂文中子爲子虛烏有耶朱竹垞王西莊姚立方輩肆口相譏不亦過乎文中子牴牾雜亂證以正史顯而易見然周秦諸子自相牴牾處甚多何獨於文中子而疑之隋煬帝時文體又趨浮豔經術棄而不講王通乃取論語及詩書春秋字摹句倣亦賢矣哉其孫王勃有文蓺而無器識不能希乃祖家風以起八代之衰而以摹倣徐庾爲事則南北朝駢雅之尾閭也南人以文弱北人以質勝南北統壹而後文質彬彬焉文體之變可以覘世運之變矣

第十四篇

唐宋至今文體

一 總論古文之體裁名義

古文者。漢人稱倉籀篆文之謂也。凡龍鳳之書。蝌蚪之字。皆謂之古文。蓋以秦漢以前爲古也。唐宋至今。所謂古文家名爲上祧孔孟。實則摹擬兩漢而未能也。周隋之士。已厭南朝文體之陳濫。物極而反。唐人乃別出新法。自成一體。遂以古文爲專門名家。夫漢魏六朝。其文體之變也以漸。世人日趨之而不覺。唐初四傑之才。亦徒知齊梁爲近古也。昌黎欲自出新法。又懼其驚世駭俗。行之不遠。不得已託言前古。以示有所徵信。可以箝守舊者之口耳。雖然極六朝之弊。不過揣摹聲調也。極八家之能事。亦不過揣摹聲調也。同一揣摹。反脣相譏。是以五十步笑百步也。唐宋諸家古文之佳者。不過明白曉鬯而已。必欲步驟兩漢。則昌黎進學解。不逮東方朔之客難。其送窮文亦不若揚雄之逐貧賦。然唐人學兩漢者。猶力求典重。宋人學韓柳者。漸運以輕虛。明人學唐宋八家者。則在流連跌宕之間而已。近人學八家不能成。充其量僅肩隨於明之歸震川。豈上古必不可學乎。抑學之未得其道乎。吾惟覘今日之實學。遠勝古人。不欲使才智之士。與古人爭勝於文藝。明白曉鬯。盡人可知。何必爲古人之奴隸乎。

二　唐宋八家文體之區別

唐宋諸家。文體畧同。惟境界各異。明人茅坤編韓柳歐曾王三蘇八家文。頗爲塾師所傳誦。遂有八家之目。爲治古文者所宗。甯都魏叔子評八家之文。退之如崇山大海。孕育靈怪。子厚如幽巖怪壑。鳥叫猿啼。永叔如春山平遠。亭臺林沼。明允如尊官酷吏。南面發令。東坡如長江大河。子由如晴絲裊空。介甫如斷岸千尺。子固如陂澤春漲。又言學子厚易失之小。學永叔易失之平。學東坡易失之衍。學子固易失之滯。學介甫易失之枯。學子由易失之蔓。惟學昌黎老泉。學之少病。然學昌黎或蹈生撰。學老泉或露粗豪。不可不慎。八家各有性情。學者因其性之相近而習之。然學者又各有性情。不能與古人化而爲一。以歐蘇王之學昌黎。其成也。各具有本來面目焉。自宋以來。揣摹成風氣。其能子然自立者無幾矣。然唐宋文之可傳者。猶不只此八家。儲氏增李翺孫樵爲十家。亦未足以盡唐宋文體。故略述其源流遷變於後。以論學者。

三　唐初元結獨孤及諸家始復古體

唐初王楊盧駱之藻儷。燕許姚宋之手筆。皆駢體也。（詳見下篇茲不具論）自陳子昂自奮於陳隋之後。力追古作。其論事書疏。樸質近古。而表序尚沿駢偶。故起衰之功。斷推元結爲首。可爲天地萬物吐气。近日張嘯山先生唐十八家文錄。特選以冠諸篇端。傳甲嘗過永州祁陽縣之浯溪。觀巖壁所勒大唐中興頌。則元結所撰顏眞卿所書也。次山之文魯公之字。皆足以垂諸千古。異於尋常之吉金樂石矣。獨孤及以李都統書記。代宗召爲左拾遺。即上書陳政。極言當日冗兵糜食之害。史稱其爲文彰明善惡。長於議論。洵古文家之先河也。權德輿兩漢辨亡論。歸獄於張禹胡廣。其識最卓。梁肅作補闕李君前集序。分文章爲王霸二途。立意恢奇。亦前此所未有。此外如蕭穎士李華之流。又從而左右之。而六朝之流弊。遂漸次湔除矣。

四　韓昌黎文體爲唐以後所宗（其婿李漢附見）

韓昌黎之文體。自出新裁。非沿襲前人也。其婿李漢爲昌黎集序。言時人始而驚。中而笑且排。先生志益堅。終而翕然以定。嗚呼先生之於文。摧陷廓淸之功。比於武事。可謂雄偉不常者矣。昌黎初學獨孤及之文。繼而學司馬相如揚雄之作。深知世俗學文。恒肖其形貌。故獨運精思。別開生面焉。蓋古人文字未備時。每有新器而無名者。則造新字以名之。有新意而不能達者。則造新句以達之。昌黎之意。實上契倉籀剏字之意。是以謂之古文也。獨孤及諸家。交駢文爲散文。猶解漢隸爲散隸耳。昌黎以大氣運之。則如草書應急。無不可達之意用以治事而事無不治矣至於紀述明暢議論嚴警尤非駢體所能爲雖時人莫之許而後世尊用之昌黎之文遂與泰山北斗並重今日文人貪用新名詞不能師昌黎之自出新裁惟以東瀛譯語爲口頭禪而東瀛專門之學則弗習焉是亦奴隸之性質耳候官先生之譯書也一名之立旬月踟蹰一卷編成海隅共仰是則文之自出新裁者也傳甲學焉而未能且不通萬國文字必不能合萬國文字以成文字也諸君夙肄歐文者庶幾有志斯道乎

五 柳子厚文體與昌黎異同 劉禹錫歐陽詹李觀附見

柳子厚與韓退之同時治古文雖文體小異然昌黎當時引爲同調者一人而已柳州初學駢文後乃篤志希古其才氣陵厲抗韓至於學識根柢遜韓多矣故歐陽公論文惟以韓李並稱未嘗以韓柳並稱也雖然李氏事韓氏者也柳州則昌黎友之矣或謂昌黎出於經柳州出於史昌黎自謂奧衍宏深與孟軻揚雄相表裏子厚雄深雅健似司馬子長唐荊川謂柳州文字理精而文工左傳國語之亞也蓋昌黎實近於諸子柳州則近於傳記耳柳州之文其獨到處莫若永州八記傳甲徘徊愚溪之上越西山求鈷鉧潭袁家渴不得然心目中彷彿若有其境則柳文之善移人也今永州澹巖幽邃爲湘江流域之最

勝處。子厚當日未能記也。余愛永州山水。相賞又在八記之外矣。柳文傳習。不逮韓文遠甚。國朝通儒焦里堂獨推爲唐宋以來第一人。近日鄒伯奇讀柳子厚非國語。謂子厚所非類皆祝巫瞽史之說。董仲舒劉向所沿習。爲通天地人之學也。子厚有見於此而非之。其識卓矣。觀二先生之言。子厚之文。顧不重歟。劉禹錫才辨縱橫。自爲軌轍。與韓柳鼎足而三。而傳習不盛。李觀歐陽詹與韓愈爲同年。以古文相砥礪。厥後昌黎雄視百代。而二人文字存於世者寥寥無多。豈非有幸有不幸乎。

六 韓門張籍李翱皇甫湜文體 孫樵皮日休附見

昌黎提倡古文。從遊於其門者。張籍李翱皇甫湜其尤也。張司業八卷。多樂府詩。惟文苑英華載張籍與韓愈二書。餘不概見。想其筆力亦在翱湜之間。李文公集。皇甫持正集。文體畢備。一得昌黎之理。一得昌黎之辭。李翱得其理。故文體純實。皇甫湜得其辭。故文體奇崛。翱之才學。遜於其師。不能鎔鑄百氏如己出。湜之盛氣抗辨。過於其師。若著力鋪排。反不愜人意。是兩家之短耳。昌黎文法。傳於湜。湜傳於來無擇。來無擇授於孫樵。孫樵務爲奇峭。其詣亦不易及也。皮日休當唐之末造。請列孟子爲學科書。請韓文公配饗。其議論正大。在唐人洵不數覯。文亦磅礴有奇氣。若在韓門。庶幾籍湜之列矣。韓文至北宋而傳習最盛。建安魏仲舉編輯五百家音辨昌黎先生集。凡韓門論文。下逮朱子之考異。臚列者三百六十八家。雖不足五百之數。不可謂非鉅製矣。

七　杜牧文體爲宋之蘇氏先導

杜牧之因唐末藩鎭驕蹇。追咎長慶以來。措置亡術。嫌不當位而言。故作罪言。綜天下之情形。權累朝之得失。如聚米畫沙。不爽尺寸。其原十六衛。痛言府兵內剷。邊兵外作。窮源竟委。論斷謹嚴。戰論守論。皆雄奇超邁。光燄熠人。燕將傳筆力陡健。即以太史公取戰國策材料爲之。亦不過如是。宋蘇洵好言兵。因西夏久無功。乃著權書。皆論兵法。縱橫開闔。壁壘皆新。其子蘇軾之策略。以雋快之筆。騁英偉之氣。雄辭博辨。矯厲不羣。蘇轍民政策及商周六國秦晉隋唐諸論。其精警處。亦不讓父兄也。杜牧之文。選八家者弃而不收。而蘇氏之平淡者亦收之。明人無識之甚也。至於王安石文筆刻露。不過唐之牛僧孺。曾鞏之文筆紆徐。不過唐之元稹。蓋不僅歐公之文出於昌黎也。彼選唐宋八家者。固不足以語唐宋之流別矣。

八　五代文體似南北朝而不工

司馬炎滅蜀漢。而匈奴劉淵。昌言復讎。朱溫篡唐。而沙陀李存勗。昌言嗣統。中原有亂。他族乘之。漢族因之衰落。漢文亦因而萎靡。六朝時中原雖亂。江左正統猶存。其文物尙能自立。五代時中原既非正統。而江南又裂爲數國。唐末羅隱懷才不試。好爲寓言。出以過激。每不中理。然亦晚唐之後勁。吳越文人所仰景望也。錢鏐爲吳越王時。撰杭州羅城記。涉筆嫻雅。亦有淵渾之氣。南唐主李昪舉用儒吏。戒廷臣勿言用兵。其詔辭雖淵然可誦。適以肖東晉南宋偏安之計耳。其臣張義方江文蔚歐陽廣潘佑之文。徐鍇徐鉉之學。視梁陳江淹徐庾輩。文不及而學則過之矣。蜀之馮涓韋莊杜光庭閩之徐寅黃滔楚之丁思覲。文學斐然。亦不讓梁陳文士也。惟中原經沙陀契丹之蹂躪。文物蕩盡。李繼岌李嚴之文。曾不如北魏邢溫之什一。惟王朴平邊策。以視蘇綽之大誥。則遠過之矣。五代武人多以彥名。而名士寥落如晨星。漢族式微。則漢文亦絕矣。數往察來。可不懼乎。南唐其能保國粹者乎。

九　宋人起五代之衰柳開王禹偁穆修諸家文體

宋初承五代之敝。文體多沿偶儷。楊億錢惟演劉筠之流。又從而張之。石介作怪說以譏楊劉。體而推重大名柳開。開少慕韓柳之文。因名肩愈。字紹光。既而改名開。改字仲塗。自以爲能開聖賢之塗也。其河東集猶沿郡望之俗。稱東郊野夫補亡先生二傳自述甚詳。

實開宋人好標別號之始。其文能變五代偶儷之習。實居首功。惟體近艱澀。是其所短耳。仲塗尊揚雄太過。至比之聖人。持論未允。要其轉移風氣。於文格殊有關係。王禹偁小畜集。古雅簡淡。其奏疏尤極剴切。宋史采入本傳者。議論皆英偉可觀。惟詞垣應制時多拘於駢偶耳。穆修學於陳摶。遁而入儒家。其文章莫考其師承。尹洙學古文於穆修。歐陽修則學古文於尹洙。宋之文章於斯爲盛。而柳開穆修尹洙之名轉爲後人所掩矣。

十　宋文以歐陽修爲大宗

北宋名臣文集。多存於今。張詠乖崖集。晏殊元獻遺文。夏竦文莊集。宋庠之元憲集。其弟宋祁之景文集。余靖之武溪集。韓琦之安陽集。范仲淹之文正集。尹洙之河南集。蔡襄之忠惠集。蘇舜欽之學士集。蘇頌之魏公集。王珪之華陽集。司馬光之傳家集。趙抃之清獻集。文彥博之潞公集。范祖禹之太史集。皆當時所板行。名重一世。而傳於後。然未足以膾炙人口也。惟歐陽修之文忠集一百五十三卷。則蔚然爲北宋之大宗焉。陳同甫編歐陽文粹二十卷。似不足以盡所長。而大端可見矣。歐公胚胎史記。而變化於昌黎之文。議論敘事。參伍錯綜。而出以紆折之筆。行以秀雅之度。致以感慨之情。備極佳境。宜後人之歎賞不置也。新唐書新五代史皆公手筆。五代伶官傳論。其魄力殆偪近過秦。瀧岡阡表爲公晚年着意之作。其文可上追太史公自序。而無愧矣。公少孤。受母教。終成名臣大儒。歐母亦享遐年。膺景福焉。今婦學久微。童蒙失於教誨。文學猶末也。不明文學。則德行亦無以自見。政事亦無以致用矣。世之教育家。其無以畫荻芳型。爲尋常典故乎。

十一　蘇氏父子兄弟文體同異

明人選唐宋八家古文。眉山蘇氏父子兄弟。分爲三家。以倫紀論之。選八家者。殆欲離間他人之骨肉耶。然士子當有自立之精神。文章學問。父不得而傳之子。非若帝王公侯。可以襲爵也。父之教子。無所不至。必欲使子之肖父。則堯舜猶病也。馬班出於家學。韓柳不出於家學。造詣各視乎其人耳。或傳蘇洵嘗挾一書誦習。二子亦不得見。他日竊視之。則戰國策也。軾轍兄弟。少年所有之才。皆習於其父之業。長於議論。各有崢嶸氣象。及其成也。子瞻爲文愈奇。子由爲文愈淡。或譏子由未足列於八家。特附父兄之驥。亦非無因也。今合觀老蘇之嘉祐集。大蘇之東坡集。小蘇之欒城集。雖氣息略同。而面目小異。知子瞻子由。皆不藉父兄而傳也。蘇過爲名父之後。其颶風賦思子臺賦。亦稱於世。詩書之澤深矣。蘇氏同時文人。黃庭堅秦觀張來晁補之畢仲游諸家。文體多類蘇氏。亦一時風氣爲之也。歐蘇以下。文集愈繁。一人詩文集。有無數標題。著百卷而無一篇可傳。雖多亦奚以爲。

十二 王安石曾鞏之文體

江右章貢之涘。多古文家。自歐陽公起於廬陵以後。未幾王安石興於臨川。曾子固出於南豐。遂極一時之盛。唐宋八家。宋得其六。眉山三蘇。與江右各得其半焉。安石與鞏締交之情。見於安石答段縫書。曰鞏文學論議。在某交游中不見可敵。其心勇於適道。不可以刑禍利祿動也。安石祭曾博士易古文。則鞏之父也。故當時學者稱二人曰曾王。曾鞏傳曰。安石得志後。遂與之異。蓋安石以新法致黨禍。爲宋儒所不韙。惟其文勁爽峭直。如見其爲人焉。則其最長者莫如上神宗書。其最短者莫如讀孟嘗君傳書後。皆傳誦於世。所謂气盛則言之長短皆宜也。曾王之文有極相似者。如子固之墨池記。荆公之芝閣記。皆寂寥短章。使人味之雋永。此曾王之所長也。朱子云。熹未冠而讀曾南豐先生之文。愛其詞嚴而理正。洵子固之定評。曾王之異同。在於所持之理。其詞气固未嘗歧異也。

十三 有宋道學家文體亦異於語錄

宋之道學。始於濂溪周子之太極圖說。其文多引易傳。而宗旨所在之一語曰。聖人定之以中正仁義而主靜。張程朱陸各家之鼻祖也。陰陽五行。漢儒董仲舒劉向皆不能免。何足責於宋儒。橫渠張子作西銘。豈獨意之美耶。其文固未易幾也。姚惜抱古文辭類纂亦引重焉。明道程子之奏疏。如論君道論王覇論十事論新法。可以見純儒學識。而詞意雅馴。明白四達。猶餘事也。伊川程子上仁宗皇帝書。上太皇太后書。論經筵劄子。總在本原上立論。故純正宏闊。絕無偏駁。龜山楊先生時於靖康之季。所上之議。專疏排和議。爭三鎮。請一統帥。罷奄寺守城。以及茶務鹽法轉般糴買坑冶諸議。所見俱偉。其學傳於羅從彥。從彥傳於李侗。侗傳於朱子。朱子之文。若壬午應詔封事。辛丑延和奏劄。戊申封事。甲寅行宮便殿奏劄。其言皆暢而不冗。明顯而不流於淺近。平直坦夷。宣朗閎闊。但恐時君味道不深。展卷未終。倦而思臥也。上宰相書之痛陳時事。答陸子壽書之考據古禮。質之近日談時務講經學者。應無後言矣。宋之末造。金仁山上書。請由海道北伐。直取燕山。宋不能用。元人平江南。乃用其策以通海運焉。夫語錄所錄者語也。文集所集者文也。孔子著述。論語文言。各爲一體。文人必譏語錄之俗。是不知其各有體要也。

十四　南宋文體宗澤岳飛陳亮文天祥謝枋得之忠憤

南宋君相。燕衎湖山。久無生人之气。其講學者。復以門戶相攻擊。渾焉噩焉。不知中原之淪陷。吾於其舉世之波靡之際。求其能挽狂瀾扶正气者。得五人焉。讀其文可以起衰世之頑懦。勵國民之壯志。一曰宗忠簡。孤忠耿耿。精貫三光。其奏劄規畫時勢。詳明懇切。其條畫四事劄子乞都長安書。當日狃於和議。不用其言。其文之存者。幸賴樓昉綴輯。猶可誦也。岳忠武朱仙之捷。雖未必能直擣黃龍。其气勢之盛。直欲全吞女眞。三字獄成。人亡邦瘁。其文亦散佚不可收拾。然岳侯善書。其手蹟流傳於世者甚多。故武穆遺文以外。尙多佚文可采。陳龍川集首列上孝宗皇帝書。銳意恢復。其意同於諸葛亮之出師表。同甫以亮爲名。亦有管樂之意乎。以同甫之才。得一鄉解。未足爲榮。其末路乃必以狀頭自許。致爲後世所笑。科第誤人。徒使英雄短气也。文文山集之正氣歌。謝疊山集之却聘書。皆作於入元以後。然二公宋之遺老矣。二公亡宋乃亡矣。嗚呼。元人能使漢族回族契丹女眞各族。皆爲之屈。二公獨不屈。豈非豪傑之士乎。

十五 遼金文體至元好問而大備

遼太祖起自松漠。得韓延徽。始有文治。及太宗入汴。取中原漢唐以來之圖書禮器。北遷於燕雲。而後制度漸臻明備。遼人試士。且以得傳國璽爲正統命題。彼心目中無南朝久矣。統和重熙之文治。蕭韓家奴對策累千言。不愧遼之賈晁。王鼎忠直。其文達政事。劉輝侍靑宮。建言國計。其論五代史。且欲與歐陽公抗衡。至於耶律之族。庶成孟簡之倫。亦明於漢文之體焉。遼之亡也。其文臣左企弓虞仲文等。相繼降金。皆才識之士也。金太祖自得遼人韓昉。遂重文學。宋之文人宇文虛中蔡松年等。亦先後歸之。及撫有中原。其文臣王寂有拙軒集。趙秉文有滏水集。王若虛有滹南遺老集。李俊民有莊靖集。爲金文極盛之世。及其亡也。元好問之遺山集。以宏衍博大之才。足以上繼唐宋。下開元明。屹然爲文苑大宗焉。俗子讀宋文不讀遼金之文。昧於塞外之情勢。無惑乎視塞外土地如棄敝屣矣。

十六　元人文體爲詞曲說部所紊

元聖武帝成吉思起蒙兀舊族。兼併歐亞五十餘國。剏前古未有。初用文臣耶律楚材及其子鑄。官至宰輔。今人攷西北和林諸境者。必以耶律氏雙溪醉隱集爲證。世祖統合江南。即位詔書。出於王鶚。建國號赦詔。出於徒單公履。頒授時曆詔。出於李謙。皆典重堂皇。不愧鉅製。求其古文大家上繼歐曾者。則必以姚燧之牧菴文集。虞集之道園遺稿。屹爲大宗。許衡陳時務五事。郝經之立政議。皆名臣奏議之著也。李冶之測圓海鏡序。胡三省新注資治通鑑序。馬端臨文獻通考序。皆收入元文類。則專門之文也。蒙古人能文者。如夾谷之奇賀正旦牋。頗類應酬四六。孛术魯翀之駐蹕頌。亦不免於冗散。彼哉彼哉。不足貴也。元之文格日卑。不足比隆唐宋者。更有故焉。講學者卽通用語錄文體。而民間無學不識者。更演爲說部文體。變亂陳壽三國志。幾與正史相淆。依託元稹會眞記。遂成淫褻之詞。日本笹川氏撰中國文學史。以中國曾經禁燬之淫書。悉數錄之。不知雜劇院本傳奇之作。不足比於古之虞初。若載於風俗史猶可。坂本健一有日本風俗史余亦欲萃中國風俗史別爲一史笹川載於中國文學史。彼亦自亂其例耳。況其臚列小說戲曲。濫及明之湯若士近世之金聖歎。可見其識見汚下。與中國下等社會無異。而近日無識文人。乃譯新小說以誨淫盜。有王者起。必將戮其人而火其書乎。不究科學而究科學小說。果能禆益名智乎。是猶買櫝而還珠耳。吾不敢以風氣所趨。隨聲附和矣。

十七 明人文體屢變宋濂楊榮李夢陽歸有光之異同

明初文臣。宋濂爲首。其文昌明雅健。自中節度。濂學於吳萊柳貫黃溍。皆元末之傑士。劉基與濂齊名。爲文神鋒四出。閎深肅括。方孝孺受業於濂。氣最盛。而養未至。危素之文演迤澄泓。而人不足重。解縉通博。永樂大典。卽出其手。明初洪永之間。其文體精實。畧可見矣。自楊榮楊士奇以雍容平易爲臺閣體。柄國既久。摹倣者遂流爲膚廓。是時文人惟王鏊學蘇。學韓。雖爲時文。亦根柢古文也。李夢陽厭臺閣體之宂沓。起而復古。何景明之流和之。以艱深鉤棘爲秦漢之法。而七子之體遂風行一世。然是時王守仁之文博大昌達。足以砥柱中流。既而後七子繼起。李攀龍王世貞爲之冠。其高華偉麗。斑駮陸離。直可抗揚馬。揖李杜。王弇州山人四部稿尤風行一世。俗子竊其篇章。裁割成語。亦覺絢爛奪目。及其久則成腐敗。故爲袁宏道艾南英所譏。歸有光出而爲明白曉鬯之文。庶幾乎無弊矣。然其文惟留意於抑揚頓挫間。亦無謂也。有明諸家。得失互見。論古文者。僅錄歸熙甫一人。亦未允矣。

十八　國朝古文之流別

國朝學術昌明。其專力古文者。國初則有侯壯悔先生朝宗。寧都魏氏三兄弟。而叔子魏禧爲尤著。厥後方望溪先生苞崛起桐城。益究心聲希味淡之作。所選四書文。爲一代宗。誠不媿清眞雅正四字矣。一傳爲劉才甫大櫆。再傳爲姚姬傳鼐。而桐城一派。遂爲山斗。陽湖惲子居先生敬。起於才甫之後。張皋文惠言。亦弃其音韻訓詁攷據之學。以治古文。汪容甫中。李申耆兆洛。董方立祐誠。所爲古文。上法漢魏。遂與桐城異流。中興之際。曾文正公以古文起於湘鄉。兄弟父子。間相勵以學。湖南文風。因以大變。今日言古文者。惟吳摯甫。總教習爲近代第一人。今已作古人矣。象譯日歧。文章日陋。摯甫既沒。惟侯官嚴子幾道。其後勁乎。佛言有過去。有未來。無現在。唐宋至今。皆過去之歷史。至於未來之歲月。吾輩可不加勉乎。

第十五篇

駢散古合今分之漸

此篇專論駢散相合。采經傳諸子斷至周秦。因下篇乃專論駢文。始於漢魏。與此銜接故也

一　唐虞之文駢散之祖

羣經文體所言皆大體也。此下數章所言。惟辨論駢散而已

帝典之文有法度。有法度者必整齊。分命申命四節。文筆相似。章法之整者也。九族既睦。平章百姓。百姓昭明。協和萬邦。雖一氣銜接。句法則已對待矣。慎徽五典。五典克從。納於百揆。百揆時叙。凡數目之字。已無不對待整齊矣。流共工於幽州。放驩兜於崇山。竟居然以人名對人名。地名對地名焉。但不調平仄而已。帝庸作歌曰。股肱喜哉。元首起哉。股肱元首對待。實爲律詩之遠祖也。古人詩文不分途。厥後文有駢文散文。詩有古詩律詩。一而二。二而四。皆歧中生歧也。唐虞之際。文史質實。大抵散文居多。駢文絡乎散文之間。猶偶數絡乎奇數之間也。文之初掓。駢散合用。數之初掓。奇偶間用。厥後文法日備。駢文與散文。乃自爲家。數數理日精。奇數與偶數。遂各立界說。見幾何原本然則駢散古合今分者。亦

文字進化之一端歟。雖典謨之文。謂其草創未備可也。

二　有夏氏駢散相合之文

禹貢所言隨山刋木。偶語也。高山大川。偶語也。余嘗觀蜀西邛崍九折坂之陰。有磨崖之擘窠書。則蔡蒙旅平。和夷底績。八字也。雙碑屹立。儼如對聯。後人雖工撰著。必不能如是之渾成也。禹貢多四句。或駢或散。文無定法。若九州攸同。四隩既宅之類。對仗極整飭。其言東漸於海。西被於流沙。朔南暨聲教。訖於四海。爲記四至之始。若以後人行文之法。爲之東西南北四句。必盡改用四字句而排列整齊矣。蓋古人據事直書。無意爲文。或駢或散。未可一律論也。夏后啓嗣位作甘誓。其言威侮五行。怠棄三正之類。文亦整飭。讀史記夏本紀。可見當時之體焉。

三　殷商氏駢散相合之文

商湯之興。四征弗庭。所謂東征西夷怨。南征北狄怨。詞意已成對待。其誓辭所謂女無不信。朕不食言。女不從誓言。予則孥戮汝。詞意亦對待。至於仲虺之誥。所謂佑賢輔德。顯忠遂良。兼弱攻昧。取亂侮亡。意亦對待。詞尤工整。然不免於繁複。駢拇枝指。非古文對待之意。盤庚三篇。最爲佶屈聱牙。句法奇變。長短參差。亦間有整齊對待者。如謂汝無侮老成人無弱孤有幼又如用罪伐厥死用德彰厥善皆對待之善者也但不若古文尙書對待句多用四字六字耳說命三篇上篇之舟楫霖雨中篇之甲胄衣裳下篇之鹽梅麴蘖每有引喻必引排疊句法所謂古文者曷若今文盤庚之最古而可信也今文商書高宗肜日西伯戡黎微子之命三篇皆用散文商人尙質故文不能勝質也散文尙質駢文尙文觀駢散之分合亦可見文質之升降也

四　周初駢散相合之文

武王牧野之誓史臣記其左杖黃鉞右秉白旄駢語之中已有藻繪之意武王誓辭所謂俾暴虐於百姓以姦宄於商邑後世檄文多仿其體史記述武王不寐告周公之言曰麋鹿在牧蜚鴻滿野置之晉宋人之文集中幾不能辨古文武成所謂歸馬於華山之陽放牛於桃林之野與史記略同必周史之舊文也當時駢語亦可略考見矣大誥康誥酒誥梓材召誥洛誥多士多方八篇大略因殷人不服而作其文古奧如盤庚三篇之體蓋欲使殷頑咸喻茲意不得不從殷之質樸實開說猶今官塲告示之佳者往往以白話訓愚蒙也在昔爲俗體後人不盡通古訓各國亦不同殷之方言故覺其鉤棘字句而難讀耳蘇綽因江南之未平韓愈因淮西之初服所作文告不能不屏去駢飾直達其意所欲言

乃去文崇質之道。非有意言文也。遠人不服。而僅以文德徠之。雖至愚亦知其不可也。

五　逸周書駢散相合之文

（傳記諸子文體所言皆全書之大體此下數章所言不剖析字句以辨駢散而已）

逸周書文從字順。多駢偶重疊語。度訓篇云。度小大以正。權輕重以極。命訓篇云。以紼絻當天之福。以斧鉞當天之禍。武稱篇云。大國不失其威。小國不失其卑。敵國不失其權。開武篇云。在昔文考。順明三極。躬是四察。循用五行。戒視七順。順道九紀。武順篇云。天道尚左。日月西移。地道尚右。水澤東流。人道尚中。耳目從心。大聚篇云。立君子以修禮樂。立小人以敎用兵。作雒篇云。南繫於洛水。北因於郟山。周月篇云。春三月中氣。雨水。春分。穀雨。夏三月中氣。小滿。夏至。大暑。秋三月中氣。處暑。秋分。霜降。冬三月中氣。小雪。冬至。大寒。王會篇云。般吾白虎。屠州黑豹。禺氏騊駼。犬戎文馬。皆字句整齊。與漢魏駢體爲近。王會篇言四方殊異。文字益絢爛矣。故著駢雅者。多援其奧詞奇字。備摭拾焉。

六　周髀駢散相合之文

周髀算經。殷高曰。（通行本作商高太平御覽所引爲殷高）平矩以正繩。偃矩以望高。覆矩以測深。臥矩以知遠。環矩以爲圓。合矩以爲方。方屬地。圓屬天。天圓地方。文法極整飭。陳子曰。春分之日夜分以至秋分之日夜分。下極常有日光。秋分之日夜分以至春分之日夜分。極下常無日光。又云春分以至秋分晝之象。秋分以至春分夜之象。又云日運行處極北。北方日中。南方夜半。日在極東。東方日中。西方夜半。日在極南。南方日中。北方夜半。日在極西。西方日中。東方夜半。又云冬至晝極短。日出辰而入申。夏至晝極長。日出寅而入戌。又云冬至從坎。日出巽而入坤。見日少。故曰寒。夏至從離。日出艮而入乾。見日多。故曰暑。凡此皆文法工整。所言寒暑。雖百世亦不能易也。又言天象蓋笠。地法覆槃。乃借喻滂沱四隤之形。非其實也。後世作駢文律賦者。誤以笠以寫天。爲尋常典故。能讀周髀者。益尠矣。

七　左傳駢散相合之文（左傳亦傳記體時代在周髀之後故次之）

左傳文法奇變。整散兼行。其最整者。如石碏諫寵州吁曰。且夫賤妨貴。少陵長。遠間親。新間舊。小加大。淫破義。所謂六逆也。君義臣行。父慈子孝。兄愛弟敬。所謂六順也。鄭伯使公孫獲處許西偏曰。天而既厭周德矣。吾其能與許爭乎。七字聯語。虛實皆愜。則非左氏有意爲之也。魯臧哀伯諫納郜鼎之言。文極典贍。姿致蔚然。其言曰。是以清廟茅屋。大路越席。大羹不致。粢食不鑿。昭其儉也。袞冕黻珽。帶裳幅舄。衡紞紘綖。昭其度也。藻率鞞鞛。鞶厲游纓。昭其數也。火龍黼黻。昭其文也。五色比象。昭其物也。錫鸞和鈴。昭其聲也。三辰旂旗。昭其明也。云云。峭拔古腴。爲秦漢詞華之文所師法。昌黎薄左氏爲浮夸。或以此歟。然左氏所紀神祇巫卜之事。詞尤奧博。古色陸離。窮極幽渺。茲不備論焉。

八　國語駢散相合之文

國語文法。典則媲於左傳。文亦整散兼行。如祭公諫穆王之言曰。夫先王之制。邦內甸服。邦外侯服。侯衛賓服。蠻夷要服。戎翟荒服。甸服者祭。侯服者祀。賓服者享。荒服者王。以上皆四言之工整者也。又云有不祭則修意。有不祀則修言。有不享則修文。有不貢則修名。有不王則修德。則六言之工整者也。但不若六朝人之專意駢四儷六耳。仲山甫諫宣王曰。古者不料民而知其多少。司民協孤終。司商協名姓。司徒協旅。司寇協姦。牧協職。工協革。塲協入。廩協出。雖三五錯綜。未嘗不對待整齊。單襄公過陳而歸。告於定王曰。夫辰角見而雨畢。天根見而水涸。後世駢文引天象者類如是。造句。六字句第四字用而字。尤爲六朝句法之準繩。胥臣對晉文公曰。官師之所材也。戚施直鎛。籧篨蒙璆。侏儒扶盧。矇瞍修聲。聾聵司火。凡此之類。皆字奇語重。駢文家炫博洽者所師也。然今日類典較多。識奇字者未必博洽也。

九　戰國策駢散相合之文

戰國策爲古文之雄勁者。然其中往往雜以駢語。而風格益高峻。黃歇說秦王曰。智氏見伐趙之利。而不知榆次之禍也。吳氏見伐齊之便。而不知干隧之敗也。此類格調。建安以後多摹之。讀李蕭遠運命論可見也。莊辛論幸臣曰。臣聞鄙語曰。見兎而顧犬。未爲晚也。亡羊而補牢。未爲遲也。魏晉以後。言事之文。每多引譬喻爲起筆。亦詩人比興之遺也。蘇秦說趙。謂趙地方二千里。帶甲數十萬。車千乘。騎萬匹。粟支十年。西有常山。南有河漳。東有清河。北有燕國。皆以數名對數名。地名對地名。極爲工整。謂秦劫韓苞周。則趙自銷鑠。據衛取淇。則齊必入朝。雖對仗極工。然非尋常駢偶家所能學步矣。魯共公論亡國曰。今主君之尊。儀狄之酒也。主君之味。易牙之調也。左白台而右閭須。南威之美也。前夾林而後蘭台。强臺之樂也。其論最正。其辭甚研。後世相如之流爲古豔體。其鋪張更甚於此矣

十　孔孟荀諸子皆駢散相合之文

孔子之文。如文言之聲偶。論語之整肅。爲萬世所師法。已見羣經文體及第五篇修辭法茲不詳及孟子之文。整散兼行。不如孔子之簡要。孔子言入則孝。出則弟。孟子則言入以事其父兄。出以事其長上。孔子言老者安之。少者懷之。孟子則言老吾老以及人之老。幼吾幼以及人之幼。孟子文之駢者。亦不過層疊之句而已。荀子之辭。視孟子爲研。勸學篇言木受繩則直。金就礪則利。修身篇言蹞步不休。跛鼈千里。累土不輟。邱山崇成。不苟篇言新浴者振其衣。新

沐者。彈其冠。榮辱篇言呥呥而噍。鄉鄉而飽。非相篇言聽其言則詞辨而無統。用其身則多詐而無功。凡此皆裁對整齊。孟子七篇所未有也。荀子賦篇所言螭龍爲蝘蜓。鴟梟爲鳳凰。比干見刳。孔子拘匡。又云以盲爲明。以聾爲聽。以危爲安。以吉爲凶。皆駢偶用韻。而音節清涼。而義理之正。不媿繼起孔孟之後矣。

十一　老莊列諸子皆駢散相合之文

老子曰。道可道。非常道。名可名。非常名。無名天地之始。有名萬物之母。故常無欲以觀其妙。常有欲以觀其數。老子之文高澹。其對待整齊者多類此。若莊子文之對待者則多腴辭藻飾。如逍遙遊曰。朝菌不知晦朔。蟪蛄不知春秋。齊物論曰。蝍蛆甘帶。鴟鴉嗜鼠。人間世曰。山木自寇也。膏火自煎也。桂可食。故伐之。漆可用。故割之。人皆知有用之用。而莫知無用之用也。大宗師曰。狶韋氏得之。以挈天地。伏羲氏得之。以襲气母。維斗得之。終古不忒。日月得之。終古不息。莊子之文。其奇闢類如此。其間僻字奧詞。雖不聯屬。後世駢文家亦擷以資潤飾焉。列子之文。不逮莊子。其駢語用韻者。如天瑞篇曰。能陰能陽。能柔能剛。能短能長。能圓能方。能生能死。能暑能涼。云云。皆似魏晉間語。又云。后稷生於巨跡。伊尹生於空桑之類。裁對亦工整。莊列文之偶儷者。不可枚舉。茲特略舉其一二耳。

十二 管晏諸子駢散相合之文

管子之言治曆出而不窮。故多層疊之文。牧民篇言禮不踰節。義不自進。廉不蔽惡。恥不從枉。皆四言之整潔者也。形勝篇言山高而不崩。則祈羊至矣。淵深而不涸。則沈玉極矣。又云蛟龍得水而神可立也。虎豹得幽而威可載也。則於魏晉以後之儷體矣。晏子之文亦整潔。其近於儷體者。如諫禱雨云。靈山以石爲身。以草木爲髮。河伯以水爲國。以魚鼈爲民。引喻最妙。諫熒惑守虛之異曰。列舍無次。變星有芒。熒惑回逆。孽星在旁。則駢偶而用韻矣。諫朝居嚴曰。合升鼓之微。以滿倉廩。合疏縷之綈。以成幃幕。其叙古治之勇則曰。左操驂尾。右挈黿頭。其叙退處之窮則曰。堂下生蓼藿。門外生荆棘。皆似魏晉人詞藻。或謂諸子多僞託。然詞藻之古腴者。周秦間恒有之。未可盡斥爲僞託也。

十三 孫吳諸子駢散相合之文

孫子言善用兵者。屈人之兵而非戰也。拔人之城而非攻也。皆一意而疊爲二三句。又言善守者藏於九地之下。善攻者動於九天之上。則摹寫聲勢。已開漢魏告功之文體矣。又引軍政曰。言不相聞。故爲之金鼓。視不相見。故爲之旌旗。又曰。無邀正正之旗。勿擊堂堂之陣。其文皆對仗整齊焉。吳子言於魏文侯。其辭如革車奄戶。縵輪籠轂。皆潤以古藻。又言伏雞之搏狸乳犬之犯虎則文以妙喻其旨則內修文德外治武備二句而已其料敵之言曰齊陳重而不堅秦陳散而日鬭楚陳整而不久燕陳守而不走三晉陳治而不用其文亦對仗整齊焉又言晝以旌旗旛麾爲節夜以金鼓笳笛爲節則與孫子所言同意而異其詞矣大抵文法如兵法善用兵者或止齊步伐或縱橫掃蕩駢文者止齊步伐之文也散文者縱橫掃蕩之文也按吳孫兵法以行文亦整齊有法度矣

十四　墨子駢散相合之文

墨子首篇親士第一其文有駢偶用韻者曰甘井近竭招木近伐竭伐爲韻靈龜近灼神蛇近暴灼暴爲韻有數典之駢語曰比干之殪其抗也孟賁之殺其勇也西施之沈其美也吳起之裂其事也有引喻之駢語曰江河之水非一水之源也千鎰之裘非一狐之白也修身篇言君子戰雖有陳而勇爲本焉喪雖有禮而哀爲本焉士雖有學而行爲本焉則文雖排偶而意則質實矣所染篇言舜染於許由伯陽禹染於皋陶伯益湯染於伊尹仲虺武王染於太公周公則文雖排偶而則古稱先幾於儒者矣公輸般篇墨子見楚王曰今有人於此舍其文軒鄰有敝轝而欲竊之舍其錦繡鄰有裋褐而欲竊之舍其粱肉鄰有糟糠而欲竊之則文雖排偶其善爲說辭可謂辨矣墨子之道疇昔與儒術並重唐以其書久

束高閣。無復肄習其文者矣。

十五　韓非子擬連珠之體

韓非子文之工整而深中事理者。如安危篇曰。安危在是非。不在强弱。存亡在虛實。不在衆寡。外儲篇云。利之所在民歸之。名之所彰士死之。韓非子最惡文學之士。其言曰。今脩文學習言談。則無耕之勞而有富之實。無戰之危而有貴之尊。數語亦對仗工整。其譬喻之精妙者。如以肉去蟻而蟻愈多。以魚驅蠅而蠅愈至。其駢語之古奧者。如椎鍛平夷榜檠矯直之類是也。又曰椎鍛者所以平不夷也。榜檠者所以矯不直也。後世作駢文者。於四字句刪除虛字。自覺簡古矣。韓非之文。如云發囷倉而與貧窮者。是賞無功也。論囹圄而出薄罪者。是不誅過也。則深刻而不近情矣。內外儲說實連珠體所昉。淮南子說山即出於此。漢班固以後。遂遞相摹仿矣。抱朴子尤類連珠則漢以後之文體茲附及之

十六　屈宋騷賦皆駢散相合之文

楚辭爲詞章家所祖。其奇字奧旨。多爲作駢文者所摭拾。然其辭不盡駢偶。亦間有對待者。其中間以兮字。如云名余曰正則兮字余曰靈均。名與字相對。正則與靈均相對也。亦有四句相對待者。如云彼堯舜耿介兮既遵道而得路。何桀紂之昌披兮夫唯捷徑以窘

步堯舜與桀紂相對。遵道與捷徑相對也。如云余旣滋蘭之九畹兮。又樹蕙之百畝。則數目之相對也。又云朝飲木蘭之墜露兮。夕餐秋菊之落英。則朝夕相對也。又云製芰荷以爲衣兮。集芙蓉以爲裳。則衣裳相對也。宋玉九辯所云葉菸邑而無色兮。枝煩挐而交橫。顏淫溢而將罷兮。柯彷彿而委黃。其對待句亦間以兮字。招魂所言赤蟻若象。元蜂若壺些。五穀不生。叢菅是食些。則以四言句爲偶儷。而繫以些字也。又云高堂邃宇。檻層軒些。層臺累榭。臨高山些。則七字皆對待。而繫以些字矣。光風轉蕙。氾崇蘭些。唐人且去其些字。入七言律詩之中矣。屈宋葩豔。擷之不盡。好學者當取楚辭騷賦誦習焉。

十七　呂氏春秋駢散相合之文

呂氏春秋。稽古擇言。取材鴻富。裒集衆長。詞旨精備。呂氏旣勦襲前人之言。後人又勦襲呂氏之意。稗販習气。實自呂氏開之。其本生篇曰。出則以車。入則以輦。務以自佚。命之曰招蹷之機。肥肉厚酒。務以相彊。命之曰爛腸之藥。靡曼皓齒。鄭衛之音。務以自樂。命之曰伐性之斧。枚乘七發。卽襲其詞。有始覽曰。何謂九山。會稽。太山。王屋。首山。太華。岐山。太行。羊腸。孟門。何謂九塞。大汾。冥阨。荆阮。方城。殽。函。井陘。令疵。句注。居庸。淮南子地形訓卽襲其詞。呂氏春秋。徵引多似類書。本味篇言肉之美者。猩猩之脣。貛貛之炙。雋燕之翠。述蕩之璧。旄象之約。凡言一事。必臚舉數條。整齊對待。後人駢文之炫博者。遂資以爲獺祭矣。

十八　李斯駢散相合之文

李斯之文。最綺麗者。上書諫逐客是也。其辭曰。今陛下致崑山之玉。有隨和之寶。垂明月之珠。服太阿之劍。乘纖離之馬。建翠鳳之旗。樹靈鼉之鼓。此數寶者。秦不生一焉。而陛下說之何也。必秦國之所生然後可。則是夜光之璧。不飾朝庭。犀象之器。不爲玩好。鄭衛之女。不充後宮。而駿馬駃騠。不實外廄。江南金錫。不爲用。西蜀丹青。不爲采。所以飾後宮。充下陳。娛心意。說耳目者。必出於秦。然後可。則是宛珠之簪。傅璣之珥。阿縞之衣。錦繡之飾。不進於前。而隨俗雅化。佳冶窈窕。趙女不立於側也。如此之類。其才思豔發。迥非先正清明之體矣。眞西山文章正宗。不錄李斯諫逐客書。惡其文勝質也。然宣聖於變風變雅。存而不删。論文章之流別。固不可因人而廢言矣。

第十六篇

駢文又分漢魏六朝唐宋四體之別（仿第十四篇例論次至今日爲止）

一　總論四體之區別

文章難以斷代論也。雖風會所趨。一代有一代之體製。然日新月異。不能以數百年而統爲一體也。惟揣摹風氣者。動曰某某規摹漢魏。某某步趨六朝。某某誦習唐駢文。某某取法宋四六。然以文體細研之。則漢之兩京各異。至於魏而風格盡變矣。六朝之晉宋與齊梁各異。至於陳隋而音節又變矣。而唐四傑之體。至盛唐晚唐而大變。至後唐南唐而盡變矣。宋初揚劉之體。至歐蘇晁王而大變。至南宋陸游而盡變矣。吾謂漢魏六朝駢散未嘗分途。故文成法立。無所拘牽。唐宋以來。駢文之聲偶愈嚴。用以記事則近於復。用以論事則近於衍。故李申耆駢體文鈔。起於秦而迄於隋。取其合不取其分也。至於陳均之唐𠀤體文鈔。曹振鏞之宋四六選。編帙輕便。坊肆通行。欲窺四體大畧。讀三家所鈔。亦可見矣。必欲剖析各家文體而詳說之。非舉四庫集部之文盡讀之。不能辨也。

二　漢之駢體至司馬相如而大備（前篇漢魏文體以大體爲重故論相如最畧今論駢體相如實西漢大宗故首列之）

周衰。文盛。辭藻始尙鋪張。楚漢之際。戰攻未已。文藝中輟。及賈誼枚乘出。西漢彬彬乎風雅矣。蜀郡司馬相如集賈枚之大成。合戰國策楚辭之奇變。遊梁作子虛賦。武帝讀之曰。朕獨不得與此人同時哉。因狗監楊德意知相如名。召問之。相如曰。此諸侯之事。未足觀。

請爲天子遊獵之賦。故上林賦曰。左蒼梧。右西極。丹水更其南。紫淵徑其北。終始灞滻。出入涇渭。酆鎬潦潏。紆徐委蛇。經營乎其內云云。又云於是游戲懈怠。置酒乎顥天之臺。張樂乎膠葛之寓。撞千石之鐘。立萬石之虡。建翠華之旗。樹靈鼉之鼓。其文則源於李斯諫逐客書矣。其封禪文極雲亂波涌之觀。語有歸宿。難蜀父老。藻思絕特。尤爲擷香拾豔之淵藪。吳江吳育論相如之駢體。有書之昭明。詩之諷諫。禮之博物。左之華腴。故其文典。其音和。盛世之文也。其推崇之意。豈溢美乎。

三 揚雄仿司馬相如之駢體而益博

揚雄蜀郡人也。蜀郡文章。自司馬相如開之。而揚雄爲之後勁。成帝時。揚雄作羽獵賦長楊賦。即仿相如之子虛上林而作也。羽獵賦云。其餘荷垂天之畢。張竟野之罘。靡日月之朱竿。曳彗星之飛旗云云。皆極力鋪張。敷典繁博。李申耆曰。子雲善倣。所倣必肖。能以气合。不以形似也。細尋之乃得倣古之法。傳甲謂揚雄解嘲。仿東方朔答客難。猶其餘事也。十二州箴。百官箴。取式經訓。爲四言之極則。崔駰班固所不能肖也。桓譚新論言雄作甘泉賦一首。始成。夢腸出。收而內之。明日遂卒。今世所傳揚雄劇秦美新。元后誄。皆作於王莽篡漢以後。大爲世人所詬病。前明蜀人有揚慎者。能博覽羣書。自擬於揚雄。後人爲揚雄極力申辨。且痛詆朱子以報之。亦揚氏之賢子孫矣。

四 後漢班固張衡之駢體

少讀文選。開卷即得班孟堅之兩都賦。張平子之兩京賦。皆設問答之辭。極衆人之所眩曜。初讀時竊謂今人仿古。製古人必有所仿。及讀子虛上林二賦。乃定相如爲兩漢駢文之宗主焉。班氏之文。雖出於相如揚雄。所著典引。謂相如封禪靡而不典。揚雄美新典而亡實。殆欲凌駕前人。而力未逮也。典引裁密思靡。遂爲駢體科律。然語無歸宿。閱之覺茫無畔岸。所以不逮卿雲。張平子應間。文體似班孟堅之賓戲。而詞尤博贍。應間篇女魃北而應龍翔。洪鼎聲而軍容息。溽暑至而鶉火棲。寒冰沍而黿鼉蟄。雖裁對精密。然非六朝文士所能學步也。張平子四愁詩序。謂屈原以美人爲君子。以珍寶爲仁義。以水深雪雰爲小人。故託辭淵永。得比興之遺。傳甲登高四望。欲師其意而不能製其體也。

五 後漢蔡邕之駢體

蔡伯喈篆勢云。頹若黍稷之垂穎。蘊若蟲蛇之棼緼。又云。遠而望之。象鴻鵠羣遊。絡繹遷延。廹而視之。端際不可得見。指撝不可勝原。曹子建洛神賦。即摹此格調也。後漢文體與魏人文體。不能剖析分界者以此。隸勢曰。奐能暠陳。鬱若雲布。幾幾乎齊梁之先唱矣。邕撰太傅文恭侯胡公碑曰公應天淑靈履性貞固九德咸修百行畢備又云總天地之中和覽生民之上操其訣胡廣也甚矣太尉楊公碑則言公承家崇軌受天醇素陳太邱碑則言陳君稟嶽瀆之精苞靈曜之紀猶爲頌揚得體者也郭有道林宗碑曰若乃砥節勵行直道正辭貞固足以幹事隱括足以矯時雖四六之文實異於尋常之諛墓也胡夫人神誥曰夫人躬聖善之姿蹈慈母之仁胡夫人靈表曰體季蘭之姿蹈思齊之跡皆言之得體者也後人諛墓奉中郎之遺矩昔之佳句今日幾成濫調矣

六 潘勗册魏公九錫文之體 宋陶穀附見

九錫禪詔類相重襲遞襲遞濫不過亂世貳臣獻媚新主之辭耳故盛世文人屏之而弗屑道然此體文字自魏晉以至唐宋皆用之論文體之源流正變不能不歸獄於潘勗之作俑也曹操戰功頗多潘勗臚列不遺每一欵下輒繫之曰此又君之功也此又君之功也重重疊疊實類駢拇枝指之無所用已且曰雖伊尹之格皇天周公光於四海方之蔑如也潘勗之僭妄罪不在曹操下矣冀州十郡河東河內魏郡趙國中山鉅鹿常山安平甘陵平原三面距河旣有茲土漢雖有英主起亦不能復制而曹丕遂從容受禪矣潘勗之辭如云錫君元土苴以白茅爰契爾龜用建家社猶屬典重之語晉宋齊梁陳隋文益

宂而詞益費矣。趙宋之初。陶穀袖中禪詔。直是夙搆。自是以後。遼金元明。皆以征伐爲革除。不復用此虛文矣。其虛文之存於史乘者。亦可考當時之體焉。

七　魏曹植之駢體

曹子建之文。步武中郎。有雍雍矩度者。惟命宗聖侯孔羨奉家祀碑。體製典重。其辭曰。維黃初元年。大魏受命。肩軒轅之高蹤。紹虞氏之遐統。應歷數以改物。揚仁風而作教。於是輯五瑞。班宗彝。鈞衡石。同度量。秩羣祀於無文。順天時以布化。既乃緝熙聖緒。紹顯上世。追存三代之體。兼紹宣尼之後云云。誠不媿制作之文。可以垂諸典章。播諸金石者也。文心雕龍云。陳思叨名。體實繁緩。文皇誄末。旨言自陳。其乖甚矣。李申耆曰。文之繁緩。誠如所譏。使彥和見江謝之篇。更不知作何彈詆。至其旨言自陳。則思王以同氣之親。積讒之憤。述情切至。溢於自然。正可副言哀之本致。破庸宂之常態。誄必四言。羌無前典。固不得援此爲例。亦不必遽目爲乖也。

八　六朝駢體之正變

駢體隸事之富。始於晉之陸士衡。織詞之縟。始於宋之顔延之。齊梁以下。詞事並繁。凄麗之文。如江文通鮑明遠。俱臻絕調。丹青昭爛。元黃錯采。跌宕靡麗。浮華無實。而古意蕩然矣。蕭氏父子。其流斯極。簡文帝大法頌。馬寶頌。題皆不經。而文之華腴。不下顏鮑。且裁章宅句。彌近彌平。斯固後來所取法也。其間文士如任昉沈約邱遲。徐陵庾信。爲之莫不淵淵乎文有其質焉。齊梁啟事短篇。其言小。其旨淺。其趣博。大都以雕飾爲工。而近於遊戲。何仲言爲衡山侯與婦書。庾子山爲上黃侯世子與婦書。伏知道爲王寬與婦義安主書。以夫婦之親。贈寄之常。亦必倩文士爲之。其崇尚虛文無所不至矣。吳叔庠之餅說。韋琳之䱇表。袁陽源之雞九錫文。並勸進則詼諧辨譎。有類史之滑稽傳者。以文理文法繩之。當屏之文苑之外矣。

九　徐庾集駢體之大成

昭明文選以後。集駢體之大成者有二人焉。徐孝穆庾子山其健者乎。其駢體緝裁巧密。頗變舊法。多出新意。其佳者緯以經史。故麗而有則。徐孝穆奉使鄴都上梁元帝表曰。伏惟陛下出震等於勛華。鳴謙同於旦奭。握圖執鉞。將在御天。玉勝珠衡。光彰元后。神祇所命。非惟太室之祥。圖牒攸歸。何至堯門之瑞。則字字調聲聲協矣。庾子山賀平鄴都表曰。臣聞泰山梁甫以來。卽有七十二代。龍圖龜書之後。又已三千餘年。雖復制法樹司。禮殊樂異。至於文離武落。剗木弦弧。席卷天下之心。包函八荒之志。其揆一矣。凡數目字亦皆工對。是王勃以前已有。算博士也。孝穆上梁元帝表有聯語曰青羌赤狄。同畀豺狼。胡服夷言。咸爲京觀。與王僧辨書中亦用此一聯。駢文多勦襲陳言。雖一人爲之。或不免錄舊也。徐庾以前之駢體。猶間以散文。徐庾興而散文幾不見於集中矣。故駢文之極則徐庾其集大成者乎。世人右韓柳而左徐庾。所謂道不同不相爲謀也。

十　唐初四傑之駢體

初唐四傑。王楊盧駱。並著。今世傳本有王子安集十六卷。楊盈川集十卷。盧昇之集七卷。駱丞集四卷。自裴行儉謂士先器識而後文藝。四傑遂爲人所輕矣。雖然有裴行儉之器識。然後可議四傑之文藝。否則以不學無術之徒。妄詆才士。豈得其平。杜詩云王楊盧駱常川體。輕薄爲文哂未休。爾曹身與名俱滅。不廢江河萬古流。正責世之輕論古人者也。王勃爲四傑冠。其益州夫子廟碑云。帝車南指。遁七曜於中階。華蓋西、臨、高五雲於太甲。張燕公讀之。悉不解。訪於僧一行。亦僅解其半也。其博洽亦豈易及。舊唐書楊炯本傳中。駁太常博士蘇知幾冕服議。援引經術。最有根柢。蓋詞章瑰麗者。必能貫穿經籍也。盧照鄰遭遇坎坷。所傳篇什亦少。窮魚病梨。皆賦以自況也。駱賓王之文。討武曌檄最著。雖武曌亦惜其才也。嗚呼。彼三傑未可知。賓王草檄於僞周臨朝之際。聲罪致討。爲天下先。其舉動亦人傑哉。

十一 燕許大手筆之駢體

張說蘇頲雍容揚揄於盛唐開元之際。其文章典麗宏贍。朝廷大述作。多出其手。號曰燕許。而張燕公集爲尤著。讀張說之大唐封禪頌蘇頲之大唐封東嶽朝覲頌。崇宏鉅製。雖不逮西漢封禪之文。然矩度秩然。異於六朝衰世之作。張說撰姚崇神道碑宋公遺愛碑頌。喬皇典雅。粲然成章。蘇頲撰中宗謚册文睿宗哀册文。雖無史魚之直。其文則工整矣。張說爲留守奏瑞禾杏表。以獻媚於天册金輪皇帝。謂炎帝致洽於人心。而嘉禾秀。周公理合於天道。而嘉禾豐。又云聖道隆渥。靈祚宏多。朱蕚素花。彰孝理於詩傳。一莖九穎。合德曜於祥經。由此觀之。張說之文品亦卑矣。蘇頲父蘇瓌於中宗時。力斥韋庶人。抗辯不屈。頲有父風。所作夷齊四皓優劣論曰。周德既廣。則夷齊讓國而歸焉。漢業既興。則四皓受命而出焉。是可以見蘇頲之志矣。

十二 李杜二詩人之駢律 各國文學史皆錄詩人名作講義限於體裁此篇惟舉其著者述之以見詩文分合之漸

李白杜甫。以蓋世詩名。鼓吹盛唐之中葉。其文遠不逮其詩。然當四傑之後。而不規規於四傑之窠臼。則李杜之駢文。亦足以各成一體矣。李白少有逸才。志氣宏放。飄然有超世之心。其文之著者。若上韓荆州書。春夜宴桃李園序。皆爲宋明以來古文選本所批點。二篇固爲李白文之質實者也。李白集中送蔡十序有朗笑明月時眠落花一聯。送張祕監丞序有紫禁九重碧山萬里一聯。大抵涉筆成趣。不待規削而自圓。唐之駢文間以散文者。猶漢之散文間以駢文耳。杜甫之文如畫馬讚之類。四言雅鍊。雖不足以比兩京。視六朝則有過之矣。然六朝徐庾詩歌已多偶儷。亦如漢魏散文中之駢語耳。唐初五言七言之律體。猶未純一。至於杜甫上薄風騷。下該沈宋。言奪蘇李。氣吐曹劉。掩顏謝之孤高。雜徐庾之流麗。而後律詩與古詩別行。亦猶駢文與散文別行也。有唐一代文體歧。詩體亦歧。大抵文明之國。科學程度愈高。則分科之子目亦愈多。詩文之用古體駢體。各視乎性之相近。及用之適宜耳。又何必相譏相詆乎。

十三　陸宣公奏議爲駢體最有用者

唐德宗因朱泚之變。幸奉天。羣臣猶請加尊號以應厄運。陸贄謂尊號之興。本非古制。行乎安泰之日。已累謙冲。襲乎喪亂之時。尤傷事體。帝納其言。但改年號。以中書所撰赦文示贄。贄曰。動人以言。所感已淺。言又不切。人誰肯懷。乃別爲詔。悔過引咎。其最切摯者曰。然以長於深宮之中。暗於經國之務。積習易溺。居安忘危。不知稼穡之艱難。不察征戍之勞苦。澤靡下究。情不上通。事既壅隔。人懷疑阻。猶昧省己。遂用興戎云云。山東士卒。讀詔書無不感泣。故興元得以中興。其餘奏議。皆切中時弊。雖言必成儷偶。音必調馬驪。然樸實陳說。毫無浮響。論治亂之略疏。論徵稅疏。論納諫疏。論關中事宜狀。論前所答奏未施行狀。請罷瓊林大盈庫狀。論兩稅以布帛爲額狀。請罷兵狀。雖處亂世。事暗君。所言所行。皆足補劑末運。非駢體之最有用者乎。宣公因論裴延齡之姦邪。貶忠州別駕。終得竟其懷抱。是具皋夔之資。而不逢堯舜者也。

十四　元白溫李之駢體

唐代詩人。善言兒女情者。至元白而盛。至溫李而極。元白皆能古文。元稹滔滔清絕。白居易灑灑數詞。皆可傳誦。其駢體亦擅場。而文詞每多浮麗。求其典重者。如元稹追封宋若華河南郡君制曰。司徒之妻有禮。齊加石邪。延鄉之母有德。漢置封邸。授牛元翼深冀等州節度制曰。鷹隼擊則妖鳥除。弧弓陳而天狼滅。皆字字矜鍊矣。白居易太湖石記曰。有盤物秀出如靈邱鮮雲者。有端儼挺立如尊官神人者。有縝潤削成如珪瓚者。有廉稜銳劌如劍戟者。則駢語之近於古者矣。溫庭筠能逐絃吹之音。爲側豔之詞。其詩不出綺羅香豔。其文雖規規駢偶之中。觀其上蔣侍郎啓。上令狐相公啓。皆平正不入惡道。李商隱初爲古文不喜偶對從事令狐楚幕乃學今體章奏同時溫李齊名然商隱詩多感時事得風人之旨非溫飛卿比也商隱上河東公啓曰至於南國妖姬叢臺妙伎雖有涉於篇什實不接於風流又云使國人盡保展禽酒肆不疑阮籍則義山集中之錦瑟碧城不過子虛烏有耳

十五　宋初西崑駢體步趨晚唐及北宋諸家異同

吾論唐駢體以李商隱爲殿蓋以宋初楊億劉筠錢惟演輩皆以李商隱爲宋法也宋史楊億本傳所著有括蒼武夷潁陰韓城退居汝陽蓬山冠鼇各集今所傳者惟武夷新集而已楊億等時際昇平其爲文春容大雅無唐末五代衰颯之氣西崑酬唱亦極一時之盛呂祖謙宋文鑑不尚儷偶之詞楊億之表啟亦采錄焉其駕幸河北起居表曰毳幕稽誅鑾輿順動羽衛方離於象魏天威已震於龍荒慰邊甿徯后之心增壯士平戎之氣臣聞涿鹿之野軒皇所以親征單于之臺漢帝因而耀武云云可謂有典有則矣賀刁秘閣啟曰羣玉之府圖籍攸歸承明之廬俊賢所聚自非兼該文史洞達天人擅博物之稱負多聞之益則何以掌蘭台之秘記辨魯壁之古文克分亥豕之非榮對鬼神之問允資鴻博式副選掄云云詞意爽潔猶存古意厥後歐蘇四六皆以氣行晁無咎又以情勝北宋

之駢文。亦屢變其體裁矣。

十六　南宋駢體汪藻洪适陸游李劉諸家之異同

南宋駢體浮溪集爲最盛。汪藻爲隆祐太后草詔告天下以立康王之故。其警句曰。漢家之厄十世。宜光武之中興。獻公之子九人。惟重耳之尙在。一時推爲雅切。故逮炎之詔書。多出於汪藻。紹興間洪适知制誥。撰親征詔。其警句曰。歲星臨於吳分。冀成肥水之功。門士倍於晉師。當決韓原之勝。文氣亦復勁健。陸游詩學老杜。爲南宋第一人。其賀禮部鄭侍郎啓之警句曰。文關國之盛衰。官以人而輕重。籲俊尊上帝。豈止在玉帛鐘鼓之間。歛福錫庶民。其必有典謨訓誥之盛。其文可謂工雅得體者矣。李劉待制寶章閣。長於偶儷。著有四六標準。南宋駢體之專家也。其餘劉克莊之後村集。名言如屑。方岳之秋崖集。麗句爲隣。迄於文山。名作相望。考南宋文範。視北宋又何多讓焉。

十七　元明以來四六體之日卑

駢體之文。自宋四六後。元明皆等諸自檜耳。元之駢體。猥猥瑣瑣。明之駢體。疎疎落落。無足徵引。無關取法。其文集存於今者。不下千餘種。名篇鉅製。不如漢魏六朝唐宋之中駟也。最陋者屬對雖工。其詞則以巧而愈佻。甚至以卦名對卦名。以干支配干支。立定間架。

幾如刻板。至於官場尺牘。齋醮青詞。膚廓陳濫。萬手一律。其佳者亦僅資諛頌耳。況時文既作。排偶斯極。類典串珠。花樣集錦。凡村塾傳習之兎園册子。大抵皆明季周延儒輩爲之。大江南北。父兄訓子弟者。無不以選聲撿韻。爲入學之門。聲調譜之作。固不僅詞曲一端也。竭天下英俊之才。使之流連於聲調中。鼓之吹之。舉國若狂。此元代所以重詞曲以箝漢族。明人所以作帖括以制處士也。

十八　國朝駢文之盛及駢文之終古不廢

國朝駢文。卓然號稱大家者。長洲尤西堂氏侗。宜興陳迦陵氏維崧。最爲卓出。自開寶後七百年。無此等作久矣。山陰胡稚威氏天游。爲文奥博。得燕許二公之遺。錢塘袁簡齋氏枚。能於駢體中獨抒所見。辨論是非。昭文邵荀慈氏齊燾。玉芝堂集。尤能上下六朝。同時與荀慈爲駢文者。有武進劉圃三氏星煒。錢塘吳穀人氏錫麒。南城曾賓谷氏燠。全椒吳山尊氏鼒。皆不媿驂行四傑。蓋散文以達意爲主。空疏者猶可敷衍。駢文包羅宏富。儉腹者將無所措其手足也。今中國文學日即窳陋。古文已少專家。駢體更成疣贅。湘綺樓一老。猶爲巋然魯靈光也。傳甲竊謂。參西文法。亦不能不用對偶。（見赫德辨學啓蒙）中國駢文亦必終古不能廢也。特他日駢文體之變體。非今日所能豫料耳。文者國之粹也。國民教育造端於此。故古文駢文。雖不能如先正之專壹。其源流又何可忽耶。

中國文學史終

中國文學史要略

朱希祖　編

中國文學史要略敘

中國文學史要略。乃余於民國五年爲北京大學校所編之講義。與余今日之主張。已大不相同。蓋此編所講。乃廣義之文學。今則主張狹義之文學矣。以爲文學必須獨立。與哲學史學及其他科學。可以並立。所謂純文學也。此編所講。但述廣義文學之沿革興廢。今則以爲文學史必須述文學中之思想及藝術之變遷。其他不同之點尚多。頗難縷陳。且其中疏誤漏略。可譏必多。則此書直可以廢矣。惟新編文學史尚未蕆事。姑印此爲學生之參考。若講演時。當別授新義也。民國九年十月朱希祖自敘。

朱希祖編

中國文學史要略

第一期 上古至夏商

夫神農以前。均爲結繩之世。莊周言之詳矣。至於黃帝。史臣蒼頡始造文字。於是文籍興焉。司馬作史。託始黃帝。而以神農以前爲不可知。記事且然。而況於言文學乎。然而三皇之書掌於外史。（周禮外史掌三皇五帝之書。孫詒讓主僞書大傳說遂人爲遂皇伏羲爲戲皇神農爲農皇其說較是詳周禮正義）河圖之寶陳於東序。（漢書五行志劉歆以爲宓羲氏繼天而王受河圖則而畫之八卦是也尚書顧命大玉夷玉天球河圖在東序）經典可徵。而遺文莫覩。雖欲辨証。亦無得而據焉。若夫伏羲作瑟而造駕辨之曲。（楚辭大招篇）教漁而製網罟之歌。（隋書樂志又見夏侯玄辨樂論）見稱故書。其文亦佚。惟十言之教。（左定四年傳正義引易）片語單辭。流傳於世。遂稱爲文章之祖焉。降及葛天。三人摻牛尾投足以歌八闋。一曰載民。二曰玄鳥。三曰遂草木。四曰奮五穀。五曰敬天常。六曰建帝功。七曰依地德。八曰總禽獸之極。夫樂不空絃。必有其歌。歌不空名。必有其目。若斯題署。亦必傳自古初。非呂覽纂竄虛造可決焉。至於神農。流傳尤衆。夏侯辨樂稱豐年之詠。（夏侯玄辨樂論神農教民食穀有豐年之詠）莊子天運述有焱之頌。（莊子釋文焱亦作炎有炎氏即炎帝神農也）然豐年僅載空名。有炎或爲附會。若六韜傳其禁令。（羣書治要六韜虎韜篇引神農之禁）管子述其數詞。（管子揆度篇引神農之數）文子載其法言。（文子上義篇引神農之法淮南齊俗訓所引略同）漢書志其教語。（漢書食貨志鼂錯引神農之教）遺文佚句。粲然可觀。且漢志列神農之書數十篇。（漢書藝文志農家有神農二十篇兵陰陽家又有神農兵法一篇五行家有神農大幽五行二十七卷雜占家有神農教田相土耕種十四卷經方家有神農黃帝食禁七卷神僊家有神農雜子技道二十三卷）占經引神農之占數百言。（開元占經一百十一引神農占書各數百言）本草一經。雖不志於藝文。而漢書平帝之紀。樓護之傳。亦未嘗不稱道焉。夫未有文字。理無文章。然古人口授其語。後人追記其辭。亦猶後世諺語歌謠。其初野老村童。傳之於口耳。其後文人學士。記之於簡册。出於追錄。非由自箸。理至顯也。是故外史所掌。倚相所讀。諸子百家所引。雖在上皇之世。奚必無其文章。惟明乎追記之條。斯無所容其疑信。劉勰所謂三皇辭質。心絕於道華。尚未知作述之有殊。論讃之相須也。

黃帝之世。鳥迹代繩。文字始炳。流觀古籍。單篇韻語。留傳獨多。記事之史。成家之言。首尾相銜。勒成部帙者。則寥落若晨星焉。當斯之時。文字雖興。而文學之事。牙角才見。故僞託之書猶衆。追記之作孔多焉。漢書藝文志有黃帝銘六篇。今所見者。唯巾几金人二銘。（路史疏仡紀黃帝作巾几之銘。後漢書朱穆傳注黃帝作巾几之法。即此金人銘見說苑敬慎篇。嚴可均曰此銘舊無撰人名。據太公陰謀太公金匱知爲黃帝六銘之一。金匱僅載銘首廿餘字。今取說苑以足之）至於明臺之議。（文心雕龍議對篇引管子）祝邪之文。（文心雕龍祝盟篇）渡江之歌。（水經注）衮龍之頌。（王嘉拾遺記）但聞其目。未見其文。世言短簫鐃歌。黃帝使岐伯所作。所以建揚武德。風勸戰士。（古今注）而歸藏因載棡鼓曲十章之名。（見古詩紀所引。首數句亦見初學記卷九）舊文泯沒。眞僞亦莫能辨焉。文心雕龍言黃歌斷竹。其辭見於吳越春秋。亦名彈歌。其斷爲黃帝時歌。亦無由察其昭證。少昊顓頊。聲采靡追。白帝皇娥。子年所造。可弗置論。帝嚳之世。咸黑爲頌。以歌九招。其文隱沒。靡得而詳。陶唐氏興。煥乎有文。野老吐何力之談。（帝王世紀帝堯之世有老人擊壤而歌郊童含不識之歌。列子堯五十年康衢有童謠封人進三多之祝。莊子華封人請祝心樂聲泰。此之謂矣。觀其躓垤致戒。語極其敬。淮南子人間訓引堯戒始蜡爲祝辭探其本。禮記郊特牲伊耆氏始爲蜡鄭玄注伊耆氏古天子號也陸德明釋文云即帝堯孔穎達正義則謂神農案陸說是也下文蜡之祭也主先嗇而祭司嗇也鄭注先嗇若神農者司嗇后稷也然則始爲蜡者必非神農矣驩虞熙皞。夫豈偶然。凡若此者。豈與夫刻璧沈雒同其誣。御覽八十引尚書中候有刻璧東沈於雒辭郊天作暢同其誕耶。謝希說琴論曰神人暢帝堯所作其辭載古今樂錄謂堯郊天地作有虞繼作。辭采光昌。明良喜起之歌。卿雲南風之詠。卿雲歌見尚書大傳南風歌見尸子古今樂錄又造南風操開唱和之風。爲風騷之祖。又何必侈言祠田之辭。文心雕龍祝盟篇普天之詩。呂氏春秋大唐之歌。尚書大傳思親之操哉。古今樂錄夏禹承之。憂勤惕厲之心。見於二箴餘句。周書文傳篇載夏箴二孔晁注禹之箴戒書又作開望以備災。周書文傳篇引開望孔晁注開望古書名銘簴簾以待士。鬻子又見淮南子祀六沴以警民。尚書大傳洪範五行傳歌九德以叙功。左文七年傳引夏書蓋禹之德遠矣。當時塗山孔甲之歌。呂氏春秋音初篇禹行功見塗山之女女作歌曰候人兮猗實始作爲南音周公及召公取風焉以爲周南召南又孔甲破斧歌實始爲東音開國風周南召南之音。破斧缺斨之調。而帝啟之樂。楚辭注九辯九歌啟所作樂也亦見山海經亦爲楚辭九歌九辯之宗。流風尤遠也。若夫五子源水之歌。書序太康失邦兄弟五人須于洛汭作五子之歌孫星衍以爲五子之歌即楚語之五觀墨子之武觀爲尚書之篇名非五子之歌詩其說是也釋史引古琴疏帝相作源水之歌或爲僞造。或爲依託。不若桀時夏人之歌。較可信也。迨及商湯盤銘。厲日新之規。禮記大學網祝表深仁之度。賈誼新書七帝乙歸妹。困學紀聞一京房引湯嫁妹之詞桑林禱天。墨子兼愛下又略見荀子大略篇開國之辭。迥異叔世。及其衰也。乃有商銘。國語然箕子麥秀。史記微子世家箕子作麥秀詩伯夷采薇。史記伯夷列傳伯夷叔齊采薇首陽而作歌君子賢人。德音不已。蓋有殷一代。樂章足以繼夏。詩頌足以開周。故有娀爲北音之祖。殷整爲西音之宗。（呂氏春秋音初篇有娀氏有二佚女作歌一終曰燕燕往飛實始作爲北音殷整甲徙宅西河猶思故處實始作爲西音長公繼是音以處西山秦繆公取風焉實始作爲秦音）上擧塗山孔甲之歌。下啟邶鄘衛秦之風。（邶風有燕燕於飛詩實有娀之遺音也）而商之名頌十二。（毛詩那序云微子至於戴公其間禮樂廢壞有正考父者得商頌十二篇於周之太師以那爲首國語魯語引閔馬父云昔正考父校商之名頌十二篇於周太師孔子錄詩僅得五篇那祀成湯烈祖祀中宗玄鳥祀高宗長發大禘殷武祀高宗皆商之樂章故藏於周太師而司馬遷揚雄均主魯詩說以商頌爲正考父作非也）又爲周魯二頌之源。故樂記云商者五帝之遺聲也。商人志之。故謂之商。又云明乎商之詩者。臨事有屢斷。然則聲詩韻語。雖發自古初。必至有虞而始闓。（書曰詩言志歌永言聲依永律和聲詩歌聲律至舜時乃始有定義）至夏商而始盛。孕雅育頌。甄風陶騷。在此二代矣。

自蒼沮造文。史官記事。仰錄三皇之書。遐述五帝之史。至於周代。外史猶掌其籍。左史能讀其文。及王子朝奉周之典籍奔楚。於時周室微而禮樂廢。詩書缺。孔子刪訂六經。三皇五帝之書。僅存堯舜二典。遺秦燔滅。舜典云亡。而堯典一篇。遂爲上古史書之碩果。後世史家之宗祖矣。當春秋之季。中原文獻。多萃於楚。故三墳五典八索九邱。柱下不聞有其書。魯史僅得記其名。夫墳典即三皇五帝之書。邱索即八卦九州之志。往代經詁。或有所承。然管子言封泰山者七十二家。夷吾所記。十有二焉。故或謂無懷伏羲神農謂之三墳。炎帝黃帝顓頊帝嚳堯舜禹湯周成王。謂之九邱。蓋神農以前。六書未興。刻石記功。別具符號。（案神農本稱炎帝十二家中之炎帝乃炎帝神農之子孫與黃帝同時時文字已興故炎帝不列三墳）故三九分別。而墳邱異名。然同爲刻石之辭。故能爲倚相所讀。託始泰岱。故名墳邱也。五典爲五帝之典。堯舜二典。即在其中。八索爲三皇五帝之書。典書之異。詳略不同，或因言事異書。或如紀傳互見。然同爲簡編。故名典索也。夫古書散佚。自孔子時已不具見。故無由質其是非。各存其說。以備多聞而已。唯唐虞夏商四代之書。經先聖所手定。爲周秦之先。河渾渾灝灝。前哲已有定論。今雖不能覩其全。猶十得其二三。（尚書百篇虞夏商書有六十篇今所存者僅堯典皋陶謨禹貢甘誓湯誓盤庚上中下高宗肜日西伯戡黎微子十一篇）咨故實。獵文華。雅馴過於百家。奇誕不同山經。斯足與商頌儷美。夏時並珍矣。太史公云。禹本紀言河出崑崙。崑崙其高二千五百餘里。日月所相避隱爲光明也。其上有醴泉瑤池。又曰。禹本紀山海經所有怪物。余不敢言之。（史記大宛傳）今禹本紀已亡，而山海經獨存。世之覽山海經者。皆以其閎誕迂誇。多奇怪俶儻之言。莫不疑焉。然自劉子駿之奏。王仲任之論衡。趙長君之吳越春秋。皆以爲禹益所著。畢沅考定篇目。以爲三十四篇禹益所作。（原注劉秀表曰凡三十二篇今合五藏山經及海外海內經共三十四篇二當爲四字之誤）十三篇漢時所合。（原注藝文志形法家有山海經十三篇劉向校經合南山經三篇以爲南山經一篇西山經四篇以爲西山經一篇北山經三篇以爲北山經一篇東山經四篇以爲東山經一篇中山經十二篇以爲中山經一篇並海外經四篇海內經四篇凡十三篇班固作藝文志取之於七略而無大荒經以下五篇也）十八篇劉秀所增。（原注藏本目錄云此海內經及大荒經本皆進在外又篇內有成湯有王亥僕牛則知後人所逃又按大荒經四篇似釋海外經海內經一篇似釋海內經四篇當是秀所增也）禹與伯益主名山川。定其秩祀。量其道里。類別草木鳥獸。今其事見夏書禹貢爾雅釋地及此經三十四篇之中。列子引夏革之言。呂覽引伊尹之書。多出此經。二書皆先秦人著。夏革伊尹皆爲商人。故知此書禹益所作。無疑義也。（以上畢說）然古書不免錯簡。後人或有攙羼。故自酈善長之注水經。顏之推之撰家訓。已懷此慮。（水經注云山海經薶縕歲久編韋稀絕書策落次難以緝綴後人假合多差遠）

意顏氏家訓書證篇云山海經禹益所記而有長沙零陵桂陽諸暨由後人所羼非本文也 今觀海外南經有文王葬所。海內西經有夏后啟事。南次二經有郡縣之語。中次三經十一經稱禹父。述禹言。非簡策之錯編。即注記之羼入。不足以疑本經也。至於紀載神怪。尤不足疑。古史類多神話。古文每好譬辭。列子黃帝篇云庖犧氏女媧氏神農氏夏后氏蛇身人面牛首虎鼻張湛注云人形貌自有偶與禽獸相似者古諸聖人多有奇表所謂蛇身人面非被鱗臆行無有四肢牛首虎鼻非戴角垂胡曼額解頤亦如相書龜背鵠步鳶肩鷹喙耳案古文比況之辭亦多類此 能昭上古文史之例。則知此爲古代最詳之地志。足爲禹貢之外傳矣。孔子曰。吾欲觀夏道。是故之杞而不足徵也。吾得夏時焉。吾欲觀殷道。是故之宋而不足徵也。吾得乾坤焉。禮記禮運篇 太史公曰。孔子正夏時。學者多傳夏小正云。史記夏本紀 鄭康成亦云夏時。夏四時之書。隋書經籍志夏小正一卷或謂此乃小正經文大戴禮記所載夏小正乃戴德之傳高誘注呂覽郭璞注爾雅蔡邕明堂月令論皆引夏小正傳可證蓋漢晉之時經傳別行然隋志之小正是經與否無從質證戴記是傳其說甚是 其書存者有小正。夫小正原書。今已亡佚。僅賴戴德傳記。猶存夏代遺文。其書上紀星文之昏旦。雨澤之寒暑。下陳草木稀秀之候。蟲羽飛伏之時。旁及冠昏祭薦耕稼蠶桑之節。文句簡要。寓義婉深。秉羲和敬授民時之則。開周秦明堂月令之規。斯足邵也。若坤乾者。鄭康成以爲殷陰陽書。其書存者有歸藏。中其說者。以爲殷易以坤爲首。故先坤後乾。禮記孔疏引熊氏說 然其說之是非。亦無由質證焉。惟周禮大卜掌三易之法。一曰連山。二曰歸藏。三曰周易。其經卦皆八。其別皆六十有四。杜子春以爲連山宓戲。歸藏黃帝。鄭康成謂夏曰連山。殷曰歸藏。周易疏引鄭易贊語 王充則謂古者烈山氏之王得河圖。夏后因之曰連山。歸藏氏之王得河圖。殷人因之曰歸藏。 歸藏氏今本論衡誤作烈山氏案朱震漢上易傳引姚信易注三易之說與論衡同其說即本王氏而云歸藏氏之王得河圖殷人因之曰歸藏今據以改正 伏羲氏之王得河圖。周人因之 今本論衡脫因之二字據姚信說補 曰周易。 論衡正說篇 杜鄭二說各得其偏。王氏雖爲折中。而所說未諦。尋重卦之說。略有四家。 見周易疏 王弼以爲伏羲重卦。其說最塙。伏羲既造卦名。又用蓍卜。理必有繇。繇爲韵語。與歌謠相類。其時雖無文字。亦可口耳相傳。迨及黃帝。始以繇辭著之文字。而轉輾口授。或有異同。且卦爻分列。法亦變異。故伏羲黃帝不妨異名。杜氏所謂連山宓戲。歸藏黃帝。其說是也。至於夏殷。承宓戲連山黃帝歸藏之繇。轉輾占驗。各附其辭。故至漢代。連山八萬言。歸藏四千三百言。 御覽學部引桓譚新論 夏易繁而殷易簡者。以所附有多寡耳。鄭氏所謂夏曰連山。殷曰歸藏。其說亦未爲非也。連山歸藏之書。雖不見於藝文。然桓譚有言。連山藏於蘭臺。歸藏藏於太卜。 北堂書鈔藝文部引桓譚新論惟連山作厲山案厲烈連一聲之轉耳 桓鄭二君。爲兩漢大儒。均云其書尚存。其言必可深信。今其書雖亡。然干寶皇甫謐之引連山。郭璞張華之引歸藏 案周禮注皇甫謐帝王世紀郭璞爾雅山海經注張華博物志徵引頗多 必爲君山所見之故書。非爲劉炫所造之新籍可決也。 北史劉炫傳時牛宏奏購天下遺逸之書炫遂僞造書百餘卷題爲連山易魯史記等錄上送官唐書藝文志有連山十卷司馬膺注即炫僞造之書也 歸藏晉中經簿有之隨書經籍志有十三卷晉太尉參軍薛貞注唐書藝文志卷同宋中興書目載有初經齊母本蓍三篇馬端臨以爲歸藏一書亦與劉炫連山同類亦屬贋論 觀其造辭用韵語。多奇古。與左傳所載繇辭相類。不特易林靈棊。其源皆出乎此。即奔月 李淳風乙巳占引連山云有馮羿者得不死之藥於西王母姮娥竊之以奔月將往枚筮於有黃有黃占之曰吉翩翩歸妹獨將西行逢天晦芒无恐无驚後且大昌姮娥遂託身於月案此枚筮有黃與張衡靈憲同決爲古之佚文 畢日 郭璞山海經注引歸藏云昔者羿善射畢十日果畢之尙書左傳正義並引羿蹕 之言。亦與龍戰載鬼之語、同其荒怪。蓋三易取象。均託鬼神卜筮之事。固應如斯。然則三易之繇。各有所因。孔子曰。殷因夏禮。周因殷禮。各有損益。惟易亦然。皇帝因伏羲。夏因伏羲。殷因黃帝。周監二代。各有損益。故三易繁簡各不相同。王充言三代之易。皆有所因。其言亦是。惟不明連山歸藏乃卦爻之總名。非帝皇之名氏。故與杜說有觝牾耳。或又謂八卦本於河圖。九疇本於洛書。故易曰。河出圖。洛出書。聖人則之。夫河龍圖發。洛龜書出。（鄭康成易注引春秋緯語）亦猶見鳥獸蹏迒之迹。知分理之可相別異。故造書契。推而極之。工乂品察。所謂聖人則之。如此而已。至謂洛出本文有六十五字。（劉歆說見漢書五行志）斯則過信緯書之說。有類後世天書之謬。不足信也。及鄭康成以春秋緯說易。始謂河圖有九篇。洛書有六篇。當鄭之時。雖有其書。斯由漢人之僞造。今多見於開元占經。太古之文。必不類此。至於宋人。又妄以洪範五行爲河圖。大乙下行九宮式爲洛書。以道家之謬論。釋古代之經籍。斯又不足辨矣。若夫夏商政刑之書。當周之時。未必淪亡。故孔子曰。夏殷之禮。吾能言之。晉叔向亦云。夏有亂政。而作禹刑。商有亂政。而作湯刑。（左昭六年傳）今其書既亡。然經曲二禮。監於二代。或因或革。有損有益。其所益者。固爲周代新禮。其所因者。必爲夏商舊文。故鄭注禮經。時時見夏殷二禮也。呂命穆王訓夏贖刑。而作呂刑。（尚書序）夫金作贖刑。唐虞之法。夏禹承之。普及於衆。周代贖刑。殊於夏制。惟士有贖入於司兵。（周禮職金）穆王法夏。更從輕制。罪實則刑。罪疑則贖。周官五刑二千五百。（周禮司刑）呂刑法夏。乃有三千。然則夏代刑書其條文必有三千矣。夫夏刑列舉。故其書繁。至於商代。或反簡易。蓋有比例之法。有總括之條。故昧者爲之。乃有罪合於一多辟罔詔之弊。然刑書正宗。實在於此。故荀子云。刑名從商。或以此也。及至商亡。傳者不絕。商君之法。即產殷墟。然則夏殷二代。政典刑書。其流遠矣。夫史官所掌範圍甚廣。禮樂刑政。在所不遺。雖作始似簡。而後代羣經衆史。皆爲其支流與苗裔矣。

若夫入道見志之書。專門名家之言。連接篇章。較爲可信者。惟伊尹一書。漢書藝文志道家伊尹五十一篇原注湯相 爲道家之冠。開諸子之源。七略藝文。亦無依託之疑。今其書雖亡。然觀呂覽史記說苑所引。或言取天下之法。呂氏春秋先巳篇伊尹對湯問 或言知臣下之道。說苑君道臣術二篇伊尹對湯問 或言素王九主之事。史記殷本紀 頗有秉要執本之談。具君人南面之術。不得以孟子稱爲任聖。而疑其非道家也。至於割烹要湯。既爲孟子所不信。呂覽本味所述。或在伊尹說中。漢書藝文志小說家伊尹說二十七篇原注其言淺薄似依託也 惟區田之法。齊民要術引氾勝之述伊尹區田法 獻令之文。周書王會篇有伊尹四方獻令 其於二書。不知何屬。斷璧零珪。亦足珍貴。而黃帝之經。漢書藝文志道家黃帝四經四篇黃帝君臣十篇雜黃帝五十八篇 力牧之書。藝文志道家力牧二十二篇 同列道家。反置伊尹之後。明爲後人依託。陰陽家之黃帝泰素。二十篇 容成子。十四篇 小說家之務成子。十一篇 天乙。三篇 黃帝說。四十篇 其例亦視此矣。雜家之孔甲。孔甲盤盂二十六篇 大命。三十七篇 農家之神農。二十篇 小說家之伊尹說。二十七篇 雖各冠於其首。明著依託之言。綜觀藝文之例。則伊尹五十七篇。自不得與風后力牧同類並觀。而劉彥和均謂爲上古遺語。戰代

封成務成容老天書之庚盤湯舜堯頊顓帝黃農神有略諸技方數術書兵惟也者究深嘗未亦斯記所

彥於合則斯冊簡於記乃後授相擬轉學之家名門專皆此籍之尤蚩典地區容鬼子冶鵊牧力后風胡

云公史太多其覺彌代後於至書之記追作之託依寡甚遺留章文籍典前之商夏蓋也義疑無說之和

矣法之學文古上治爲足斯子孔中折雅尤言擇

中國文學史要略

第二期周至三國

周監二代郁郁乎文迄乎秦漢踵事增華斯爲中國文體大備之日亦爲文學最盛之時迨至三國已開晉宋風調然猶未失秦漢矩矱也竟委尋源可以知矣自文王演易卦爻繫辭鄭玄說陳夏殷之制多憂患之思而或言文王作卦辭周公作爻辭馬融陸績說不悟岐山爲冀州之望箕子乃荄茲之義惠棟周易述說周易一書人更三聖世歷三古不數周公不必因岐山箕子而疑爲周公之言也或又謂卦爻二辭皆孔子作皮錫瑞說不悟左傳所引繇辭多在孔子之前而不恆其德或承之羞周易恆卦爻辭論語引之孔子亦謂不占而已若爲孔子所作豈能即期盡人占之是故繇辭爲文王所作無疑義也上繼連山歸藏之軌下啟太玄潛虛之規開周代之文治爲羣經之冠冕不特符采複隱精義堅深而已也迨公旦多材振其徽烈陳詩書之作輯經典之禮斧藻羣言魁率多士其後作詩者有召康公召穆公凡伯仍叔蘇公尹吉甫衛武公公子素秦康公史克作書者有召公芮伯榮伯呂侯魯侯伯禽秦穆公此其最著者也若夫周政周法周書之屬漢書藝文志儒家周政六篇周法九篇尚書類有周書七十一篇類皆史官所記今所存者惟有周書蓋與尚書同類而爲晉史所藏故間有出於晉史所記者朱右曾云考之春秋傳曰辛有之二子董之晉於是乎有董史辛有當周平王時周史辛甲之裔世職載筆或其子適晉以周之典籍往未可知也觀太子晉篇末云師曠歸未及三年告死者至亦似晉史之辭當周之時

天子諸侯。各有史官。五史之制。尤以太史內史爲重。太史爲左史。內史爲右史。動則左史書之。言則右史書之。是故武王時有太史辛甲（左襄二十五年傳）太史尹佚。（晉語）其後有太史魚。（周書王會篇）太史籀。（漢書藝文志）太史伯陽。（史記周本紀）太史儋。（史記老子傳）又有內史過。（左莊三十二年傳）內史叔興父。（左僖二十八年傳）內史叔服。（左文元年傳）而列國史臣。魯有史克晉有董狐。鄭有太史伯。楚有左史倚相。其最著也。天子之史。則有周書。（尚書中周書四十篇又周書七十一篇亦尚書之餘）又稱周志（左文二年傳晉狼瞫曰周志有之杜注周志周書也）而魯有春秋。（左昭二年傳）鄭有鄭書。（左襄三十八年昭二十八年傳兩引鄭書）晉有乘。楚有擣杌。（皆見孟子萬章篇）而墨子又言有百國春秋。然則自周初以迄春秋。易詩書禮樂春秋亦已備矣。自孔子出。贊周易。刪詩書。訂禮樂。修春秋。述而不作。竊比老彭。六藝粲然。而古代史書。反隱沒而不彰矣。自是厥後。孔子之徒。傳述不絕。左邱明作春秋傳。卜子夏作喪服傳。七十子後學者。又述孝經。輯論語。綴禮記。（漢書藝文志禮記百三十一篇原注七十子後學者所記也經典釋文序錄引劉向別錄云古文記二百四篇）其後古文記散佚。而二戴後學。雜采夏小正周書世本曾子子思子公孫尼子孔子三朝記家語。明堂陰陽荀子呂氏春秋賈誼新書漢之王制河間之樂記后蒼之曲臺記及古文記以成大小戴禮。（鄭康成六藝論云戴德傳記八十五篇戴聖傳記四十九篇錢大昕以爲小戴四十九篇曲禮檀弓雜記分上下篇實止四十六篇合大戴八十五篇正合藝文志記百卅一篇之數案錢說非也藝文志記百三十一篇爲古文記大小戴記古今雜糅且篇目重複決非一書）既非七十子後學者所記。又非二戴所輯。雜周漢之著述。淆古今之家法。七略藝文不載其書。若果出於二戴。劉歆班固。亦當明爲標注。何致隱沒其名。太史公云。書傳禮記自孔氏。今書傳已亡。二戴禮記。亦豈蓋出於孔氏之門耶。然古書之不盡亡。實賴於此。其文章之深美淵奧。亦非後世所能及。見重儒林。非無由也。自孔子作春秋。左邱明爲之傳。春秋所貶損當世君臣。其事實皆形於傳。故隱其書而不宣。及末世口說流行。故有公羊穀梁鄒氏夾氏之傳。蓋傳記之作。體同訓釋。古人傳記與經別行。故其文繁簡適當。文質並茂。若爾雅者。所以總釋五經。辨章同異。釋詁一篇。或言周公所作。釋言以下。或言仲尼所增。子夏所足。叔孫通所益。梁文所補。（見經典釋文序錄）其後孔鮒之小爾雅。張揖之廣雅。皆規撫此書。專釋經典傳記。與所謂小學書者有別。此皆六藝之附庸。儒家之先導也。若夫周之史籀。秦之蒼頡。爰歷。博學。漢之凡將。急就。元尚。訓纂。太甲在昔等篇。以及八體六技。說文解字。斯則小學之管鑰。文章之始基。凡百學術。皆莫能外。及夫方國殊言。古今異字。經生文士。各著專書。（漢書藝文志有古今字一卷別字十三篇或曰即楊雄方言）而說經者遂有古文今文之別。嗜今文者。好雜緯書。治古文者。多重徵驗。當漢之初。燕齊多迂怪之士。故齊學之徒。喜言神怪。齊詩公羊傳。此其徵矣。至其甚者。沛獻集緯以通經。曹褒撰讖以定禮。乖道謬典。見識通人。蓋讖緯之書。事豐奇偉。辭富膏腴。無益經典。而有助文章。故浮誇之士。趨之若鶩。樸學之徒。即與異撰。夫注釋爲文。與論議同科。析理必精。徵事必實。華僞之辭。易爲敵破。石渠論藝。白虎通講。說者以爲論家之正體。然竅言曲說。亦所不免。徵實之徒。雖少斯弊。繁碎紛紜。人亦厭棄。是以劉彥和云。注釋爲詞。解散論體。雜文雖異。總會是

中國文學史要略

同若秦延君之注堯典。十餘萬言。朱普之解尚書。三十萬言。所以通人惡煩。羞學章句。若毛公之訓詩。安國之傳書。鄭君之釋禮。王弼之解易。要約明暢。可以爲式。（文心雕龍論說篇）斯則漢魏儒林。通其利病矣。

當漢之時。六家之史。其體已全。然經史二部。尚未分流。七略藝文。總歸六藝。尋其統緒。尚書春秋。爲史大宗。左國史漢。皆其苗裔。後世述其家數。乃駢列爲六。實則尚書春秋。當時尚無效之者。至孔衍王劭。始祖述尚書。王通朱熹。乃憲章春秋。若周書者。本爲尚書之餘。合爲一家。固其所宜。晏子虞卿呂氏陸賈。雖有春秋之名。而義各不同。是故二家之體。漢魏之際。無聞焉耳。自左邱明作春秋傳。始開後世編年之體。當漢獻帝之世。史書皆以遷固爲宗。而紀傳互出。表志相重。於文爲煩。頗難周覽。於是命荀悅撰漢紀。以倣左氏。自是厥後。每代國史。皆有斯作。其後斯體又有斷代通史之別。蔚爲大宗矣。左邱明既爲春秋內傳。又稽其逸文。纂其別說。分周魯齊晉鄭楚吳越八國之事。別爲春秋外傳國語。（劉向又有新國語五十四篇已亡見藝文志）國別之體。自此權輿。戰國之時。又有宋東西二周秦齊燕楚三晉宋衛中山十二國之事。成戰國策。斯則陳壽。（三國志）崔鴻（十六國春秋）路振（九國志）所祖述也。昔孔子作春秋。本魯史之名。秉周禮之法。因仍前紀。述而不作。太史公書亦然。世謂本紀世家列傳書表之體。爲子長所創。實則皆本於世本。（漢書藝文志世本十五篇原注古史官記黃帝以來訖春秋時諸侯大夫劉向亦云世本古史官明於古事者所記錄黃帝以來帝王諸侯及卿大夫系諡名號凡十五篇見王應麟漢書藝文志補注案本紀出於世本者左襄二十一年傳正義引世本紀文史記索隱路史注引世本紀文記紀晉國卿史記本紀之所本也世家出於世本者左桓二年傳正義引世本世家文襄十一年二十一年定元年傳正義皆引此篇言諸侯世代諡號即史記世家之所本也列傳本於世本者史記魏世家索隱引世本傳文述卿大夫世代諡號此史記列傳之所本也書出於世本者世本有作篇記占驗飲食禮樂兵農車服圖書器用藝術之原即史記八書所本亦爲後世諸志之祖又有居篇記帝王都邑亦爲後世地理志所昉惟篇目稍異耳表出於世本者桓譚新論云太史公三代世表旁行斜上並效周譜案隋書經籍志世本王侯大夫譜二卷是世本即周譜也故史記集解引世本氏姓篇云言姓則在上言氏則在下此即周譜旁行斜上之法史記索隱曰三代世表依帝繫詩生民篇正義引大戴禮帝繫篇謂世本文亦然書序正義云大戴禮本於世本即指此況表譜爲一聲之轉譜即表也此史記表之所本也劉子玄史通列史記爲六家之一而不推原於世本其學疏矣又以遷書因魯史舊名目之曰史記自是漢世史官所續皆以史記爲名迄乎東京猶稱漢記案遷書名稱以藝文志爲是志云太史公百三十篇馮商所續太史公七篇然則漢儒本稱名太史公不名史記此亦劉氏之疏也

仍前代之例。創通史之體。上起黃帝。下窮漢武。貫穿經傳。馳騁古今。勒成一家。事核文直。惜其十篇有缺。補者不倫。（漢書藝文志太史公百三十篇原注十篇有錄無書十篇之目見張晏注）其後劉向向子歆及諸好事者若馮商衛衡楊雄史岑梁審肆仁晉馮段肅金丹馮衍韋融蕭奮劉恂之徒。相次撰續。迄於哀平。（見王應麟漢書藝文志補注）斯皆步談遷之後塵。爲彪固之先導。雖各勤撰述。亦未能成家。唯梁之通史。魏之科錄。唐之南北史。宋之五代史。庶幾具體而微焉。昔尙書記周事終秦穆。春秋述魯文止哀公。紀年不逮於魏亡。史記唯論於漢始。獨有漢書。究西都之首末。窮劉氏之廢興。包擧一代。撰成一書。（本劉知幾史通漢書家語）斯則班孟堅之所首倡。而斷代史之所權輿也。自是之後。著述之才。輩聚於蘭臺。駢羅於東觀。班氏既爲蘭臺令史。作漢書。又撰光武本紀及諸列傳載記。而楊終爲郡上計吏。獻所作哀牢傳。亦徵詣蘭臺。至永初中。劉珍劉騊駼等著作東觀。撰集東觀漢記。（隋書經籍志東觀漢記一百四十三卷）其後盧植蔡邕馬日磾等皆嘗補續。至吳謝承。又撰後漢書。（隋書經籍志後漢書一百三十卷吳謝承撰）其後晉薛瑩司馬彪華嶠謝沈張瑩袁山松宋劉義慶范曄梁蕭子顯。皆有是作。而范之紀傳。司馬之志。獨傳斯亦班氏為其先導也。凡斯六家。後代作者。各有祖述。惟左傳史記其流尤長。子玄論其利病。其言諦矣。三國之際。魏魚豢撰魏略。吳韋昭著吳書。獨蜀僻遠西垂。史書湮沒。是故陳壽云。國不置史。記注無官。是以行事多遺。災異靡書。諸葛亮雖達於為政。凡此之類。猶有未周焉。（蜀志後主篇）然史通言蜀志稱王崇補東觀。許慈掌禮儀。又郤正為秘書郎。廣求益部書籍。斯則典校無闕。屬辭有所矣。陳壽所云。得非厚誣諸葛乎。（史通正史篇）夫蜀立史官。誠如劉說。記注之籍。當時弗傳。故陳壽立志。惟蜀獨略。觀夫季漢輔臣。楊戲述贊。附載蜀志。且為注疏。諸葛氏集。獨標目錄。上書之奏。亦附於篇。此雖史中之創列。亦因事實之太寡也。尋魏略吳書之屬。雖體同漢書。而實等國語。（魏略吳書均為紀志列傳之體詳章宗源隋書經籍志考証）是以三國書行。而偏方史廢。當漢魏之際。雜史尋興。袁康越絕書。趙曄吳越春秋。伏侯古今注。譙周古史攷。均志在述古。託體傳記。劉向列女傳。梁鴻逸民傳。王粲英雄記。嵇康高士傳。則又偏記人物。別具史裁。若禁中起居注。（西京雜記序曰葛洪家有漢武禁中起居注一卷隋書經籍志有後漢明德馬后撰明帝起居注又有漢獻帝起居注五卷無撰名）海內先賢傳。（隋書經籍志海內先賢傳四卷魏明帝時撰案太平御覽職官部引此書稱魏明帝先賢傳省海內二字）漢武帝故事。（隋書經籍志漢武帝故事二卷又有魏武故事及漢魏吳蜀舊事江南舊事等書隸於史部舊事類）東方朔傳。（隋書經籍志東方朔傳八卷案漢書東方朔傳曰凡劉向所錄朔書俱是矣世所傳他事皆非也注曰謂如朔別傳皆非實事然則此八卷即別傳也）斯則內廷之記注。地方之傳志。史家之舊事。別傳。皆起於此矣。至於楊雄家牒。（藝文類聚禮部太平御覽禮儀部均引楊雄家牒隋書經籍志有桓氏家傳王朗王肅家傳斯亦家牒之流也）為家史之始陳留耆舊。附書經籍志陳留耆舊傳二卷漢議郎圈稱撰為郡書之宗。宮殿有疏。文選李注史記索隱均引漢宮闕疏唐書藝文志有漢宮闕疏三卷職官有儀。附書經籍志漢官儀十卷應劭撰魏官儀一卷荀攸撰官儀職訓一卷韋昭撰此則史家之支流。記注之瑣小者也。夫雜史之作雖同識小。然政俗所繫。史材所儲。雖不能並駕六家。亦賢者所不廢。是以太史公云漢興蕭何次法令。韓信申軍法。張蒼為章程。叔孫通定朝儀。則文學彬彬稍進。蓋法令章程儀注之屬。在後世固附庸於史書。在前代實並列於經典。能乎此者。實文學之上材。彬彬之君子。固非空疏浮華之士所能為也。自周以來。律令莫美於九刑。左昭六年傳周有亂政而作九刑又見文十八年傳軍法莫善於司馬。漢書藝文志軍禮司馬法百五十五篇章程莫精於周髀九章。周髀算經二卷漢趙君卿注九章算術九卷魏劉徽注二書為周漢人作朝儀莫備於周官儀禮。斯皆聖賢之制作。後世之楷模。文質並茂。莫之與京。蕭何韓信張蒼叔孫通之徒。皆專門名家。是故依放古典。而文質彬彬。後世文人。纂修史籍。能為紀傳。而不能為書志者。文有餘而實不足耳。且周代學術。均出於史。蓋史之為官。洞明人事。練達文章。各成專家。著書垂世。是故諸子十家。莫不原本人事。共出史官。漢書藝文志云儒家者流游文於六經之中章學誠言六經皆史倘書春秋為史固無待論禮樂二經為後世書志所出是為政典之史亦無疑義詩為樂章後世史志亦載樂詩況詩中固多有韻之史乎易為卜筮之書為史官所兼掌左傳所載卜筮皆史官占之周官太史乃馮相保章之長并主占候漢太史公亦兼掌天官後漢直以太史令為天文歷紀占候之官是易亦為史家之書無疑矣是儒家出於史也藝文志云道家者流出於史官歷紀成敗存亡禍福古今之道然後知秉要執本清虛以自守卑弱以自持周代道家以辛甲為最始辛甲為紂臣後為周太史著書廿九篇後世道家均以老子為宗而老子亦為周守藏室之史是道家出於史也藝文志云陰陽家者流蓋出於羲和之官羲和為天官亦即史官志陰陽家首載宋司星子韋三篇子韋為景公之史張蒼十六篇蒼為秦柱下史是陰陽家出於史也藝文志墨家首載尹佚二篇左傳稱史佚有言史佚之志晉語文王訪於辛尹注云辛甲尹佚皆周太史墨子七十一篇呂氏春秋言墨子學於史角後是墨家出於史也藝文志云名家者流蓋出於禮官周禮禮官所掌五禮太史皆掌其貳宗伯禮官之屬又有外史掌達書名於四方周禮書名之名論語正名之名鄭注皆云古曰名今曰字此名家所致用者也荀子正名篇形名從商爵名從周文名從禮散名之加於萬物者則從諸夏之成俗曲期則外史所掌證之矣又老聃爲禮學之宗其書開宗明義先言道可道非常道名可名非常名荀子隆禮亦著正名篇墨家爲清廟之守本爲禮官而墨子亦著經說以言名理則名家根本於此審矣是名家出於史也法家出於名家即出於道家藝文志名家首鄧析法家首李悝鄧析傳刑名李悝以之著具律商君受之以相秦各著書傳後世慎到申不害亦皆有黃老意而韓非解老喻老二篇文美義深老韓同傳蓋緣於此道家名家出於史故法家亦出乎史也藝文志云縱橫家者流出於行人之官孔子曰誦詩三百使於四方不能顓對雖多亦奚以爲縱橫家出乎詩故春秋時來往使臣多賦詩言志善於詞令詩爲史之一端是縱橫家亦出於史也農家出於法家李悝作盡地力之數商君首開阡陌藝文志農家首載神農廿篇劉向別錄疑李悝商君所說是也管子言倉廩實而知禮節衣食足而知榮辱故著地員篇以言農管子爲法家而出於道故列於道家而言法者必言農是農家出於法家之證追其本源亦出於史矣雜家兼儒墨合名法儒墨名法出於史是雜家亦出於史也小說家者流出於稗官周禮誦訓掌道方志而訓方氏又誦四方之傳道及閭師縣師各有其書漢有黃車使者皆其職也藝文志周考七十六篇青史子五十七篇原注古史官記事也臣壽周紀七篇虞初周說九百四十二篇是小說皆爲史類後世稱小說爲稗史是也是小說出於史也凡此十家班固謂皆六經之支與流裔其言信矣

考學術之淵源。詳文章之派別。雖分流爲十。而大別有三。一曰小說。雖名爲子。而與史最近者也。一曰名。由名家出者。爲諸子正宗。此雖由史出。而可與史抗衡者也。一曰縱橫。由縱橫出者。其流爲辭人文士。雖亦爲史家之流裔。（孔子曰文勝質則史蓋史家亦以能文爲貴）而實爲集部之遠宗者也。漢志小說之書。若黃帝說務成子天乙伊尹說鬻子說師曠。既爲外史別傳之宗。封禪方說心術未央術。又爲雜記筆談之祖。出入乎子史。兼賞乎雅俗。而楊雄之蜀王本記。（史通因習篇楊雄撰蜀紀子貢著越絕考斯衆作咸是僞書）管辰之管輅別傳。魏文帝之列異傳。郭憲之洞冥記。即其流也。周考青史周紀周說之屬。道於誦訓之職。采於黃車之使。方志郡書。即由此出。趙岐之三輔決錄。韋昭之三吳郡國志。顧啟期之婁地記。譙周之益州志。亦其流也。惟宋子十八篇。原注以爲孫卿道宋子其言黃老意。然不列乎道家。而厠於小說。蓋亦以文體別之耳。尋孫卿所云之宋子。荀子云宋子有見於少無見於多又云宋子蔽於欲而不知得又引子宋子曰明見侮之不辱使人不鬭又云子宋子曰人之情欲寡而皆以己之情欲爲多是過也所謂其言黃老意如此 即孟子所遇之宋牼。孟子宋牼將之楚孟子遇於石邱曰先生將何之曰吾聞秦楚構兵吾將見秦楚二王說而罷之 莊子所稱之宋鈃。莊子不累於俗不飾於物不苟於人不忮於衆願天下之安寧以活民命人我之養畢足而止以此白心古之道術有在於是者宋鈃尹文聞其風而說之作爲華山之冠以自表接萬物以別宥爲始語心之容命之曰心之行以聏合驩以調海內請欲置之以爲主見侮不辱救民之鬭禁攻寢兵救世之戰以此周行天下上說下教雖天下不取強聒而不舍者也故曰上下見厭而強見也雖然其爲人太多其自爲太少案莊子之言與荀子相發明亦與孟子事合 上說下教。強聒不舍。其著書立說。亦必使雅俗咸宜。婦孺皆解。取譬近而指意遠。樹義深而措辭淺。此小說之正宗。茲其所以成家也。後世別傳地志之屬。既不視爲小說。小說之書。惟怪力亂神是務。其於小說稱家之意。偏其反矣。唯以俗語演史。筆札識小。猶未失古人之意。而宋子之風。則銷聲匿跡。曠千載而絕聞覯矣。出於名家者。有道家儒家墨家法家雜家。各本名理。人無異說。陰陽家農家似與形名之學不相涉。然如騶衍著書。亦必先驗小物。推而大之。至於無垠。則亦有合於名家之律令者也。農家本重徵驗。稱物理以施人力。至如許行陳相之徒。倡並耕之說。鋤厲民之政。人我之養。畢足而止。所持道術。與名家之尹文相似。尹文之說已見上 且足以濟其窮。是亦本於名家。而加之以實力者也。蓋春秋戰國之際。諸子各以學術。爭鳴於世。其所持論。往往各本名理。巧持攻守之術。隱具壁壘之形。蓋非如是則不足以成家言而垂後世。斯蓋時世使然。非其初即能如此也。陰陽家出於羲和。其道最古。其書不傳。子韋公擣生公孫發之徒。或司星變。或言終始。拘於小數。諒無至理之言。至騶衍言大。必先驗小。其語雖閎大不經。至於後世。亦多有驗者。蓋陰陽多憑虛。而騶衍始實測。物不可測。乃始假定。始終條理。亦具律令。其拒公孫龍。見史記平原君列傳集解引劉向別錄 乃絕詭辨。非拒名也。太史公稱要其歸必止乎仁義節儉。蓋已舍天道而言人事矣。道家始伊尹太公。而仲尼不稱伊呂。管子祖術太公。亦謂之小器。蓋道家初任權數。尚詐術。至老聃莊周。始本形名之學。深黜聖知。發其情僞。唱自然之說。立無爲之教。致文景之小康。啟魏晉之玄學。其文深美。爲諸子之冠。儒家祖周公而宗仲尼。頗有刑爵文之名。說詳總論第十四 而散名尚未辨。七十子之徒。通論禮制。時有美言。而孫卿隆禮。始著正名之篇。定散名之例。其文密致。亦冠儒家。孟子深詩書。其文雖豪峻。尚雜縱橫之習。蓋名家出於禮官。孫卿隆禮而殺詩書。其道自相近也。墨家始尹佚。佚書二篇雖亡。然引於周書左傳者。頗與儒道相出入。初無引繩切墨之言。至墨子始著經說。魯勝所謂取辨乎一物。而原極天下之汙隆。名之至也。凡此四家。蓋先名家而出者也。名家首鄧析。鄧析傳刑名。又爲法家之祖。魯定公九年。鄭駟歂殺鄧析。而用其竹刑。杜預注云鄧析鄭大夫欲改鄭所鑄舊制不受君命而私造刑法書之於竹故曰竹刑 故淮南子云。鄧析巧辯而亂法。蓋亂國法。故見殺。能巧辯。故其書行。自鄧析出。於是道家有老莊。儒家有孔子孫卿。墨家有墨翟。陰陽家有騶衍。一更舊術。爭出於名。學術文章。於焉丕變。名家初出。蓋猶考伐閱。程爵位。守禮官舊法。故法家若李悝商君申子處子慎子韓子之徒。一秉其術。審名分。輔禮制。辨上下。定民志。至於尹文。（藝文志尹文子一篇原注說齊宣王先公孫龍）惠施。（藝文志惠子一篇原注名施與莊子同時）而名家又一變。尹文作華山冠表上下平。（莊子天下篇及注）而惠施之學去尊。（呂氏春秋愛類篇匡章謂惠子曰公之學去尊）於是農家之許行陳相、小學家之宋鈃、亦因之而出。蓋循名責實之學。物物而辯。事事而較。必反之自然。歸之至善。儒家大同之語。道家去聖之言。農家並耕之謀。小說家白心之法。莫不由此而生。蓋至是不獨學貴去尊。而文章亦謀溥及之術矣。此名家之極軌。而與縱橫家之趨勢利而華文辭者。蓋判若涇渭也。老子曰。信言不美。美言不信。斯二者之辨已。降及秦漢。天下統於一尊。名家之道不行。雖有成公生黃公毛公之徒。承公孫龍詭辨之風。其道已創小。而不見用於當世。於是雜家起而承之。兼儒墨。合名法。秦漢之際。惟斯稱爲獨盛。孔甲大禹由余之書。大都出于依託。伍子胥子晚子出於兵家。尸子尉繚出於法家。其書或缺或亡。無由置論。至於呂不韋淮南王。各輯智略之士。兼采衆家之學。貫綜其說。鎔爲一家。其後王充繼之。問孔非韓。談天說日。論死辨祟。記妖訂鬼。命祿氣壽之言。自然齊世之語。雜然並作。然其論世間事。亦能辨昭然否。虛妄之言。僞飾之辭。莫不證定。是故春秋戰國而後。諸子之書。在秦莫過於呂氏春秋。在兩漢莫過於淮南論衡。蓋名家析理之言熄。求是獨到之學衰。采衆長則美。抒己見則絀。雜論衆事。辨析是非。則善。彌綸羣言。始終條理。則蹇。故雖仲長昌言。蔣濟萬機。杜恕篤論。鍾會蒭蕘。張儼嘿記。裴玄新言。觀其遺逸。相其文質。在當時雜家。或相形見絀。較兩漢諸子。亦未遑多讓也。自秦統一區宇。墨家兼愛名家去尊農家並耕之說。已不容於世。（雜家雖云兼儒墨合名法。惟呂氏春秋則然。蓋其成書尚在六國之時。若漢代雜家。已尟名墨之言矣）故三家先亡。農家唯存樹藝之書。已無名理之論。道家法家。在景武之世。雖稍有論箸（藝文志法家有晁錯三十一篇。道家有捷子二篇。原注齊人武帝時說。曹羽二篇。原注楚人武帝時說於齊王。郎中嬰齊十二篇。原注武帝時）然微弱已甚。唯陰陽與儒。行於王路。故其言獨盛。（秦任法家。而史記封禪書言始皇采鄒衍終始五德之運。以水德之瑞。更命河曰德水。以冬十月為年首。色上黑。漢祖初興。以應赤帝之名。旗幟尚赤。文景雖尚黃老。景帝又好法家。而張蒼賈誼之徒。仍遂陰陽家言以言政治。自武帝崇儒。而西漢儒者多雜陰陽）自張蒼賈誼董仲舒劉向楊雄之徒。皆以儒兼陰陽。誼蒼仲舒。皆傳春秋。而蒼著書。言陰陽律歷。誼與仲舒。均言五德三統。紛糾不已。劉向洪範五行傳。楊雄太玄經。皆以陰陽說經術。於時說詩言五際六情。說禮言明堂陰陽。其後緯候繁興。窮極詭秘。是故西漢儒書。大抵雜乎陰陽。逢世所好。遠於形名。而近乎縱橫。其不能追踪戰國。蓋以此也。自劉歆以後。古文家崛起。頗以緯書怪誕。不足厝意。說經純樸。頗近形名。於時儒家若桓譚新論。質定世事。論說世疑。為王充所宗。法家若崔實政論。王符潛夫論。為昌言先導。其時汝潁之間。品第人物。褒貶得情。魏有九品中正之官。衡覈人士。於是魏文帝作士操。劉劭作人物志。盧毓作九州人士論。姚信作士緯新書。皆列於名家。爰俞辨於論議。采公孫龍之辭。以談微理。（魏志鄧艾傳注引荀綽冀州記）名家之學復興。諸子之書又盛。而老莊之學。最為稱首。董遇王肅何晏張揖孟康荀融王弼虞翻之徒。各為訓注。復作講疏。任嘏鍾會皆有道論。而四本之論。深究才性。各含名理。玄言妙論。播於時矣。法家繼起。深揅刑名。陳羣定魏律。諸葛亮造蜀科。參訂之人。既極一時之選。而劉廙政論。劉劭法論。阮武正論。陳融要言。莫不原本黃老。追跡申商。遺文逸句。可得而按焉。儒家之書。雖不能遠攀孟荀。凌駕楊桓。然若譙周徐幹杜恕王昶周生烈之書。縱未務去陳言。亦能時出新意。而陰陽禨祥之言。固已盪滌糞除矣。此則名家之成效大驗也。

縱橫家善於辭令。長於諷諭。能移人之能。奪人之意。其源本出於詩。春秋之時。列國卿大夫。聘問往來。賦詩言志。此其徵也。其時若鄭之辭命。裨諶草創。世叔討論。子羽修飾。子產潤色。是以應對諸侯。鮮有敗事。而燭之武王孫滿子家呂相之徒。奮其筆舌。折衝强敵。轉害爲利。垂聲無窮。降及戰國。人持弄丸之辨。家挾飛鉗之術。劇談者以諧謔爲宗。利口者以寓言爲主。是以蘇秦合縱。張儀連衡。著書立說。蔚爲家言。而當時文學之士。滑稽之流。亦染縱橫之習。是故秦漢一統。辨士雖已弭節。文心雕龍論說篇云至漢定秦楚辨士弭節酈君既斃於齊鑊蒯子幾入乎漢鼎雖復陸賈籍甚張釋傅會杜欽文辨樓護脣舌頡頏萬乘之階抵嚱公卿之席並順風以托勢莫能逆波而泝洄矣 辭人尚祖其風。蓋自屈宋淳于以來。發言措詞。聯藻交彩。既有煒曄之奇意。即出游談之詭俗。故鄒陽主父偃徐樂莊安之徒。雖稱縱橫。特長文學。漢書藝文志縱橫家鄒陽七篇主父偃二十八篇徐樂一篇莊安一篇 而司馬相如爲文學之宗。東方朔爲滑稽之雄。祖述屈宋。憲章淳于。流風餘韻。施及建安。七子辭章。邯鄲笑林。非其流耶。是以藝文志云。古者諸侯卿大夫交接鄰國。以微言相感。當揖讓之時。必稱詩以諭其志。蓋以別賢不肖而觀盛衰焉。春秋之後。周道寖壞，聘問歌詠。不行于列國。學詩之士。逸在布衣。而賢人失志之賦作矣。大儒孫卿及楚臣屈原。離讒憂國。皆作賦以風。咸有惻隱古詩之義。當斯之時。詩賦未分。離騷成相。雖有賦體。而未有賦名。屈原賦乃後人題署非其本名淮南王亦有成相篇見藝文類聚 孫卿賦篇。復有佹詩。其後宋玉唐勒景差之徒。相競造賦。文選有宋玉風賦高唐賦神女賦登徒子好色賦古文苑有宋玉大言小言賦諷賦御覽六百三十三引宋玉賦云景差唐勒等並造大言賦 至秦復有雜賦。於是詩賦畫境。故云不歌而頌謂之賦。叶於蕭管謂之詩。漢志詩賦。唯有賦與歌詩。賦有四家。屈原賦言情。孫卿賦效物。陸賈賦有朱建嚴助朱買臣之屬。爲縱橫之變。雜賦有隱書。亦與縱橫相出入。歌詩之類。蓋亦有風雅頌之別。吳楚汝南燕代鴈門雲中隴西邯鄲河間齊鄭淮南馮翊京兆河東蒲反雒陽河南南郡歌詩。風之流也。漢興以來兵所誅滅歌詩。出行巡狩及游歌詩。高祖歌詩。臨江王及愁思節士歌詩。雅之流也。宗廟歌詩。及送迎靈頌歌詩。頌之流也。孝武立樂府。歌詩之類。爲其專屬。自漢迄魏。作者代興。彥和論其利病。茂倩詳其正變。製歌協律。事難兼工。故士大夫述志之作。多出于賦。六義附庸。蔚成大國。繁積於宣時。校閱於成世。進御之賦。千有餘篇。楊子雲所謂讀千首賦。則善爲之。其美備可知也。然論者謂孫卿屈原之屬。辭義可觀。有古詩之意。及宋玉之徒。淫文放發。言過于實。誇競之興。體失之漸。逮漢賈誼。頗節之以禮。自時厥後。綴文之士。不率典言。並務恢張其文。博誕空類。大者罩天地之表。細者入毫纖之內。

雖充車聯駟。不足以載。廣夏接榱。不容以居。其中高者。惟相如上林。楊雄甘泉。班固兩都。張衡二京。馬融廣成。王生靈光。（皇甫謐三都賦序）此雖博觀而約取。亦賦衰而詩興之證也。是故兩漢之時。辭賦方張。而述志之詩鮮。成帝品錄。三百餘篇。皆屬歌詩。若韋孟枝乘班婕妤之作。寥寥無幾。古詩佳麗篇僅十餘。至建安而後。詩乃勃興。文帝陳思。縱轡以騁節。王徐應劉。望路而爭驅、慷慨任氣、磊落使才。所謂公幹升堂。思王入室。與賦家之賈誼相如相比美。（法言吾子篇如孔氏之門用賦也則賈誼升堂相如入室矣鍾嶸詩品故孔氏之門如用詩則公幹升堂思王入室）雖正始而後。詩雜仙心。何晏之徒。率多浮淺。而嵇志清峻。阮旨遙深。亦能自振一時。雄視百代。然則魏詩漢賦。美盛悉敵。漢之古詩。亦猶戰國之楚辭。各爲先導。其美亦未能軒輊焉。夫詩賦之製。本爲一物。發抒情志。搖蕩性靈。自屬專長。若夫詔策章表檄移書記之流。亦有揚厲以馳旨。煒曄以騰說。颺辭植義。頗近乎詩。與夫奏疏議駁之屬。綜覈事情。協於名理者。殊科異撰矣。蓋奏疏議駁近論。頗取於形名。詔策表檄近詩。頗取於縱橫。秦始立奏。辭無膏潤。王綰之奏勳德。辭質而義近。李斯之奏驪山。事略而意逕。自漢以來。奏事或稱上疏。儒雅繼踵。始可觀采。若漢之賈誼。鼂錯。匡衡。王吉。後漢之楊秉。陳蕃。張衡。蔡邕。魏之高堂隆。王觀。王朗。甄毅。博雅通達。見稱於劉勰。漢之善作奏者。莫如趙充國。探籌而數。辭無枝葉。而王充於漢。獨取谷永。永質不及文。獨爲後世宗。若充國者。王劉皆不之及。蓋煒曄譎誑。始易動人乎。駁議之制。亦始於漢。吾邱駁挾弓。安國辨匈奴。張敏斷輕侮。郭躬議擅誅。程曉駁校事。司馬芝議貨錢。可謂明於事實。達於議體。而漢世善於駁者。首推應劭。捷於議者。唯有賈誼。此皆采故實於前代。觀通變於當今。理不繆搖其枝。字不忘舒其藻者也。若夫詔書之作。文景以前。辭尙近質。武帝以後。時稱詩書。潤色鴻業。始爲詩之流矣。武帝策三王。潘勗策魏公。皆上擬尙書。比於嵩高韓奕。徒無韻耳。漢世表以陳情。與奏議異用。孔融之薦禰衡。曹植之求自試。文皆瑋麗可觀。蓋秦漢間上書。如李斯諫逐客。鄒陽上梁王。已啟其端。其後別名爲表。至今尙辭。亦無韻之風也。（自詔書以下略采國故論衡論式篇說）後世論文之士。率取近乎詩者。明其源流。指其變遷。是以沈約云。屈平宋玉。導清源於前。賈誼相如。振芳塵於後。自漢至魏。四百餘年。辭人才子。文體三變。相如巧爲形似之言。班固長於情理之說。子建仲宣。以氣質爲體。並標能擅美。獨映當時。是以一世之士。各相慕習。原其飈流所始。莫不同祖風騷。（宋書謝靈運傳論）劉勰云。屈平聯藻於日月。宋玉交彩於風雲。觀其艷說。則籠罩雅頌。故知煒曄之奇意。出乎縱橫之詭俗。爰自漢室。迄至成哀。雖世漸百齡。辭人九變。而大抵所歸。祖述楚辭。靈均餘影。於是乎在。（文心雕龍時序篇）二家之論。皆探原詩騷。可謂知本之言。而近論之作。置而不議。劉氏論漢魏才略。謂卿淵以前。多俊才而不課學。雄向以後。頗引書以助文。可謂明其分際。涵蓋一切者矣。

第三期　晉至陳

自魏正始中何晏王弼祖述老莊。晉王衍樂廣慕之。崇虛玄之學。開談講之習。流風餘韻。訖於江左。學術文章。頗能綜於名理。稱爲華妙。迨梁天監始崇儒術。而玄風將泯。文弊漸滋。後世史臣。莫不崇儒道。斥玄學。弘講經之業。賤清談之士。五胡分裂之禍。莫不叢罪於玄宗。斯蓋非弘通平恕之論乎。自晉以來。學者所趨。略分四科。所謂儒玄史文是也。宋元嘉時。立國子學。遂四學並建。豫章雷次宗會稽朱膺之潁川庾蔚之並以儒學總監諸生。丹陽尹何尚之立玄學。太子率更令何承天立史學。司徒參軍謝元立文學。南史雷次宗傳。雖勸課未博。建制亦暫。而圖籍文章。亦自此遂分爲四部矣。魏秘書郎鄭默始制中經。秘書監荀勗因之。更著新簿。分爲四部。宋元嘉八年。秘書監謝靈運造四部目錄。齊永明中。秘書丞王亮監謝朏又造四部書目。梁秘書監任昉殷鈞亦有四部書目。雖齊王儉有七志。梁阮孝緒有七錄。而隋唐以後。均以四部爲定制。或謂當時玄學。有所謂三玄者。指易與老莊而言。四部之子。不能謂玄。實則老子謂有無同出而異名。同謂之玄。故玄者象賅有無不可偏指。凡成家言。皆可稱玄。稱子本不成名詞。說無亦玄中之一義耳。故古之子學。今之哲學。皆當改稱玄學。當時說經之士。南北異尚。李延壽云。江左周易則王輔嗣。尚書則孔安國。左傳則杜元凱。河洛左傳則服子愼。尚書周易則鄭康成。詩則並主於毛公。禮則同遵于鄭氏。南人簡約。得其英華。北人深蕪。窮其枝葉。北史儒林傳蓋江左之儒。崇尚玄學。略迹言理。自歸簡約。是故說經之作。大抵雜以玄言。自伏曼容嚴植之太史叔明皇侃張譏顧越諸儒。莫不並善儒玄。雜糅其旨。今諸家之書云亡。而皇侃論語義疏尚存。儒書道說。詞旨華妙。以此例彼。諸書可知。唯范甯集解穀梁。深惡玄談。斥何晏王弼。謂其罪深於桀紂。此與孟子詆楊墨爲禽獸同其疾惡。祗深門戶之見。雖挽習尚之心。雖大儒如范宣。口絕老莊。而心尚默識。晉書范宣傳。宣言談未嘗及老莊。客有問人生與憂俱生不知此語何出。宣云。出莊子至樂篇。客曰。君言不讀老莊。何由識此。宣笑曰。小時嘗一覽。宣著禮易論難。皆行於世。其後陸德明著經典釋文。亦附老莊音義。儒玄並尊。其流遠矣。詹應謂元康以來。賤經尚道。永嘉之弊。由此不亦過乎。且六朝諸儒。玄談雖衆。而禮學尤盛。南史儒林。多明三禮。南史儒林傳。何佟之　司馬筠。司馬壽崔靈恩、孔僉、孔元素、沈峻沈文阿、皇侃、沈洙鄭灼張崖劉文紹。皆通三禮。其餘明禮者尚多。晉宋之際、若范隆雷次宗等、亦通三禮。五代經籍。喪服獨多。隋書經籍志。晉袁準孔倫陳銓。宋裴松之雷次宗蔡超宗劉道拔。齊田僧紀司馬瓛樓幼瑜劉瓛沈麟士梁賀瑒何佟之裴子野皇侃陳謝嶠。皆注疏喪服。又晉杜預劉逵衛瓘賀循劉德明環濟宋庾蔚之張耀崔凱孔智。皆有喪服要記等作。而喪服圖譜略例雜議。尚有數十家　禮論之作。富而且美。宋何承天撰集禮論三百卷。梁孔子祛續何承天集禮論一百五十卷。而何佟之讀禮論三百餘篇略皆上口。蓋老莊之學深於形名。持論精微。不牽章句。故當時議禮之文。優於漢世。陳壽賀循孫毓范宣蔡謨徐野人雷次宗者。蓋二戴聞人所不能上。卞壺斥玄學之徒。悖禮傷教。中朝傾覆。實由於此。蓋亦見於彼而不見於此耳。兩漢之時。詔諸生講五經異同。石渠白虎。各有奏議。講辨之端。已啟於此。宋齊以後。談玄講經。莫不有講疏義疏之作。隋書經籍志三玄七經、皆有講疏義疏、而義疏之書、亦爲講而作。　如周易義疏十九卷。宋明帝及羣臣講。齊永明國學講周易疏二十六卷。然則講疏義疏、名雖異而其用同　開唐代注疏之體。爲後世講義之宗。區段次第。有條不紊。文貴清析。言必探源。雖微傷繁瑣。而頗絕妄虛。且當時疏體義尚玄虛。而事必徵實。南得英華。北窮枝葉。蓋已兼而有之矣。自漢武三王之冊。潘勗九錫之文。楊雄之法言太玄。摹經而作。遂開尚書僞古之風。東晉豫章內史梅賾始獻孔安國之傳。齊建武中。吳姚方興又奏舜典二十八字。齊梁之際。又有造僞書逸篇者。於是北周蘇綽亦放尙書作大誥。自是之後。文筆皆依此體 周書蘇綽傳 斯則六朝浮華之體所由革。隋唐復古之文所由興焉 王通文中子擬論語。元經擬春秋。韓愈作碑。所謂點竄堯典舜典字。塗改淸廟生民詩。亦多擬經之語。

晉代學者。承魏之餘烈。刑名之學。未替成家之言。亦衆。魯勝注墨辯。引說就經。各附其章。又采諸衆雜集爲刑名二篇。略解指歸。以爲名者所以別同異。明是非。道義之門。政化之準繩。當時頗多宗之。是故爲文者善于析理。談玄者皆能入微。杜夷幽求。張機遊玄。梁澡玄言。簡文談疏。其最著者。唐滂孫綽符朗蘇彥。亦有家言。莫不祖述老莊。爲其羽翼。不特疏其文句已也。漢魏以來。佛學漸興。孟福張蓮嚴佛調支謙之徒。已開國人譯經之端。六朝之際。譯學更盛。帝王公卿。躬筆受讎校之任。帝王如姚興梁武魏宣武帝。公卿如苻秦趙政前涼趙滋北魏崔光。皆躬自筆受或讎校 文人學士。弘修飾潤色之風。如宋謝靈運梁劉孝標等。亦嘗重譯筆受諸經 而姚秦之際。鳩摩羅什西來。重譯舊經。一洗支竺滯文格義之病。于是僧肇肇論。僧佑弘明集。慧皎高僧傳。文理密察。咸推作者之宗。蓋天竺之學。與玄言相契。玄學隆禮。而釋教重律。故玄學既與釋典。乃更昌明焉。當玄釋二學交盛之時。諸子百家之學漸衰。名法縱橫。不絕如縷。儒家有正論、晉袁準撰十九卷 新論 晉夏侯湛撰十卷 要覽 晉呂竦撰十卷 正覽 梁周捨撰六卷 采于隋志。成敗志 晉孫毓撰三卷 化淸經 晉蔡洪撰十卷 物理論太玄經。晉楊泉撰物理論十六卷太玄經十四卷 引于意林。亡佚既屬八九。存者亦甚淩雜。惟雜家之抱朴金樓顏氏家訓。其書倘存。文質並茂。傑出于當時。傅子之書雖十不存一。視彼三家未遑多讓。張華博物志。崔豹古今注。則相形見絀矣。蓋葛洪梁元帝顏之推。或尚玄或崇釋。有秉要執本之言。綜名覈實之語。故能冠冕雜家。輝映百世。而隋志雜家有對林文府典言論集類苑書鈔諸書。因屬文儲材而作。爲類書叢鈔之宗。厠于家言。實屬不倫。惟子鈔一書。上規呂覽而下啟意林。雖無裁成之功。尚通衆家之意。與夫雜錯漫羡而無所指歸者殊矣。小說家惟劉義慶之世說新語。清談玄論。典而可味。流風餘韻。播于後世。加以劉孝標之注世說與裴松之之注國志同其義法。一代風儀盡萃於此。小說一家本出乎史。此爲近古。與夫干寶搜神記之志怪。魯褒錢神論之憤世。異其撰矣。然則六代家言總之不離乎玄言者近是。

自晉以後。六家之史。惟紀傳編年最盛。陳壽之書。雖迹同國語。而體實紀傳。馬彪范曄集成乎後漢。王隱法盛各記于二晉。至臧榮緒括二晉十餘家之史。合成一書。已爲唐修晉書之先導。沈約踵何裴孫蘇而撰宋書。蕭子顯繼江淹沈約而成齊史。雖皆奄集衆長。而整齊故事。質而有文。亦足劭也。姚察撰梁陳二書。粗有條貫。而未奏厥功。至唐其子思康續成之。談彪之業。豈可沒哉。魏收之書。雖稱穢史。亦有獨長。官氏釋老諸志。爲史家之創例。得世本之遺意。雖世薄其書。而不可磨滅。是故魏澹楊素。縱奉敕別撰。未能奪其席焉。夫斷代之史。紀傳之體。後世號爲正史。然紀表志傳周覽既難。貫穿匪易。自荀悅撰漢紀。放左傳。自是每代國史。皆有編年之作。起自後漢。至乎高齊。如袁宏張璠孫盛干寶徐廣裴子野吳均何之元王劭之徒。其所著書。或謂之春秋。或謂之紀。或謂之略。或謂之典。或謂之志。名雖岐異。實同左傳。然則六代史書。惟左班二體。差能並駕齊驅。若夫孔衍之漢魏尚書。司馬彪之九州春秋。梁武帝之通史。雖放尚書國語史記而作。視彼二家。多寡已迥不相侔。春秋一經。則更絕比擬焉。唐撰五代史志。史部之類。分爲十三。正史而外。尚有古史雜史霸史起居注舊事職官儀注刑法雜傳地理譜系簿錄等類。尋古史所錄。皆屬編年。雜史之類。各有所歸。霸史之書。散之則屬紀傳編年之體。總之則成國語國策之流。起居注舊事雜傳。爲紀傳之材。職官儀注刑法地理譜系簿錄。爲書志之藪。凡此諸書。譬猶未修之春秋。百國之寶書。實紀傳編年之附庸。不能與成家之史相提並論明矣。自錄略讎校之學衰。文章部署之法亂。史之附庸。蔚爲大國。成家之史尟。識小之書盛。急於成名。而甘於小就。敷文華以緯國典。守賤薄而無閎容者。鮮矣。然若益部耆舊。爲國志之緒餘。隋志益部耆舊傳十四卷。陳壽撰。聖賢高士。爲素志之所託。隋志聖賢高士傳贊三卷。嵇康撰。皇甫謐虞槃佐孫綽周弘讓亦各有高士傳。高僧紀法教之盛。隋志高僧傳六卷。虞孝敬撰。釋僧祐亦有高僧傳十四卷。文士述文學之統。隋志文士傳五十卷晉張隱撰與正史別行。頗有補風化。而譜諜之學。所以明族類。辨華夷。文章之志。所以識源流。明正變。此亦有足多者。觀夫陳壽作史。辭多勸戒。明乎得失。雖文艷不若相如。而質直過之。馬范二史。亦能文質相扶。自是厥後。或失之華。或失之野。宏識孤懷。不相遠矣。其時作史文體。若孫盛習鑿齒輩。規摹左氏。爲司馬通鑑之宗。姚察梁書。序事立論。頗多散體。洗齊梁駢儷之習。開昌黎古文之風。酈道元水經注、羊衒之洛陽伽藍記。善言景物。啟遊記之體。柳州之作。化整爲散。其淵源蓋本乎此焉。

自晉以來。文尚整鍊。理因事密。聯璧其章。迭用奇偶。節以雜佩，自鑄偉辭。致足美也，齊梁而後。析句彌密。屬對彌工。聯字合趣。剖毫析釐。浮濫靡麗。華而不實。人厭排偶之習。遂存矯枉之心。撫古而作。偏爲單奇。陳周諸彥。漸有見端。固不待隋唐之復古。文體始爲之一變也，然當時南北文學。好尚不同。隋書文學傳云。江左宮商發越。貴乎清綺。河朔詞義貞剛。重乎氣質。氣質則理勝其詞。清綺則文過其意。理深者便於時用。文華者宜於詠歌。是以江左辭賦。盛於河朔。雖晉中朝之時。南北未分。二方文學。固無軒輊。若張華左思潘岳劉琨二陸三張應傅孫摯成公之徒。並結藻清英。流韻綺靡。朔南相敵。未有偏尚。暨乎元帝。中興江左。河洛之地。淪割於五胡。衣冠文物。萃於南服。北方雖有遺彥。而戎馬流離。固未能盡其才矣。是以後世論文。獨推江左。劉彥和云。自中朝貴玄。江左稱盛。因談餘氣。流成文體。是以世極迍邅。而辭意夷泰。詩必柱下之旨歸。賦乃漆園之義疏。（文心雕龍時序篇）宋初文詠。體有因革。莊老告退。而山水方滋。（文心雕龍明詩篇）蕭子顯云。江左味風，盛道家之言。郭璞舉其靈變。許詢極其名理。仲文玄氣。猶不盡除。謝混情新。得名未盛。顏謝竝起。乃各擅奇。沈約宋書謝靈運傳論亦云。仲文始革孫許之風。叔源大變太元之氣。爰逮宋氏。顏謝騰聲。靈運之興會標舉。延年之體裁明密。並方軌前秀。垂範後昆休鮑後出。咸亦標世。朱藍共妍。不相祖述。今之文章作者雖衆。總而爲論。略有三體。一則啟心閑繹。托辭華曠。雖存巧綺。終致迂回。宜登公宴。未爲准的。而疎慢闡緩。膏肓之病。典正可采。酷不入情。此體之源。出靈運而成也。次則緝事比類。非對不發。博物可嘉。職成拘制。或全借古語。用申今情。崎嶇牽引。直爲偶說。唯覩事例。頓失精采。此則傅咸五經。應璩指事。雖不全似。可以類從。次則發唱驚挺。操調險急。雕藻淫艷。傾炫心魂。亦猶五色之有紅紫。八音之有鄭衛。斯鮑照之遺烈也。南齊書文苑傳論。魏徵云。梁自大同之後。雅道淪缺。漸乖典則。爭馳新巧。簡文湘東。啟其淫放。徐陵庾信。分路揚鑣。其意淺而繁。其文匿而采。詞尚輕險。情多哀思。格以延陵之聽。蓋亦亡國之音。隋書文學傳序此則自晉迄陳文變略具。孫許扇以玄言。陶潛革以田園。靈運暢以山水。簡文變以宮體。雖雅鄭不同。而淸綺則一。然則江左文華。宜於詠歌。信矣。令狐德棻云。中州板蕩。戎狄交侵。僭僞相屬。士民塗炭。故文章黜焉。其潛思於戰爭之間。揮翰於鋒鏑之下。亦往往而間出。若魯徽杜廣徐光尹弼之儔。知名於二趙。宋諺封奕朱彤梁讜之屬。見重於燕秦。皆迫於倉卒。牽於戰爭。競奏符檄。則粲然可觀。體物緣情。則寂寥於世。惟胡義周之頌國都。劉延明之銘酒泉。頗有宏麗淸典之風焉。洎乎有魏。定鼎沙朔。南包河淮。西吞關隴。當時之士。有許謙崔宏崔浩高允高閭游雅等。聲實俱茂。詞義典正。及太和之辰。雖復崇尙文雅方駿並路。多乖往轍涉海登山。罕值良寶。其後袁翻才稱澹雅。當景思標沈鬱。彬彬焉蓋一時之俊秀也。周氏創業。運屬陵夷纂遺文於旣喪。聘奇士如弗及。是以蘇亮蘇綽盧柔唐瑾元偉李昶之徒。咸奮鱗翼自致青紫。然綽建言務存質朴。遂糠粃魏晉。憲章虞夏。雖屬詞有師古之美。矯枉非適時之用。故莫能常行焉。周書王褒庾信傳論 李百藥亦云。天保中李愔陸卬崔贍陸元規並在中書參掌詔誥。李廣樊遜李德林盧詢祖盧思道始以文章著名。皇建之朝常侍王晞獨擅其美。河淸天統之辰杜臺卿劉逖魏騫亦參知詔敕。自愔以下在省唯撰述除官詔旨。其關涉軍國文翰多是魏收作之。及在武平李若荀士遜李德林薛道衡爲中書侍郎。諸軍國文書及大詔誥俱是李德林之筆。後主館客有蕭愨顏之推。待詔文林。有徐之才陽休之等。皆令入館撰書。當時操筆之徒。搜求略盡。北齊書文苑傳序 然則河朔文人理勝其詞。便於時用。亦信而有徵矣。自梁簡文以後。宮體旣興。徐庾承其流化。遂爲一代文宗。輕艷之體。偏於南北。徐陵之文緝裁巧密。每一文出。好事者已傳寫成誦。遂被之華夷。家藏其本。陳書徐陵傳 庾信入周。牢籠一代。是時世宗雅詞雲委。滕趙二王雕章間發。咸築宮虛館。有如布衣之交。由是朝廷之人。閭閻之士。莫不忘味於遺韻。眩精於末光。猶丘陵之仰嵩岱。川流之宗溟渤也。其體以浮放爲本。其詞以輕險爲宗。故能誇目侈於紅紫。蕩心逾於鄭衛。周書王褒庾信傳論 由是徐庾之體浸淫漸漬。訖陳隋而爲俗矣。

第四期隋唐李五

隋唐之時。文史之學盛。而經子之學微。蓋自隋平陳以後。玄學湮滌幾盡。關陝樸僿。本無此風。魏周以來。初未習受。魏李興起對梁武帝云。少爲書生。止習五典素不玄學。何敢仰酬。則玄學不行於北可知陳人之入長安者。又已衰苶不振。故老莊之學衰。形名之術息。於是意必之言。唐肆之辭。怪亂之說。接踵於世矣。梁陳之世。義疏雖煩猥。然皆篤守舊常。不背師法。唐初五經正義。本諸六代。六代經學。南北不同。北史言之已詳。隋唐一統。五經正義亦遂統集南北。匯爲一家。蓋當時義疏之學。南如崔靈恩三禮義宗左氏經傳義。沈文阿春秋禮記孝經論語義疏。皇侃論語義禮記義。戚袞禮記義。張譏周易尚書毛詩孝經論語義疏。顧越喪服毛詩孝經論語義。王元規春秋孝經義記。北如劉獻之三禮大義。徐遵明春秋義章。李鉉撰定孝經論語毛詩三禮義疏。沈重周禮儀禮禮記毛詩喪服經義。熊安生周禮禮記義疏孝經義。皆唐人五經正義之先河。而采集其說亦多。言雖繁碎。未嘗專恣。其後說經。務爲穿鑿。啖助趙匡於春秋。施士匄於詩。仲子陵袁彝韋彤韋茝於禮。蔡廣成於易。強蒙於論語。皆自名其學。苟異先儒。棄古義而取新奇。喜通學而惡顓門。蔑佐證而逞胸臆。意必之言與。而空疏之學起矣。

魏晉以來。老莊形名之學。發爲言辭。多覃思自得。且多沐浴禮化。進退不移。故政事墮於上。而民德厚於下。唐自王勃僞造中說。唐志王通中說五卷。韋先生檢論云中說時有善言。其長夸詐則甚矣。案其言長安見李德林授琴鼓蕩。及杜淹所爲世家稱通問禮關朗。其年齒皆不逮。而房玄齡杜淹陳叔達年皆長通。不得爲其弟子。舊唐書稱通仕至蜀郡司戶書佐。疑其言獻策亦妄也。諸此詐欺之文。世或以爲福郊福畤增之。案通弟績既以通比仲尼。子姓數其唐虞宜然。然其年世尙近。不可顚到。而勃去通稍遠矣。生既不識李房杜陳之疇。比長。故老漸凋。得以妄述其事。唐書稱通嘗起漢魏盡晉。作書百二十篇。續古尙書。有錄無書者十篇。勃補完缺逸定著二十五篇。由今驗之。中說與文中子世家皆勃所譸誣也。淫爲文辭。過自高賢。而又沒於勢利。妄援隋唐羣貴以自光寵。浮澤盛而慮憲衰。矜夸行而廉讓廢。終唐之世。文士如韓愈呂溫柳宗元劉禹錫李翺皇甫湜之徒。皆勃之倫也。其辭章觭耦不與焉。猶言魏晉浮華。古道湮替。唐世振而復之。不亦反乎。且中說所稱記注興而史道誣。其言鑒燧也。而勃更僭其言。矯稱誣辭。增其先德。唐世學士慕之。以爲後世可紿。公取寵賂。盛爲碑銘。窮極虛譽。以誣來史。此又勃之化也。魏晉雖衰。中間如裴松之之禁斷立碑。法制所延。江表莫敢私違其式。此何可得於唐世邪。（此節本師說）是故唐肆之辭興。而諸子之學替。雖儒家有劉禹錫之因論。林愼思之續孟子伸蒙子。雜家有趙蕤之長短經。羅隱之兩同書。譚峭之化書。比之戰國六朝。實卑卑不足道矣。魏晉之際。言談雖屬玄虛。而猶近名理。世說之所甄錄。大都紀實之言。足覘其時之風尙。至於唐代。若杜寶劉肅封演李肇蘇鶚鄭處誨段成式李匡乂李綽趙璘。五代之際若邱光廷孫光憲。雖善於識小。已多遠於名理。而裴鉶傳奇。蘇鶚演義。漸爲後世小說之宗。且當時神怪之志。婚媾之言。列於唐代叢書。采於太平廣記者。不可勝數。扇神誕以釀迷妄。布淫哇以蕩風紀。怪亂之說興。而小說之律破矣。夫名理之愜人心意。不能一日無也。玄學既微。而佛典代興。自隋設翻經館。置翻經學士。訖於唐代。譯學大昌。漢世儒先。明於經術。而短於名理。故其筆受諸經。名身尙疏。何有於持論。其文往往近於論語孝經。及乎魏晉。士大夫喜老莊。言談頗利。而術語尙未能密切。故僧肇道安。往往傳以清言。

至流支眞諦。術語稍密。逮唐奘玄義淨。所述始嚴。栗合其本書。蓋因明之學昌。而譯語始少皮傅。加以潤色鴻業。有于志寧許敬宗張說蘇頲諸儒。而證義大德又極一時之選。是以唐世譯經。獨號圓通。超軼八代。非偶然也。

自魏收撰書。有穢史之目。至隋開皇。特敕魏澹顏之推辛德源更撰魏書。矯正收失。十三年。又發令禁絕人間撰集國史臧否人物。於是設官修史之局開。私家著述之風微。自昔文人若陸機謝靈運江淹沈約之徒。皆以作史爲業。而以其緒餘爲文。故文士無空疏之病。史家鮮拙鈍之誚。成一家之言。備一代之典。自隋唐而後。文人乏作史之才。史官尠成家之選。文史之業。交相弊矣。然當隋之中葉。唐之始年。雅多奉敕修史。而私家之緒餘。尙未絕也。開皇之時。若牛弘王劭。尙各勒成一書。至於唐初修五代紀傳。則令狐德棻岑文本承牛弘之業。而成周書。顏師古孔穎達續王劭之緒。而成隋書。姚思廉之梁陳二書。李百樂之北齊書。則各秉其父之遺業。告厥成功。（姚察在陳。撰勒梁陳二史。粗有條貫。入隋以後。又續奏所成。至唐貞觀初。其子思廉。奉詔續成二書。李德林在齊。預修國史、創紀傳書二十七卷。至隋奉詔續撰。增多齊史三十八篇。唐貞觀初。敕其子百樂。續成北齊書。）其後又有于志寧令狐德棻李淳風韋安仁李延壽敬播續撰五代史志。紀傳各有淵源。書志出於專家。故五史之作。粲然可觀。貞觀中又詔房玄齡等重撰晉書。本臧榮緒之所修。而參以十八家書。佐以十六國史。取精多而用物宏。故新撰行而舊本廢。而李延壽刪補宋齊梁陳及魏齊周隋八代史。成南北史。則亦繼述父志。託體史記。媲德馬遷。（李延壽父大師。嘗謂宋齊逮周隋。分隔南北。南謂北爲索虜。北謂南爲島夷。欲改正爲編年。未就而卒。延壽究悉舊事。更依馬遷體。總序八代。北二百四十年。南百七十年。爲南北史）此皆私家撰述。有以啓之。故唐代官修之史。後世亦未能幾及也。至於唐代。史書已無私家之作。若許敬宗之曲希時旨。猥飾私憾。牛鳳及之發言怪誕。敘事倒錯。濫廁史職。其弊遂多。是以劉子玄三爲史臣。再入東觀。（史通自敘）懷獨到之見。忤同作之臣。遂撰史通。寄恨辨職。以爲邱明修傳。以避時難。子長立記。藏諸名山。班固成書。出自家庭。陳壽草志。創於私室。遂欲成其一家。以任獨斷。嘗擬自班馬以降。訖於姚李令狐顏孔諸書。因其舊義。普加釐革。以私史不行。恐致驚末俗。取咎時人。千秋絕業。格於時制。史學之衰。其自此始乎。雖徐堅吳兢頗各撰書。（唐書藝文志。徐堅晉書一百卷。吳兢齊史十卷。梁史十卷。陳史五卷。周史十卷。隋史二十卷。唐書一百卷。）譬猶揚爝火於朝陽。挽頹波於已逝。人莫之重。其書遂亡。宜矣。當梁之時。周興嗣謝昊始撰梁皇帝實錄。至於唐代。每帝各成一書。有監修之職。有譔述之人。自是實錄與起居注。並爲世所沿襲。隋唐之際。沿江左隆禮之風。典禮之書。頗稱宏富。隋有江都集禮。唐有永徽五禮。咸欲納民軌物。垂爲一代之經。當斯之時。摹經之風大啟。六典以放周官。（開元十年。昭陸堅等修六典。玄宗手寫六條。曰理典、教典、禮典、政典、刑典、事典。以象周禮六官。）五禮以放儀禮。（貞觀時。長孫無忌等撰大唐儀禮一百卷。實爲永徽五禮之所本。）開元禮以放禮記（開元中。王嵒請改禮記。附唐制度。張說以漢代舊文不可更。乃請脩貞觀永徽五禮。爲開元禮一百五十卷。）斯固王氏六經之所不能掩也。蓋唐代政典。尚稱美備。制作之隆。亦莫之與京。若吳兢之貞觀政要。林寶之元和姓纂。李吉甫之元和郡縣志。長孫無忌之律疏。留什一於千百。已足爲後代之典謨。至於杜佑通典。綱羅宏博。評議精簡。爲典章之通史。實與編年一體。足以方軌並駕。自成一家。此則六家之史所未備。爲司馬通鑑之先導者也。案通史之體。唯三家足以當之。司馬遷之史記。爲正史之通史。鄭樵通志其嗣也。若南北史。有紀傳而無書志。已非其類矣。杜佑通典。典制之通史也。實即爲書志之合體。馬貴與之文獻通考。實屬此類。而已爲變體。司馬光之通鑑。編年之通史也。今舉通考與通典通志並稱三通。實屬不倫。易以通鑑。差堪並觀。

隋開皇時。既禁私撰國史。又詔天下公私文翰。並宜實錄。其時司馬幼文表華艷。至付有司治罪。自是公卿大臣。咸鑽仰墳集。棄絕華綺。然外州遠縣。仍踵敝風。體尚輕薄。遞相師效。於是李諤上書曰。自魏三祖。更尚文辭。忽人君之大道。好雕蟲之小藝。下之從上。有同影響。競逐文華。遂成風俗。江左齊梁。其弊彌甚。貴賤賢愚。唯矜吟咏。遂復遺理存異。尋虛逐微。競一韻之奇。爭一字之巧。連篇累牘。不出月露之形。積案盈箱。唯是風雲之狀。世俗以此相高。朝廷標茲取士。利祿之路既開。愛尚之情愈篤。於是閭里童昏。貴遊總丱。未窺六甲。先製五言。至如羲皇舜禹之典。伊傅周孔之說。不復關心。何嘗入耳。以傲誕爲清虛。以緣情爲勳績。指儒素爲古拙。用詞賦爲君子。故文章日繁。其政日亂。及大隋受命。屏斥輕薄。遏止華僞。自非懷經抱質。志道依仁。不得引領縉紳。參厠纓冕。惟聞選吏舉人。尚有不遵典則。作輕薄之篇章。結朋黨而求譽。則選充吏職。舉送天朝。請勒諸司。普加搜訪。有如此者。具狀送臺。（隋書李諤傳）蓋高祖初統萬機。每念斲彫爲樸。發號施令。咸去浮華。然時俗詞藻。猶多淫麗。故憲臺執法。屢飛霜簡。煬帝初習藝文。有非輕側之論。暨乎即位。一變其風。其詔書詩賦。幷存雅體。歸於典制。雖意在驕淫。而詞無浮蕩。當時綴文之士。遂得依而取正焉。若盧思道李德林薛道衡李元操魏澹虞世基柳䛒許善心潘徽萬壽之徒。咸馳譽文林。見稱當世。雖趍淫麗輕側之辭。而駢儷藻飾。猶存齊梁遺音焉。唐興。仍陳隋靡習。徐庾流化。彌徧南北。迨四傑出。稍振以淸麗之風。至於燕許。始以雄駿之氣。鴻麗之詞。丕變習俗。於是元結獨孤及蕭穎士李華輩。又以三代之文律度當世。韓愈繼之。更超卓流俗。首唱古文。（唐實錄稱韓愈學獨孤及之文）柳宗元皇甫湜張籍李翺之徒。又從而和之。唐之古文。遂蔚然稱盛。蓋當時世俗之文。多偶對儷句。屬綴風雲。羈束聲韻。漸致文弊。其以雄詞遠致矯之。亦有所不得已也。然過於磔裂章句。隳廢聲韻。遂來倒置眉目。反易冠帶之譏。此裴度所以箴李翺也。（見裴度與李翺書）且當時所謂古文者。如元結之五規。韓愈之五原。李翺之復性。平賦書。皮日休之鹿門隱書。體放諸子。文尙理致。與應制酬酢之文。迥異。若夫用之於廊廟。施之於弔祭。則終唐之世。多爲駢儷偶對之文。遠自王楊盧駱。以至張說蘇頲陸贄李德裕令狐楚諸公。未嘗變也。李商隱初爲古文。不喜偶對。其後從事令狐楚幕。楚能章奏。遂以其道授商隱。自是始爲今體章奏。自以四六體題署其集。（宋謝伋四六談塵。謂四六施於制誥表奏文檄。本以便於宣讀。多以四字六字爲句。案自齊梁以來。四六之句頗多。唯李商隱始以四六名文）與溫庭筠段成式齊名。時號三十六體。至於唐末。漸趨工巧。組織繁碎。文格日卑。降及五季。韓柳之道日微。溫之李風亦替。雖有劉煦鑄史之文。徐鍇鍇繇之作。不能振其衰陋也。詩自簡文以後。頹靡已極。唐太宗始以清麗振之。而名作尙尟。至陳子昂始追建安之風骨。變齊梁之綺靡。張九齡李白繼之。自攄懷抱。風裁各異。而皆原本嗣宗。上追曹劉。唐詩之能復古者。自以三家爲最。自蘇李以後。五言所貴。大率優柔善入。婉而多風。自杜甫出。材力標舉。篇幅恢張。縱橫揮霍。詩品爲之一變。是故李白結古風之局。杜甫開新體之端。唐之五言。氣勢盡矣。唯歌行律體。爲當時所獨擅。蓋自大風柏梁。權輿七言。魏宋之間。時多傑作。初唐諸家。出於齊梁。多雕繢之習。至有點鬼薄算博士之誚。王李高岑。漸能跌宕生姿。安詳合度。至於李杜。乃闢絕靡習。放筆騁氣。杜甫歌行。自稱庾鮑、加以時事。大作波濤。有咫尺萬里之目。其五言若北征諸作。抒寫悲憤。沈痛蒼勁。有李陵劉琨之風焉。韓愈竝推李杜。而專於杜。以佶倔聱牙爲勝。但襲粗跡。故成枯獷。盧同劉乂頗近漢謠。白居易純似彈詞。斯皆不足効也。五律自陰鏗何遜徐陵庾信已開其體。至沈宋則約句準篇。其體遂定。開寶以來。李白之穠麗。王維孟浩然之自得。分道揚鑣。竝稱極勝。至杜甫則寓縱橫顚倒於整密中。故能超然拔萃。七律則王維李頎。春容大雅、時崔顥高適岑參諸公。實爲同調。下及大歷十子。亦嗣其音。惟杜甫則閎闊開闔。盡掩諸家。然則李杜爲唐音之宗。固其宜也。雖少陵絕句。少唱歎之音、固不礙其爲大家矣。若夫王孟韋柳。祖陶宗謝。善得田園山水之趣。劉希夷上官儀皆學簡文。其後李商隱温筠庭。實遠挹其潤。宋詞元曲。盡其支流。此則宮體之亘瀾也。五季文弊。韋穀才調一集。遂以晚唐穠麗宏敞之氣。救粗疎淺弱之習。西崑之體。基於此矣。然則唐代詩文。其流變若出一轍焉。至於詞者。則爲詩之變體。古者聲詩皆屬可歌。詩三百篇。皆古樂章。西京歌詩。皆入樂府。此其徵也。自十九首出。而詩始不歌。樂府詩則尚可歌焉。自唐新樂府出。而樂府詩亦不歌。惟詞則尚可歌焉。蓋唐之詩人。采樂府之音。以制新律。因繫其詞。故命曰詞。案唐人樂府。用律絕諸詩雜和聲歌之。其並和聲作實字。長短其句。以就曲拍者。爲塡詞。開元天寶肇其端。元和衍其流。大中咸通以後。迄於南唐二蜀。尤家工戶習。以蓋其變。凡有五音二十八調。各有分屬。詳見凌廷堪燕樂考原。其時詞人。以李白爲首。厥後韋應物王建韓翃白居易劉禹錫皇甫松司空圖韓偓並有述造。而温庭筠爲最高。其言深美閎約。五代之際。孟氏李氏君臣爲謔。競作新詞。詞之雜流。由此起矣。然其工者。往往絕倫。亦如齊梁五言。依託魏晉。近古故其體貌相似。初創則其氣勢未盡。時使然也。至於宋後。則詞又不可歌。於是元曲起而代之矣。

第四期　宋至明

魏晉之際。知玄理者甚衆。而文亦華妙。及唐則務好文辭。而散言幾絕。至於宋明。理學盛而文則日漸陵夷。文質遞尚。彬彬之風微。此可以觀世變矣。宋世學者。多菩儒言。原本五經。而長於義理。然往往以己意變亂舊事。蓋自邢昺孫奭之流。所習不出五經正義。上不足理羣經。下猶不入顯達公彥之室。學愈縛陋。致人不信注疏。其變固其宜也。王應麟云。自漢儒至於慶歷間。談經者守訓故而不鑿。七經小傳出。而稍稍尚新奇矣。至三經義行。視漢儒之學若土梗。困學紀聞 洎元祐諸賢。排斥王學。而伊川易傳。專明義理。東坡書傳。橫生議論。雖皆傳世。亦各標新。其甚者則排繫辭。毀周禮。疑孟子。譏書之胤征顧命。黜詩之序。他若大學既移其文。又補其傳。孝經既分經傳。又刪經文。程胡作倆於前。朱汪加厲於後。王柏書疑。增刪尚書。詩疑刪削鄭衛。改易雅頌。俞廷椿復古編。刓割五官。以補冬官。吳澄禮記纂言。顛倒篇第。割列章句。自宋迄明。如此類者。不可枚舉。疑注疏不已。訓至疑經。疑經不已。遂至改經刪經。移易經文。以就己說。尚空談而忘實徵。逞胸臆而背事實。蓋自宋神宗變帖經為墨義以來。荒經蔑古。未有如是之甚者也。降及明代。雖豐坊所造諸書。世且莫能辨其偽。每況愈下。固其宜也。明永樂十二年。敕胡廣等修五經大全。頒行天下。此亦一代盛事。自唐修五經正義後。越八百餘年而再見者也乃所修之書。全襲元人舊作。顧炎武等盡發其覆。夫官修之書。多勦舊說。唐修正義。已不免此。惟唐因六朝舊籍。該洽可觀。明因元人遺書。謭陋彌甚。故正義不廢。而大全覆瓿也。元以宋儒之書取士。禮記猶存鄭注。明則並去鄭注。而代以陳澔集說。空疏固陋。經學至此而極衰。文章亦因之而多浮夸矣。宋學以朱子爲集大成。風行數百年。與漢學之鄭君竝駕齊驅。蓋朱子說經。雖詳於義理。而不棄注疏。朱子論語要義序云。其文義名物之詳。當求之注疏。有不可略者。朱子語類卷一百二十九云。祖宗以來。學者但守注疏其後便論道如二蘇。直是要論道。但注疏如何棄得。意在匡補前哲。相輔而行。非欲攘奪學官之席也。且輯漢注。疑僞孔。皆清代治經之巨業。而朱子之緒餘。實有以啟之。王應麟三家詩攷。詩攷序云。文公語門人。文選注多韓詩章句。嘗欲寫出。應麟竊觀傳記所述。三家緒言。尙多有之。罔羅遺軼。亦文公之意云。梅鷟尙書考異。尙書考異。辨古文之僞。開閻若璩惠棟之先。而朱子實先疑之。嘗謂某嘗疑孔安國書是僞書。凡易讀者皆古文。伏生所傳皆難讀。如何偏記其所難。而易者全不能記。雖在宋明之世。亦有不爲風氣所囿者。則其流澤長矣。

宋明說經之儒。既多空衍義理。昧於事實。於是文少淹雅之才。學有空疏之誚。一二大儒。又唱文以載道之言。標玩物喪志之戒。後之君子。於下學之初。即談性道。乃以文章爲小技。自二程以下。至於考亭象山陽明。弟子十百。莫不各有語錄。昧言文行遠之理。犯辭氣鄙倍之戒。以視濂溪橫渠以文言談理者。遠矣。當唐之世。僧徒不通於文。乃書其師語以俚俗。謂之語錄。宋世儒者弟子。蓋過而效之。猶曰恐失師之眞耳。明世自著書者。乃亦效其辭。此何取哉。迨嘉靖以後。人病語錄之不文。於是王元美之劄記。范介儒之膚語。上規子雲。下法文中。始漸革其弊。然其間詩詞小說。莫不競用白話。樂府用諺語。詩餘亦多俳體。至宋則更漫無裁制。詩用白話。如擊壤集。詞至山谷。始有竟體白話者。南宋蔣竹山石次仲亦有之。小說若宣和遺事。已開施耐菴水滸傳羅定三國演義之體。而平話淘眞。又即今之彈詞。明永樂大典所收評話。多至二十目。即平話也。至於記事之史。詔告之文。亦習用其體。元代以兎兒虎兒記年。而元秘史即用白話體。其時朝廷文告。多俚鄙之言。今所傳天寶宮聖旨碑文等是也 則其漸染已廣矣。至其上者。乃有紀言 如宋葉適習學紀言 紀聞 如宋王楙野老紀聞。王應麟困學紀聞。 之書。筆記 如宋宋祁景文筆記 陸游老學庵筆記 筆談 如宋沈括夢溪筆談。 之作。叢語 如宋姚寬西溪叢語 隨筆。如宋洪邁容齋隨筆 雜錄 如明楊慎丹鉛雜錄 瑣言。如明鄭暖井觀瑣言 筆叢 如明胡應麟少室山房筆叢 漫錄。如宋吳曾能改齋漫錄 雜記 如宋黃朝英靖康緗素雜記 張淏雲谷雜記 學林。如宋王觀國學林 出入乎子史。依違乎傳注。然散無友紀。不爲本末條貫之談。僅等識小之書。難入九流之目。與夫茆亭客話。宋黃休復撰 萍洲可談。宋朱彧撰 山居新語。元楊瑀撰 水東日記。明葉盛撰 以及清異 宋陶穀撰清異錄 歸田 宋歐陽修撰歸田錄 侯鯖 宋趙令畤撰侯鯖錄 輟耕 元陶宗儀撰輟耕錄 諸錄。語林 宋王讜撰唐語林。明何良俊撰何氏語林 世說 宋孔平仲撰續世說 默記 宋王銍撰默記 桯史 宋岳珂撰桯史 諸書。同類並觀。斯亦可矣。蓋文章雖勝於語錄。體裁不越乎小說。枝葉扶疏。則凡材觀而却步。采色龐雜。則小夫亦可娛情。風氣使然。亦何足深責哉。若夫潛虛中經等作。繼元包溯太玄。上擬周易。陳陳相因。文雖奧[illegible]。亦數見不鱻者矣。易曰。形而上者謂之道。形而下者謂之器。宋儒唱文以載道之言。反致文弊而不任載。其至者乃在器數之末。若宋之楊輝秦九韶。元之李冶朱世傑。明之徐光啟李之藻。於九章四元之數。弧矢渾蓋之形。言明且清。文質具舉。賢於空談義禮。出辭鄙倍者遠矣。

宋代史學。遠勝元明。自晉開運中劉昫既上唐書。宋開寶間薛居正又成梁唐晉漢周書。皆出於官修。成于衆手。唐書乃趙瑩張昭遠賈緯趙熙鄭受益李爲光所成。劉昫僅爲監修表上而已。五代史乃盧多遜扈蒙張澹李昉劉兼李穆李九齡所成。而薛居正爲監修 搜輯雖勤。未臻精核。於是詔歐陽修宋祁重修唐書。修撰紀志表。祁撰列傳。事增文省。頗有良史之目。修以工於文詞。又私撰五代史記。薛書體例。遠規宋齊梁陳諸書。歐史則放史記。薛書重敘事。歐史重書法。各有所長。不可偏廢。舊唐書雖有繁蕪缺略之疵。而其佳處亦有爲新書所不及者。不可一概論也。及王偁爲東都事略。義法簡實。直可下視歐宋。洎元修三史。明修元史。程期悤遽。率爾操觚。是以宋史緐蕪。遼金二史。亦多闕略。元史則複傳錯見。舛漏尤多。官修之史。斯爲最下矣。其閒惟北宋與金事較詳核。則以有王偁劉祁元好問私家之史爲之先導也。三史既不厭人意。於是周以立嚴嵩修之於前。柯維騏錢士升編之於後。惟元史亦有朱右之拾遺。解縉之正誤。然理董非人。傳者亦尠。斯則宋代作者。較之元明。差有一日之長也。即馬令陸游之書。契丹大金之志。雖爲載記別史。瑕瑜互見。亦足以步趨華陽。追隨東觀。若夫司馬通鑑。爲編年之大宗。體放邱明。論宗孫習。當時通儒碩學。如劉攽劉恕范祖禹輩。實爲分纂。修資治通鑑時。史記兩漢書屬之劉攽。三國南北朝屬之劉恕。唐五代屬之范祖禹外紀唐鑑。爲其支流。網羅宏富。體大思精。非李燾陳桱薛應旂輩所能續也。而鄭樵通志。又爲通史之鉅作。遠紹史遷。近規梁武。其二十略。尤能窺見學術之大。政理之精。惟采摭既富。考核不免疏誤。然能綜括千古。成一家言。斯亦未可苛責也。此二通者。實可與通典鼎立。貴與通考。雖云詳博。了無精意。與夫策案類書。實無差別。比於杜鄭。非其倫矣。劉子玄言史有六家。自唐杜佑宋袁樞出。實可廣之爲八。蓋記傳之弊。一事複見數篇。主賓莫辨。編年之弊。一事隔越數卷。首尾難稽。自袁樞記事本末出。遂使記傳編年貫而爲一。典制之史。仿於周官。八書十志等作。厠于紀傳。未爲專書。且多斷代爲之。（漢書十志。始創典制通史之法。惟不爲專書。）杜佑始創通典。至宋徐天麟王溥李攸。又創會要之體。體似杜典。而別以斷代。成爲專書。條綴字繫。鉅細畢賅。斯二體者。又皆宋代之所創。非徒因襲舊貫已也。若夫錢文子之補漢兵志。熊方之補後漢年表。王應麟之漢藝文志考證。吳仁傑之兩漢刊誤。開清儒補志補表補注校勘之風。斯則清代考訂經史之法。皆宋人有以啟之也。

自五代文弊。至宋興且百年。而文章體裁。猶仍其餘習。鏤刻駢偶。淟涊弗振。士因陋守舊。論卑氣弱。柳開穆修蘇舜元舜欽尹洙輩。咸有意作而張之。而力不足。至於宋祁歐陽修。同學韓文。規模始大。然各得其性之所近。而所造不同。宋祁作唐書。好以新字更改舊文。（如以師老爲師耄。不可忍爲叵可忍。不敢動爲不敢搖。頗可笑哂。）遺學法言。蝨迪檢押之詞。近師關史虬戶銑溪之句。雖無宗師之怪。已懷剽賊之箴。歐陽修則特創搖曳之句。散韓柳奧博謹嚴之氣。開曾蘇連綿狂肆之風。冗語盈辭。於是始盛。是故宋祁尚不失舊法。而歐陽已爲新體之宗。斯皆秉昌黎詞必己出之戒。而一嚴用字。一矜造句。體貌不同。而標新立異者。遂開風氣之先焉。自歐陽出而南豐曾鞏眉山蘇洵及其子軾轍臨川王安石。皆聞風興起。五子者皆布依屏處。未爲人知。修即游其聲響汲引之而顯於世。故其爲文。雖造詣有殊。而體貌略似。大都動盪排奡。才氣發揚。自是而後。文章宗匠。悉推歐曾。而蘇氏縱橫之習。論策之風。便於科舉。亦往往家尸戶祝。歐宋並宗昌黎。各得其一體。而後世法韓者。以歐曾王蘇與韓柳并尊。稱爲八家。則其所謂學韓者。實法歐陽。昌黎之門。有樊紹述李翺。其文特異。宋祁近樊。歐陽修近李。人謂北宋文章。皆學李翺。指歐陽一派言之耳。歐陽讀李翺文曰。恨翺不生於今。不得與之交。又恨予不得生翺時。與翺上下其議論也。此又歐宋不同之所由。學韓而舍宋取歐。故不能宗韓。而僅歸於歐矣。唐宋文章分疆之樞紐。實在於是。文學日衰。罔其宜也。南宋惟朱熹之文。祖韓宗曾。頗不囿於時習。末流效之。冗沓萎茶。其失彌甚。餘皆誦法蘇氏。陳亮葉適樓鑰周必大呂祖謙陳傅良之徒。或失之粗豪平實。或失之空廓猥俗。縱橫之風。科舉之習。并於此矣。金之文。以蔡珪馬定國趙秉文元好問爲最著。亦宗法蘇氏。蓋其時風氣使然也。陸游老學庵筆記。建炎以來。尚蘇氏文章。學者翕然從之。當時爲之語曰。蘇文熟。吃羊肉。蘇文生。吃菜羹。元明之際。大抵祖述歐曾。自姚燧崇歐。元史姚燧傳曰。使復有班孟堅者出。表古今人物九品中。必以一等寘歐陽子。而元之四傑。若虞集揭奚斯黃溍柳貫輩。皆靡然從風。降及明初。宋濂學於黃柳。胡翰蘇伯衡繼之。續黃柳之緒。方孝儒揚宋濂之學。陵夷至於李東陽。欲捄三楊臺閣之體。而出入宋元。無以矯其膚郭冗沓之弊。於是李夢陽何景明。昌言復古。規摹秦漢。使學者無讀唐以後書。非是則詆爲宋學。宏治七子。震於時矣。然王守仁繼軌宋濂。王愼中唐荊川力主歐曾。其勢復足以相抗。李攀龍王世貞出。復宗何李。抨擊王唐。嘉靖七子。復又風靡一世。歸有光近承王唐。遠法歐曾。澤以經語。世復以大家目之。

八家之後。隱然以文統屬歸。其後張溥倡復社。夏允彝陳子龍倡幾社。以衍王李之緒。而艾南英倡豫章社以宗震川。三袁又創公安體以宗眉山。皆以抵排王李爲主。是故自宋以來。上則學歐曾。下則學蘇氏。雖有一二豪傑之士唱言復古。而不得其術。卒不能勝之。蓋不揣其本。空疏無實。祖述歐曾。意章秦漢。其弊一也。

自唐李商隱以四六名文。宋初楊億劉筠輩宗之。號爲西崑體。詞尙密致。學者靡然從風。至天聖中。操觚之士多病對偶。穆修蘇舜欽輩革以平文。其風稍歇。然制誥表奏文檄諸體。便於宣讀。仍以四六爲主。二宋郊祁以雄才奧學。一變五代衰陋之氣。公序館閣之作。追踪燕許。沈博極麗。子京深於訓詁。其文更多奇字。唐之矩矱。其時尙未失也。歐陽修行以排奡之氣。王安石喜用經史之語。蘇軾繼之。遂以成俗。散六朝渾厚之氣。澆三唐蘊藉之風。摘詞以刻露爲工。隸事以切合爲密。屬對以精巧爲能。宣和以後。多用全文長句爲對。此又宋四六之自成一格者也。南宋古文衰而駢文盛。然皆出於科舉。若孫覿滕康洪遵洪适洪邁周必大呂祖謙眞德秀之倫。在宏辭科最爲傑出。而有文名。王應麟作辭學指南。體崇四六。宗法歐陽王蘇。詳宏詞之科。始於紹聖。繼經義而起。（熙寧四年。始於經義取士。紹聖元年。始立宏詞科。試文遞增至十二體。即制誥詔書表露布檄箴銘記贊頌序是也。其文多用四六）四六以三家爲法。固與古文同。皆近於科舉。便於則效。然則宋代駢散文格。皆自此三家變而成之也。自周必大以下。以細密爲能。組織繁碎。文格日卑。元代姚燧虞集袁桷揭傒斯之徒。揚其餘波。亦未有以大過。明初宋濂劉基。猶有連珠等作。而制誥易以散文。斯體歇絕百數十年。迨七子倡言復古。而駢儷之文。亦漸振起。何景明徐禎卿謝榛輩。遠法六朝。而王志堅四六法海。遂上溯魏晉。不拘對偶。近啟明季幾復兩社之文。遠開清代駢散不分之兆。其範圍實非四六所能囿已。魏晉以來駢文。實與四六大異。後世以魏晉駢文與唐宋四六同類並觀。實未辨涇渭之言。此則王志堅始作俑矣。故定名不可不慎

宋初之詩。尙沿襲唐人。魏野潘閬學晚唐。王禹偁學白居易。而楊億劉筠等十七人學李商隱。爲西崑體。其流最盛。詞取妍華。不乏興象。末流效之。惟工組織。祥符下詔。至禁浮豔。於是蘇舜欽以雄放易浮靡。梅堯臣以古淡易穠豔。論者謂有宋一代豪健淺露之詩格。始啟於此。歐陽修學韓。惟七古略似。王安石學杜。僅得其瘦勁。至蘇軾黃庭堅。始自出己意以爲詩。唐人之風變矣。蘇詩用事繁多。失之豐縟。庭堅本於禪學。未脫蘇門之習。然世之學宋詩者。視蘇黃猶唐之李杜焉。元祐以後。詩人迭起。不出蘇黃二體。而尤以江西詩派爲盛。南渡之初。陳與義號稱學杜。以簡嚴掃繁縟。以雄渾代尖巧。其詩較勝於黃陳。師道然亦未能盡脫蘇黃之習也。尤袤范成大陸游楊萬里繼之。亦稱作者。而游之詩每飯不忘君國。尤見崇於當世。此數子者。皆於山谷爲近。自永嘉四靈出。宗法賈島姚合。以野逸淸苦之風。矯江西末派之粗獷。約性

歛情以求合於唐風。江湖詩人多效其體。是故南宋之詩。以江西江湖二派爲最盛。金詩多伉厲之音。如劉迎李汾黨懷英趙秉文諸人。米染宋季鄙倍之習。能衍山谷生硬之風。元好問輯河北諸人詩爲中州集。其詞浮厲。亦異乎詩人之旨。好問所自爲。頗欲學古。然其論詩。下拜涪翁。（遺山論詩絕句。有論詩寧下涪翁拜不作江西社裏人之句。）許歐梅復古之功。喜蘇詩百態之新。則亦未能超出北宋諸公之上也。元初方回宗江西。郝經法遺山。戴表元趙孟頫。獨以清新密麗。洗宋金粗獷之習。虞揚范揭。承之翩翩。著作之林。蓋元代文士。以宋詩不文。類欲祖唐。然尚不循其本。（宋金元初詩人。大抵祖杜甫而宗蘇黃。元遺山所謂只知詩到蘇黃盡。滄海橫流却是誰。可以見當時之風尚已。）惟仇遠又唱近體主唐古體主選之說。張翥薩都刺纖穠之其流益暢。楊維楨晚出。更知求比興風諭之指於樂府古詩。雖繁麗弔詭。其言不盡軌於正。而其意固甚美。由是郭茂倩左克明之書。盛行於代。明弘正間詩教中興。維楨實有以啓之也。明初承元季之遺。大雅漸復。而弔詭繁麗。未能盡忘。劉基以蒼莽古直著。高啟以沈鬱幽遠稱。始一掃纖靡之習。四方之士。標舉詩派。不無利鈍。而清典可味。惟時吳下遂爲冠冕。故一代文致。東南爲盛。（明初吳下多詩人。高啟與楊基張羽徐賁稱四傑。啟又與王行徐賁高遜志唐肅宋克余堯臣張羽呂敏陳則卜居相近。皆能詩。又號十才子。流風餘韻。至明末尙獨盛而未衰。）永樂而後。一變爲臺閣體。詩道復衰。前後七子。希風建安。折衷杜甫。接武旁流。差無愜響。薛蕙皇甫汸工異曲。李王之詩。雖馴至僞體。亦視乎別裁。其後四十子之倫。未盡厭乎衆志。公安三袁。非通變之才。竟陵鍾譚。爲亡國之訞。盛極而衰。亦足知政。其後殉國之賢。遺民之作。若陳夏屈顧諸公。攄澤畔之吟。咏黍離之什。氣薄曹劉。義繼風騷。斯足以上媿元好問。趙孟頫。下慚錢謙益。吳偉業者矣。

詞莫盛於宋。曲莫盛於元。詞者詩之餘。曲者詞之餘。故詩人之詞麗以則。詞人之詞麗以淫。唐人樂府多采五七言絕句。自李白創詞調。至宋初慢詞尙少。至大晟之署。應天長瑞鶴仙之屬。上薦郊廟。拓大厥宇。正變日備。上之言志永言。次之志潔行芳。而後洋洋乎會於風雅。故自其高者言之。北宋多北風雨雪之感。南宋多黍離麥秀之悲，斯足劭也。至於琱琢曼辭。蕩而不反。文而無物者。過矣靡矣。宋之於詞。猶唐之於詩。帝王如昇元靖康。將相大臣如范仲淹辛棄疾。文學侍從如蘇軾。周邦彥。志士遺民如王沂孫唐珏。推而至於道學武夫婦人女子以及方外之士。類多精究音律。度曲塡詞。風氣所扇。遂多作者。天聖明道間。晏殊歐陽修輩。都工小令。柳永始作慢詞。多至百餘字。音律諧婉。聲情激越。風靡一世。波及外國，蓋旖旎近情。故使人易入。而好爲市語。亦一病也。至蘇軾出。乃一洗綺羅薌澤之態。綢繆宛轉之度。浩氣逸懷。超乎塵埃之外。遂爲詞之別派。論者謂詞自晚唐五季以來。大抵以清切婉轉爲宗。至柳永而一變。如詩家之有白居易。至蘇軾而又一變，如詩家之有韓愈。豈其然乎。繼蘇而起。有秦七黃九之稱。然山谷粗鄙。未足相儷。少游與蘇亦異撰。淸遠婉約。辭情兼勝。直堪上溫韋。下啓美成。崇寧之際。周邦彥提舉大晟。與萬俟雅言同精音律。雅言之詞。發妙音於律呂之中。運巧思於斧鑿之外。平而工。和而雅。人稱爲詞中之聖。惜大聲一集。不傳於世。遂不得不推邦彥爲巨擘。邦彥既精聲律。下字用韻。皆有法度。故千里和詞。不敢稍失尺寸。而思力沈厚。富艷精工。金聲玉振。實集諸家之大成。此與詩家杜甫。皆爲百世正宗。後有作者。莫能出其範圍也。南宋之初。辛棄疾學蘇詞。於悲壯激越之中。寓溫柔敦厚之意。爲倚聲之變調。劉過蔣捷張安國劉克莊繼之。往往襲貌遺神。蓋南渡之後。慢詞大盛。學柳則俗。學蘇則粗。柳永雖多惡濫可笑之語。然其鋪敘委婉。言近意遠。森秀幽淡之趣在骨。實爲北宋大家。近人比之詩中李白。亦或有相似之處。蘇軾雖有粗豪之病。然亦甚有苕秀處 舍短取長。要在善學者耳。惟陸游出入二家。能通其郵。頗世以詩人之詞。反不見重。而姜張一派。遂爲南宋詞宗。張炎著詞源。以作詞者多效邦彥。體製失之軟媚。而以秦觀高觀國姜夔史達祖吳文英。格調不侔。句法挺異。俱能特立清新之意。删削靡曼之詞。自成一家。各名于世。惟此數家。可歌可誦。詞源下 然秦觀之詞。平易近人。用力者終不能到。玉田導源於秦。故山中白雲之作。專事修飾字句。或失之甜。或失之滑。則知其趨向歧也。姜夔清勁知音。亦有生硬之句。而玉田過尊白石。但主清空。故其清絕之處。人亦未易臻也。吳文英深得清眞之妙。惟下語太晦。人不可曉。世以詩家李商隱比之。實與玉田異派。尹惟曉云。求詞於吾宋。前有清眞。後有孟窗。按夢窗實超乎姜張之上。 繼起者有周密。世有二窗之目。吳文英。號夢窗。周密。號草窗。 王沂孫碧山樂府。每多眷念君國之音。不事二朝。情見乎辭。與周密頗同調。斯足以冠冕晚宋。下敢鳳林者矣。鳳林書院詩餘三卷。無名氏選。皆元初人作。宋代遺民也。金元以來。詞學漸衰。金初以吳激蔡松年爲最著。號吳蔡體。元好問繼之。宏獎蘇辛。出入秦晁賀晏。見遺山自題樂府引。然較之宋詞。每嫌其盡。元初王惲來自金。仇遠趙孟頫來自宋。而元始有詞。及張翥出。婉麗風流。頗有南宋舊格。蓋元代作者。往往詞曲相混。惟蛻巖之詞。無一曲語。故稱大宗。虞集薩都剌次之。若陶宗儀則曲手而已。明代詞人。類以花間草堂爲本。若商輅瞿祐顧璘小詞。亦尙可歌。而慢詞多不知而作。未諧音律。金元工於小令套數而詞亡。論詞於明。並不逮金元。遑言兩宋。蓋明詞無專門名家。一二才人。又皆以傳奇手爲之。宜乎詞之不振也。故萬紅友詞律。於明人自度腔。概從弗錄。如王世貞之怨朱絃小諾皋。楊愼之落燈風誤佳期。徐渭之鵲踏花翻。陳子龍之闌干拍等。皆所不采。若湯顯祖添字昭君怨。與乾荷葉小桃紅諸調。皆出傳奇。尤爲不取。自張綖著詩餘圖譜。辨詞體之舛錯。定倚聲之矩矱。其自爲詞。亦足振起一時。於是陳鐸樂府。以協律聞。馬洪詞句。馳譽東南。而王好問卓發之之徒。詞尙駿逸。頗有宋人風味。至陳子龍夏完淳。攄綿邈悽惻之情。抒慷慨淋漓之致。追碧山之逸調。攀易水之悲歌。亦稍足以盡詞之用者矣。

自宋人爲詞。間雜俚鄙之語。金元以異族入據中夏。不諳文理。詞人乃曲意遷就。間用彼語。雅俗雜陳。而曲乃作。故曲之爲文。託體最卑。然播之聲律。感人尤深。雅俗兼賞。其被尤廣。自漢之廬江小吏妻。六朝之木蘭諸詩。雜述數人語言。以自成章法。固樂府之別調。而實爲大曲之濫觴。隋時始有康衢戲。唐曰梨園樂。宋曰華林戲。至元乃曰昇平樂。陶宗儀謂宋有戲曲。金有院本雜劇。按宋人多用大曲。編數既多。其次序字句。皆有定法。金院本則同一宮調中皆可通用。然大率二三曲而止。至元而南北曲分流。北曲必四折。每折易一宮調。曰雜劇體。南十六齣至四十齣。曰傳奇體。故以北曲作傳奇非。以南曲作雜劇亦非。南北曲雜糅尤非。

降及元代。曲分南北。北多雜劇。南多傳奇。而尤以北曲爲盛。其後北曲不諧於南。而始有南曲。南曲則大備於明。北曲之存者。以金末董氏西廂記爲最古。元初關漢卿馬致遠鄭德輝白樸爲四大家。關之切鱠旦。馬之黃粱夢。鄭之倩女離魂。白之梧桐雨。皆名震一時。王實甫關漢卿又足成西廂記。流傳尤遠焉。中葉以後。作者若范康楊梓蕭德祥王曄等。皆爲浙人。鄭光祖宮天挺秦簡夫鍾嗣成等。雖爲北人而皆居於浙。其所製曲。宗派雖存。而風骨差薄。元初北方剛勁之氣。已漸消失矣。元末永嘉高明作琵琶記。以北曲改南曲。數人合唱。耑以和婉爲工。於是南曲漸盛。而北曲衰。言南曲者。以明王敬夫徐渭湯顯祖李日華等爲最著。王有杜陵春。徐有四聲猿。湯有臨川四夢。李有南曲西廂。其後阮大鋮有春燈謎燕子箋諸作。衆亦翕然稱之。識者謂阮氏以尖刻爲能。自謂學臨川。實未窺見毫髮。李漁惡札。自此濫觴矣。明代雖以傳奇爲盛。然作雜劇者亦未嘗無人。觀盛明雜劇初二集可見一班。大抵北曲以勁切雄麗勝。南曲以清峭柔遠勝。風氣所囿。自不同科。合而舉之。良可哂也。南北曲之歌。其初皆用絃索。自楊梓傳海鹽腔。清王士禎香祖筆記云。海鹽少年多善歌。蓋出於澉川楊氏。其先人康惠公。與貫雲石交善。得其樂府之傳。今雜劇中豫讓吞炭霍光鬼諫。敬德不伏老。皆康惠自製。家僮千指。皆善南北歌調。海鹽遂以善歌名浙西。今世俗所謂海鹽腔者。實發於貫酸齋。源流遠矣。至明嘉靖隆慶間。崑山魏良夫出。一變而爲崑腔。始備衆樂器而劇場大成。清朱彝尊靜志居詩話云。梁辰魚。字伯龍。崑山人。雅擅詞曲。時邑人魏良輔能喉囀音聲。始變弋陽海鹽故調爲崑腔。伯龍塡浣紗記付之。同時又有陳九疇鄭思笠包郎郎戴梅川輩。更唱迭和。流播人

中國文學史要略

間。今已百年。李調元曲話引絃索辨訛云。明雖有南曲。祗用絃索官腔。至嘉隆間。崑山有魏良輔者。乃漸改舊習。始備衆樂器。而劇場大成。至今遵之所謂南曲。即崑曲也。王世貞謂北曲多辭情而南曲多聲情。蓋謂此也。夫詞曲爲樂府之變調。其源皆出於詩。自後世以小道目之。於是言北曲者。多殺伐之聲。言南曲者。多柔靡之音。其去風雅之道遠矣。

中國文學史要畧

第五期

清世學術開國之初。尚承宋明軌轍。自理學之儒。以及歌詩文史之士。雖無超軼之才。而典型尚不墜。惟經學自萌芽時已不類宋明。自雍正乾隆多忌。而學術大變。歌詩文史由此楛理學之言。亦竭無餘華。舉世智慧皆湊於說經。於是其術工眇踔善。頗欲駘藉宋明。駕軼漢唐矣。自明顧炎武作唐韻正易詩本音。古韻始明。肇開江戴之風。閻若璩撰古文尚書疏證。定東晉晚書爲僞作。遂啓惠江之業。張爾岐明儀禮。胡渭闢易圖疏禹貢。皆爲鉅儒。然草創未精博。其言亦雜糅漢宋。故經學成家言箸系統者。自乾隆朝始。一自吳。一自皖南。一自常州。吳始惠棟。其學好博而尊聞。故校讎輯逸之風。自此而啟。皖南始江永戴震。綜形名。任裁斷。復先漢之小學。以六書九數爲本柢。推及乎度數名物聲律水地。以窮極乎義理。故戴學之徒。分析條理。皆參密嚴瑮。上溯古義。而斷以己之律令。頗近名家。與蘇州諸學有殊。常州始莊承與喜治公羊。猶稱說周官。其徒承之。乃專治今文。頗雜讖緯神秘之辭。其義瑰瑋。其文華妙。與治樸學者異術。文士便之。其學遂盛。夫六藝爲史之流。足以觀世。不盡足效當世之用。傅會飾說。以制法決事。茲益爲害。故博其別記。稽其法度。覈其名實。論其羣衆。以之觀世。差有一日之長焉。吳自惠士奇始明周官。其子棟博綜古義。言不滯俗。損志經術。撰九經古義周易述古文尚書考左傳補注。然棟承何焯陳景雲之風。亦嘗泛濫百家。故校輯筆語之書尤衆。其弟子有江聲余蕭客。聲爲尚書集注音疏。陽湖孫星衍與聲同爲畢沅客。亦爲尚書古今文注疏。蕭客爲古經解鉤沈。大氐尊信古義。尟下已見王鳴盛錢大昕。世稱嘉定二君。亦被惠氏之風。稍益發舒。王箸尚書後案。專宗馬鄭。竺守家法。錢則兼綜吳皖二派。博通經史羣書。心得尤多。傳其家學者塘坫侗繹。其最著者焉。棟晚年敎於揚州。則汪中劉台拱賈田祖以次興起。蕭客弟子甘泉江藩。復續續周易述。李林松又繼之。斯皆陳義爾雅。淵乎古訓是式者也。皖自休寧戴震受學婺源江永。所著小學禮經算術輿地性道之書。條理致密。綜覈形名。不苟信古人。不虛言性命。其鄉里同學有金榜程瑤田。後有凌廷堪三胡。（匡衷承珙培翬）皆善治禮。而胡培翬有儀禮正義。其名尤著。瑤田亦兼通輿地聲律工藝穀食之學。震之敎於京師也。任大椿盧文弨孔廣森皆從問業。弟子最知名者。金壇段玉裁。高郵王念孫。及其子引之。皆深通小學。超軼漢魏諸儒。其後寶應劉寶楠儀徵劉文淇德淸俞樾瑞安孫詒讓。皆承念孫之學。寶楠著論語正義。文淇著春秋左氏傳正義。詒讓著周禮正義。樾之經學。獨誦法引之。引之有經義述聞經傳釋詞。而樾乃著羣經平議古書疑義舉例。以相步趨。平議雖不逮。而古書疑義舉例。條列精確。實有以過之。斯則漢儒之所不能理。魏晉以來所未有也。而甘泉焦循棲霞郝懿行承阮

元宏獎漢學竺信皖派之風。亦各著新疏。循有孟子正義。懿行有爾雅義疏。玉裁弟子長洲陳奐。亦著毛
詩傳疏。詩疏稍膠固。其他皆過唐人舊疏。取精多而用物宏。時使然也。初明末有浙東之學。萬斯大斯同
兄弟。師事餘姚黃宗羲。稱說禮經。雜陳漢宋。而斯同獨尊史法。餘姚邵晉涵繼之。與戴震同官四庫館。始
與皖南交通。著爾雅正義。穀梁正義。穀梁正義。見錢大昕邵君墓志銘。未行於世。其後定海黃式三承其風。著論語後案。其子以
周作禮書通故。三代制度大定。浙東之學。自此始完集云。自桐城姚鼐詆樸學殘碎。方東樹著漢學商兌。
始與經儒交惡。其後曾國藩始稍調和。而文士又恥不習經典。於是常州今文之學。務為瑰意眇辭。以便文士。始武
進莊承與與戴震同時。治公羊。作春秋正辭。又著周官說。其徒陽湖劉逢祿。始專主董仲舒李育為公羊
釋例。其後勾容陳立疏證白虎通義以作公羊義疏。德清戴望述公羊以注論語。善化皮錫瑞著五經通
論以張今文，而著孝經鄭注疏。此皆尚為有師法者。自長洲宋翔鳳采翼奉諸家。雜以讖緯牽引飾說。於
是始多傅會之論。華妙之辭。文士尤利之。仁和龔自珍邵懿辰邵陽魏源。皆好姚易卓犖之辭。欲以前漢
經術。助其文采。不素習繩墨。乃攻擊古文。其所持論。往往支離自陷。絕無倫類。於是王闓運之徒。閎風興
起。時出新義。雖較勝龔魏。而說多不根矣。當惠戴學衰。今文家又守章句。不調洽於他書。於是番禺陳澧。
始知集漢宋。調合鄭朱。著通論及讀書記。然其聲律切韻之學。頗成一家之言。而其弟子不能傳。諸顯貴

好名者。獨張其經學。及翁同和潘祖蔭用事。專重襮聞之儒。學者務得宋元雕槧。而昧經記常事。上者務校輯以釣名。下者通目錄以罔利。而清學始大衰。夫清學所以超越前世者。在能綜核形名。以發明義理。與理學文士空談臆説者異撰。故其單篇通論。亦多醇美。墝埆諸家新疏。固多憑藉舊釋。而精博堅塙相去已遠。即故書雅記。足以爲經附庸者。若朱右曾周書校釋。孔廣森大戴禮補注。（案王聘珍亦有大戴禮記解詁。汪照有大戴禮記補注）董增齡國語正義。（案龔麗正有國語韋昭注疏。洪亮吉亦有國語韋昭注疏。未見傳本）亦能輔弱扶微。足以垂世。而故訓既明。又多迻以説古史諸子。度制事狀。亦用其律令以相徵驗。此皆實事求是之學。體大思精之業。固與空疏無術瑣碎無紀者殊也。

自明末黃宗羲以經史之學倡浙東。著明史案二百四十四卷。又欲輯宋史而未就。僅存叢目補遺三卷。於是鄞萬斯同烏程溫睿臨餘姚二邵（廷采晉涵）會稽章學誠繼之而起。浙江史學之盛。甲於海內矣。學誠爲文史校讎諸通義。以復歆固之學。卓約近乎史通。言史例者宗之。方清興三十餘載。南服初平。士大夫之有節操者。大抵心存故國。未肯爲新主用。於是清廷特開博學鴻儒科以餌之。斯同承宗羲之學。同膺薦。辭不受。乃取彭孫遹等五十人爲博學鴻儒。纂修明史。總裁徐元文特延斯同於家。以布衣主編纂。不署銜。不受祿。五十人所修藁。皆送斯同復審。懼褒貶之權。操之非其人也。張玉書陳廷敬王鴻緒繼之。皆延之如初成明史稾三百十卷。其後張廷玉刊定明史。本其稾而增損之。而削其三王傳。已大失斯同本旨已。初。宗羲既爲明史案。又作三王紀年。及記魯監國鄭成功事。而斯同之友溫睿臨。通史法。斯同乃以明南渡後三朝事迹。屬其別爲一書。成南疆逸史四十卷。順治康熙之際。莊廷鑨戴名世。以記載前事誅夷。乾隆時。銷燬明季史書。不遺餘力。其書湮沒不彰。道光中。李瑤得其殘本二十卷。重加補輯。復因忌諱。宏多改竄。過半失其指矣。（清季溫氏原本全書復出。以之校勘。始得知之。）而餘姚邵廷采。鄞全祖望。頗承黃氏之志。搜采遺事。著書垂後。其後六合徐鼒作小腆紀傳。元和錢綺作南明書。亦能彌縫其闕。溫氏遺緒。賴以不墜。邵晉涵承其從祖廷采之學。嫻於明季史事。又繼黃氏之志。欲重修宋史。宋史自南渡後。尤疏謬。寧宗以後。事迹不完。褒貶失實。不如東都有王偁事略也。故輯南都事略。欲使條貫麤具。詞簡事增。然後爲趙宋一代之書。惜其志不遂。事略書成。亦未見傳本。惟所輯薛居正五代史。行於世焉。自是之後。吳陳黃中。海寧陳鱣。荊溪周濟。邵陽魏源。皆承邵氏之法。重修舊史。黃中成宋史稾，鱣改修新舊五代史。以後唐南唐爲正統。補撰志表。爲續唐書。濟撰晉略。而郭倫之晉記微。源爲元史新編。而邵遠平之類編廢。斯皆黃氏發其緒。萬溫邵三家宏其業。浙江史學。遂被於吳楚矣。先是仁和吳任臣。放崔鴻之例。撰十國春秋。於是南康謝啟昆作西魏書。順德梁廷枏作南漢書。（陽湖洪亮吉有西夏國志十六卷。未見傳本。）雖偏方載記。而亦具紀傳。秀水朱彝尊放裴松之之例。注五代史記。於是南昌彭元瑞萍鄉劉鳳誥踵其成例。成新五代史補注。吳惠棟輯東漢諸書以補注范曄後漢書。青浦楊運泰采五代諸史以補注陸游南唐書。歸安楊鳳苞搜集明季野史以補注溫睿臨南疆逸史。其書未知成否。此皆博聞彊識。力能改造正史而前史既善。遂爲補苴之作。而錢唐厲鶚爲遼史拾遺。仁和杭世駿補金史一百餘卷。未見傳本。錢大昕繼之。遂有三史拾遺諸史拾遺之作。與其所謂考異者有別。則此三事。亦自浙人啓其端矣。自宋錢文子補漢兵志。熊方補後漢書年表。清儒承其遺法。而補志補表之作大盛。昔江淹謂作史之難。莫難於作志。而劉知幾則謂史之有表。煩費無用。得之不爲益。失之不爲損。故人皆重視志而輕視表。獨萬斯同則謂史之有表。所以通紀傳之窮。有其人已入傳而表之者。有未入傳而連類以表之者。表立而紀傳之文可省。讀史而不讀表。非深於史者。遂爲歷代史表。錢唐周嘉猷繼之作南北史補表。其專爲一朝作者。如錢大昭後漢書補表。專爲一事作者。如洪齮孫三國職官表。此皆意在補紀傳諸史而作。若夫歷代職官地理諸表。志存沿革。非其倫比矣。志則有汪士鐸南北史補志。頗有唐修五代史志之遺意。其專爲一朝一事作者。若郝懿行之補宋書刑法食貨二志。錢儀吉之補晉兵志。其最著者爲。而地理補志。則有洪亮吉洪齮孫畢沅。藝文補志。則有錢大昭侯康侯康蒋以隋以前古書多亡。著書者湮沒不彰。欲補撰後漢三國晉宋齊梁陳魏北齊周十書藝文志。而自注之。後漢三國成經史子三部。餘皆未成。丁國鈞湯洽顧欀三盧文昭金門詔錢大昕。章宗源隋經籍志考證。繼宋王應麟漢志而作。遠紹旁搜遂集輯逸之大成。章宗源附經籍志考證。今僅存史部一類。當其成書時。先輯成玉函山房輯逸叢書。以爲考正之資。後乃售之馬國翰者。清代輯逸之書。雖發端於經學家。而實盛於史家。自邵晉涵從永樂大典中輯出薛五代史後。四庫館臣遂於大典中輯出書數百種。以成聚珍版叢書。而章宗源以一人之力。又爲輯逸叢書。經史子集。彙收並蓄。可謂集大成矣。汪文臺七家後漢書湯球十家晉書實爲其支流與苗裔耳。凡斯衆作。雖無文采。而貫穿羣書。裨益紀傳。有徵實之功。無虛妄之作。賢於空言垂世者多矣。繼通鑑而作者。有徐乾學畢沅。然皆成自他人。徐書詳南而略北。畢書詳宋而略元。詳略之間。已可訾議。而畢書晚出。較勝於徐。或謂畢書成於邵晉涵。南都事略之緒餘。僅可見於此書。斯乃憑臆之談。邵之稿本實已亡矣。余別有畢沅續資治通鑑考 他若陳鶴明紀。語過簡略。事端不備。徐鼒小腆把年。失於斷限。偏於識小。是故編年諸書。未有以過於司馬者也。明史雖多曲狥遺漏。以視宋元二史。實有以過之。雖爲官修。實萬斯同一人之力爲多。徐畢二書。私家著述。宜勝於明史。然皆出於衆客所作。有類官修。宜其不能及司馬也。豐潤谷應泰明史紀事本末。先明史而成。頗多異同。各篇論議。文倣晉書。多儷偶之辭。遺詞隸事。曲折詳盡。或謂史實成於張岱。論實成於陸圻。二人皆浙產。谷爲浙學。使多以金購事。雖等於徐畢。而文史之學。頗能勝之。其後青浦楊陸榮記三藩。烏程張鑑春紀西夏。雖步趨應泰而已。無其文采。惟馬驌繹史。體大思精。貫穿三代。雖爲紀事本末之體。而政典學案世表輿圖。亦所不遺。斯能高出衆作。自成一家者也。雖僞書讖緯。雜然並陳。亦其一弊。而其大體固已宏遠矣。會要之書。清代不昌。惟嘉興錢儀吉嘗有志作三國晉南北朝諸會要。而三國先成。未傳於世。觀其自敘。其精審實有過於徐王二家者。錢儀吉著紀事稿。有三國會要叙例一篇祥符周星詒題其成例亦頗有撰述。見譚獻復堂日記然皆未見成書。亦足憾也。自漢劉向作別錄。晉張隱傳文士始爲學術專家成書立傳而明黃宗羲乃創爲學案之體。成宋儒明儒學案。全祖望王梓材繼之。迭有增補。吳鼎唐鑑亦各有述作。學術之史。粲然可觀。其後江藩作漢學師承記。阮元作疇人傳。周亮工作印人傳。張庚作畫徵錄。各就專家之學。叙其淵源。傳其流別。而年表年譜之作。亦實繁有徒。或爲專書。或附別集。此皆爲論世知人之助。尋源竟委之方。得失利病。於以憭焉。

大抵清代學術。善於徵綜名實。而不屑空言名理。雖在諸子之書。亦多以治經史之法治之。始明顧炎武承王應麟紀聞之法。而爲日知錄。雖多考證之語。亦富經世之言。其博大過於紀聞。頗能成其一家。至清閻若璩盧文弨王鳴盛錢大昕孫志祖桂馥李賡芸洪頤煊臧庸姚範之徒。各有札記叢錄隨筆諸作。偏於考證。雜治羣書。文無篇章。頗等識小。惟俞正燮類稿存稿。近於雜家。迨王念孫讀書雜志。俞樾諸子平議。始專以經學律令。遂治子書。而洪頤煊爲管子義證。郝懿行爲荀子補注。汪繼培爲潛夫論箋。孫詒讓爲墨子閒詁。專治一家。傳其故訓故事。於是管荀莊韓。咸有集解集釋之作。而尹文商君淮南法言。亦有爲之校錄疏證。稽其異同者。若夫弟子職之有集解。天文訓之有補注。墨經之解。地員之疏。雖屬單篇。亦必有專家之學。爲之疏通證明。下及顏氏家訓。馬總意林。且秉其術。以爲之校注。雖精麤不同。短長異數。要其綜核形名。不苟空言義理。其揆一也。至於天算之學。雖憑數理。頗亦出乎形名。自九章五曹以來。至元而中法極盛。至明而西法大啟。清代諸家。頗能兼貫。言中法者。有釋例細艸之作。順理成章。言明且清。六經諸史。咸有天文律歷諸算草。戴震觀象授時。董祐誠五十三家歷術。汪曰楨歷代長術輯要。其最著者也。震之勾股割圜記。吐言成典。爲近古之所無。算學之文。此爲最善矣。言西法者。大都出於譯述。以李善蘭爲最。清季之弊。譯算之書。言之不文。人頗視爲畏途。較之理學家之語錄。其難解且過之。製器之不能紹述西法。此亦其一障也。是故古代小學。以六書九數爲始。二者交重。其文章乃有實際。清代惟焦循能以算術說易理。其餘說理者。大抵祖述程朱陸王。空言抵拒。相互攻擊。而無所發明。顏元雖能矯其弊。獨以保氏六藝。策勵躬行。趨爲有學之用。而不空談心性。然清初言理學者。亦自有喜談經濟一流。如顧炎武黃宗羲陸世儀諸公。皆以理學名家。各抒經世之論。其後胡承諾著繹志。唐甄作潛書。檀萃成法書。於是策士奮起。包世臣龔自珍馮桂芬薛福成之徒。皆抵掌論天下事。至於清季。治平有議。籌邊有記。富國有策。經世文章。滙爲大觀。（魏源賀長齡輯經世文編其後續輯者實繁有徒）然綜核之言少。郛廓之論多。故亦與理學同弊。而羅有高汪縉彭紹升以釋典治理學。方苞姚鼐以文章潤理學。是故終清之世。言理學者多變端。而無所發明。獨戴震著原善及孟子字義疏証。以欲當爲理。矯正宋儒之失。上攀孟荀之輪。以視紛爭於程朱陸王者遠矣。

言文章者。自明季錢謙益艾南英輩。已遠法歐曾。近效歸有光。頗與幾復兩社相抗。清初侯方域汪琬朱彝尊皆承其流。徒以錢爲貳臣。人皆羞稱。追跡源流。實亦爲一代開風氣之人。明史文苑傳排擊前後七子。而左袒王唐茅歸。大抵采錢之議論爲多 其後方苞姚鼐繼之。義法益嚴。而師承不易。徒以潤澤理學。好以道統自期。遂以韓歐曾歸而後直接方姚。錢侯汪朱。屏之宗派以外。而又好與崇古文治樸學者爲敵。暱近今文學派。以掩其不知經術之恥。空疏之士。便之靡然從風矣。自陽湖張惠言始以江戴經術。用方姚之律令以爲文章。張之洞書目答問以惲敬張惠言陸繼輅列陽湖派實皆桐城派也 湘鄉曾國藩和之。每欲以戴段錢王之訓詁。發爲班張左郭之文章。雖不能至。心嚮往之。比於桐城。規模益爲宏遠。其弟子張裕釗吳汝綸差能繼起。桐城派之未墮於地。賴以此耳。桐城之文。人稱爲嚴於格律。善於記事。清初顧炎武著救文格論。日知錄中亦有論文章格律者數百條。 黃宗羲萬斯同邵晉涵全祖望。頗善於記事。實皆有以啓之。而錢大昕猶然以此二事。詬詈方苞。以爲不知義法。要其釐革錢侯呶嘐之病。易堂九子叫囂之習。而歸於清潔雅正。其功亦不可沒。而忽略名實。未剪浮詞。斯亦非文之至者耳。

爲駢文者。吳兆騫承復社之流。吳綺摹義山之作。陳維崧章藻功雖云導源徐庾。而體格實近唐宋。此皆氣蕪詞繁。其體未純者也。胡天游追踪燕許。頗稱壯美。而俗調僞體。汰除未盡。袁枚繼之。亦自詭麗。而氣散神茶。音響凡猥。吳錫麒委婉澂潔。意主近人。圓美可誦。而古義稍失。惟昭文邵齊燾。氣獨遒古。有正宗雅器之目。嘗謂清新雅麗。必澤於古。非苟且牽率。以娛一世之耳目者。駢體之尊。始此。一時風氣。爲之丕變。劉星煒孔廣森孫星衍洪亮吉曾燠輩繼之。其旨益暢。廣森以達意明事爲主。開闔縱橫。與散文同法。燠亦以爲古文喪眞。反遜駢體。駢體脫俗。即是古文。三家之論。漸開合駢於散之機。吳鼒以袁邵劉吳孔孫洪曾爲駢文八大家。袁吳實非其倫比也。其後陽湖董祐誠。湘潭王闓運。會稽李慈銘。皆氣體清潔。詞旨潤雅。頗有淩駕前修之概。而張惠言爲賦。獨宗兩漢。惟闓運亦差能相敵。足以超軼齊梁。下視唐宋。惟他文未能稱是。夫學六代者。下視唐宋。學唐宋者亦菲薄六代。駢散之分。其來久矣。至清而桐城儀徵兩派。皆畜其一偏之見。以相水火。不務反觀三代兩漢魏晉之文。以綜合體要。各欲以其一端。槩括一切文體。其弊甚矣。自汪中李兆洛出。始上法魏晉。以復古代駢散不分之體。周濟始學桐城。其作晉略。持論亦同汪李。其後譚獻以此體倡浙中。其風始盛。譚獻復堂日記三云。明以來文學士心光。埋沒于場屋殆盡。苟無摧廓之日。則江河日下。予自知薄植。竊欲主張胡石莊章實齋之書。輔以容甫定庵。略用挽救。而先以不分駢散爲粗迹爲回瀾。八荒寥寥。和者實希。日記八云。吾雅文字。不分駢散不能就當世古文家範圍。亦未必有意決此藩離也。不謂三十年來。幾成風氣。約略數之。如謝枚如楊懋臚莊仲求莊中白郭晚香孫彥清楮叔寅袁爽秋譚遜菊曾素交。新知則有朱文芴范仲林。近日始見蔡仲吹王子裳之作。所造不同。皆是物也。而論者每以別體目之。昧者又欲以四六混駢文。斯皆所謂囿於習俗者也。別體之論。倡於散文家。李兆洛駢體文鈔實主駢散不分之旨。清季有爲河南學使者。又以其所選駢文多雜散體。擬別選駢體文鈔。純主駢體。此乃不能剖析四六與駢文之分際。故有此論。今人主散體者。每譏汪李一派爲駢非駢散非散有非驢非馬之譏。此皆未知文章體裁者也。然駢文自孔曾以來。以達意明事爲極則。汪李周譚諸公。雖文體有異。而用意亦未變。文章之用。固又有要於此者。清代文士。每短於持論。拙於說理。甄辨性道。極論空有。駢散諸家。概乎其未有聞。斯則綜核名理。扶文以質。有待乎後起之英矣。

清初詩人。有錢謙益吳偉業龔鼎孳。稱江左三大家。謙益稱揚白居易蘇軾陸游。而明代何李王李則排斥不遺餘力。二袁鍾譚。更在不足齒數之列。一時學者。靡然從之。然薄之者。謂爲漸滅唐風。偉業七古放元白。而五七言近體。聲華格律。不減唐人。五古長篇。亦足自成一家。鼎孳雖與錢吳齊名。而讌飲酬酢之作。多於登臨憑弔。實已少遜。三子者皆名列貳臣。苟不以人廢言。則吳之可取爲較多也。其後萊陽宋琬。宣城施閏章。亦頗以詩名。有南施北宋之目。而新城王士禛。宗尚王孟。以神韻爲主。秀水朱彝尊。兼學唐宋。以博雅見稱。屹然分立南北。主盟詩壇者數十年。士禛之名尤盛。至有推爲清代第一流者。趙執信著談龍錄與之齟齬。亦不能撼焉。然王朱二子。皆好以運用僻典爲能事。書卷多而性靈隱。亦一病也。當斯之時。屈大均陳元孝梁佩蘭。有嶺南三家之稱。大均神似李白。元孝師法曹植杜甫。惟佩蘭醇樸而意盡句中。大似龔鼎孳。士禛謂嶺海多才。以未染中原江左積習。故尚存古風。理或然歟。蕭山毛奇齡。以時尚宋體。故專法唐音。而自出新意。常熟馮班。獨宗晚唐。嘗欲以李商隱詩。醫江西粗俗槎枒之病。益都趙執信亦頗服習其說。以貶士禎。然士禎而後。世獨稱査慎行。慎行學蘇陸。少蘊藉。與宋犖陳維崧邵長蘅諸錦頗有同調。而魄力風韵。差或過于諸家。遂能傑出一時。其後厲鶚學陶謝王孟韋柳。以淡遠勝。頗稱後起之英。袁枚主性靈。翁方綱以肌理二字。救新城一流之空調。二子得名雖盛。皆非正軌。有識者譏之。惟長洲沈德潛差能爲一代宗。先是康熙之際。有吳江葉燮者。作原詩內外篇。以杜爲歸。以情境理爲宗旨。推本性情。語見實際。德潛受其詩法。故古體宗漢魏。近體宗盛唐。而尤服膺於杜。論者謂燮體素儲潔。而德潛多査滓。則過求寬平之流弊耳。德潛弟子極盛。吳中七子，惟王昶著湖海詩傳。以續別裁集。（沈德潛著古詩源及五朝詩別裁集。其中國朝詩別裁集三十六卷。王昶湖海詩傳四十八卷。實稍此集而作。符葆森正雅集百卷。再續之。皆繁猥不逮沈。）然其宦成之後。皮傅韓蘇。已與師說偝馳。再傳爲黃景仁。頗有青出於藍之目。其詩希蹤李白。風格矜重。生氣遠出。而澤於古。淸詩至此。頗有難繼之歎。蓋自乾隆以來。文字之獄屢興。往往指摘詩中一二字。以羅織其罪。雖以陳鵬年之勤慎。猶以鷗盟二字。致連結海寇之彈章。其他何論焉。風雅之士。不敢詠時事。其時考徵之學方興。於是覩一器說一事。則紀之五言。陳數首尾。頗近馬醫歌括。及曾國藩出。誦法江西諸家。矜其奇詭。學者騖逐。其詩多詰詘不可誦。甚者與杯珓讖詞相等。歌詩失紀。未有如此時者也。惟山陽潘德輿論詩。宗曹陶李杜。探源風騷。而同其用於春秋。孟子所謂詩亡然後春秋作也。可謂知本。然其自爲詩。亦不能稱其所論。其後有李慈銘譚獻。皆推本性情。導源雅頌。亦頗有以詩爲史之意。獨王闓運憲章八代。宗緣情綺靡之旨。不事放言高論。不諱摹擬形似。故其詩頗多與六代相類。夫風騷之製。不廢比興。詩之摛詞。不貴質說。潘能宏其用。王能明其法。采二家之所長。而各極其致。詩道復興。其殆始於此乎。

詞爲詩餘。其用與法。皆相似。自南宋之季。幾成絕響。元之張翥。稍存比興。明則陳子龍。直接唐人。爲天才。清初嗣其音者。有宋徵輿李雯錢芳標。皆華亭人世以三子與顧貞觀王士禎納蘭性德彭孫遹沈豐垣沈謙陳維崧爲前十家。張惠言張琦周濟龔自珍項鴻祚許宗衡蔣春霖姚燮蔣敦復王錫振爲後十家。皆樂府中高境。三百年所未有。芳標源出義山。豐垣推本淮海方回。猶有黍離之傷。徵輿詞近馮韋。貞觀出入北宋諸家。士禎小令。頗近南唐二主。性德亦然。其品格乃在晏賀之間。彭孫遹多唐詞。李雯亦近溫韋。沈謙陳維崧步武蘇辛。大抵以五代北宋爲歸。與維崧齊名者。又有朱彝尊。以南宋姜張爲宗。論者謂自維崧彝尊出。清之詞派始成。而朱傷於碎。陳傷於率。流弊亦百年而漸變。然維崧筆重。彝尊情深。固後人所難到。故嘉慶以前。爲二家所牢籠者。十居八九矣。彝尊後有厲鶚。而浙派始盛。其後效之者。往往以姜張爲止境。遂多巧構形似之言。而漸忘古意。自張惠言及弟琦共撰宛鄰詞選。推源騷雅。詞之道始尊。其所自爲。亦大雅遒逸。能振北宋名家之緒。至周濟撰定詞辨。持論益精。其所作精密純正。與惠言相伯仲。世稱爲常州派。潘德輿作書非之。亦不能掩也。其後龔自珍楊傳第莊棫譚獻諸家。皆誦法張周。而周之琦戈載。獨謹於擇律。和之者謂惠言爲不知音。要之不失爲聲律諍友。惠言之獨尊詞體。使得與於著作之林。其功亦不可沒也。項許二蔣姚王諸家。雖爲常州派。而聲息相通。鴻祚幽豔哀斷。與性德同。而春霖尤爲傑出。有南唐之骨。北宋之神。洪楊之役。天挺此才。爲一代詞史。足與詩家杜甫媲美。有清二百數十年中。前有性德。後有鴻祚春霖。差堪鼎分三足。譚獻有言。王士禎錢芳標。爲才人之詞。張惠言周濟。爲學人之詞。惟性德項鴻祚蔣春霖。爲詞人之詞。與朱厲同工異曲。其他則旁流羽翼而已。其爲詞家所尊。蓋亦非偶然也。

南北各曲。清代大衰。李漁憐香伴風箏誤等十種曲。多優伶俳語。不足齒數。惟孔尚任洪昇蔣士銓黃燮清。頗稱作者。多以傳奇鳴。洪昇爲漁洋弟子。詩詞皆有淵源。其爲長生殿天涯淚諸劇。盛傳於世。蔣士銓爲銅絃詞。頗近其年。藏園九種曲。一洗淫哇之習。黃燮清爲詞綜續編。而浙派蔓衍闡緩之病。頗能湔除。而帝女花桃谿雪等七種曲。亦能繼軌藏園。三子者雖不能並駕臨川。而阮李尖刻之習。亦庶幾歇矣。獨孔尚任桃花扇傳奇。頗能抒寫南渡亡國之恨。可爲後明曲史。曲雖小道。亦著春秋之筆。蓋自有曲以來。未有過於此者也。夫詩詞歌曲。通於國政。神於史鑑。其用甚鉅。其效甚遠。音律詞藻。不可偏廢。自文人作曲。不諧音律。崑曲既衰。而秦腔京調粵謳乘之而起。其曲文等於哇吟蟬唱。有聲無詞。而淫靡之俗調。中於人心。風俗由此而弊。樂記曰。鄭衛之音。亂世之音也。風雅之士。當有以挽救之矣。

中國文學史（自唐迄清）

吴梅　輯

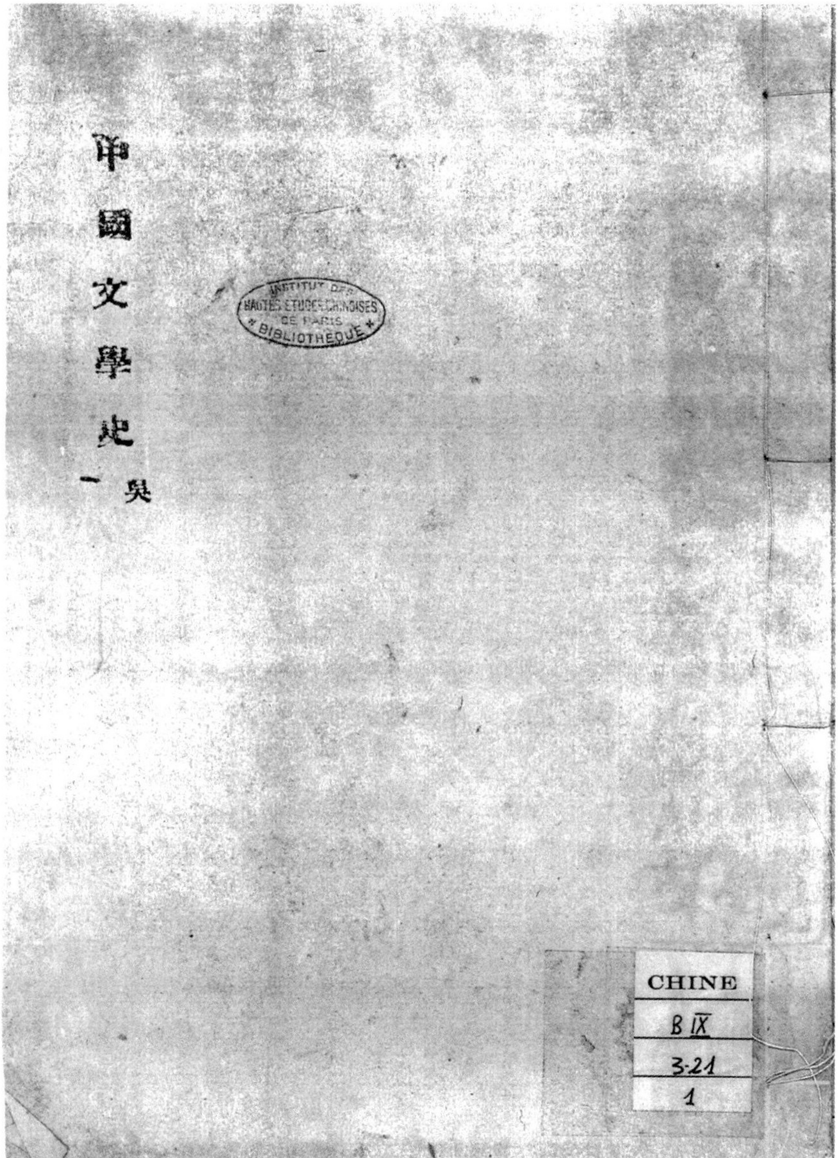

中國文學史

一 吳

中國文學史 自唐迄清

吳梅輯

(一)唐代文學總論

文章之運與世運遞遷、一代體製有因有創、道在自然、初非矯異、漢代辭賦上承騷辨、而其體不相襲也、詩歌之作、本於風雅、而河梁賦别、柏梁侍宴、論其製裁亦為初見、緣文之士、則古昔稱先王、而國家政教之所被、與學術沿革之所自、雖在上智、亦不能自外於一時之風尚、故學者得觀其変焉、有唐三百年、文治號為最盛、竊謂古今文質之升降、唐實總司其樞、以視前代、無不因也、以示後世、無不創也、夫自建安正始、下逮陳隋間、文章之変極矣、論者謂六代淫靡，去古益遠，此就其氣韻言之，其體製固未嘗異也。唐承隋制，設科目取士，又試以聲律排偶之文，才士競名，務尚藻飾，遂破前代成格，別立法度，造作新製，而詩文乃有今古體之分。法愈密而辭愈繁，旨愈近而格愈下。唐文之盛在此，其衰亦在此也。間嘗論之，創業之始，體習孅靡，江左流風，汰而未盡，朔潤宏麗，四傑爲先，燕許繼興，所業益大。肅代以還，道州、常州，力追先正，昌黎、河東，卓絕千祀，皇甫、孫、李，並持師說，駢散既析，古文獨尊，此文之異也。詩之爲道，盛於李唐，虞、魏風骨，並稱雄偉，沈、宋協律，近體斯成，上結往古，下啟作者，開天之際，大雅不羣，堂廡迭奏，婉美鎔韶、此詩之備也。樂府播録、流佚孔多、以詩為樂、唐賢最著。黄河遠上、騰譽旗亭、青蓮白傅、大啟詞、仲初幼公、各有新詠。飛卿綺作、尤為傑出、此詞之始也。至于經史實學、史多盛業。孔賈諸疏、令狐魏李諸史、發漢儒之奧窔、啟官史之山林、又為前世所未有。他若釋官紀事、留實初九百之遺、法苑談經、顯聖教三乘之旨、唐彥所作、洵稱觀止、或者以小說為淫感、佛氏為異端、幾欲屏諸藝文之外、不亦慎乎。世之學者、輒貴耳而賤目、以為有唐一代、僅以詩名、又習聞昌黎起衰之説、遂睥睨一切、而于一朝所因所創之端、概不一考焉。斯亦彥和所譏、東向而望、不見西牆也。

中國文學史　文本科三年級　二　星海

因甄叙群品、粗加論次、述之如左。

（甲）文　唐文凡三變、開國之初、虞世南李百藥岑文本許敬宗之倫、猶沿隋代餘習、及文皇投戈講藝、師法徐庾、崇尚宏麗、風氣爲之一變、而王楊盧駱四傑出、揚葩吐豔、炫博矜奇、一時稱盛、繼之者爲四友、四友者、崔融李嶠蘇味道杜審言也、是爲初唐之文、大率以徐庾爲模楷、以文選爲根柢、此一變也、玄宗好經術、群臣稍厭雕琢、索理致、崇雅黜浮、氣益渾雄、唐書文藝傳序、陳子昂斲雕爲樸、力主雅馴、馬貴與謂其不脫偶儷卑弱、實則表序雖沿時習、而論事奏疏之文、疏有法、古文疏鑿之功，亦不爲少。又有北京三傑者，富嘉謨、吴少微、谷倚，亦排斥浮豔，爲文雄厚雅健，人爭效之，號吴富體，而徐庾之風幾革矣。景龍後，燕國公張説、許國蘇頲，並掌制誥，時號燕許大手筆。二子之文，體製雖不甚超奇，而以宏茂廣波瀾，洵足以追蹤兩漢，爲同時張九齡風度醖藉，亦不減燕許。柳子厚謂九齡兼攻詩文，但不能造其極。此爲至言。其後，則蕭李常楊，皆以排擯浮靡，超追上乘，爲開元以來之卓卓者。及陸宣公出，掌制誥之任，敷陳論列，一以駢儷行之，爲自古所未有。雖纂組輝華，宮商諧協，而于排比之中，行以流走之氣，遂開宋代四六之夫、歐蘇斷儷、寔本于此、此又一變也。蕭代之間、元次山獨毀四六、起翦繁濫、乃大變排偶穠厚之習。韓愈柳宗元、從而推擴之、而唐之古文、始告成功。又得李翱皇甫湜桐為應和、遂起八代之衰、論其前導、則次山至之寔開濬為、自韓柳出、而宋以後之文、無不奉為宗法、史稱排諸百家、法度森嚴、抵轢晉魏、上軋漢周、唐之文完然為一王法、非過譽也。愈弟子李翱得韓之正、皇甫湜得韓之奇、湜一傳為來無擇、再傳為孫樵、而翱之文、尤為北宋人所宗尚也。惟在當時、韓柳雖以古文為天下倡、而名位未崇、其道尚難廣被、且駢儷之餘波、侵淫已久。四蕩振轉。其勢未能遽熄。至宋而始大暢其風。論韓柳之功。在唐為小。在後世為大。同時諸家。如權德輿韋處厚呂溫白居易元稹之徒。亦有可觀。而樊紹述獨以晦澀為能。所作絳守園記越王樓詩序。殆不可句讀。昌黎獨謂其文從字順。雖經諸家箋釋。而衆說紛紜。終無定論。此唐文中之最奇者也。其後韓柳而起者。有令狐楚李德裕。仍以擅長牋奏鳴于時。令狐文以意為骨。以氣為用。以筆為馳騁。能脫盡裁對隸事之跡。李文精深峻潔。有英偉氣。如其為人。其從楚學今體章奏者。為李商隱。商隱初為文。瑰邁奇古。及從楚學。儷偶文。而繁縟尤過于楚。世稱其文横絕前後。非溢美之詞。而三十六體乃興。三十六體者商隱与段成式温庭筠皆行次十六。而文體又同。故有此名也。惟義山文婉約雅飭。在唐人爲别格。与商隱並稱者。有杜牧之其文豪邁有奇氣。而感時憤世与賈長沙相上下。所爲罪言。尤有名于世。此後惟皮日休劉蜕陸龜蒙司空圖羅隱輩足爲一代之殿。而國已不振矣。因按次時代粗選其詞。論列于篇。

王績字無功。絳州龍门人文中子通之弟也。年十五遊長安。謁楊素。一座服其英敏。目爲神童。大業末舉孝廉高第。除秘書正字。不樂在朝。辭疾去復授揚州六合縣丞。以嗜酒妨政。時天下亦亂。遂託病輕舟夜遁。歎曰網羅在天吾將安之。乃還故鄉。唐武德中。詔徵以前朝官待詔門下省。績弟靜謂績曰。待詔可樂否。曰待詔俸薄。況蕭瑟。但良醞三升可戀耳。時江國公聞之。曰三升良醞。未足以絆王先生。特判日給一斗。貞觀初。以疾罷縣。與仲長子光隱。撰酒經一卷。酒譜一卷。李淳風見之曰君酒家南董也。其文今多不傳。詩尤絕少。野望一首最知名。他未見。今錄與陳叔達論隋紀一書。高華名貴。猶在唐前上也。詞云。又承所撰隋紀。繕寫成帙。前令舍弟及家人往。並有書

借。咸不見付，豈連城之珍，俟楚文而乃進。崩山之榛待
鍾期而後發。應以左貂右蟬，榮冠秦宵。掌壺負塗望重
南宮。朝夕丹陛，揖讓增價。往來青蚨，璝步頭生光。豐屋
華榱。顧蓬蒿而從春，鳴鐘列鼎，想藜藿而務交。不興驕
期。遂忘昔時之好耳。僕遭逢明聖。棲遲邱壑。幸悅堯舜
之風。得全箕潁之操。雖心期所託。吾道遂存。而出處離
異。儀形難接。所以顧憑鱗羽。宛若承顏。望觀近作。欣然
得意。足下裁成國典。褒貶人倫。欲使明鏡一時。覆車千
祀。故嘗貽諸好事。豈擬唯傳子孫。方後固其緘縢。嚴其
扃鑰。天下之望。豈如是乎。僕凡書與著。局大業之末。歆

撰隋書。俄逢喪亂。未及終畢。僕窃不自揆。思卒餘功。收撮漂零。尚存數帙。自開皇之世。始迄于大業之初。成之凡黜竄之遺迹也。大業之後。言事闕然。僕雖欲繼成。無可憑據。以此尤思見足下之所作也。

虞世南字伯施。餘姚人。沉靜寡欲。精思讀書。至累旬不盥櫛。文章婉縟。見稱于僕射徐陵。由是有名。在隋官秘書郎。十年不徙。入唐為秦府記室參軍。遷太子中舍人。太宗立。歷弘文館學士秘書監。卒謚文懿。太宗稱其德行。忠直博學文詞書翰為五絕。手詔魏王泰曰。世南當代名臣。人倫准的。其云亡。石渠東觀。中無復人矣。有集三

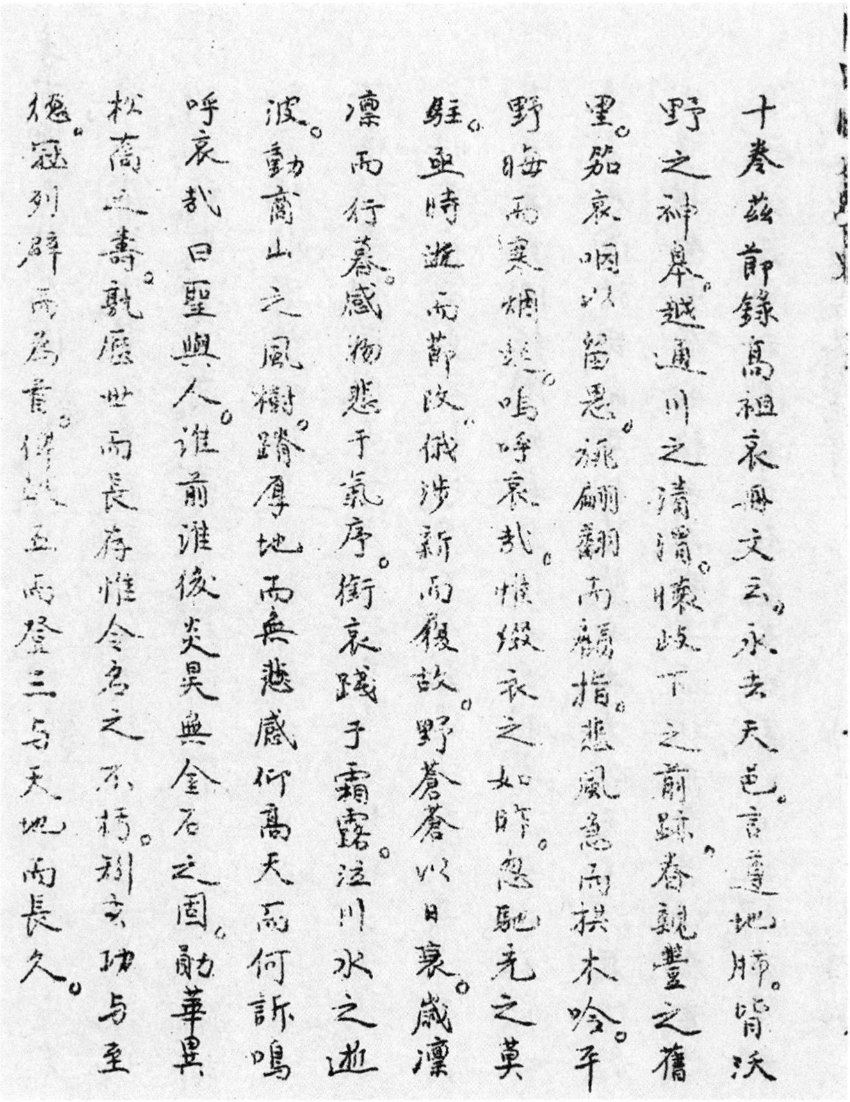

十卷茲節錄高祖哀冊文云。永去天邑。言違地肺。皆沃野之神皋。越通川之清渭。懷岐下之前蹤。眷豳豐之舊里。笳哀咽以留恩。旐翩翻而纔指。悲風急而拱木吟。平野晦而寒烟幕。嗚呼哀哉。悵綴衣之如昨。急馳光之莫駐。亟時遊而節改。俄涉新而復故。野蒼蒼以日衰。歲凛凛而行暮。感物悲于氣序。銜哀踐于霜露。泣川水之逝波。動商山之風樹。蹐厚地而無慼。感何高天而何訴。嗚呼哀哉。曰聖與人。誰前誰後。炎昊無金石之固。勛華異松喬之壽。孰歷世而長存。惟令名之不朽。刻玄功与至德。配列辟而為貴。偕以五而登三。与天地而長久。

李百藥定州人德林子也。字重規。幼多病。祖母以百藥名之。七歲能文。襲父爵性頴悟。客有誦徐陵文者。云刈琅琊之稻。衆皆不省。百藥曰。傳稱鄅人藉稻。杜注云鄅在琅琊開陽縣。客驚嘆神童。貞觀中拜中書舍人。兼太子庶子。嘗侍帝側。同賦帝京篇。手詔褒美曰。卿何身老而才之壯。齒宿而意之新乎。其文以封建論為最著。今節錄其首云。臣聞經國庇民。王者之常制。尊主安上。人情之本方。思闡治定之規。以弘長世之業者。萬古不易。百慮同睽。然命曆有賒促之殊。邦家有理亂之異。遐觀載籍論之詳矣。咸云周過其數。秦不及期。存亡之理。在于郡國。可以監夏殷之長久，遵黃唐之並建，維城盤石，深根固本。雖王綱廢弛，枝幹相持。故使逆節不生，宗祀不絕。秦氏背師古之訓，棄先王之道，踐華恃險，罷侯置守。子弟無尺土之邑，兆庶罕共治之憂。故一夫號澤，七廟墮祀。（下略）

岑文本字景仁，棘陽人。年十四，父之象坐獄，文本詣司隸理冤。作蓮花賦，合臺稱賞。父冤遂直。仕唐專典機務。其以孟法師碑與諫太宗勤政改過疏為最著。茲錄改過疏云：臣聞撥亂之業，其功既難；守已成之位，其道不易。故居安思危，所以定其業也；有始有卒，所以保其位也。今雖億兆又安。方隅寧謐。既承喪亂之後。又接凋敝之餘。户口減損尚多。田疇墾闢尚少。覆燾之恩著矣。而瘡痍未復。德教之風被矣。而資產屢空。是以古人譬之種樹。年祀綿遠。則枝葉扶疏。若種之日淺。根本未固。雖壅之以黑墳。暖之以春日。一人搖之。必致枯槁。今之百姓。頗類于此。常加含養。則日就滋息。暫有征伐。則隨之凋耗。凋耗既甚。則人不聊生。人不聊生。則怨氣充塞。怨氣充塞。則離叛之心生矣。(中略)伏惟陛下覽古今之事。察安危之機。上以社稷為重。下以億兆在念。明選舉、慎賞罰、進賢才、退不肖、聞過既改。從諫如流。為善在于不疑。出令期于必信。頤神養性。省畋游之娛。去奢從儉。工役之費。務靜乎內。而不求闢土。載櫜弓矢。而無忘武備。凡此數者。雖爲國之恒道。陛下之所常行。臣之愚心。願陛下思之而不倦。行之而不怠。則至道之美。與三五比崇。億載之祚。隨天地長久。（下畧）

王勃字子安。絳州龍門人。文中子諸孫也。六歲善文辭。麟德初。劉道祥表其材。對策高第。未及冠。授朝散郎。沛王名署府脩撰。時諸王鬬鷄。勃戲爲文檄英王鷄。高宗聞之。怒斥出府。勃既廢。客劍南。久之補虢州參軍。坐事復除名。上元二年。渡南海。墮水死。年二十九。有集三十卷。

及後舟中纂序五卷、今頗行世焉、勃文爲四傑之冠、論者頗病其浮艷、但一時體格如此、不能苛論、杜詩所謂王楊盧駱當時體、不廢江河萬古流是也、其賦頌諸作、詞藻不可録、而滕王閣序、又其少作、因録秋日餞別序一篇、云黯然別之銷魂、悲哉秋之爲氣、人之情也、傷如之何、極野蒼茫、白露涼風之八月、窮途蕭瑟、青山白雲之萬里、奏鳴琴別離鵾別鶴、驚岐路之悲心、來勝地則時雨涼風、助他鄉之旅思、琴書人物、冀北關西、去馬歸軒、雲開日下、楊學士天璞自然、地靈無對、二十八宿、稟太微之一星、六十四爻、受乾坤之兩卦、論其器宇、滄海

添江漢之波、序其文章、元圖積烟露之氣、幾禕之外猶

是鄉雲[illegible]之餘、尚同稽阮、接光儀於促席、貞觀明月

生天[illegible]辯於中筵、但覺清風滿室、悠哉天地、含吳有

耆嗚之家卯也東西、悵望積別離之恨、烟露直視蛟龍

去而[illegible]空文酒求朋、隋俊散而琴歌斷、門生餞別、如

北海之郡[illegible]高士將歸、似東都之門外、研精靡匿、運思

龍章[illegible]之資、共敘相思之詠、

楊炯[illegible]人[illegible]授校書郎、充崇文館學士、遷詹事司

直、武后時[illegible]梓州司法參軍、秩滿、遷婺州盈川令、卒

於官中[illegible]時、追贈著作郎、炯恃才傲物、每恥朝士矯飾

呼為麒麟楦、聞者不平、故為時所忌、其遷盈川也、張說以箴贈行、戒其苛刻、及至官、果以嚴酷稱、吏稍忤意、輒榜殺之、炯以文名海內、既聞四傑之稱、嘗謂吾愧在盧前、恥居王後、張說謂盈以文如懸河、酌之不竭、愧在盧前、謙也、集三十卷、今存者僅十卷、蓋亡佚多矣、其文宏壯颷發、如遂州孔子廟堂碑、益州先聖廟堂碑、瑰奇俊朗、不可摘錄、今節從弟去溢墓誌、以見一斑云、（上略）言其土地、則巨靈之高掌遠蹠、作西漢之城池、敘其衣冠、則太尉之四代五公、為東京之柱國、然後積勳累德、枝分葉散、大君有命、臨哀日之壇場、天子動容、聽秋風

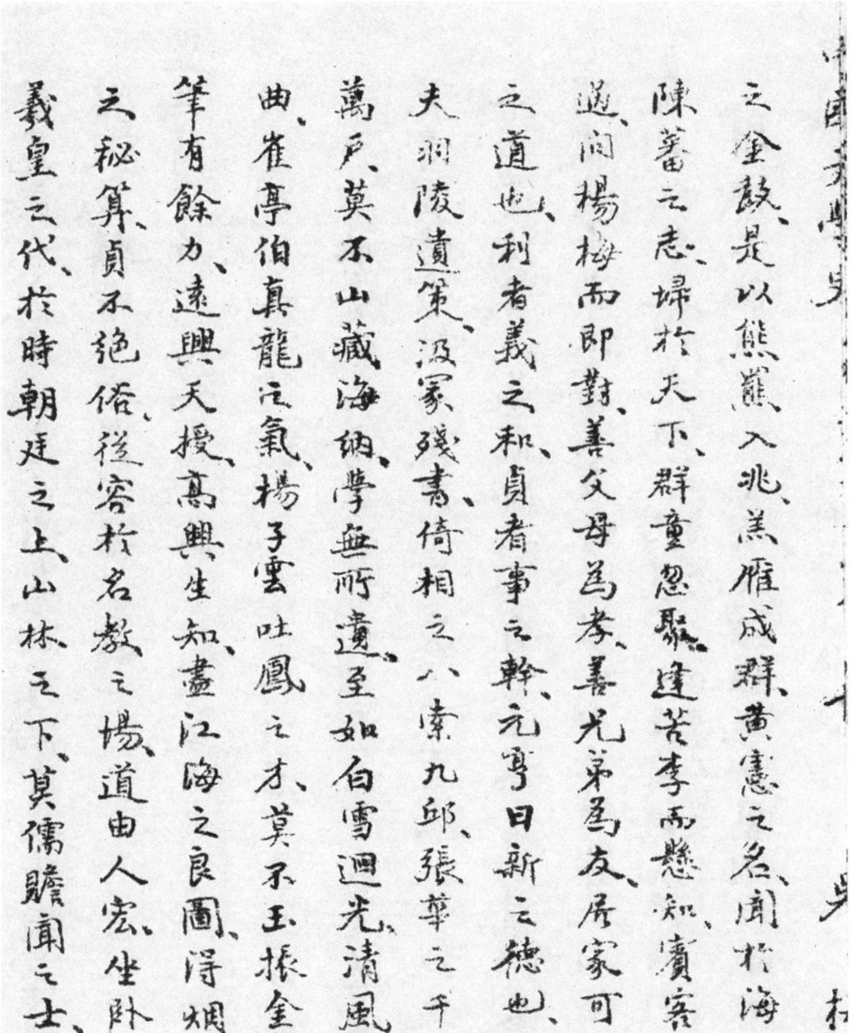

之金鼓，是以熊羆入兆，羔雁成群，黃憲之名，聞於海內，陳蕃之志，歸於天下，群童忽聚，逢苦李而懸知，賓客相遊，聞楊梅而即對，善父母爲孝，善兄弟爲友，居家可移之道也，利者義之和，貞者事之幹，元亨日新之德也，若夫羽陵遺策，汲冢殘書，倚相之八索九丘，張華之千門萬户，莫不山藏海納，學無所遺，至如白雪迴光，清風度曲，崔亭伯真龍注氣，楊子雲吐鳳之才，莫不玉振金聲，筆有餘力，遠興天授，高興生知，畫江海之良圖，得烟霞之秘算，貞不絕俗，從容於名教之場，道由人宏，坐卧於羲皇之代，於時朝廷之上，山林之下，莫儒贍聞之士，洪

筆麗藻之客、希末光而影集、聽聲而響和者、猶鶱雞之望天地、鱗介之宗龜龍也、（下略）

盧照鄰、

盧照鄰字昇之、范陽人、充鄧王府典籤、王愛重、謂人曰、此吾之相如也、後遷新都尉、因病去官、居太白山草閣、得方士玄明膏餌之、會父喪號慟、因嘔丹出、疾愈甚、家貧苦、貴宦時時供衣藥、乃去具茨山下、買園數十畝、疏潁水周舍、復豫為墓、偃臥其中、自以當高宗之時尚吏、己獨儒、武后尚法、己獨黄老、后封嵩山、屢聘賢士、己獨病廢、著五悲文以自明、一悲才難、二悲窮通、三悲昔遊、四悲今日、五悲人生、手足攣緩不能行、已十年、每春歸秋至、雲壑烟郊、輒輿出

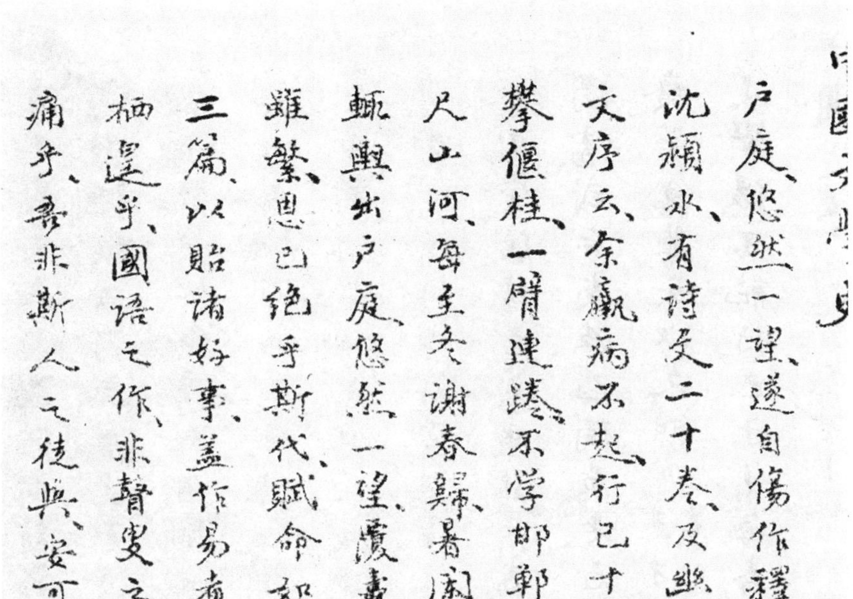

戶庭、悠然一望、遂自傷作釋疾文、病既久、不堪其苦、自
沉潁水、有詩文二十卷、及幽憂子三卷、行世、今錄釋疾
文序云、余羸病不起、行已十年、宛轉匡牀、婆娑小室、未
攀偃桂、一臂連蹇、不學邯鄲步、兩足匍匐、寸步千里、咫
尺山河、每至冬謝春歸、暑闌秋至、雲壑改色、烟郊變容、
輒輿出戶庭、悠然一望、覆燾雖廣、嗟不容乎此生、亭育
雖繁、恩已絕乎斯代、賦命如此、幾何可憑、今爲釋疾文
三篇、以貽諸好事、蓋作易者其有憂患乎、刪書者其有
栖遑乎、國語之作、非瞽叟之事乎、騷文之興、非懷沙之
痛乎、豈非斯人之徒與、安可默而無述、

駱賓王義烏人、七歲能賦詩、武后時、數上疏言事、得罪、貶臨海丞、鞅鞅不得志、棄官去、文明中、徐敬業起兵、署爲府屬、爲敬業作檄、傳天下、斥武后罪、后讀但嘻笑、至一抔之土未乾、六尺之孤安在、矍然曰、誰爲之、或以賓王對、后曰、宰相安得失此人、及敗、亡命、不知所之、後宋之問貶還、道出錢唐、遊靈隱寺、夜月行吟長廊下、曰、鷲嶺鬱岧嶢、龍宮隱寂寥、未得下聯、有老僧燃燈作禪、問曰、局不寐、而吟諷甚苦、何耶、之問曰、欲題此寺、而思不屬、僧笑曰、何不道樓觀滄海日、門對浙江潮、之問終篇曰、桂子月中落、天香雲外飄、捫蘿登塔遠、刳木取泉遙、雲薄霜初下，冰輕葉未凋，待入天台寺，看余渡石橋，僧一聯，篇中警處，遂明訪之，已不見，或云老僧即賓王也，後中宗詔求其文，得百餘篇，及詩十卷，賓王文以討武曌檄最著，今錄梅月楚國寺宴序，夫天下通交，忘筌蹄者蓋寡，人間行樂，共烟霄者幾何，群賢抱古人之清風，玩新年之淑景，情均物我，緇衣將素履同歸，遂澄清觀，隆廊廟與江湖齊志，于時春生城闕，氣改山原，間遷鶯之候時，行於官侶，見游魚之會耳，坐悟機心，加以慧目低輪，下禪枝而返照，法雲凝蓋，浮空水以涵光，忘懷在真俗之中，得性出形骸之外，雖文非習靜，多慚谷口之談，然辭可述論、自得幽陽之氣、詩言志也、可不云乎。

崔融字安成、齊州全節人、充崇文館學士、中宗爲太子時、融爲侍讀、兼東宮章疏、長安中、授著作佐郎、遷右內史、進鳳閣舍人、尋貶袁州刺史、容文華婉麗、爲臺閣能手、後爲武后哀冊文、絕筆而死、時謂思苦神竭也、文曰

天生后稷、飛鳥覆翼、天護武每王躍魚滿艙、誕于咸康、武子有光、豐沛之疆、河汾之陽、異氣發祥、聖子其昌、穆穆皇皇、作合于唐、至哉坤德、沈潛剛克、奇相月偃、惠心泉塞、蘋藻惟勤、紘綖是則、訓自閨闈、風行邦國、七廟肅祗、以宮光耀、中外和睦、遐邇清夷、家道以正、王化之基、

皇曰內輔，后其謀咨，謀咨攸誒，皇用嘉止，余婉顧命，聿
懷代已，聖后謙冲，辭不獲已，從宜稱制，于斯爲美，式義
當責，亡臑濟厄，神氣雍臨，大運匪享，宗祧永固，家宇奄
宅，負扆肅清，垂旒光赫，洸洸我君，四海無氛，英才遠畧，
鴻業大勲，雷霆其武，日月其文，灑以甘露，覆之慶雲，制
禮作樂，還淳返朴，宗祀明堂，崇儒太學，四夷慕化，九戎
稟朔，巍巍乎成功，翕然獨風，及復明辟，深惟至公，歸閑于
太庭之館，受養于長樂之宮，品彙胥悅，謳歌載隆，鼎祚
既移，璇樞以肅，庶保太和，長介景福，如何靡怙，而降斯
酷，後弄孫其未淹，人喪妣其爲速，嗣皇擗踴，判群扶服，九

族號咷、萬姓荼毒、嗚呼哀哉、(下略)

李嶠字巨山、趙州贊皇人、兒時夢人遺雙筆、由是有文辭、弱冠擢進士第、始調安定尉、舉制策甲科、武后時官鳳閣舍人、累遷鳳臺侍郎、知政事、封趙國公、景龍中特進兵部尚書、睿宗立、出刺懷州、明皇貶為滁州別駕、嶠富于才思、初與王楊接踵、中與崔蘇齊名、晚歲諸人皆歿、獨為文章老宿、一時學者取法焉、集五十卷、今錄答李清河書云、昨自歷亭路、還至臨清、展一痛于崔氏、擧目酸咽、良不可任、變故幾何、氣序遄革、舊館荒毁、殘蟬悲鳴、夫情生于有情之地、古人所以登峴山而淚下、聽鄰

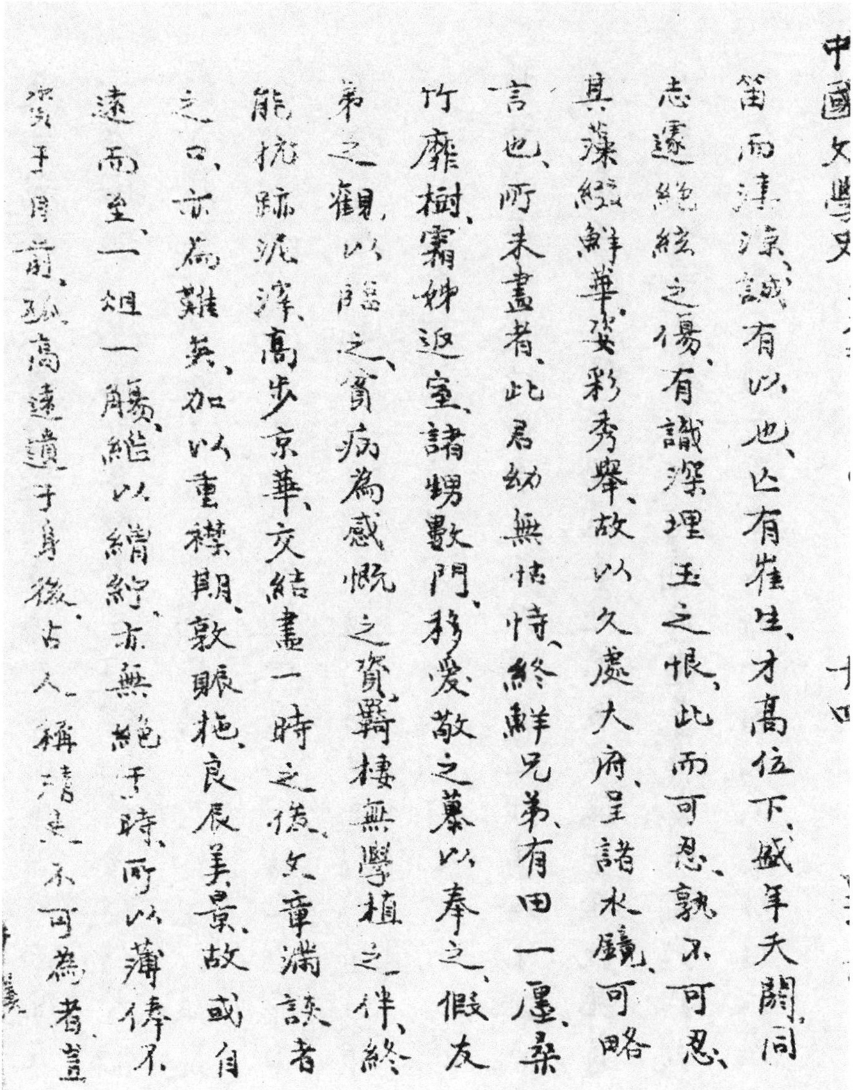

中國文學史　十四

笛而津涼，誠有以也。亡有崔生，才高位下，盛年夭閼，同志遠絶，絃之傷，有識深埋玉之恨，此而可忍，孰不可忍，其藻繢鮮華，姿彩秀舉，故以久處大府，呈諸水鑑，可略言也。所未盡者，此君幼無怙恃，終鮮兄弟，有田一廛，桑竹靡樹，霜妹返室，諸甥數門，移愛敬之慕以奉之，假友弟之觀，以臨之實，病爲感慨之資，羈棲無學植之伴，終能抗跡泥滓，高步京華，交結盡一時之彥，文章滿談者之口，亦爲難矣。加以重襟期，敦賑施，良辰美景，故或自遠而至，一俎一觴，繼以繡紵，亦無絶于時，所以薄俸不濟于生前，孤高遠遺于身後，古人稱情其不可爲者，豈

徒言哉、兄仁及遺簪、禮將追賻、于古之下、凜然而高、凡
百寮僚、孰不激節、然其懸磬之室、所貴多端、舊業假
師、交廣他族、淪泊已久、又頻濟柩、賻莊之欵、諷余復盡、
今校次坍及、窀穸其期、合門嗷嗷、靡所控告、亡及卒日、
惠愛苦人、吏旺追感、道路膺泣、而閒書是懂、稍繼莫申、
夫所以惠貧饕而戀貨賄者、豈不憑恃作威、奈我以道
耶、今則異于是、積東里之仁、既將萬化同盡、金兩江之
潤、方為萬口所懸、適足以重仁恩、而敦教義也、惟兄寔
深圖之、倘一言辱足及、群爾獲申、豈惟崔氏獨受其賜、
亦二三朋友、所佩服為幸甚、明日而止、不果拜辭、伏維

文本科三年級

珍重。

陳子昂字伯玉，梓州射洪人，少以富家子，尚俠好弋博，後遊鄉校，乃感悔脩飭，初舉進士，入京，不為人知，有賣胡琴者，價百萬，子昂顧左右輩千緡市之，衆驚問，子昂曰，余善此，曰可得聞乎，曰明日可入宣陽里，如期偕往，則酒肴畢具，奉琴語曰，蜀人陳子昂有文百軸，不為人知，此賤工之技，豈宜留心，舉而碎之，以其文百軸，徧贈會者，一日之內，名滿都下，擢進士第，武后朝為靈臺正字，數上書言事，遷右拾遺，後以憂憤卒，唐初文風，騈儷穠縟，自子昂振衰救敝，始歸雅正也，今餘榮稱其文云，盖先王作兵、以討有罪、奸慝竊命、戎夷不懲、則必辟請朝大戮原野、我皇周子育萬國、龍綏百蠻、青雲千古、白環入貢、久有年矣、契丹凶竭、敢亂天常、乃蜂聚凡山、貪逾塞、宴安鴆毒、作為攙槍、大獸其凶、國用致討、皇帝命我、肅將王誅、今大軍已集、吉辰協應、旗頭首建、羽旆前列、戎貔咸威、將士懽譁、方俟天休命、為人殄災、惟爾有神、尚饗乃醮、召太一、會雷公、冀白虎、乘青龍、星流彗埽、永清朔裔、使兵不血刃、戎夏來同、以昭我天子之德、允乃神之功、豈非正直聰明哉、無替大饗、以作神休、又子孫有謀、叢為入京書一首、詞旨懇切、以文長不錄、

[illegible]文本門三年級[illegible]

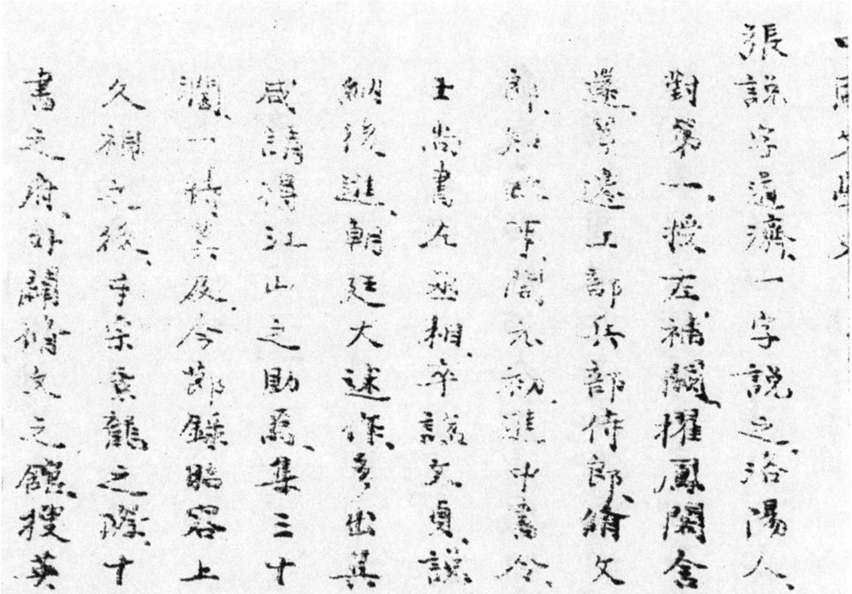

張說字道濟、一字說之、洛陽人、武后時、策賢良方正、說所
對第一、授左補闕、擢鳳閣舍人、忤旨配流欽州、中宗召
還、累遷工部兵部侍郎、領文館學士、睿宗拜為中書侍
郎、知政事、開元初、進中書令、封燕國公、後為集賢院學
士、尚書左丞相、卒諡文貞、說為人敦氣義、重然諾、善延
納後進、朝廷大述作、多出其手、謫岳州後、詩文益悽惋、
咸謂得江山之助焉、集三十卷、其文長于碑誌、波瀾壯
闊、一時莫及、今節錄昭容上官氏文集序（上略）自則天
久視之後、中宗景龍之際、十數年間、六合清謐、內峻圖
書之府、外闢修文之館、搜英獵俊、野無遺才、右職以

精學爲先、大臣以無文爲恥、每豫游宮觀、行幸河山、白雲起而帝歌、翠華飛而臣賦、雅頌之盛、與三代同風。豈惟聖后之好文、亦云奧主之協讚者也、古者有女史記功書過、複有女尚書決事宮閤、從容而朝、專美一日、萬機顧問、不遺應接如響、雖漢稱班媛、晉譽左嬪、文章之道不殊、輔佐之功則異、迹秘九天之上、身沒重泉之下、嘉猷令範、代罕得聞、庶姬後學、嗚呼何仰、然則大君據四海之圖、懸百靈之命、喜則九圍挾纊、怒則千里流血、靜則黔黎乂安、動則蒼甿罷弊、入耳之語、諒其難乎、貴而勢大者疑賤、而禮絕者隔近、而言輕者忽遠、而意忠

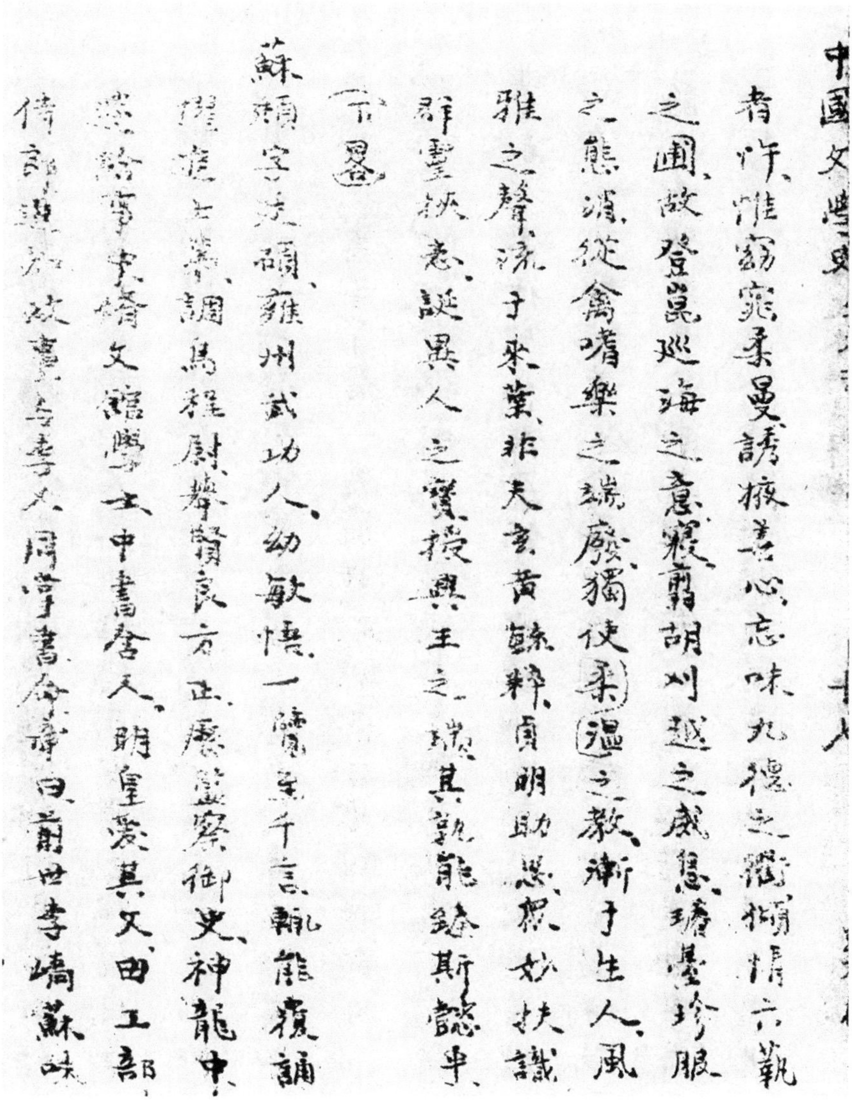

中國文學史 十八

者哉。惟窈窕柔曼，誘掖善心，忘味九德之馨，調情六親之固。故登崑巡海之意寢，翦胡刈越之威息，璿臺玲服之態消，從禽嗜樂之端廢，獨使柔溫之教，漸于生人，風雅之聲，流于來葉，非夫玄黃錯粹，貞明助思，妙扶識群，靈挾惠，誕異人之寶，授興王之瑞，其孰能臻斯懿乎。

（下略）

蘇頲，字廷碩，雍州武功人。幼敏悟，一覽至千言，輒能覆誦。擢進士第，調烏程尉，舉賢良方正，歷監察御史。神龍中，遷給事中，脩文館學士，中書舍人。明皇愛其文，由工部侍郎進紫微侍郎，与李乂同掌書命，帝曰：前世李嶠、蘇味道文權當時號稱李，今朕得趙與文，何慊前人。然劉許國公，辛諡文憲，趙以文學顯，與燕國公張說稱望略等，世稱燕許，集三十卷。今錄雙白鷹贊一首云：開元己卯歲，東夷長白山靺鞨扶餘貢白鷹一雙，其一重三斤有四兩，其一重三斤有二兩，皆皓如練色，斑若綵章，積雪全映，飛花碎點，所謂金氣之英，瑤光之精，高罄偉勝，長距秀頸，奮翼而銳，堅剛則厲，摩天絕海，雷擊飆逝，觀其特時令，順秋殺，精麾應捷，顧盼餘雄，當落鵰之賞，發似飄之獻，寔稀代之尤也。皇上祇膺聖圖，敏若天道，方寶重穀，尊儒食艾，緩宮撤綺繡，前殿獻珠玉，召丹序鄉士，

文本科二年級

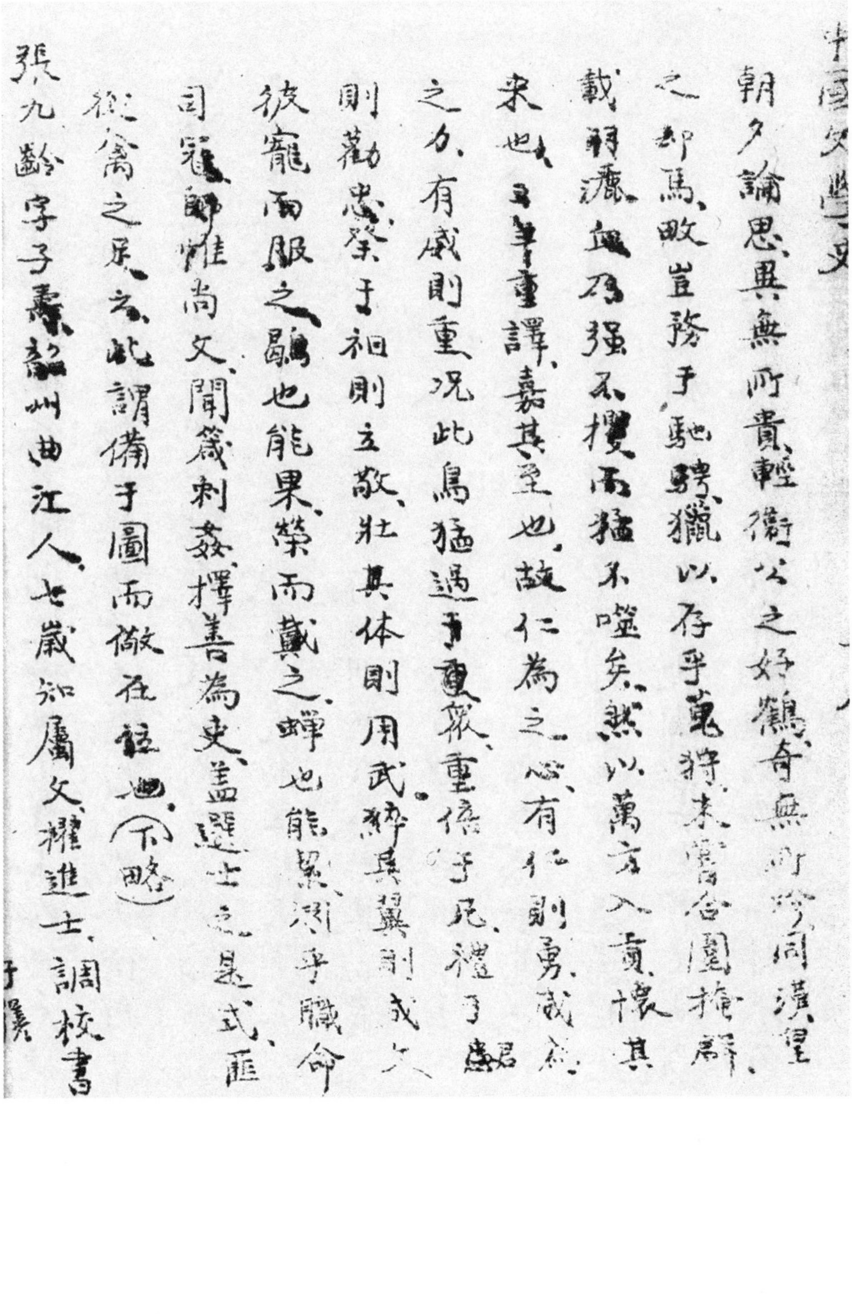

中國文學史
朝夕論思，其無所貴，輕衛公之好鶴，奇無所珍，同漢皇
之却馬，敢豈務于馳騁，獵以存乎蒐狩，未嘗合圍，推解，
載羽旄，飭爲強不攫而猛不噬矣，然以萬方入貢，懷其
來也，五年重譯，嘉其至也，故仁爲之心，有仁則勇，威示
之力，有威則重，況此鳥猛過于重袤，重德于民，禮于君
則勸忠，榮于祖則立敬，壯其体則用武，矜其翼則成文，
彼寵而服之，鷹也，能果，榮而戴之，蟬也，能絜，別乎職命
司寇鄉雖尚文，聞箴刺姦，擇善爲吏，蓋選士之是式，匪
徒禽之樂也，此謂備于圖而儆在誡也。（下略）
張九齡字子壽，韶州曲江人，七歲知屬文，擢進士，調校書
于

郎進中書舍人、出為冀州刺史、以母不肯去鄉里、表換洪州都督、徙桂州、後以張說薦、為集賢院學士、俄拜中書侍郎同平章事、為李林甫所忮、貶荊州長史、請歸拜卒、謚文獻、九齡以直道見黜、不戚戚嬰望、惟文史自娛、嘗識安祿山必反、請誅不許、後明皇在蜀、思其言、遣使致祭焉、集二十卷、今錄後漢徐徵君碣文云、後漢高士徐君諱穉字孺子、南昌人也、先生受天元休、含道傑出、生知而天質之以一體、資清純、動遍玄妙、知道之將廢、乃窮則獨善、躬耕取資、非力不食、潛落所處、季化無頃、在洪之士、遘時溷濁、不抗跡以絕物、故遠非山林、不苟

科以尊身、故進無祿位、五辟宰府、四察孝廉、又舉有道、
就拜太原太守、皆辭疾不起、延熹二年、詔書令汝南陳
蕃、僕射南郡胡廣、相與上疏、極言先生宜為輔衡、協和
人神、漢桓帝猶能安車玄纁、備禮致聘、而竟不屈志、知
時之不可為也、然而諸公嘉招、雖不之肯就、及聞瓊卒、
徒步而祭、禮有所尚、隻雞不薄、覺有所加、生芻為貴、士
之感義、實哀於之有補、人而見德、佇後生之可尋、其廢
中權、行中慮、皆此類也、昔者夷齊介潔而遠去、沮溺野
逸而離羣、顏闔鑿坏以遁逃、接輿狂歌而諷激、此誠作
者、或類諸名、未有不為、至則偏也、無適不可、用之極

也。先生則睦然在心，而經緯於世，純儉以存誠，博愛以體仁，應物以會通，全己以歸正。漢廷所以宗其德，[illegible]所以服其行，豈與彼數子直道而已哉。[illegible]臟焉。曾先生以疾終，時年七十有[illegible]。[illegible]操亦高尚，不仕，皇唐開元十五年[illegible]何在。懸榻之後，想見其人，有[illegible]生之德，其可說乎。乃銘曰：靈芝無根，醴泉無源，[illegible]出。先生斯存，其英英兮，先生德不可名，麟出無應，鴻[illegible]道高事遠，蹤陳名跡，勒石舊邦，以觀其妙。

蕭穎士，字茂挺，開元中對策第一，補秘書正字，已而客濮

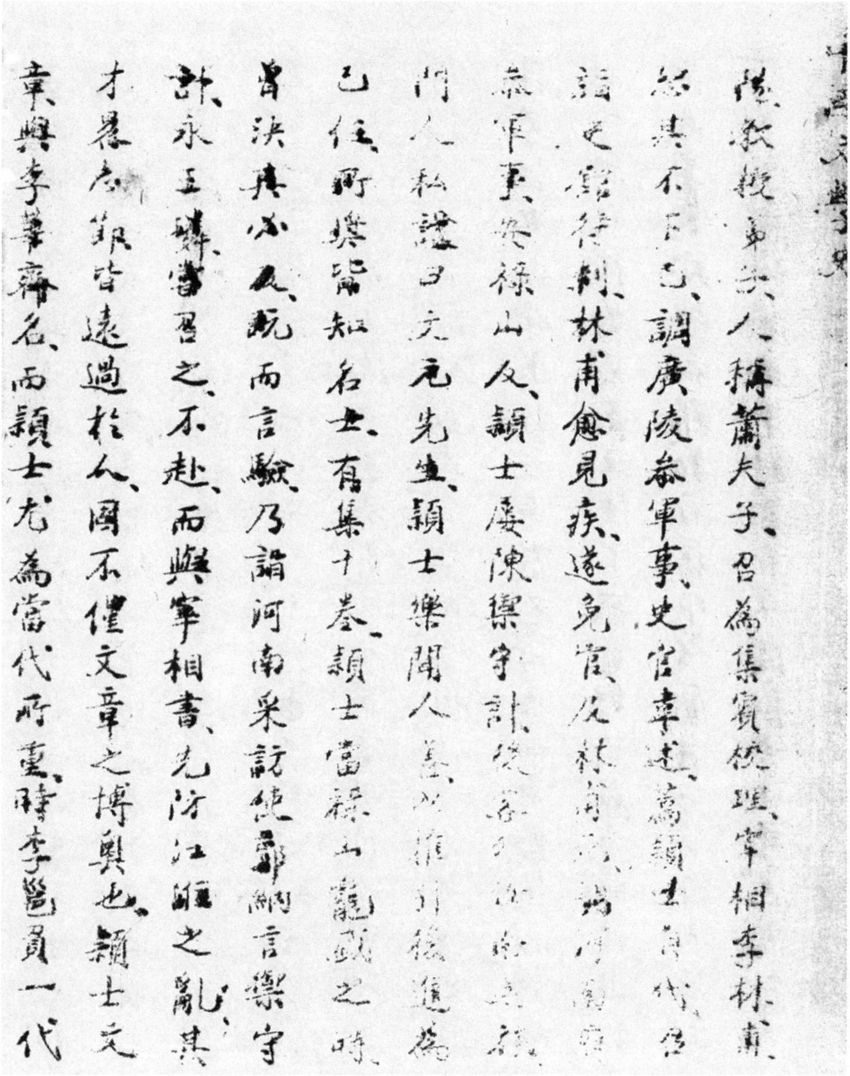

中國文學史

徒，教授弟子，人稱蕭夫子。召爲集賢校理。宰相李林甫嫉其不下己，調廣陵參軍事。史官韋述薦穎士自代，召詣史館待制。林甫愈見疾，遂免官。及林甫死，調河南府參軍事。安祿山反，穎士屢陳禦守計，後客死汝南逆旅。門人私諡曰文元先生。穎士樂聞人善，以推引後進爲己任，所獎識知名士，有集十卷。穎士當祿山寵戲之時，嘗決其必反，既而言驗，乃詣河南采訪使郭納言禦守計，永王璘嘗召之，不赴，而與宰相書，先防江淮之亂，其才略識皆遠過於人，固不僅文章之博奧也。穎士文章，與李華齊名，而穎士尤爲當代所重。時李邕負一代

重設、而進之草表、乃叙字書讓心析可知矣、今郅
錄清明日南皮從遊事、建安中、魏文為太子、與朋友
諸彥有南皮之遊、觴詠帶浮枝以、清泉編滿于古一色、
世盛遊說勝之蹟也、由小而方大、貴賤之懷可以
今而考古、則風流之事不易、紀乃曰清明、時清平畔京、
年遊覽之利、謳吟動齊君之歡、亦明代一方之樂也、邑
宰東海徐君、潤其條二三、賢人傑秀茲、更能高觀、郊驛
繼當時之權、豪渠臺莊覺之興、相與鸞聲管、臨清波、紅
妝慶舞、綠醑徐進、笙歌迎風、以齎亮、士女環岸而攢雜、
可以娛聖澤、表人和也、層城景移、碧潭落起、叢燈妍之

氣色、縱魚鳥之游泳、其思夫關塞崇華、見池清冷、關河千里、帝京不見、觸興情之極致也、長命羈客、甑他鄉之勝事三爾、

李華字遐叔、贊皇人、開元中進士第、擢宏辭科、累官監察御史右補闕、以受安祿山僞職、貶杭州司戶、上元中召為左補闕、司封員外郎、華喟然曰、焉有隳節危親、欲荷天子寵乎、稱疾不拜、李峴領選江南、表置幕府、擢檢校吏部員外郎、苦風痺去官、客隱山陽、勒子弟力農、安於窮約、大曆初卒、有集三十卷、華遭逢亂世、一辱賊廷、晚而自傷、每託文章以見志、如權皋銘云、績而不滓、瑜而不

瓔、元德秀銘云、貞玉白華、不緇不磷、其悔志可想見、
惟大節既有出入、天下人誰諒哉、此文士意所貴乎
審擇也、蕭穎士文集序云、蘭陵蕭穎士、字茂挺、梁
國鄱陽忠烈王之後、君七歲能誦數經、十歲以文章知
名、十五譽滿天下、十九進士擢第、歷金壇尉、桂州參軍、
秘書正字、河南參軍、辭官避地江左、永王脩書請君、適
逃不與相見、淮南連帥表君為揚州功曹、相國諸道採
訪使第五琦請君為介、君以末世寄殘濮、因之遠辭
終事、至汝南而沒、嗚呼、春秋若干、天下儒林為之慟惜、
君為金壇尉也、會官不成、為揚州參軍也、丁家難去官、

二十二

爲正字讎故、請君著書、未終篇、御史府以君爲慢官離局、奏謫罷職、爲河南參軍、僚屬多嫉君才名、上司以吏事責君、君拂衣渡江、遇天下有故、其高節深識、皎皎如此、君謂六經之後、有屈原宋玉、文甚雄壯、而不能經、厥後有賈誼、文詞詳正、近於理體、枚乘司馬相如、亦瓌麗才士、然而不近風雅、揚雄用意頗深、班彪識理、張衡宏曠、曹植豐贍、王粲超逸、嵇康標舉、此外皆金相玉質、所尚或殊、不能備舉、左思詩賦、有雅頌遺風、干寶著論、近乎王化根源、此外皆夐絶無聞、近日陳拾遺文體最正、以此而言、見君述作、君以文章制度爲己任、時人咸以此許之、不幸沒於旅次、有文十卷、行於世、其篇目雖存、章句遺逸、古所謂有其義而無其辭者也、是後之為文者、取以為法焉、今海內至廣、人民至衆、求君之比、不可復得、難乎哉。君有子一人曰存、為蘇州常熟縣主簿、雅有家風、知名於世、以華平生最深、見託為序、因力疾直書云爾、

常袞京兆人、文采贍蔚、長於應用、其中書門下賀雪表云、臣聞聖人昭事以奉時、乾道下濟以成物、伏惟陛下、勤勞庶政、憂濟萬邦、念生靈之未康、慮兵食之不足、恭默寅畏、齋於穆清、減膳徹樂、以祈玄造、天人合應、雨雪呈祥、

在登臺視朔之晨。飄灑盈尺、俯獻歲發生之節、飛舞驚春、太素混成、浩然萬里、甲子之瑞、載表於昌期、春秋所書、亦先於農事、重應益固、應水澤腹堅之時、積潤漸通、潤土膏起沃之候、靈貺斯在、豐年可知、佇登來牟、不暇布穀。侍臣相慶、野老同歡、臣謬奉中樞、獲觀嘉慶、無任忭躍之至、

陸贄字敬輿、嘉興人、登進士第、中博學弘詞、調鄭尉、罷歸、復以書判拔萃、補渭南尉、德宗立、由監察御史、召為翰林學士、貞元八年、拜中書侍郎同平章事、裴延齡搆之、貶忠州別駕、順宗立、召還、詔未至、卒、贈兵部尚書、謚曰

寔、集二十七卷、今節錄奉天改元大赦文、（上略）致理興化、必在推誠、忘己濟人、不吝改過、小子長於深宮之中、暗於經國之務、積習易溺、居安忘危、不知稼穡之艱難、不恤征戍之勞苦、澤靡下究、情未上通、事既壅隔、人懷疑阻、由昧省己、遂用興戎、徵師四方、轉運千里、賦車籍馬、遠近騷然、行齎居送、衆庶勞止、或一日屢交鋒刃、或連年不解甲冑、力役不息、田萊多荒、天譴於上而朕不寤、人怨於下而朕不知、馴至亂階、變興都邑、萬品失序、九廟震驚、上累祖宗、下負烝庶、痛心靦貌、罪實在予、永言愧悼、若墜淵谷、自今中外書奏、不得言聖神文武之號、李希烈田悅王武俊李納等、咸以勳舊、各守藩維、朕撫御乖方、致生疑懼、皆由上失其道、下罹其災、朕實不君、人則何罪、宜并所管將吏等一切、待之如初、朱滔雖緣朱泚連坐、路遠必不同謀、念其勳舊、務在宏貸、如能效順、亦與維新、朱泚反易天常、盜竊名器、暴犯陵寢、所不忍言、獲罪祖宗、朕不敢赦、(下略)

元結字次山、河南人、少不羈、十七乃折節向學、擢上第、復舉制科、國子司業蘇源明薦之、結上時議三篇、擢右金吾兵曹參軍、又以討賊功、遷監察御史、代宗立、授著作郎、久之拜道州刺史、為民營舍田、免徭役、流亡歸者萬餘、世皆稱之也、結性不諧俗、往往迹涉詭激、初居商餘山、自稱季、及避猗玕洞、稱猗玕子、又或稱浪士、或稱聱叟、頗近古之狂士、然立行高潔、深抱閔時憂國之心、文章屢屢自異、變排偶綺靡之習、唐文在韓柳以前、毅然自爲者、結與獨孤至之而已、其文如五規（出規、處規、戲規、心規、時規）二惡（惡圓、惡曲）諸說、皆耿介絕俗、晁公武所謂不諧俗再者是也、今錄其篋中集序、或問曰、公所集之詩、何以訂之、對曰、風雅不興、幾及千載、溺於時者、世無人哉、嗚呼、有名位不顯、年壽不將、獨無音、不見稱頌、死而已矣、誰云無之、近世作者、更相沿襲、拘限聲病、喜尚形似、且以流

易為辭，不知喪於雅正，然哉，彼則指詠時物，會諧絲竹，
與歌兒舞女，生淫惑之聲於私室，可矣，若令方直之士、
大雅君子，而誦之，則未見其可矣，吳興沈千運獨挻於
流俗之中，強攘於已溺之後，窮老不惑，五十餘年，凡所
為文，皆與時異，故朋友後生，稍見師效，能似類者，有五
六人，於戲，自沈公及二三子，皆以正直而無祿位，皆以
忠信而久貧賤，皆以仁讓而至喪亡，異於是者，顯榮當
世，誰為辯士，吾欲問之，天下兵興，於今六歲，人皆務武，
斯焉誰嗣，已長逝者，遺文散失，方阻絕者，不見近作。盡
篋中所有，總編次之，命曰篋中集，且欲傳之親故，冀其不

亡於今凡七人、詩二十二首、時乾元三年也、
獨孤及字至之、洛陽人、天寶末登第、補華陰尉、代宗召為
左拾遺、俄改太常博士、遷禮部員外郎、歷濠舒二州刺
史、以治課最、加檢校司封郎中、賜金紫、徙常州、卒謚曰
憲、集三十卷、權德輿稱其五言遺詞有古風格、濬波瀾
而去流宕、得菁華而無枝葉、皇甫湜亦云、及文如危峰
絕壁、穿倚霄漢、長松怪石、顛倒巖壑、則並世諸子、傾倒
可知、四庫提要云、唐自貞觀以後、文士皆沿六朝之體、
經開元天寶、詩格大變、而文格猶襲舊規、元結與及始
奮起湔除、蕭穎士李華左右之、其後韓柳繼起、唐之古

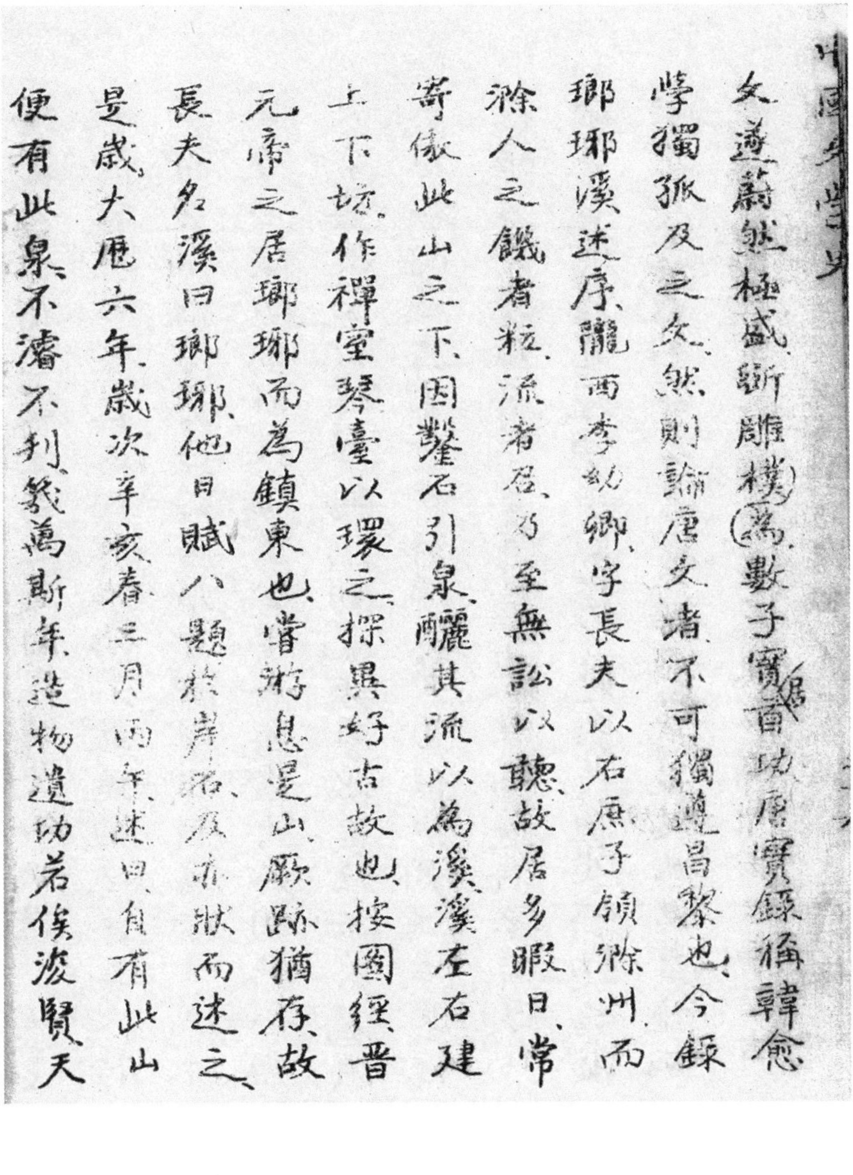

中國文學史

文遂蔚然極盛、斲雕為樸、數子實居首功、唐實錄稱韓愈
學獨孤及之文、然則論唐文者、不可獨遺昌黎也、今錄
瑯琊溪述序、隴西李幼卿、字長夫、以右庶子領滁州、而
滁人之饑者粒、流者召、乃至無訟以聽、故居多暇日、常
寄傲此山之下、因鑿石引泉、釃其流以為溪、溪左右建
上下坊、作禪堂琴臺以環之、探異好古故也、按圖經、晉
元帝之居瑯琊而為鎮東也、嘗游息是山、厥跡猶存、故
長夫名溪曰瑯琊、他日賦八題於岸石、及亦狀而述之、
是歲、大曆六年、歲次辛亥春三月丙午述曰、自有此山
便有此泉、不濬不刊、幾萬斯年、造物遺功、若俟濬賢、天

鍾靈奇、公潤色之、疏為迴溪、削成疊山、不過十仞、意儗衡霍、溪不袤數丈、趣侔江海、知足遺適、境不在大、怪石皚々、涌湍瀑瀑、澗壑無底、雲興其間、仲春氣至、萬木華苓、亘陵被坡、吐炎噴雲、公登山樂、樂者必同、無小無大、衆興從公、公之舉觴、酒酣氣振、溪水為主、而身為賓、捨瑟詠歌、同風舞雩、時時醉歸、與夕鳥俱、明月滿山、朱轓徐驅、石門松風、聲類笙竽、烏呼、人實弘道、物不自美、向微羊公、遊漢之涘、峴山寂寞、千祀誰紀、彼美新溪、維公嗣之、念茲萩人、繫公其肥、後之聆清風而嘆息者、挹我於泉乎而已、

中國文學史

文本科三年級　吳梅

二十

韓愈字退之、南陽人、少孤、刻苦為學、盡通六經百家、貞元八年擢進士第、才高又好直言、累被黜貶、初為監察御史、上疏論時政、貶陽山令、元和中、再為博士、改比部郎中、史館脩撰、轉考功、知制誥、進中書舍人、又改庶子、裴度討淮西、請為行軍司馬、以功遷刑部侍郎、諫迎佛骨、謫潮州刺史、移袁州、穆宗即位、召拜國子祭酒、兵部侍郎、尋轉吏部、卒、謚曰文、愈自比孟子、闢佛老異端甚力、篤舊卹孤、好誘進後學、以之成名者甚衆、文自魏晉來、拘束對偶、體製日衰、至愈一返於古、而為詩豪放、不避粗險、格之變亦自愈始也、集四十卷、其本傳贊曰、愈以六經之文為諸儒倡，障隄末流，反刓以樸，剗偽以真，粹然一出於正，刊落陳言，橫騖別驅，汪洋大肆，無牴牾聖人者。又云：其原道、原性、師說數十篇，皆奧衍宏深，與孟軻、揚雄相為表裏，而佐佑六經云。至其他文造端置辭，要不為蹈襲前人者。然惟愈為之沛然有餘，至其徒李翱、李漢、皇甫湜為之，遽不及遠甚。而舊史稱愈恃才肆意，盭孔孟之旨，若南人妄以柳宗元為羅池神，而愈譔碑以實之，李賀父名晉肅，不應進士，而愈為作諱辨，又為毛穎傳，譏戲不近人情，此文章之甚紕繆者。柳亦過當矣。以文學界言之，破駢儷而為古體，棄藻飾而獨崇質素，推陷

文本科三年級　　吳梅

廓清之功，可謂雄偉不常者也。其文今世多誦習者，故僅錄答崔立之書一首，見其立志之所在焉（上略）僕始年十六七時，未知人事，讀聖人之書，以為人之仕者，皆為人耳，非有利乎己也。及年二十時，苦家貧，衣食不足，謀於所親，然後知仕之不唯為人耳。及來京師，見有舉進士者，人多貴之，僕誠樂之，就求其術，或出禮部所試詩賦策等以相示，僕以為可無學而能，因詣州縣求舉，有司好惡而出於其心，四舉而後有成，亦未即得仕。聞吏部有（以）博學宏詞選者，人尤謂之才，且得美仕，就求其術，或出所試文章，亦禮部之類，私怪其故，猶樂其名，因又詣州府求舉、凡二試於吏部、一既得之、而又黜於中書、雖不得仕、人或謂之能焉、退自取所試讀之、乃類於俳優者之辭、顏忸怩而心不寧者累月、既已爲之、則欲有成書、所謂恥過作非者也、因後求舉、亦無幸焉、乃復自疑以爲所試與得之者不同其程度、及得觀之、余亦無甚愧焉、夫所謂博學者、豈今之所謂者乎、夫所謂宏辭者、豈今之所謂者乎、設使古之豪傑之士、若屈原孟軻司馬遷相如揚雄之徒、進於是選、必知其懷慚乃不自進而已耳、設使與夫今之善進者競於蒙昧之中、僕固知其辱焉、然彼五子者、且使生於今之世、其道雖不

文本科三年級 吳梅

顯於天下、其自負何如哉、肯與夫斗筲者決得失於一
夫之目、而爲之憂樂哉、故凡僕之汲汲於進者其小得、
蓋欲以具裘葛養窮孤、其大得、蓋欲以同吾之所樂於
人耳、其他可否、自計已熟、誠不待人而後知、今足下乃
復比之獻玉者以爲必俟工人之剖、然後知於天下、雖
兩刖足而不以爲病、且無使勍者再剋、誠足下相勉之
意厚也、然仕進者豈舍此而無門哉、足下謂我必待是
而後進者、尤非相悉之辭也、僕之玉固未嘗獻、而足固
未嘗刖、足下無爲我戚戚也、方今天下風俗、尚有未及
於古者。邊境尚有被甲執兵者、主上不得怡、而宰相以

為憂、僕雖不賢、亦且潛究其得失、致之乎吾相、薦之乎吾君、上希卿大夫之位、下猶取一鄣而乘之、若都不可得、猶將耕於寬閑之野、釣於寂寞之濱、求國家之遺事、考賢人哲士之終始、作唐之一經、垂之於無窮、誅奸諛於既死、發潛德之幽光、二者將必有一可、足下以為僕之玉凡幾獻、而足凡幾刖也、又所勍者果誰哉、再刖之刑、信何如也、士固信於知己、微足下無以發吾之狂言、愈再拜、

柳宗元字子厚、河東人、登進士第、應舉宏辭、授校書郎、調藍田尉、貞元十九年、為監察御史、王叔文韋執誼用事、尤奇待宗元、擢尚書禮部員外郎、會叔文敗、貶永州司

中國文學史 文本科三年級 吳梅

馬、宗元少精警絶倫、為文雄深雅健、踔厲風發、為當時流輩所推仰、既罹竄逐、涉履蠻瘴、居閒益自刻苦、其堙厄感鬱、一寓諸文、讀者為之悲惻、元和十年移柳州刺史、江嶺間為進士者、走數千里從宗元遊、經指授者、為文辭皆有法、世號柳柳州、元和十四年卒、集四十五卷、自韓柳二人、倡為古文辭、斤斤焉以為文之心法、開悟後進、如韓之答崔翊書、柳之與韋中立論師道書是已、一時文風賴以轉移、而文學之師法亦於此確立、是又文心雕龍後之一進步也、顧二人生同時、交最密、與李杜同也、其性行、其文義、亦如李杜之各異、韓畢生力排佛氏、柳則嗜浮屠之言、韓則倡傳孔孟之道、繞不顧流俗、抗顏為人師。收名後學、柳有志聖人之道、而不欲為人師、韓數遭貶謫、而毫無屈折、柳坐貶永州、即深息短氣、柳鬱而死、自其文章論之、韓如高山之雄峻、如大川之奔放、柳如巉巖之奇峭、如激湍之幽咽、韓如平原曠野、師以正合、柳如間道斜谷、兵以奇勝、韓如美玉、柳如精金、韓原經而論理、柳原史而叙事、前者以宏大雄肆勝、後者以縝密雋潔勝、此韓柳二家之公論也、予學文亦世多論習、僅錄山水游記一篇備格云、始得西山讌遊序、自余為僇人、居是州、恒惴慄、其隙也則施施而行、

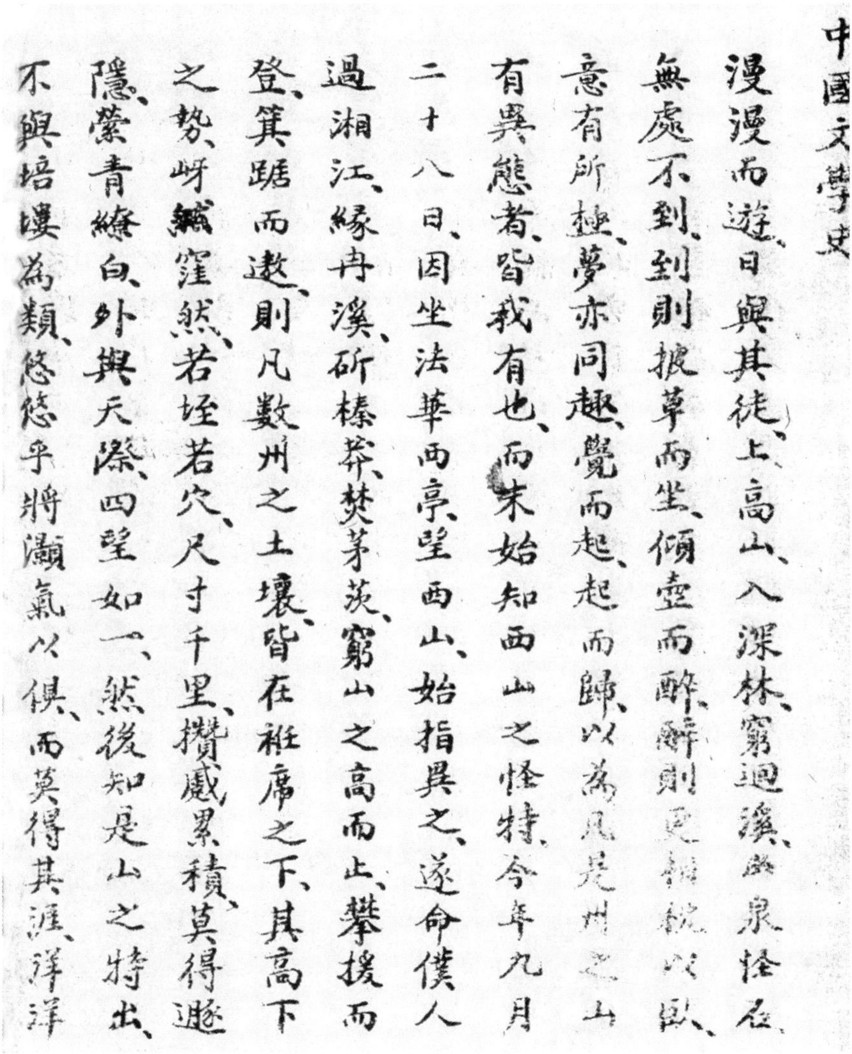
中國文學史
漫漫而遊、日與其徒、上高山、入深林、窮迴溪、幽泉怪石、
無遠不到、到則披草而坐、傾壺而醉、醉則更相枕以臥、
意有所極、夢亦同趣、覺而起、起而歸、以為凡是州之山
有異態者、皆我有也、而未始知西山之怪特、今年九月
二十八日、因坐法華西亭、望西山、始指異之、遂命僕人
過湘江、緣冉溪、斫榛莽、焚茅茷、窮山之高而止、攀援而
登、箕踞而遨、則凡數州之土壤、皆在衽席之下、其高下
之勢、岈然窪然、若垤若穴、尺寸千里、攢蹙累積、莫得遯
隱、縈青繚白、外與天際、四望如一、然後知是山之特出、
不與培塿為類、悠悠乎將灝氣以俱、而莫得其涯、洋洋

乎與造物者遊、而不知其所窮、引觴滿酌、頹然就醉、不知日之入、蒼然暮色、自遠而至、至無所見、而猶不欲歸、心凝神釋、與萬化冥合、然後知吾向之未始遊、遊於是乎始、故為之序以志、是歲元和四年也、

李翱字習之、隴西成紀人、登貞元進士第、調校書郎、元和初、為國子博士、史館脩撰、遷考功員外郎、除廬州刺史、入為諫議大夫、知制誥、改中書舍人、會昌中終山南東道節度使、翱為韓愈姪壻、其學皆出於愈、集中荅皇甫湜書、自稱高愍女碑、楊烈婦傳、不在班固蔡邕下、其自許稍過、然觀與王載言論文書、立言具有根柢、蘇舜欽

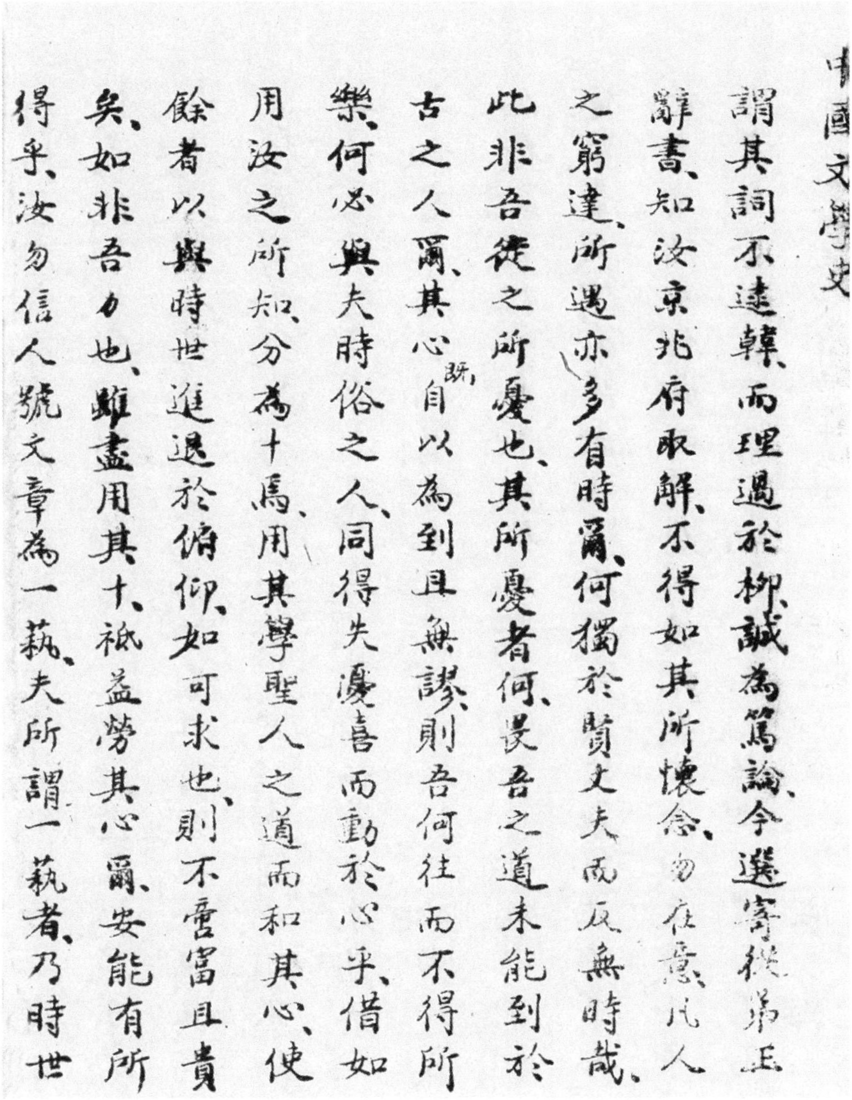

中國文學史

謂其詞不遠韓、而理過於柳、誠為篤論、今選寄從弟上
辭書、知汝京兆府取解、不得如其所懷念、勿在意、凡人
之窮達、所遇亦多有時爾、何獨於賢丈夫而反無時哉、
此非吾徒之所憂也、其所憂者何、畏吾之道未能到於
古之人爾、其心所自以為到且無謬、則吾何往而不得所
樂、何必與夫時俗之人、同得失憂喜而動於心乎、借如
用汝之所知、分為十焉、用其學聖人之道而和其心、使
餘者以與時世進退於俯仰、如可求也、則不啻富且貴
矣、如非吾力也、雖盡用其十、祇益勞其心爾、安能有所
得乎、汝勿信人號文章為一藝、夫所謂一藝者、乃時世

所好之文、或有盛名於近代者是也、其能到古人者、則仁義之詞也、惡得以一藝而名之哉、仲尼孟軻、殁千餘年矣、吾不及見其人、吾能知其聖且賢者、以吾讀其詞而得之者也、後來者不可期、安知其讀吾詞也、而不知吾心之所存乎、亦未可誣也、夫惟於仁義者、未見其無文也、有文而能到者、吾未見其不力於仁義也、由仁義而後文者、性也、由文而後仁義者、習也、由誠明之必相依爾、貴與富在外者也、吾不能知其有無也、非吾求而能至者也、吾何愛而屑屑於其間哉、仁義與文章、生乎內者也、吾知其有也、而能求而充之者也、何懼而不為

哉、汝雖性過於人、然而未能浩浩於心、吾故書其所懷以張汝、且以樂言吾道之云爾、

皇甫湜字持正、新安人、元和中擢進士第、仕至工部郎中、集三卷、湜文與李翱同出韓愈、翱得愈之醇、湜得愈之奇崛、各有所工也、今錄顧況集序、吳中山泉氣狀、英淑怪麗、太湖異石、洞庭朱實、華亭清唳、與虎邱天竺諸佛寺、鈞綿秀絕、君出其中間、翕輕清以為性、結冷汰以為質、喣鮮榮以為詞、偏於逸歌長句、駿發踔厲、往往若穿天心、出月脅、意外驚人、語非尋常所能及、最為快也、李白杜甫已死、非君將誰與哉、君字逋翁、諱況、以文入仕、

其為人類其詞章。嘗從韓晉公於江南，為判官，驟成其磊落績，入佐著作，不能慕，顧為衆排，為江南郡丞，累歲，脫縻無復北意，起屋於茅山，意飄然若將續古仙，以壽卒。湜以童子見君揚州孝感寺，君披黃衫，白絹鞜頭，眸子瞭焉，炯炯清氣，望之真白圭振鷺也。既接歡然，以我為揚雄孟軻，顧恨不及見。三十年於茲矣，知音之厚，曷嘗忘諸。去年從丞相涼公襄陽，有曰顧非熊生者在門，訊之即君子也，出君之詩集二十卷，泣余發之，涼公適移蒞宣武軍，余裝歸洛陽，諾而未副，今又稔矣，生來速文，乃題其集之首，為序。

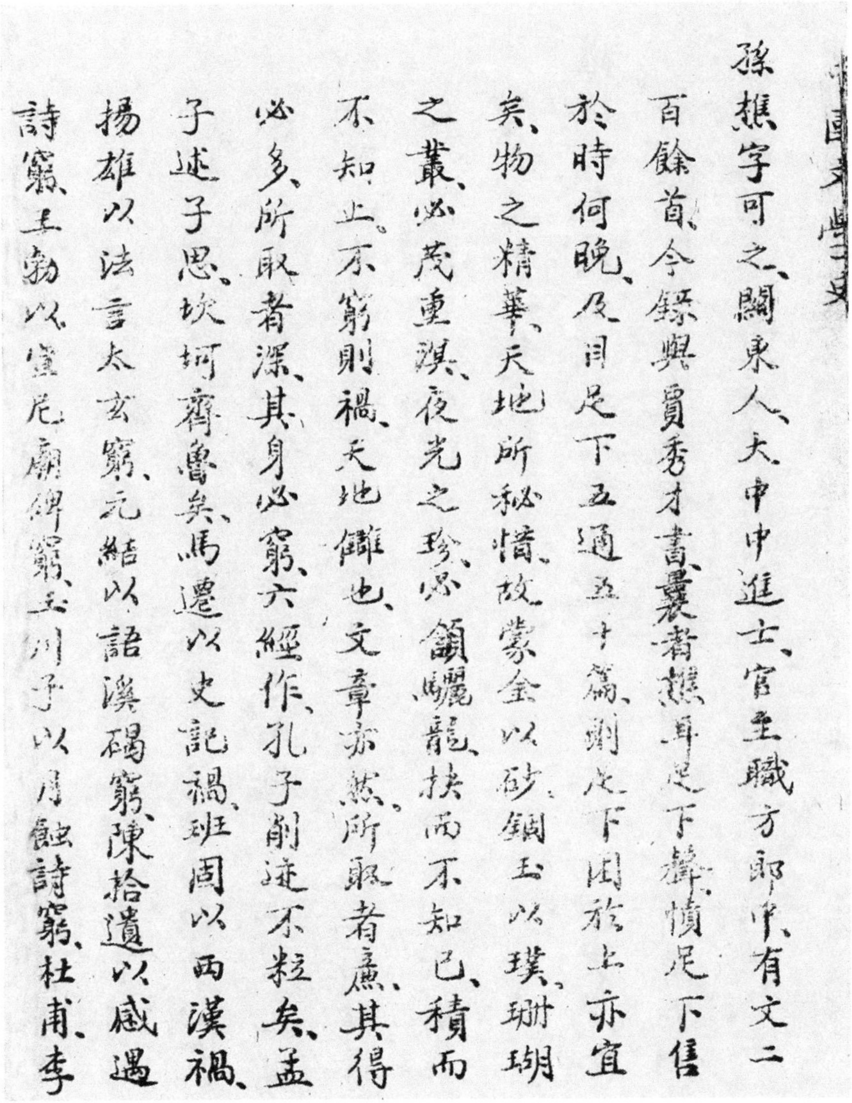

中國文學史

孫樵字可之，關東人，大中中進士，官至職方郎中，有文二百餘首，今錄與賈秀才書。曩者樵耳足下聲，憤足下信於時何晚，及目足下五通五十篇，則足下困於世亦宜矣。物之精華，天地所秘惜，故蒙金以砂，錮玉以璞，珊瑚之叢，必茂重溟，夜光之珍，必頷驪龍，扶而不知已，積而不知止，不窮則禍，天地雖也，文章亦然，所取者廉，其得必多，所取者深，其身必窮，六經作，孔子削迹不粒矣，孟子述子思，坎坷齊魯矣，馬遷以史記禍，班固以西漢禍，揚雄以法言太玄窮，元結以語谿碣窮，陳拾遺以感遇詩窮，王勃以宣尼廟碑窮，玉川子以月蝕詩窮，杜甫、李自、王江寧皆相望于窮者也、天地其無意乎、今足下立言必有奇、意必深、抉精剝華、期到聖人、以此貫于時、鉤縈邈寫、猶欲疾其驅而方其輪、若石斷搖不動于心、窮達與時上下、成一家書、自期不朽、此然之所敢知也、嗚呼、孤進患心不苦、及其苦、知者何人、古人抱玉而泣、捧足下文能不濡睫、懼足下自得也、殘且疑其道不固、因歸五通、不得無言、

權德輿字載之、天水人、未弱冠、即以文章稱、杜佑裴胄交辟之、德宗聞其才、召爲太常博士、改左補闕、累知制誥、進中書舍人、歷禮部侍郎、三知貢舉、元和初、又入兵

中國文學史　　　五

吏二部，坐郎吏誤用官閥，改太子賓客，俄復前官，總而
出為嶺南西道節度使，以病乞還，卒于道，謚曰文。德輿
積思經術，無不淹貫，其文雅正贍縟，一時交重之，集五
十卷。今錄荅殷孤秀才書：損四日書問，兼示新文，閎博
峻興，有五言致遠之旨，其于惠愛纖悉，重厚甚善甚善。
以吾子才志與年，十三省寤，以嘉聲自振，若建瓴決水，
太易良工，以有不謁迺而至者，況以日新又日新之盛
哉。人緣華緣，璣莫邪毛嬙，終不處隱之積之撓之帷之
未為忘，而擁腫磥砢，鉤鋭窟瘤之排藪，但發其疾徐耳。
要當去一，八聲之未多矣，豈與於是？校聊此，斯得之，又

云、先達病不能公、或公而病其無力、今夫諂諂者或辨之不至、而苟善待之、及揚聲延譽、則鉗口結舌、大凡舉世之病也、如鄰夫者、直力不足耳、亦懼栖徠奔走、為肆為岐、至有窃所愛者則寡矣、又奚能癈是也、從古未達者之望達者、何嘗不如是耶、先師七十子、所擬豈敢當也、三復悉然、無言喻懷、

令狐楚字愨士、德棻之裔也、五歲能辭章、貞元七年及第、由太原掌書記至判官、德宗好文、每省太原章奏、必能辨楚所為、數稱之、憲宗時、以皇甫鎛薦為中書侍郎同平章事、尋罷、至開成初卒、諡曰文、有集百三十卷、今錄

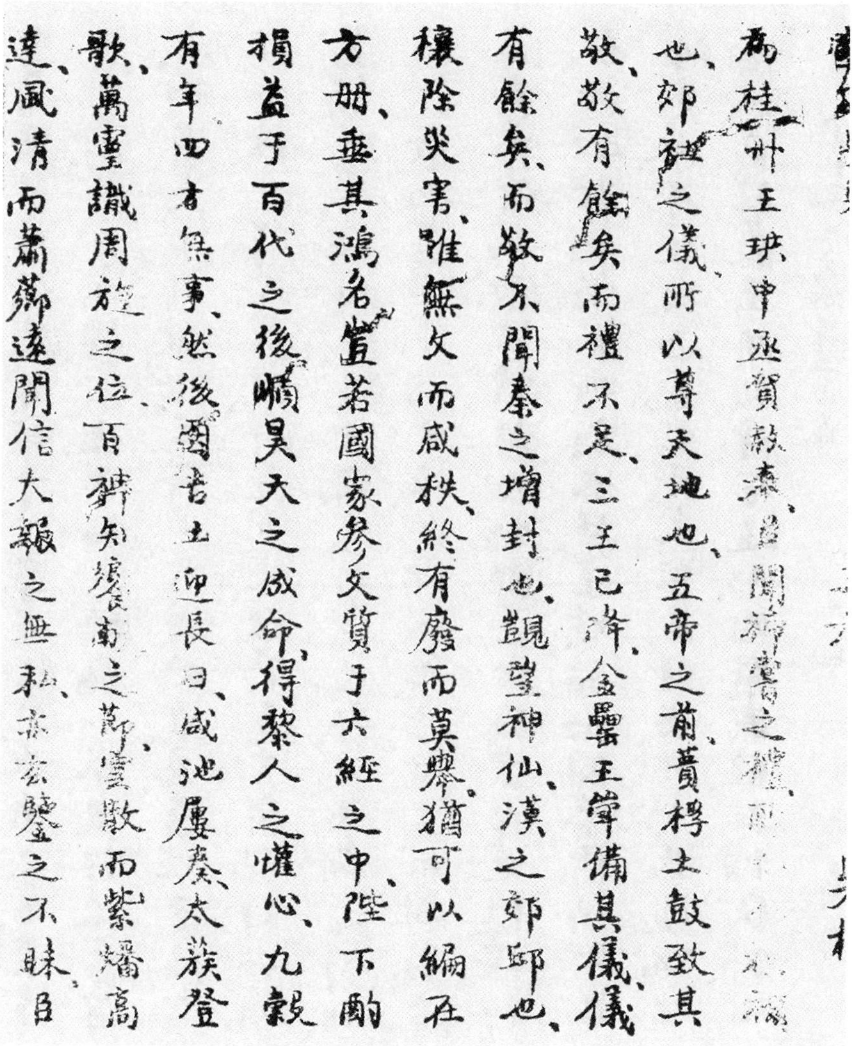

[illegible]
爲桂州王玭中丞賀赦表、臣聞禘嘗之禮、所[illegible]
也、郊祀之儀、所以尊天地也、五帝之前、蕢桴土鼓致其
敬、敬有餘矣而禮不足、三王已降、金罍玉斝備其儀、儀
有餘矣、而敬不聞、秦之增封也、覲望神仙、漢之郊畤也、
禳除災害、雖無文而咸秩、終有廢而莫舉、猶可以編在
方册、垂其鴻名、豈若國家參文質于六經之中、陛下酌
損益于百代之後、膺昊天之成命、得黎人之懽心、九穀
有年、四方無事、然後爵吉土、迎長日、咸池慶奏、太蔟登
歌、萬靈識周旋之位、百辟知饗薦之節、靈歆而紫燔高
達、風清而蕭薌遠聞、信大報之無私、本玄鑒之不昧、臣

當時集早朝官吏百姓耆丁穿寶承訖、推天之意、莫遺
于微細、如日之輝、不隔于幽遠、祇靈知感、鬼神懷柔、何
者、刑莫大于成獄、陛下捨之、罪無輕重、恩莫深于延賞、
陛下推之、澤及存殁、行道求志、敢於直言者、咸許以覲
覽、觸綸罣網、屏在遠方者、又移之近郊、減來歲之新租、
昭其儉也、棄比年之逋債、弘諸仁也、念勳臣而撫勳者
益勸、尊有德而不德者知慚、賜羸老有粟帛之優、禮神
祇無牲幣之費、此所謂幽室盡曉、枯條編春、雷雨作而
蟄胎蘇、風雲行而龍鳥飛舞、率土臣妾、不勝大慶、況臣
蒙被恩澤、獲齒生類、會守遠郡、阻窺盛禮、徘徊天外、目

與心斷、無任忭躍之至、

李德裕字文饒、趙郡贊皇人、宰相吉甫子也、以蔭補校書郎、拜監察御史、穆宗時、擢翰林學士、再進中書舍人、未幾授御史中丞、牛僧孺李宗閔、追怨吉甫、因出爲浙江觀察使、宗閔罷、以兵部尚書、召拜中書門下平章事、而鄭注李訓怨之、召宗閔入、而以德裕爲興元節度使、德裕入見帝、自陳願留闕下、復拜兵部尚書、又爲王璠李漢譖、貶太子賓客分司東都、武宗立、召拜太尉、封衛國公、當國六年、威名頗著、宣宗立、罷爲荊南節度使、白敏中令狐綯使黨人購之、貶崖州司戶參軍、卒、德裕少力學、善為文、雖在大位、手不去書、有會昌一品集、今録文章論一首、魏文典論、稱文以氣為主、氣之輕濁有體、斯言盡之矣、然氣不可以不貫、不貫則雖有英詞麗藻、如編珠綴玉、不得為金璞之寶矣、鼓氣以勢壯為美、勢不可以不息、不息則流宕而忘返、亦猶絲竹繁奏、必有希聲窈眇、聽之者悅聞、如川流迅激、必有洄洑逶迤、觀之者不厭、從兄翰嘗言文章如千兵萬馬、風恬雨霽、寂無人聲、蓋謂是也、近世誥命、惟蘇頲敘事之外、自謂文章、才寔有餘、用之不竭、沈休文獨以音韻為切、輕重為難、語雖甚工、旨則未遠、夫荊璧不能無瑕、隋珠不能無

文本科三年級

吳梅

類、文旨高妙、豈以音韻爲病哉、此可以言規矩之內、未可以言文意外也、較其師友、則魏文與王陳應劉討論之矣、江南惟于五言爲妙、故修文長于音韻、而謂靈均以來、此秘未覩、不亦誣人甚矣、古人辭高者、蓋以言妙而工、適情不取于音韻、意盡而止、成篇不拘夫隻耦、故篇無足曲、詞寡累句、譬諸音樂、古辭如金石琴瑟、尚于至音、今文如絲竹鞞鼓、迫于促節、則知聲律之爲弊也、甚矣、世有非文章者曰、詞不出于風雅、思不越于離騷、模寫古人、何足貴也、余曰、譬諸日月、雖終古常見、而光景常新、此所以爲靈物也、余嘗爲文箴、而載于此曰、文之為物、自然靈氣、惚恍而來、不思而至、杼軸得之、澹而無味、琢刻藻圖、彌不足貴、如彼璞玉、磨礱成器、奢者為之、錯以金翠、美質既彫、良寶斯棄、此為文之大旨也、

李商隱字義山、懷州河內人、令狐楚師河陽、奇其文、使與諸子遊、楚徙天平宣武、皆表署巡官、開成二年、高鍇知貢舉、令狐綯雅善鍇、獎譽甚力、擢進士第、調弘農尉、以忤觀察使罷去、尋復官、王茂元鎮河陽、愛其才、表掌書記、以子妻之、茂元死、來遊京師、久不調、依桂管觀察鄭亞、亞謫循州、商隱從之、凡三年、茂元與亞皆李德裕所善、綯以商隱為忘家恩、謝不通、京兆尹盧弘正表為府

參軍、典箋奏、綯當國、商隱歸窮自解、綯憾不置、弘正鎮
徐州、表為掌書記、久之還朝、復干綯、乃補太學博士、柳
仲郢節度劍南東川、辟判官檢校工部員外郎、柳罷、客
滎陽卒、商隱初為文瓌邁奇古、及在令狐楚府、楚本工
章奏、因授其學、而繁縟則過之、有樊南甲乙集、今錄元
結文集後序一篇云、次山之作、其綿遠長大、以自然為
祖、元氣為根、變化移易之、太虛無狀、大貴無色、寒暑攸
出、鬼神有職、南斗北斗、東龍西虎、方嚮物色、欻何從生、
啞鍾復鳴、黃雉變雄、山相朝捧、水信潮汐、若大壓然、不
覺其興、若大醉然、不覺其醒、其疾怒急擊、快利勁果、出

行萬里、不見其畝、高歌酣顏、入飫于朝、斷章適句、如娠
始生、狼子豹孫、競于跳走、剪餘斬殘、程露血脉、其詳緩
未潤、壓柳趨儒、如以一國、買女人一笑、如以萬世、换人
一朝、重屋深宮、但見其脊、牽牽長河、不知其載、死而更
生、夜而更明、衣裳鐘石、雅在宮藏、其正聽嚴毅、不滓不
濁、如坐正人、照彼佞者、子從其翁、婦從其姑、豎麾為門、
懸木為牙、張蓋乘車、屹不敢入、將刑斷死、帝不敢赦、其
碎細分擘、切截纖顆、如墜地碎、若大咽餘、鐫取杇蠹、櫟
蟒出毒、刺眼楚齒、不見可視、顧顛踣錯雜、汙瀦傷損、如
在危處、如出夢中、其總旨會源、條綱正目、若國大治、若

文本科三年級

中國文學史 [illegible] 吴梅

年大熟、君居堯舜、人人羲皇上之視下。不知有尊、下之望上、不知有篡、辮頭鑿齒、扶服臣僕、融風彩露、飄零委落、耋老者在、童齔者蕃、邪人倭夫、指之觸之、薰之熙之、不識其故、吁、不得盡其極也、而論者徒曰次山不師孔氏為非、嗚呼、孔氏于道德仁義外有何物、百千萬年、聖賢相隨于塗中耳、次山之書曰、三皇用真而恥聖、五帝用聖而恥明、三王用明而恥察、嗟嗟此書、可以無書、孔氏固聖矣、次山安在其必師之邪、

温庭筠本名岐、字飛卿、太原人、少敏悟、才思艷麗、韻格清拔、工為詞章小賦、與李商隱皆有名、世稱温李、然行無

檢幅、數舉進士不第、徐商鎮襄陽、署為巡官、不得志、去歸江東、後商知政事、欲白用、會商罷相、楊收疾之、貶方城尉、再遷隋縣尉、卒、集二十八卷、今録上裴相公啟、聞效珍者先諳隋和、蠲患者必求倉扁、苟無驗鮮、難詣奇功。豈不有適之羊、猶抱無辜之恨、斯則没爲癘氣、來撓至乎、敷作冤聲、將垂不極、此亦王公大人之所憐憫、義夫志士之所歔欷、某性實顓蒙、器惟褊陋、纂修祖業、遠愧孔琳、承襲門風。近慚張茂、自嗟受困驕寵、饕能傳芥、占數遼西、橫經稷下、因得仰窮師法、竊弄篇題、思欲紐儒門之絕維、恢常典之休烈、俄屬羈孤奪幹、蓍藿難虞。

處默無衾，徒然夜歎，脩齡絕米，要事晨炊。既而羈遊侯
門，旅遊淮上，投書自達，懷刺求知，豈期杜摯相譏，臧倉
見嫉，守之者以忠情積惡，當權者以承意中傷，直視孤
危，橫相陵阻，絕飛馳之路，塞飲啄之塗，射似有寃，叫天
無路。此乃通人見惑，多士具聞，往其興嗟，庸能昭雪。竊
見玄宗皇帝，初融景命，遽悶震襟，收拔瑕疵，中明社結，
劉丞相導揚優詔，蘇許公潤色昌謨，五六年間，風俗敦
厚，遂及翔泳，未安其所，雨暢不得其和，匹夫匹婦之吁
嗟，一家一鄉之幽鬱，然期昭泰，必御陶鈞，某雖抱疑危，
退無依據，暗處罔拘之列，不沾渙洋之私，與爐燼而俱

攙、叱咤而龍盤、則是廉藺並轍、備巢于窮逞、日月懸
璧、獨辭于豐爵、伏以相必致克業裕、佐禹功高、百姓咸
被其仁、一物不違于性、備或在遂與嘆、解被左驂、彈劍
有聞、爰于伏舍、騰風自卜、與古為徒、此道不墜、貞明未
遠、謹以文職詩各一卷、率以抱獻、縑緗儉陋、造寫繁蕪、
干冒尊嚴、無任惶灼、

段成式

段成式、字柯古、臨淄人、世客荊州、宰相文昌之子也、以蔭
爲校書郎、研精苦學、秘閣書籍、披閱皆遍、歷尚書郎、太
常卿、歷遂典九江、縉雲廬陵三郡、後退居襄陽、集七卷、
下令錄、寺塔記一首、武宗癸亥三年夏、予與張君希復善、

総同官秘書鄭居符夢復連職仙署會暇日遊大興禪寺因閱兩京新記及遊目記多所遺略乃約一旬尋兩街寺以街東興善為首二記所不具則別錄之遊及慈恩初知官將併寺僧職草草乃泛問一二上人及記塔下畫跡遊于此遂絕後三年予職于京洛又刺安成至大中七年歸京在外六甲子所留書籍揃壞居半于故簡中覩與二亾友遊寺瀝血淚交當時造適樂事邈不可追為整理蠹餘然十七六七矣次成兩卷傳諸釋子

杜牧字牧之京兆人太和二年擢進士第復舉賢良方正嘗為牛僧孺淮南節度府掌書記擢監察御史移疾分

司東都、後為司勳員外郎、乞為湖州刺史、逾年拜考功郎中、知制誥、遷中書舍人卒。牧剛直有氣節、敢論列大事、其詩尤情切豪邁、人目為小杜、所以別于甫也、今錄李賀歌詩序、太和五年十月中、中夜時、舍外有疾呼傳緘書者、某曰必有異、亟取火來、及發之、果賢集學士沈公子明書一通、曰、我亡友李賀、元和中義愛甚厚、日夕相與起居飲食、賀且死、嘗授我平生所著歌詩、雜為四編、凡若干首、數年來東西南北、良為已失去、今夕醉解、不復得寐、即閱理篋帙、忽得賀詩前所授我者、思理往事、凡與賀言、嬉遊、一處所、一物候、一日夕、一觴一飯、顯

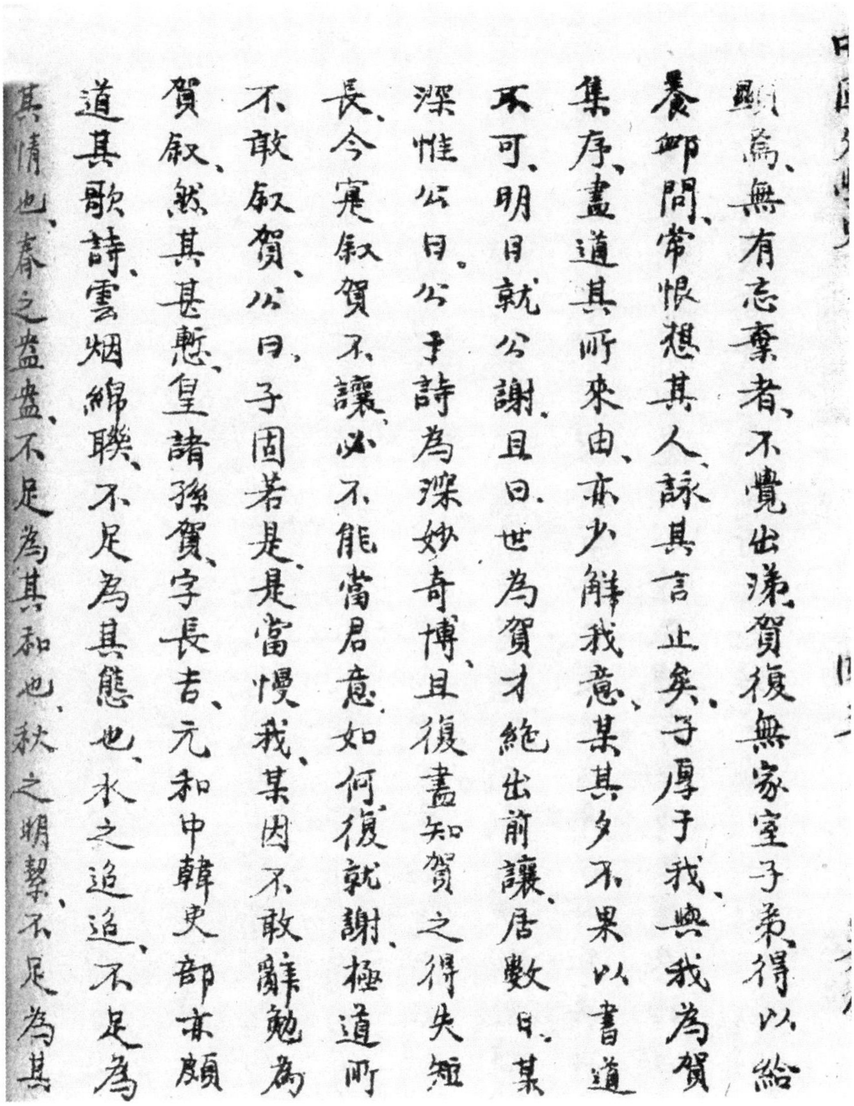

顧為、無有忘棄者、不覺出涕、賀復無家室子弟得以給
養卹問、常恨想其人、詠其言止矣、子厚于我、與我為賀
集序、盡道其所來由、亦少解我意、某其夕不果以書道
不可、明日就公謝、且曰、世為賀才絕出前讓、居數日、某
深惟公曰。公于詩為深妙奇博、且復盡知賀之得失短
長、今寔叙賀不讓、必不能當君意、如何復就謝、極道所
不敢叙賀、公曰、子固若是、是當慢我、某因不敢辭勉為
賀叙、然其甚慚、皇諸孫賀、字長吉、元和中韓吏部亦頗
道其歌詩、雲烟綿聯、不足為其態也、水之迢迢、不足為
其情也、春之盎盎、不足為其和也、秋之明潔、不足為其

格也、風檣陣馬、不足以為其勇也、瓦棺篆鼎、不足為其古也、時花美女、不足為其色也、荒國陊殿、梗莽邱壠、不足其恨血悲怨愁也、鯨呿鰲擲、牛鬼蛇神、不足為其虛荒誕幻也、蓋騷之苗裔、理雖不及、辭或過之、騷有感怨刺懟、言及君臣理亂、時有以激發人意、乃賀所為、得無有是、賀能探尋前事、所以深歎恨今古、未嘗經道者、如金銅仙人辭漢歌、補梁庾肩吾宮體謠、求取情狀、離絕遠去筆墨畦逕間、亦殊不能知之、賀生二十七年死矣、世皆曰、使賀且未死、少加以理、奴僕命騷可也、賀死後凡十五年、京兆杜某為其序、皮日休字襲美，一字逸少，襄陽人，性傲誕，隱居鹿門，自號閒氣布衣，咸通八年登進士第，已授太常博士，黃巢陷長安，署偽學士，使為讖文，疑其訕己，遂及禍，集二十八卷，今錄讀司馬法一首。古之取天下也以民心，今之取天下也以民命。唐虞尚仁，天下之民從而帝之，不曰取天下以民心者乎。漢魏尚權，驅赤子于利刃之下，爭寸土于百戰之內，士為諸侯，諸侯為天子，非兵不能威，非戰不能服，不曰取天下以民命者乎。由是編之為術，（謂太公六韜也）術愈精而殺人愈多，法益工而害物益甚。嗚呼，其亦不仁矣。蚩蚩之類，不敢惜死者，上懼乎刑，次貪乎賞民之于君、猶子也、何異父欲救其子、先紿以威、後啗以利哉、孟子曰我善爲陣我善爲戰、大罪也、後之士有是者、雖不得士吾以爲猶士焉、

劉蛻字復愚、長沙人、有梓州文冢銘一篇文特奇異、今錄與西京幕府書一首、漢武帝聞子虛賦、初恨不與相如同時、既而復喜其人之在世也、若然者居蓬蒿、而名聞之于天子、富貴固不足疑其來、爵土固不足畏其大、今案其本傳云、官則止于使者、居家初則甚貧、嗚呼、有才如相如者、好才如漢武帝、然而不達者、蛻知之矣、于時武帝以四境爲心、中國耗弱、爵土畊于謀臣、金帛竭于

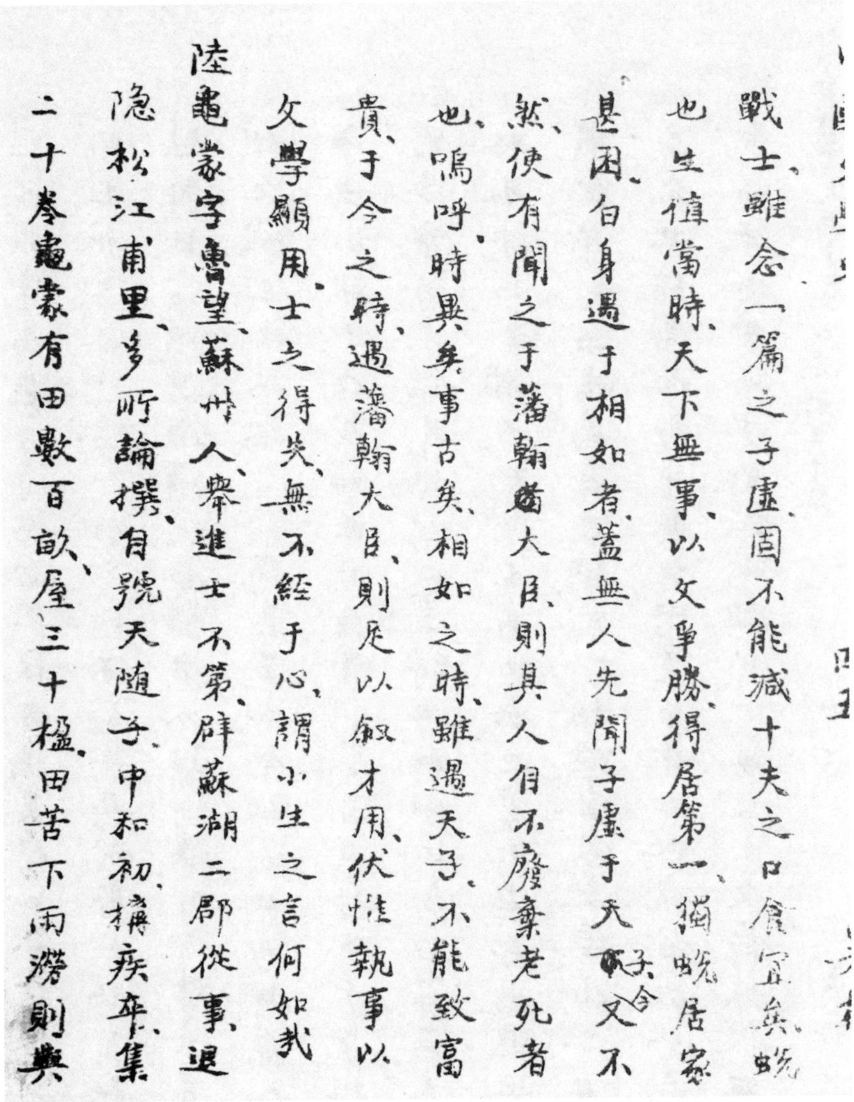

戰士、雖念一篇之子虛、固不能減十夫之口食、宜矣。蛇
也。生值當時、天下無事、以文爭勝、得居第一、猶蛇居家
甚困。白身過于相如者、蓋無人先聞子虛于天子、又不
然、使有聞之于藩翰大臣、則其人自不廢棄老死者
也。嗚呼、時異矣、事古矣、相如之時、雖遇天子、不能致富
貴、于今之時、遇藩翰大臣、則足以敘才用、伏惟執事以
文學顯用、士之得失、無不經于心、謂小生之言何如哉
陸龜蒙字魯望、蘇州人、舉進士不第、辟蘇湖二郡從事、退
隱松江甫里、多所論撰、自號天隨子、中和初、攜疾卒、集
二十卷。龜蒙有田數百畝、屋三十楹、田苦下雨潦則與

江邇、故常患飢身自畚鍤無休或譏其勞曰舜躬耕，歷
胼胝、彼聖人也、吾一褐夫、敢不勤乎。其耐苦如此、吳勷
誄文曰、霏漠漠、漠漠滑滑、春融冶秋鮮妍觸即碎潭下月
拭不滅玉上烟、論者謂得其品也、今錄送小鶴山樵人
序云小雞山、在震澤西、出吳胥門背朝日行四十里、得
野步市曰光福、光福西五里得土山。山土多石寡、無大
林木率生小櫟樸樕、皆薪材、直吳之爨。此為助爲、連延
廣袤、不一其主、爲書畫疆、互以相授、自家至麓、凡二百
弓東北倚高而加半焉、余所置多少如此、余家大小之
口二十、月費米十斛、飯哉、理魚蔬、輩日十束薪、然後四

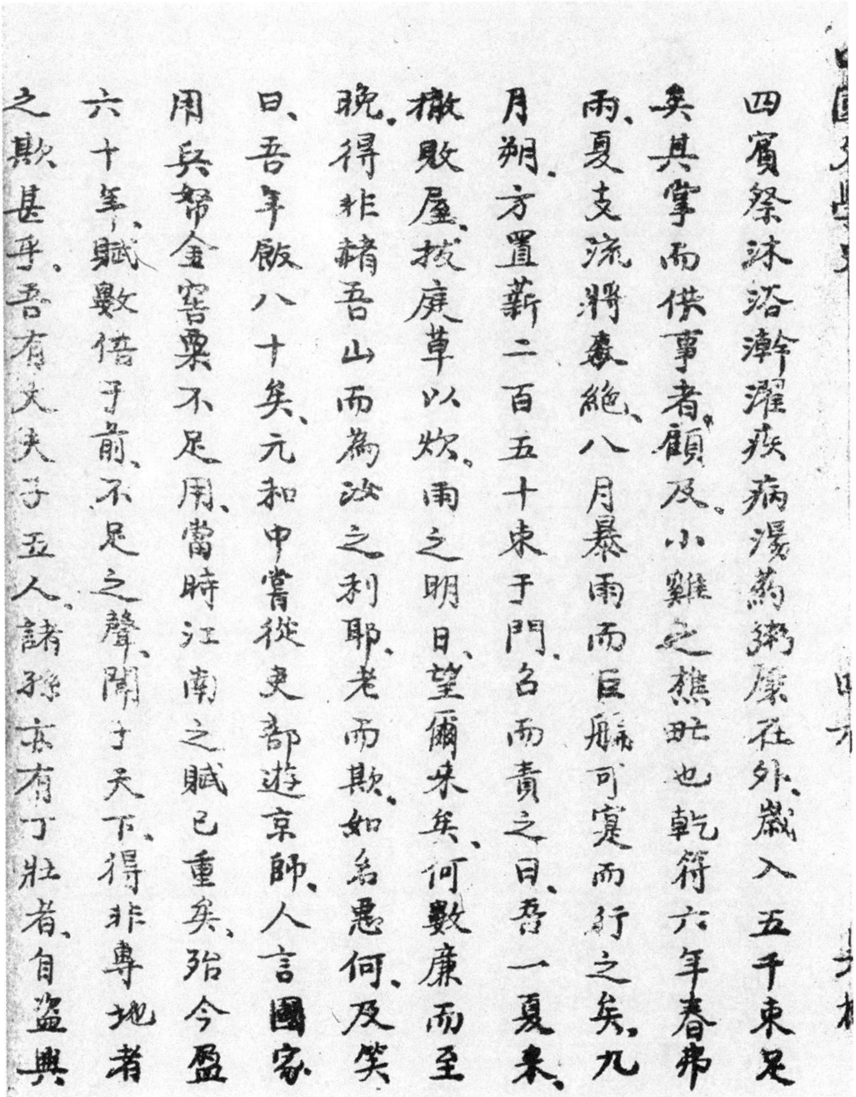

四賓祭沐浴澣濯疾病湯藥粥糜在外、歲入五千束足
矣、其掌而供事者、顧及小雞之樵旺也、乾符六年春弗
雨、夏支流將涸絕、八月暴雨而巨艑可寬而行之矣、九
月朔、方置薪二百五十束于門、召而責之曰、吾一夏束、
撤敗屋、拔庭草以炊、雨之明日、望爾來矣、何數廉而至
晚、得非賴吾山而為汝之利耶、老而欺、如愚何、及笑
曰、吾年殆八十矣、元和中嘗從吏部遊京師、人言國家
用兵帑金窖粟不足用、當時江南之賦已重矣、殆今盈
六十年、賦數倍于前、不足之聲、聞于天下、得非專地者
之欺甚乎、吾有丈夫子五人、諸孫亦有丁壯者、自盜興

以來、百役皆在、亡無所寄、又水旱更害吾稼、未即死不忍見児孫寒餓之色、雖盡售雞山[illegible]不足以濡吾家、則一二買名為偷乎、今子一燧不給、而責吾之縲、吾將欲移其責于天下之守則吾死不恨矣、念歎之曰、汝之言信也、然不當發于余、汝姑歸與之酒、繼之以歌云

長其船兮利其斧、輸其薪兮勿予侮、田予登兮穀予處、突晨烟兮蓬樓樓、窗有明兮編有古、飽而安兮、惟編是伍、時不用兮無櫓汝、

司空圖字表聖、河中虞鄉人、咸通末擢進士第、歷官至禮部郎中、僖宗行在、用為知制誥中書舍人、歸隱中條山

五官谷、遷洛後、被詔入朝、以野髦丐歸、朱全忠受禪、召爲禮部尚書、圖不屈節、絕食死、圖少有俊才、晚年避世棲遯、自號知非子、耐辱居士、有先世別墅、泉石林亭、頗愜幽趣、日與名僧高士遊詠其中、有一鳴集三十卷、今錄竇烈傳一首云、河南竇氏、朝邑令畢某之妻也、四年秋、同民叛、其帥李、李走蒲、令絜其孥竄望仙里、既盜作、乃仇家也、捽令壞其首、志必死之、令妻歛拜衽其拜、益急、乃持其袂、重傷猶不置、令竊視、竟得逃逸而免、里人列狀于府、賚之酒帛、盤亦馳乘而至、幾死者數矣、遂踰月方克偕全、慁寓居渭濱、得備聞于里中梁生、生言言操史牘者、苟當和平紀王庭、璟瑞之美、誠幸矣、然傑異之操、化導宗族里閭、俾男必爲貞夫、女必爲烈婦、是有國有家皆賴之、豈徒炫于視聽哉、愚以爲知言、乃著其事、贊曰、蓄千金之資、雖云憂患、尚有不安其室者、况蹈危觸難、何以相保哉、且婦人女子、扣盎足以駭之、而白刃之下、獨不顧死、以免其夫、是果能一于所從而不悔者也、豈化漸之有所自也、吾知爲臣爲妻者、必能有其人、免貽史氏之愧焉、

羅隱、本名横、字昭諫、餘杭人、十上不中第、遂更名、從事湖南淮潤、無所合、久之歸投錢鏐、累官錢唐令、鎮海軍掌

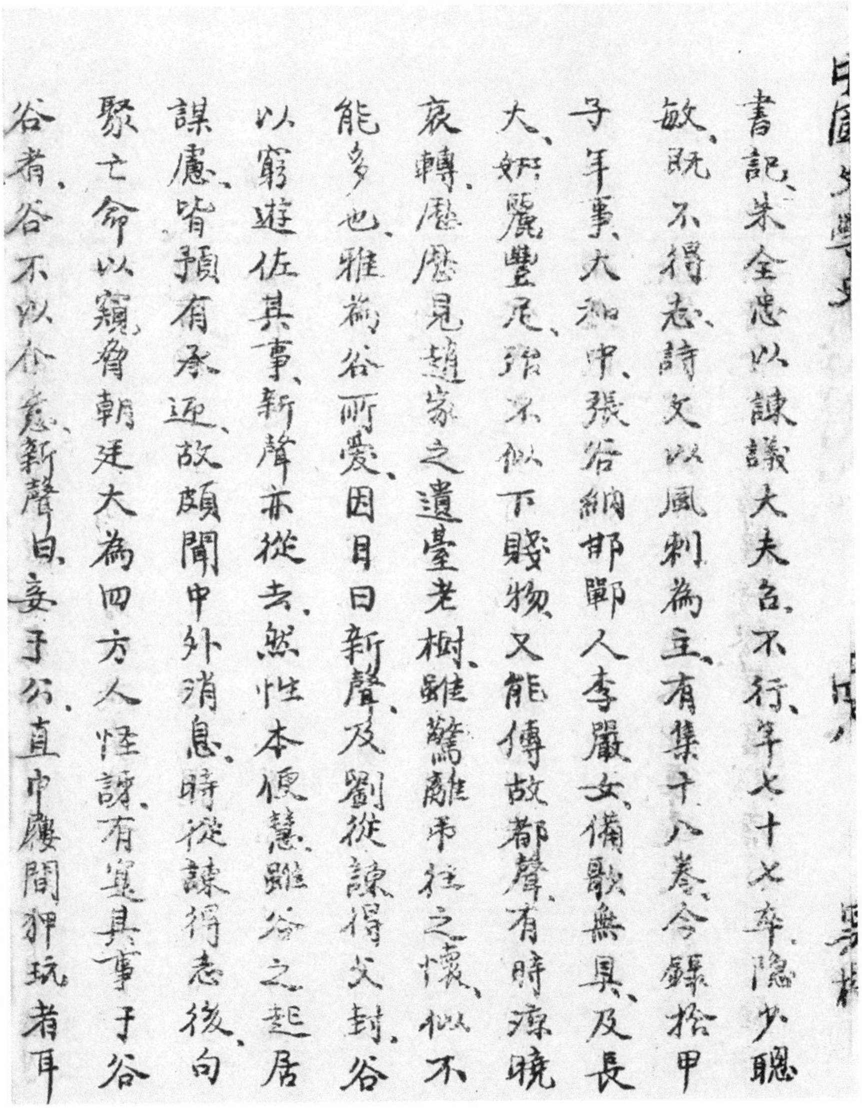
中國文學史

書記、朱全忠以諫議大夫召。不行、年七十七卒。隱少聰
敏、既不得志、詩文以風刺為主、有集十八卷、今錄拾甲
子年事、大和中、張谷納邯鄲人李巖女、備歌舞具、及長
大、妍麗豐足、殆不似下賤物、又能傳故都聲、有時瞭曉
哀轉、歷歷見趙家之遺臺老樹、雖驚離而往之懷、似不
能多也、雖為谷所愛、因目曰新聲、及劉從諫得交封、谷
以窮避佐其事、新聲亦從去、然性本便慧、雖谷之起居
謀慮、皆預有承迎、故頗聞中外消息、時從諫得志後、向
聚亡命以窺脅朝廷、大為四方人怪誚、有寘其事于谷
谷者、谷不以介意、新聲白、妾于公直巾屨間狎玩者耳

除歌酒外、不當以應頤命、然食人之食、憂人之憂、理之常也、況吳乎、前日天子授從諫節度使時、非從諫有戰野之功、拔城之績、蓋以其先父挈齊還我、去就間未能奪其嗣耳、而公不幸為其屬、別牽制之道、在此不在彼也、自劉氏奄有全趙、更改歲時、未聞以一縷一蹄為天子壽、而指使輩率無賴人、且章武朝數鎮顛覆、皆以雄才傑器、尚不能固天子恩、況從諫擢自兒女子手中、一旦襲如何家業、苟不以法而得、亦宜以不法而終、此倚伏之常數也、而又卒位佻險、言語不詳、是不為齊鬼所酬而死於帳下者幸矣、孰謂公從其事、反不知其事者哉、姑不能早折其肘臂、以作天子計、則宜脫族而去、大丈夫勿領一飯恩、以骨肉腥健兒衣食、言訖悲涕流落、谷不決者三月、新聲後進、以其業不用也、縊殺之、會昌中、從諫死、以其子露父意族之、谷竟從逆、嗚呼、謀及婦人者必亡、而新聲之言、惜其不用、余前過太行時、有傳使能道當時事、因拾於簡編

（乙）詩　有唐一代、文學極盛之時也、而其垂範後世者、尤莫若韻文、而無韻文次之、自大業以來、綺麗不足珍、唐開神堯之運、文有韓柳、詩有李杜、咸具登峯造極之觀、而詩尤盛於文、計唐三百年、瀰漫於上下、皆極

其能事也、其所以致此者、主因有二、唐代君主、無不能詩、廟堂之上、雍容揄揚、侍從應制之作、奉詔應制之篇、不可偻指、又人情每喜仕宦、而當時科目、又重詩賦、其始進也由此、憲宗讀白居易長恨歌、召為學士、穆宗喜元稹歌詩、徵為舍人、文宗好五言詩、特置詩學士七十二員、其被用又如此、上以是徵、下以是應、交遊以是相高、其盛也不亦宜乎、故唐詩者集漢魏之大成、開宋元之宗派、以體言則五七雜言、以至樂府歌行律絕、無不備也、以格言則聖神仙凡妖豔鬼怪各品、無不有也、以調言、則飄逸雄渾精深博大綺麗奧峭、又無不至也、其人則帝王將相、以及村夫野老婦孺方外、又無不擅長也、清乾隆時勅撰全唐詩九百卷、二千三百餘家、四萬八千九百餘首、可謂盛之至矣、且自唐迄清、垂千餘年、其間湮没不傳者何限、而猶浩若烟海、供後人之沾丐、此真從古所未有也、

唐詩變遷、頗難辨析、明高棅本陸游嚴之說、分初唐盛唐中唐晚唐四期、初唐自高祖武德元年至玄宗開元、幾一百年、盛唐自玄宗開元元年至代宗大歷、凡五十餘年、中唐自代宗大歷元年至文宗太和九年、凡七十餘年、晚唐自文宗開成元年至昭宗天祐三年、凡八十

餘年、因時代以分人、雖人各一體、而一時代必有一時代之特色、茲就四期中詩風之變遷、略為次論之、

(一) 初唐　唐初作者、承江左流風、未能脫纖麗之習、幸賴賢君臣起而挽之、故能釀盛世之元音、太宗嘗作宮體詩、使虞世南賡和、世南對曰、聖作誠工、然體不雅正、惟恐此詩一傳、天下風靡、罔不奉詔、而魏徵亦以佐命功臣、務為遒峻、其述懷一首、實立於唐詩之源頭、王績風骨隽遠、結想高曠、東皋贈程處士二詩、不愧正始高躅、三百年之雅音、實胚胎於此、時惟去齊梁未遠、一時綺縠輕靡、帶徐庾之風、如王楊盧駱諸作、詞華旨靡、職是

陳隋氣味然風格漸整其所作不曰古詩而曰排律蓋
陳隋習詩、如薛道衡之昔昔鹽、盧思道之游梁城雖有
排偶而調尚未協、至此始整潔可誦且陳隋間詩鮮長
短雖無定而亦不甚懸殊排律則初用六韻後用八韻
至杜甫始大擴張 有多至百韻者 早朝應制諸作、多用此體、而格律始
嚴矣、又有就徐庾等作而整齊之名曰五律、如王勃遊
三覺寺詩云、杏閣披青磴琱臺控紫岑、葉齊山路狹、花
積野壇深、蘿幌棲禪隱松門聽梵音、還忻陪妙躅、延賞
滌煩襟、是律詩格律已具惟詞旨纖麗、風氣尚未脫陳
隋餘習也、又有所謂截句者、其聲調有與律同者、亦有

與律異者。通常散行。間有全體屬對者。有前二句或後二句屬對者。蓋由律詩中截來。故號曰截句。大業末年。有刺煬帝巡遊無度者云。楊柳青青着地垂。楊花漫漫攪天飛。柳條折盡花飛盡。借問行人歸不歸。是是絕之創定。一若先於律詩。而五絕則本漢魏小樂府。如藁砧今何在。山上復有山。何當大刀頭。破鏡飛上天。此其祖也。此類之作。其始好用隱語。若子夜前溪諸歌皆是。校其聲律。務必諧和。然則律為古詩之變。而絕為樂府之變也。以上近體 自陳子昂繼虞魏而起。追踪漢魏。一洗齊梁之靡靡。所作感遇三十八首。始以高雅沖澹之音。變齊梁之俳優。張九齡繼之。力追古意。後代因之。古體之名以立。子昂風節。雖不足稱。而振興文章之功。不可誣也。

以上古體

自是唐代詩格始成。自魏晉以來。處態萬端。至此始為一結束。下此千餘年間。傾無量英俊之心血。要皆守其成規。初未敢別啟一格。惟律詩一體。至沈宋而大成。而裁成六律。彰施五彩。杜審言縱能鬱飭。終不及二家之言之中倫。歌之成聲耳。宋詩如途中寒食。沈詩如盧家少婦是。故論初唐之詩。當以四傑與陳杜沈宋為傑出云。

（二）盛唐　唐三百年。詩學全盛之天下也。而開元天寶之詩。尤為全盛中登至極之時。盛唐風氣。玄宗實有開創之功。惟以中主之資。晚歲尤耽於逸樂。故得姚崇宋璟張九齡之啟沃。而爲開元之盛明。因李林甫楊國忠之壅蔽。而肇天寶之禍亂。於是中臣泣血。義士蘊憤。詩人學者。痛哭流涕。發憤世於文章。當時之詩。或爲飄逸。或爲沈鬱。或爲悲壯。或爲真樸。開元天寶之間。風雅大作焉。如張説之七古。張九齡之五古。沈雄清正。足以歆翼正声。而曲江盛過。尤能上繼射洪。下開供奉。他如王維孟浩然。李欣。岑參。高適。王昌齡。儲光羲之倫。後先繼起。一時稱盛。迨李白杜甫興。更發揚蹈厲。菁華極盛。大率出入風騷。祖尚魏晉。後有作者。不能及也。至以詩體言之。五古如王右丞。孟山人。儲太祝。皆学陶。王得其清腴。
孟得其閒遠。而李供奉則学阮。與射洪曲江同其宗。更
出之以曠達。少陵不主一家。材力飈舉。縱橫揮霍。又不
能以一概論矣。七古王李高岑。安詳合度。供奉加之以
恣肆。少陵又濟之以沈雄。五律則王孟悠然自得。太白
穠麗。復運以曠遠奇逸之思。工部更於四十字中。包涵
萬象。七律右丞獨出冠時。東川亦舂容大雅。高岑可賡
同調。太白好運古於律。終非所宜。少陵亦不免此病。顧
總觀所製。則二人之作。可謂馳騁古今。包涵天地。而杜
詩勝人處。尤在長律。數十韻百韻中。運掉變化如龍蛇。

實貫古今如一線。實開未有之奇。五絶則右丞太白。並
皆佳妙。七絶則王龍標。李供奉。獨稱神品。右丞懷[illegible]高
岑激杜吹之。杜所不及者此耳。猶太白之於七律也。以上
略論以下
專論李杜
拱衆星而揚日月之輝。建摩山而標泰華之峯。實安雲
起之中。而能奄有千古者。實推李白杜甫。昔人謂詩主
李杜。地負海涵。千彙萬狀。兼古今而有之。實非溫吳之
論。白詩類其為人。志氣宏放。喜為大言。少時俠肯棱之。
不顧細行。不修小節。氣蓋一世。故語用兵則先登陷陣。
不以為難。語游俠則白晝殺人。不以為非。語功名則談

笑而靜胡沙。不以爲意。其所欽慕者。常奉之於魯仲連侯嬴酈食其張良韓信之倫。然卒以其狂易之性。遭讒放廢。而至不改其舊。沉湎於酒。其神識超邁。遂能易功名之心。而爲出世之逸想。灑落豁達。曾無身世之艱。故其發於詩也。亦俠亦仙。飄然而來。倏然而去。不屑之雕章琢句。而天馬行空。不可羈勒。鞭揚馬。軼屈宋。一洗梁陳宮掖之風。而出以縹緲浮雲之思。其五古五十九首。第一章。歎大雅之不作。概正聲之微茫。嘲六代之綺麗。明删述之懷衷。洵無愧其言也。

杜詩義自道其境遇。純從學力而得。非如李青蓮之運

以天下者此也。語不驚人死不休一語，寔自狀其本領、蓋其思力深厚、他人說不過七八分者，少陵必說至十分，甚至十二三分、而筆力之豪勁，又足以副之，必經千錘百鍊而後出、故字法句法章法篇法，無不盡其妙、誠可謂集古今詩之大成者也、一生坎壈，終身而篤于性情、拳拳忠愛、詩亦沉鬱雄奇、又善陳時事，律嚴格老、至其言亦少衰、世號詩史久矣、

李杜二人、時同境同、交情頗密、而其性行、其思想、其文章、則各擅其勝、亦一奇也、李受南方感化、杜受北方感化、李之品如仙、杜之品如聖、李出世、杜入世、李為理想

派、李受道家之影響、杜承儒教之見地、李以才勝、杜以學勝、李豪于情、杜篤于性、李斗酒百篇、有瀟灑自如之概、杜讀書萬卷、極沈鬱頓挫之觀、彼海闊天空而樂自然、此每飯不忘而注時事、二者殆不易軒輊也、元稹嘗論李杜優劣、謂李不能窺杜之藩籬、而韓愈非之曰、不知群兒愚、那用故謗傷、兩家旗鼓、誠無容[illegible]之輊議也、

(三) 中唐　天寶已還、安史之亂初平、朱泚之禍又起、內藩鎮跋扈、互結黨援、外而回紇吐蕃、滋爲寇害、天子空望太平、士大夫幾幸無事、宰輔罷駑不任、宦豎困而

竊柄、朝廷威信、不行于四方、姑息因循、不復見興國之氣象、是為偷安時代、即憲宗之世、賢相名將、一時疊起、平淮西、下河北、朝野赫然、而帝意寢驕、任用非人、國政日紊、藩鎮復叛、秋陽之暴、亦已不長、玄陰之凝、轉襲其後、以底于亡、而不可復振矣、唐之文學、正與其國命為消長、故中唐之世、有韋劉韓白、與大曆十才子、互相後先、迴翔容與、如抗如墜、盛唐之音、欲墜未下、晚唐之調、有開必先、蓋風氣至此而漸轉也。

韋應物少事玄宗、晚更折節讀書、授京兆功曹、遷洛陽丞、大曆中除櫟陽令、不就、建中三年、拜比部員外郎、出為滁州刺史、謫左司郎中、終蘇州刺史、性高潔、所在埽地焚香以坐、唯顧況劉長卿丘丹皎然之徒、延為賓客、得與唱酬、其詩閒澹簡遠、人比之陶淵明、咸稱陶韋、白居易稱其自成一體者是也、

劉長卿字文房、河間人、少居嵩山讀書、後移家至鄱陽最久、開元中進士、至德中歷監察御史、以檢校祠部員外郎、出為轉運使判官、以罪貶潘州南巴尉、終隨州刺史、長卿清才冠世、頗凌浮俗、性剛、多忤權門、兩度遷斥、人悉冤之、詩調雅暢、于五言尤神妙、權德輿稱為五字長城、長卿嘗自謂曰、今人稱前有沈宋王杜、後有錢郎

劉李李嘉祐郎士元何得與余並驅每題詩不言極但
書長卿、以天下無不知其名也
當是時、有韓翃盧綸錢起、李端吉中孚司空曙苗發崔
峒、耿湋夏侯審、所謂大歷十才子者皆善為五言詩結
交唱和、馳名都下、號以研鍊字句力求工秀為歸不復
有盛唐深厚之氣、然亦清雅圓利就中韓翃盧綸錢起
李端、詞采高華、尤為有名、翃字君平天寶末進士、不得
志、四壁蕭然室無一物、而其詩至富嘗作寒食詩、名聞
禁中代宗特敕知制誥建中末卒盧綸字允言天寶末
舉進士不第客游鄱陽、與郡人吉中孚為林泉之交、大
文本科二年級

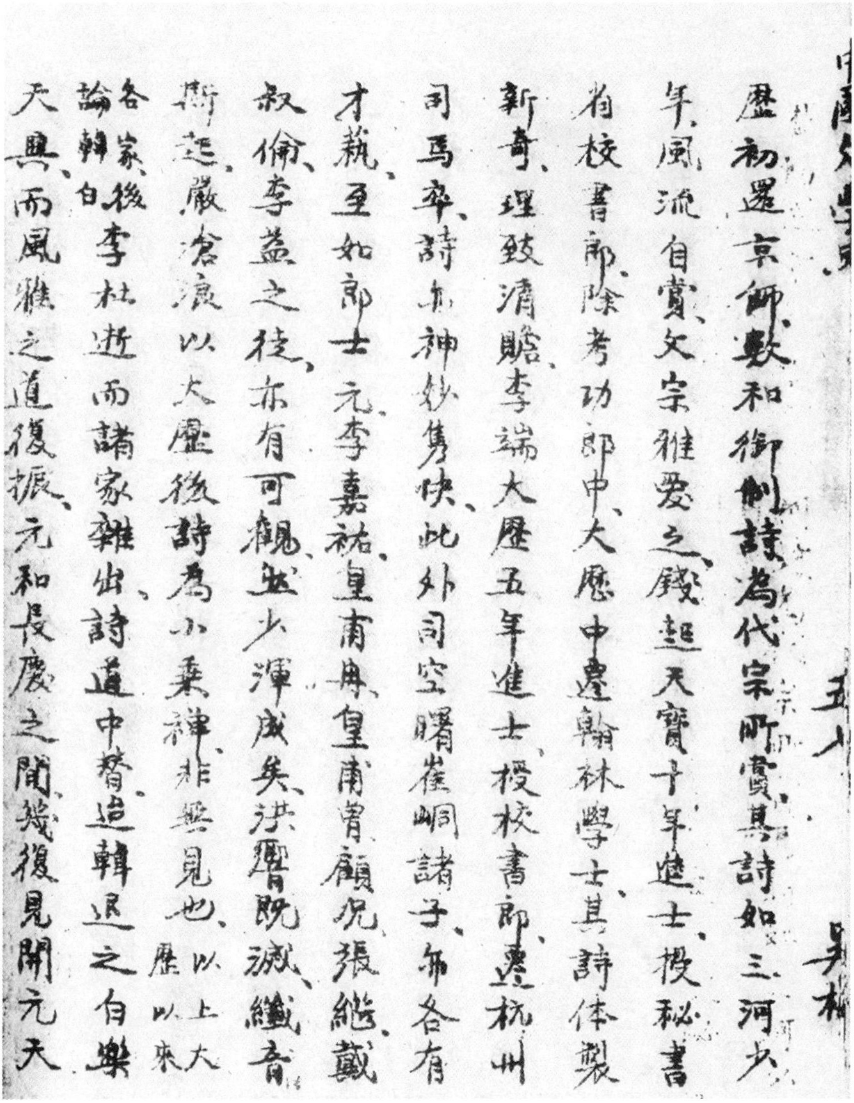

中國文學史　五八　吳梅

歷初還京師，數和御制詩，為代宗所賞，其詩如三河少年，風流自賞，文宗雅愛之。錢起，天寶十年進士，授秘書省校書郎，除考功郎中，大歷中遷翰林學士，其詩体製新奇，理致清贍。李端，大歷五年進士，授校書郎，遷杭州司馬，卒，詩亦神妙隽快。此外司空曙、崔峒諸子，亦各有才藉，至如郎士元、李嘉祐、皇甫冉、皇甫曾、顧況、張繼、戴叔倫、李益之徒，亦有可觀，然少渾成矣。洪曆既濊，纖音斯起，嚴滄浪以大歷後詩為小乘禪，非無見也。以上大歷以來各家。

論韓白

後李杜逝而諸家雜出，詩道中替，追韓退之、白樂天興，而風雅之道復振，元和長慶之間，幾復見開元天賢之盛，故有四傑之紆軫，而後有李杜之高卓，有十才子之渟滀，而後有韓白之奔流，乾隆御選詩醇，獨以韓白繼李杜，洵為卓見，所異者韓白二家俱學杜，而韓得杜之峻，白得杜之平，宗尚既殊，而一時風流所扇，儼有二大潮流之觀也，今就二家略論之，韓詩才氣英偉，學問該博，非尋常詩人所及，縱橫馳騁，奇氣奪人，蓋于李杜軌轍以外，自闢蹊徑，別成一家者也，集中以古詩為勝，以不屑于格律聲病，而自喜馳驟，故特見其長，雖律詩亦多工雅，而比之元和聖德詩，南山詩等，其源本雅頌者，固有間矣，特其字拗語奇，意象未免晦澀耳，自詩根柢六義，不失溫厚和平之旨。若杜甫之雄渾蒼勁，而為流麗安詳，不襲其面貌，而得其神味。當時學詩者，務矯大歷十才子之風，動擬漢魏，甚者模雅頌，強自為高。居易則專主入俗耳，背險峻而馳入坦途，正與昌黎相反也。論者以其清高如話，絕少高古之趣，至嗤為鄙俗，亦非無故。然與李白飄逸、杜甫沈鬱、韓愈奇險外，卓然以流麗立乎三家之間，亦豪士也。

與韓相友善者，有孟郊、賈島、李賀、盧仝，而其門下則有張籍、王建。此六子者，東野古詩，浪仙五律，長吉樂府，玉川歌行，并如危峯絕壁，瀑澗流泉，各自成趣，而與昌黎深契密合也。至張王則以平義勝人，與俞稍異矣。與白相友善者，有元稹、劉禹錫。元以歌詩爲穆宗所賞，除祠部郎中、知制誥，與樂天交最厚，少時才力相匹，其詩亦爲坦易，唱和之多，無踰于二人者，號元和體。劉爲人倔強自傲，屢遭貶謫，乃以文章自適，與居易唱酬至多，居易推爲詩豪，言其詩在在處處有神物護持。早與柳宗元爲文友，世稱劉柳，晚與白居易爲詩友，又稱劉白，亦天下奇才也。

(四)晚唐　太和以還，詩道益卑，步武中唐，每況愈下。朱慶餘、司空圖學張籍者也，李洞、方干學賈島者也，許渾趙嘏、專工琢句、日休龜蒙、祇論詠物、而作如回文詩、溪上思、雙聲、山中吟、疊韻、集名離合等、真如兒戲、至劉駕之疊字、韓偓之香奩、纖巧如此、視齊梁之風為愈下、而其善自振拔者、則李商隱之精深、溫庭筠之藻綺、杜牧之之俊爽、尚不愧為大家也、義山五七言今體、及長律、深得少陵神骨、惟調古歌行不及、至其辭與晦澀、不可曉解者、則學昌谷躰也、飛卿樂府歌、行、義山之右、近躰不逮遠甚、蓋李學少陵、溫學太白耳、牧之筆健調響、以擬情刻露、矯當世之柔靡、亦嘗學杜而有渴者、五代時、如韋莊之在蜀、羅隱之在吳、越、稍具氣骨、驕諫尤、氣雄格高

幾欲遠紹浣花、近儷義山、顧淺露叫囂在所不免、則時爲之也、

（丙）詞

詞之爲學、發始于唐、滋衍于五代、而造極于兩宋。調有定格、字有定音、實爲樂府之遺、故曰詩餘、惟齊梁以來、樂府之音節既亡、而南朝君臣、尤喜別翻新調、如梁武帝之江南美、陳後主之玉樹後庭花、沈約之六憶、皆是也、唐人以詩爲樂、史所載樂歌、四言、外五七言律絕、皆爲樂章、至玄肅之際、始變爲詞、李白之憶秦娥、張志和之歌漁子、則其濫觴也、其間變遷之跡、自然而生、彭孫遹詞統源流、以詞之長短錯落爲發源於

文本科三年級　英梅

三百篇、固數典太遠、實則詩自三百篇以降、迄乎漢魏六朝、體格雖變、而其辭句、大別為整、不整二者而已、其不整者、即為詞之權輿、後人必謂脫胎于古樂府、亦太拘泥、惟謂詞為樂府之遺則可、或有謂詞破五七言絕句為之、如菩薩蠻是、又有謂詞之瑞鷓鴣、即是七言律體、玉樓春即是七言古體、楊柳枝即是七言絕體、欲指實詩餘兩字、又覺不合事理、文章變格、半由習慣、必欲一一溯其所自出、則創者且不自知、而因者何論也、自李青蓮、張志和以還、作者輩起、若韋應物、戴叔倫、王建、韓翃、白居易、劉禹錫、皆創調填詞、而溫飛卿尤為傑出、允推詞家之正宗、蜀趙崇祚編花間集十卷、其詞自溫飛卿而下、凡十八人、計五百首、為後世倚聲填詞之祖、陸務觀曰、詩至晚唐五季、氣格卑陋、千人一律、而長短句獨精巧高麗、後世莫及、亦可見一時風尚矣、五季文運萎敝、他無可稱、獨詞穠豔穠秀、後人為不可及、如後唐之莊宗、南唐之二主、尤悽惋動人、其小令為千古絕唱、文人之以詞鳴者、南唐有馮延巳、蜀有韋莊、正中之詞、世所稱為思深詞麗、韻逸調新者也、所作蝶戀花四章、纏綿忠厚、宛然騷辨之遺、而端己意婉詞直、不減飛卿、世故以溫韋並名、此外有皇甫松、毛文錫、和

凝、牛希濟、薛昭蘊、皆足諷誦、至宋以詞爲樂章、周之大盛、小令中調之外、又有長調、而體格大備矣、

(丁)史　史自馬班而後、專名之業、漸衰、承祚三國過於率略、說本書錄解題休文宋書兼及魏晉人失限斷、本郡齋讀書志符瑞列志更乖體裁、魏收魏書世稱穢史、其他晉及梁陳諸史亦無完善之可言、唐興則斯道復振、特置史館、通籍禁門、一時史臣咸能稱職、武德以還有鄧世隆、顧胤、李延壽、李仁實、前後修撰國史、爲當時所稱、見舊唐書令狐德棻傳劉知幾所謂李仁實以直詞見憚、敬播以敘事推工者、亦可見當日之盛矣、且設館分

纂各書所長已開後世館局修書之例論者謂聚人著史不無牴牾複沓之弊況宰相監修則持論不妨曲護人主諱稿則執筆未必至公（唐鑑曰人君觀史宰相監修欲其直筆不亦難乎房魏為相總史事其父彥謙長賢皆得佳傳況不如房魏者乎）以唐視漢體乎後為然自魏晉以來史權既散家法久亡記傳之繁與時爭進馬遷之業難以責諸後人此亦事之不得不然者也唐所修各史皆簡淨有法而晉隋二書為尤善其屬於一人著作者姚思廉之於梁陳二書李百藥之於北齊書李延壽之於南北史是也思廉本梁史官察之子貞觀

三年詔思廉同魏徵撰梁書思廉本父意又採沈約周
興嗣鮑行卿謝昊等所錄加以編次徵唯著總論而已
筆削次序皆出思廉也陳書之作亦本父意其父在陳
嘗刪撰梁陳事及陳亡曾以所作上隋文帝每篇續奏
未成而沒思廉因繼父業貞觀中與梁書同上之百藥
亦本父德林、在齊所著紀傳應詔續成以獻惟其書殘
闕不完今所存者大抵後人取北史以補之非復舊帙
蓋自宋以來已亡散矣延壽南北史共百八十卷其父
太師嘗謂宋齊逮周隋南北分隔南謂北為索虜、北謂
南為島夷、欲為改正、擬吳越春秋例編年敘次未就而

年延壽既預脩晉隋書因究悉舊事更依馬體總敘
八代為南北二史司馬溫公云延壽書亦近代之佳史
也雖於禨祥詼嘲小事無所不載然敘事簡勁比於南
北正史無煩冗蕪穢之詞竊謂陳壽之後惟延壽可以
亞之但恨其不作志書使數代制度沿革皆沒不見耳
其見重如此其成於眾手者房喬等之於晉書令狐德
棻等之於周書魏徵等之於隋書是也貞觀中以何法
盛等十八家晉史未善詔房喬與褚遂良許敬宗再加撰
次乃據臧榮緒書增損之後又命李淳風李義甫李延
壽等十三人分事著述敬播等四人考正類例雖較詳

覈、而煩冗、過甚周書先有柳虯牛宏兩家雖具綱紀、仍
多牴牾、貞觀、初德棻奏請撰次詔與、岑文本崔仁師陳
叔達、唐儉共成、之隋書則魏徵等撰紀傳、長孫無忌等
撰志、初詔顏師古孔穎達脩述徵總其事序論皆徵自
作、後又詔于志寧李淳風韋安仁李延壽同脩五代史
志、詔編第入隋書高宗時始成以上總梁陳齊周之事
俗號五代史志通志云唐始用衆手脩書然隨其學術
所長者授之未嘗奪人之所能而強人之所不及如李
淳風于志寧之徒則授之以志顏師古孔穎達之徒則
授之以紀傳以顏孔博通古今于李明天文地理圖籍

之學。所以晉隋一書，高於今古，而隋志尤詳明者。初武德中令狐德棻之言近代無正史，詔德棻及諸臣論譔，歷年不能就，罷之。貞觀二年，復詔撰定，議者以魏有收澹二書，已為詳備，惟五代史當立。德棻與岑文本、崔仁師次周史，李百藥次齊史，姚思廉次梁陳史，魏徵次隋史，房玄齡總監而修撰之。歷代史事，於是告成，而其原皆自德棻發之。爲惟諸史論贊，競爲藻體，則沿襲范沈諸史而然，蓋當時風氣如此也。溫大雅作大唐創業起居注，劉知幾作史通，其文且皆以駢偶行之，況論贊乎。獨梁陳二史，以思廉父察始著述，即用散文，不尚綺組思廉承之，序述傳論，皆勁氣銳筆，曲折明暢，此誠空谷之足音，然上較馬班，實不足以繼盛業，亦囿於風尚而無如之何者也。

諸家而外，尚有博論前史，摭纖利病，如老吏斷獄，難更平反，如神醫視病，洞見癥結者，則劉知幾史通是也。知幾彭城人，弱冠擢進士，調獲嘉主簿，遷鳳閣舍人，兼脩國史。中宗時擢太子率更令，累遷秘書監，崇文館學士。開元初官至散騎常侍，坐事貶安州別駕，卒於官。是書內外篇二十卷，蓋其官秘書監時，與蕭至忠、宗楚客爭論史事不合，發憤而作也。內篇皆論史家體例，辨別是非外篇則述史籍源流及雜評古人得失，菁華攈摭，抑揚進退，獨抒所見，雖馬班亦有不能自解免者，此實唐人史家中別才也。子玄領史職三十年，更歷書局亦久，貫穿今古，洞知體要，為今古所無。惟性本剛直，言復激烈，觀其忤時一篇，亦可以知大概，而其書固可傳也。

戊、小說　唐人小說，多成於下第之士及失職沉僚者，以仙俠神怪閨襜姚冶，寄其無聊不平之感，蓋屬寫情派，而非如前代小說之僅事敘述者可比，故小說界至唐而始盛。惟作者多無根據，仍脫胎於詩賦詞藻，雖可動人，而考訂竟成鑿空，其弊則綺靡繁冗，絕少蘊藉、此固根於風會之升降、而其旨趣尤多輕薄逸蕩、其簡删之多、門類之繁、比諸前世、蓋不可同年而語矣、惟其間有一大別者、唐以前之小說、爲虞初周說之遺蘖、文所錄、實資考證者也、唐以後之小說、則變爲俗語、而以子虛烏有之詞、以肆其抑塞不偶之旨、如金元諸作是也、但如唐人所作、其間誣謾失真妖妄熒聽者、固爲不少、而寓勸戒廣見聞資談助者、亦錯出其中、班固謂小說家者流、蓋出於稗官、如淳注謂王者欲知閭巷風俗、故立稗官、使稱說之、然則博記廣搜、固小說家之專責、不得以說體不尊少之也、唐人所作、其敘歷史者、如張鷟之朝野僉載、康駢之劇談錄，記社會者，若王讜之唐語林、范攄之雲溪友議，資諧笑者，有李商隱之雜纂，供辨正者，有段公路之北戶錄，述鬼怪者，有諸皋記、陸氏集異記，談豪俠者，有虬髯客傳，言情者，有章臺柳傳、步非烟傳、霍小玉傳，而如虬髯客、章臺柳、霍小玉諸作，則供後世雜劇傳記奇之材料也（明張鳳翼取虬髯客李衛公事作紅拂記，梅鼎祚取章臺柳事作玉合記，湯顯祖取霍小玉事作紫釵記）。其諸作之彙為總集者，如唐代叢書、唐人說薈等所收，不下數十百部，更不勝枚舉矣。

晉宋以來二氏之道大興行、其影響所及、不特文章詩歌、即在小說界亦喜談佛事因果報復與夫妖怪詭僻、肆為荒誕之詞、唐以前如王嘉拾遺記、干寶搜神記、陶淵明搜神後記、任昉述異記、顏之推還冤志等、已是無稽之談、入唐以後、則如集異記、冥音錄、幽怪錄、妖妄錄、諧雜記草木禽獸妖異怪譎之事、蓋皆受釋氏之影響也、至如枕中記紅線聶隱娘諸作則又受道家之感矣

（巳）緇徒文學　佛教東漸後於中國文學上有革新之象、魏晉以來上至君主下及文人學士皆誦習西來之文詩家眼底常窺見法相之精華才彥筆端亦喜

頌三寶之功德而一時草野之間又習聞聲聞緣覺之說及因果報應之理影響所被而思想之變遷與詞藻之應用遂自然相爲和合爲唐有天下即大興釋教戰氛及處即創伽藍（太宗於行陣所立七寺詔云可於建義以來交兵之處爲義士凶徒隕身戎陣者各建寺剎招延勝侶望法教所震變炎火於青蓮清梵所聞易苦海於甘露）臨陣棲首並行齋祭（太宗爲戰亡人設齋行道詔云、今自征討已來手所誅翦、前後之數、將及一千、皆爲建齋行道竭誠禮懺）緇徒之勢力日强而其人又多博雅與縉往、與文士襟袍相同雖力排佛老如韓

文本科三年級

吳梅

愈猶與文暢大顛之徒、往來酬酢、況其他乎、如皎然與可壹一寒山之倫、皆以能詩名、清剛、拔俗、非世人能及、其詩雖暢言宗風、含有佛性、而詩情詩境、具有水流花放之致、與宋時道學家、固有天淵之別也、至于教宗之流傳、亦大成于唐代、如善導之淨土宗、慧能之禪宗、道宣之律宗、法藏之華嚴宗、皆集唐以前之宗教思想而成者也、窺基之法相宗、金剛智及不空之真言宗、則又為新啟之宗門、朝野上下、靡不歸依、釋氏之範圍天下思想、為遠過於儒家萬萬也、且其時翻譯經典、與讚銘唱頌論疏之文、亦蔚然稱為盛、較六朝之際、所進正多、光智譯寶星經、玄奘譯因明論以下經論七十四部、法朗之譯大雲經、法藏之譯大寶集經、法林之爲破邪論、論以及道宣之行事鈔、義淨之寄歸傳、是皆有名於世也、中以玄奘所譯述者爲最善、玄奘嘗遠從來翻譯訛謬滋多、欲廣求異本參之、貞觀初、隨商賈遊西域、留十七年、齎梵本六百五十部而歸、詔使譯經大慈恩寺、自是稱唐以前翻譯者曰舊譯、玄奘所成者曰新譯、佛藏之得以完備者、玄奘之功也、

中國文學史唐代篇終

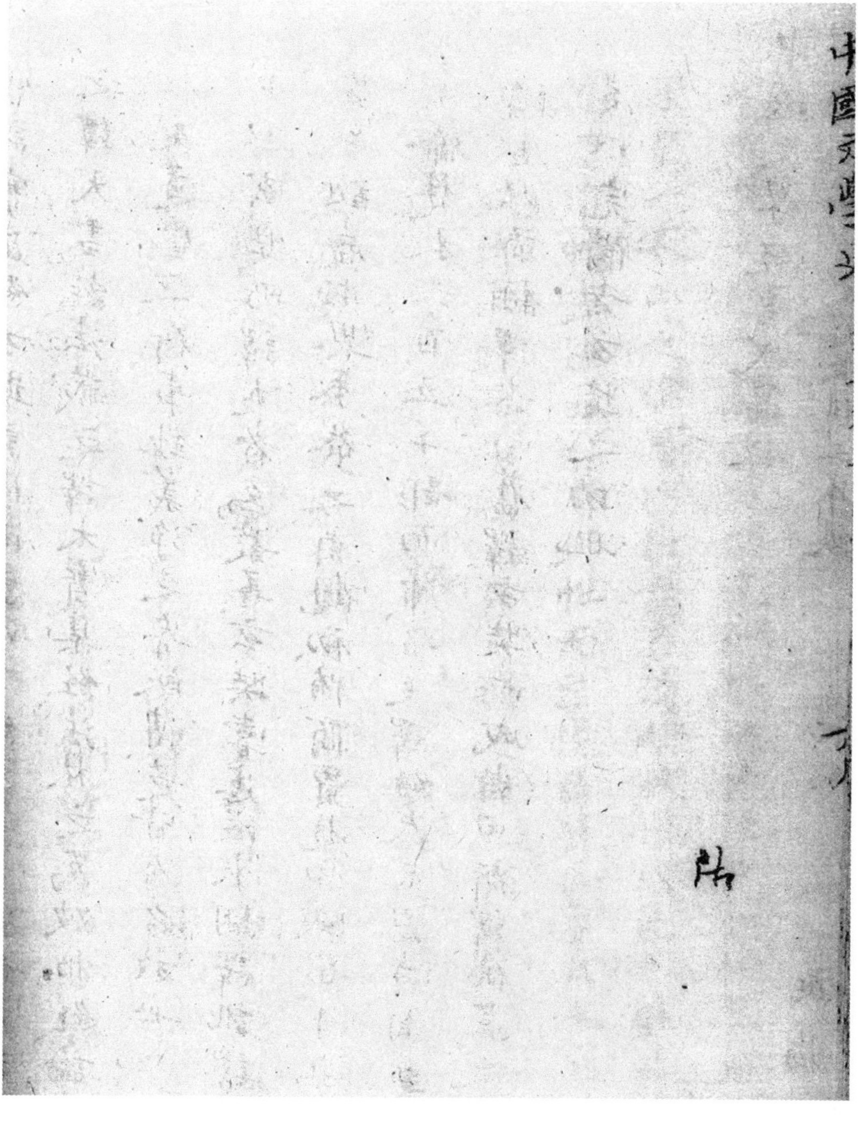

中國文學史

(二)宋元文學總論

趙宋以還文風與前代大變、一時學子、多以純樸說理為主、不尚雕琢、文字自即平易、其原因有數端焉、一則由於運會之推遷也、駢偶之文、至齊梁而極、唐初四傑燕許、雖心摹手追、終不能及、且其時設科取士、又科以排偶整齊之文、故學者不重散文而盡力於駢體、宋則考試以策論、承學之士、謀進取之地、自然傾向於理想一方面、而鞶帨靡麗之作、不禁自少矣、一則由於理學之崇尚也、有宋文士、苦漢唐訓詁之煩瑣、不屑究心於名物度數之細、而以

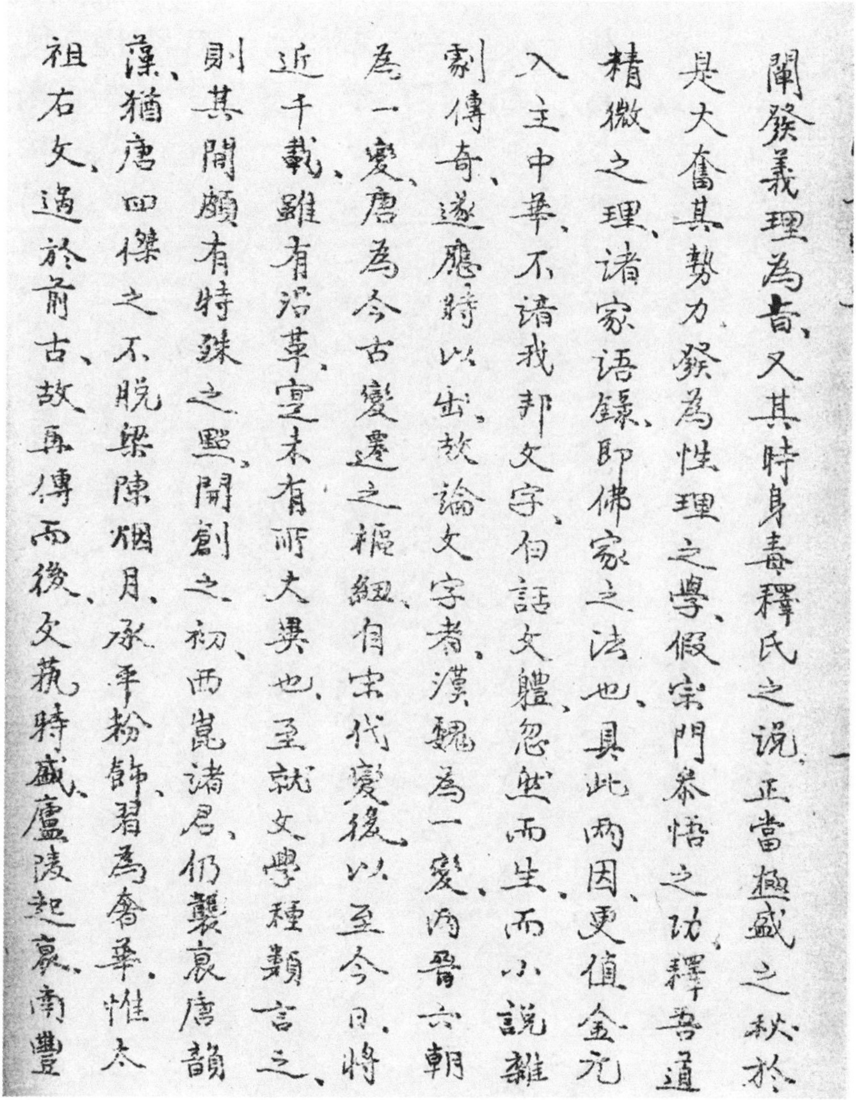

闡發義理為旨、又其時身毒釋氏之說、正當極盛之秋、於是大奮其勢力、發為性理之學、假宗門參悟之功、釋吾道精微之理、諸家語錄、即佛家之法也、具此兩因、更值金元入主中華、不諳我邦文字、白話文體、忽然而生、而小說雜劇傳奇、遂應時以出、故論文字者、漢魏為一變、兩晉六朝為一變、唐為今古變遷之樞紐、自宋代變後、以至今日、將近千載、雖有沿革、寔未有所大異也、至就文學種類言之、則其間頗有特殊之點、開創之初、西崑諸君、仍襲衰唐韻藻、猶唐四傑之不脫梁陳烟月、承平粉飾、習為奢華、惟太祖右文、適於前古、故再傳而後、文藝特盛、廬陵起衰、南豐

接武、臨川眉山、尤大昌宋風、南渡下伯紀達政足配謨誥
晦庵載道、上繼孟荀、臨安東都、寔無可軒輊、追白雁北來、
庚申運盡、而風雨翰音、引吭益厲、文山疊山、炳若星日、且
西臺一哭、山川為之助哀、生祭千言、水火不能毀蝕、尤非
尋常亡國之語也、女真建國、雖過百載、而文采無稱、金元
一朝、斐然可誦、蔡珪開其端、趙秉文昌其緒、元好問殿其
終、而遺山為更大、元文自戴表元、姚牧庵振起文風、至虞
集而大盛、四傑之與金華、不獨可繼八家之後也、此文之
異也、宋初詩格約分三體、而以西崑為盛、（長慶體、晚唐體、西崑體）其
後西江壇坫、一時宗尚、衣鉢傳圖、爭相標榜、而周程諸子、

文本科三年級　吳梅

又以理學為詩、遂成詩家之別派、靖康之變、區夏中分、南北詩人大概尊奉蘇黃、而西江派尤徧海內、南宋則尤袤、陸游、金人則党懷英、趙秉文、而遺山渾灝流轉、直欲軼蘇黃而攀李杜、元初方回、宗法江西、郝經受業裕之、四傑承之、詩學益高、峴巖、雁門、玉山、鐵崖、更以奇麗著稱、非西江社中所能及也、此詩之異也、宋人之詞、如唐人之詩、上至帝王、下至方外、多洞曉音律、晏氏父子尤善言情、永叔諸作、更稱盡善、而東坡樂府、上追青蓮、淮海新聲、平視無咎、追周清真、掩有眾長、遂為北宋詞家之結局焉、南渡後、太抵就東坡少游美成諸家而光大之、其中如白石夢窗稼軒、草窗最為正宗、金元以來、斯道漸息、惟彥高遺山、可稱作者、張翥巖集、亦為瑜亮、況瓚邵亨貞、獨矯然自别於流俗、而才力則不足矣、此詞之異也、其有創自宋元、為前代文學界所未有者、亦有數端、一為語錄、道學之名、昉於宋史、語錄之始、由於釋氏、釋家師弟傳授、不立文字、隨筆記受、故有此名、今觀張横渠正蒙朱子語錄、皆以俚語詮釋精理、於是道學家皆相仿作矣、一為劇曲、宋人之詞、本可被諸管弦、金元之際、詞又變而為曲、而雜劇以興、劇之起源甚早、無暇詳述、但古者歌舞不相合、自有雜劇、則歌唱搬演、各盡其妙、金之董解元、元之關馬鄭白、皆以此得

文本科三年級　吳梅

盛名、而所作之多、幾至充棟焉、一為時文、四書之文、原於經義、創自王安石、安石因仁宗篤意經學、於是改法、罷詩賦帖經墨義、士各專治易詩書周禮禮記一經、兼論語孟子、每試四場、此四書文所由昉也、及元仁宗時、定應試文式、有破題接題小講官題原題大講後講原經結尾等法、遂開明代八股之濫觴矣、一為小說、小說流別、凡有三派、一敘述雜事、二記錄異聞、三綴集瑣語、自西漢虞初以後、代有著述、至宋而彌繁、如沈氏筆談、洪氏隨筆、及夷堅志類、最為著稱、然皆文言耳、及仁宗時、以天下無事、群臣每日必進一奇異之事、演述以為娛、首回之後、繼以話說、而小說體中之章回一門、因之而起、其詞淺近明白、謂之平話、亦謂之白話、五代史平話、宣和遺事、已純用白話體、厥後元人施耐庵羅貫中、作水滸傳三國演義、而其風更大暢矣焉、他若文科類書之作、文評詩評之類、亦有獨創獨到之處、故自宋元以後、神州文學、無一不備、雖至今日、且不能越被已有之範圍、而別創一新文體也、

（甲）文　五季五十餘年、天下日尋干戈、無復絃誦之聲、是為中國文學黑暗時代、宋承景運、然檢作為天子、雖五季之敝、少熄、而文物始復、武夫粗鄙、田野樸陋之作、猶未絕也、當南唐時、有韓熙載、徐鉉、皆以擅長辭

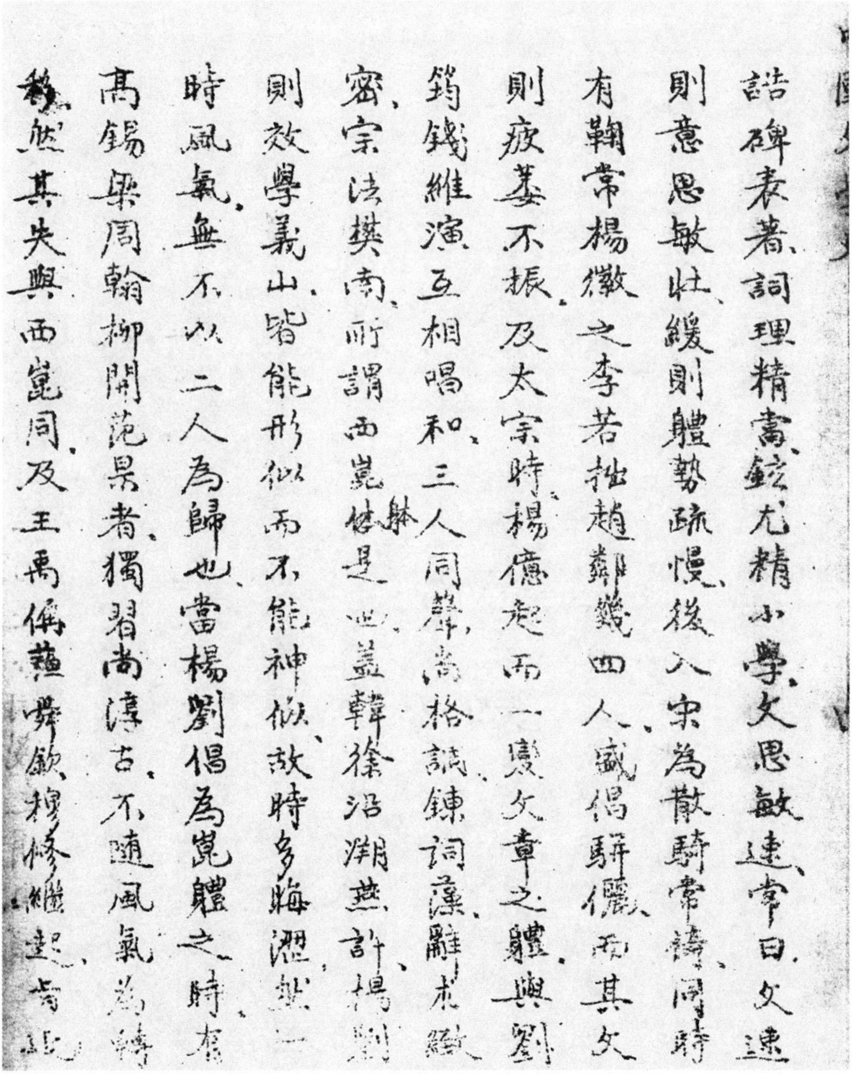
誥碑表著、詞理精審、鉉尤精小學、文思敏速、常曰：文速
則意思敏壯、緩則體勢疎慢、後入宋為散騎常侍、同時
有鞠常楊徽之李若拙趙鄰幾四人、咸倡駢儷、而其文
則疲萎不振、及太宗時、楊億起而一變文章之體、與劉
筠錢惟演互相唱和、三人同聲、尚格調、鍊詞藻、辭求繁
密、宗法樊南、所謂西崑體是也、蓋韓徐沿襲燕許、楊劉
則效學義山、皆能形似而不能神似、故時多晦澀、然一
時風氣、無不以二人為歸也、當楊劉倡為崑體之時、有
禹錫梁周翰柳開范杲者、獨習尚淳古、不隨風氣、為時
稱、然其失與西崑同、及王禹偁蘇舜欽穆修繼起、肯此

正矣、而力弗逮、穆脩一傳為尹洙、再傳即歐陽脩、脩廬陵人、初以詞賦擅名、後得韓愈文、復從尹洙遊、遂以文章名天下、益起趙宋文運之衰、而為一代詩文宗匠、以轉移天下之風氣者、實為脩、再宋興七十餘年、至天聖景祐、而斯文終有愧於古、士亦因陋守舊、論卑而氣弱、自歐公出、而天下之士争自濯磨、以通經學古為高、以救時行道為賢、以犯顏納諫為忠、長育成就、至嘉祐末、號稱多士、歐公之功為多也、時進士文章、務為鉤章棘句、脩知貢舉、痛抑之、風氣因之一變、南豐為鞏、眉山蘇洵、及其子軾、轍、臨川王安石、皆聞風興起、由廬陵之派、

中國文學史　文本科三年級　吳梅

引而顯於世焉、脩文行綺委折、擬之韓愈、如孟堅之於
子長、子固嘗自言其文、不知視韓愈為何如、然亦各極
其致、介甫為文、不脩用前人一字、故拗峭特甚、蓋南豐
得韓之雄直氣、半山得韓之元異處也、老泉亦不學韓、
而其文多橫空硬語、頗得韓之神髓、東坡天資過人、文
多超妙奇逸、子由學力遜於兄、文章平實、於諸家中
為最下、然自頹唐以後、震川未出以前、其間數百年、亦
無有可與抗行者、此明朱右所以和韓柳歐曾王三蘇
為古文八大家也、子瞻務其傳有張耒秦觀、亦為後來
文章之冠冕、顧去子瞻遠甚矣、

南渡後文氣散漫不振、蓋自王安石罷詩賦墨帖、專尚經義、行之既久、而迂疏淺陋者、起而代之、又濂洛之理學既行、語錄習氣、亦往往竄雜其間、蕪鄙腐爛之詞、承間迭起。故求宏雅雄駿之文於南宋、寔不可多得、然南渡之初、風概峻潔、本元氣鼓盪而出、亦頗可觀。若李綱之雅健、故銓之嚴正、具最著者也、乾道淳熙間蘇文盛行、舉子翕然宗之、雖不及慶歷元祐之盛、而能文之士、若陳亮呂祖謙鄱陽三洪周必大葉適王十朋、皆有北宋矩矱、要以朱熹為大家、熹為南渡後大儒、文字本非注意、然以學問發為文章、深人自無淺語、其文沿韓歐

文本科三年級　吳梅

中國文學史 十六

譜三家、而平正明暢、無語錄粗鄙之態、惟末流放之、冗沓萎靡、其失更甚。他如劉過、陳傅良、不如考亭多矣。嘉定以後、惟真德秀、魏了翁、行餘宕折、足以自拔於流俗。至文天祥、謝枋得、謝翱、王炎午諸子、則又不可僅就文字論焉。

遼金文字、惟金源為美、襲遼之遺槼、採宋之文物、世宗章宗、禮樂脩明、文運之隆、於斯為盛。蔡珪、馬定國之該博、楊雲翼、趙秉文之雄偉、王庭筠、麻九疇之英儁、党懷英、元好問之遒爽、而遺山尤得盛名、巍然為一代大家、金亡後、以著作自任、構亭於家、顏曰野史、郝經稱之曰、汴梁亡，故老皆盡，先生遂為一代宗匠，以文章獨步天下者三十年，天下銘功頌德者盡出其門，非溢美之詞也。蓋生長朔漠關河之間，其天稟故多豪雄英傑之氣，又值金源覆滅，以宗社邱墟之感，發而為慷慨悲歌，有不求工而自工者，此亦時與地為之也。

元自塞外入主中華，素非自有文化，足以改易中土也，其所設施，蓋亦宋金之臣僕耳，依漢族從來之文物為之保持而已，故元之學者，談性命心性，不無淺薄之譏，論文字訓詁，則又有漫漶之失，一代大儒，如金履祥、許衡、吳澄、許謙、姚樞，亦僅漱前人之殘炙，未嘗有所發明，文亦步歐蘇之後塵、而更為頹下、惟其師弟淵源、則固可述也、自許衡吳澄、傳習程朱之學、而衡之門下、有姚燧者、文法韓愈、遠過於師、雖學術不及於衡、而詞章則過之、其徒虞集、學問浹洽、究極本源、研精探微、心解神契、經綸之妙、一寓於文、頗有宋慶曆乾淳風烈、自遺山沒而一代正宗幾絕、集以謹嚴之法度、為典實之文詞、健利之筆、推倒一時、洵當代之彥士也、與集同負盛名者、為楊載范梈揭傒斯、號為四傑、他如袁桷馬祖常亦以博碩精贍見稱、元文於是為盛、中葉以降、黃溍柳貫吳萊之倫、經術文章、照耀異代、溍文以法度勝、貫之根概尤深、而名亦與溍齊、或曰貫曾受經學於金履祥、故能如此、吳萊之文、規模秦漢、嶄絕雄渾、比柳黃精微、柳稱為絕世之才、黃自以為不及、惜享年不永耳、元末言古文者、惟此三家、戴良王禕宋濂、皆出此三先生之門者也、

至於駢儷之文、亦深受古文之影響、當歐陽脩振興文風之際、有夏竦及宋氏郊祁兄弟者、喜作偶文、尚沿襲燕許義山之格、猶未脫楊劉之綺習也、英公善朝廷大典、策詞藻贍逸、公序館閣諸作、沈博絕麗、子京通小學、其文更多奇字、惟歐陽脩於制誥表奏之中、獨以排奡

行之風氣因之大變、如亳州乞致仕第二表云、臣聞神
功不宰、而萬物得以曲成者、惟各遂其欲、天鑒孔昭、而
一言可以感動者、在能致其誠、敢傾瀝至之心、再瀆高
明之聽、云云、流轉動宕、全無排偶拘牽之迹、一時學者
從而和之、追削以影作、又喜運經史語入文、謂之典雅、
如賀致政趙少保書云、昭懋賢業、寅亮聖時、伯夷之直
惟清、仲山之明且哲、所居之名赫赫、豈獨後思、爾瞻之
節巖巖、方當上補云云、去穠麗而宗雅澹、又與六一不
同、東坡制表、號為雄深秀偉、其體終未能脫歐王二家
之外、於是宋駢體格始成、六朝三唐之風、邈乎不可復

觀也、南宋古文衰、駢文作者甚衆、孫覿汪藻綦崇禮、皆以是體雄於時、而浮溪為之冠、其隆祐太后手書、建炎德音諸篇、幾於陸贄興元之詔、寔為宋駢之集大成者、乾祐以後、鄱陽三洪周益公樓攻媿等最著、攻媿以後作者、有真西山魏鶴山、而李公甫尤有盛譽、其文以流麗穩貼為主、西山嘗指竹夫人為題、曰蘄春縣君祝氏可衛國夫人、公甫援筆立就、末聯云、於戲、保抱攜持、朕不忘乙夜之寢、展轉反側、爾尚形四方之風、西山嘆賞焉、又嘉熙己亥四月誕皇子告廟祝文云、亥年巳月、無長蛇封豕之寔、午日丑時、有歸馬放牛之兆、時方有蜀警、

人咸賁其中的云元世如牧庵道園清容曼碩之徒、不過揚南宋餘波、寒削句整字對之散文而已、及制誥易以散文而斯體遂絶於世

(乙)詩　宋初詩脫去五季餘習而一意宗唐者有三派為王禹偁初學少陵後學長慶是曰白體、寇準林逋魏野潘閬輩則學晚唐是曰晚唐體楊億劉筠等十七人宗法李義山是曰西崑體三者中以西崑體之勢力爲大其詩尚精麗以漁獵掇拾爲博以儷花鬪果爲工、嫣然華美而氣骨不存乃今者為之徒失於爛熟無復空靈縹緲之神韻楊大年以商隱之詩其味無窮杜

甫比之剽剝先村夫子面目是可知其嗜痂之癖矣歐陽文忠公楊大年與錢劉諸公唱和西崑集出時人爭效之詩體一變而先生老輩患其多用故事至於語僻難曉自是學者之弊於是蘇舜欽以雄快易其浮靡梅堯臣以古淡易其穠艷雖為一時矜貴而有宋一代豪健淺露之詩格遂開繼起者廬陵學韓而不盡如韓惟七古相似半山學杜而不盡如杜僅得瘦勁追蘇軾黃庭堅作而宋詩之體格斯盛東坡詩不主一家而胸有鎔鑪筆具造化氣格雖不及杜惟意境神理正復相彷山谷學杜亦能掃除陳腐標新領異足為蘇門四君子之

冠四子者庭堅張耒晁補之秦觀也加以陳師道李廌又稱蘇門六君子六子中魯直長於詩詞秦晁張詩文皆勝在蘇門為最著師道晚出其名稍次李方叔則更次之自是以還言詩者大率宗蘇黃所謂江西詩派即為山谷而立者也詩派之說起於呂居仁自言傳江西衣鉢當作江西詩派圖自山谷以下列陳師道潘大臨謝無逸洪芻饒節僧祖可徐俯洪朋林敏脩洪炎汪革李錞韓駒李彭晁沖之江端本楊符謝邁夏倪林敏功潘大觀何顗王直方僧善權高荷凡二十五人以為法嗣謂其源流皆出豫章也其間知名之士有詩卷傳於

世者亦不過數人而無聞者頗多其所徵引亦濫竽不少以是前輩多有異端蓋文人標榜之習古今難免而此國則更無謂耳靖康之變區宇中分而南北詩人大概宗尚蘇黃西江一派之傳爲尤盛特南朝體格愈趨愈卑北朝風骨愈變愈上陳簡齋辦香老杜大體不越於山谷尤袤楊萬里范成大陸游爲最著而放翁尤傑出四家雖不列呂本中江西詩社宗派圖而寔浮統於山谷金代詩人以劉迎李汾党懷英趙秉文爲最著而閒閒更推大宗觀其詩多以槎枒生硬爲工真山谷嫡派也南渡後有永嘉之徐照徐璣翁卷趙秉秀者起宗

文本科三年級　吳梅

法簡長江稍就清苦之風以矯江西粗獷之失號四靈派亦曰江湖派一時詩人多效其體而傭沓之習粗俚之調不勝其弊則有元遺山起承閒〻之後更加之以遒健清蒼概壯色沉聲直欲軼蘇黃而攀李杜焉元初方回宗法江西郝經受業遺山戴表元趙孟頫獨以清新麗密著意欲洗去宋金粗獷之習四傑承之道園尤近唐人同時仇遠白珽二家詩尚穠麗張翥薩都剌等繼起其派益揚至楊維禎善學長吉以奇麗著稱說者謂元詩至是而壞然其樂府歌行則固可以千古也

（丙）詞　宋之於詞直是一代特色當天聖明道時

則有晏殊歐陽脩及殊之子幾道皆工詞小山尤善言情大抵囿於晚唐五季之風氣尚不不能如溫韋正中之含蓄不盡蓋淺露本宋代文學之通病也熙寧中立大晟樂府為雅樂寮選用詞人及音律家日製新曲於是小令中調之外更增長調詞調成於此際者居多有是倡率故宋於詞學最稱極盛時代也詞體大約有二一為婉約一為豪放婉約者其詞調蘊藉豪放者其氣調恢宏顧以詞之本言之宜以婉約為旨前者沿花間之遺後者為蘇黃脫去音律之束縛前者為南派後者為北派惟婉約者易失之靡豪放者易失之粗其間須

在氣韻辨之也宋詞自同叔父子永叔振起風尚同時如子野耆卿亦工豔體而聲情更發越為一代作者子野為張先人謂張三中即心中事眼中淚意中人也惟子野自謂張三影以詞集中有雲破月來花弄影嬌柔嬾起簾壓捲花影隔牆送過秋千影之句子野頗自負也耆卿為柳永初名三變有兄三復三接皆工文章號柳氏三絕官至屯田員外郎世號柳屯田喜作小詞薄於操行在東都遊南北二街作新樂府骫骳從俗天下詠之流傳禁中時有薦其才於仁宗者上曰得非填詞柳三變乎此人任從花前月下淺斟唱豈可令仕宦遂

流落不偶嘗自稱奉旨填詞柳三變死之日群妓醵金葬之郊外其詞非羈旅窮愁之詞即閨闈淫褻之語往往流於鄙俗而音律諧婉詞意妥貼承平氣象形容曲盡所創新調尤多如夜半樂玉蝴蝶雪梅香之類配調更工永叔所撰婉麗閒雅惟集多雜他人之作生查子月上柳梢一首幾令朱淑真蒙詬千古升庵詞品輕肆詆諆非得理初辨誣誰復白貞姬之枉世謂永叔詞多淫豔語顧如范文正御街行韓魏公點絳唇亦何足累其人品哉總之宋初之詞未脫盡花間舊腔亦如初唐之詩不免六朝艷冶之習也逮至東坡始脫去音律

中國文學史 文本科三年級 一三 吳槑

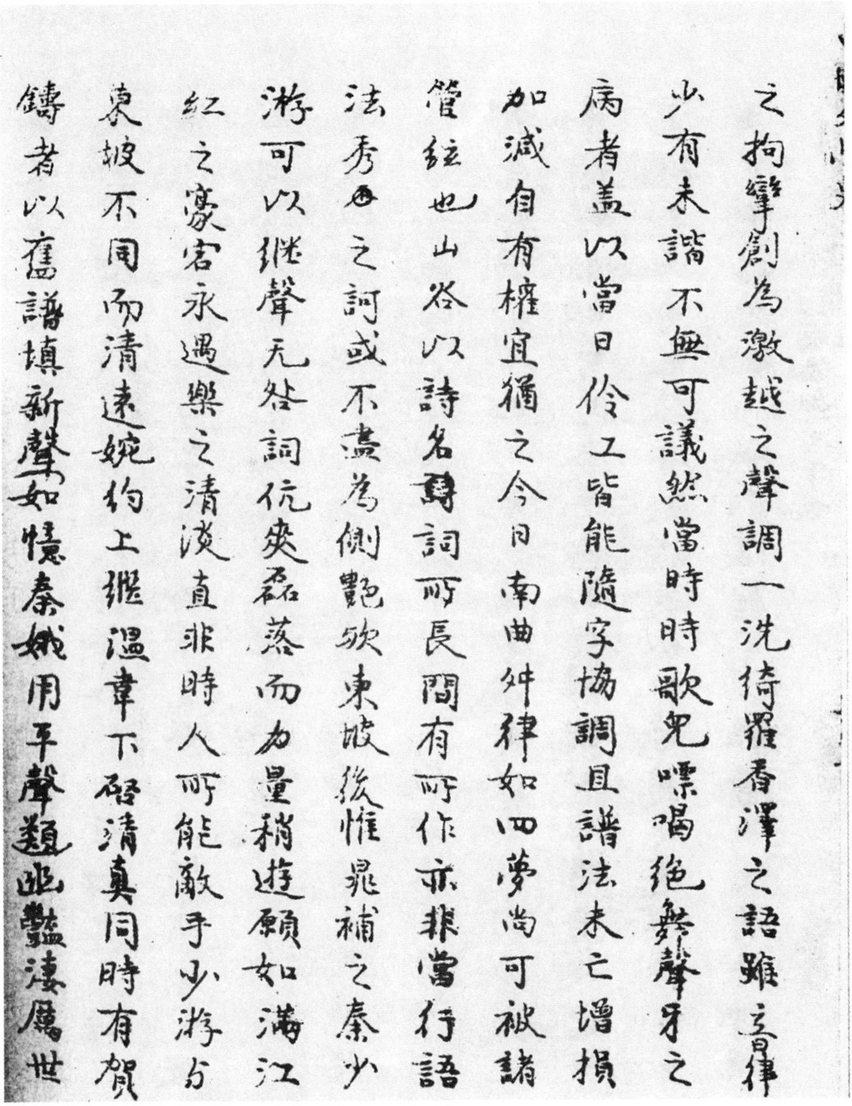

之拘攣劇為激越之聲調一洗綺羅香澤之語雖音律少有未諧不無可議然當時歌兒嘌唱絶無聲牙之病者蓋以當日伶工皆能隨字協調且譜法未亡增損加減自有權宜猶之今日南曲舛律如四夢尚可被諸管絃也山谷以詩名尊詞所長間有所作亦非當行語法秀西之訶或不盡為側艷欲東坡後惟晁補之秦少游可以継聲无咎詞伉爽磊落而力量稍遜頗如滿江紅之豪宕永遇樂之清淡直非時人所能敵手少游方東坡不同而清遠婉約上繼溫韋下啓清真同時有賀鑄者以舊譜填新聲如憶秦娥用平聲類照豔淒厲世

盛道之所為小詞尤工及周邦彥出精深華麗體兼衆長始用唐人詩句隱括入律渾如己出在南北之間此然為一大宗又有李清照格非之女也。遒逸明識有漱玉詞格力高者見為詞壇正宗亦一奇也。南渡以後之詞家大抵就東坡少游美成諸家而光大之辛棄疾學東坡者也。悲壯激烈又復溫柔敦厚學之者有劉過蔣捷已不免劍拔弩張矣張安國劉克則又其繼述者也。學周秦者以姜夔為最王沂孫張炎足与之抗美格高玉味厚張韻淡各有所長史達祖其次之吳文英則別樹一幟以穠麗為工如義山之學杜詩頗

中國文學史　文本科三年級

一四

吳縣

足自立張炎謂其七寶樓臺拆下來不成片段非塙論也陳允平周密高觀國雖所造皆有法度而持較姜張則有間矣自宋以來此派最為正宗近人始有自夢窗入手欲上窺清真者顧亦非易易也金元以來斯道漸衰金初惟吳激蔡松年優為之而彥高感激豪宕堪與稼軒爭衡繼之者惟遺山遺山出入蘇辛姜史集兩宋之大成今其詞具在亦非溢美元世張翥可稱大宗虞集薩都剌次之倪瓚邵亨貞獨矯然自異而造詣不純外此皆致力於曲此事幾成廣陵散矣

(丁)曲　樂府一變而為詞詞一變而為曲金元戲

曲即所謂雜劇是也雜劇之名始起於宋宋制每春秋聖節三大宴各進雜劇隊舞具詳宋史樂志及東京夢華録民間宴會亦有以此為娛賓者如曾慥樂府雅詞所録周密武林舊事所紀亦可考當日見社會之狀況矣金人有絃索調絃索調者一人彈琵琶念唱故名而為之先者為金章宗時董解元譜會真記事名西廂搊彈詞西廂之名始此絃索調更進而為連廂連廂者金金人仿遼時大樂而製之者也於是扮演有人備舞臺之裝整歌者司唱一人雜設謂諸執器色者琵琶笙笛各一人排坐場端吹彈數曲而後數句道唱男名末泥

女名旦兒並雜色人等入句闌扮演從唱詞為舉止然
猶舞者不唱唱者不舞也及進而為雜劇於是舞於句
闌者自司歌唱第設笙笛琵琶以和其曲其曲即雜劇
之劇文也名曰院本世有傳奇者亦是雜劇每入場以
四折為度故曲皆四折其後往往有四十折者如琵琶
拜月之類多於雜劇十數倍遂別名為傳奇云
曲之有南北亦自然之趨勢非人力所能強為也或謂
金源以塞外入主中國所用胡樂嘈雜緩急之間舊詞
至不能按遂別啟新聲以媚之迨元末永嘉海鹽不甘
受胡語之束縛別造狂詞而南詞乃興其實非也宋人

詞中如柳三變秦淮海已有俚語入詞而元人如白仁
甫馬東籬輩所作雜劇亦非純是俚語如白仁甫梧桐
雨馬東籬漢宮秋數則所謂胡樂不能擬舊詞者其說
已不壞矣即如南詞幽閨琵琶半皆俚俗琵琶如賞荷
賞秋後人已有疑偽作者不盡用文言今所傳天不念
拜新月諸套通篇非雅詞所謂別造雅詞更如子虛鼇
空蓋世不知南詞之雅自浣紗明珠始也浣紗科白皆
用駢語明珠亦然皆創自吳人或又謂南北曲之分在
於一凡用一凡者為北不用一凡者為南以一凡為半
律南人不利於口齒也此說又非也南詞之發一凡在

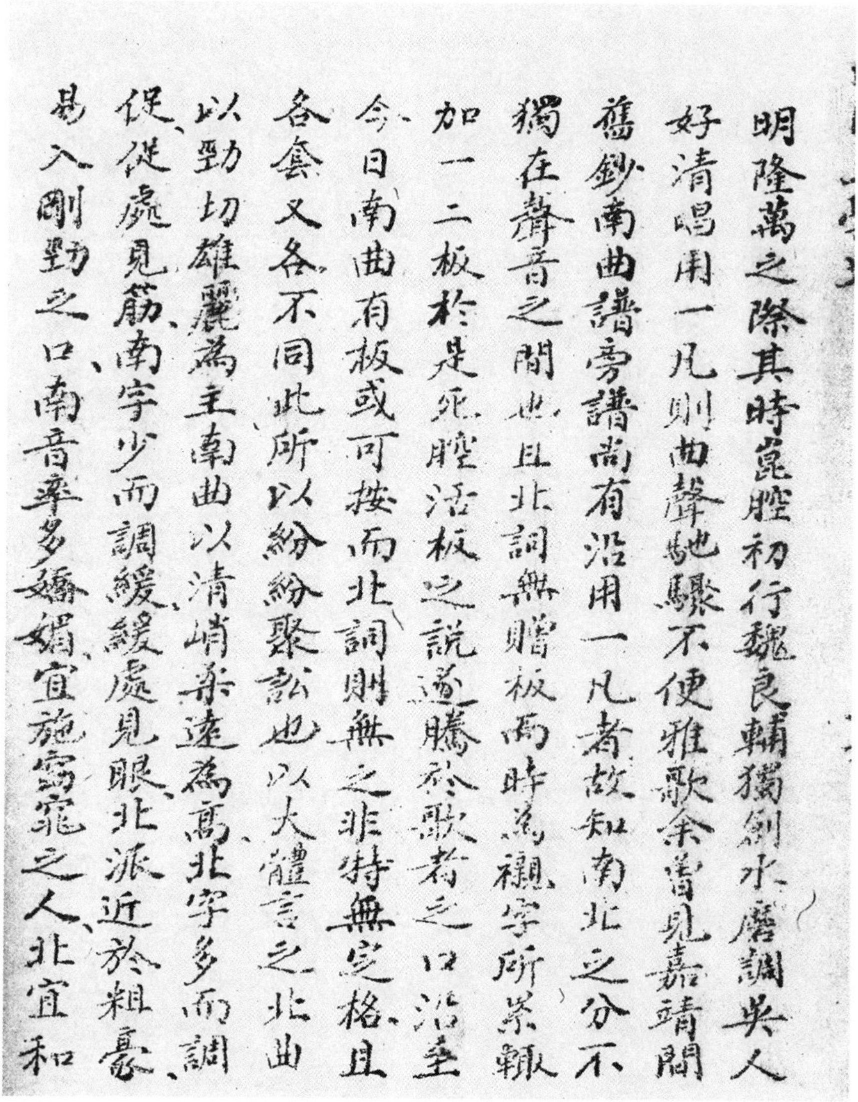

明隆萬之際其時崑腔初行魏良輔獨剏水磨調吳人好清唱用一凡則曲聲弛驟不便雅歌余嘗見嘉靖間舊鈔南曲譜旁譜尚有沿用一凡者故知南北之分不獨在聲音之間也且北詞無贈板而時為襯字所累輒加一二板於是死腔活板之説遂騰於歌者之口沿至今日南曲有板或可按而北詞則無之非特無定格且各套又各不同此所以紛紛聚訟也以大體言之北曲以勁切雄麗為主南曲以清峭柔遠為高北字多而調促促處見筋南字少而調緩緩處見眼北派近於粗豪易入剛勁之口南音率多嬌媚宜施窈窕之人北宜和

歌、南宜獨奏、此條採王元美藝苑卮言及魏叔子論文書中語此說終不可廢也金人院本除董解元西廂外他無所見關漢卿雖由金入元而既為元人自不能强入金人之列論曲者以元人為斷亦事勢上不得不然也、元人所作不下千餘今所知者有五百餘種其目詳北曲譜中元雜劇甚多其尤者大抵具元曲百種此書為明吳興臧晉叔所編為曲界中巨擘百種以外而能搜羅一二者國中未能多有也近日本西京大學刻有元曲十餘種為百種所未收者惟購求未易耳、百種中情文兼到者指不勝屢、而專尚本色不事雕琢實不易多見惟喬孟符之揚州夢金錢記揚顯之之瀟湘雨酷寒亭。馬東籬之漢宮秋。關漢卿之望江亭、竇娥怨。鄭德輝之倩女離魂曲、白仁甫之梧桐雨。自是前無古人後無來者也、世稱馬東籬如朝陽鳴鳳白仁甫如鵬搏九霄。喬孟符如神鰲鼓波。李壽卿如洞天春曉。王實甫如花間美人。張鳴善如彩鳳刷雨。關漢卿如瓊筵醉客。鄭德輝如九天珠玉。此說出自太和正音譜所評殊未的當。顧流傳於今而最盛者則為王實甫之西廂記。與高則誠之琵琶記。一為北曲開山。一為南曲鼻祖。西廂記。取元稹會真記為粉本。關漢卿復續之。全篇四劇十六折。其腳色則敘佳人才子幽期密約之情也。李卓吾曰。

意宇宙內本自有如此可喜之人。如化工之於物。其工巧殆不可思議。琵琶記者。叙孝子賢妻纏綿懇至之情也。比於西廂可稱勍敵。西廂近風琵琶近雅西廂如一幅着色牡丹琵琶如一幅水墨梅花其辭情特爲清雅幽麗。湯若士謂琵琶都從性情上著工夫并不以詞調之巧倩見長。然其詞亦不可及已。元小說戲曲家。大都窮處民間。不屑干祿胡人之朝而以遊戲筆墨描寫社會狀以發其鬱歎不平之氣兼資勸懲斯亦其人之高志而自西廂琵琶而後學者各從其性之所近而從事摹放其學西廂者如幽閨拜月直至臨川四夢紫花五種是也。其學琵琶者如制敘殺狗白兔是也顧就余鄙見論之學琵琶者易失俚俗學西廂者易涉纖浮二者皆有偏弊而學西廂則不失正音蓋纖浮可改而俚俗則深入骨髓不可洗伐焉。

（戊）史

記事之文至兩宋而日即發達且奇瓶之作胡宏作皇王大紀羅泌作路史始破尊經之成例鄭樵通志又去斷代為史之舊格蓋有宋史學因文學理學之盛而益精到凡所選述不專事默守成規也今約論之其屬於正史者有新唐書新五代史先是石晉宰相劉煦等因唐事述舊史。增損成唐書二百卷。繁略不均是非失實仁宗時。詔曾公亮等刪定。歐陽修撰紀志宋祁撰列傳增於前。文省於舊。議者謂舊書成於五代文章卑陋之時。紀次無法詳略失中論贊多用儷語固不足傳信。而新書不出一手。亦未得為全善。今紀用春秋法。削去詔令，雖太畧猶不失簡古。至列傳用字多奇澀。殆類虬户銑谿体。識者病之，然其刪繁為簡。变今以古。用功亦可謂至矣新五代史者。歐陽修以宋開寶中薛居正史。繁猥失實重加修定。藏於家。後朝廷聞之取以付國子監刊行歐陽子自謂孔子作春秋。因乱世而立法余為本紀以治法而正乱君。發論必以嗚呼。曰此

文本科三年級 周興樑

亂世之書也。諸臣止事一朝曰某臣傳。其更事歷代者曰雜傳。尤足以為世訓。歐陽子嘗學春秋於胡瑗孫復。故褒貶謹嚴。最得春秋之法。雖曰司馬子長。無以復加。不幸五十二年之間。皆戎狄亂華。君臣之際。無赫赫之功業可紀也。其屬於編年者。有資治通鑑。通鑑紀事本末。通鑑綱目。資治通鑑。司馬光奉詔編集。神宗所賜名也。上起戰國。下終五代。凡一千三百六十二年。經十七年始成。體大思精。為秦漢以來未有之偉著。公自謂平生精力。盡於此書。信已然。其成亦得人。為史記前後漢則劉貢父。三國歷九朝而隋則劉道原。唐迄五代。則范淳甫為之分任。其叙事繁簡。畧師左邱明。年近則詳遠則畧。以唐紀視漢紀其紙葉蓋多八九。視周紀益滋多近今通人編著所不外也。通鑑紀事本末。袁樞因病資治通鑑一事之首尾。或散出於數十百年之間不相綴屬乃為此書以便學之省覽。朱子通鑑綱目。亦本溫公著目錄及歷舉要歷之意而作自謂義例精密上下千有餘年亂臣賊子無所隱其形。其大書者為綱。分注者為目。綱如經。目如傳。其條貫至善也。然此二書皆因於溫公通鑑而成或錯綜其事以為尚書體或原本其繫以為春秋体非有若創始者之難也且溫公作通鑑上

中國文學門一年級　吳梅

欲使觀者自擇其善惡得失以爲勸戒而綱目乃放春秋之襃貶之法。踵揚雄之故轍，近王通之僭擬，既有溫公之書，無甚奇異之處，雖不作可也。取譏後儒宜哉。其屬於典志之作者，則後世所稱三通，除杜佑通典外，占其二。鄭樵通志，作於淳熙之時。馬端臨通考成於南宋之末，雖多因通典舊文而自叙義例，廣顧体裁，皆特殊之著作。如通志之二十略，括歷代之制度文物而詳著於篇，獨出胸臆。誠所謂漢唐諸儒所得聞者。通考之考訂詳覈，搜羅閎富，允稱精密之作。此外如皇王大紀，路史，則衍皇甫謐之帝王世紀、譙周古史考而大之也。尤可紀者。地理一科實至宋而發達。周以前其書掌於太史。漢以來亦但述河渠溝洫之屬書之可考者山經地志而已。晉摯虞始作畿服經後代因之并有紀載。至宋則有太平寰宇志輿地紀勝皇朝方域志卷帙多至二百其他撰者不可勝記蓋已与史別出為二牆附庸而成大國矣。是亦足知宋史事之發達也。至若元人所修各史如宋遼金諸史蕪雜疏漏遠不如宋人之作矣宋元臣阿魯圖脫脫等總裁監脩而實出於歐陽圭齋虞伯生揭曼碩諸公繁瑣泰甚。而是非亦未能盡出於大公蓋自洛蜀黨分迄南渡而不息其門戶之見錮及人心者深，故此同者多為掩飾之言，離異者未免指摘之過，而又叢乎雷同，以宋人淺薄之文筆行之，宜其與他史判霄壤也。且當其脩撰時，大概祇就宋舊國史稍為排次，今其跡有可推見者，如道學傳序云：舊史以邵雍列於隱逸，未當，今置於張載傳後；方技傳序云：舊史有老釋、符瑞二志，又方技傳，今去二志，獨存方技。此可見元人就宋舊史編訂之迹也。

遼史最為簡畧也。以二百餘年事蹟，而卷帙曾不及宋史十分之一，論者謂遼代事蹟經金元兩朝，歲月既久，蓋多散佚，此論固然，然耶律氏起朔方，未遑文教，故記述本自寥寥。聖宗時始命劉晟馬保忠監脩國史而先世事蹟直至興宗道宗時始裒輯成書是可知遼上世事迹皆追述記錄者也、金興宗本紀皇統八年遼史成是金時雖脩遼史元末脩史時不過仍其舊文稍為編次而已 金史原有成書脩史時又參以劉祁歸潛志元好問野史故文筆最為簡淨、據脫脫等進書表云張柔歸金史於其前王鶚輯金事於其後是以纂脩之命見諸敷遺之謀延祐申請而未遑天歷推行而弗竟則知元人之於此書經營已久與宋遼二史取辦倉卒者不同。故其書首尾完密條例整齊約而不疏贍而不蕪在三史之中獨為最善

也

（己）語錄　道學之名古無有也自宋中葉周惇頤出於舂陵乃得賢不傳之學作太極圖說周子太極圖創自河上公乃方士脩餘之術河上公本圖名無極圖魏伯陽得之以著參同契鍾離權得之以授呂洞賓洞賓復與陳圖南同隱華山而以授陳陳刻之華山石壁陳又得先天圖於麻衣道者皆以授（以授种放々）穆修與僧壽涯脩以先天圖授李挺之挺之以授邵天叟天叟以授子堯夫脩以無極圖授周子周子又得先天地之偈於壽涯黃晦木太極圖辯通書推明陰陽五行之理命于天而

二十

性諸人者瞭若指掌、張載作西銘又極言理一分殊之情、然復道之大原出於天者、灼然而無疑、程頤程顥兄弟、受業周氏、更擴大其所聞、表章中庸大學、與語孟並行、於是上自帝王傳心之奥、下至初學入德之門、融會貫通、無復餘蘊、南渡以後、新安朱子、得程氏正傳、其學加親切焉、大抵以格物致知為先、明善誠身為要、凡詩書六藝之文、與先孔孟之遺言、顛錯於秦火支離於漢儒、幽沉於魏晋六朝者、至是皆煥然大明、秩然而各得其所、此宋儒之學、所以度越諸子而上接孟氏者歟、宋史道學傳自漢學盛行、至斥宋學為空疏、亦一孔之見也、今

文本科三年級 吳梅

尋道學之源流言之宋興幾八十年、而孫明復石守道胡翼之三先生、始以師道自任、講明正學、自是而濂洛之學、繼之以起、三先生之學說、雖未盡純、然以躬行寔踐為主、由聖賢道義之大本、而一變詞章訓詁之風、不得不謂之道學先導也、迨真宗天禧時、周子茂叔、著太極圖說、及通書、朱子為之詮釋、以上天之載無聲無臭、為造化樞紐、其說頗精、而棃洲講義則謂天地間無非一氣、氣本一也、而有往來闔闢升降之殊、則為動靜、分為陰陽、動靜陰陽、雖紛紜至賾、而萬古不亂、一寒一暑、一生一藏、莫知其所以然而然、是之謂理、即太極也、更較朱子為簡矣、嘗邵康節本先天之說、(周子太極圖、邵子先天學、並云傳自方外、然皆由此以明宇宙之原理、貫澈顯微者也)以明萬有之理、所謂先天者、對後天而言、故曰一分為二、二分為四、四分為八、邵子所謂一、即太極也、易有太極、是生兩儀、兩儀生四象、四象生八卦、即是此義、以先天之學為心、後天之學為迹、(觀物外篇)故有天地之道備於人之一語、(漁樵問答)是為邵子先天學之根本主義、橫渠張子又志道精思、以易為宗、以中庸為的、以禮為體、以孔孟為極、所作東西二銘、及正蒙、尤為純粹廣大、及二程出而洛學宋派遂大盛於世、顧明道早卒、若非伊川、則洛學且中衰也、明道之學、以綜合為體、伊川之學、以分析立說、其後陸王學派、近於明道、朱子學派、近於伊川、明道泛濫諸家、出入釋老、要以返諸六經、伊川為學、本於至誠、其見於言動事為之間、疏通簡易、不為矯異、故二程之學、初無不同、惟知行合一之說、實啟於伊川、即為明代王伯安取本耳、當二程之時、道學方興、學者多究心於性命之際、雖文章之士、猶往往注意於此、如歐陽修蘇氏兄弟、亦多有闡發、所以見當日之風矣、（如歐陽修性辨蘇軾易傳是）程門諸子、若謝上蔡楊龜山游廌山呂藍田、所謂四大弟子也、上蔡說仁是覺、分明是禪、伊川之門惟上蔡自禪學來、開象山橫浦之端、伊川喜上蔡、明道喜龜山、而龜山獨享耆壽、遂為南渡洛學之大宗、朱晦庵張南軒呂東萊、皆其所自出、廌山之書不傳、藍田博極群書、嘗作克己明見志有大學說中庸說行世、曾與程子問答中庸喜怒哀樂一節、在宋學中大有關係也、四先生外、當推尹和靖焞王福清蘋、焞字彥明、洛陽人、洛學中最為晚出、然其守師說最醇、胡五峯以為程氏後起之秀、朱子亦曰、和靖直是十分鈍底、被他只一個敬字做工夫、終做得成、又云、和靖不觀他書、只是持守得好、他語錄中說持守涵養處、分外親切、蘋字信伯、福清人、師事伊川、與同學楊龜山為後進、龜山最稱之、以為師門後來成就者、惟有信伯、（信伯少時嘗師龜山）而朱晦庵獨不謂然、後王陽明又最稱之、蓋宗尚不同也、他若胡五峯李延平二先生、一開南軒之端、一啟考亭之蔀、各有見地、五峯名宏、字仁仲、崇安人、從侯師聖於荆門、（師聖字仲良明道門人）著有胡子知言、寔肇湖湘之學統、延平名侗、字愿中、南劍人、聞郡人羅仲素傳河洛之學於龜山、遂往學焉、冥心獨契貫徹天人、朱子早年出入於釋老、及再見延平而後、始以程子之學為歸、嘗曰、李先生教人、大抵令於靜中、體認大本未發時、氣象分明、即處士應物、自然中節、乃此乃龜山門下相傳秘訣、又輯平日所聞于延平者、為問答二卷、延平之學具焉、南渡後、張南軒朱晦庵陸象山呂東萊最著、南軒作希顏錄見志、其學以修身務學畏天恤民為主、為時宰所擯、朱陸異同、尤紛紛聚訟不已、東萊則喜言事功、遂開浙東永嘉學派、朱陸兩家門下最盛、晦翁以不附和議、忤秦檜去國、行道為學者所師、至言其所學、大抵窮理以致其知、反躬以踐其實、而以居敬為主、全體大用、兼總條貫、表裏精粗、交底於極、嘗謂聖賢道統之傳、散在方策、聖經之旨不明、則道统之傳遂晦、於是竭其精力、以研窮經訓、而于百家之文、二氏之誕、亦不憚深辯力闢之、象山學說、以吾心即理為主、理者充滿宇宙萬物之所以存彝倫之所以立莫非此理故曰此理為宇宙間未嘗有所隱遁天地之所以為天地者順此理而無私焉耳人與天地並立而為三極安得自私而不順此理哉（與朱濟道）蓋象山以理為宇宙之原則而政治道德即由此而發故此理充塞宇宙亦即備于人心、能為萬物之淵源、即為百行之標準、是象山為學之方皆以一心為主也、朱子門人、有蔡西山父子（季通 仲默）黃勉齋陳北溪為著象山之門雖不逮程朱之盛顧亦多踐履篤實之士惟其言學不免雜於憚理其最稱者推甬上四先生四先生者楊簡舒璘袁燮沈燮是也舒沈之學所被不廣茲不論獨慈湖絜齋尤有聲於時慈湖泛濫夾雜而絜齋之言則有繩規矣至若浙東永嘉之學要以呂東萊陳龍川葉水心為巨擘宗自乾淳以後學派分而為之朱學也陸學也呂學也三家同時皆不甚合朱學以格物致知陸學明心窮理呂學則兼取其長而復以中原文獻之傳潤色之門庭徑路雖別要其歸宿於聖人則一也蓋東萊與朱陸友善而其學則長於史書故流為浙東永嘉一派嘉定

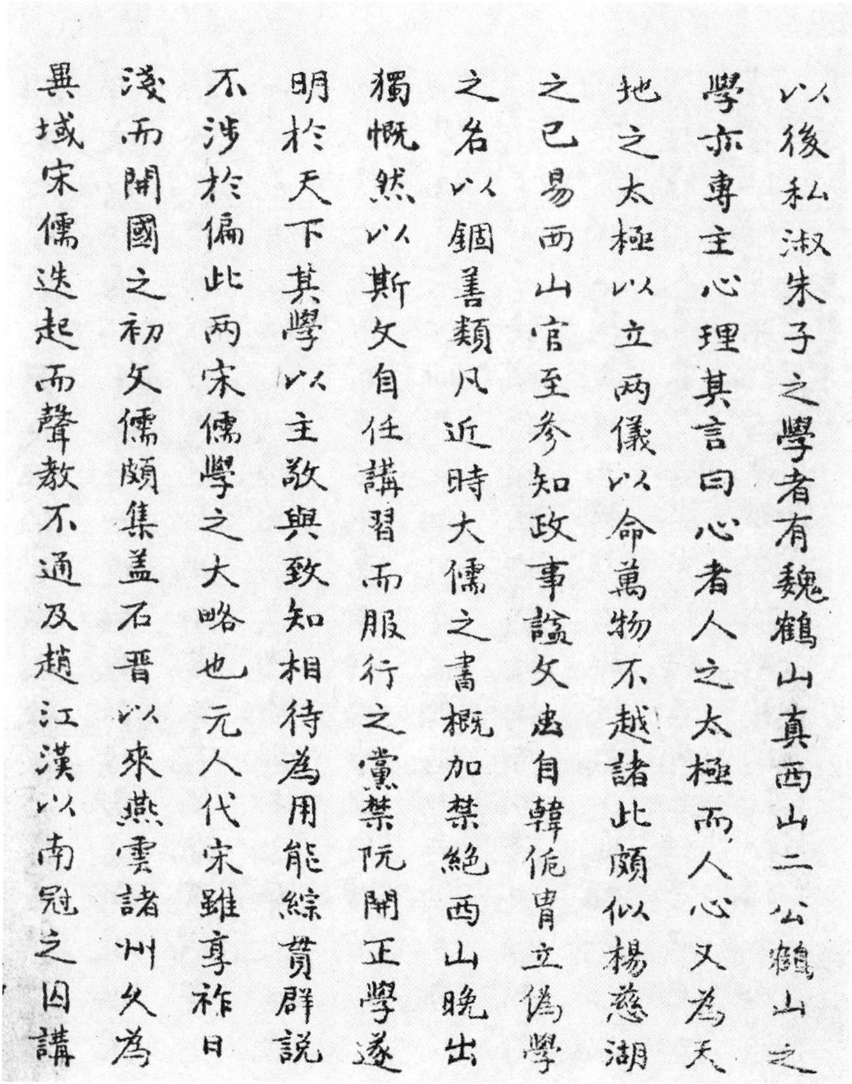

以後私淑朱子之學者有魏鶴山真西山二公鶴山之學亦專主心理其言曰心者人之太極而人心又為天地之太極以立兩儀以命萬物不越諸此頗似楊慈湖之已易西山官至參知政事諡文忠自韓侂胄立偽學之名以錮善類凡近時大儒之書概加禁絕西山晚出獨慨然以斯文自任講習而服行之黨禁既開正學遂明於天下其學以主敬與致知相待為用能綜貫群說不涉於偏此兩宋儒學之大略也元人代宋雖享祚日淺而開國之初文儒頗集蓋石晉以來燕雲諸州久為異域宋儒迭起而聲教不通及趙江漢以南冠之囚講

程朱之學於北方于是姚樞竇默之徒聞而慕之於是理學之傳始廣北方之學一時稱盛江漢名復字仁甫德安人元師伐宋屠德安姚樞在軍前凡儒道釋醫卜、占一藝者皆活之以歸、而江漢與焉樞與言奇之至燕以程朱之書教授學子其書廣博學者未能貫通乃原羲農堯舜所以繼天立極孔子孟顏所以垂世立教周程張朱所以發明紹續者作傳道圖而以書目條列於後出其聞江漢之風而興起者頗不乏人當推許魯齋劉靜脩二人為最魯齋少時得王弼易註晝夜思誦言行往往有卓絕者既訪姚樞於蘇門得伊洛新安遺

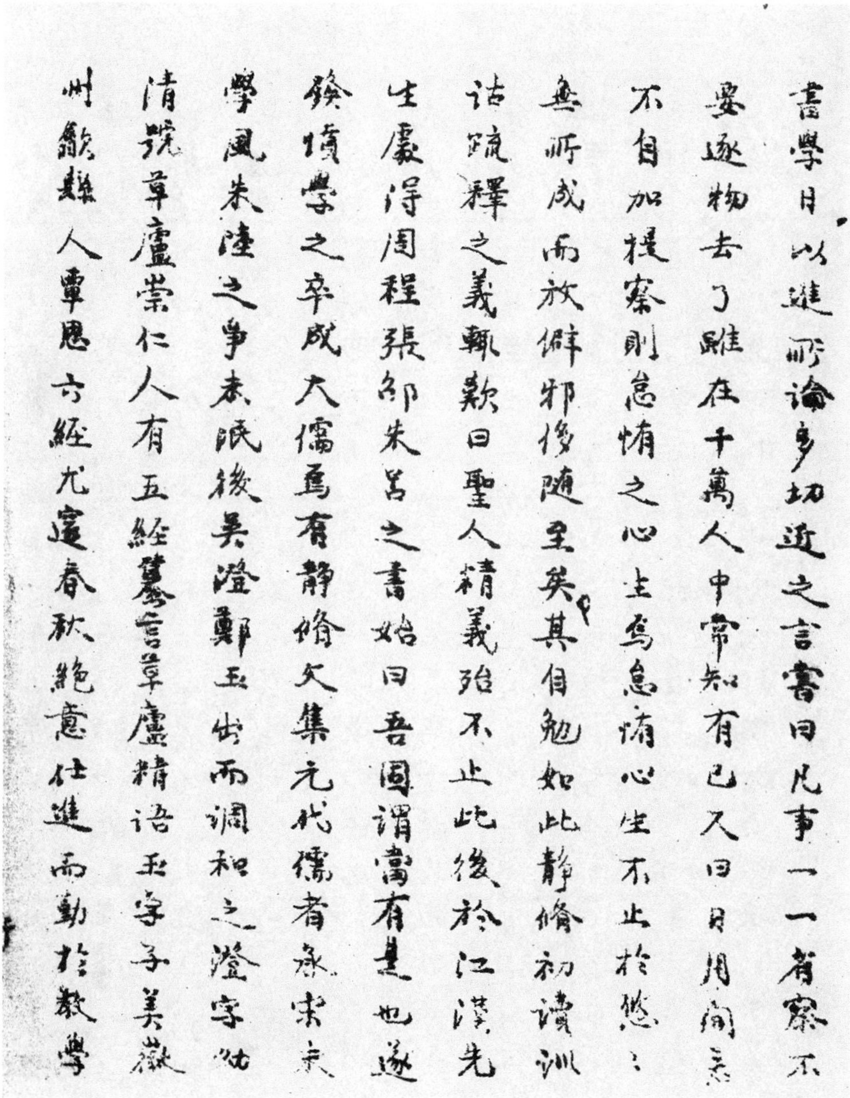

書學日以進所論多切近之言嘗曰凡事一一省察不要逐物去了雖在千萬人中常知有己又曰日用間悉不自加提察則怠惰之心生焉怠惰心生不止於悠悠無所成而放僻邪侈隨至矣其自勉如此靜修初讀訓詁疏釋之義輒歎曰聖人精義殆不止此後於江漢先生處得周程張邵朱呂之書始曰吾固謂當有是也遂發憤學之卒成大儒焉有靜修文集元代儒者承宋末學風朱陸之爭未泯後吳澄鄭玉出而調和之澄字幼清號草廬崇仁人有五經纂言草廬精語玉字子美徽州歙縣人覃思六經尤邃春秋絕意仕進而勤於教學

門人受業者甚衆所居至不能容學者即其地搆師山書院以書之著有周易纂注春秋經傳闕疑草廬之言曰朱陸二師之為教一也而二家庸劣門人各立標榜互相詆訾至於今學者猶惑甚矣嗚呼道之無傳而人之易惑難曉也師山之言曰陸子之質高明故好簡易朱子之質篤實故好邃密各因其質之所近故所入之途不同。及其至也道德仁義豈有不同者同尊周孔同排老佛大本達道豈有不同者後之學者不求其所以同惟求其所以異江東之指江西（江東為朱江西為陸）則曰此怪說之行也江西之指江東則曰此支離之說也此豈善

學者哉朱子之說教人為學之常也陸子之說才高獨
得之妙也此可見二家調和之旨矣至元時專治陸學
者有江西之陳靜明浙東之趙寶峰靜明為陳苑字立
大上饒人幼業儒嘗有授以金丹術者弗之信既得象
山書讀之喜曰此豈不足以致吾知耶又豈不足以力
吾行耶而他求耶是時科舉方用朱子之學聞靜明說
者譏毀之甚者欲中傷之而靜明獨行其是不以毀譽
介意也惜其著不傳寶峰為趙偕字子永慈溪人志尚
敦實不事矯飾嘗習舉業曰是富貴之梯非身心之益
也棄不治後讀慈湖遺書恭默自省有見於萬象森羅

渾為一体吾道一貫之意曰道在是矣何他求為乃矯
獻自信三代之治可復而百家之說可一也戴勸之仕
曰吾欲不宗子也非不欲仕但不可仕且今亦非行道
之時也有文章集二卷寶峰之學以靜坐為宗往往墮
入禪门蓋慈湖餘習頗論靜坐嘗曰凡除今應用之事
外以入齋之所靜坐此大類禪家功夫雖非陸學之
正要其人行檢可稱不得以此議之也此宋元間儒學
之大略也至諸家所作大抵純是說理不避俚俗且其
書至多是以不論謹論道學之綱要如云

（庚）小說　小說本之流別凡有三派一叙述雜事

二記錄異聞三綴集瑣語自西漢虞初以後代有作者至宋而彌繁如司馬光涑水紀聞沈括筆談洪邁隨筆及夷堅志類其最著者也中間誣謾失真妖妄惑聽者固為不少然寓勸戒廣見聞資考證者亦頗出其中大抵皆文言耳仁宗時以天下無事群臣每日必進一奇異之事以為娛頭回之說繼以話說而小說中章回體遂因之而起其詞淺近明白謂之平話亦謂之白話蓋即唐人所稱之俗話宣和遺事二卷已純用白話體矣迨元人入主中華不諳文理朝廷所下文告詞多鄙俚若今所傳天寶宮聖旨碑文是也(碑文云上略道汴梁

路許州、有的天寶宮裡住持的明真廣德大師、提點王
清貴為頭、先生每根底、執把行的聖旨與了也、這的每
宮觀裏、使者、休安下者、鋪馬祇應休拿者、商稅地稅休
與者、莊產、園林、碾磨、店、鋪、舍庫、解典庫、浴房、竹葦、船隻、
不揀甚麼、他每的不揀是誰、休使氣力者、休拿扯要者、
這的每倚有聖旨麼、……　下略　故通俗文學發達極盛
雖詞語粗率、而社會風俗之變遷、人情之淳漓、與論之
向背、反多見於此、且寓言十九、可以自由抒寫、而內容
宏富、動輒百萬餘言、莊諧互引、細大不捐、非可以採納
芻蕘、抑且足以改易習尚、雖或託神怪、或流猥褻、而以

文本科三年級　吳梅

意逆志更足為人事之犀鑑蓋與前代之所謂小說劃然為二焉最膾炙人口者為施耐庵之水滸傳羅貫中之三國演義、（水滸一書、由宣和遺事脫胎本三十六人增衍為一百八人都百二十回論者謂筆墨之勝足與龍門史記相埒相傳耐庵撰水滸傳時憑空畫三十六人於壁老少男女不一其狀每日對之吮毫、務求刻畫盡致、故一人有一人之精神、脈絡貫透、形神俱化、為一代傳作也）他如西遊記金瓶梅二書亦有盛名與水滸三國為小說中四大奇書而要不能勝水滸也（三國演義或謂非羅貫中作胡應麟曰施某既作水滸傳其門人羅某撰之別作三國演義主沂續文獻通考則作羅貫字本中杭州人編撰小說至數十種、是貫中又羅貫之訛也大抵作者素服儒教一旦行為荒唐詭譎之詞懼為時賢所斥故多隱其名惟恐人知致無所稽考今書本陳壽三國志并雜採裴松之注及其紀傳史法運以巧思串貫聯綴洵一奇作也西遊傳佛金瓶誨淫雖非大雅要皆狀人所不能狀之景况安可以荒誕淫褻而鄙棄之、必欲斥為士君子所不道則不免迂拘矣

(辛)時文　經義試士宋神宗始行之叔自荊公荊公因神宗篤意經學請興建學校蘇軾非之他日又言

學者專意經術庶幾可以復古於是改法罷詩賦帖經
墨義、士各專治易詩書周禮禮記一經兼論語孟子每
試四場、初大經、次兼經、大義凡十道、後改論語孟子義
各三道、元祐四年、罷試律義專立經義詩賦兩科、皆各
試語孟義二道此則四書文所由昉也、第史祇、言論孟
命題不及大學中庸、有之當在南渡以後考宋史選舉
志朱子嘗為私議欲罷詩賦而分諸經子史時務之年
以子午卯酉四科試之皆兼大學論語中庸孟子義一
道議雖未上天下誦之據此則學庸之增試其議發於
朱子也當改法之初命中書撰大義式頒行王安石遂

今呂惠卿王雱等為之號曰時文其體與論文相類不過以經言命題使天下之文體一出於正且為法較嚴耳然當時對仗不必整證諭不必廢侵犯下文不必忌自後人踵事增華文愈工而體愈降法愈密而理愈疏遂與立法之旨相盭夫連上犯下不過科舉格式不能不遵試問聖賢立言之初何嘗有此界限乎至文之有對仗則本陰陽奇偶之理不能偏廢無論漢晉以來文人無不講此四書五經中對偶之句層見疊出時代愈近則其詞愈妍其勢使然豈得專繩之制藝哉兩宋作者文不盡傳自荊公（存文十篇）以迄穎濱（存文四篇）類皆獨標偉

論不沾沾於代古人語氣自楊萬里國家將興二句文講下用以為二字遂開代言之體至明代則全篇代口氣矣今所傳者惟經義模範一編存宋人文十六篇（凡一卷不著編者姓氏王廷表序稱得之楊用修似即用修所輯）而呂祖謙宋文鑑、錄張才叔自靖人自獻於先王一首俞桐川百二十名家集存宋人作七家（一為王半山一為蘇穎濱皆在嘉祐朝一為楊誠齋在紹興朝一為陸象山在乾道朝一為陳君舉在淳熙朝一為汪六安一為文文山皆在淳祐朝）此外則無見焉元太宗時耶律楚材請用儒術選士從之九年命札哈岱、劉中、以論及經義詞賦分三科考試諸路行之未久、世或以為未便事復中止至仁宗皇慶三年始寔行科舉法蓋自世祖統一以來已更四主歷三十五年矣其法專主德行明經之科須行條目第一場蒙古色目人經問五條漢人南人明經經疑二問、出題用四子書並用朱子章句集注復以己意結之（即所謂大結時事觸代始禁）可入限三百字以上又經義一道、各治一經詩以朱氏為主、尚書以蔡氏為主、周易以程朱為主古注疏亦得兼用、春秋許用三傳禮記用古注疏限五百字以上第二場蒙古色目人策一道以時務出題限五百字以上漢人南人古賦

詔誥章表各一道古賦章表用古體章表四六參用第三場蒙古色目人無漢人南人策一道經史時務内出題限一千字以上此元代考試之大略也（蒙古色目人止有三場）惟諸家所作今皆未見所可知者陳繹曾之文說（原本久佚從永樂大典中輯出）倪士毅之作義要訣（論當時科舉經義之體例雖拘於程式不足括文章之變然所論皆為後來八比之龜鑑也）而所作皆無可考也若涂溍生作易義矜式王充耘作書義矜式林泉生作詩義矜式蓋當日士子所奉為圭臬者（今亦無傳）其文有破題接題小講官題原題大講餘講原經結尾等既是

即八股之濫觴八股之法據明史選舉志以為太祖與劉基所定顧亭林日知錄則謂始自成化以後其實溍生充耘等所著已為明文之先導大略椎輪固當淵源於宋元焉

中國文學史宋元篇終

中國文學史 文本科三年級 吳梅

中國文學史

中國文學史

(三)明文學總論

一國之國是恒醞釀於開國之規模明太祖起自草莽覆滅胡元迓舊章於司隸復威儀於漢官修明治道獎勵文事徵遺逸舉賢才文物典章燦然具焉而終明之世其文學之精神無唐之雄偉精壯思想無宋之清新潑剌者亦未始非太祖成祖詒謀之未善也太祖以沉猜刻薄之姿屢興大獄駢誅功臣因胡惟庸而殺李善長以下三萬人因藍玉而戮傅友德以下一萬五千人詩人高啟則腰斬於市文臣宋濂則遠戍而死燕王以外藩喋血建文誅鉏

尤酷殺方孝儒而絶天下讀書種子至合朋友門生而爲
誅十族士氣之摧殘亦已甚矣其孰與於漢光武之興學
唐太宗之好文哉合有明一代言之太祖懲宋元之孤立
而已王諸子名城大都然燕王之篡立高煦宸濠之叛亂
往往而起也邊城烽燧乜先之寇土木之變遼瀋之患無
時或絶也內則宮廷宦竪盜竊威權委鬼之勢焰薰天天
子之威信墜地志士乘時崛起東林復社相向踵興結爲
黨徒以與逆閹角抗有明三百年天下內外禍變靡無寧
日學者未得澄心修養故其思想力不深上之壓抑又强
故其精神上恒有束縛即如東林黨人皆一時英傑之士

本以氣節相高非徒以文學用世而好為議論甘受駢誅浩氣英風亦足使頑廉懦立故其及於文學上者力足起沈晦而走雷震歷代末運之文常纖弱而不自振惟明不然詎非異事乎惟太祖自統一後定以制義取士一守程朱之說其意非欲網羅一代之鴻儒碩學也蓋欲牢籠天下之驥足範我馳驅以戢其風雲之志其卒也骫骳不振儁註以外無思想鈔襲以外無文章惟伺有司鼻息以邀一時之寵榮故真正之儒學不興雄大之文學不顯三百年之文化局促於小規模之中而未能與漢唐宋爭雄者以此故也今就文學之大體言之開國之初承元季虞柳

黃吳之後師友講貫學有淵源宋濂王禕方孝儒以文雄
一代永宣以還三楊繼起臺閣體崇廟堂之上郁郁乎文
景泰天順稍衰弘正間李東陽出入宋元溯流唐代而李
夢陽何景明倡言復古明文於是一變嘉靖之際李攀龍
王世貞復何李遺軌以招徠天下一時風靡獨歸有光湯
顯祖輩極力排斥各爭雄長至啟禎時錢謙益艾南英準
北宋之規矩張溥陳子龍擷東漢之芳華其文已類俳優
矣此文之衰也有明之詩偏促於唐人範圍之內而亦有
流派之各殊焉自趙宋以來爲詩者莫不規倣唐人大抵
取其精液變其面貌成一家之學有明則紛呶於其間而

其所得僅在形似而已洪武特劉其以蒼古者高啟以俊爽稱袁凱貝瓊張以寧亞於劉高者也楊基張羽徐賁又次於青邱者也永樂以後號為承平應制舖陳即膚廓正統十子究不足稱弘正間北地信陽主持壇坫海内若狂、于鱗元美、復賡續其說、而詩道乃如市道矣、公安變以清真、竟陵又易以幽峭、論者謂「所造不純、而較王李之說似有進益、特鄙俗晦僻、不免為通人所譏耳、追及季世、社黨標榜之風、徧於海内、雖金玉瓦礫、混淆雜陳、而以忠直之氣、發為詩歌、卒亦不得輕議焉、此詩之略也、詞之為道、意内言外、有明作者、殊鮮雅聲、惟曲則瑞安開其宗風、而即文莊以元老大臣、亦喜寄閒情於歌板、中葉以還康德王渼陂輩相繼並起、而要以臨川為大宗、言詞餘者、莫能外焉、吳江詞隱、守律有餘、論才不足、伯龍伯起、雖負盛名、究其所詣、與奉常不啻天壤矣、明代理學之傳、寔紹宋元之統、自康齋白沙、石渠姚江、以及東林蕺山、要皆各有所得、有明一朝、文章事功、皆不及前代、獨於道學、則前代亦不能勝過、至若制藝所傳、亦為一時特作、雖決科射策之文、非所与於文學之列、而王唐歸胡諸家、本經史以立說、寔為正宗、論者謂朱明一朝、獨時文傳奇、為特創之文、且又足為後人之模楷、此寔非虛言也、總之有明文學、寔瞭着於模擬工夫、為古人臣僕、毫無獨得於其中、文以析事理、詩以言性情、今不同於古者多矣、顧使耳目手足皆不足以自主、所謂適人之適、而不自適其適者也、此所以明代文學不及清儒萬萬也、

(甲) 文　有明一代之文、論者有二、一謂國初沿宋元餘習、及北地一變、而始復於古、一謂明文盛於國初、自北地至王李而法始亡、其有為之調人者、則謂兩派不妨並存、蓋同為復古、不宜為崆峒非正宗、而崑山獨居第一也、黃梨洲曰、有明之文、莫盛於國初、再盛於嘉靖、三盛於崇禎、國初之盛、當大亂之後、士皆無意於功名、

埋身讀書、而光芒卒不可掩、嘉靖之盛、二三君子、振起於時風頹勢之中、足以挽景泰十子之流弊、崇禎之盛王李之壇坫已墮、士之通經學古者、耳目無所障蔽、反得以理既往之緒言、此三盛之由也、夫其言三盛誠是矣、顧以門戶之見、右歸唐而左李何、不免通而蔽、嘉靖之盛、寔由於兩派之並興、惟震川之續韓歐、似優於北地之膺漢魏、而尊之者至推為第一、則未免不公、不過當王李諸公空廓之後、有震川以傳史遷之神、自是一時之豪傑、乃後之學震川者、不務求其學、而惟求諸神韻空虛之間、遂開空疏不學之弊、則又無足取焉、今試總而論之國初文家、當以宋景濂為首、濂學於吳萊、後復學於柳貫黃溍、入龍門山讀書十餘年、太祖徵為元史總裁官、其文視道園較淨、而品格不甚相懸、劉基王禕、則入亞於潛溪者也、基青田人、幼聰敏、太祖下金陵、陳時務十八策、帝嘉納之、其文權奇宏放、以臺閣之重臣、為一代之冠冕、洵足自成一家、禕字子充、義烏人、官至翰林待制、與宋濂同出黃溍之門、太祖嘗謂濂曰、浙東人才、唯卿與禕耳、才思之雄、卿不及禕、學問之博、禕不及卿、為文醇樸而閎肆、朱竹垞謂子充文、脫去元人冗沓之習、體裁明潔、不在文憲之下、方孝孺則學於潛

溪、而其文乃近大蘇、孝孺天性慧穎、嘗以明王道化民
風為己任、成仁而後、其書久遭嚴禁、至萬曆時、漸著於
世、成化以還、國家號為昇平、明初崢嶸磊砢之風、漸变
為儒雅雍容之度、所謂臺閣體者遂興、而主持壇坫者、
寔為三楊、三楊俱通儒術、達事機、歷事成祖仁宗宣宗
英宗四朝、同心懋力、朝無失政、民無艱食、寔明代之承
平宰相也、論者比於房杜、寔為不逮、無其寵任之隆、勳
業之高、德望之大、在當時自足風靡天下、且久在館閣、
朝廷高文典冊、多出其手、相率以博大昌明之體、雍容
閑雅之作、為一世倡、以謳歌太平、海內宗之、於是萬吹、

律、相尚成風焉、楊士奇名寓、以字行、建文初、召入翰林、永樂時入與機務、楊榮字勉仁、建文二年進士、成祖時、晉文淵閣大學士、為文不及士奇典雅、而醇厚自不可及、楊溥字宏濟、為人有雅操、與楊榮同舉進士、宣宗英宗朝、與士奇榮共典機密、時三楊地位聲望略相匹敵、以文章論士、奇其首選也、乃後之效法者漸習於膚廓冗沓。精氣都亡、如正統十才子者（十才子者、曾棨、郭登、王直、李昌祺、劉績、秦旭、陳獻章、王越、劉溥、外合三楊也）至無謂矣、弘正間、臺閣體日流膚淺、奄奄無生氣、蓋勢固不容不變也、其有拔陣先起、一洗三楊之陋習者、是為李東

文本科三年級　吳海

陽。顧東陽非復古派也。其門下生，乃始以復古相號召，若李夢陽何景明之徒，繼東陽而起，天下歸之者，猶萬派之朝宗於海，是促李何之興者，不可謂非東陽一麾之力也。王元美謂李茶陵之於李何，猶陳涉之於漢高，此言亦非誣也。（東陽字賓之，號西涯，官至文淵閣大學士，與劉健謝遷並稱賢相，文章學術，粲然可觀，海內翕然宗之，稱西涯先生。）西涯天才秀逸，所作長短咸約，唯意所適，其文超出三楊無幾，特風氣至此已駸駸乎轉入大夏之域矣。同時與西涯為古文者有王鏊吳寬（鏊字濟之，吳縣人，成化十一年進士，官戶部尚書，謚文恪又規昌黎上及秦漢純而不弱奇而不怪雄偉俊傑卓然振一代之衰寬自原博號匏庵長洲人成化八年進士官禮部尚書謚文定文典雅和平才鋒不露頗有廬陵遺風又吳儼之紓徐羅玘之奇奧皆足羽翼東陽挽回臺閣之弊顧力薄弱徒以名位相尚識者頗鄙之當西涯匏菴之為唐宋文也北地李夢陽信陽何景明乃起而與之抗曰文必秦漢詩必盛唐非是者弗道曰古文之法亡於韓曰視古修辭寧失諸理曰不讀唐以後書故事凡出唐以下者皆擯不用為文故作艱深鉤章棘句至不可句讀特是以號於天下而邊貢徐禎卿康

海王九思王庭相等友而應之號七才子其中李何邊徐又稱四傑除王庭相加宋應登顧璘陳沂鄭善夫四人又號十才子明之文運至是始生一大變漢魏之聲由此高論於後世而興韓歐爭長文學界儼成二大潮流之觀主漢魏者排唐宋宗韓歐者非李何故李何之徒常為妄罪之壑然較其詩失秦漢之渾金璞玉自一時風會釀成後世文明日進理欲其顯故格變而平事繁於往故語演而長自唐至明習近千載而李何以其偏戾之才矯為聱牙詰屈無其質而貌其形故終於浮淺歸於蹈襲識不免多此一舉焉(夢陽字獻吉自號

崆峒子性傲岸居常怏怏屢下獄遇救得免嘉靖十二年卒於家夢陽為人倜儻於寂漻甄鐵甚顯才思雄鷙悍然以為天下無人弘治中宰相李東陽主文柄楊一清為之詩翼風靡一世夢陽師事之而譏其萎弱不足法嘗謂漢以後無文唐以後無詩卓然以復古自命規模漢魏浸潤六朝憲章盛唐所作雄奇高古濟以範艷氣魄宏大龍群賢吳人黃省曾越人周祚千里致書願為弟子迨嘉靖朝李攀龍王世貞出復奉以為宗天下推李何王李為四大家無不爭效其体華州王維楨以為七言律自杜甫以後善用頓挫倒插之法惟夢陽

一人自終身教諸之然夢陽專以摹擬為主嘗曰今人
摹臨古帖不嫌太似詩文何獨不然故後人譏其詩文
模擬剽竊得史遷少陵之似而失其真至要其才力之
雄駿在當時實為首出何景明字仲默號大復山人弘
治十五年進士授中書舍人歷任吏部員外陝西提學
副使嘉靖元年卒年三十九景明為人和而介尚書義
鄙榮利錢寧正貴偉用李持畫造門求題景明拒之初
与夢陽為詩文甚相得名成之後互相詆諆夢陽主摹
倣景明主創造各樹堅壘不相下兩人交遊亦遂分左
右袒說者謂景明之才本遜夢陽而其文秀逸穩稱反

為過之然天下論文者必並稱李何也（自弘治間李何倡為復古海內文章家翕然推之其能別樹一幟者若王守仁王慎中唐順之矯然自異陽明文不主一家及其成就可以繼踪潛溪遵巖於洋力於曾鞏荊川瓣香東坡文名與之埒天下號曰王唐（王守仁字伯安餘姚人也弘治十二年進士選刑部主事忤劉瑾謫貴州龍場驛丞劉瑾誅歷任太僕寺少卿鴻臚寺卿兵部尚書克平宸濠之亂功業爛然封新建伯嘉靖八年年五十八卒於安南謚文成嘗築書屋於陽明洞講學故世稱陽明先生詳後道學內王慎中字道思晉江人嘉靖五

年進士後罷官歸湛上屏居二十年深自斂抑無復昔日霸氣日以著述為事向業者踵至嘉靖三十八年年五十一卒慎中為文初主秦漢謂東京以下無可取既而悟歐曾作文之法乃盡焚舊作一意師倣尤得力於曾鞏演迤詳贍卓然成家與順之齊名天下稱之王唐又曰晉江毘陵又與唐順之趙時春熊過任瀚陳束李開先呂高號嘉靖八才子務矯李何之弊李王後起又力排之然卒不可掩攀龍慎中提學山東特所賞拔者也慎中初號遵巖居士後號南江有遵巖集唐順之字應德號荊川武進人嘉靖八年進士自翰林罷歸讀書

陽羨山中十餘年復召用兵部頗著武功嘉靖三十九年年五十四卒順之博學於書無所不窺初見慎中崇拜歐曾心為不服久乃變而從之壯年廢棄益肆力古文洸洋紆折有大家風惟晚年遁而講學頗雜語錄之體至嘉靖時王世貞李攀龍又嘘李何之燄而排王唐與徐中行宗臣梁有譽謝榛吳國倫等號嘉靖七子其意氣之盛一如北地信陽之時而天下之奉之者亦與献吉大復相等歷下早卒弇州名獨大李攀龍字于鱗號滄溟歷城人也嘉靖三年進士歷任刑部主事順德知府陜西提學副使移病歸鄉里構白雪樓於鮑山華

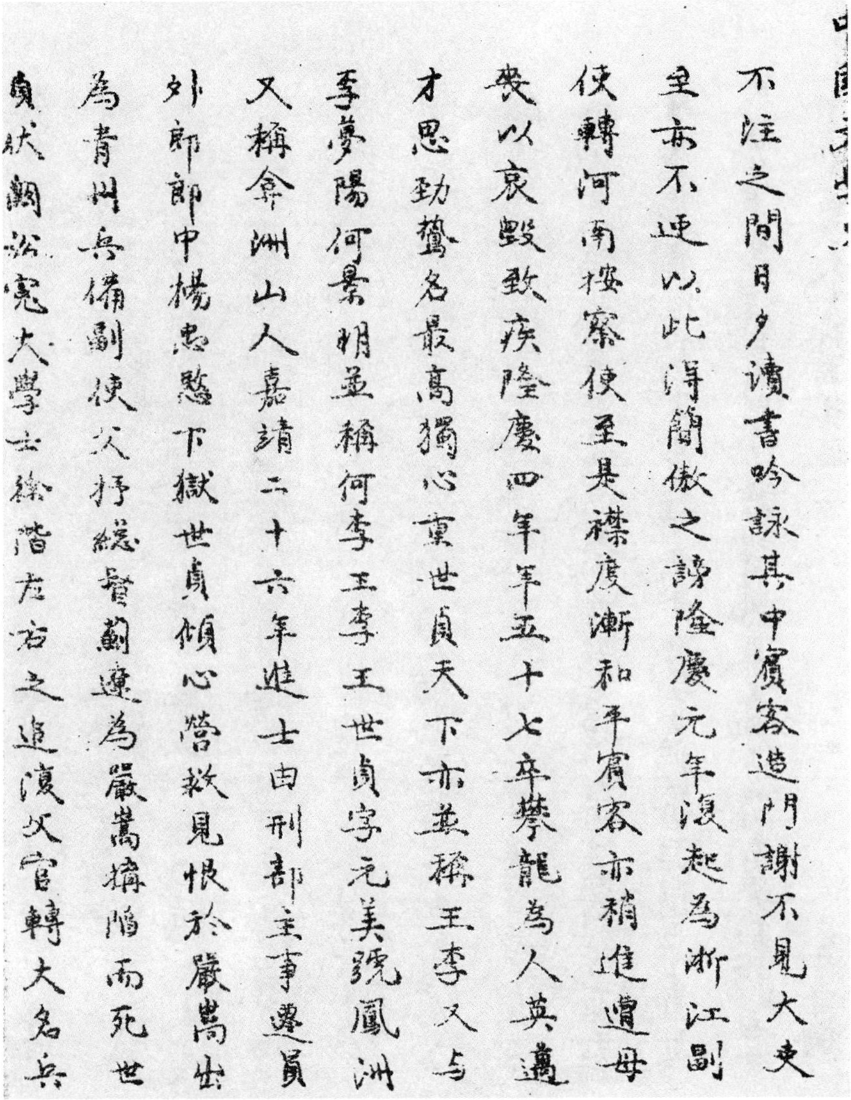

中國文學史

不注之間日夕讀書吟詠其中賓客造門謝不見大吏
至亦不便以此得簡傲之謗隆慶元年復起為浙江副
使轉河南按察使至是襟度漸和平賓客亦稍進遭母
喪以哀毀致疾隆慶四年卒年五十七攀龍為人英邁
才思勁鷙名最高獨心重世貞天下亦並稱王李又與
李夢陽何景明並稱何李王李王世貞字元美號鳳洲
又稱弇洲山人嘉靖二十六年進士由刑部主事遷員
外郎郎中楊忠愍下獄世貞傾心營救見恨於嚴嵩出
為青州兵備副使父抒總督薊遼為嚴嵩搆陷而死世
貞伏闕訟冤大學士徐階左右之追復父官轉大名兵

備副使入爲太僕寺卿終刑部尚書萬歷十八年年六十五卒世貞始與攀龍御主文盟攀龍歿獨持柄二十年才最高地望最顯聲華意氣籠蓋四海一時士大夫及山人墨客衲子羽流莫不奔走門下片言褒賞聲價驟起其持論文必西漢詩必盛唐而藻飾太甚晚年攻者漸起世貞顧漸造平淡頗自悔舊學嘗曰余作卮言時年未四十方與于鱗輩是古非今彼短此長未足據爲定論今行世既久不復能秘惟隨事改正又贊歸有光畫亦表傾服之意病亟時尚手蘇子瞻集諷翫不置故其晚年不復詆斥宋學蓋可知矣崑山歸有光起以唐

文本科三年級　　吳梅

宗之文与之抗至詆世貞爲妄庸巨子（見集中項思堯文集序）世貞久亦心折焉（有光字熙甫崑山人嘉靖十九年舉於鄉試進士不第徙居安亭江上讀書講學者二十餘年家貧弟子從之者多稱震川先生年六十成進士授長興知縣用古教化爲治隆慶四年大學士高拱趙貞吉薦爲南學太僕寺丞修世宗實錄卒於官有光爲明代古文中堅後起者多師奉之當王世貞踵二李之後執文壇牛耳聲望赫然而有光以一老舉子與之抗力相抵排目之爲妄庸巨子詆其學曰俗學世貞大憾之其後亦心折有光及殁後世貞爲之讚曰千載有公繼韓

歐陽余豈異趨久而自傷其推重如此而徐渭亦稱之曰今之歐陽子也或以之與王唐並稱爲嘉靖三大家或與宋濂方孝孺王守仁及王唐稱爲明六大家同時歸安茅坤又取荊川所選唐宋八家文加批評刻之徧而海內鄉里小生無不習之然鹿門生平於經史之學甚疏所評多不得要領去王唐遠甚天啓中艾南英倡豫章社以衍震川之緒張溥倡復社夏允彝陳子龍倡幾社皆以暢弇州之流而公安竟陵亦起而宗法眉山力詆王李而所造乃遠不如王李識者鄙之及虞山蒙叟欲別立一派而國已傾矣此明代文家之大概也

……文本科三年級 吳梅

(乙)詩　宋詩近雅元詩近纖明詩其復古也開國之初詩派有五吳詩派昉於高季迪越詩派昉於劉伯溫閩詩派昉於林子羽嶺南詩派昉於孫仲衍江右詩派昉於劉子高五派中吳詩最清高時有吳中四傑之目四傑者高啓楊基張羽徐賁是也而啓爲之冠啓字季迪長洲人洪武初召拜翰林院國史編修尋擢戶部右侍郎以年少不敢當重任固辭歸里嘗題宮女圖及畫犬詩諷刺帝好色太祖嗛之而未發也及爲知府魏觀作上梁文觀坐罪獲譴帝見啓文大怒腰斬於市時年三十九所著文有鳧藻集詞有扣舷集詩有吹臺缶

鳴江館鳳臺青丘南樓諸集後人合之爲大全集其詩上自漢魏盛唐下至宋元諸家無不出入緣情隨事因物賦形縱橫百出開闔變化學唐不爲唐所囿學漢魏六朝不爲漢魏六朝所束縛自是一代作手惟才調有餘鍛鍊未化惜其早逝未能自成一家王子充稱其雋逸如秋空飛隼清麗如碧水芙蕖可謂為得其似楊基字孟載號眉菴少負詩名嘗著書十餘萬言名曰論鑒時會稽楊鐵厓以一代詞宗來遊吳下基作鐵笛歌特效鐵厓詩體鐵厓見之驚喜謂從遊者曰吾在吳又得一鐵優于老鐵基詩秀蒨清潤神致雋爽絕無晦澁塡

切之病唯其少時親炙楊鐵厓故無題香奩諸什頗襲其派未脫元人纖靡之習張羽字來儀後改附鳳文學歐陽修徵密宛轉當時莫及畫師小米尤長於詩五古學杜韋有神理而微嫌凝滯歌行筆力雄放律詩清圓渾脫不事彫繢然不免於平熟徐賁字幼文工詩善畫詩體裁明密情喻幽深頗類皮陸其才比於高楊張三子微為不及然才調嫻雅絕無俗韻如王謝子弟雖不端正者亦有大家氣象也

高楊張徐仕宦皆不甚達楊徐以曾為張士誠客之嫌累遭貶謫高啓一當清宴之職張羽終太常司丞論者

以比唐初四傑不惟文才相似而結局亦大抵相同眉菴之死如盈川令太史之驚慘于子安北郭瘐死獄中雖全首領與賓王同非首丘來儀放于龍江又與照鄰無異噫亦與矣啓又覆家于北郭與張羽徐賁王行高遜志宋克唐肅余堯臣呂敏陳則結北郭以詩文相獄礪時號北郭十友然雖四傑可稱餘子無甚足取也越詩自以青田為一代之冠論者謂文成詩境在沉鬱：字唐以後詩可當此二字者獨遺山與文成耳以文成學力固不以奇肆見長顧未嘗如空同輩以復古自命也他若蘇伯衡唐處敬江朝宗皆一朝彬：為靜志居詩

話云明初浙東陸州有徐昉詩派甌有趙次誠詩選越有求漁鍾秀集而金華承黃文獻柳文肅吳貞文諸公之後以古文辭鳴至如詩家則胡仲子王子充亦有大家風範也林子羽名鴻福清人官至禮部員外郎閩中善詩者稱十子而鴻爲之魁十子者鄭定王褒唐泰高棅王恭陳亮王偁及鴻弟子周元黃元是也鴻論詩大旨謂漢魏骨氣雖雄而菁華不足晉祖玄虛宋尚條暢齊梁以下但務春華少秋實惟唐作者可謂之大成然貞觀尚習故陋神龍漸變常調開元天寶間聲律大備學者當以是爲楷式其宗法唐人繩趨短步不惟字句

相彷效且并具題而徵之実為七子之先驅也孫仲衍名蕡南海人官翰林典籍死藍玉之獄蕡在南海時與王佐黃哲李懷趙介結詩社於南園以招名士時號南園五先生仲衍才調傑出四人五古遠師漢魏近體亦不失唐音歌行亦琳瑯可誦於元季綺靡之中獨卓然有骨格劉子高名崧泰和人官至吏部尚書有槎翁集其詩句腴字琢不墮習氣惜其體弱局於方程不能展拓於唐近人愿十子於宋類永嘉四靈於元最肖薩雁門然取材中唐南宋而不流於佻淺洵一時雅宗也永樂以還臺閣之體盛行若三楊解大紳之徒雍容揄揚

目就膚淺（三楊中惟東里歌頌太平未嘗不致儆戒之意而格調清純寔開西涯之涯東楊久居館閣應酬題贈之作尤多其詩頗溫麗上擬西楊不及下視南陽有餘大抵才氣一時頗多率意之作若信筆遊戲者然蓋明初風會習尚然使也）而李西涯獨宗老杜，追正始由其天材穎異長短豐約高下疾徐蕃蕃洶洶惟意所欲其自序謂耳目所接興況所寄左觸右接發乎言而成聲雖欲止之有不可得止者此自得之言也若其擬古樂府因人命題緣事立義別裁機杼方之楊廉夫輩以遠勝之也西涯而後李何復古之聲徧于天下寔則

成成弘間詩道旁落雜而多端臺閣諸公白草黃茅紛蕪
靡蔓其可披沙而揀金者東里西涯也理學諸公擊壤打油筋斗
樣子其可識曲而聽真者陳白沙也故北地一呼而豪傑四應
信陽角之迪功犄之風氣為之一變惟獻吉請模擬剽竊不免
大泱之泱泱當時七子中獻吉居首平心論之大復昌穀為
最勝（七子者李夢陽何景明徐禎卿邊貢康海王九思王
廷相也李何二家已見前禎卿字昌穀吳縣人為詩喜
白居易劉禹錫既登第與李何遊悔其少作改趨漢魏
盛唐其詩鎔鍊精勁為吳中詩人之冠年雖不永名滿士林
林也邊貢字廷實歷城人官至戶部尚書早負才名久官留

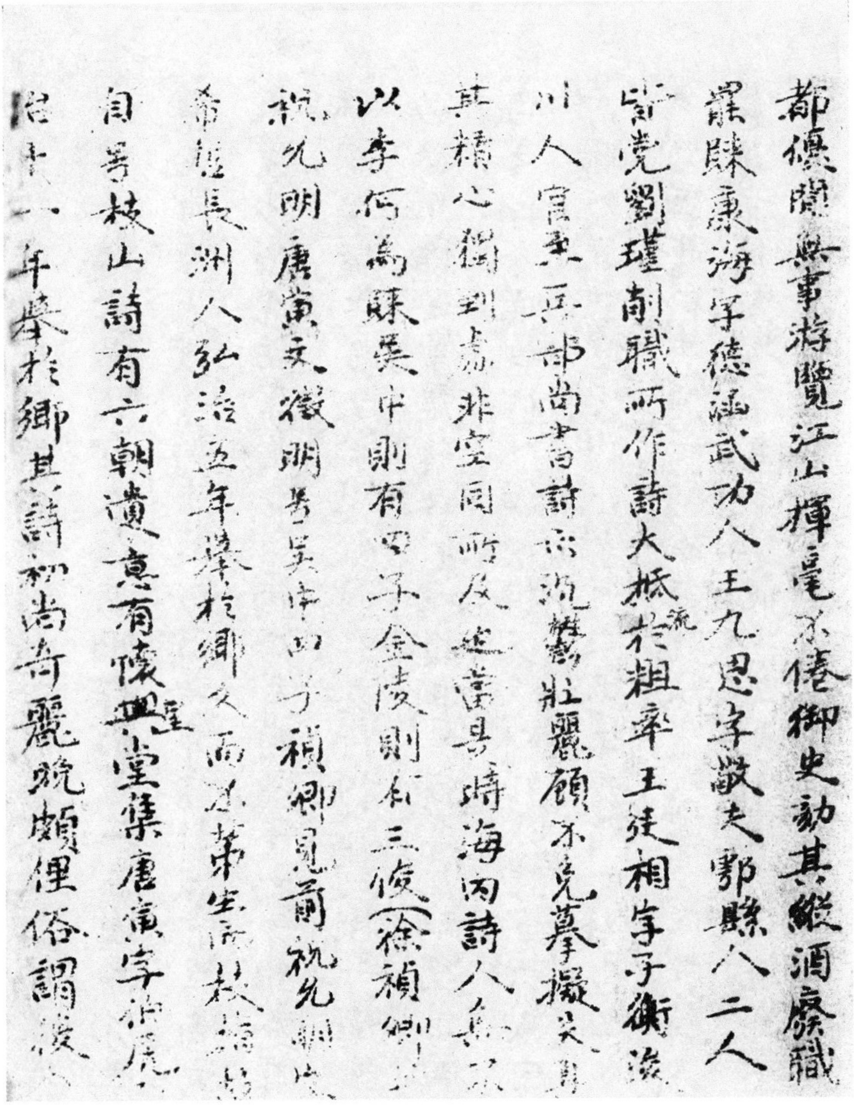

都僚閒無事遊覽江山揮毫不倦御史劾其縱酒廢職
罷歸康海字德涵武功人王九思字敬夫鄠縣人二人
皆黨劉瑾削職所作詩大抵流於粗率王廷相字子衡浚
川人官至兵部尚書詩亦流為壯麗頗不免摹擬矣惟
其精心獨到處非空同所及矣當是時海內詩人亦多
以李何為宗吳中則有四子金陵則有三俊（徐禎卿李
祝允明唐寅文徵明吳中四子禎卿見前祝允明字
希哲長洲人弘治五年舉於鄉久而不第生而枝指
自號枝山詩有六朝遺意有懷星堂集唐寅字伯虎
治十一年舉於鄉其詩初尚奇麗晚頗俚俗謂後

我不在此徵明號衡山長洲人金陵三俊者顧璘陳沂王韋也璘字華玉官至南京刑部尚書有息園集沂字魯南官至太僕寺卿有遂初齋集韋字欽佩官至南京太僕少卿有南原集皆以詞翰名時諸子之才雖各有不同要皆七子之流風餘裔也其於詞壇別樹一幟者若楊用脩之華麗薛君采之雅正華察高叔嗣皇甫四傑之沖澹高古於時俗規模少陵以外或學韋柳或宗謝陶然其勢甚微均非李何之敵至嘉靖之際李王七子踵興更衍李何之緒論黃霧妖雲布滿寓內而詩界儼有市道矣七子者李攀龍王世貞謝榛宗臣梁有譽

徐中行吳國倫也李王為之長謝吳次之梁徐宗又次之其時以標榜相尚聲氣所及足以榮辱士林天下之言詩文者咸取決於一時之毀譽焉始攀龍之官刑曹也與李先芳謝榛吳維嶽輩偶詩社而以榛為主盟王世貞初釋褐先芳引入社遂與攀龍定交明年先芳出為外吏又二年宗臣梁有譽入社是為五子未幾徐中行吳國倫亦至乃改稱七子諸人多少年才高氣銳互相標榜視當世無人七子之名播天下始擯先芳維嶽不與已而榛亦被擯攀龍為之魁其持論謂文自西京詩至天寶而下俱無足觀於本朝獨推李夢陽諸子翕

然和之非是則詆為宋學故平生不讀大歷以後之書
攀龍死世貞握其柄其所與遊者各有標目曰前五子
李攀龍徐中行梁有譽吳國倫宗臣也、曰後五子余曰
德魏裳汪道昆張佳允張九一也曰廣五子俞允文盧
柟李先芳吳維嶽歐大任也曰續五子王道行石星黎
民表朱多煃趙用賢也曰末五子李維楨屠隆魏允中
胡應麟及趙用賢也名號紛紛識者頗笑之七子之詩
頗多剽剝錢受之論歷下詩云專城出守動曰東方千
騎方舟並載輒曰二子乘舟何來天地吾輩中原矢口
鼠騰殊乏風人之致吳詞夸詡初無贈處之言於是狂

易成風吁嗟日甚微君長衣于鱗鬣跋扈於前才勝相
如伯玉亦皷揚於後斯又風雅之下流聲偶之極敝也
雖詆訶過甚而亦切中七子之弊至萬歷間文學承嘉
靖之流風未免萎靡不振而其間公安一派變以清真
竟陵一派又易以幽峭較王李之膚廓粗厲似已進步
然一失之淺率一失之僻野亦未必愈於王李也（公安
派者袁宏道兄弟三人之所倡也宏道字無學公安人
萬歷二十年進士仕至吏部侍郎兄曰宗道字伯修萬
歷十四年進士卒後贈禮部尚書弟曰中道字小修萬
四十四年進士仕至禮部郎中兄弟並有才名世稱三

衰而宏道最為白眉號曰中郎先是李王之學盛行袁氏兄弟獨心非之宗道在館中時與同館黃輝力排其說於唐好白樂天於宋好蘇軾名其齋曰白蘇宏道承之年十六結社城南自為之長為詩歌古文倡主性靈尚妙悟及知吳縣聽斷敏活公庭無事與士大夫談說詩文以風雅自命後辭官徧游吳越名山水歸築園城南植柳萬株號曰柳浪與中道及一二老衲吟哦其中以清新輕俊之詩矯王李之弊學者多舍王李而從之目為公安体而王李風由此漸熄然戲謔嘲笑間雜俚語故空疏者便之有識者竊以為笑也如西湖詩云一

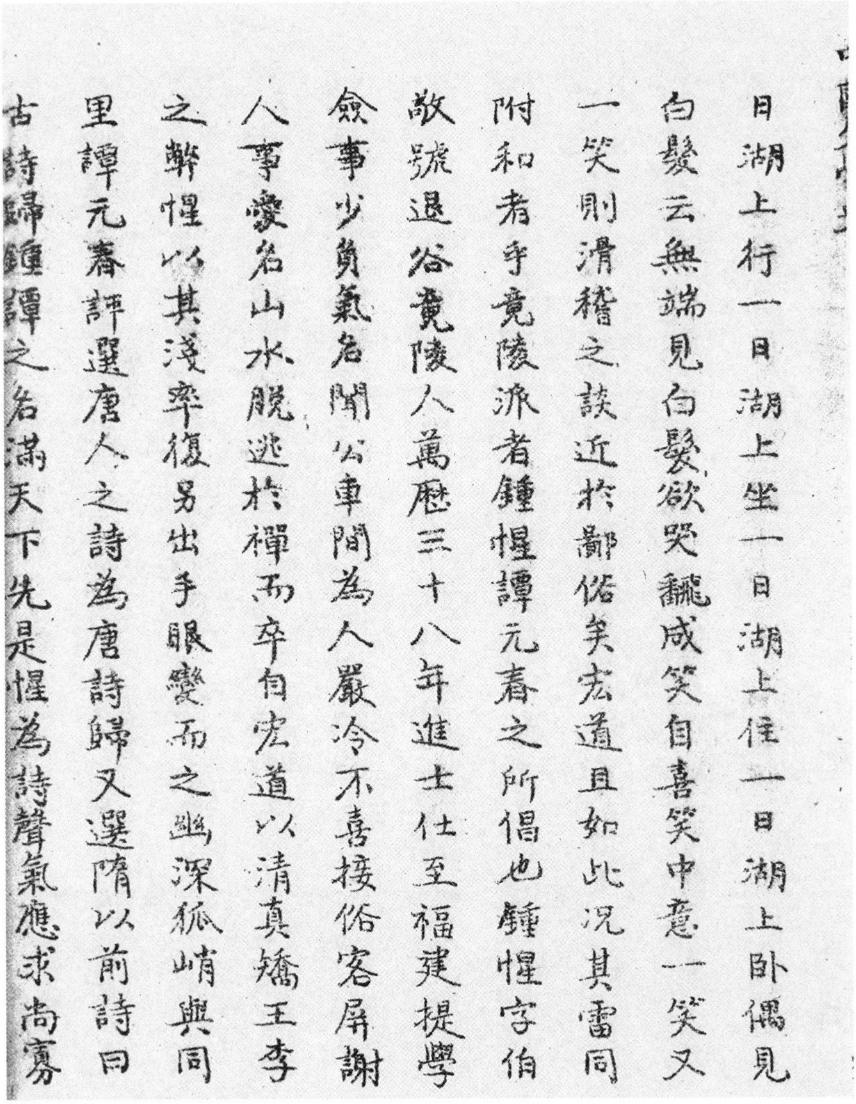

日湖上行一日湖上坐一日湖上住一日湖上卧偶見白髮云無端見白髮欲哭翻成笑自喜笑中意一笑又一笑則滑稽之談近於鄙俗矣宏道且如此況其雷同附和者乎竟陵派者鍾惺譚元春之所倡也鍾惺字伯敬號退谷竟陵人萬歷三十八年進士仕至福建提學僉事少負氣名聞公車間為人嚴冷不喜接俗客屏謝人事愛名山水脫逃於禪而卒自宏道以清真矯王李之弊惺以其淺率復另出手眼變而之幽深孤峭與同里譚元春評選唐人之詩為唐詩歸又選隋以前詩曰古詩歸鍾譚之名滿天下先是惺為詩聲氣應求尚寡

及元春起而和之聞中蔡一年先降心相從吳中張澤華淑等亦聞聲響應然後海內之稱詩者皆靡然從之奉其言為準的謂之竟陵体元春字友夏天啟七年舉於鄉二子根孤伎薄其詞旨渾淪晦僻大為通人所譏矯枉過直公安竟陵兩派所同也而學之者方以為駕於前人其浮淺所及滔滔不返而國運亦隨之矣天崇之際社黨繁興以詩文鳴於世者雖不乏其人而能為一代之泰斗者寔渺不可得惟錢牧齋起虞山陳卧子起華亭其詩皆勝絕一時而牧齋改仕新朝氣節不如卧子遠矣

（丙）詞曲　明代之詞作家雖多無有合者弘正之際周用夏言導源蘇辛間傷生硬楊用修王元美又好自製腔而音律未諧然詞之一派從此研求者益衆高郵張綖著詩餘圖譜仁和卓人月選古今詞統搜羅甚富於是王好問卓發之先後繼起其詞皆有宋人風格而韻律時多乖舛馬洪尤以長短句名海內雖傷浮艷亦居然兩宋格調也迨明末季陳子龍崛起華亭神韻天然含意不盡綿邈悱惻彷彿五季宋初足為明詞之冠焉惟曲則明人確有特長蓋承金元之餘波知音輩出且其時文網森嚴尋常文字尤易觸忌諱故有心之

士多厲志於柏弈絃索之間以坐消歲月此足見當日士大夫之狀矣中郎琵琶曾見賞於太祖此即風氣之先導雖南北異宜時有鑿枘而久則同化遂能以歐晏秦柳之儒雅與關馬鄭白之雄奇相調劑擴而充之遂成一代特別之樂章即為一朝特殊之文學雖作者多以寔甫則誠二家為宗而製腔當留本色不盡藻飾詞華立意能關身世不獨鋪張故事以較北部之音似有積薪之勢焉國初作者如劉東生王子一輩其書多不傳劉東生有嬌紅記世間配偶二種王子一有悞入桃源海棠風楚陽臺鶯燕蜂蝶三種今所見者止悞入桃

源耳）而甯獻王周憲王以大潢之貴亦留意於歌管可謂極一時之盛矣通俗所盛行者曰荆劉拜殺（荆釵拜月亭白兔殺狗）顧荆釵之與琵琶未免東家之顰而劉成美殺狗尤惡劣鄙俗白兔亦庸俚可嗤惟拜月頗能佼佼自異蓋諸家專尚本色不顧文義雖能演諸場上終不能供諸案頭名列首選而寔不足以副之也中葉以還以雜劇稱者若王九思之杜甫游春康德涵之中山狼借事抒憤戈矛筆墨而文詞至佳楊用脩之洞天玄記徐文長之四聲猿寔破元人之藩籬而别出一機軸由中興軍此其選矣道昆四劇（遠山戲高唐夢洛水

悲五湖游）海浮北詞（不伏老）雖負盛譽，龍豬攸分地，如
耶泉八奏（五陵春、蘭會寫風情、午日吟、南樓月、赤壁遊、
龍山宴、同甲會）僅供優孟之需；櫛園散詞又貢貂璫之
媚（四艷、北郊說、德園花、鳳昜水、寒罵座、說寒衣記）惟君
庸鞭伎，坦庵轉輪（沈君庸有鞭歌伎、簪花髻、霸亭秋三
種；徐坦庵有浮西施、大轉輪、拈花笑、買花錢四種）殿一
代之詞場，擅千秋於藝苑，詢無愧色焉。其以傳奇名者
則荊劉拜殺以外，若瓊山投筆（邱瓊山有五倫投筆）舉
鼎、羅囊四種），給諫香囊（邵給諫有香囊記）雨舟連環之
策（王濟字雨舟有連環計）靖山武穆之師（姚茂良有雙

忠全丸精忠三種）中麓寄情譜寶劍登壇之曲（李開先有寶劍記斷髮記二種）鳳洲感舊傳椒山浩氣之吟（王世貞有鳴鳳記譜楊椒山事）雖傳偏已遍旗亭而公論所歸尚未盡善及至若四夢出奇情壯采卓立詞家之上後有作者不能過也（明之中葉士大夫好談性理而多矯飾科第利祿之見深入骨髓若士一切鄙夷故假曼倩詼諧東坡笑罵爲色莊中熱者下一針砭其自言曰他人言性吾言情又曰理之所必無安知情之所必有又曰人間何處說相思吾輩鍾情知此盡爲至情可以超生死通真幻忘物我而永無消滅否則形骸尚虛

何論勳業仙佛皆妄況在富貴世之持買櫝之見者徒賞其節目之奇詞藻之麗而鼠目寸目者則訶為綺語詛以泥犁尤為可笑夫尋常傳奇必尊生角而離魂柳生則秋風一棍黑夜發邱而儼然狀頭也邯鄲盧生則奮其貪緣徼功縱敵而儼然功臣也若十郎慕勢負心襟裾牛馬廢弁俞酒縱慾匹偶蟲蟻一何深惡痛絕之至於此乎欲就表面言之則四夢中之主人為杜女也霍郡主也盧生也淳于棼也即在深知文義者言之亦不過曰還魂鬼也紫釵俠也邯鄲仙也南柯佛也此說固善而在作者之意則以冥判黃衫客呂翁契立為主

人所謂鬼俠仙佛竟是曲中主意而非寄託蓋前四人為場中之傀儡而後四人則提掇線索者也前四人為夢中之人後四人為夢外之人也既以鬼俠仙佛為主則主觀的主人即屬於冥判等而杜女諸人僅為客觀的主人而已玉茗天才所以超出尋常傳奇家百倍者即在此處非詞藻勝人四字可以盡之也甯庵守律兢兢寸黍以較海若不特婢子之與夫人直是小巫之見大巫(甯庵所作十七種紅蕖、埋劍、十孝、分錢、雙魚、合衫、義俠、鴛衾、桃符、分柑、四異、鑿井、珠串、奇節、結髮、墜釵、博笑。)而世以湯沈並稱可謂擬非其倫矣吳中善此者惟

伯龍浣紗伯起紅拂差為當家穠玉紅梅道行尋鐙（紅
梅記賈似道事顧道行青衫記譜白太傅琵琶行事）律
以音格等諸面牆惟徐陽初紅梨一劇點綴北詞頗極
生動而天水蒼涼尤易下遺民之淚（紅梨為甯熟徐復
祚作取元劇紅梨花改易南詞其中趕車草地路敘諸
折更有陸沉之痛長洲葉懷庭僅賞其問情一折殊非公
允）天池懷香明珠五種辨析音律亦多聱築處陸采有
明珠南西廂懷香椒觴分鞋諸劇）而龍子猶墨憨改本
袁鳧公錦帆雅奏殿一朝之彥士作南曲之功臣奉譜
審音當世蓋無其匹為（墨憨齋十四種為吳縣馮夢龍

國文系本科三年級　吳梅

筆其中改易舊本至多自製者惟萬事足雙雄記而已
袁鳧公西樓金鎖瑞玉珍珠衫鸝霜裘五種以西樓為
最晚年又訂定劍嘯閣諸本其以散曲名者國初諸家
惟劉東生尚傳留一二他則未見後起如升庵之陶情
樂府頗多蹈襲古詞其夫人積雨輕寒一闋論者謂遠
勝用脩洵閨才之首也北人如王漢陂康對山翩翩佳
致其後惟山東李伯華所作頗傳人口伯華以傍妝臺
百支為對山所賞漢陂且為之全和今其詞尚存惟詞
未絕佳而自負不淺弇洲嘗譏其腔律未諧非苛求也
大聲金陵將家子所為散套尚多借襲才情亦淺然字

句流麗可入絃索如二弄梅花一闋頗稱作家固知好句不可多得王舜耕西樓樂府較為警健題贈亦善調謔微少風人之蘊藉無常樓居自有樂府詞氣豪逸亦未盡當行徐髯仙諸作不能如大聲穩協而情思過之吳中以南曲著者祝希哲唐伯虎鄭若庸三人比肩京兆能為大套富麗而多駁雜解元小詞纖雅絕倫中伯則才力積弱他如沈青門冶豔出俗韻致諧和入南聲之奧室矣吳載伯凌初成王伯良卜大荒諸君皆登壇闡轉頗異標新至袁擇庵范香令則音律詞藻交稱優美南詞至此復乎不可及焉此明曲家之大概也

吳梅

(丁)道學　明初開國，承元世學風，程朱之學尤盛，於是崇仁吳康齋、河東薛敬軒講學標宗，風教漸廣。大抵恪守紫陽家法，言規行矩，不愧儒林，然尚修不尚悟，專談下學，不及上達也。至陳白沙始啟靜養之端，雖出康齋，而自開門戶，固已遠希曾點，近慕堯夫矣。至陽明倡良知之說，即心是理，即知是行，即工夫是本體，直探本原，最為簡截。前此諸儒學朱，而才不逮朱，終不出其範圍。陽明嗣陸，而才高於陸，幾與紫陽並立，自是程朱與陸王成為兩大學派。當時若鄒東郭主戒懼，聶雙江主歸寂，羅念庵主無欲，最稱新建功臣。即湛甘泉之體認李見羅之止修亦足互相表裏遠蕺山提清誠意約歸慎獨而良知之學益臻寔踐清初王學多承蕺山之傳此有明一代理學思想變遷之大略也今為補述之

(一)崇仁之學　吳與弼字子傳號康齋撫州崇仁人少至京師從楊文定溥學讀伊洛淵源錄慨然有志於道遂棄舉業謝人事玩諸儒語錄不下樓者二年氣質偏剛忿至是始覺遂下克己之功居鄉躬耕食力弟子從遊者甚衆嘗嘆箋注之繁無益有害故不輕著述英宗欲召用之堅辭歸康齋前無師傳而聞道最早身體力驗只在走趨語默之間出作入息刻刻不忘久之自成

既所謂敬義夾持誠明兩進者也一切玄遠之言絕口不道嘗稱李延平不置其性質言行亦有類延平者其論為學大體曰聖賢所言無非存天理去人欲聖賢所行亦然學者舍此奚從哉又曰人生但能不負神明則窮通死生皆不足惜欲求如是其為慎獨乎董子云人之所為其善惡之極乃與天地流通往來相應噫天人相與之際可畏哉又曰學至於不尤人學之至也吾聞其語未見其人又曰心是活物涵養不熟不免動搖只常常安頓在書上庶不為外物所勝此可見康齋之所養矣梨洲曰康齋倡道一稟宋人成說言心則以知覺

与理為二言功夫則靜時存養動時省察其相傳一派雖一齋(婁諒)莊渠(魏校)稍為轉手顧不敢離此矩矱也白沙出其門而自叙所得不關徵君門下多才要以敬齋為巨擘云

(二)河東之學　薛瑄字德溫號敬軒山西河津人自幼書史過目成誦後從師講學濂洛之書歎曰此問學正路也因棄盡其舊學力行不倦人稱薛夫子官至禮部右侍郎兼翰林學士從學者至衆有詩文集讀書錄等其論為學之要曰為學之道莫切於動靜動靜合宜者便是天理不合宜者便是人欲又曰人心一息之頃不

在天理使在人欲未有不在天理人欲而中立者也此
論天理人欲之分至塙定天理人欲既不兩立則將致
於天理當以克己爲首然克己最不易故曰三十年纔
治一怒字尚未消磨得盡以是知克己最難然則須主
靜以歸於敬乃能克己故敬軒論學常以敬靜二字相
合靜則心常主爲如云常沉靜則含蓄義理而應事有
力又曰主靜以立其本慎動以審其幾又曰人不主敬
則此心一息之間馳騖出入莫知所止也又曰不能克
己者志不勝氣也梨洲嘗謂河東之學悃愊無華恪守
宋人矩矱信然

(三)白沙之學　陳獻章字公甫又號石齋弘治初舉於鄉已遊崇仁受學於吳康齋歸即絕意科舉築陽春臺靜坐其中不出闞外者數年成化二年復游太學祭酒邢讓試和楊龜山此日不再得詩見白沙作驚曰龜山不如也颺言於朝以為真儒復出由是名動京師門人益進後屢薦不起有白沙子集其自序為學曰僕年二十七始發憤從吳聘君學其於古聖賢垂訓之書蓋無所不講然未知入處比歸白沙杜門不出專求所以用力之方既無師友指引日以書冊尋之忘寐忘食如是者累年而卒未有得所謂未得者謂吾此心與此理未

有湊泊脗合處也於是舍彼之繁求吾之約惟在靜坐
久之然後見吾此心之體隱然呈露常如有物日用間
種種應酬隨我所欲如馬之御勒也體認物理稽諸聖
訓各有頭緒來歷如水之有源委也於是渙然自信曰
作聖之功其在茲乎其与賀克恭書曰為學須從靜坐
中養出端倪來方有商量處又曰心地要寬平識見要
超卓規模要闊遠踐履要篤實能此四者可以言學矣
又与謝元吉書曰人心上容留一物不得才著一物則
有礙且如功業要做固是美事若心心只在功業上此
心便不廣大便有累之心是以聖賢之心廓然若無感

而後應不感則不應又不特聖賢如此人心本體皆一
只要養之以靜便自開大梨洲曰白沙之學以虛爲基
本以靜爲門戶以四方上下往古來今穿紐湊合爲匡
郭以日用常行分殊爲功用以勿忘勿助之間爲體認
之則以未嘗致力而應用不遺爲實得遠之則爲曾點
近之則爲堯夫此無可疑者也故有明儒者不失其矩
矱者有之而作聖之功至白沙而始明至文成而始大
向使白沙文成不作則濂洛之精蘊同之者固推見其
至隱異之者亦疏通其流別未能如今日者也白沙主
靜坐蓋欲避夢境悟至理論者謂白沙頗禪亦以此云

吴梅

(四)姚江之學　王守仁字伯安餘姚人其學初溺於任俠再溺於騎射三溺於詞章四溺於神仙五溺於佛氏最後始歸於聖賢之學先是陽明三十五歲上封事下詔獄廷杖四十既絕復甦尋謫貴州龍場驛丞備嘗艱苦一夕忽悟格物致知之理因知聖人之道吾性自具自是以(一)心即理(二)知行合一(三)致良知三者教人劉瑾死始去謫所知廬陵縣歷官至左僉都御史平宸濠有功封新建伯明儒學案曰陽明之學始泛濫於詞章繼而遍讀考亭諸書循序漸進顧物理與吾心終判為二無所得入於是出入於佛老者久之及身歷艱苦動心忍性

因念聖賢處此更有何道忽悟格物致知之旨不假外求其學凡三變而始得其門自此之後盡去枝葉一意本原以默坐澄心為入德之始有未發之中然後有發而中節之和視聽言動大率以收斂為主發散是不得已江右以後專提致良知三字坐不待默心不待澄不習不慮出之自有天則蓋良知即是未發之中此知之前更無未發良知又是中節之和此知之後更無已發居越以後所操益熟所得益化時時知是知非時時無是無非開口即得本心更無假借湊泊是學成之後又有此三變也所著有詩文集五經臆說古本大學旁

釋朱子晚年定論及傳習錄等姚江之教自近而遠其
最初學者不過郡邑之士龍場而後四方弟子始益進
焉其在江右者有鄒守益羅洪先劉文敏聶豹再傳而
為王時槐萬廷言皆能推原陽明未盡之旨當時越
中流弊錯出往往挾師說以杜人口而江右獨能破之
其在南中者有黃省曾朱得之周衝陽明歿後錢德洪王
畿所在講學於是涇縣有水西會寧國有同善會江陰
君山會貴池有光岳會皆闡陽明之蘊而純疵攸別矣
其在楚中者惟蔣道林冀闇齋而耿天臺一派反多破
裂其在北方者惟穆玄菴然無著述可見王純甫道雖

登陽明之門陽明言其有以為是無求益之心其後超向異域不可則入王門能嗣響者此二孟（孟秋孟化鯉）而已其在粤閩者自方獻夫始及陽明開府贛州從學者甚衆天成言潮在南海之涯一郡耳一郡之中有薛氏之兄弟子姪既足盛矣而又有楊氏之昆季其餘聰明特達毅然任道之士以數十乃後之著者則惟薛氏之學為至於浙中則學有雖衆要以緒山龍溪為最著陽明征思田時留二人主書院告四方從學者曰三錢在浙中者學徒質之不異見我也其為姚江推重如此此王學之大略也

吳梅

(五)甘泉之學　湛若水字元明號甘泉從學於陳白沙不赴計偕後登弘治進士歷官南京礼吏兵三部尚書嘉靖中卒陽明同時相與講學而略有異同者惟甘泉与羅整菴而已顧陽明以外則甘泉之門為盛陽明標致良知為宗旨甘泉則以隨處體認天理為宗有學者遂以王湛之學各立門戶其間為之調停者謂天理即良知體認即致並無異同然甘泉論格物條列陽明之說有四不可而已之說有五善陽明亦言隨處體認天理是求之於外終不可以强合二家往複之書詞繁不載甘泉答顧箬溪曰僕之愚見則於聖賢常格內尋下

于庸有自得處亦由庸體認天理而涵養之則知行並
進矣又曰謹獨格物其實一也格物至其理也學問思
辨行所以至之也是謂以身至之也所謂窮理者如是
也近而心身遠而天下暫而一日久而一世只是格物
一事而已格物云者體認天理而存之也又答陽明曰
格者至也物者天理也格即造詣之義格物者即造道
也知行並進學問思辨行皆所以造道也故讀書親師
友酬應隨時隨事皆求體認天理而涵養之無非造道
之功又曰格物之意以物為心意之所着荒忽恐人
舍心求之於外故有是說不肖則以為人心與天地萬

物為體々物而不遺認得心體廣大則物不能外矣故
格物非在外也格之致之心又非在外也甘泉既言隨
處體認天理又言知行並進又言求放心當作心性圖
說其學在當時亦自樹一幟者也
（六）整庵之學　羅欽順字允升號整庵吉之泰和人弘
治五年進士授翰林編修擢南京國子司業後至吏部
尚書卒謚文莊整庵家居每平旦正衣冠危坐觀書獨
處無惰容自序為學云昔官京師逢一老僧漫問何由
成佛渠漫舉禪語為答佛在庭前柏樹子意其必有所
謂為之精思達旦攬衣將起則恍然而悟後官南雍聖

賢之書未嘗一日去手潛玩久之漸覺就實始知前所
見者乃此心虛靈之妙而非性之理也自此研磨體認
積數十年用心甚苦年垂六十始了然有見乎心性之
真而確然有以自信矣蓋整菴初由禪入後乃歸之於
儒所著有困知記整菴存稿整菴之學不論程朱陸學
偏主象山故於諸家各有所是非其論性与天道之蘊
則曰性命之妙理一分殊而已又申言之曰此理在心
目間由本而之末萬象紛紜而不亂自末而歸本一真
湛寂而無餘夫理一分殊即孔子一貫之旨其要不離
忽然乃先生方斷之以心性辨儒釋直以求心一路歸

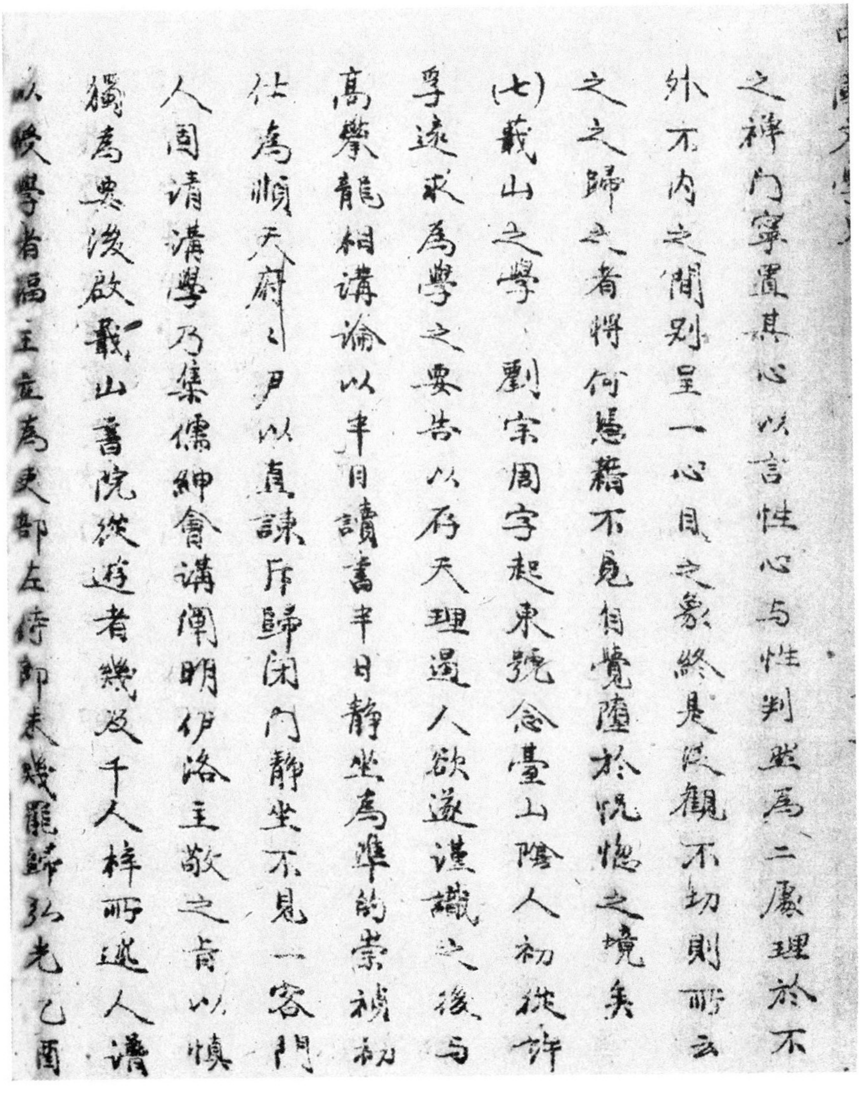

之禪門寧置其心以言性心与性判然爲二處理於不
外不內之間別呈一心目之象終是泛觀不切則所云
之之歸之者將何懸繪不見自覺墮於恍惚之境矣
(七)蕺山之學　劉宗周字起東號念臺山陰人初從許
孚遠求爲學之要告以存天理遏人欲遂謹識之後与
高攀龍相講論以半日讀書半日靜坐爲準的崇禎初
仕爲順天府尹以直諫斥歸閉門靜坐不見一客門
人固請講學乃集儒紳會講闡明伊洛主敬之旨以慎
獨爲要後啟蕺山書院從遊者幾及千人梓所述人譜
以授學者福王立爲吏部左侍郎未幾罷歸弘光乙酉

六月山居聞變絶食卒念臺之學雖亦出陽明之緒而亦兼宗程朱明儒學案曰蕺山之學以慎獨爲宗屏居獨處一念萌起他人未知而己獨知之處即是獨也但獨之爲義兼内外精粗而言之嘗評朱子語曰朱子於獨字下補一知字可謂擴前聖所未發第專以屬之動念邊事何耶豈靜中無知乎使知有間於動靜則不得謂之知矣又曰心存無亡但離獨位便是亡又曰獨字是虚位從性體看來則曰莫見莫顯是思慮未起鬼神莫知也從心體看來則曰十目十手是思慮既起吾心獨知時也然性體中即在心體中看出又曰延平教人

看喜怒哀樂未發時氣象，此學問第一義也。大未發時有何氣象可觀？只是查檢自己病痛，到極微妙處，方知時雖未發，而倚著之私隱隱已伏，纔有倚著，便來橫決。若於此處查考分明，如貫融車輪，更無縫閂，則中體恍然在此。而已發之後，不待言矣。蕺山如此痛發慎獨之旨，精到獨出，為家儒所未有也。

(戊)制藝

制藝之興，始自半山。半山之文有二體：其謹嚴峭勁，樹題詮釋，則時文之祖也；其震盪排奡，獨抒己見，則古文之遺也。四書之文，實自臨川叙之，而即始於嘉祐之朝者也。或謂制義亦始於唐時，即唐帖經，亦稱經義即唐墨義，顧唐人帖經，猶如默寫經書，無文詞之發表，非制藝可比。制藝者排比聲調，裁對整齊，即唐人所試之律詩、律賦，貌雖殊而其體則一也。（經義詮釋聖賢之言，義理同於傳註，矩矱同於古文，宋人如劉克士輩皆以之入集，而呂祖謙編宋文鑑，亦載張才叔自靖人自獻於先王一篇，以為程式。）經義代聖賢立言，然自劉公（存文十篇）以迄顧瀼（存文四篇），類皆獨抒偉論，不沾沾於代古人語氣。其代古人語氣者，自紹興楊萬里始，（如國家將興二句文，講下用以為二字，即是代人口吻。）至董思向論文九訣，其第五條一曰代，謂以截講

題只是句說應就當時作者之口代寫他心中之事（所
法始備矣）至明永樂子忠肅公則又全篇述口氣矣（如
其心休休焉至尚亦有利哉文是）流俗謂之八股股者
對偶之名也荊公之作尚矣（所作皆散體如先進禮樂
等文）即天順以前亦不過敷衍傳注或散或對初無定
式其定為八股之法者實防於成化之後也（日知錄云
成化二十三年會試樂天者保天下文起講先提三句
即講樂天四股中間過接四句復講保天下四股再作
大結弘治九年會試責難於君謂之恭文起講先提三
句即講責難於君四股中間過接四句復講謂之恭四

股再收二句復作大結八股之法截本題為兩截每截作四股每四股之中一反一正一虛一實一淺一深其兩兩扇立格則每扇之中各有四股其次第之法亦如之故謂之八股其法雖始於明而南宋楊誠齋辛稼軒所作已有與明制舉業同者大抵制義之法至明而大彰而宋人實已開其端矣陳君舉保民而王文一比保民一比王用截講法已開明人之先俞長城曰宋人作經義亦有純從虛字着眼者如陳傅良亦可以即戎矣文從亦可二字探出聖人嘉兵不祥之旨非止齋不能有此遠識

明自洪武乙丑設科舉之法逮建文末年其間

作者皆有傳文今卒不多覯非徒風氣之古亦由靖難兵起散佚者多也永樂宣正間若黃子澄、許寬、岳正、邱瓊山、李東輩其文簡古一以正大潔淨為宗迨薛文清、顧東江諸人出始有體制風韻之可觀洎守溪、鶴灘後先接武而時文之法大備則又為時文之大宗矣若謝遷、顧鼎臣、唐寅輩或以嚴謹為主或以紆徐為度而羅倫之雄氣奔放李夢陽之一氣排奡已開正嘉作者門徑嗣是而唐荊川、茅鹿門、胡思泉諸子體家其正亦不愧為制義之的惟歸震川以古文為時文則又大家之極軌也他如瞿景純、薛應旂雖與王唐並稱四家而易方為圜漸為談機法者導先路矣夫文學之道亦有風氣囿陋則濟以文明靡麗則返於樸實為正為變為歛為縱若循環然能預識所在而力開文風則爲豪傑之士正嘉之末文尚冗長自江陵主試簡拔潔淨名貴之作可謂文運中興隆慶改元而後去繁蕪以歸雅正至癸未而沖淡極矣陶石簣肯偶宗風力求遒鍊己丑遂冠天下然自己丑以後尚淺、箋者為俗法尚斷制者為俗調皆由石簣開之則又體格之一變也顧其間亦有自闢門徑而號稱名家者若胡有信之莊重趙南星之峭拔顧涇陽之清和皆自成一體不與時為升降也他如湯顯祖楊起元許獬等尚圓美而遲才華要其體裁俱歸肅穆亦無忝於文家之名也迨至天崇而文體壞敗極矣理不及成化法不及龍萬賴有正希大士千子蘊生臥子輩起而振之其所為文或以思力勝或以識議勝或以典雅勝或以峭折勝或以幽雋勝或以才情勝體格不同以之上接王歸可與諸大家並垂不朽若黃道周凌義渠楊廷樞錢吉士輩亦可謂不染時趨卓然傑出者矣蓋嘗總而論之時文之道惟視理氣為盛衰而不以時代為升降唐人之詩初盛中晚屢變而異然一二有志之士卓立其間不必謂初盛之盡優於中

晚而強中晚之必為初盛也時文之道亦然洪永流傳諸作乃制義之初軌與陳傅良楊萬里所作不異自是而後成弘之文渾灝正嘉之文簡古隆萬則專工手法天崇則悉騁才華嘉靖以前講禮法隆慶時講機法天啟以後講議論此則文體之隨時遞變可因時而稽也至破題承題原起大結諸體格迨萬而悉改其舊則名寔有不同者矣(日知錄云發端二句或三四句謂之破題大抵對句為多此宋人相傳之格即本唐人賦格下申其意作四五句謂之承題然後提出夫子孟子及子思曾子諸子等為何而發此言謂之原題起至萬曆中

破止二句承止三句不用原起又篇末敷衍聖人言畢
自抒所見或數十字或百餘字謂大結明初定制可及
本朝時事其後功令嚴密恐有藉以自衒者但許言前
代事不及本朝至萬曆中大結止三四句至以稿本傳
世者自于忠肅公始而薛文清與之齊名正在統時則
有商輅等四家(商輅陳獻章岳正王恕)在景泰天順則
有邱濬李東陽二家成化弘治則有羅倫等五家錢福
等八家(成化時羅倫林翰吳寬王鏊謝遷弘治則錢福
顧清李夢陽唐寅倫文敘王守仁董玘顧鼎臣)正統則
唐龍等七家並峙(唐龍、鄒守益、楊慎、汪應軫、季本、崔桐陸釴）嘉靖則唐順之等十八家鄭[illegible]（唐順之、羅洪先、薛應旂、諸燮、嵇世臣、張元、茅坤、瞿景淳、袁福徵、孫樓、王樵、周思兼、陶澤、海瑞、胡定、王錫爵、許孚遠、歸有光）而胡友信三家之著作隆慶（胡友信、鄧以讚、黃洪憲）孫鑛等二十四家之著於萬曆（孫鑛、趙南星、馮夢禎、楊起元、顧憲成、鄒德溥、萬國欽、湯顯祖、葉修、張壽明、錢士鰲、陶望齡、董其昌、郝敬、吳默、顧天峻、孫慎行、黃汝亨、許獬、張以誠、方應祥、顧錫疇、石有恒、王士驌）章世純等六家之著於天啟（章世純、文震孟、艾南英、黃道周、倪元璐、羅萬藻）曹勳等十四家之著於崇禎（曹勳、黎元寬、金聲、楊廷樞、左

文本科三年級

吳梅

懋、弟楊以任、陳大士、陳之遴、包爾庚、陳子龍、金堡、黃淳耀、徐方廣、錢禧選俊三百二十名家集猶有偉爲者也明之操選政者以艾東鄉爲最其所選文定文待諸書大綱既舉衆目具張黜富強而歸於王辨儒墨而宗於聖究周秦議論之失斥漢唐訓詁之浮洵可傳也後則楊雄斗偕錢吉士選同文錄一代風氣皆論定周介生有經翼諸選爲釐正文體凡此皆善本也世之論八股者以爲徒襲浮詞全無實學顧自來制科之文如唐之詩賦宋之策論究其實際亦是浮詞烏可獨責時文惟至清季墨卷盛行策書不讀士風寖陋斯則時文之爲

害也

明代應舉生之苦況寔有不堪形容者余讀艾千子程課有叙文輒欷歔累日爰備録之以見當日試闈之狀況焉其詞曰嗟乎備嘗諸生之苦未有如予者也舊制諸生於郡縣有司按季課程名季考及所部御史入境取其士什之一而校之名爲觀風二者既非諸生黜陟之所繫而予又以嬾慢成癖輒不與試獨督學試者於諸生爲職掌其歲考則諸生之黜陟繫焉非患病及内外艱無不與試者其科考則三歲大比縣升其秀以達於郡郡升其秀以達於督學督學又升其秀以達於鄉

闈不及是者又於遺才大收以盡其長非是途也雖孔
孟無由而進故予先後試卷盡出是二者試之日衙鼓
三通雖冰霜凍結諸生露立門外督學衣緋坐堂上燈
燭圍爐輕煖自如諸生解衣露立左手執筆硯右手持
布襪聽郡縣有司唱名以次立甬道至督學前每諸生
一名搜檢二名正窮髮際下至膝踵裸腹赤踝至漏數
箭而後畢雖壯者無不齒震悚慄以下大都寒沍不知
為體膚所在遇酷烈督學輕綺蔭涼飲茗揮箑自如諸
生什伯為群擁立塵坌中法既不敢扇又衣大布厚衣
比至就席數百人夾坐蒸薰腥雜汗流浹背勺漿不入

口雖設有供茶吏然率不敢飲必朱鈐其牘以為
弊文雖工降一等荼受困於寒暑者如此既就席命題
一以教官宣讀使短視者一書牌上吏執而下巡使童
聽者遠廢宣讀獨以牌書某學某題一日數學則數吏
執牌而下而予目短視不能咫尺必屏氣詢旁舍生問
所謂而瞽學又望視堂上東西立橑望軍四名諸生無
敢仰視四顧離坐倚語者有則又朱鈐其牘以越規論
文雖工降一等用是腰脊拘困雖溲溺不得自由蓋所
以縶其手足便利者又如此所置坐席取給工吏吏大
半取諸所賣倉卒所辦臨時規製狹隘不能舒左右肱

中國文學史 文本科三年級 吴梅

又薄脆蹤縫擦坐稍重即恐折仆而同坐諸生常十餘
人應有更號卒十餘坐以竹聯之手足稍動則諸坐皆
動竟日無安境且自闈中一二督學重懷挾之禁諸生
併不得執硯硯又取給工吏率嗜青刓頑石滑不受墨
即此一事足以困其手力不幸坐漏痕承簷所在寒雨
傾注以衣覆卷疾書而畢其受困於胥吏之不謹者又
如此比闈卷大率督學以一人閱數千人之文文有平
奇度實煩簡濃淡之異而督學之好上亦如之取必於
一流之材則雖宿學不能以無恐高下既定督學復衣
緋坐堂上郡縣有司候視門外教官主階下諸生俛行

以次至几案前跪而受卷禁不敢發摹視所試俟有分
從甬道西角門而出當是時其面目不可以語妻孥蓋
所為拘牽文法以困折其氣者又如此至入鄉闈所為
搜檢防禁囚首垢面夜露晝曝暑暍風沙之苦無異於
小試獨起居飲食稍稍自便而房師非一手又皆薄書
獄訟之餘非若督學之專靜屏營以文為職而予七試
七蹶改絃易轍智盡能索始則為秦漢子史之文而闈
中目之為野改而從震澤毘陵成宏正大之體而闈中
又目之為老近則雖以公穀孝經韓歐蘇曾大家之句
而房師亦不知其為何語每一試已則登賢書者雖空

中國文學史　文本科三年級　四一　吳梅

疏庸腐稚拙鄙陋獲得與郡縣有司分廳抗禮而予
以積學二十餘年制義自鶴灘守溪下至宏正嘉隆大
家無所不究自六籍子史濂洛關閩百家衆說陰陽兵
律山經地志浮屠老子之文章無所不習而顧不得与
空疏庸腐稚拙鄙陋者為伍入謁上官隊而入隊而出
与諸生等每一念至欲棄舉業不事杜門著書考古今
治亂興衰以自見於世而又念不得能為逸民以終老嗟
乎備嘗諸生之苦未有若予者也古之君子有所成就
則必追原其歇歷勤苦之狀以自警上至古昔聖人昌
言交拜必述其艱難緻造之由故曰逸能思初安能惟

始予雖事無所就，試卷亦鄙容瑣陋不足以存，然皆出於勤苦憂患驚怖束縛之中，而況數先生者文皆今世名人巨公，予以一日之藉附弟子之列，語有之，知己重於感恩，今有人於此，衣我以文繡，食我以稻梁，豢我以臺池鼓鐘，使其讀予文而不知其原本聖賢，備見古今道德性命之所在，予終不以彼易此，以其出於勤苦憂患驚怖束縛之中，而又以存知己之感，此試卷之所為刻也、據此則清季闈中苦況、直無異於明季也、風簷之下、欲得佳構、不亦難哉、

(巳)小說　有明一代之史、多官樣文章不可依據、

私家記載，間有遺軼可補，而多出於道路之傳聞，惟通俗小說，往往談言微中，雖或託神怪，或墮猥褻，而以意逆志，可為人事之犀鑑，蓋有明種種積習，為治亂存亡之所繫者，史多諱而不言，可於小說中彷彿求之也，今略述之，一則不平等之害也，專制之害，未有過於有明，君主威福過於上帝，諸臣雖身登三殿，位列清要，而以奴畜之，夷僇鞭鉗，惟意所施，故明之士夫，未有不受刑辱，而受辱者君子尤多於小人，此非肌說也，試觀有明卿相之受誅，不數倍於閹寺嬖倖乎，而士大夫則乙科以上，對於編氓，無不可魚肉之，大僚之對於下吏，亦皆得操其生死榮辱重重壓力，成此弱肉强食之世界，故小説人物，每假一巨閥，遮邏羅織，辭首夷族，其裔流爲奴厮，或潛藏草澤，至一日得志，乃盡殺仇家以快意，且以嘯聚暗殺爲忠義，淫奔賄遷爲佳話，蓋怨毒之甚而出此也。一則科舉觀念之熱也。明人視登第若遐舉，故有一種遺傳之科舉觀念，脩德立行，爲科第也，讀書效古，爲科第也，傾軋標榜，鑽營苞苴，爲科第也，即名人大製，出其餘瀋，亦必高談，時執重科第也，不得則如在九幽，得之則直騰霄漢，泥金捷報，則貧者富，弱者强，死者亦幾可復生，尤重進士第一人，謂是入閣捷徑，

中國小説史　文本科三年級　梅

舉世榮視狀元宰相四字、奔走顛倒一世之人才、其實明之狀元、不論才品、多以門蔭暮金得來、朝廷亦未嘗重之、閣臣亦無古代宰輔之實、不過天子之外記室、爲閣人司禮秉筆之副而已、然舉世且視若登天也、其視象可於小說中求之、一則迷信之甚也、學仙奉佛、及崇奉因果報應、思想已高矣、以星命堪輿爲方計、以狐鬼旹祥爲故實、故神怪小說、最爲社會歡迎云、一則奢風太盛也、明時無藩鎮之分斂、及金繒之歲輸、故物力稍紓於唐宋、而侈風起焉、宮廷倡之上、行下效、一命以上中人之家、必有園林聲伎之奉、縉紳無論矣、一土豪、一遊士、以至胥吏僕御、亦器用飾金銀、家人曳紈綺、消耗既鉅、立致窮乏、則設法取足、於是上貪婪、下中飽、弱者用詐、強者用力、而胥人之攫食、常徧於江湖、姦徒之桀人、不絕於都市、以間諜為業、而釀成倭寇之巨創、以嘯聚營生、而召闖獻之大憝、彼小說中以采蘭贈芍為韻事、以揭竿斬木為英雄者、非喪心也、寔有慨乎其言之也、故當時有心之士、多著小說以自遣、其屬於歷史者、有隋唐演義及英烈傳、其屬於家庭者、有醒世因緣、其屬於軍事者、有北征錄平倭記、其屬於神怪者、有封神榜西遊記綠野仙蹤等、其屬於宮庭者、有白龍魚服記驪泣志異、神禹傳、彩女傳等，其屬於社會者、有今古奇觀、石點頭等、盛明小說、僅就章回一體言之、已有四百餘種、皆見張岱嫏嬛山館襍記。

附　録

不該被遺忘的『文學史』

——關於法蘭西學院漢學研究所藏吴梅《中國文學史》

陳平原

談論現代中國的文學史書寫，一般都會提及兩個教育機構——北京大學和東吴大學。這自然是因爲，兩部國人所撰最早的《中國文學史》，是由這兩所大學的教員——福建閩侯人林傳甲（字歸雲，號奎騰，1877—1922）和江蘇常熟人黄人（原名振元，中年改名人，字慕韓，又字摩西，1866—1913）——所完成的。關於這一點，學界多有評説。[一] 其實，還有另外一位與這兩所大學都有瓜葛的著名學者，同樣對早期的文學史書寫作出過很大貢獻，那就是江蘇吴縣（今屬蘇州）人吴梅（1884—1939）。

1917—1922年出任北大教授，確實使得吴梅大展身手[二]；可此前之執教東吴，作爲學者的成長歷程，同樣值得關注。1905年，年僅二十二歲的吴梅，因好友黄摩西的舉薦，得以進入東吴大學任教習。雖然任教東吴那幾年（中間曾赴開封遊幕），吴梅收入低微，生活及情緒均很不穩定，但結識了諸多詩文詞曲名家，對其日後在北京大學、中央大學等地良好的發展，有着直接幫助。其中最有意義的，是與小説批評家兼文學史家黄人的深入交往。

此前，憤於戊戌變法失敗、六君子被殺，吴梅撰《血花飛》傳奇，黄摩西爲之作序。傳奇因懼禍被燒，黄序則幸而保存下來。照吴梅自己的説法，他之專攻詞曲，『又得黄君摩西相指示，而所學益進』[三]。在連載於《小説月報》第四卷第九至十二號的長篇筆記《蠡言》中，吴梅也曾專門談及『余主教東吴時老友』黄慕韓（摩西）：

> 爲人奇特，丁内艱後，即蓄髮，蓬蓬然招摇過市，人皆匿笑之。其於學也，無所不窺，凡經史、詩文、方技、音律、遁甲之屬，輒能曉其大概。故其爲文，操筆立就，不屑屑於繩尺，而光焰萬丈，自不可遏。……大抵慕韓詞境，舛於律而妙於語，故長調往往有疏誤處，蓋才大而心粗，可定其爲人矣。聞近發癲疾，未始非好奇之害中之也。[四]

欣賞老友之於學『無所不窺』、爲文『操筆立就』，但對其『才大而心粗』，則又不無微詞。這段人物品鑒，相當精到；更重要的是，讓我們明白吴梅的詩文及學術趣味——追求專精而不是廣博，講究細密而不是粗疏。這與現代學術之專業化趨向，可謂不謀而合。後世的研究者，大都對吴梅在詞曲創作及研究方面的貢獻贊不絶口。這當然没錯，在現代中國學術史上，我們確實衹能談論吴梅所專擅的詞曲研究。可現實生活中的大學教授吴梅，除了詞曲，還教詩文，還講文學史，抹去了這些邊邊角角，衹談其主要功業，既非『全人』，也非『全文』。

就以講學北大五年爲例，吴梅被記憶的，都是他最爲擅長的詞曲之學。及門弟子任中敏在《回憶瞿庵夫子》中，談及蔡元培長校時北大文科之興盛：『當時中國文學之教授，有劉申叔師教文；黄晦聞師教詩；瞿庵夫子教詞曲。』[五]這與吴梅本人在《仲秋入都别海上同人》二首其二詩注中所説的若合符節：『時洪憲已罷，廢國學，徵余授古樂曲。』[六]這一講授，因有《詞餘講義》傳世，廣爲人知。此書日後改訂爲《曲學通論》，由商務印書館刊行，與《顧曲麈談》《南北詞簡譜》鼎足而三，成就吴梅『曲學大師』的盛名。[七]而1919年北京大學出版部刊行的《詞餘講義》，前有吴梅本人自序，交代此書的寫作經過：

> 丁巳之秋，余承乏國學，與諸生講習斯藝，深惜元明時作者輩出，而明示條例，成一家之言，爲學子導先路者，卒不多見。又自遜清咸同以來，歌者不知律，文人不知音，作家不知譜，正始日遠，牙曠難期，亟欲薈萃衆説，别寫一書……己未仲冬，删汰龐雜，付諸手民，大抵作詞規範，粗具本末。[八]

自序説丁巳之秋（1917）講學，己未仲冬（1919）成書，明白無誤地告訴我們，此書與當年北大的課程建設有直接關聯。

可一查北大當年的課程表及教員名録，馬上發現一個有趣的問題：吴梅在北大講授的課程，不僅僅是其最爲擅長的『詞曲』。《國立北京大學廿周年紀念册》中《現任職員録》稱，時年三十九（實爲三十五）、原籍江蘇吴縣的吴梅，住地安門内二道橋本校職教員宿舍，乃『文本科教授兼國文門研究所教員』[九]。至於吴梅在『文本科』講授的是什麽課程，在『國文門研究所』指導的又是何等科目，有兩份檔案，可以幫助我們『解密』。

北京大學檔案館所藏《北京大學文科一覽》（1918），提及國文系教員吴梅講授的課程包括：『詞曲』，每周十節課；『近代文學史』，每周兩節課。而據《國立北京大學廿周年紀念册》中的《各研究所研究科目及擔任教員一覽表》，文科研究所國文門共開列十個專門科目，吴梅擔任指導教授的是『文學史』『曲』兩門。[一〇] 換句話説，吴梅當年在北大，不管是課程講授，還是研究指導，都是兼及『文學史』和『詞曲』。

北大講學期間，吴梅除了撰寫《詞餘講義》，還校勘或編選了《詞源》《古今名劇選》及《詞選》（《詩餘選》）等，可謂碩果纍纍。至於文學史，則似乎没有任何著述。其實，按照當時北大校方的規定，教授講課，必須發放講義，像劉師培的《中國中古文學史》、魯迅的《中國小説史略》以及吴梅的《詞餘講義》等一代名著，最初都是發放給聽課學生的講義。念及此，偶爾也會遥想以詞曲名家的吴梅，其講授中國文學史，究竟是何等模樣。

一個偶然的機遇，我得以夢想成真。2004年春天，在法蘭西學院漢學研究所的圖書館裏，我居然『邂逅』了吴梅當年在北大講授中國文學史課程時的講義。説『邂逅』，是因爲雖有預感，但不敢確認天底下真有此書。北大檔案館、圖書館裏没有收藏，各種傳記及書目裏也未見提及，我祇是憑常理推測。没想到，這一猜真猜對了。

做過大學史研究[一一]，對早年北大的文學課程建設頗多瞭解，再加上讀過關於魯迅油印本《小説史大略》的介紹，在一大堆雜書裏，我一眼就盯上了吴梅的《中國文學史》。這是當年老北大講義的統一格式，即用毛筆蘸硝鏹水抄寫在透明紙上，油墨印刷，黃色的毛邊紙，雙面摺疊，每面十行，每行二十至二十四字，騎縫上寫『中國文學史　文本科三年級　吴梅』字樣，表示講授的課程、學生的級别、著述者及教授者。中間部分標有頁碼，偶爾也會露出不同謄寫者的姓氏，那是爲了學校與抄工結算方便。

這套《中國文學史》，共三册，封面署名『吴』；內文則是『中國文學史（自唐迄清）』，署『吴梅輯』。這裏的『中國文學史（自唐迄清）』，正是《北京大學文科一覽》標明的吴梅負責講授的『近代文學史』。早年模仿日本人著作而編撰的中國文學史，頗有分上古、中古、近古，而且以唐代作爲近古的起點的。[一二]查1917年北京大學的課程表，中國文學門共講授三個學年的『中國文學史』，每周三學時，其中第一學年講『上古迄魏』，第二學年講『魏晉迄唐』，第三學年講的正是『唐宋迄今』。[一三]

這套爲中國文學門三年級學生編撰的《中國文學史》，其實衹講到了明代；而且，三册之中，有一册半是作品選。其中文學史論述分三部分：（一）唐代文學總論，共六十八葉；（二）宋元文學總論，共三十五葉；（三）明文學總論，共四十五葉。其中（一）（二）合爲第一册，（三）和『中國文學史附録』的唐代篇（共八十一葉）合爲第二册，『中國文學史附録』宋元篇加上『附録的附録』——『明人傳奇目』和『明人雜劇目』，共九十五葉，獨立成爲第三册。

單是章節安排，也能約略看出吴撰《中國文學史》的基本構架。『唐代文學總論』分爲（甲）文、（乙）詩、（丙）詞、（丁）史、（戊）小説、（己）緇徒文學，共六節；『宋元文學總論』分爲（甲）文、（乙）詩、（丙）詞、（丁）曲、（戊）史、（己）語録、（庚）小説、（辛）時文，共八節；『明文學總論』分爲（甲）文、（乙）詩、（丙）詞曲、（丁）道學、（戊）制藝、（己）小説，共六節。今天的讀者可能會對吴梅將史著、語録、道學、制藝等放到文學史中來加以論述感到詫异。但如果熟悉早年的文學史書寫，比如林傳甲、黄人、曾毅、謝無量、胡懷琛等人的著作，你就能坦然面對這種『體例的混亂』，甚至會反過來思考：近百年來以西方『純文學』觀念爲尺度剪裁而成的『中國文學史』，或許是一種削足適履？ 具體論述可以商榷，但談中國古代文學，不能完全脱離史著、語録、道學、制藝等『雜文學』（借用『五四』新文化人的術語），這點我同意。

1930年代，吴梅爲鄭振鐸編《清人雜劇二集》作序，其中有云：『摩西謂明人之制藝傳奇，清之試帖詩，皆空前之作。余深韙其言。』[一四] 實際上，黄、吴各自所撰《中國文學史》講義，在關注八股這點上[一五]，多有相通處。不過，與其探討吴梅之『時文』『制藝』觀，還不如關注其關於小説、戲曲的意見，那更是其本色當行。這裏選兩段吴梅對唐傳奇以及元雜劇的評述，希望能大致顯示他的《中國文學史》講義的寫作風格及學術品位：

唐人小説，多成於下第之士，及失職侘傺者，以仙俠神怪閨襜姚冶，寄其無聊不平之感，蓋屬寫情派，而非如前代小説之僅事叙述者可比，故小説昇至唐而始廣。惟作者多無根據，仍胚胎於詩賦，詞藻雖可動人，而考訂竟成鑿空。其弊則綺靡繁冗，絶少藴藉，此固根於風會之升降。而其旨趣尤多輕薄逸蕩，其簡删之多，門類之繁，比諸前世，實不可同年而語矣。惟其間有一大別者：唐以前之小説，爲《虞初周説》之遺，《藝文》所録，實資考證者也；唐以後之小説，則變爲俗語，而以子虛烏有之詞，以肆其抑塞不偶之旨，如金元諸作是也。（『唐代文學總論』第六五葉）

元小説戲曲家，大都窮處民間，不屑干禄胡人之朝，而以遊戲筆墨描寫社會狀，以發其鬱勃不平之氣，兼資勸懲，斯亦其人之高志。而自《西廂》《琵琶》而後，學者各從其性之所近而從事摹效。其學《西廂》者，如《幽閨》《拜月》直至臨川四夢、粲花五種是也； 其學《琵琶》者，如《荊釵》《殺狗》《白兔》是也。顧就余鄙見論之：學《琵琶》者易失俚俗，學《西廂》者易涉纖浮。二者皆有偏弊，而學《西廂》則不失正音。

蓋纖浮可改，而俚俗則深入骨髓，不可洗伐焉。（『宋元文學總論』第一八葉）

小説非吴梅所長，涉及唐人傳奇時，他不免多有借鑒；而談論戲曲，對於吴梅來説，無疑更爲得心應手，如論學《西厢》與學《琵琶》之差异，便非常人所能道。在北大講壇上縱論南曲北曲、雜劇傳奇，吴梅可謂如魚得水。因爲，當年他正是憑藉這本《顧曲麈談》（上海：商務印書館，1916年），作爲『古樂曲教授』，昂然走進這最高學府的。[一六]不過，《中國文學史》之談論詞曲，與《顧曲麈談》重叠的地方很少；反過來，倒是講課時的不少奇思妙想，影響其日後的相關著述。比如以下這段評論湯顯祖《玉茗堂四夢》的文字，日後幾乎原封不動地進入《中國戲曲概論》（上海：大東書局，1926年），成爲『卷中』第三節『明人傳奇』中的『「四夢」總論』[一七]：

> 及至茗四夢出，奇情壯采，卓立詞家之上，後有作者，不能過也。（明之中葉，士大夫好談性理，而多矯飾，科第利禄之見深入骨髓。若士一切鄙夷，故假曼倩詼諧、東坡笑罵，爲色莊中熱者下一針砭。（原稿『明之中葉』前有前括號，但下文缺後括號，疑在此處。——引者按）其自言曰：他人言性，吾言情。又曰：理之所必無，安知情之所必有。又曰：人間何處説相思，吾輩鍾情知（似）此。蓋爲至情可以超生死，通真幻，忘物我，而永無消滅。否則形骸尚虚，何論勳業；仙佛皆妄，況在富貴？世之持買櫝之見者，徒賞其節目之奇、詞藻之麗；而鼠目寸目（光）者，則訶爲綺語，詛以泥犁，尤爲可笑。夫尋常傳奇，必尊生角。而《離（還）魂》柳生，則秋風一棍，黑夜發邱，而儼然狀頭也；《邯鄲》盧生，則奩具貪緣，徼功縱敵，而儼然功臣也。若十郎慕勢負心，襟裾牛馬，廢弁貪酒縱慾，匹偶蟲蟻，一何深惡痛絶之至於此乎！故就表面言之，則四夢中之主人，爲杜女也，霍郡主也，盧生也，淳于棼也；即在深知文義者言之，亦不過曰，《還魂》鬼也，《紫釵》俠也，《邯鄲》仙也，《南柯》佛也。此説固善。而在作者之意，則以冥判、黄衫客、吕翁、契立（玄）爲主。人所謂鬼俠仙佛，竟是曲中主意，而非寄託。蓋前四人爲場中之傀儡，而後四人則

提掇綫索者也；前四人爲夢中之人，後四人爲夢外之人也。既以鬼俠仙佛爲主，則主觀的主人即屬於冥判等，而杜女諸人僅爲客觀的主人而已。玉茗天才，所以超出尋常傳奇家百倍者，即在此處，非『詞藻勝人』四字可以盡之也。甯庵守律，兢兢寸黍，以較海若，不特婢子之與夫人，直是小巫之見大巫……而世以湯沈並稱，可謂儗非其倫矣。（『明文學總論』第二二至二三葉）

值得注意的是，這段論述日後進入《中國戲曲概論》時，『甯庵守律』這幾句被删去。在《顧曲麈談》中，吴梅對『於音律一道，獨有神悟』的沈璟（字伯英，號甯庵，世稱詞隱先生）評價很高，並將其與湯顯祖相提並論：

余謂二公譬如狂狷，天壤間應有兩項人物，倘能守詞隱先生之矩矱，而運以清遠道人之才情，豈非合之兩美乎？[一八]

以吴梅對於曲律的重視，欣賞沈璟，本在意料之中；反而是他在北大講學時对沈璟的刻意貶抑，頗爲出人意外。這大概衹能解釋爲當年北大重自然、尊個性、反格律的風氣使然。

畢竟是講義，吴梅的《中國文學史》還是明顯帶有急就章的成分。比如，明明知道『有唐一代，文學極盛之時也，而其垂範後世者，尤莫若韵文』（『唐代文學總論』第四九葉），可論及唐詩，作者僅用了十葉的篇幅，這與討論唐文的整整四十七葉相比，實在太不成比例了。如果作者『重文輕詩』，故意要這麼做，那也是一種説法；可如果是這樣，怎麼解釋論唐文四十七葉，論宋文僅五葉半？關於唐文的論述，佔去整部文學史將近三分之一的篇幅。如此比例失調，並非代表吴梅本人的藝術趣味，更大的可能性是：一開始，作者備課十分認真，講稿寫得很細；可很快地，發現時間緊迫，根本無法仔細斟酌、從容撰述，於是衹好倉促上陣。

其實，不完全是時間問題；在我看來，更大的危機在於吴梅的學術路數，與那個時候在北大佔主流地位的『文學史』想象，有很大的縫隙。1918年5月2日的《北京大學日刊》上，曾刊出是年4月30日『國文教授會議議決國文學門文學教授案』：

文科國文門設有文學史及文學兩科，其目的本截然不同，故教授方法不能不有所區别。茲分述其不同與當注重之點如下：

習文學史在使學者知各代文學之變遷及其派别； 習文學則使學者研尋作文之妙用，有以窺見作者之用心，俾增進其文學之技術。

教授文學史所注重者，在述明文章各體之起原及各家之派别，至其變遷、遞演，因於時地才性政教風俗諸端者，尤當推迹周盡使源委明了。

教授文學所注重者，則在各體技術之研究，祇須就各代文學家著作中取其技能最高、足以代表一時，或雖不足代表一時而有一二特長者，選擇研究之。[一九]

依此標準，吳梅在北大所承擔的兩門課程，一屬『文學史』（『近代文學史』），一屬『文學』（『詞曲』）。若《詞餘講義》之『明示條例，成一家之言，爲學子導先路』，以及『大抵作詞規範，粗具本末』，[二〇] 那是吳梅的拿手好戲； 至於像《中國文學史》那樣，辨析什麽『文章之運與世運遞遷，一代體製，有因有創，道在自然，初非矯异』（『唐代文學總論』第一葉），確實非吳梅所長。

如果真像吳梅所概括的，黄人文章的特點是『不屑屑於繩尺』，那麽，吳梅本人著述的特點，則是『不屑屑於考據』。 我相信浦江清、錢基博以及唐圭璋的説法，近代研究戲曲貢獻最大的，當推王國維和吳梅二人——前者重歷史考證，後者重戲曲本身。 能作、能譜、能唱、能演的吳梅先生，其對於戲曲藝術本身的領會與體悟，明顯在王國維之上[二一]； 但若談及現代中國學術之建立，則王國維的貢獻更爲人稱道。

相對而言，吳梅更像是藝術修養很高的傳統文人，一旦進入專業著述（比如撰寫文學史或戲曲史），其治學的隨意和考證的疏忽便暴露無遺。葉德均稱：作爲戲曲史專家的吴梅，祇關注曲文是否合譜合律，沒有更廣闊的學術視野；憑感覺隨意下斷語，有時甚至是漫不經心一揮而就。[二二]這樣的批評，並非毫無道理。[二三]長於『研尋作文之妙用』的吴梅，其實不太適合於『述明文章各體之起源及各家之流別，至其變遷、遞演』。明白這一點，對剛剛發現的《中國文學史》講義，不必抱過高的企望——此書可以讓我們更好地理解吴梅的學術思路，但不至於重要到可以『重塑』吴梅的學術形象。

接下來的問題是：吴梅本人以及當年的衆多學生，爲何有意無意地遺漏其『中國文學史』課程與撰述？[二四]先説吴梅本人。文學史乃學校規定的必修課程，作爲教員，不管你喜歡或不喜歡，你都必須認真準備，並按時走上講臺。或許，『文學史』更適合於『才大而心粗』的黄摩西，而不是性格沉潛、風流蘊藉，更喜歡專精之學的吴梅。因此，不管是早年任教北大、中大，還是抗戰中流徙廣西、雲南，吴梅都不曾提及其北大時期的文學史著述。去世前幾個月，吴梅給弟子盧前寫信，作身後之託：

> 計生平撰述，約告吾弟，身後之託，如是而已。《霜崖文録》二卷未謄清，《霜崖詩録》四卷已成清本，《霜崖詞録》一卷已成清本，《霜崖曲録》二卷已刻，《霜崖三劇》三種附譜已刻。此外如《顧曲麈談》《中國戲曲史》《遼金元文學史》，則皆坊間出版，聽其自生自滅可也。惟《南北詞簡譜》十卷，已成清本，爲治曲者必需之書，此則必待付刻，與前五種同此行世。[二五]

回首平生，清點自家著述，居然隻字未及《中國文學史》，可見這三册講義，在吴梅心目中沒有什麽地位。

無論是及門弟子，還是後世的研究者，都稱吴梅爲詞曲研究大家。其實，這一當之無愧的『贊譽』，還可以進一步細化。在我看來，同是詞曲研究，《顧曲麈談》《曲學通論》《詞學通論》等『創作論』，明顯優於《中國戲曲概論》《元劇研究》《遼金元文學史》等『文學史』。換句話説，需要廣博學識以及專精考辨的文學史著述，非吴梅所擅長，然他當年任教北大，因課程設置的緣故，曾經勉爲其難，編撰了日後遺失在海外，而又被我撿回的這三册《中國文學史》。

記得錢穆《師友雜憶》最後一章，有這麽一句妙語：『能追憶者，此始是吾生命之真。其在記憶之外者，足证其非吾生命之真。』[二六]不祇講學南京時不追憶，流徙西南時也不提及，北大版《中國文學史》，看來没有能够成爲吴梅先生『生命之真』。行文至此，我不由得平添了幾分懊喪：焉知我興奮不已的發掘，不是吴梅所要刻意抹去的？即便不是刻意抹去，如此無意的遺忘，也都值得細細體味。

不想刻意拔高這失落在海外的《中國文學史》，我祇把它作爲一代戲曲研究大家曾經有過的『飛鴻踏雪泥』。而這依稀的印記，對於我們理解早年的文學史教學與著述，我自信它還是有一定的意義的。

注　釋

[一] 黄霖：近代文學批評史[M]．上海：上海古籍出版社，1993：754－808．
夏曉虹：作爲教科書的文學史——讀林傳甲《中國文學史》[M]//陳平原，陳國球：文學史：第2輯．北京：北京大學出版社，1995：329－333．
王永健：『蘇州奇人』黄摩西評傳[M]．蘇州：蘇州大學出版社，2000．
戴燕：文學史的權力[M]．北京：北京大學出版社，2002：171－198．
陳國球：文學史書寫形態與文化政治[M]．北京：北京大學出版社，2004：45－66．

[二] 王衛民稱：『總而言之，這五年時間是他一生中最愉快向上的五年。在學術界和戲曲界知名度越來越高，影響也越來越大。』王衛民：吴梅評傳[M]．石家莊：河北教育出版社，2002：26．

[三] 吴梅：奢摩他室曲話：自序[M]//吴梅全集：理論卷．石家莊：河北教育出版社，2002：1139－1140．

另，金天羽談及黃人：『傳奇倚聲，與吳梅伯仲，二子友好無間。慕韓於律度不能沉細，若豐文逸態往往駕吳梅而上。』金天羽：天放樓續文言：卷四：蘇州五奇人傳[M]．鉛印本．蘇州：蘇州文新印刷公司，1927．

［四］吳梅．蠡言[M]//吳梅全集：理論卷．石家莊：河北教育出版社，2002：1466－1470．

［五］任中敏．回憶瞿庵夫子[M]//王衛民．吳梅和他的世界．石家莊：河北教育出版社，2002：102．

［六］吳梅．吳梅全集：作品卷[M]．石家莊：河北教育出版社，2002：27．

［七］浦江清曾如此稱頌吳梅：『熱心教學者前後二十餘年，爲海内一致推崇之曲學大師』；『治曲之書則有《顧曲麈談》、《曲學通論》、《南北詞簡譜》等，而以《南北詞簡譜》尤爲重要』。浦江清．悼吳瞿安先生[M]//王衛民．吳梅和他的世界．石家莊：河北教育出版社，2002：61．

［八］吳梅．曲學通論：自序[M]//吳梅全集：理論卷．石家莊：河北教育出版社，2002：161．

［九］王學珍，郭建榮．北京大學史料：第2卷[M]．北京：北京大學出版社，2000：348．

［一〇］同［九］359．

［一一］參見拙著《老北大的故事》（南京：江蘇文藝出版社，1998年）、《北大精神及其他》（上海：上海文藝出版社，2000年）和《中國大學十講》（上海：復旦大學出版社，2002年）。

［一二］參見上海泰東圖書局1915年刊行的曾毅著《中國文學史》和上海中華書局1918年刊行的謝無量著《中國大文學史》。

［一三］朱有瓛．中國近代學制史料：第3輯：下册[M]．上海：華東師範大學出版社，1992：99．

［一四］吳梅．清人雜劇二集序[M]//吳梅全集：理論卷．石家莊：河北教育出版社，2002：1019．

［一五］黃人《中國文學史》第二編『略論』中稱明代文壇最值得關注的有二：一是無韵之八股，一是有韵之傳奇。前者之所以重要，原因是『三百年來十八行省之儒冠儒服者，畢生精力集此一點，取精多而用物宏，自當化臭腐爲神奇，於文學界上別樹一幟』。黃人．黃人集[M]．上海：上海文化出版社，2001：343．

［一六］陳舜年回憶吳梅自述云：『一九一七年，吳梅三十四歲，當時北京大學校長蔡元培，在舊書肆中，購得《顧曲麈談》一書，

閱覽之後，頗爲贊賞。時值陳獨秀主持北大文科，特出面禮聘至北大任古樂曲教授。』吳梅．吳梅全集：日記卷[M]．石家莊：河北教育出版社，2002：936．

［一七］吳梅．吳梅全集：理論卷[M]．石家莊：河北教育出版社，2002：286．

［一八］吳梅．顧曲麈談[M]//吳梅全集：理論卷．石家莊：河北教育出版社，2002：1054．

［一九］國文教授會．文科國文學門文學教授案[N]．北京大學日刊，1918－05－02(2)．

［二〇］同[八]．

［二一］浦江清．悼吳瞿安先生[M]//王衛民．吳梅和他的世界．石家莊：河北教育出版社，2002：61－63．

錢基博．現代中國文學史[M]．長沙：岳麓書社，1986：313．

唐圭璋．回憶吳瞿安先生[M]//王衛民．吳梅和他的世界．石家莊：河北教育出版社，2002：83－88．

［二二］葉德均．吳梅的霜厓曲跋[M]//戲曲小説叢考．北京：中華書局，1979：484－494．

［二三］鄧喬彬大致贊同葉德均的意見，引録葉文後稱：吳梅『於批評不乏卓見，於考證則失於隨意、粗疏』。（鄧喬彬．吳梅研究[M]．上海：華東師範大學出版社，1990：109．）任中敏則對葉德均的批評非常反感，在《回憶瞿庵夫子》一文中，罵葉爲『妄人』，還在注釋中揭發其『於1957年自殺』（據趙景深《〈戲曲小説叢考〉序》，葉於1956年7月6日去世。同[二二]序1），順帶譏諷爲葉代編遺著的趙景深『對外隱瞞其自殺』。所謂『「有識之士」又何以終於自殺？真正費解之至』——如此批評，實在過於刻毒。（王衛民．吳梅和他的世界[M]．石家莊：河北教育出版社，2002：102－105．）

［二四］王衛民編《吳梅和他的世界》一書，收録五十多篇師友追憶及研究文章，多提及吳梅的北大講學，但又都遺忘其『文學史』課程。

［二五］吳梅．與盧前書[M]//吳梅全集：理論卷．石家莊：河北教育出版社，2002：1135．『霜崖』又作『霜厓』．

［二六］錢穆．八十憶雙親，師友雜憶[M]．長沙：岳麓書社，1986：320．